春风吹绿太行山(上)

—— 以前南峪为缩影的中国农村改革纪实

徐富敏 著

花山文艺出版社

图书在版编目（CIP）数据

春风吹绿太行山：以前南峪为缩影的中国农村改革纪实：全2册/徐富敏著.—石家庄：花山文艺出版社，2018.12
 ISBN 978-7-5511-2435-5

Ⅰ.①春… Ⅱ.①徐… Ⅲ.①报告文学－中国－当代 Ⅳ.①I25

中国版本图书馆CIP数据核字(2018)第273846号

书　　名	：春风吹绿太行山
	——以前南峪为缩影的中国农村改革纪实
著　　者	：徐富敏
选题策划	：赵锁学
责任编辑	：于怀新　王玉晓
责任校对	：李　伟　李　鸥
封面设计	：陈　淼
美术编辑	：胡彤亮
出版发行	：花山文艺出版社（邮政编码：050061）
	（河北省石家庄市友谊北大街330号）
销售热线	：0311-88643221/29/31/32/26
传　　真	：0311-88643225
印　　刷	：石家庄众旺彩印有限公司
经　　销	：新华书店
开　　本	：710×1020　1/16
印　　张	：51.5
字　　数	：800千字
版　　次	：2019年5月第1版
	2019年5月第1次印刷
书　　号	：ISBN 978-7-5511-2435-5
定　　价	：128.00元（上下册）

（版权所有　翻印必究·印装有误　负责调换）

目录
CONTENTS

上 册

引 子 …………………………………… 1

第一章　山洪暴发 …………………………… 5
第二章　沉重翅膀 …………………………… 90
第三章　绿色革命 …………………………… 172
第四章　科技兴山 …………………………… 274
第五章　沧海横流 …………………………… 350

下 册

第六章　绿满太行 …………………………… 447
第七章　二次创业 …………………………… 530
第八章　秀美山川 …………………………… 636
第九章　飞雪迎春 …………………………… 730

永生永世为中国农村而写作（代后记）… 802

引　子

　　太行山，富有传奇色彩的山峦，这里产生了许多动人的远古神话：盘古开天、精卫填海、愚公移山……几千年来，这些神话以其永恒的魅力昭示着后人，续写着感天动地的新篇章。

　　太行山，横亘于河北、山西两省交界之地，连绵起伏四百余公里，犹如海涛奔腾，巨浪排空。太行山，它不如黄山奇丽雄绝，不如武夷山婀娜多姿，过去的太行山光秃秃，赤露着自己雄浑的躯体，没有任何土壤草木。在干旱、酷热的炎夏，真像一堆堆燃着烈焰的炭火。过去，它是贫穷与落后的象征，这里的人民与穷山恶水相伴相连……

　　太行山，它曾是中国人民英勇抗击日本帝国主义的天然屏障，曾是孕育中国革命成功的红色摇篮，它为无数抗日将士树起一座座历史的丰碑。中国人民抗日军事政治大学纪念碑就矗立在邢台县深山区前南峪村。在争取民族独立和解放的斗争中，不知有多少人把自己殷红的鲜血洒在这片热土上……

　　如今，走在漫山遍野绿树拥抱的前南峪，天晴得像一张蓝纸，几片薄薄的白云，像被阳光晒化了似的，随风缓缓浮游着。山坡上葱茏的枝叶下，掩映着一嘟噜一嘟噜成熟的栗蓬，如团团云絮，漫卷轻飘；山坡下果林里那驰名中外的红富士苹果，是那么红，那么鲜艳，那么逗人喜爱；大金帅苹果则金光闪闪，闪烁着一片黄澄澄的颜色；山楂树上缀满了一颗颗红玛瑙似的红果；葡萄呢，就更加绚丽多彩，那种叫"水晶"的，长得长长的，绿绿的，晶莹透明，真像是用水晶和玉石雕刻出来似的；而那种叫作红玫瑰的，则紫中带亮，圆润可爱，活像一串串紫色的珍珠。

最显眼的当属坐落在前南峪村口的那座高大雄伟的中国人民抗日军政大学纪念碑。巍巍然，光华夺目，和远处直插白云的太行山相接，横断天际。抗大纪念碑通体由汉白玉砌成，基座外有汉白玉石栏，美观朴素，洁白耀眼，使挺拔的碑身显得更加庄严、雄伟。正面有胡耀邦同志题写的"中国人民抗日军事政治大学纪念碑"十五个镏金大字，这十五个字是碑的主题，在阳光照耀下闪闪发光。左侧是徐向前元帅的题词："继承和发扬抗大光荣传统，为改变老区面貌而努力。"右侧是李志民同志题写的："抗大精神，永放光芒。"纪念碑背面，刻有抗大副校长何长工撰写的碑文，记叙了抗大在浆水办学、战斗的光辉历程。纪念碑广场占地2500平方米，是供人前来瞻仰的场所。在广场南侧，建有抗大陈列馆，占地1万平方米，气势磅礴，高大壮观。抗大陈列馆正门外是一个气魄宏伟、辽阔壮观的广场；两侧各有一列不锈钢栏杆围绕环护，靠门的巨大草坪，芳草萋萋。中间竖立着旗杆，每逢重要的日子，就在这里升起庄严的国旗。抗大陈列馆的屋檐正中嵌着光滑美丽的大理石，上面镌刻"中国人民抗日军政大学陈列馆"十三个金字。这里成为国内外到前南峪的人们都要瞻仰的革命圣地。馆内设有序厅、主题厅和西展厅。陈列馆迎面墙上悬挂着抗大校旗和抗大校门照片，东、西墙壁上分别为八路军军歌，整个展厅肃穆、凝重。主题展厅分为抗大在陕北的创建与前期发展、抗大在敌后太行的峥嵘岁月、抗大越抗越大和抗大精神光照千秋等四部分。村民常常自发组织起来，怀着无比激动的心情，到碑前拜谒先烈。抗大纪念碑不仅矗立在八千三百亩山场上，也深深扎根在前南峪人的心中。

是的，世界上哪还有比亿万人心之所向更强有力的呢？一个和人民心心相印的抗大精神是不会褪色的！抗大精神一经铭刻在人民心里，就会千秋歌颂，万代相传，永不磨灭！就会成为永远鼓舞山区人民前进的巨大力量！

历史不会忘记，1940年11月抗大在中国人民抗日战争最危急的关头来到前南峪，抗大学员在中国共产党的英明领导下，在抗日战争极其艰难、险恶的环境中，铸造了艰苦奋斗、不怕牺牲的伟大精神，坚持一边学习，一边战斗，使抗大总校的所在地前南峪成为革命的红色摇篮，为中国革命培养了13450名铁的干部。抗大粉碎了日寇的疯狂"大扫荡"，越抗越大。1943年1月24日，抗大虽然按照党中央的部署离开了前南峪，但抗大艰苦奋斗的革命精神却在激励着、召唤着一代又一代太行人，发扬抗大艰苦奋斗的革命精神，彻底改变前南峪的贫困落后面貌。

自20世纪60年代社会主义建设时起，特别是中国共产党召开的十一届三中全会的浩荡春风吹进了峰峦起伏的太行山，在全国人大代表、全国劳动模范、党委第一书记郭成志和一班人的带领下，全村干部群众在农村波澜壮阔的伟大改革中，不忘初心，牢记使命，当"分田到户"在整个中国农村全面展开的时候，在中国盛行"一刀切""大呼隆"的思维模式下，郭成志则是以过人的胆识，"不唯上，不唯书"，另辟蹊径，创造性地结合太行山区的实际，坚持因地制宜的原则，实事求是，走党的群众路线，大刀阔斧地推行集体专业承包责任制。从那时以来，前南峪村和伟大的祖国一道迎来了思想解放、农村经济发展的春天；从那时以来，在党的十一届三中全会精神的指引下，前南峪村的广大干部群众继承和发扬抗大艰苦奋斗的革命精神，感天动地，气壮山河，把一个红色小山村建设成太行山最绿、最富裕的地方，把中华民族的一面精神之旗，插在了太行之巅。

回望四十年历史风云，一个政党、一个国家、一个民族的梦想和改革的力量始终汇聚在一起。

今天，无数的太行儿女在拓荒创业，执着地守望着自己的精神家园，书写更为壮丽的改革开放的新篇章。

人类历史的天空，总有一些相似的星光交相闪耀。

12世纪中叶，日内瓦湖畔，瑞士西都会教士们从山坡最为陡峭的德萨雷开始，背石垒墙，堆土引水，开垦了最古老最壮观的葡萄园梯田。

诗人们对着前人留下的美丽吟唱：德萨雷有三个太阳照耀着，一个在天上，一个在湖面，一个在古老的石墙上——那是石墙闪烁着的精神之光。

太行山，不止三个太阳，那里有无数个太阳在照耀，那是太行人自强不息、顽强奋进的精神之光！

中国绿色村庄　中国农业公园——前南峪

第一章　山洪暴发

一

　　五十多年前的1963年，一场特大洪灾实实在在地给人们上了极为直观而生动的一课。

　　自立春以来，老天似乎变成了一个十足的吝啬鬼，近半年来几乎滴雨未降。盛夏七月，烈日当空，本是农作物疯长的季节，而华北大平原上除有限星星点点的可以浇上水的菜园秧苗还留下几小片绿色外，成熟的谷物在炎热的阳光下弯着腰，低着头，一片枯黄。蚱蜢多得像草叶，在绿豆地里，在岸边的苇草丛中，发出嘈杂的鸣声。在这酷热的天空下，再也听不到别的声音。天色蔚蓝耀眼，带着那种即将变成火红的橙黄，就像金属过于接近炉火时一样。山里的石头更是晒得已经冒烟。似乎只有此景，才真正勾画出了"赤日炎炎似火烧，野田稻禾半枯焦"的意境，只有此时，人们才真正读懂了"农夫心内如汤煮"的焦忧。

　　"见过不撒尿的鸟，没有见过不下雨的天。"可怜巴巴的农民无可奈何地望着万里无云、烈日高悬的天空，半是赌气半是无奈地耗着。

　　进入8月的第一天，已经阴了近一个星期的老天仍然没有开晴。雨水，对于干旱的太行山区无异于欢乐的代名词。几天来，时断时续地下了几场小雨，但社员们仍然期盼下一场解渴带劲的淋淋大雨。而此时，从西北天空平地生出一片铁青色的云，亿万道电光在云端疾走，交锋搏斗，激起一片震天动地的雷声，仿佛要把那座状似太行的青色的云山炸碎。云山瞬息万变，迅速地长高了，随着一阵西北风，迅速逼近浆水公社的上空。

有经验的老农从山涧吹来的风头中，已隐隐嗅到了雨的气息。看来，一场喜雨不可避免地要降临在太行山。

这天，正值八一建军节，军营内外彩旗飘扬，歌声嘹亮，到处充满了欢乐的气氛。当时对于中国大地上声势浩大的民兵，这一天同样被视作属于自己的光辉节日。有得天独厚军事传统的前南峪民兵将怎样庆祝"自己"的节日呢？前南峪党支部书记郭明耀和副书记郭明考一碰头："演习吧，支部都参加。常不沾枪手要'锈'呢！"当年的通信兵刚好试试自己的枪法。

队伍拉上了建滩沟。大操场上，杀声不断，支书郭明耀正领着五十多个身强力壮的小伙子在练对刺。在建滩沟周围劳动休息的女社员们走了过来。她们真想看看民兵们练对刺啊！以前见小伙子们练对刺，自然是要躲开的，有时谁想偷看几眼，要是叫别人知道了，定会惹出一番闲话。如今她们可不管那一套了。她们站在建滩沟边上，伴着一棵板栗树，从那板栗树枝干的缝里，一直好奇地往建滩沟里看着。

站在建滩沟边上的人们，一面看热闹，一面吆喝助威：

"胡立刚加油！"

"张清石加劲！"

……

膀大腰圆的胡立刚，穿着一身防护盔甲，威风凛凛地站在那里。由于他身高体大，对刺起来，居高临下，占着明显优势；再加上他臂力过人，拼杀拨刺都令人难以抵挡。几个民兵轮番上去，被他一一刺中。郭明耀挥舞着小旗，担任评判；民兵副排长史卫东是义务广播员，他扯着嗓门大叫：

"一比〇！"

"二比〇！"

"三比〇！又垮了一个。谁再上？"

有人提议："支书！支书亲自出马！"

郭明耀摆了摆手说："我不行。"

"同志们！"一个排长向周围的同志大声喊着，"让支书上！当年的八路军通信连骑兵排长那可是杀敌英雄哩！"

"来，呱唧呱唧！"随着排长的话音，场上响起了有节奏的鼓掌声。

在参加演习的五十几个人中，自然要数郭明耀是最有经验的。还在年轻的时候，郭明耀就练就一手好枪法。他在太行游击队里，每每配合八路军主力部队歼灭日寇，后参军调到刘伯承、邓小平的太行军区司令部当通信员，再后来奉调山西徐向前部，任司令部通信连骑兵排排长。一个满身精力，自觉有一身本领的小伙子，一个生长在太行革命根据地的庄稼人，一个经过战争而磨练出来的军人，拼刺刀还不是小菜一碟？他要在这些年轻人面前显露一下他的本领。

"好吧！"郭明耀想，胡立刚左边总有空当，提醒了几次他都改不过来，得让他吃点亏才能引起他的重视。郭明耀换好了防护衣帽，对站在一旁的郭明考说：

"明考，我怕真的干不过他哩！"说完他平端着枪，拉开了架势，透过防护帽，两只眼睛虎视眈眈地瞅着胡立刚，等待他的进攻。

胡立刚知道郭明耀的功夫。他在原地琢磨了一会儿才猛的一枪刺过去。郭明耀早料到他有这一招儿，瞅准了空子，顺手一拨，当的一声，刺中了胡立刚的左前胸。

"一比〇！"史卫东喊着。

观战的同志也跟着叫："姜还是老的辣！"

"老将出马，一个顶俩！"

"……"

第二回合，郭明耀没占着便宜，三几个来回就被胡立刚回敬了一枪。

"一比一！好一个旗鼓相当。现在就看最后一枪定胜负了！"史卫东说。

第三枪谁都不轻易出手。眼睛看眼睛、枪尖对枪尖，围着一个不存在的圆心打转转，都想找出对方的破绽再刺，就这样相持了好一会儿。郭明耀忽然擂响了洪钟，大喝一声，就像一个闷雷劈了下来，震得地都发颤。胡立刚被这突如其来的情况惊呆了，正在犹豫时，郭明耀的枪尖直朝左边奔来。胡立刚凭着个子大、力气猛，好不容易才躲过了这一枪。可是尽管他左拨右挡，进进退退，仍然摆脱不了被动局面。好个胡大个子！他也急中生智，怪叫了一声，顺势把枪刺了出去。郭明耀眼看躲避不及，干脆迎身而上，两个人同时刺中对方。

建滩沟上又是一阵喝彩声，女社员们虽然没有那样高声喊叫，可是她们也真快乐啊！有些妇女还根本没有见过这么精彩的对刺呢！但其中有一个人却是愁眉苦脸的,那就是李冬玲。因为胡立刚没有受过严格的单兵训练,又因为他刚上场时出枪太猛。李冬玲真替她丈夫着急啊!更使她担心的是胡立刚左边总有空当,会被对方刺中,李冬玲就着急地跺开脚了。但当她看见她丈夫反败为胜,不禁大声叫好。

史卫东反倒急了,他喊道:"这,这可怎么算呀?……干脆,一点五比一点五,和了。"

郭明耀摘下防护帽说:"不!应该算我输了。战场上,我们提倡积极主动地打击敌人。平时的训练中,我们也要鼓励主动进攻的精神。刚才这一枪,是大个子主动,按规定应该判大个子胜。另外,他刺得比我勇,比我猛。他快而不乱,勇中有谋。加上他充分利用了他个儿大手长出枪有力的优点,所以给对手的威胁特别大。不过也还是有毛病,尤其是两腿的动作,跟进、配合得不够好,只是我还治不了他。"

"大个子进步得可真快呀!"有人讲。

"看来,一时半会儿没有人能治得了他。连咱们支书都输了嘛!"有人附和着。

"你们先等等,我去找个能治大个子的人来!"郭明耀说完,一扭头,就气喘吁吁地跑回大队部。

郭成志恰好面对窗户坐着,贴近晌午的阳光射到他的长脸庞上,使他的两颊更加白皙;他拿笔的手托着腮,张大的眼眶里,晶亮的眸子缓慢地游动着,丰满的下巴微微上翘——这是每当他全神贯注来算账时,为郭明耀所熟悉、所喜爱的神态。

郭明耀走进郭成志正在算账的那间屋子。这间小屋子很朴素,既是卧室,又是办公室。一张用木板拼起来的床铺,一张三屉桌,两把椅子,一条板凳,一个小书架,是这里全部的陈设。床头摆着几本厚书,其中有政治理论和农业会计手册。

他冲着郭成志说:

"走,跟胡大个子练练对刺去!"

"我不行。我怎么是他的对手?"郭成志还捧着账本不放。

"什么态度?胡大个正缺你那两下子,他步法不对,左边老有空当,得让他吃点亏才能引起重视。快!捅他几枪去。"

"支书……"

"啰唆什么？快来吧！"

操场上正在议论谁敢再上去拼一拼的时候，一个披挂停当了的民兵，跟着郭明耀跑来了。他分开众人，站在场子中间；个子虽小点，可弓箭拉得有精有神儿，防护帽紧紧扣在头上，一双眼睛透过面罩，气势逼人。从那矫健灵活的外表来看，大家知道来者不善，但一时还认不出来这是谁。

"这是谁呀？"

"还真有不怕'死'的！"

"既然来了，手里必定有'金刚钻'！"

"对！山外有山，天外有天嘛！"

民兵们你一言我一语地议论着。

"准备！"史卫东关照胡大个一声，"开始！"

胡立刚像块碑似的竖着，真有一副风吹不摇、雷打不动的气势。正当他选择好了有利地形，仔细观察对方弱点，准备进攻的时候，小个子猛不防从原地向前一跃，来了一个突刺，步法是那么灵活、矫健，出枪是那么迅速、有力。胡立刚的防左刺还没完成，就觉得胸前一震，当的一声挨了一枪。这一枪刺得干脆、利索，出其不意，不仅大个子惊呆了，连观战的同志也都暗暗叫绝。

"咦！"史卫东完全处在惊诧之中，忘了自己广播的职责，好半天才喊了声，"……一比〇！"

李冬玲正要往前看时，怎么忽然觉到身旁有谁惊叫了一声："啊呀！"而且竟用拳头在她背上打了两下，她回头看时，才看到郭玉金什么时候已经坐在她身旁了。一见郭玉金那怕人的脸色，她想一定出了什么事情，便又赶紧往建滩沟看去，只听史卫东话音未落，胡立刚端枪冲了上去……

郭玉金回家换了劳动工具，告了她婆婆一声，说是上午收工后去她娘家，就到建滩沟上干活来了。她想在建滩沟上，要是碰到生产队的社员，她就打听一下拖拉机的事情。因为她回到村里，看到黑板报上写着拖拉机要来了。临出来时，她还洗了洗脸，梳了梳那双长辫子，穿上了那件她心爱的淡黄色的短袖上衣。郭玉金是爱干净、爱漂亮的，就是下地劳动，她也要把自己弄得整整齐齐的。而且一想到建滩沟，就想起全体民兵在建滩沟演习，没准郭成志算完账也要去参加。要是在建滩沟碰上郭成志呢？自从头春节他们结了婚,她时刻想念着,也时时刻刻想看见郭成志。反正就是这样了,她再也不担心村里人们嚷嚷她和郭成志的事情,再也不顾虑什么了。

她刚走到建滩沟跟前,正好听见社员们高兴地吵嚷着看民兵们练对刺。她就急忙跑到建滩沟上,紧挨着李冬玲坐下来。这时,社员们因为都在眼睁睁地看着民兵们练对刺,所以没有人注意到她来。她也没有和别人打招呼。她一来,就被那紧张、热烈的演习吸引住了,她的一双眼睛也好像飞到小个子的头上和那两只持枪的手臂上去了。她看到小个子原地不动,以逸待劳。等胡立刚的长枪直指心窝而来的时候,她是多么着急!两条眉毛紧皱在一起;她看到小个子才侧身闪过,紧接着他的防右刺和突刺,跟得比机枪的连发还要紧,"突突"两下,就像他一人同时伸出两支枪来——一个挡,一个刺。她是多么兴奋!心里叫着:"快!快!"眼里闪耀着快乐的光辉。但见胡立刚哪里躲闪得及?只听当的一声,大个子的左胸脯上又结结实实挨了一枪。

"二,二,二——比〇!"史卫东的声音都变了个调儿。

这两枪刺得如此干净、迅猛,完全出乎胡立刚的意料。他还没来得及想想失利的原因,小个子又冲了上来。他后退几步拉开架势,决心以守为攻,等待时机和对方决一胜负。哪想到小个子虚晃一枪假意露出个破绽。胡立刚觉得机不可失,正准备拿出自己的绝招,扳回败局,却不料小个子突然转身,回头猛地一拨,胡立刚只觉得手心一麻,左胸前又是当的一声。

"三比〇!好哇,强中更有强中手,能人之外有能人!"史卫东高兴地喊着。

"卤水点豆腐——一物降一物。"

"精彩!"小田也喊着,"这是我这辈子见到的最精彩的三枪。"

民兵们刚刚"杀"到高兴处,又一道闪电掠空,一声炸雷落地。轰隆隆几声重雷宛似助阵的炮声,给民兵的演练又增加了几分实战的气氛。

谁也没在意,照旧"眼睛瞪圆,双肘平伸,劲从脚跟提起,恨自心中迸发",就这么不在意中,"啪啪",铜钱大的雨点便砸上了头顶。滚烫的山"高烧"还未来得及退,就被万箭穿地的雨幕锁入雾中,只一瞬间就将四周的一切全给淹没了。天地混沌一片。民兵们这才朝天上重看起来,一看不当紧，鞭子似的大雨朝半张的嘴里灌了下来。

一声令下，赶快集合回家，个个落汤鸡似的，一路上却没有断了雄壮有力的口号声："提高警惕，保卫祖国！"

郭成志收拾场地清点靶牌，最后一个回家。这时候，闪电又亮起来，紧接着，一个带着一串火球的霹雳便在他的头顶上爆炸了。刹那间，四处都响起了震耳欲聋的爆裂声，好像整个的山峰都倒塌下来了。郭成志在大雨中蹒跚前进，全身都湿透了，脚下的路更滑更难走了。

到了村里，大雨仍在哗哗地下着。雨水从屋檐、墙头和树顶跌落下来，摊在院子里，像烧开了似的冒着泡儿，顺着门缝和水沟眼儿滚出来；千家百院的水汇在一起，在大小街道上汇成了急流，经过墙角、树根和粪堆，涌向村西的无名河。

无名河失去了往时的温柔和安静，咆哮起来，翻着黄色的波涛……

前南峪被投进一片惊天动地的轰响里。

郭成志一进家门，倒把老母亲给心疼得够呛，赶忙奔到衣柜边，顺手拉出两件叠得板板正正的衣服给儿子换。郭成志站在屋地上，头上黑褐色的旧草帽沉重地耷拉下来，像是一朵蘑菇。黑夹衣前后心全湿了，紧贴在身上。从破草帽上漏下来的雨水，顺脸往下流，在下巴那儿成为小瀑布。老母亲低头一看，他那身湿衣服竟流了半屋地的水。

母亲的心就更疼了，这才数落开郭成志：

"看你湿得这个样，不凉着才怪呢！都娶媳妇了，咋那么不知道结记着身子？玉金幸好收工后回娘家了，要是在，她也不依你哩。"

"娘，俺哪有那么娇贵，不就是几滴雨水嘛，俺还嫌它浇得少了呢！"

母亲把手向郭成志一摆："快换上，还贫嘴呀！"她一伸手从头顶上方的绳子上扯下一条毛巾："再把脑袋擦擦！"

郭成志摘下旧草帽，接过毛巾，一边擦着脑袋，一边看着屋里的陈设：在桌子当中摆着一个老式的收音机，收音机上边，毛主席老人家的立体石膏像，安详地坐在那里，笑容满面地看着眼前的一切。墙上贴着年画，一张是毛主席和不少老工人，在一条老高老高的大船旁边，笑呵呵地唠嗑；一张是雷锋叔叔给小朋友们讲故事。从门框到窗户那里，拴着根绳子，上晾着才洗了的衣裳红毛线……桌边上一个正在做作业的小女孩，是三婶家的，八成见郭成志挨了呲儿，对他直伸舌头。

这融融的雨中之乐啊!

自从1961年郭成志因为父亲突然病逝,家里没有男人支撑,被迫离开河北省石家庄市工业学校,至今已经两个半年头了。你可以看到,这个20岁的青年,在山野的粗粝的风雨磨打之下,变得刚毅和成熟;长脸盘上,宽宽的浓眉下边闪动着一对精明、深沉的眼睛;那永远也晒不黑的白皙面孔上,被岁月削出了野性的棱角;特别在他说话的时候,露出满口洁白的牙齿,很引人注目——整个看去,他是个健壮、英俊的庄稼人。两年多之前,他就被看中自己的村支书郭明耀"任命"为大队助理会计兼村民兵连文书。从"职务"上看兼有重用和培养考验的双重意味。

郭成志的聪慧和能力,绝不会令社员们失望。当过八路军地下交通员的父亲,又传给了他诚实和朴质。他学习能力强,无论什么事,一上了手,立刻就学会了。经他手垒过的石头地堰,从来不会塌壑儿;经他手压的熏肥窖,从来也不会半路熄了火;至于犁、种、锄、收那些普通活计,更是没有一样会落下的。他早已成了村里老人们人见人夸的好小伙子。村里男女老幼都亲切地称他为"小年"。他是腊月三十生日。在这个中国人人人喜庆的欢乐日子里降临人世,自然被人们视为金贵之人,那么用这一天称呼自己喜欢的人当是最表示亲近、最表示爱护不过了。可见,20岁的郭成志,在村里社员们心目中的地位。

郭成志在头春节结了婚。他的爱人郭玉金是浆水中学小他两届的同学,也出自前南峪。他们是同一个生产小队的老乡亲,生郭玉金那会儿,郭成志已经懂事了。他常常到郭家找郭玉金的哥哥郭增群玩。那一天,他又去了,郭增群拦着门不让他进去,他正奇怪,听到一阵"哇哇"的婴儿哭声。他回家问爸爸,郭家的小孩从哪儿来的,爸爸笑着告诉他说:"是增群背粪箕子在大路上捡来的。"他信以为真。郭玉金会走了,见了面,他就逗郭玉金:"还笑哪,你是你爸爸拿粪箕子捡来的!"

那一年,郭成志退学回来,正是三伏天。四下里静悄悄的。树叶在阳光中轻轻颤抖,一层淡薄的水汽在空气中飘过,花间的蜜蜂旋转飞舞,嗡嗡地闹成一片,像大风琴;促织最喜欢夏天的炎热,一个劲地乱叫;慢慢地,一切都静下去了。山野上远远的有个农民在吆喝他的牛。

郭成志在浆水公社下汽车,徒步往家走。小径上焦干、滚烫,脚踏下去，一步一串白烟。半路上，他在树荫下休息，正观看家乡景物的变化，忽听一阵嘹亮的歌声传来。

  向前进！向前进！
  我们新中国的青年。
  ……

  从他走过的那条田间小路上，走来一个花枝般的少女。她戴着大草帽，背着花书包，走得那么轻盈，那么欢乐，一步一声地唱着，越唱越欢快、激越，树上的小鸟都被她唱呆了。来到树荫里，她看见郭成志，很尊敬地笑笑，打招呼："同志，暑假探亲的？"
  郭成志回答说："不，回家生产。"
  少女很奇怪地上下打量郭成志："哟，结结实实的，怎么退学了？"
  郭成志笑了："一定要缺胳膊短腿才回农村生产吗？"
  少女很轻蔑地看了郭成志一眼，就又唱着歌走了。
  郭成志到家里的当天傍晚，拜访他的老邻居。他在郭增群家院里的石榴树下边又遇到了这个少女。这会儿他才认出，这个刻薄、清高的女中学生，正是他上中专那年欢送他的小姑娘郭玉金。
  "来啦！想不到是你！"她拍着手说。
  她回过身子连忙给郭成志把小板凳放在地下。接着，郭成志走向郭增群。刚坐下去的郭增群又支撑着站立起来，向郭成志伸着手，压住咳嗽，喜出望外地说：
  "真的是你回来啦！天兵天将！天兵天将！"
  郭成志把郭增群按着坐在椅子上，问道：
  "身体不舒服？"
  "还是老毛病！"郭增群气喘着，摇着头微笑地说。
  郭成志向院子里的人瞥了一眼，和每一个人亲热地握了手，真像是回到了故乡，和人们久别重逢似的。
  "老兄，这可不行啦！带着病还上山呀！"郭成志坐在郭增群的身边，又重新拉着他老茧累累的手说。
  "没有问题！你这次回来怎样计划的？有什么困难，尽管说！别看我身体有老毛病，拼命也得拼啦！"郭增群摇着郭成志的手，兴奋地说。

郭成志站立起来，像在一个严肃的会议上做形势报告似的，把他参加农业生产的决心等等作了简要的说明。

站在一旁的郭玉金，一面看着郭成志，一面用心听着他们的谈话。她的脸色，跟随着谈话的内容和气氛发生着变化：紧张、沉重、愉快、兴奋……

两个人谈笑了一阵。郭增群心里有事，焦虑着生产队的工作，便站起身来，到屋里去拿队里的新规划草图让郭成志看。

郭玉金趁机问郭成志："表叔哇，读了十几年书，怎么跑回来蹲炕头呀？"

"我不是回来蹲炕头的，我来劳动。"郭成志说。

"放着中专不上，回家种地呀？"

"只有在中专里才是革命吗？"

"那倒不一定，应当参加祖国建设。"

"搞农业不是建设吗？"

……

这一番话，把个郭玉金说得汗流浃背，作声不得，想走开，却又不好当场走开。她低头藏在黑影里。

一年以后，郭玉金也背着行李回村了。第二年秋天，副业队想找个记账的人，队长郭明合挑上了郭玉金，可是他爸爸正要往东北送她，要她到她哥哥那儿投考什么技术学校。郭明合让郭成志去劝她留下。郭成志本来对郭玉金就有点成见。听说她在前南峪困难的时候又要走，更瞧不起她了，所以犹犹豫豫地不愿登那个门槛子。

有一天黄昏，下地的人回来了。他们陆陆续续经过村道。街巷上有了谈笑声。炊烟从瓦烟囱冒出来，从低矮的屋檐下飘出来。泥路上，母鸡们带着一群儿女走来走去，到处觅食。有的人蹲在门槛上端个大海碗在吃饭。孩子们则一边吃饭，一边玩耍。有的人已经吃完饭从家里出来了。微缺的月亮从山林远方悄悄出现。天空蓝得像海，闪着第一颗不安静的星星。一天的疲劳恢复了，人们在过着最惬意的时光。

郭成志吃过饭，洗过澡，换了衫裤，和副业队的人正坐自己家的小屋子里拢账评分，门帘子一挑，郭玉金进来了。

"表叔，我也参加你们的副业队吧。"

"你不是要走了吗？"

"他们让我走，我偏不走！"

"革命去呀！"

"留在农村一样革命。"

"农村没有建设呀！"

"咱们是农业国，在农村建设社会主义，是最光荣的建设任务呀！"

开头，郭成志没有完全相信她，以为她只是凭着一时的热情行事，两天半新鲜，终归还得走。可是郭玉金真的投入前南峪农民向灾荒斗争的行列里了。她跟妇女们挑粪肥，比谁都挑得多，连大脚李雪梅都丢不下她；她跟男人们拉犁耕地，连赵志杰都累垮了，她倒一直坚持到底……

一起向自然界斗争的日子里，郭成志渐渐地认识了这个女中学生，喜欢她，为她高兴。郭玉金像一棵刚刚出土的幼苗，生命力充沛，生气勃勃地成长起来。经过以后雨露风霜的日子，她会长成一棵大树。

初夏的田野，麦子快熟了，高粱和玉米的嫩绿的苗子，正在发出沙沙沙的声音，抽叶拔节地生长。在那宽阔的浆水河岸旁，在那弯弯曲曲的渠堰上，一丛丛、一行行的板栗树和杨柳，也安详地垂下它们的枝叶来，在那眉月的河渠的水面上画下条条的影子。初夏的夜晚，在这太行平川的田野里是多么舒爽！一阵轻风吹来，那快熟的麦穗和那板栗、苹果的清香就融合在一起，轻盈地在空气中飘动。一会儿飘到河南，一会儿飞到河北，一会儿又扑进板栗园，流到了郭成志和郭玉金的心里。

这一对年轻人的心里是多么清爽，多么快活！郭玉金这会儿，也在想着一些过去的、有趣的事情。她不像郭成志想得那么朴素，她给这一切往事都添上了一点诗意的色彩。她觉得，认识一个坏人，要经过许许多多次反复，认识一个好人，也要反复。就像她看有趣的小说那样，要翻过一个又一个曲折情节，经过一件又一件事情，只有接触到主人公的多方面，接触到书里边人物的内心世界，为这个人物欢乐和忧愁，特别到了把自己的感情跟书里这个人物的感情紧紧地连在一起了，回过头来一想，忽然，心动了，眼亮了，那才算认识了他！郭玉金对郭成志的认识，不正是这样吗？

郭玉金长得是那样端庄，那样美丽。头上几绺乌黑发亮的刘海短发从额头披下，显得面孔更加红润，那一对机灵的大眼睛，明镜一般，好像啥事经过她这对眼睛都可以看得透彻。她身子很灵活，虽没有郭成志的身子那样结实，却十分健壮，苗条而不虚弱，浑身洋溢着青春的活力。她穿着一身浅蓝的布衣布裤，背上拖着两根辫子，脸上没有一点脂粉，也没有任何修饰，可是朴素天然，出落大方。她的性情像水一般的温柔，可是她的意志却比钢铁还要坚强。当时，可以称之为前南峪数一数二的俊媳妇。

郭成志"业余"时间就足以能做好属于他的那份会计工作，因此，上山垒坝下山锄地他从来没有缺过工。在民兵连里，他是打枪投弹的能手，哪一个科目都是第一，在全公社二十三个村子里，也是拔尖的好民兵。那年公社里在沙滩组织"拉练"，民兵们那黑瘦的脸膛上、眼窝里、耳朵里、嘴唇上都是厚厚的一层沙土，两腿沉重得像灌满了铅。但郭成志却依然挺起胸脯扬起头，加快脚步，一直向前走。当时，村党支部副书记郭明考兼民兵连长，对郭成志非常信任，在他忙别的事和外出期间，郭成志几乎成了"代理连长"。后来，在1966年郭明考上调将军墓公社任专职干部之后，果然是郭成志接任前南峪村党支部书记兼民兵连长。

郭成志返回到自己的屋里，找出了百看不厌的《十万个为什么》，又搬出了板凳，坐在屋地，边看书边"欣赏"外边那腾起了白雾的茫茫大雨。

他兴味甚浓地一字一行地默读着《十万个为什么》。心里满是如饥似渴的感觉，就像一个人无意间来到一个以前没有见过的、美丽的地方，总想一下子把这整个地方都跑遍似的。书中每一篇短小精悍的千字文，都含着特殊的说服感动力量，从字里行间跳跃起来。工夫不大，他忘记了他和母亲的存在，全部精神浸沉在小百科全书的世界里。

不知过了多久，郭成志估计着怎么也有一个多小时了，才从书里抬起头来。似乎是想起了点什么，赶忙找出了一个破麻袋，折成斗篷状顶在脑袋护住身子，扫一眼母亲的房间，觉得没什么动静，才悄悄地闪进帘子也似的雨幕中。一道长长宽宽的闪电划破了整个黑沉沉的天空，使所有谷地的人和物被照亮了有一秒钟。接着不久，就是一响暴烈的雷声，几乎要把整个的宇宙震碎了似的，要来的暴风雨终于到来了，那沉重的飙急的大雨点和着风漩，竟如拧在一起的一条条残酷的鞭子似的，从天空凶猛地抽打下来了。它抽打到山顶谷底，毫无怜悯地抽打到人的脸和周身。此时，二百里邢台太行在暴风雨中欢快地沐浴着，一道道雪亮的闪电，一阵阵隆隆的雷声，一片片巨大的暴雨，向山峰，向树林倾泻着，一座座山峰突然像披上几十条飘带一样，挂上了奔泻的雪白的瀑布。没有哪一个农民会感到有什么厄运在雨中悄悄地隐藏。苍茫的华北大地，也正在敞开它那坦荡的胸怀，一任大暴雨浇灌着生长茂盛的庄稼。

农民们在享受着"久旱逢甘霖"的喜悦，心中开始盘算着这场迟到的"夏至"雨后，地里还能种点什么，秋后还能捞回几成的收成。

他们万万没有想到，几个月来都是铜板一块的天，这次却彻底地"漏"了。这场雨一下就没完没了，时骤时缓。

二

郭成志早就把小褂子脱下来了。地皮上撒了一层雨水，和成了稀泥，黏极啦；他甩掉了鞋子，往胳肢窝里一夹，光着两只大脚板子，"啪唧、啪唧"地跑。到了大队部，他已经喘得上气不接下气，脸上白白的没有一点儿血色，浑身上下除了泥，就是水。一看，支书郭明耀也在。他们互相看了一眼，没有说什么，就又把脸都转向了窗外。倾盆大雨从变黑了的天空里，倾泻下来。这不是雨，而是乱响的，叫人站不住脚的倾泻下来的水，是狂暴的充满了旋卷的黑暗的水旋风。一会儿副支书郭明考、大队长郭明合，相继赶到。后来又来了几个民兵排长。他们每个人都像刚从水里捞出来。

干部们都干什么来呢？每个人心里都比磐石还要沉重，隐约地感到一个可怖的黑影笼罩在前南峪村上，仿佛大自然正暗暗汇集威力无比的破坏力量，就要发生什么了，但谁都没有说话，只是把脸转向了窗外，把一双眼睛都紧紧地盯在了雨中……

一个小时、再一个小时，雨虽然时大时小，但阴沉的天空浑然如一块深灰色的铅板，使人感到没有一点缝隙能够透过一丝蔚蓝色。

至下午，雨脚更渐密渐大，淅沥的雨声神秘地响着，好像在发出什么警告似的。在远处雨声已经响成一片，好像一把大刷子在干地上擦着一样。郭明耀看没有停止的样子，就又想到两件要紧的事：西山的山洪，说不定就要下来了，得防备西岗子那个山口；有些社员的房子比较旧，恐怕经不住这场风雨，得马上想办法解决。

他没有把这两件事儿全说出来。他在每一个同志的脸上看了一眼，只见每个人都是水淋淋、泥糊糊的。这件事要说，又有点不忍说，可不说又不行，很有几分为难。

郭成志跟他是贴心的人，只要见他一个表情，就能猜到他的心事，便朝郭明耀跟前凑凑，说："支书，有什么事儿吗？"

郭明耀说："同志们已经冷得够呛了！可是，我们还有两件重要的事情要办……"

这时候，每一个干部的心情，都像冲锋的战士一样的紧张和昂奋。

各个大队干部、民兵排长，有的抡着拳头，有的手里拿着草帽挥着向支部书记表示决心。

大家异口同声："干吧，没关系！"

这时候，是支部书记用自己的热情鼓舞干部们呢，还是干部们用自己的信心鼓舞支部书记呢？这是谁也说不清的。因为讲话，抡拳头、挥草帽表示决心，已拧成一股巨大的声响，震荡着整个大队部。

郭明耀说："瑞娟、素梅可以回去换换衣服，休息了；明合、明考、成志和我，咱们四个人分两组马上出发，我和成志到地里看看，你们两个一人分一条街，把社员家的房子检查一遍，着重检查烈军属和贫下中农家；看看房子漏雨没有……"

赵瑞娟说："这是重要事儿，干吗让我们回家休息呀！"

郭素梅说："我们不回去，也包两条街吧！"

郭明耀说："我们四个够了，还用你们干什么！"

郭明合拉开她们，对郭明耀说："快让他们去吧，你惹她们干什么呀！"

郭明考也说："我替支书做主了，快去吧。"

几个人又戴上滴着水的草帽子，一块儿走出场院。郭明合奔北街，郭明考奔东街，赵瑞娟奔南街，郭素梅到小学校那趟街去。泥水在他们的脚下飞溅着，雷电在他们的头上闪动着……

郭明耀站在大队部门口，手撑在腰里，一手提着铁锹，注视着快步前进的干部们。

他们快步走着，当他们经过郭明耀跟前的时候，都严肃兴奋而激动地用眼睛向他打招呼。他们像是对郭明耀表示："支书！要大战呀！"

郭明耀像每次战斗前一样，觉得自己浑身汹涌着狂潮一般的力量。他想："多好的干部哇！带上这样的干部，还有不打胜仗的道理吗！"

郭明耀和郭成志临出门的时候,郭明耀把一个药包交给郭明合,嘱咐他,等雨小一点的时候,找个人给饲养员郭大昌送去;随后,望着同志们一个个被雨烟吞没了,他又把铁锨扛在肩上,跟郭成志心里热乎乎地甩开了大步。

他们走出村子,往西走,向北拐,顺着人行小道穿进了枣树林。他们一声不响地走着,越走越快,脚底下是坑坑洼洼高低不平,特别是还得老防备着两旁的枣枝子扎他们的脸。郭明耀走着,盘算着,忘了淋着雨,也忘了蹚着泥水。

他想:这场暴风雨,一定会给前南峪带来很多的困难。地里长着的谷子,肯定又被这风雨压倒不少,不晴天,不开风,也要霉烂。经过这场雨,地里的草籽儿又要发芽生长,不赶紧跟上锄草,庄稼地就会打荒……

在支部书记的面前,又摆下了多少艰难的工作!可是,他一想到社员们积极生产的情形,心里就有一种说不出来的高兴,又升起一股子坚强的信心。这场暴风雨,实际上是对他们这段工作的一次测验,也好像是一场演习。事实证明了党的指示的正确,证明了这一段工作没有白干。很多社员的集体主义思想都提高了,干部的工作能力也提高了,大伙儿的干劲儿多大呀!特别是一些人的转变更给支部书记鼓了劲儿。有了这么多人的齐心合力,再大点的暴风雨,又有什么可怕呢!

他穿着湿透了的衣服,踩着地坡子上的泥水跟郭成志走着;时大时小的雨水,还是不停地往他们身上泼洒,雨点敲着铁锨;不断声的闷雷,高一声低一声地在他们头顶上轰隆着……

郭成志说:"暴雨,你看这暴雨……支书!"

郭明耀说:"倒霉的雨!"接着,他像安慰自己似的说,"成志,反正雨对我们不利,对农作物更不利!"

郭成志用手擦擦头上的雨水,说:"可是我们没日没夜等待的大雨就是这样!……真是的,碰到什么鬼呀!碰到什么鬼呀!"

"暴雨把一切都搅乱了!下一步怎么办呢?"这个问题搅着郭明耀和郭成志的心。因为,前南峪前边是干旱,后边是暴雨,这一仗只能打好不能打坏呀!因为这一仗,是全村粮食大丰收的一个重要组成部分,人们把一切希望都放在这一仗的胜利上。可是暴风雨把社员们用生命、血汗交织起的希望,变成了痛苦的激愤!

他们急急地向前走去。不管狂风怎样吼，天气怎样暗，他们还是上了西岗子……

闪电撕破昏暗的天，炸雷当头劈下来，仿佛地球爆裂了。大雨从天上倾倒下来，霎时，满山遍野，变成白茫茫的一片。

狂风暴雨中，前南峪决定性的战斗展开了……

他们站在西岗子上，就像站在大瀑布下面一样，听到了一片牛叫一般的水声。

西山口怎么样呢？去年秋后郭明耀领着社员们在那儿修了一个小小的拦洪坝，在那个坝下边，奠着几块大基石。有了这个坝，就可以把山洪挡住，不让它往前南峪的土地里灌，让它顺着干沙河流走，流到远方的白马河里去。垒坝那会儿，是非常匆忙的，既没用仪器测量，也没有什么设计，就是把老石匠张光明拽到那儿一指点，大伙儿就干起来了。这一回是1963年第一次大雨，是对拦洪坝的一次考验哪！

他想到这儿，就撒开两条腿跑起来了。闪电！闪电！电光把无边的黑暗撕破了。雷声炸，狂风滚，沟里的洪水直吼叫，像天塌地裂一般。雨，雨还是拼命地往下倒，像是猛烈的闪电光把天劈开了，天上所有的水都倾泻下来了！

郭成志跟着他穿过一片割去早熟玉米的土地，又爬上一道小土坎，远远地瞧见那个石坝了。雨幕里，郭明耀看到那边有几个人影活动。心想：是谁？在那儿干什么呢？于是，他没有喊，也不再跑，把手里的铁锨像步枪似的端着，跟郭成志弯下腰，快步地朝那边迂回过去。

忽然，坎子下边"哗啦哗啦"的水声响，李雪梅背着一大捆玉米棒子从玉米地里过来了，玉米茎秆上沾满了雨水的柔韧叶片，锯着她的衣衫和面颊。玉米茎秆晃动激起的风呜呜地在她头顶上短促出击，渠沟的流水声愈来愈响。李雪梅扯着嗓子喊："哟，明耀，你们干什么来了？"风雨把她说话的声音给卷没了。

郭明耀大声说："那边大坝下边好像有一个人。"

李雪梅说："好几个哪！郭俊刚、郭双群、郭春海早就来了。"

郭明耀心里一热，把脸上的雨水撸了一把，说："啊，是他们呀！那边怎么样，没出问题吧？"

李雪梅说："结实着哪，铁打的一样。"

郭明耀放下心，这才顾上问："怎么你来背这玉米棒子呀？"

李雪梅说："别提了，不知哪个组丢的，更仁哥让我找俊刚，我觉着，有找他们那个工夫，还不如叫上一队的几个妇女，把它背回来得啦！"

郭成志赶忙从坎子上跳下来，说："雪梅婶放下吧，一会儿我替您背回去；路不好走，别把您摔着。"

李雪梅说："瞧你说的，摔了别人，还能摔了我呀？"说着，也用手抹了抹脸上的雨水，刚要抬腿朝前走，她的老胃病又犯了，浑身发冷，头昏眼花，可是她勉强地支持着。脚下扎了一根刺，很痛。她放下背上的玉米棒子，低下头拔掉刺，可是一抬头时，天也转地也转，眼发黑。她失去了控制自己的力量，悠悠忽忽，像掉下无底的深沟！

郭成志连忙扶住李雪梅，喊："支书，雪梅婶撑不住了！"

电光一闪，郭成志看见李雪梅躺在泥水中，眼闭着，下巴颤动，雨水从她脸上往下流。

李雪梅猛然心里又豁亮了，她用颤抖的手推开郭成志，说："喊什么？——雨，快过去了！"

正说着，郭明耀噗嚓噗嚓踏着泥水走过来，问："雪梅，怎么样，雨淋得够呛吧？"

李雪梅说："不，不要紧。"

郭明耀听见李雪梅声音有些发抖。他问："老胃病又犯了吗？"

李雪梅说："哪，哪里！病没有犯，只是，只是身上有些冷。"

郭明耀把他披的一条麻布口袋，拿来给李雪梅披上，就顶着风雨，踏着泥水向后边背玉米的妇女走去。他边走边喊："社员们！雨不会下得太久，眼前这点困难算不了什么！"

郭成志紧走两步赶上郭明耀，说："支书，雪梅婶病得厉害，请您快想个办法。"

郭明耀返回来，说："雪梅，让成志把你扶到家里去。"

李雪梅说："别听成志瞎扯！没有那么严重。"

郭明耀问："确实？"

李雪梅说："哄你干什么！"她挺了挺腰，又用全身力气背起玉米棒子，边朝前走边说，"看！我的力量还足吗？"

后边跟着又过来了几个背玉米棒子的妇女。前边的两个，一个是香梅,一个是志杰媳妇。她们望着支书他们笑笑,赶紧追上李雪梅。

又一个背玉米棒子的人从郭明耀他们身边走过的时候,郭明耀发现那人小腿有点僵硬。那人看看身前身后一起背玉米棒子的社员轻松自若,健步如飞,以为是雨衣在妨碍自己,干脆一把扒下,甩开膀子,快步前进。但过了一会儿,脚下又渐渐地不济了,越是想快,后脚越是往后跐溜,体力消耗得越是厉害。郭明耀赶紧追上来,连声说:

"大娘,大娘,您该歇息啦!"他声音犹如洪钟一般,乍一听到,都不相信会有这么好听的嗓音,"您干起活来真有股子猛劲儿!"

刘改棉妈停住脚步一看,来人长着一张淳朴和蔼的面孔。但那双眼,却很刚毅、威严,炯炯有神。看人时,从压得低低的草帽帽檐下,闪射出一种阅历很深的犀利的目光。于是她淌着雨水的脸上露出了笑纹儿:"郭支书……"

"大娘,给我,给我!"说着,郭明耀就要帮她背玉米棒子,"看看,这玉米棒子,谁有你背得多?"

"行,行,我背得了。"

"大娘,太感谢了,您也帮我们……"

"唉,郭支书,你怎么这样说呀!我这是一举两得:帮生产队,也是帮我闺女,像你帮她一样,全是一回事儿……我还得感谢你哪!……"

郭明耀、郭成志还要替老大娘背玉米棒子。

后边追过来一个人,咬紧嘴唇,使出不顾死活的猛劲,挑着两大筐玉米棒子艰难地走着,当她看见郭明耀他们的时候,又鼓了鼓劲儿,几步走了上来,说:"大兄弟,哎,郭支书,不用抢了,这是最后一趟,全抢收光了,一个玉米棒子都没有丢在地里,老天爷白闹了!"

郭明耀和郭成志回头一看,不由得愣住了。他们看见一个泥人,一个水人;从头上到脚下,全是泥水,那双新鞋新袜子,早变成了泥坨子。郭明耀几乎有点不相信,站到跟前的这个人就是刘改棉。他心里越发激动,一时竟不知道该说什么好……

郭明耀和郭成志离开西岗子,雨哗哗地越下越大,天地间像挂上了一幅大珠帘,迷蒙一片。他们拿着铁锨,冒着急雨,蹚着泥水,来到饲养院。

傍晚时分,一盏昏黄的吊灯,在槽前的风雨里不停地晃荡,那四射的光芒被雨丝和狂风割裂得支离破碎。一股子急流,带着粪草的气味,涌出大门口,从来人的脚底下流走了。

他们觉得自己的四周随处都是水。水成为冰凉的、汪洋的一片,包围着你:一种狂乱的,像鞭一般响,在空中粉碎起来的,将黑暗衬得更加浓厚的,使得散布在太行山一带的房屋彼此更加孤立的水。

天空变得那样黑暗,外面的景致就显得又青、又黑、又好看;雨是那么又紧又密地向前打过去,附近的树木都显得分外黯淡,像蒙着一层蜘蛛网似的;有时候刮过一阵狂风,把树木吹得弯下腰去,把树叶惨白的底面都翻上来;然后一阵惊天动地的怪风跟了过来,刮得所有的树枝乱舞胳膊,好像是疯了似的;最后在最青、最黑的时候——唰!马上像闪出一道神光似的那么明亮,你就可以看见远远一片树梢,在风雨里颠来簸去,你能看到比以前远几里以外的地方;可是过一秒钟,又是一团漆黑,这时候,你就听见一声霹雷,惊心动魄地打下来,然后就呼隆、呼隆、咕咚、咕咚地往下滚,一直钻到地底下去。

郭大昌站在灯下、槽前,刚给瘦骡子灌了药,正在给牲口推着肚子;雨水像一条条珠子串似的,从檐头上垂落下来,在老人家的肩头上摔碎了,跌在脚下旋转的水涡里。

郭明耀走到牲口槽跟前,骡粪尿蒸发出一股熏人的暖气。枣红马、青骡子都在吭哧吭哧地嚼着干草。他看了看垂着眼皮的病骡子,火炭也似的赤,浑身无一根杂毛;又看了看愁眉紧锁的郭大昌,说:"昌爷,外边这么凉,别老在这儿站着了。"

郭大昌没动窝,眼睛还是盯着病骡子,说:"不凉,我得守着它。"

郭明耀推着他说:"您回屋暖和暖和,我和成志替您看一会儿,行吧?"

郭大昌依旧没动,说:"你们在雨水里泡半天了,连口气还没有喘,快去歇歇去吧;明日雨一停,还得有多少大事情等着你们去打发呀!"

郭明耀把铁锨放在地下,脱下自己的雨衣,给郭大昌披在身上。

郭大昌连忙揭下雨衣,往郭明耀手里塞着说:"嗨,你快穿上吧,别让风吹着,病了可就糟啦;反正我也是湿的了,一会儿换件干衣裳就是了。"

郭明耀笑着说:"我是湿的,您也不是干的;穿上吧,挡雨不挡雨的,隔点凉。"

郭大昌只好把雨衣披上，很痛苦地摇了摇头，眼泪似乎在往心里流，又深深地叹了口气说："你瞧瞧，这是啥时候，它偏偏闹病，这全是我的过失呀！"

郭明耀安慰老人说："人还免不了闹病呢，何况牲口！多好的饲养员，也不能保证牲口总不病！"

郭大昌连连摆手说："你别给我宽心丸吃了。我不这样看，也不能这样看。牲口在这个时候病了，不论怎么说，是饲养员的过失。你想想，雨一住，活儿全都挤在一块儿了，哪儿不得抢牲口用？眼下咱们还没有拖拉机什么的，这牲口就是拖拉机；打起仗来，这牲口就是机关枪、大炮；武器出了毛病，不怨管枪炮的人怨谁？我得想法儿快点把它修理好呀！"

郭大昌的脾气禀性，郭明耀是再清楚不过了。他是个愉快的老人，看起来无忧无愁。不管和谁见面，都是嘻嘻哈哈，说说笑笑。但是有时候，他也和人吵架，而且发起脾气来，相当可怕。

那是去年秋耕地快要结束的时候，有天傍晚，郭大昌站在饲养院当中，拉着"黑眼圈"跺着脚，跟他儿子郭海亮大声吼道：

"……牛不是你的……你不心疼啊！你是想要它的命咧？你把队里的牛捣砸了算啦！牲口也是肉长的，不是生铁铸的！打个颠倒，我来这样打你，你疼不疼？"郭大昌气得呼哧呼哧地喘着粗气，头上的青筋都暴了出来。郭海亮虽然有一肚子气，但眼下也不再说什么，蹲在一旁，梗着脖子瞪着眼要开了庄稼人的倔脾气：

"要杀要剐由你！"

郭大昌更火了，他右手叉在腰间，左手握成拳头，气冲冲地指着郭海亮道：

"怎么？做下有理的了？好狠心的狼不啃的儿子！看把牛打成啥啦！你往死打牲口就对？应该？你是存心想吃生产队的牛肉啦！队里的牛死了，把肉都喂了狼也不给你吃，你把生产队的牛打死，你两个郭海亮吧，能赔起？大家都照你这样，生产队该垮台了！走，咱们找支书讲理去！生产队的牛要病了、死了，今日就和你过不去！"他一回头，看到了郭明耀，忙拉了拉"黑眼圈"，说：

"明耀你来看看，看打成什么样子了！"

郭明耀过去看时，只见"黑眼圈"满身的毛都湿了，背上有几条鞭印还未消散。这牛也真乖,它用舌头舔着郭大昌的手背,两眼望着郭大昌,"哞哞"地叫唤,好像诉冤屈似的。郭大昌摸着它的头,伤心地说:

"打得多狠!打得多狠!"

郭明耀问了老半天,才把这件事弄清楚:原来那天下午郭海亮赶着"黑眼圈"去耕玉米茬地,到太阳快落山的时候,一段地耕得只留下半亩了。他想突击一下耕完,省得明天再来一趟,于是就拼命赶牛。结果地算耕完了,牛却变成了这样子。回来一进院就被郭大昌看见,父子俩就吵了起来。

郭明耀感到,对这样一个老社员,光说几句宽心的话是不会使他安定下来的,也就不再说什么了。他又看看那个病骡子,心里边也很焦急。这红骡子在这群牲口里边是最拔尖儿的,驾辕、拉碾子、粘青,全套的活儿,眼下正需要它出力气;一病三天不能出动,一辆车就停下来了……

郭明耀怎么想的郭大昌不知道,但他只有一个念头,不能容忍病骡子毁了生产队的秋庄稼!一头骡子从小驹子喂养大,又操练成这个样,非是一日之功。现在大红骡子突然病倒了。牲口可是山区生产建设的台柱子!眼下,汽车、拖拉机山区还没有,牲口又是汽车,又是拖拉机。耕地、拉磨要靠它。山里那么多果子啦、柴草啦、粮食啦,哪一宗不靠它往外运?他觉得自己像块烧红的烙铁,一下子掉进冰水里,感情上再也忍受不了,无声地流出了眼泪。

郭大昌说:"你想想,要是它好好的,不停那辆车,今天下午抢收玉米棒子,它得出多大的劲儿。险哪!要不是咱们社员心齐,得有多少玉米棒子丢在地里呀!要是玉米棒子这会儿在水里泡着,我这会儿就不是发愁了,我哭也哭不上韵调了。"

郭明耀还有个更大的担心,怕这场病拖下来,把骡子撂倒。老饲养员的多少心血花在里边;买一头,抄起来就是几百块,那更是不小的损失呀!一种痛苦的感觉使他心冷。这个从未受过的威胁,清楚明晰地摆在他的面前。所以今天下午,他派人跑到浆水公社,抓了一服价钱最贵的药。可惜,来了暴雨,又不停,吃了药不能遛,有药也不能灌。

郭明耀沿着槽头走着,朝里边打手电,照着每一头牲口。在这雷雨阴凉的夜晚,所有的牲口都显得安静了。有的卧下歇着,有的还在悠然地嚼着草料。他又举起手电,照了照棚顶,所有的棚顶都没有漏雨的地方,朝西的那个棚子，还挂上了苇草帘子。这是怕转了西风，把雨水打进来，老人家特意把自己屋的窗帘子摘下来挂在这儿的。他的手电光亮，又照到北墙上一个新开的后窗户洞，洞的四周都抹上了泥，方方正正，根本看不出是新开的，倒像原来盖棚子的时候，就已经安排好了。这是老饲养员为了让棚里空气新鲜，亲自动手开的。郭明耀走着，看着，又转回来，他忽然想到一件非常非常重要的事情：得马上给老饲养员找个助手，找一个又精明、又可靠、又能干的人当他的助手。这样，一来可以跟着老人家学学技术，把他的宝贵经验接受过来；最要紧的，能够替换一下身子，给老人家减轻一点负担，让他能够结结实实地多活几年。想到这儿，他甚至感到，在农村的社会主义战线上，最辛苦的人，并不是他这个支部书记，而是饲养员。别人每天可以收工，有事可以请假，把活干完之后可以睡个踏实觉，可是饲养员不行，就算电影队到村里来放电影，他也不能去看一回，从春到冬，也不能脱个光身子睡一夜。特别当母畜生育的时候，更是让人辛苦百倍。去年除夕下午，郭明耀听人们说"一片雪"要下驹子了。他赶紧跑到饲养院里。只见那匹像棉花朵一样纯白的母马的槽跟前围了很多人，圈里铺着一层新干草。"一片雪"站在那里纹丝不动，奶头已经垂下来了。隔一阵就往下滴一滴奶水。郭大昌出着一头汗水，他心里怕累着"一片雪"呀，忙得跑来跑去，一会儿拿来了剪刀，一会儿又去取扎脐带的布；一会儿又吩咐别人熬米汤。人们一个个都是喜气洋洋，抽着烟，愉快地说笑着。看样子"一片雪"很快就要生产了。可是这样一直等到上灯的时候，还没有动静。人们都显得有些焦急。郭大昌一句话也不说了。他不忍看它，但又不能不看它。它有小小的耳朵，黑亮的眼睛，挺直的四条腿，浑身像披着一层柔软的白缎子似的，看着真让人稀罕。想起来它要下驹子的艰难，他的心像被刀割也似的难受。但他竭力地克制着自己的感情，皱着眉头，不时去摸摸"一片雪"的肚子。"一片雪"站在那里全身不住抖动，喂什么也不吃。又等了有两三个钟头，还是没有动静。时候已经不早，人们都逐渐回家吃年饭了。农村里是非常重视这顿年饭的，它象征着这一年一家老少欢欢乐乐团聚一堂的开始。牲口圈前面只留下郭大昌和郭明耀几个人。大家谁也不讲话，都盯着"一片雪"。每个人都捏着一把汗。郭明耀知道郭大昌这时比别人更急。他那两只眼里好像要急出火来了，"一片雪"每一抖动，他的身子也不由得要随着动一下。人越着急，越觉得时间长。又等了有两个钟头，还是没有动静。儿子几次催郭大昌回家吃年饭都顾不上，只好把下好的白面饺子送到牲口圈里来……过去，老人家总是不声不响地干着，没有任何一点儿个人要求；没要求，并不等于没困难，作为一个支部书记，应当想到这一点儿，应当体贴他。唉，自己在这方面对他关心得太不够了……

忽地，郭明耀闻到了药味儿，一愣，连忙说："昌爷，您给牲口灌药了？这可不行吧！这药灌了以后，得不停地遛它；要是不遛，那药就消化不了，就不管事儿……"

郭大昌下巴微微颤动。他直盯着郭明耀，眼里射出两股严厉的光。他说："这个我知道。不遛，药存在肚子里，还会变成病……"

"是呀！你看，这雨不停，怎么到外边遛呢？确实困难，确实——"

郭大昌打断他的话说："困难？我们这些人，不是为克服困难而来的吗？"他望着外边雷鸣电闪，暴雨一阵比一阵紧，又声音低沉地说："有些干部遇见的情况，本来困难得要死，可是他不空喊，他想办法克服困难，他有战胜困难的气魄。只有这样的人，才使人尊敬！"他突然转过脸来，那铁钳子似的眼光又钳住郭明耀，"我们最困难的时候，也是暴雨受不了的时候，谁能熬过这困难的最后时刻，谁就是胜利者。你想想，暴雨能下多长时间？我们在这里多顶一个钟头，暴雨会消耗多少啊！我们在这里多顶几个钟头，病骡子会有多大的好转啊！为什么你的眼睛只看到暴雨给我们造成的困难而看不到我们整个的事业呢？"他紧闭住嘴，停止说话。显然，他在尽力压制感情，使自己冷静。他的脸色黑煞煞的，眼睛闪着清冷而刚毅的光。过了好一阵，他又说："我问你，这雨要是下个三天两天，我们就等着呀？把牲口耽误了可怎么办？"郭大昌盯着郭明耀，盯了足有一分钟，说："我先灌了它，等雨停住，我就去遛。反正不能干等着！"

郭明耀是具有军人的心肠和习惯。因此，他对郭大昌这种爽直、尖锐的责备一点也不反感，可是有一种灼热的痛苦抓住了他。这种痛苦是那不能原谅自己的责任心引起的。

郭明耀脸色严峻，那由心里涌上来的难过爬上了嘴角。他想：老饲养员这话批评得有道理，要是雨连着下几天，这骡子就算耽误了，就是不加重，也会更难治。

郭明耀说："昌爷，等过几天，院里不用人看着了，我搬您这儿住呀。"

郭大昌问:"你搬到我这儿住干什么呀?"

"跟您做伴儿。"

"做伴?你想着来替我看牲口是不是呀?"

"您太累了。"

"就算你们干部都搬到这儿来,我就能钻进被窝里睡踏实觉啦?得了,你千万别在我身上多花心思,够你忙的了;你老是惦着我,倒使我怪不落忍的。只要我能把牲口喂得好好的,对你们工作有点帮助,我就是累一点儿,也不算什么呀!"

"起码得找个年轻力壮的人跟您一块搞。"

郭大昌说:"这儿雨拉拉的,别淋着了,有话都回屋说去吧。走哇,走哇!"

两个人跟郭大昌走进屋里。郭大昌摸过一条板凳,送到门旁,便对郭明耀他们说:"快坐下歇歇,我来点灯。"

他走到锅台旁,摸到火柴,擦了一根,被风吹灭了,又擦了第二根,又被风吹灭,连连擦了十根,全部灭了。"天哪!今天屋里哪来这么大的风啊!"他一边擦着一边还这样想。其实屋里并没有风。一来是他的心慌得太厉害,喘气和拉风箱一样,火柴当然被吹灭了。另一个原因是他的手指凉得有些麻木了,火柴在手里直摇晃,咋能擦着呢?

郭成志坐在门旁,听到锅台旁"嚓!嚓!嚓!"左一根火柴,右一根火柴,估计最少也得擦有小半盒火柴了,便连忙起身走到锅台旁,帮郭大昌擦着一根火柴,点亮灯。

郭大昌从锅台旁端起一盏煤油灯,放在矮矮的方桌上,非常抱歉地说:"凉了吧?嗯!你们看,我这里又没有多余的衣服给你们换。"

郭明耀忙欠身说:"不用换,不用换,过一会儿就干了。"

郭大昌说:"我来引把火,给你们烤烤湿衣服。"说着就从锅台旁边抱了一把干树枝子和棒子骨儿头,一根一根地搭起来,像个小塔似的。他又划火从底下点着了,那小塔先是冒了一下烟,烟后起了火苗子,那火苗子一股子一股子欢快地跳跃着,从下边稳稳当当地往上边烧着,好像盆景里一棵红色的小树。

郭大昌又搬过几个小凳子,拉拉郭明耀的胳膊,又拍拍郭成志的肩头,说:"都坐下吧,好好地烤烤,这天气可真凉啊!"

郭成志说:"您别张罗了,我们还有事儿哪,哪有工夫坐着烤火玩呀!"

郭大昌对他们说:"看你们那衣裳湿的,老让它这么湿湿地溻着,受了寒,可不是玩的。"

两个人围着火堆坐下来,那热气从身上一直热到心里。在风里雨里泡了半天的人,有一堆火烤烤,这该是多么难得的享受啊!

烤火的时候,郭明耀、郭成志交谈间,自然而然地提到了白天这场暴风雨以及由此出现的种种问题:地里长的晚玉米,肯定又被风雨压倒不少,天一晴,要马上组织社员扶玉米;黄豆地里的草籽儿又要发芽生长,要赶紧跟上锄草,等等。

现在,郭明耀的思路,比原来去西山口,大有开拓。他深切地觉得,要解决现在碰到的问题,必须有勇气正视面临的困难,像老饲养员郭大昌讲的那样,我们要敢于取得胜利,也要善于取得胜利。

郭明耀跟郭大昌生产有好些年头了。远在新中国成立初期的农业互助组、合作社中,他们就并肩劳动,同志的情谊就牢靠地建立起来了。郭明耀深深地知道,你对自己的职务忠实,把任务看得重于生命,郭大昌就支持你,鼓励你。一个治山英雄牺牲了,郭大昌会痛苦得水饭不能入口。当你负了伤,郭大昌能整夜守着电话机等候医生报告伤势向全村社员广播,还在百忙中翻山越岭到医院看你;他会对医生说:"你一定要救活他,党交给我们的无价之宝不是别的而是农业生产的骨干力量。"可是你要在困难面前动摇畏缩,不坚决执行任务,郭大昌便会向大队干部报告,绝不留情地按制度办事。想到这里,郭明耀又产生了一种惭愧的心情。他觉得,自己比起郭大昌那种忠诚坚定来,该多么渺小啊!

雨越下越大,哗哗地直往下泼,泼得人眼睛睁不开,耳边只听见一片惊心动魄的响声。

郭明耀用了很大的劲儿才把那两只又是泥又是水的球鞋扒下来,脚板泡得白胖胖的,腿肚子发青,筋骨都是疼的。当他把小裤子脱下来拧了拧,一转脸不见了郭大昌,就朝着窗外边喊:"昌爷,您也烤烤来吧!"

郭大昌正在槽边上忙,他把雨衣给病骡子搭在身上,听见喊,就大声回答说:"一会儿就来,你们先烤吧。"

过了一会儿,郭明耀把烤得热乎乎的球鞋穿上了。顺手又在火堆上加了一把木柴,木柴噼噼啪啪地燃烧着,火焰升高了,那一闪一闪的火光映红了他的脸颊，他的脸颊上，显出了沉思而激动的神情。

这时，他们朝着牲口槽前边走，想看看吃了药的骡子有什么反应，再换郭大昌回屋去烤烤火；抬头一看，棚顶上挂着的那盏灯的火苗灭下去了，就说："昌爷，该添油了吧？"槽那边没人应。

"昌爷，您快到屋里烤烤去吧，这边有啥事儿让我们替您照看照看。"

槽那边还是没人应。

郭明耀跷着脚把灯柱捻大，低头一看，棚里的那匹病骡子不在了，郭大昌也不在了。他们慌忙地转回身，上气不接下气，满院子呼喊："昌爷，昌爷！"

刚刚小了一阵子的雨，又哗啦一下大起来了。

郭明耀从槽前抄起铁锨，又从屋里取出手电，也顾不上穿上那件烤着的小褂子，就跟郭成志朝外跑，雨水，阴凉阴凉地泼在他们那结实的肩上、背上，顺着湿了的裤子，滚进鞋里。他们出了大门口，又在空场上喊着，照着。依旧没人影，没回声。郭明耀的胸口突突地跳，暗想：准是自己跟郭成志烤火的工夫，郭大昌见雨停了，就拉着骡子到外边遛去了，这会儿准是在村边上遛牲口。雨越下越大，黑沉沉的天空像裂开了无数道口子，将大雨向大地倾泻下来。风雨和黑暗织成了一张无边无际的罗网，遮盖着山野、村庄，一切有生息的东西，都默默地隐藏起来了；只有雷鸣雨啸，天地都好像在翻滚着。郭大昌牵着一匹红色的骡子，踏着泥水，咬牙、奋力地向回奔走。狂风把雨水拧成条条鞭子，抽得他透不过气来。他脱下雨衣搭在红骡子的背上，对牲口大声地吆喝着，用力牵扯着，想找棵避雨的大树都没有；红骡子病了一天一夜，才又灌了药，在大雨里淋久了，倘若有个好歹，回去怎么向社员们交代呢？当他发觉自己完全迷失了方向，就越发地慌张起来了……

郭明耀越想越觉得可怕，一边跟郭成志朝村外跑，一边呼喊："昌爷，昌爷！"

狂风急雨，把他们的声音撕碎了，吞没了；"轰"的一声，又打起了响雷……

郭明耀越喊越着急。他们转了一阵子，喊了一阵子，又想：漫天遍野，到哪找去呢？这一来，他们就更慌了。场边、地头、山根下，到处都找遍了，都没有郭大昌的踪影。他们拐回来，朝南走，绕过碾棚的时候，他们忽然听到一种"嘚嘚"的声音，停下细听，又听不到了。是雨水流动的声音，还是房檐滴水的声音呢？又响起来了，细听听，不对，像是牲口走路的声音。他们想：可能是雨一大，郭大昌牵牲口回来了。

他们的心情快活，精神焕发。他们那因找不到郭大昌而着急的心情完全消失了。仿佛，他们现在不是在找郭大昌，而是在庆祝红骡子痊愈了。郭明耀朝前边迎了几步，刚要喊，那种声音又在背后响起，这是怎么回事儿呀？他们急转回来，原地转了一圈儿，又打开手电朝碾棚里一照——哎呀，在这儿哪！

郭大昌倒背着手，牵着病骡子，沿着碾道，慢慢地走着、转着，走着、转着那条无尽头的路……

郭明耀心里一热，钉在那儿了。

一个雷声，一片电闪……

郭大昌在电闪里看到了郭明耀他们，就一边照旧走着，一边很平静地招呼他们："外边淋着干什么，快进里边来吧。不老实在屋里待着，还往外跑什么！你们这年轻人呀！"

郭明耀走了进来，脚下的细土立刻和了泥。他好一阵工夫都默默不语，像是集中注意力，在看着郭大昌手中牵着的病骡子。他粗粗地出了一口气，像是很恼火："唉，昌爷，您让我说什么呢？"

郭大昌笑着反问："你为什么要对我说什么呢？"

"我真生气了，我想跟您发火、批评您；一见面，我又开不了口啦……"

"你没理由批评我。我做着我应当做的事情，这事情是对生产队有好处的。你批评，我也不接受！"

"我想表扬您，可是我又找不到恰当的话……"

"你更用不着表扬我。我做的，比我想做得差远啦，生产队需要我多做呀！你表扬，我倒惭愧了！"

郭明耀一边听郭大昌说话，一边拿眼睛望着他，心头想："这昌爷真好！人虽平平凡凡，但你看他对集体多么实心，掏出全部力量去管好牲口！可我自己呢，平时对党的农村政策也算学习过好多次了，也觉得基本上领会那精神了，要讲到自觉去运用，却远远不如他老人家哩！"

想着，郭明耀不禁感到有些惭愧，领悟到自己不仅不如郭大昌，也和在场的郭成志有差距:"哦,你的处境跟他们不一样?你没有在发展农业集体的道路上碰到那么多的困难?因此,在贯彻党的农村政策上,你就缺乏他们那种生死攸关的感情,你更多的是从道理上去领会!郭明耀啊,你要加倍努力向社员们学习。你虽然是一个农村党支部书记,但是,看来你也有转换思想感情这个大课程呢!也得认真改造自己的世界观!"

这样一想,郭明耀心头特别舒畅,产生了一个强烈的渴望。这渴望是什么,他无法一下明确地说出来。只觉得正在前南峪进行的社会主义革命和建设,像一座熊熊的大火炉,而自己则仿佛是一块铁,更加迫切需要投到里面去烧,去烘,去淬炼成钢。

这时,郭明耀心头暖烘烘的,笑着说:"昌爷,您把自己忘了……"

郭大昌听后也笑起来,说:"不错。你也把自己忘了。一个人,对集体事儿着了迷,他才能忘了自己。"

"您把一切都交给了集体……"

"不错。一个人只有他能够舍得把一切都交给集体的时候,他才会迷住集体的事儿。"

三

郭明耀在村南泄水渠上,观看水情流势的时候,接到公社召开紧急会议的通知。他还从送通知的马月秋那里了解到这次会议上的主要议题。他像一个早已整装待命的战士,听到了冲锋号角,立刻昂奋起来,提起铁锹,就顺着渠顶飞速地朝村子里跑来。

几天来,郭明耀很少说话,脾气很凶。今天一路上,尽管他的每一根神经都紧紧地绷了起来,尽管他意识到面临的任务急迫而又复杂,但是,他的思路,并没有因为这个具体的事情来得突然而紊乱。或者说,他根本没有前后左右地多思多想。战士就是战士嘛,战士就是要冲锋打仗的嘛!战士听到战斗的命令之后,就是要立即行动、勇往直前的嘛!因此,他心里特别舒畅。他也感到一种特别严肃的心情,这是因为一个农村党支部为带领社员们抢收玉米,从铺天盖地的暴风雨中间杀出来了;这是因为几天几夜的苦战,证明了他跟他的社员是不可征服,不可战胜的。他满心眼都是自豪与骄傲,俨然像个指挥百万大军的英雄。他瞧瞧社员们,啊,出工的队伍没有往日那样严整；社员们步伐是沉重而混乱的，衣服是破烂的；一个个的脸膛又黑又瘦，头发很长，眼窝挺深；脸上、嘴唇上，耳朵梢上，都起了薄而透明的白皮！但是，在那破衣服上，农具上，黑瘦的面容上，都显露出了英勇的战绩和生命的光彩。

　　蒙蒙细雨中的山野，是神秘的，是欢腾的。跟平时比较起来，一切颜色都变了。黄色的土壤变得黑了；黑色的土壤变得亮了；土壤上的绿庄稼，变得青翠了。混浊的水，顺着地垄，急速地流淌、回旋；仿佛磁石吸铁一样，又把它们有力地吸取过来，在泄水渠土埝子边上的入口处，争先恐后地冲挤。平时那条干涸的、长着小草、开着小花的泄水渠里，这会儿，让挤进来的水装满，变得荡荡漾漾。被雨水打下来的树叶、冲下来的牲口粪沫子，还有来不及躲进巢穴里的硬甲壳小虫子，在黄色的波涛中飘浮，一会儿卷进水底，一会儿又翻出水面，随后就跑往很远、很远的白马河，那儿将是他们的归宿吧？

　　郭明耀敞开衣服，一边舒畅地呼吸，一边提着沾满泥水的铁锨，甩动着两条沾满泥水的大腿前进；那两只被水泡得发白的大脚，啪叽啪叽地扑打着堤上的泥水；泥水在飞溅；身后留下的像一个一个钢模子似的脚印里，立刻又灌满了泥水。

　　他跑进淌着水的街头。

　　他爬上滴着水的老槐树。

　　他抹了一把脸上的雨水和汗水，抓起喇叭。被云水充塞着的天空，立刻震荡起他那洪亮的声音：

　　"喂！喂！支委同志们，听到广播后，马上到大队部开紧急会议！"

　　声音是从大队部方向来的。郭明合正坐在饲养院的草棚子里，帮着老饲养员郭大昌择乱麻，打绳子。他首先听到了支部书记激昂的呼喊——那个时期，这种全部设备只有一个镔铁筒的土广播，在太行山区极为普遍，几乎每个村庄都有，每当黎明或黄昏来临的时候，就可听到它嘹亮的声音，党的许多政策，就是通过这个途径传播到群众中去的。他赶紧站起身，拍打着沾在身上的碎麻毛子，好像浑身有使不完的劲，急忙往大队部走。他是第一个到会场的。

　　郭明考正跟郭成志一块儿，挤在郭双群的小屋里，学习果树管理。他听到了呼喊，跳下炕，一手提起鞋，一手扯着郭成志，一阵旋风似的闯进了大队部，那浑实的又粗又壮的身躯，活像滚动着的一辆坦克。

郭明耀跟郭明合面对面坐在一张长条桌前边，正热烈地交谈。尽管只有他们两个，却使每一个突然来到的人，都能够从他们神色中，感到一种战斗的气氛。

郭明考大脚丫子还没迈进门槛子，就着急问："明耀伙计，开会研究什么事儿？"

郭明耀转头回答他说："快来吧，咱们要研究一件关天的大事儿！"

"要发山洪了？"

"形势非常严峻，公社要召开由各村支书参加的紧急会议，研究抗洪的重要事项！"

郭明考立刻就想到了太行山上要暴发山洪了。他压不住自己心里的战斗激情，感到精神很紧张。

他在多次的战斗中，深切地感觉到：郭明耀善于在艰难困苦的关头扭转局面。

郭明考把两只大鞋往墙角一扔，说："这还有什么二话可说，赶快想办法呗！"

郭成志也冲着郭明耀说："等你开会回来，上级怎么布置，咱们就怎么干，没问题。"

郭明耀说："我刚才跟郭明合商量，不能等，要赶在公社前边，立足抗洪，做好具体部署。这算咱们表个决心……"

郭明考一拍大腿："好，明耀伙计，想得好！这样一做呀，不光是表个决心，也算咱们跟别的村挑战。这张挑战书，多来劲儿！"

郭成志说："眼下最要紧的是，先组织危房户搬家，然后安排干部和民兵昼夜在大队部值班。"

大队长郭明合，是和郭明考年岁相仿的年轻人，中等身材，举止文静，说话慢声慢气的，在他红红的脸膛上，经常流露着欢乐的神情，讲话时，在他拖长的话音里，常常有着咯咯的笑声。他的妻子张晓云，半月前因家庭纠纷，吵了架，赌气回娘家去了，把一个刚满一岁的小女孩丢给了他。母亲常生病，家里没足够的人手，孩子便像割不掉的肉包似的，整天都挂在他身上，成了他工作和生活中的极大累赘。方才他正轻轻拍打孩子，一边诓她睡觉，一边默默地思索着什么。不过，每张嘴巴里出来的话他倒是一句没漏地全听到了的。现在，题目集中在他身上，便觉得不能再按老规矩保持沉默了。

"对啦，咱们想到一处。"他开始支持郭成志，说，"我跟明耀也在琢磨这个问题咋具体安排哪！"

郭明考又一拍大腿："你们两个真死板！新房咱没有，遇到危房户让他们跟好房户结对子搬家，不就得了，这地方留着干啥用的。"

郭明合一时没有明白他的意思："啥地方呀？"

郭明考拍着肩头："这儿！"

郭明耀乐了："哎，这倒是个办法。挑选几个身强力壮的人，背的背、扛的扛。"

抱孩子的郭明合，从前面说过那两句话后，几乎一直在旁静默着。他在想，他在观察，他在分析每一句话和每一个人的情绪，两眼一直停留在郭明耀的圆脸上。打心里说，郭明合不喜欢这场争论，正如他不喜欢和人高声粗语谈话一样，但却希望争下去，以便从中寻出一个路子，找出一个苗头来解开他心头那个困惑的疙瘩。他的这个心思，在场的人，甚至包括郭明耀在内，谁也没注意。因为，自从在大队部当文书起，郭明合就是这么平和爱静的人。大家早看惯了。

方才听了郭明耀的一番话，郭明合一下抬起头来，说："光靠几个人背、扛，能运多少粮食，帮助几个危房户？"

郭成志说："不在多少，能表示个心意就行。"

郭明考说："对啦。我们这样干，为的是起个带头作用。要是不把全村的庄稼人都带动起来，一块支援危房户，你就是再多组织几个人，雨真要再下，能搬几家危房户呀？"

郭明耀一直静静地听着，没插半句一句问话。直听到最后，他才觉得真正了解了面前这个能干的副支书，心头也忽然觉得领悟到了许多高深的道理。究竟是什么道理，却又那么隐隐糊糊的，抓不到，概括不起来，更没法用语言明确表达，只暗自杂乱无章地想：多么好的一个战友！……一个真正的庄稼人，一个真正聪明的庄稼人！他不同于郭明合，也不同于郭成志。可是，他们的某些特点，在他身上都仿佛可以找一些出来，却又不完全相像。看来，他这么快地提出发动全村社员支援危房户，固然由于对党对全村社员有极深厚的感情，可他也太理智了，太善于思考了。是不是可以这样说呢？总之，日后尽量把工作做得好些吧，让他在漫长的新的道路上少碰到一些烦恼吧！

郭明耀想到这儿，说："这个看法太对了，你比我想得还高一层。"他这句话，是诚恳的没有半点开玩笑的意味。这一段日子，他已经意识到，对面前这个同志，不单是爱，而且有了敬，在许多事情上，他不能掩饰对郭明考那种由衷的敬佩。

郭明合也笑着说："明考总在咱们的想法上加码子、添分量，真行。"他跟郭明耀是同情同感的。

郭明耀站起身来，坚定而沉静地说："这件事儿，咱们就这么定了。关于组织值班的事儿，具体由郭明考负责，郭成志配合。如果雨再下，可能要暴发山洪，全体村干部和民兵首先要做到不惊慌，再稳定群众，庄稼树木可能保不住，要保住人畜不伤亡！"

战士跟战士一起开会，还需多少时间呢？既用不着拐弯抹角地说那些让别人摸不着头脑的话，也用不着察言观色地小心提防着哪个人，更不会扯皮条，没完没了，有议无决。这几个农村党员之间，也是有争论的。但是，他们争论，正像郭明合所说，是"加码"，而不是"拆台"。你加个主意，我添个办法，越垒越高，使他们的工作决定更全面，更切实，更易于贯彻；而贯彻起来，就能更同心，更协力，更团结向上，更能达到胜利的目的。他们的会开得干脆、利落如同快刀斩乱麻；开得真诚、热烈，真是"众人拾柴火焰高"。

果然，瓢泼的大雨下了七天七夜。

社员们的心，在雨中泡了七天七夜。据气象部门资料显示，太行山一带的中心雨区降雨量已超过一千毫米，几乎相当于当地常年两年的降雨总量！

第三天，南坡上的房屋开始倒塌：一户、两户，一下子就倒了四户。

"老天爷呀，俺不能活了……"村民张翠平眼看着自家的土坯房倒塌一片，悲痛欲绝。人们扯着翠平的胳膊，要拉她站起来。别哭啦！塌了就塌啦！但翠平只管她弯着腰，伸长脖子，失声断气地抽泣着，好像决心要把肠肠肚肚全部倾倒在这塌房地上她才离开。她痛不欲生，眼泪、鼻涕和口水，一串串地往地上淌着。她嘴张着，下嘴唇颤抖着，眼皮红肿，面皮却苍白，脸也变形了。曾经是俊俏的小媳妇，现在多么丑陋难看啊！

人们好不容易把张翠平搀扶起来，邻居媳妇张秀珍更是哭得肝肠欲断。她家的房子也倒塌了两间。"老天爷，你咋这么狠心呀！"张秀珍那孱细的身躯在剧烈地抽动。她紧抱着丈夫的宽大肩膀，把脸偎在他的胸脯上。她的心，她的肉，她的血，她的肩头，她的筋髓，她的一切一切，全碎了！全化了！全变成泪水——不，是血，像滔滔不绝的山泉，无止境地涌出来！

继而，村街上又传来了裂人肝胆的房屋倒塌的轰隆声，盖过了大雨，盖过了雷霆。倒房户躲在别人家里，大雨掩盖了他们惊惧的面孔、撕人心肺的哭泣……

二十多家的房屋相继倒塌了，土坯房几乎一间没剩。那可是老祖宗留下的家产呀！有多少贫穷但又是令人回味的日子是在那黑咕隆咚的屋里度过的——多少夫妻之情，多少天伦之乐；甚至，多少愁苦，多少灾难，那土屋都看到了，都听到了，都收藏了。今天，那几十年相濡以沫的土屋竟然在心坎中消失了，竟那样轻易地变成了一堆废土。

郭成志家六间房之中的三间土坯楼也塌了。人们找到他，告诉他的时候，他正站在山脚下的一块大岩石上，默默地抬起目光，微微皱起眉心，凝视着50年代修建的沟谷石坝。这是一条用青石板筑成的、两百尺长、六尺宽，没遮没拦的长坝。洪水正涨，巨浪猛扑着坝石吼叫着，飞溅的浪花直蹿到石坝上来。那坝体每被冲掉了一块石头，裂开了一个豁口，他年轻的心就紧缩了一下。

唉，这后生，他想干什么呢？谁也不知道，谁也说不出所以然。社员们知道，这孩子的心劲大着呢，办事有耐心又干练，有魄力有恒心，行动迅速，什么都占先。

"险哪，小年，你不要命啦！"找他的人在雨中大声地斥责他。

郭成志没有听到。待那人告诉他，他家的房子倒了，他才跳下了大岩石，没命地往村里跑去，跑出没有五十米，又骤然停下。片刻，他便迈着沉重的步伐朝村里走去。

郭成志没有直接到他的家里，他知道，母亲和弟妹们都已经安全转移了，妻子郭玉金去了娘家。"家"似乎没有他所牵挂的什么。那土门楼，他也非常清楚，是非倒不可的，但是他仍然"牵挂"得不得了，甚至他想一下子飞到"家"里，看一看那令他梦绕情牵的地方。但是，越想看，越不敢去看，心一阵紧似一阵。貌似纹似不动，可他的胸中，却在经历海啸和地震。以至于人家在大队部里描述着他家的倒房的情景，他竟然一句话都没有听到。

　　终于，郭成志在一个阴沉的傍晚，也还是迈着小心谨慎的步子去看了。风声像一个临死的人在呻吟；一阵阵骤雨鞭打着玻璃窗。这样的天气使整个大自然都在受苦；树木痛苦地摇摆着或者悲伤地低着头；田野里鸟儿在荆棘丛中互相紧紧挤在一起；山村的街道上也空无人迹。郭成志一直强忍着不让眼泪流出来，到此刻再也忍耐不住了。就在这刹那间，他想起了憨厚、刚强的父亲建造的土门楼，心口的深处汹涌起巨大的酸痛波涛，眼泪从他那凝滞的眼睛里像泉水一样的流溢出来，忍不住伴着雨水号啕大哭……

四

　　大雨的第四天，干渴无奈的宁静大山终于被激怒了，它放出了恶魔。那是怎样一种可怕的情景呢？——从四面八方山上汇集而至的山水，在村西的浆水川里形成一条波涛滚滚的洪流。无数被冲下的大小山石在水中翻滚着，形成了一个个令人胆战心寒的漩涡。滚滚山洪犹如万匹脱缰的野马，裹沙挟石，穿沟掠涧，伴着轰轰隆隆瘆人的呼啸无羁无绊地狂奔着，激起一个个雪白的浪花。房屋撕心裂肺的倒塌声，牛羊惊恐的哀号声，倒房户女人孩子的哭叫声，笼罩了这个三百余户人家的山村……

　　一场特大山洪过后，稀疏的雷雨未停，人们从躲藏的地方走出来，顿时惊得目瞪口呆，像久住大森林的人，忽然被抛到陌生的戈壁滩似的，面对着眼前的景象，简直不明白自己身在何方。绿油油的庄稼消失了，天空不见苍鹰飞旋，树头不闻燕雀鸣叫，山野里，也瞧不见野兔奔跑了，一切有生命的东西，一瞬时，仿佛全从地面消失了。时间仿佛倒退了十几年，20世纪60年代的农民过着50年代初期的生活。不仅前南峪1300余口人仅有的赖以活命的六百四十亩粮食地中的三百四十亩好滩地已是乱石一片，就连1958年"大跃进"以来，前南峪人用腰带勒紧装满野菜、橡子面和柿盖的肚子战天斗地修筑的一道道防沙墙、蓄水坝和挂在山上的几条梯田也全部荡然无存。甚至连老祖宗在山坡上留下的四千多棵上百年的板栗树、柿子树也被连根拔走两千余棵。仅存的那2313棵板栗树犹如一场残酷的血刃战后战场上留下的惨不忍睹的场景一样，横七竖八歪歪咧咧地趴在地上无助地呻吟。

……

太阳啊！你怎么不露出脸来看着这世界？！难道说破碎的乌云会永远把你挡住吗？山洪，只有它扫荡着这辽阔的山野，卷拔着横七竖八的树木和庄稼。

站立在雨中的社员们心里流着血，人们痛哭失声，但是，那无可奈何的眼泪能够阻挡山洪的肆虐吗？

面对洪魔浩劫后残垣断壁狼藉一片的家园和沟壑纵横乱石遍野的农田，前南峪人欲哭无泪。

啊，这宝贵的土地！你是农民的命根子，你是哺育农民的母亲。春天里，桃花盛开，辛勤的农民挥舞银锄，在田间劳作，那是何等的幸福。青纱帐起，白云满天，整个平川就是一片望不到边的滚滚绿海。一座座村庄，就像漂浮在海上的绿岛似的。可是最好的还要算秋季。谷子黄了，高粱红了，棒子拖着长须，像是游击战争年代山里人铁矛上飘拂的红缨。秋风一吹，飘飘飒飒，这无边崖的山川，就像排满了欢腾呐喊的抗大兵团！可是现在，那春天盛开的桃花哪儿去了？夏天的一眼望不到边的青纱帐哪儿去了？秋天那飘飘飒飒的红缨哪儿去了？

第八天的清晨，连天的大雨终于停了。村里男女老少一层一层地排在大川的岸边，他们是在寻找那赖以生存的滩地。几天后，待洪水退下，他们终于找到了一摊密密麻麻的大如麦斗小如蛇卵的乱石，石头下面是厚厚一层红砂代替了原来赭黄色的沃土。

近百年不遇的洪水，使山里人在1958年鼓起的战天斗地的勇气骤然消减，他们痛定思痛，深深地感到，原来人类不懈地抗争，在大自然面前竟是如此的苍白无力！他们在默默地思索：前南峪明天的出路何在？

那一天，深蓝的天空上飘飞着几丝淡淡的白云，野外显得特别广阔、静穆。大队部里正开着支部会。室内烟雾缭绕，空气污浊得令人窒息。几个烟灰缸插满烟蒂，像小盆景中的假山石。不少人继续吞云吐雾。郭成志以会计的身份列席参加，虽然他当时还只是个入党培养对象。班子成员先是汇报了山洪给前南峪造成的巨大损失和党团员、干部积极抢险救灾的感人事迹，万幸的是人在，牲畜在，粮食在。郭明耀舒了口气，用力握了握郭明合的手，说："只要人在，牲畜在，粮食在，这就是大胜利！"郭明合看了看，激动地说："明耀，灾情可不小啊！庄窝塌了80%，全村仅有的340亩保命田全冲光了，连地基都没有了！"郭明合说到痛心处，眼里噙满泪花，几乎要哭出声来。郭明耀心上也像扎了把刀子，泪水一个劲儿地往上涌，但是泪水没有涌到眼里，却流进了心里，他强作镇静地笑了。

两眼赤红的郭明考说话了："明耀啊，你还有心笑？看看这摊场——咱们前南峪变成大灾了！"

郭明耀说："灾是不小，可我要给大家道喜！"

郭明考愣住了，大家也愣了。

郭明考思谋了好一阵，怎么也翻腾不清郭明耀说话的意思，他嘟嘟喃喃地说道："这还是喜事？庄窝塌了，土地冲了，不哭妈妈就好啦，还要道喜？"

郭明耀笑了笑，说："呃，咱们是要道喜。第一，咱们遭了这么大的灾，没有死一个人——没有死人，这就是大喜事！人常说，留得青山在，不怕没柴烧；有人就是老本儿，什么江山都是人闹的！第二，咱们遭了灾，可是没有伤了元气。咱们的牲畜没有死亡，咱们的粮食保存住了。有牲畜，有粮食，再有咱们这些人，还怕什么？旧庄窝塌了，咱们盖新庄窝；土地冲了，咱们再修新土地！第三，全国人民正捐款捐物支援咱重灾区。第四，这场灾要发生在旧社会，我看咱前南峪不知道有多少人寻死上吊、卖儿卖女。大家还记得民国九年吧？那年是旱灾，既没有塌房，也没有漂地，只有四十天没下雨，人们就吃不住了。那时候，我家是五口人，卖了两口。如今，我家正好又是五口人；同样是遭灾，可咱们大队囤着储备粮；要是我儿子闹着要卖他媳妇，我闹着要卖老婆和闺女，你们大家准要说：郭明耀父子都发了卖人疯啦！"

大家笑了。郭明考吧嗒吧嗒地抽起烟来。

郭明耀继续说道："我说这是咱前南峪天大的喜事：上有共产党、毛主席的好领导，全国人民的支援，下有集体经济的优越性，还有咱们大家伙的冲天干劲，有了这三件宝……"

郭明耀还没说完，郭明考呼地站了起来，接了茬："有这三件宝，咱们敢和老天爷比高低！——明耀，你说吧，现在咱们该干什么？"

郭明耀说："现在的首要任务是稳定群众情绪。"

正安排工作，忽然外面传来了响如洪钟的叫喊："不得了啦！郭明兰拖儿带女从家里出走了，已经走到了村口，怕是逃荒要饭到山西。支部赶快出面拦一下吧，不然可要晚了，前南峪的丑可要在十里八村出大了！"

没有谁下命令，轰隆一声，大队支委们几乎是同时从凳子和土炕上弹了出来，小跑着走向了村口。

只见四十多岁的郭明兰，高大汉子，穿着多年没拆洗过的衣服，袖口上，吊着破布条。他头上包着一条毛巾，脚上蹬着一双露着脚后跟的"老山杠"。肩上的扁担一头挑着一个大荆筐，一头的荆筐里是破衣乱裳和裂了纹的锅，几只有缺口的碗；另一头的荆筐里大约是仅有的半小袋玉米籽和橡子面等杂七杂八的东西，一个老镢头横着绑在扁担上。身边，他的妻子口里微微地喘气，目不转睛地凝望，好像在期待着什么。看她站立在那里的样子，显然身体非常衰弱；她脸上堆满了皱纹，露出很高的颧骨，一只手拉着十来岁的儿子。看着干部们都来了，她心绪非常之乱，慌慌张张的，就像自己造成什么大错，而这些错误的后果她一时还看不到似的，连忙用另一只手把十七八岁的闺女也拢到了身边。

"喂，明兰，你这是干啥？"四十来岁的大队长郭明合忍不住自己的怒气大声地问。他的脸色铁青，嘴唇子都发白了，稀疏的髭须一颤一颤的，全身都在发抖，一双深陷的眼窝里的眼睛，像一对火珠子一样，直盯着被众人围着的郭明兰。

"你还不知道哪？这下子前南峪垮了，干啥？到外边，去逃活命呀！"说着指了指荆筐里的那点玉米籽："这不是，能进肚子里的就只这点玩意了。不去，你养活？"

"这……"大队长一时倒被问得语塞了。他动了动嘴唇，好像想说什么话，却又讲不出来，只把右手稍稍举了一下。最后勉强挤出了一句："要走，也得跟大队说一声……"

"说啥哩，俺觉得又不大光荣。"说着，郭明兰用手一拉自己的妻子，意思是赶紧拉上孩子跟在俺后边走。

就在大队长郭明合跟郭明兰一来一往对话的时候，有人拉了拉郭明耀的衣角，小声地说："郭明兰早就在三十里外山西的凸山下，开了一小片荒地，还挖了一个土窑。可能要到那里连开荒带要饭，等待来年的转机。支书你不用管他了，就让他去吧，不是少了一个累赘吗？"郭明耀看着郭明兰那种死犟劲头，他急促地在村口来回走着，左额上的肌肉不住地颤抖。突然，嘴里咯嘣一声，一个下槽牙碎成了两半。他没有吱声，把掉下来的半块牙齿吐掉。他走到郭明兰跟前，大声地讲了起来，声音极其洪亮，向郭明兰更多的是向着众多的社员：

"明兰，你这就不对了。咱这是共产党领导的前南峪。国家还能让咱老百姓饿死吗？这不公社里传下话来了，北方水灾不轻，数咱河北省最重。南方各省都动员起来了，说是大米、蔬菜、捐衣、捐款在支援咱哩。当然，咱也不能光靠支援。自个儿也得想法来生产自救，发挥村集体的优越性，抢种一茬晚庄稼，缩小灾情。党支部有信心也有决心领导全村群众战胜暂时的困难。我们有党，有村集体，有八百多双手，什么困难也挡不住我们。乡亲们哪，咱们都要做硬骨头，咬紧牙关狠狠地干一场，这道难关就闯过去了。好日子就到门口了！"

简短的几句话，像刀刻的一样刻在每个社员的心上。有人眼睛湿润了，有人有多少话想说也说不出来。果然安定了许多群众的惊慌情绪。郭明兰却沉不住气了，心笃笃跳着，眼皮直哆嗦，脸发烧得像烤着火，脚跟有点站不稳……当支书郭明耀叫他的名字时，他像一个胆怯的犯人一样应了一声，与其说站起来，毋宁说耸了耸身子。好不容易等郭明耀讲完话，他赶忙转过脸哀求般地向着郭明耀：

"支书，那……还是让俺走吧。俺一不靠村里，二不赖政府，就靠俺自己，还不沾吗？"

"走吧，让他走吧！"许多社员半是抱怨半是同情地说给支书，仿佛是郭明兰是受罪是"享福"都摆清了，没支部没村里的责任了。"愿打愿挨"的事支书你何乐不为呢？

"让他走吧，迟早有一天他会回来的！"

一个血气方刚的青年声音似乎还半含稚气，但却是坚定的不同凡响的，仿佛他浑身的劲道比天还大。郭明耀转过脸在人群中找到了郭成志令人信任的目光，他不由得顺从了这个青年的话：

"走吧！明兰……"等到人们静下来之后，郭明耀掏出心窝子话对大伙说，"眼下我不让他们走，他们恨我，等他们醒过梦来，就知我这样做是好是坏了。咱们的大队要搞，生产要搞，社会主义要搞到底儿！日本鬼子那么凶恶，我们把他们赶跑了，旧社会留下那么多乱七八糟的东西，都让我们扫净了，眼下这点小小的困难，就把我们吓住啦？"说罢，他一摆手，像是对欲远去的逃荒人，也像是给社员们一个解答。

这天，党支部会开得好，郭明耀很兴奋。在暴雨中，除了个别人外，全体党团员和干部都表现得很好。他们把自己的家扔下，冒着生命危险救人、救牲畜、抢救粮食和物资——要是没有这班子人，前南峪不知道要变成个啥样子呢！

第一道关总算闯过来了，下一道关还得闯。郭明耀嘘了口气，抬头望一望天空，太阳像一团火，晒在河面上，连流动着的河水，都给晒得热气蒸人。

郭明耀刚刚走下泥滑的斜坡，忽然从机器房里传出了几声熟悉的马嘶。郭明耀想道："准是郭大昌又没午睡，我得去看看他。"

用高粱秸勒的排子门大敞着，门口两棵年轻的树，一棵榆树，一棵椿树，茂密的枝丫交织在一起。临近了门口，就听到一片咯吱吱的嚼草声传过来，十分动听。院子里，靠北墙是一排朝阳的牲口棚，棚里有一溜坯垒灰抹的大牲口石槽，槽头上拴着大小不等的骡、马、驴、牛，脑袋挨着脑袋，悠然又香甜地吃着草料。棚里棚外都打扫得十分干净，看不到粪便堆积，几乎连一片草叶都找不到。

正站在花母牛肚子底下吃奶的小牛犊听到人的脚步声，仰起头，瞪着两只乌亮的黑眼珠瞧瞧，又摇头晃脑地跑过来，用它那黑嫩的鼻子尖儿嗅了嗅郭明耀的脚，又伸出红色的小舌头，舔着郭明耀的手掌；郭明耀一摸它，它就像个小孩子撒娇似的，靠在人的身上，蹭来蹭去。紧接着，一头小骡驹也跳过来，它有点胆小，或许是有点害羞，在不远的地方停住了，怯生生地朝这边看着，又忍不住想朝人显示它的俊俏，先冲着郭明耀抖了抖红线穗似的鬃毛，又围着郭明耀撒欢蹦跳。

郭明耀看着它们，伸手拱它们，逗它们，他的脸上立刻泛起喜悦的笑容。他仿佛从每一头牲口那乌亮的皮毛上，看到了老饲养员的汗珠儿在闪耀。多少往事，也带着光芒出现在他的眼前了。

郭大昌有五十八九岁，中等个子，两只大眼睛十分有神，在那干裂的大嘴角上常挂笑意。从1959年以来，他一直负责喂养队里的三十多头牲畜。由于他眼勤、腿勤、手勤，虽然他的两眼常是熬得血红，可牲畜却喂得又肥又壮。今年7月，一匹母马生了小驹子，郭大昌把小驹子抱到母马跟前吃奶，却冷不防让母马踢断了一条肋骨。在这次暴雨中，郭大昌一直守在马房里，照他的话说是：两只眼老是盯着那几十头牲口，不知道饥，也不知道困。五日后半夜，雨水，"哗哗哗"，一个劲儿地响。洪水，"哐哐哐"，不住声地叫。太行山的庄稼人，听到过枪鸣炮响，见识过水淹火烧，谁又经过这样震动灵魂的场景呢？谁又感受过这样心裂胆破般的恐惧呢？

突然，"咔叭叭"，马房的一条横梁断了。郭大昌立刻不顾一切，刚把横梁顶架好。这时震人心魄的，倒不是暴雨声，而是山体滑坡泥石流滚动的沉重的隆隆声和河水暴涨的怕人的哇哇声。这两种声音搅成一片，像要立刻把这座马房吞噬下去。迎着闪电四处一看，汹涌的泥石流正向马房逼近。

形势万分危急。郭大昌急忙喊来抢险队，大家七手八脚地拉上牲口就往机器房走。天黑，雨大，水深，牲口吓傻了眼，打死也不敢走。郭大昌急中生智，一手抱着小马驹，一手牵着母马，第一个蹚进了二尺深的洪水中——母马一下水，别的牲口也跟着下了水。这时候，"轰隆"一声震天巨响，溜山泥水把马棚的山墙冲塌了。

村头上，一群焦黄的脸孔中，响起一片惊恐地喊叫：

"哎呀，好险啊！"

这一切，郭明耀都是熟悉的，可是从来没有像这会儿这样熟悉，从来没有像今天这样亲切。不就是这个人，不顾自己的日子，搭救过生病的红骡子吗？不就是这个人，千方百计地为保护小马驹，叫母马踢断一条肋骨吗？是他，是他。今天，又是这个人，不怕千难万险，硬是把一群牲口从洪水中救了出来。

郭明耀心里想：这个天下，有这样多的贫农社员，有这样多把心交给农业集体的人，还有什么困难不能克服，还有什么理想不能实现呢？

他胸膛里的那股力量，又在增长着。

牲口棚东边有一个小土屋，郭大昌就住在那儿。热腾腾的乳白色的蒸汽，从门口卷出，舔着屋檐，在空中散开，幻化出千奇百怪的形状和颜色。

一会儿，它像铁蛇一样盘绕成一圈圈的，愈盘愈高，渐渐地远去；一会儿，它像轻盈的帷幕，飘悬空中，向四周撒下玫瑰色的云彩；一会儿，它在屋檐的上空随风飘荡，仿佛大船上的帆篷，在太阳光里闪耀着金光；一会儿，它显现出十分美妙的奇景幻象。郭明耀顶着热气朝里走，郭大昌正弯着腰揭锅，锅盖的边沿有白色的水汽冒出来。

郭明耀一迈门槛，就笑模笑样地说："昌爷，您还没有吃饭哪？"

郭大昌回头一看，来人是郭明耀，一句话没说，"呱嗒"一声，把锅盖又盖上了，还在锅盖上边压了个泔水盆子。这才笑嘻嘻地打招呼："明耀嘛，你们散会了？"

"噢，来您这里抽袋烟。"

郭明耀没有留意老人家神情紧张的样子，只顾朝里间小屋里走，一边走，一边从脖颈上取下旱烟袋来。郭大昌从灶门里点燃一根柴枝，笑着递到他手上。他把冒着烟火的柴枝按到烟锅上，生烟叶子又苦又辣的气味呛得他咳嗽起来。他把一口烟又喷到郭大昌被火光映得忽明忽暗的脸上，呛得郭大昌也咳嗽，流泪，逗得郭大昌笑了。

他一边抽着旱烟，一边不由得拿眼细细打量郭大昌。那一张汗津津的脸，因为劳动，因为阳光，因为办社的喜悦，洋溢着一种使人振奋的活力，再加上蓝天、丽日和这庄稼葱茂的初秋田野的衬托，活像一幅彩色画。郭明耀想，和这样的人在一起劳动、一起生活、一起战斗，多么有意义啊！

在这样的情况下，郭明耀心里不觉更加燃起了和郭大昌深入交谈的渴望。他想和他谈谈村里如何重建家园；社员们又是怎样对待上级发放救济粮的。

但又想，还是先谈病骡子问题吧！因为这个问题，目前在村里是最现实的。于是郭明耀问道："牲口怎么样？"

"开头受了点惊怕，这两天缓过来了——我给多加了点料，没有掉膘。"

郭明耀望一望那些啃食草料的骡马，思谋了一阵，说："昌爷，我给您个任务，从明天起，您甚事也别管，好好地睡它三天三宿。"

郭大昌说："牲口刚上新槽，不习惯；就是让我回家去睡，我也睡不着。"

郭明耀严肃地说："不能这样。要把工作分给大家做。以后咱们的牲口还要大发展，您就是长了四只手也照顾不过来呀。您要老这么干下去，您的身体受不了，别的饲养员也会说您是包办代替呢。"

郭明耀还要叮嘱，外边传来一声驴叫。

郭大昌神情一转，扯住郭明耀的胳膊说："明耀，走，你看看我们的小牛犊吧。"

他们一出来，小牛犊立刻就鼓着两只黑亮的眼睛，弯着两只青里透亮的牛角一闪一闪地蹿过来了，连那个胆怯的小骡驹也跳到郭大昌的跟前。两个小家伙把老人给夹在中间，简直连步都没法儿迈了。

郭大昌一手抓着小骡驹的鬃毛，一手扳着小牛犊的脖子，领着郭明耀走到牲口槽前边，那群牲口突然仰起了头，一边咀嚼着嘴里的饲料，一边用闪闪发亮的眼睛望着郭大昌，表示欢迎。有一头牲口突然故意地竖起两耳，眼睛好奇地盯着郭大昌发出长长的哞叫声。没过一会儿，整个棚里响起这群天真而驯服的牲口的哞叫声，叫声热烈，此起彼伏，互相呼应，像是都要压过同伴的哞叫声。郭大昌拍拍这个脑门，抓抓那个耳朵，笑嘻嘻地说："明耀，你看了吧，这些家伙可讨厌透了。你瞧，你瞧，那乌嘴儿，样子挺老实吧，可会使坏啦！离了我的眼，它就不让别的牲口挨槽边，不管槽里边有多少草料，全都想胡噜自己嘴里去；它咬别的牲口，不是直着来，等你一挨槽边，叼住一口草，它就冷不防地朝脖子上来一口。你瞧，你瞧，那个秃尾，叫得多凶呀！再看你叫，再看你叫！呸！呸！"郭大昌说着，朝一个伸过嘴、咳咳叫的灰叫驴啐了一口，瞪了一眼，"你看它叫得凶，当是它没有把草吃饱，再给它多拌上点料，嘿嘿，你算上当了；它不正经吃，光用嘴往外掀，掀得满地全是，掀完了，再叫唤！嘿嘿，这家伙，吃得多饱也是乱叫唤，叫的你心发烦，赌气地骂它几句，啐它两口，瞧，它就老实了……"

郭明耀听着，笑着，心里怪纳闷儿。往日自己来到饲养院，老人家总要把他拉到槽边，指点这个，指点那个，夸了这个，又夸那个。就在前天，郭明耀一进大门，还见郭大昌在一头大犍牛跟前，拍拍牛头说：

"累不累，'黑眼圈'？拉一沟不喘一口气，只拐弯时候换换劲儿，一上午耕了三亩地，一天干的比瞎老驴两天还多。人们虽说跟着累了个浑身臭汗，但谁也止不住地高兴。真是好棒的！大家都像你就好了！"他只顾和牛说话，猛不防旁边一头驴伸过嘴来抢着吃簸箕里的料。郭大昌推开它，用一个指头指着驴的脑门心说：

"你呀！就爱占便宜，批评你多次了，一点也不改，再不改……"

郭明耀听着忍不住笑出声来。郭大昌回过头来看了看他，一本正经地说：

"这家伙是个'二流子'，思想可落后哩！你别看它样子长得不错，可奸猾啦！耕地拉车不出力，拉磨尽偷吃。拴到槽上，缰绳也得挽得短点，要不，吃完它自己的，就要抢着吃旁边邻居的！……"

郭大昌向郭明耀讲述着每头牲口的性格，讲得津津有味，把它们夸得神灵活现，即使是批评，也多半带着赞许，好像它们不是牲口，而是一群会扭会唱的娃娃。可是今天，老人家却在挑它们的毛病，说它们的坏话，好像他真的很讨厌这些东西。

郭大昌把小牛犊和小骡驹拱到棚里，又拍了拍手，看了看太阳。只觉得到处都闪眼，空中，地上，都白亮亮的，白黑透着点红，从上至下整个的像一面极大的火镜，每一条光都像火镜的焦点，晒得东西要发火。

郭明耀说："昌爷，外边怪热的，您回屋吃饭吧。"

郭大昌连忙说："对，你也是忙人，你就去忙吧。"

郭明耀见老人不愿多留他，当是老人累了，只好告辞："昌爷，晚上就让我爸爸来替您一会儿，您去开会。这个会上除了评定救济粮，还要商量重建家园的事儿。几个干部手大遮不过天来，您得多给我们出点主意。"

郭大昌笑着说："主意没多少，旁边听听有没有漏下的地方，倒是行。"见郭明耀要出门了，又喊一声，"明耀，我可是跟你说了，我不缺粮食，一点儿都不缺，不论救济多少，你千万千万别算我的数，别打我的牌，啊！"

郭明耀从饲养院出来，太阳已经偏西了。村路上躺着的小石块发出孜孜的响声和炙人脚心的灼热。路旁，垂了头的田间的庄稼露出倦怠的姿态来，只有那些深藏叶蔓中的金银藤花开得十分茂盛。

刚上坎子，郭明耀迎面碰上了村委郭明让，也把开会的事情告诉他了。

郭明让问："在哪儿开呀？"

郭明耀说："在小学校里。"

郭明让说："我一会儿让志芹打扫打扫。"

郭明耀忽然想起，刚才只告诉郭大昌开会的时间，忘了告诉他地点了，天黑了，又得让他走冤枉路，不如马上再告诉他一声。就转身折回到

· 47 ·

饲养院。

村前的景物都躺在一种沉默的、固定的、连一片风都没有的静境中。枝头没有一声绽缫，水面没有一丝涟漪。牲口们吃饱了草料，骡马站在棚里闭眼养神，牛站着倒嚼，驴卧在槽下歇着，有的在弯着脖子啃痒痒。小牛犊和小骡驹也躺在树阴凉的地上，闭着小眼打盹儿。饲养院里，此时显得格外安静。

小土屋的门掩上了。郭明耀一直走过去，伸手拉开门，只见郭大昌坐在锅台跟前的一只小矮凳上，两只手捧着一只大海碗，也不用筷子，嘴埋在碗里，狼吞虎咽。那是一张瘦黄的脸，爬着重重的皱纹，在光影里像一条条深沟。因为带着笑容，眼角的纹路像两把打开的扇子。

郭大昌一见郭明耀突然转来，不由得一愣，连忙把饭碗盖在衣襟下边，坐着不动身，神色很有几分惊慌地问："你怎么又回来了？"

郭明耀没有回答，奇怪地望着老人的脸。他凭着某种敏感，隐约觉察到郭大昌似乎在躲藏着什么。

郭大昌手脚没处放，又不知该说什么好。

郭明耀说："刚才我忘了告诉您开会的地点，在小学校里。"嘴上这么说，心里犯猜疑：老人家有什么事情要瞒着人呢，他从来就没有这样对待过自己呀！

郭大昌的两只昏花的眼睛也一直怯生生地盯着郭明耀。他的心急遽地笃笃跳着，低声说："知道了，一黑天我就到，你忙你的去吧。"他那声音，像一个犯了错误的孩子，害怕大人打骂似的，低微中带着颤抖。

眼睛对着眼睛，在一种无形的紧张气氛里对视了许久。

郭明耀越看越怪，越琢磨越怪。他终于想出了其中的奥妙，就一步走过来，伸手撩开老人的衣襟。

衣襟底下，是一碗蒸熟了的野菜。

郭明耀的心不禁一抖："昌爷，您……"

郭大昌看着事情已经暴露，又悔又急，急中生智，他立刻装出一副满不在乎的样子，把碗端起来，大大地吞了一口，一边香甜地嚼着，一边笑嘻嘻地说："明耀，你别管我，我是吃个新鲜。"

郭明耀激动地一把夺过野菜碗，举在眼前。那碗里是黑乎乎的、带着刺儿的曲曲菜，菜叶里边拌着些粮食粒儿，发出一股子苦涩的气味。

吃野菜——只有真正过过这种苦日子的人，才知道它是什么样的滋味。每天一餐野菜，在一个病人或者闲着不动的人看来，也许算不得啥，但是，对一个见天干十几个钟头重活的人来说，苦痛就不堪言了！从前在家里，郭明耀饱尝过这样的辛酸，以后过了许多年，偶尔想到当时饥饿的情景，仍有种难受的感觉。

沉默了好一阵，才又望望老人那张瘦黄的脸，那脸上的皱纹，像刀子刻的字儿，清清楚楚，记着他劳苦的一生。年轻人的心里，一阵刀剜，一阵发热，两只眼睛立刻被一层雾似的东西蒙住了。他端着碗，无力地坐在老人对面的门槛子上。在郭大昌看来，现在迎面走来的，不只是一个在解放战争时期分别多年的村民，也不只是值得尊敬的打击国民党反动派的功臣，更主要的，这是前南峪全村干部群众走社会主义道路的带头人。今后，他还要带领干部群众，和社员们一起，在前南峪创一番社会主义的大业啊！因此，在敬仰和亲切之外，还从心底对郭明耀流露出一种特别朴素的，只有在真正同呼吸共命运的人们之间，才会有的亲密的感情。这是渴望社会主义革命和建设的农民对一个共产党员的感情！郭明耀立刻就感觉到了，顿时激动得不能自己。他说不出话来，胸膛的热血翻滚着，打着浪头。他感到痛苦、惭愧，又似乎有些委屈的情感。郭明耀啊！社员们这样看待你，得要加倍地工作哩！要知道这不是对你个人的信赖，而是雇贫农们对我们亲爱的党、对我们党的伟大的人民公社政策的信赖呢！可要万分珍惜这种信赖呢！他质问自己：郭明耀哪，你是一个共产党员，一个党支部书记，你是一个生产大队的领导者，你的工作做到哪里去了？你在让一个模范社员，一个年近六旬的老人吃糠咽菜呀……

郭大昌用他那善良的心体会到年轻人的痛苦，他好像热锅上的蚂蚁，悔恨、羞愧和焦灼，无情地折磨着他，把他的心揉皱，撕碎。本来非常聪明的脑子，被搅成糨糊一盆。慌乱之中，他不知用什么办法，用什么话儿来宽慰这个党支部书记。他把两只枯柴般的大手，放在郭明耀弯曲着的膝盖上，轻轻地抚摸着；两只眼睛带着忏悔般的表情，望着那张年轻的脸和浓眉下两只深沉温厚的眼睛。他的嘴唇张了许久，才声音微弱地说："明耀，昌爷让你伤心了吗？"

牲口棚里，郭明耀清晰地看着郭大昌那张刻满皱纹的脸，他强烈地感觉到了老人真诚的感情，一时心里十分激动。深深地理解到，像郭大昌这样曾被旧社会压到最底层，饱受蹂躏，饱受践踏，而今心坎上仍存在着严重创伤的人，要迈步走向新生活的大道是多么的艰难啊！不光需要和自己作斗争，抛掉旧社会加之于他身上的沉重的枷锁，还需要和周围潜藏着的，随时随刻都在起坏作用的旧思想、旧意识、旧的习惯势力，甚至要和大自然带来的灾害苦苦战斗。帮助他，帮助像他这样的人，扫清路上的荆棘，填平路上的坑坑洼洼，让他们顺利地大步往前走，是共产党员的重大责任哩！现在拿话鼓舞他吧！给他打气吧！可是，说些什么好啦？

郭明耀把两只年轻的、粗大的手盖在老人的手上，慢慢地摇摇头，十分费力地说："不，昌爷。我觉着对不起您，实在对不起您，我没有把生产领导好。我……"

郭大昌截断郭明耀的话，说："不能怪你。眼下生产没搞好，不是你的错处，也不是咱们生产队的错处；因为闹了灾，把我们毁了！"

郭明耀叹口气："昌爷，您过得太苦了，我不能忍心……"

郭大昌说："明耀哪，苦是苦，还能苦几天呢？明耀，你不要再这样说了，再这样说，就是瞧不起昌爷了。今天上午，你站在村口上截着郭明兰，不让逃荒，我站在河边上看着你。我还记着你当时对大伙儿说的一句话，你说，我们有党，有村集体，有八百多双手，什么困难也挡不住我们，我们一定得把前南峪变个样。你说，我们要做硬骨头，咬紧牙关狠狠地干它一年、两年、八年、十年，一定要夺个好日子。昌爷听了你这句话，眼睛亮了，心也亮了；这都是我要说的话，你替我说出来了。我信服你这句话，我把它牢牢地记在心坎上。这会儿，我就是照着你这句话办，做硬骨头哇！你说，我们这号人不听你的话，又让谁听你的话呢？"

说得不错，郭明耀的身心都是热腾腾的。他望着老人家那张慈祥的脸，感动地点着头。

在这初秋的烈日下，郭大昌脱了外衣，淌着大汗，头顶上冒着团团白气。无论郭大昌还是郭明耀，都洋溢着一种不可遏止的劲头。仿佛他们是要从地下翻出金子，又仿佛是从这儿开辟出一条通向幸福的康庄大道来。

太行山上的荆条做的荆筐，装满了饲草，伴着他们的笑声、话声、喘息声，嚓嚓响着。郭大昌一点一点向前移动，豆瓣般短小的干草，不断从荆筐里倒进牲口槽里。

郭明耀看得心里发热，便从槽头拿过一根拌料棍，郭大昌见他要给牲口拌料，分外高兴，继续说："明耀，你答应我一句话，一定答应，不答应，我要记恨你一辈子——在别人面前，你不要提这件事，你不能把我报成是缺粮户，我不能吃政府的救济；我们是生产大队，专门生产粮食的，从没给国家贡献一点儿，反倒要救济，我实在没那个脸！……"他话音越说越高，情绪激动。顿了顿，他忽然走到郭明耀面前，抖抖地说："明耀，你对别人就说，郭大昌不缺吃的，不管吃什么，都是香香的，甜甜的，浑身是劲地给咱们社会主义效力哪！"

五

就在郭明兰离家逃荒的第三天早晨，人们还没完全从阴晦的愁绪中苏醒过来。灰暗的云块，缓缓地从南向北移行，阴凉的天气给人们一种荒凉寥落的感觉。山村里鸟鹊惊惶地噪叫着，惊惶地飞来飞去。这里特有的楝雀，大群大群地从这个村庄、这片树林，忽然飞到那个村庄，那片树林里去。接着，又从那个村庄，那片树林，飞向远方。南坡上，那棵一千二百年的高大的巨伞般的老板栗树，孤独地站在那里，在凉风中摇曳着树叶，发着唏嘘的叹息声。有人在收拾雨中塌倒的房屋，大约是父亲在大声训斥不怎么卖力气的儿子，连晨风中传来的充满愤怒的吼叫都伴杂着哭韵。

"当当当"，突然，悬挂在村中老树上的铁轨的"钟声"响了。敲钟者伴着洒满街巷的脚音大声地告诉社员们：

"县长王永淮来了，从邢台走了一宿的夜路来的。公社书记、主任都跟着哪。先到的浆水，第二个就是咱前南峪！大伙注意啦，吃完早饭开群众大会，在老地方。王县长跟大伙有话说，要慰问受灾群众。千万要记着，可不能迟到。把你手里的活先放放，收拾塌了的房子早晚都沾，可不能不去开会！大伙注意啦……"

敲钟的民兵大约因为在群众心里威信极高的县长的到来，产生了某种兴奋。他那喜形于色的神态好像一个到大野山上打草或者拾柴的小孩子又渴又累地回到家，一见门锁着，又一回头，见妈妈提着水桶，或者端着什么好吃的东西，从老远的地方走来了。真的，如饥似渴的年轻人，这会儿盼来了德高望重的一县之长，该是多么高兴啊！他不厌其烦地大声说着超出自己责任之外的话，力图将自己的兴奋尽早地传达给社员们。

邢台县山区的社员们几乎都知道他们的县长王永淮,中等个儿,宽宽的额头,一对眼睛灵活、明亮而有神采。五十年代末,王永淮因著名作家秦兆阳的一篇特写选入中学课本里一下子名扬全国。后来他当了县长、县委副书记,为老百姓办事的劲头更足了。他浑身充满旺盛的精力。他的脊背挺得直直的,连脸上的皱纹也松弛开了,原是有些隆起的颧骨也平伏下去。邢台县两百多个村子,山里的平原的,不论多远多小,哪怕藏在山旮旯里,他那一双山里人的脚,都走到了,还不止一次两次。哪村有多大,生产咋样,有什么特点,社员们日子过得如何,不敢说全部说得当当响,起码有一半很熟悉。

县长王永淮到前南峪视察慰问的消息,立刻像插上翅膀,飞遍了全村。人们欢喜若狂,男女老少像开闸的洪水一齐涌向前南峪村北石头搭的小戏台。

当穿着一件旧白背心的王永淮走上小戏台时,一千多名群众霎时感到浑身发热,一股股暖流涌上心头。多少人,紧锁的眉头舒展开了;多少人,低沉的头抬起来了;那些因山洪失去家园都未曾掉过一滴泪的坚强的人们,此刻,面对王永淮的到来,一个个流下激动的热泪……

王永淮望着受灾的群众,眼睛有些湿润,他频频挥动右手,向群众致意。然后,用洪亮而亲切的声音说:"同志们!乡亲们!你们这里遭了灾,损失很大,我代表县委、县政府来看望大家!"

这声音,如春雷震撼着无垠的山野,似春潮滚在人们的心头,给人们以极大的宽慰和力量。大家以热烈的掌声感谢县委、县政府的亲切关怀。

王永淮接着说:"你们这个地方是山洪中心,遭受了特大暴雨。听到这个消息,全国人民正在组织救援。四川省向我们这里调运大米,有的山区县运输力量不足,那里的老百姓说用肩头扛也要把支援灾区的物资送到火车站。乡亲们,你们看,我们是生活在社会主义大家庭里,一方有困难八方支援。你们不是学过《愚公移山》吗?愚公能移山,这个困难一定能战胜。山洪冲毁了家园我们当然难过,但是不要低头。你们是毛泽东时代的农民,大家一定要团结起来,团结就是力量。振作起来,鼓起勇气,节衣缩食,发展生产,进行生产自救。要鼓足干劲,力争把被洪水冲走的地重新垫起来,从洪水的虎口里明年把粮食再夺回来!"

说到这里,王永淮激动地挥动右手,带领群众振臂高呼:

"自力更生！"

"奋发图强！"

"发展生产！"

"重建家园！"

王永淮呼一声，群众应一声。接着王永淮又大声说："这次损失很大，要记录下来防洪经验传给后代，下代再发生就会少受损失，这样就对得起后代。重建家园后，再来看你们！"

王永淮那亲切的话语，似久旱的春雨，滋润着人们的心房；他那铿锵有力的声音，似进军的战鼓，震撼着人们的心弦。诚实的前南峪人把县长的话一字一句听入心里，顿觉浑身力量倍增。人们仿佛看到了千军万马投入了抗洪救灾的壮丽图景；看到了排排新房平地而起；看到了麦浪滚滚喜开丰收镰；看到了欣欣向荣的社会主义新农村。

果然，一个多月后，来自南方的大米，大小车辆拉进了浆水公社粮站，还有雪白的藕和来自山东的大白菜，挤满了供销社的院落。人们满心欢喜，男女老少一齐涌向前来。此刻，面对全国人民的支援物资，一个个流下了滚烫的热泪。

很快，浆水公社就按规定将救灾物资下发到各村庄。当时除去一部分特困户享受无偿救济外，其他村民都可以贷款购买定量的粮食和蔬菜。

那时候，老百姓实诚得很，瞻前顾后，都害怕贷款欠一屁股账，该报一百块的报八十，那二十就野菜、橡子、柿盖掺在粮食里凑合了，反正勒紧裤带咬咬牙呗，再苦的日子也能过！

前南峪人多地少，人均不到六分田，在全公社是第二大村，第一穷村，平常年景尚且是"吃粮靠返销，穿衣靠救济，花钱靠贷款"，何况是灾年呢！

但前南峪人又是方圆几十里有名的能吃苦的人。别村人不吃的又涩又苦的柿盖，还有令人难以下咽的橡子，都被前南峪人拣来，用水泡了晒干后碾碎，有时掺在棒子面里，有时光吃那种面的馍馍，能吃个肚儿圆就好得很哩！

前南峪人又有别人比不了的狠劲，他们干起活来不要命的精神外村人看着都害怕。他们是跟石头斗惯了的人，练就一副比石头还硬的性格。别村人劈山造田怕虎口震出血，前南峪人却来了劲。他们抓起铁镐，向山坡展开攻击。镐尖穿入那怪石嶙峋的坡面，把石头一大块一大块地拉了下来。石头很快地在他们的两腿之间堆积起来，浓密的尘土就像一层厚纱，把他们眼睛闪烁的光芒都遮掩了。

那天县长王永淮前脚刚走，村支部的一班人迅速安顿好村民的生活后，坐下来认真地开了一次领导班子会。伴着满屋劣质旱烟的苦呛，伴着一盏几次熬干油的昏灯，这个会一开就是三天三夜。

这天深夜，天空稀疏地缀着宝石一样的星星，空气里弥漫着泥土、雾露和庄稼的清新气息。八月特有的像春幻一样的安谧使得一切生物似乎都蒙眬入睡了，虽有金铃子一类草虫的丝丝的叫声，但声音那样的细弱、遥远。

大队部里，烟雾腾腾，满地烟蒂——六个小时支书郭明耀整整抽了一包烟。

桌上，散乱地摆放着前南峪村的规划图表。

几天时间内，郭明耀和支委一班人对全村的情况，结合来自群众的意见和呼声，进行了一次深入的调查研究。因此，他决定按照县长王永淮的讲话精神，召集支部一班人讨论前南峪村迅速改变现状的十年规划蓝图。

浓烈的劣质烟，呛得郭明耀一阵剧烈的咳嗽，眼泪滴滴淌下，好苦的烟啊！烟雾中，他仿佛看见了一张张热烈发言的脸：

"我们前南峪当务之急是重整河滩。"

"我们还要大上植树造林。"

"我们要用十年时间治理荒山。"

……

这时，支书郭明耀根据党的农村发展政策，结合前南峪村的实际情况，满怀信心地讲道："我们召开这次会议，就是要狠下心来，趁着让洪水冲了个稀里哗啦，咱就来个毛主席说的那句'穷则思变，要干要革命'，来个大翻身，改改咱这种穷日子！"

接着，郭明耀继续讲道："我们能不能富起来？我看能。我们不光是讲我们的愿望，光讲愿望，谁不愿意富？我还要讲我们的条件，我们的优势。致富要有致富的办法，财，不是想发就能发的。这几天讨论会上，同志们谈得很多，特别是重整川滩、植树造林，谈得很好。同志们还谈了以粮为纲，全面发展……"

最后，郭明耀具体讲了前南峪十年发展规划的八项具体意见：

"第一，我们要用一年时间重整川滩，解决全村群众的吃饭问题。第二，要用五年时间植树造林，保持水土不受损害……"

干部们讨论得极其认真，争论得非常激烈，一条一条地较真，一月一月地算账，最后制订出了前南峪有史以来最宏伟的十年改造山川的发展规划。二十年后，你如果真的来检验这个规划的落实情况，你会吃惊地说出一句：前南峪人还当真是照着这个规划干的，没怎么走样。

郭成志是会议记录人，又是规划的成形人。会议决定：由民兵指导员郭海文和他负责，会后向民兵和宣传队传达贯彻，并且由他们具体组织宣传队编排节目，把规划的条条款款都编到节目和唱词里，在村小戏台上演，深入到各小队去演，做到家喻户晓，人人皆知。

一切安排就绪，夜已很深。雨后的深夜，晶莹的星星在无际的蓝黑色的天宇上闪烁着动人的光芒；蝈蝈、蟋蟀和没有睡觉的知了，在草丛中、池塘边、树隙上轻轻唱出抒情的歌曲。而绿树掩映的村庄在安详地沉睡，那碧绿的庄稼，那潺潺流动的小河，那弯曲的伸展在黑夜中的街道，那发散着馨香气味的野花和树叶，那浓郁而又清新醉人的空气，都在这不寻常的夜里显得分外迷人，给人一种美的感受。

郭明耀从大队办公室走出来，他一边走着，一边想着从今以后的工作。他想，三百多户庄稼人，明天就要开始抗洪救灾，重整川滩，这道路是他们祖祖辈辈从来没有听说过，更没有见识过的。他想，这第一步能迈得稳当吗？郭明耀从县委的指示中，从邢台山区的经验介绍中，从自己的斗争实践中，已经预感到，在前进的道路上还会发生更大的风浪。虽然他无法详细估计，但是他认为心里必须有这个准备。同时他还想，怎样才能给那些还在十字路口徘徊的大多数社员做出好的样子呢？怎样才能使他们尽快地看到集体组织的优越性，觉察到走老路的危险？怎样才能把更多的人都吸引到社会主义大道上来，一块儿往前闯往高攀呢？

想着，郭明耀的胸怀顿觉更加开阔了，觉得从昨天以来，当碰到一些暂时还不理解的问题时，自己心里接连产生某种困惑的情绪，是完全不应该的。毛主席的《组织起来》那篇光辉的文章，自己不是学习过许多遍吗？毛主席在文章里怎么讲的啦？"我们共产党员应该经风雨，见世面；这个风雨，就是群众斗争的大风雨，这个世面，就是群众斗争的大世面。"共产党员就是要自觉地去经受风雨的锻炼、经受风雨的考验嘛！要在最复杂的环境下战斗，荆棘最多的路上行走，才最有意义嘛……

他走进院子，回手关门的时候，不由自主地朝右边那两间低矮的石头房看了一眼。他的心又不自觉地一紧一沉。他赶紧扭过头，直奔北屋。

北屋的窗户上有灯光，有人影闪动。接着，郭明耀听见里边响着"哗哗"的洗刷声。他进了屋，忽然发现屋子里变了样，使他忍不住惊讶起来。

四壁土墙，变得雪白；柜子、大缸都被抬到屋地中间，遮着布单子，上边染了许多白花点子；窗户也糊上了新纸，纸上还刷了一层油。整个屋里显出一股子清新、豁亮的气氛。

他看着看着，睁大眼睛，眨着浓重的、又黑又长的眼睫毛，冲媳妇乐了："真能干哪！"

正在洗涮抹布的李雪梅扭过头来，温和地笑笑说："要等你得哪一天呀！"

郭明耀沉默片刻，没说什么，赶紧帮着媳妇收拾屋子，挪好大缸，又拿过笤帚扫地。

李雪梅说："你快歇歇吧，用不着再沾手啦。"

郭明耀说："我这几天没干什么活儿，不累。"

李雪梅扔下擦手的毛巾，跟男人抢笤帚。

郭明耀的笤帚被夺走，顺势扯住了媳妇的手，攥着不放开。

李雪梅朝男人那兴奋放光的脸上看一眼，就靠在炕沿上，怜惜地说："你瘦了！你这几天虽说没干活，从早到晚，说了多少话呀！说话也是劳心伤神的。"

郭明耀把媳妇的手合在自己那粗大的手里，轻轻地拍着，考虑自己怎么开口。

"近来头发里也有了几根白发了！你这样日忧夜虑，怎么行啊！"李雪梅声音里充满忧愁。

"没有关系。"郭明耀说。

"只是你别太得意了！你要当心自己的身体才好！"李雪梅警告他，"你现在这样日思夜想，你不顾自己，也该顾顾孩子们呀！"

"没有关系。我们这些人从旧社会熬过来，什么没见过？现在走进社会主义了，还死得了吗？"郭明耀笑了一笑，"死不了的！"

"去你的吧！"李雪梅撒娇地一推他的肩膀，"你开口闭口社会主义，看你能把社会主义当饭吃！"

郭明耀看着李雪梅，忽然记起年轻时候曾经有一次和她谈起命运的事，于是说：

"你思想还没有通，和你一说起社会主义你就不理解。过去我们怨自己命苦，你说是前生注定。现在看来，你这句话是错了吧？"

"错了又怎么样？"李雪梅有点不服输。

"你知道错了就好。"郭明耀继续说，"这就是说，世界上的事情，没有什么注定不注定。你努力干，就能实现，建设社会主义也是这样；不干，就不能实现，永远不能实现。"

李雪梅没有作声，好像在静静地思考着什么。过了一会儿，她说："天快亮了，不要说了。咱紧收拾吧！"转过身去，就要动手。

"不要收拾。"郭明耀一手扳住她的肩头。"我还有一件事要跟你说。"

"什么事？"李雪转过身来，看着他。

"是这样。"郭明耀开始说，"这些天，不知道为什么我心里又高兴，又有点儿发慌。"

"那是高兴过分了。"

"不全是。经过大伙这样一齐努力，眼下事事都随了心意，我反而觉着心里没了底儿。"

"应当有底儿。总算跨到正道上了，还怕什么？往前边闯就是了。"

"前边，那个前边可长着哪！也许要折腾到你白了头发，我白了胡子呀！"

"那时候，咱们就拄着棍儿干。"

"好，你比我乐观！"

"跟你学的。"

"是应当有底儿，应当乐观。上有党的领导，下有群众支持，这群众里边还有你……我跟你说，我实在忙得顾不上照顾你，你可要自己注意身子呀！"

李雪梅脸蛋一红，挣脱了男人的手。

……

多少年来的穷苦忧愁的日子可真是过去了，永远过去了，再也不会回来了。新的生活，幸福的希望开始了，而且一步一步地实现了。郭明耀自从和李雪梅成亲以后，没有过了几天愉快的日子，夫妻的欢乐被穷苦的生活和对于未来的忧愁淹没了。今晚上呢，竟使两口子又想起了刚刚结婚时候的那些快乐的时光，而且心里只觉得比那时候更实在、美好。

两口子很快地把屋子收拾干净，就上炕歇着了。他们都有些劳累，也都很兴奋，又说了许多只有在这样日子里才可能想到，才有兴趣说的体己话儿。

六

谁也没想到，大灾之后的一个月，当周边村的群众还在悲悲切切地收拾废墟瓦砾时，前南峪村却搭台唱起了大戏！

晚上，密密麻麻的繁星高挂天空。在星光的淡照下，看见整个村北打麦场上都挤满了人，黑压压的人头钻钻拥拥。男的，女的，老的，少的，几乎全村的人都来了，而且周围十里八村上的人，也来了不少。就像有什么重大的喜庆事儿一般，人们高高兴兴地拥着，叫嚷着，闹笑着，比放一场最好的电影都要热闹。

打麦场边石头搭的小戏台上，扎上了红色的幕布，在雪亮的汽油灯照射下是那么鲜明。锣鼓家什打得震天响。

一阵锣鼓声过后，全场上的歌声起了，先是公社宣传队唱，后是村里的青年唱。这时公社宣传队的同志已唱完一支歌，又在拉前南峪小学校少先队唱歌了。少先队的一个小孩子从自己的伙伴中站起，两手挥动着，指挥着唱了一支。接着他们又拉别人了：

"欢迎公宣队唱一个！"

歌声此起彼伏，一个接一个。一个歌唱过后，照例是一片掌声、呼声、笑声，再要求别人唱。会场上洋溢着节日般的快乐气氛。这一切可把爱唱歌的郭成志乐坏了。这样的社村联欢的场面，他还是第一次看到。在这歌声和欢笑声里，他感到公社干部和老百姓铁样的团结和干群团结所表现出的不可战胜的力量。

台上一阵哨声，鲜红的幕布徐徐地拉开了。一个小男演员，在热烈的掌声中，报告了节目。大家的眼睛都向台上集中了。

郭成志简直叫舞台上的唱歌跳舞和戏剧迷住了，那些男女演员们，打扮得是多么好看呀！他们的嗓音是那么的清脆动听，他们舞蹈的轻快动作使郭成志有些坐不住了。尤其是"对唱"那个节目，一对女同志化装成两个俊俏的小姑娘，随着她们敏捷的舞蹈动作唱着《太行山上打游击》，用婉转的嗓音在歌颂着太行游击队在太行山上杀鬼子的英雄事迹。

　　稀奇，稀奇，真稀奇，
　　太行的斗争故事提一提，
　　勇敢的太行游击队哪！
　　他们在太行山上打游击，
　　太行山上打游击……

　　郭成志认得这对唱的小姑娘，就是下午向他借服装的那两个公社的女同志。她们唱得多好呀！舞得多美呀！她们唱太行游击队怎样埋伏，唱抗大指导员怎样指挥，唱战斗的号令一响，全体队员如何动作。全场观众全被她们的矫健而柔和、高超而优美的表演迷住了。人们屏住气，倾心地目不转睛望着她们。当她们的表演完毕，场中还是那么肃静，几秒钟过去，突然响起雷鸣般的掌声和呐喊声。郭成志也高兴地在雷动的掌声中，尽力地拍着自己的巴掌，拍得手都发疼了。

　　这时会场上涌起了浪涛一般的声响，后面的人群往前拥。有哗叫声，有喝骂声，有孩子的哭声。坐在凳子上的老人们，被人拥跌了，有人压住了郭明耀和郭明考，秩序大乱，锣鼓的响声，完全被人声盖住。

　　郭明合很急，马上爬上戏台去，叫戏班停锣鼓。锣鼓停了，布幔也放下了，他站到戏台面前，对众人劝说道："叔伯婶母们，好好看戏，别动呀……"他态度温和，声音恳切，却根本没人理睬。拥的照样拥，嚷的照样嚷，人人都想霸个好位置。他拉高了嗓门，"戏演不成啦，喂喂，别吵，别吵……"他的声音没入巨大的声浪中。话也不能说了，他急得没法，只好频频摇手。

　　台下，郭明耀也很焦急，怕弄出乱子，连忙推动郭明考："你的声音大，你去说说……"紧接着，他跟郭玉先、郭成志、郭海文几个人，赶忙走了出去，主动地去维持秩序。

　　郭明考三步两脚地跳上台，高高地屹立在台边，拉起洪钟般的喉咙，吃力地高叫："就地坐下！"

郭明考突如其来地出现，他的高大神威的身形，雄浑高亢的声音，引起了人们的注视，混乱的人声骤然沉落。他继续叫喊："就地坐下！就地坐下！坐下……"一连串命令式的叫喊，把纷乱的局面压住了，人们果然坐了下来。

会场沉静了，几乎什么声音都没有。郭明考和郭明合一同走下戏台。

锣鼓又咚咚地响了起来，戏台上的幕布缓缓地拉开了。

下一个节目是一出小歌舞剧，叫作《抗洪救灾为人民》。剧里表现一个老妈妈听说她的女婿参加抗洪救灾队，替女儿犯愁，带着儿子找大队长吵架，大队长跟她讲抗洪救灾舍小家为大家的道理，说参加抗洪救灾如何好，她不听，把她女儿叫出来。女儿也批评母亲不对，说自己愿意叫丈夫参加抗洪救灾宁舍小家为大家。老妈妈的思想还是不通，这时参加抗洪救灾的女婿正好回来了，把抗洪救灾里的先进事迹讲了讲，不但老妈妈的思想通了，连老妈妈的儿子听了，也要去参加抗洪救灾队。

剧演得很成功。台下的人们一阵轰动，齐声喝彩。

"那个老妈妈可演得真好呀！是真老妈妈吗？"郭明考兴奋地拉了一下郭成志在低低地说。

"哪里，那是十七八岁的女同志打扮的！"

"大娘儿子演得也不孬！"郭成志接着情绪激昂地唱起来：

别看我人傻，力气大啊！
山洪来了我不怕，
我一定要参加啊！
哎哟！哎哟！哎哎哟！
我一定要参加啊……

这一段歌词是大娘儿子听了他姐夫说抗洪救灾队怎么好以后，他要跟他姐夫一道去参加抗洪救灾，老妈妈不愿意，他下决心后唱的。郭成志唱的和台上大娘儿子唱的一模一样，惹得附近的人群都哄哄地笑起来。

"成志！你真行，明天选你当个娱乐委员吧！"郭明考说。

台上接着走上了郭成志，后边紧跟着郭海文她们，每个人手里都拿着一张写满了字的白纸。在热烈的掌声中，前南峪业余文艺宣传队的五个队员站在台上，郭海文站出来报告节目："小歌剧《大蓬山上红旗飘》，是表现前南峪人发扬愚公移山的精神，落实十年规划，建设新农村的。"

社员们都聚精会神地盯着台上。

随着剧情的发展，台下掌声的浪潮在整个打麦场上翻卷着，在每个人的心窝里回旋着，台上台下，演员和观众的强烈感情融化在一起了。郭明考望着郭明耀，他是那么兴奋地在眨着眼睛，郭明合咧着大嘴直笑，胡立刚和郝文刚这些一向沉默寡言的社员，也为舞台上剧情所吸引，嘴里不住叫着："好呀！好呀！"

郭明耀看到，郭成志他们在演唱这出自己创作的小歌剧时，眼睛里闪着晶莹的泪花。他心里一阵激动，一阵兴奋，这出小歌剧写得太好了，说出了前南峪人的心里话，表达了太行山区贫下中农的深情厚谊。创作这个节目，是完全出乎郭明耀意料的。他们是什么时候写的呢？写得这么快，这么好！虽然歌词还没有背下来，演出的时候还得照着稿子唱，可这已经很不容易了。这一点，郭明耀在事前没有想到，郭成志他们却已经做出来了。啊！群众是真正的英雄，群众当中蕴藏着无穷的力量和智慧。郭明耀鞭策自己，要注意时时处处向群众学习，发挥群众的积极性和创造性。

郭成志他们的节目演完了，掌声又高涨起来，前南峪的男女老少，怀着热烈而激动的心情，要求他们"再来一个！"

……

前南峪村几场戏下来，到处锣鼓喧天，到处歌声飞扬，村里那种死水样的寂静，被冲得干干净净。不仅把灾后社员脸上挂着的晦气一扫而光，而且社员们的心中点亮了一盏灯：

——前南峪曾是中国人民抗日战争最困难的年代抗日军政大学所在地，从这里走出的千百个八路军将领率领军民浴血奋战，打败了日本帝国主义。抗大精神不能丢！前南峪不能倒！

——山是前南峪昨日的穷根，山是前南峪明天的富源！八千三百亩山场将是前南峪一千三百人脱贫致富的宽广舞台！

——一年重整河滩地解决吃饭，五年植树造林，十年治山！

——是前南峪人就不要当孬种！要铁下一条心植树。"不管东西南北风，绿化山头不放松。老的头白山不绿，治山路上有后生！"哪个当干部的如果因为植树被撤了职,村里人把他养起来,但谁上台必须继续干!爹死了有儿子,儿子死了还有孙子……

前南峪人也许比愚公更聪明些,他们没有去子子孙孙挖山不止,他们是子子孙孙植树不息。他们没有感动玉皇大帝派神仙把山搬走,他们留住了大山,扮靓了大山。

至10月中旬,天空一丝云彩也没有,田野里一点声音也没有。前南峪村河边的树林里,有黄莺的叫声。间或,还有一两声鹧鸪的鸣叫和斑鸠嘹亮的啼啭传遍旷野。路边一棵两棵高耸云天的板栗树,美丽如画的叶子反射着耀眼的阳光。前南峪社员们在大队长郭明合的带领下,在规划好的一百亩地上,栽上了密密麻麻的洋槐苗,准备第二年秋后种在山上,以保持水土。小洋槐树已经吐出苗壮的嫩芽了。这些毛茸茸的小芽子长在碧绿色的嫩枝条上,在风里微微摆动着,使人感到这些小树含着无限生机,好像顷刻间就要开花结果一样。那是按照县长王永淮的要求:"一手持矛指向荒山。"

王永淮的另一条要求:"一手握盾守住川滩。"也就是在川滩重新垫地,再筑上护地大坝。至11月,天幕低垂,整个太行山区格外清冷。寒风呼啸,群山轰鸣。前南峪村凡是五十岁以下、十八岁以上的男男女女浩浩荡荡全部开进了村西的大川——那可恶的洪水曾经在那里毁了前南峪人的三百四十亩好地。鼓起勇气的前南峪人要在毁掉的地方再垫起地来,让绿色的庄稼,让沉甸甸的收获重新在那里站起来!

那是令现在的人们无法想象的苦战。在治山最艰苦的前十年的一个冬天。天气阴沉,满天是厚厚的、低低的、灰黄色的浊云。巍峨挺秀的太行山消没在浊雾里;田堰层叠的南山,模糊了;美丽如锦的前南峪河川也骤然变得丑陋而苍老。

东北风呜呜地叫着。枯草落叶满天飞扬,黄尘蒙蒙,混沌一片,简直分辨不处出何处是天,何处是地了。就是骄傲的大鹰,也不敢在这样的天气里,试一试它的翅膀。

在声势浩大的前南峪治滩造田工地上,男女老少,所有能动的人,几乎都到两个造田工地上来了。他们都被一种特殊的力量鼓动着,恨不能把全身的劲儿都拿出来,挖石头的,拉排子车的,只见那人流滚滚,钢锹舞动，一鼓作气地紧张奔忙。

从打治滩造田起，好像从来没有过这么昏黄的天气，东北风拿出自己全部的力量，来和工地的庄稼人较劲。风吹弯了路旁的树木，遮昏了太阳，唱着，叫着，吼着，回荡着；忽然直驰，像惊狂了的大精灵，扯天扯地地疾走；忽然慌乱，四面八方地乱卷，像不知怎么好而决定乱撞的恶魔；忽然横扫，袭击着地上的一切……

在那紧张的时刻，民兵连长郭成志几乎把个人的一切全忘光了。他带领青年民兵突击队，一个个拉着排子车，好像猛虎下山一般，飞也似的从五里外的安庄坮往河滩工地拉运片麻岩的风化土。

他的脸被冻得通红，汗水从浓黑的头发里流出来，跟脸上的汗、脖子上的汗汇在一块儿，顺着胸膛和后脊梁流下来，又被裤带截住，裤腰被汗水浸湿了一半儿。

多少人都用眼睛看着他呀！多少人在小声地议论着他呀！无声的佩服，有声的赞叹！

在二队造田工地上干活儿的人，多数是贫下中农社员和积极分子，他们最能体会郭成志的心意，也最能受到郭成志的感染和鼓动。

副排长史卫东拼命地挥舞着镢头，胡立强拼命地搬动大石头。史卫东的妻子赵新英到工地上之后，一直没有敢看连长一眼，耳朵却顶管用，人们的一些低微细小的声音，她都听见了，一字一句地落在她那要碎的心上。

"连长心膛真宽呀！"

"人家才是真正的党员哪！"

"他是个铁打的汉子！"

……

铁打的汉子架着排子车，并没有感到一点儿累。他带领青年民兵突击队把安庄坮刚刚挖出来的一堆风化土拉完了，抹了抹汗，又想起了另一个造田工地的工作。

他来到沟北第一队的造田工地上。

老远就扑上来一股子热烈的气氛。这气氛不是任何声音组成的，这儿没有什么特别响的声音，一切都深藏在每一个人的心里；可是，一个劳动者，一个胜利的追求者，像电波的感应似的，他全都感受到了。

这边正在挖土埋石头。果然是一片火热的场景。

在凛冽的寒风中，青年民兵们一边干活，一边高唱着："天冷冷不了热心，地冻冻不了决心，寒风吹不倒信心。"

那时，全村人不分男女，一天四出工：凌晨4点，顶着眨着眼睛的寒冷的星星下地，8点收工回家吃早饭，然后上工。下午6点回家吃晚饭，晚上7点上工，10点半又顶着星星下山。中午饭选在有山泉水的地方支锅现做。一天十几个小时下来，大男人们都累得身子骨儿散了架，身单力薄的女人们更是可想而知。

他们在红烁烁的乱石滩上，先挖坑把大石头一个个地埋掉，再用小石头和砂粒摊平。此后在砂石上面最起码要垫上80厘米厚的土层，才能保住庄稼扎根生长。拉车人一天十八车定额，他们哪敢走啊，全是一溜小跑。工地上人山人海。挖坑埋石头的、平砂子的、运土的、卸车的，人嘶马叫。铁姑娘们的红头巾一飘一飘，好似一团团燃烧的火焰。棒小伙子们的白褂子一闪一闪，俨然是一颗颗耀眼的太阳。

人们争先恐后，挥汗如雨。

人们大干苦干，一滴汗珠摔八瓣。为播种洒下的汗水，为丰收洒下的汗水，渗透进前南峪的土地里。

这片土地，今天是荒凉的土地。

这片土地，明天就是肥沃的土地。

这片土地，今天吸收劳动者的汗如海绵吸水。

这片土地，明天就报答劳动者的汗慷慨无限。

那是怎样的丰收在望的壮丽画卷啊！麦海泛金，一望无边，波翻浪涌，接天铺地。清晨，红日从麦海中跃出。傍晚，夕阳在麦海中沉落。

那是多么喜人的麦子啊！饱满的完全成熟的麦粒，整齐地排列在苗壮的麦秆上。连麦芒，也向收割者们显示出诱惑力。

那是怎样的收割啊！一人一把镰，一个生产队的百十号人，分散在这样的麦地里，一到中午，赤日炎炎，前后左右，不见人影，但见麦海无边！谁也接应不了谁。手臂机械地挥动着镰刀，腰，弯得酸了，疼了，麻木了。然而，谁也不愿直起腰或者躺下歇一会儿。

寒冬腊月，山里的冷风钻入人的骨头，哈出的热气立刻就在眼前凝成了白霜。可拉车人头顶上总是蒸着一团热气。好不容易到快收工了。女民兵排长郭素梅装好了车，又往上加了两铲，这才拉起来往工地上奔去。可

大战荒山

是没走多远，她的速度就不由自主地慢了下来。她本来就是带着病来到工地的，紧张的劳动使她身体愈来愈虚弱，一直没有好利索的肠炎在半个多月以前又加重了。为了能继续留在工地劳动，她瞒着连长，也瞒着全连的同志。她真担心今天坚持不下去了。可是郭成志那缓慢有力的声音，又在耳边清晰地响起来："一个民兵，每时每刻都应该是这样：活着，为了党的事业战斗！"想到自己是一个民兵排长，想起连长的这些话，想到自己是为顶住山洪暴发的压力而战斗，力量重新回到她虚弱的身体上来。

"干哪！"郭素梅喊着、叫着，拉起车子奔向工地。拉到一半路程，她的两条腿就不听使唤，身子左右摇晃，脚像踩在棉花堆里，迈不动步子。她知道，只要能挪动一寸就能挪动一尺，有一尺就有一丈……挪动，挪动，只要能挪动，就是胜利。可是挪动一下，腹部裂痛！口渴，渴，渴……咳！这又算得什么？她望着天空，想辨别方向，想找北极星。啊！星星多亮呀！可是它为什么满天乱转，不停地跳动呢？

她拉着拉着，像是过了很长时间，可是还没拉出三尺远。她呢，倒觉得自己拉了好几十里路。

挪动这样迟缓，可是她心里紧张焦急得像跟敌人拼刺刀似的，她拉了多半个钟头，拉到一截流沙路段。流沙路段拉起来还好。没有尖石子，没有蒺藜子，但是，在松软的沙土里，向前拉一尺向后溜五寸。她想起民兵拉练时过的沙滩。哎呀，那沙滩呀，像一片大水一样，一直伸到天边。要是这也是一片沙滩，那就糟了。她的心颤动了一下，可是立即又想："管他什么沙滩，我要往前拉，要往前拉！"突然她发现前边一团影影绰绰的东西，忽高忽低。"那是什么？是连长派人帮我来了？"一想到这里，民兵连队欢乐的生活，立刻又活灵活现地展现在眼前。"可是为什么那个黑影在原地不动呢？"她拉近一看，是一堆黄蒿。口渴啊，舌头又干又硬，鼻子里喷火。她知道不行了，连忙站住大喘了几口气，心里提醒着自己说："要坚持住，要坚持住啊！郭素梅呀，你万万不能在这关键的时刻……"话还没说完，她觉得天旋了，地陷了，拉襻从肩上滑了下来，一头栽倒在半路上。

"排长！"走在后边的孙云芳，一把抱住郭素梅。只见她浑身湿透，脸色苍白，手心都冰凉冰凉的了。

郭素梅醒来一看，自己正躺在孙云芳的臂肘上。她想起了刚才的情景，连忙推开云芳挣扎着站了起来，装出一副无所谓的样子说：

"这地方真滑，一不留神，摔了一跤……"

"什么什么？"

"我说自己不小心，摔了一跤，幸亏让你扶住了。"

"排长，你又来这一套了！没人再相信你这些鬼点子啦！还'不小心'哩。走吧，我们找连长去，你在他面前再摔一跤试试！"

"别，别别别……"

说着，郭素梅依旧挺直腰板，两只手使劲儿攥着车辕子，套在肩上的拉祥扯得紧绷绷的，身子越弯越低，两根粗大、油黑的辫子从她背上溜下去，发尖拖到地上，使出全身的力气向前猛走。她那乌亮浓厚的头顶和通红的脸上冒着热气，滴着汗珠儿。

意志本身就是一种成功，它能使陷入困窘之中的人，充满生活的激情。

就这样干，没有一个人掉队，也没有一个人完不成定额。当孬种拉稀，当年被认为是莫大的耻辱，全家人脸上都觉得没光彩。

在山上烧火做饭，就地取材，倒也别开生面。中午，人们用石头一支，架起铁锅，再从山坡找来木柴，火就烧起来了。开饭了。人们吃的是什么呢？大伙问了起来，谁要是当天吃的是纯棒子面饼子，没掺干菜什么的，民兵们非羡慕得擂他两拳头不沾，说你小子今天可是好口福啊！

这天上午，郭成志收工后，上山四处寻找木柴，准备跟大伙一起做午饭。

腊月末是北方严冬季节，山坡上参差的岩石之间，一片荒芜，在这里，大自然摘掉了它的绿色装饰，显露出冷酷的真面貌来，光秃秃的树枝插在道旁，被厉风摇撼得屈折了腰身，尖锐地号叫起来，根本没有一根可以点燃的柴火。

郭成志一会儿登上岩石，一会儿钻进树丛，转出很远。他直起身，失望地抹了抹脑门儿上的汗珠，想往回走，好另外想个办法。

忽然，一群山鸟被他惊动，从树棵子里飞出来。

郭成志忽然心里一动，弯下腰，寻找起来。一个搭在地面上的鸟窝终于被他发现。他就把那窝揭了下来；细看，全是绵软的干草，托在手掌上还能感到鸟儿留下的温暖。

郭成志往工地上走，尖厉的西北风呼啸着。他用手掂着柴草的鸟窝，心里盘算起治理沙滩的事情。现在已经在工地上干了两个多月，在川里垫了五十亩好滩地。他想，明天早晨，民兵突击队就要进入工地第二阶段的战斗，往后接着干，还要再垫一百亩、二百亩、三百亩，甚至更多。他想到秋收，就如同小孩子想到节日似的，心里充满着向往和激动。组织起来的集体农民，能够从抗洪救灾的土地上拿到第一次收获，就算站住了脚，农业集体也有了根基，从此就能够一步一步地朝前发展。

他大步地走着。狂风吹乱了他粗硬的黑发，严寒穿透了他身上的棉衣，飞扬的沙粒扑打着他那永远晒不黑的白皙的脸颊。就连那逶迤伸展的河堤，似乎都在寒风中颤抖起来。可是，郭成志的头上却布满了晶莹的汗珠儿，汗珠儿滚落在发梢上，结成了一串串洁白的、坚硬的冰珠儿。他的心里啊，却像冰层底下的浆水河水，依然滚滚地向前奔流着。他思潮起伏着，驰骋着，思考着治理沙滩前后村子里掀起的一场场风波和斗争，使他更进一步地认识到：前南峪的未来，寄托在一代青年人的身上。他们不正像眼前这一片松柏树吗？在与雨雪风霜的顽强搏斗中，把根子深深地扎在这广阔无垠的大山上，吸吮着大地母亲的乳汁，不断地脱掉陈枝旧叶，吐出健壮的枝芽。可是这并不是一件轻而易举的事情。

郭成志想到这里，深深地感觉到自己作为一个民兵连长的责任重大啊！

风渐渐平息下来，天气显得更冷了。郭成志直起疲惫的身子，撩了一下被热汗沾湿的黑发，朝四周望望。他轻轻地吸了一口清凉的空气，感到浑身舒畅，不知不觉地下了山坡。深冬的天空像水洗过一样，洁净透澈。他穿过几棵松柏树，远远瞧见停车的地方青烟升腾，火光一片。他心里想：这少东别看表面上迟钝，干起正经事情也有麻利快当的时候，不光找到火柴，连茅草也弄来，说不定把锅里的水都烧开了。他又走几步，发现工地旁边放着两辆自行车，再朝火光那边看一眼，不由得停住了脚步。

那个坐在石板上烧火的人，不是马少东，而是一个四十多岁的壮年汉子。他上身穿着深蓝棉衣，下身是黑裤子，火光照亮他那宽厚的胸膛，照亮他那方形的脸，两只眼睛明亮，特别显着有精神。

郭成志看着看着，喜出望外地喊了声"王县长"，就奔了过来。

王永淮抬起头来，眯起眼睛，笑呵呵地打量这个突然来到眼前、浑身冒着热汗气味的青年。浓密的眉头微微地耸起来，这是他急速思索问题和回忆往事的特征。他放下手里的火棍子，抽身站起，一下子把郭成志搂在怀里，拍了拍他那厚实实的后背："是你呀！成志同志。"说着，又双手按着郭成志的肩膀，上下左右地打量着，拍了拍他那厚实实的肩膀，捏了捏他那硬邦邦的胳膊，又摸了摸他那粗壮的手，嘴里不停地说："好啊！好啊！闹了半天，你在这儿呀？我转了好几条沟，到处找；把锅丢在这儿，把粮食放在这儿，你到哪儿去了？"

郭成志站在这位可亲可敬的长辈面前，腼腆地笑着说："点不着火，我去找些干引柴。"

王永淮说："刚割下来的山柴，别瞧它湿，可有油性。你看看，都让我给点着了。"

郭成志见锅底下的青柴哗剥作响，火光一蹿一跳地闪着，很佩服地点了点头。

王永淮说："俗话讲得好，火大没湿柴。你得敢烧，猛烧，不能小手小脚的。打游击那会儿，回到山沟里，我们总烧这种青柴火。看起来呀，不论大事小事，都得有实践经验才行。"他见郭成志蹲下身，好奇地看着青柴又燃烧起火，比刚才更旺更亮。人影幢幢，忽儿窜向树林里，忽而又退回火堆旁，无言地围着火堆翩跹起舞。火堆里的湿树枝吱吱直响，如怨如诉。炽热的气浪拍打着树叶，使树叶发出惊恐的低语声。一条黄灿灿、红闪闪的火舌快乐活泼地嬉戏，互相拥抱，有时又窜向锅底，窜向空中，溅出火花，烧着的树叶飞腾起来，连天上的白云也朝着火花微笑。他就坐到石板上，继续说："你们锅里边熬粥的水也不行。我一闻那味道，就猜到是路边小河沟的水。是不是呀？"

郭成志含笑地点点头，心里越发佩服这位领导敏锐的眼力和丰富的经验。

王永淮说："河沟里的水不干净，吃了容易生病。"

郭成志说："我们吃了好些天，没关系……"

王永淮大手一摆："怎么叫没关系呢？身体是革命的本钱，身体一垮台，什么事情也干不成了。凡是会干工作的人，都应当会利用可能的条件，保护好身体。"

郭成志听到这儿，不由得勾引起一桩心事。那是在抗洪救灾的日子里，有一次，县长王永淮到受灾严重的山村工地检查工作，社员们正在山上抡动着十八磅大锤，一下接一下砸在钢钎上。忽然他发现一块巨石悬在一个社员的头顶上，瞬间就要塌落下来。他大喊一声，朝那个社员猛扑过去，一下子将他扑倒了，搂抱住他，在刚刚铺好石子的路面上滚出十几米远。就在这时，轰隆一声，巨石塌落下来，掀起了几丈高的黄色扬尘。社员们都被王永淮这一迅猛的举动惊得目瞪口呆……这时，郭成志拉住王永淮的手，从头到脚把他看了一遍，问道："王县长，听有人传说，您为了抗洪救灾，脚上受了伤，是真的吗？"

王永淮点点头："是真的，很轻，几天就好了。"

郭成志心里涌起了强烈的高兴、感动、惊讶的情感，说："您净嘱咐我们，您自己也得注意身体呀！"

王永淮说："注意身体，跟为革命拼命，并不是矛盾的。平时防止不必要的损失，正是为了更好地为革命工作，在必要的时候拼呀！"

郭成志领会了这番话的意思，赞同这样的看法，又说："您到车上歇歇，让我烧吧。"

王永淮说："别忙着烧火，等等小张。他刚从泉眼那儿打来一小桶水，又去打了。烧开以后你尝尝吧，那泉水又清凉，又甜，像放了薄荷糖一样。"

天气晴好。附近一带的山峦、房屋，都浸沉在无风的恬静和明朗的严寒中，浸沉在耀眼的光亮和淡蓝的阴影里，一切都那么坚硬和洁净。

马少东手里捏着几根火柴，从山口那边转回来，瞧见郭成志在那沸腾的开水锅旁边，跟王永淮和小张争执着什么事情。

王永淮说："咱们搭伙吃饭，这样公平合理。小张，把你那个米袋子拿过来。"

郭成志急得头上冒出几颗汗珠，连忙阻拦说："您太心急了吧，县长！我们这儿有现成的棒子楂，哪能用你们的米呢？"他忙回身，从车上拿过盛棒子楂的布袋子，提起来说："您看，还有这么多，三顿也吃不完。"他打开扎在布袋上的小绳子，一抖落，棒子楂就流进滚开的锅里，立刻像一团黄色的烟雾似的从锅底下翻卷上来。

王永淮伸手攥住郭成志那个小布袋的口儿，说："够了，够了，再放上点小米，咱们熬一顿二米粥喝。"

小张已经把一条行军用的米袋子拿了过来，打开嘴儿，往那只盛着泉水的搪瓷茶缸子里放些小米；用手搅和几下，算是淘过，随后一点一点地倒进冒着白泡沫的锅里。不一会儿，饭熟了。只有两只盛饭的碗，他们把咸菜倒在一张纸上，腾出一只碗，给王永淮用；小张拿自己的搪瓷茶缸子代替；郭成志撅了几根荆条，做成四双筷子。于是，他们就地围坐在一起开饭了。

多么香甜的饭菜，多么别致的野餐呀！

冬天，太行山上是一幅幅的淡墨画。所有的景物：山、水、云、树，都覆盖着白雪，虽然没有缤纷的五彩，却有一派清新素静的格调。远山是一扇扇银铸的屏风，越远处，颜色就越淡，直到山天相接处，就再也分不清哪是雪山，哪是云天了。

在这样的背景前面，是被冷雪染白的森林，强劲的朔风吹来，树海扬波，白色的雪浪，此起彼伏。在堆满积雪的树冠下面，时时闪出几枝翠叶，抛出点点绿光，分外生动。在这些森林前面，则是一片落叶灌木林，褐色的树干裹上了坚冰，发出了玻璃般的光亮。

中午的太阳，像个鸡蛋黄子藏在一层蝉翼似的云彩里，时隐时现，给人以温暖的感觉。牛在车边嚼着草。灶膛里的灰烬，因为小风的吹动，冒着火星。远处偶尔传来骡马的呼喊般嘶鸣。一股潮湿泥土的气息在周围弥漫着。

他们吃着香喷喷的"二米粥"，谈着有趣的话，享受着只有他们才能享受的这种山野冬日怡人的清爽。县长最近专门找公社书记白明杰汇报浆水公社的工作，很想摸摸前南峪村的具体情况，特别是积极分子们的思想状态。他听说郭成志在抗洪救灾中，干得十分出色，就趁检查工作之便前来找他。这会儿碰到一块，他心里十分高兴，就舀了碗汤，抓起一块干粮，朝郭成志凑过来了。

"哈哈，成志同志，你们村的党组织整顿，目前进行到第几阶段了？"王永淮一边问，一边在郭成志面前蹲下来，声音还是那么好听、洪亮。

"按照县委的安排，已经进入第二阶段，党员们边学习中央文件，边逐章逐条对照检查自己的工作，可认真啦！"郭成志一边大口喝着汤，一边回答县长提出的问题。

"最近，"他慢慢地嚼着一块粗硬的玉米饼子，望着郭成志，若有所思地问道，"听说你们村在抗洪救灾中，涌现出不少的先进典型和模范事迹？"

说到抗洪救灾，郭成志情绪不由得振奋起来，话也多了，从抗洪救灾前期党支部的组织发动，到重建家园治理荒滩中涌现的先进党员干部和群众等等，长篇大论地讲起来，一时忘记了自己的身份和处境。县长听得那么用心，那么认真，说到开心之处，他便冲着郭成志哈哈大笑一阵。之后，话题又慢慢扯到前南峪改变现状的十年规划。

郭成志按照自己所知道的回答着县长的问话，也从县长听了他的回答之后的反应，来体会领导的态度。郭成志的脸红红的，额头挂着几颗晶莹的汗珠儿。他看一眼王永淮，一双深情的眼睛在看着他。他再也抑制不住满心的激动，说："为了把集体巩固住，再求个发展，大伙都发誓把浑身这一百多斤交给党，拼命啦！"

王永淮听到这里，还没等郭成志说下去，就说："该拼命的时候就拼命，不必要的时候就别拼。"他放下碗筷，思索了一下，又说，"我打算让县委、县政府的领导研究研究这个问题，建议组织平原区的农民来山区参观治理荒滩的先进典型，更重要的，这边是老区，多数群众都经过战争考验，觉悟比较高，组织起来也早。平原来的农民跟他们住在一块儿，顺便拉拉家常，交流交流体会，比咱们在大会上作报告效果大。你看我这个想法行不行呢？"

王永淮对郭成志十分赞许，尤其是在抗洪救灾中，这个被前南峪人普遍认为积极肯干的民兵连长，有股子共产党员特别能吃苦、特别能战斗的精神。王永淮曾几次打定主意要到前南峪村去对郭成志的工作做全面细致的了解，由于忙着全县的抗洪救灾后的重建家园，始终没抽得出时间。此刻，他看着郭成志，心里想：人，各有不同的条件——年龄大小、文化高低、经历多少，但一个人有没有高尚的奋斗目标，却不受这些条件限制。奋斗目标越是高尚的人，越能坚忍不拔，越能不露锋芒，越经得起风吹雨打。王永淮相信郭成志是有培养前途的。一个年轻庄稼人嘛，一心一意要在农村开创一番新事业。他遇到了并不是抗洪救灾一个方面的压力，但他丝毫没有被重重困难所吓倒，而是坚定不移地走向社会主义新农村建设的目标。不要看见现时是嫩树苗，十年以后，可能是一棵大树！王永淮想：我今后要多到前南峪村来。的确！这个大队的条件暂时是差一些：村穷，连长年轻……

郭成志听出县长信任自己，但他是个耿直的人，对上级的谈话，除了表示同意和不同意之外，从不会奉承，也不善于赞美的辞令。这会儿，他听到县长诚恳地征求他的意见，只是不住地点头，答不上话来。他觉得这位领导的胸膛像缀满繁星的天空一样开阔，像密布森林的山谷一般深沉。

王永淮对今天的会面很满意。他从郭成志的身上看到基层干部的才干增长，看到县委抗洪救灾、重建家园的具体成效，同时也了解到这些同志的思想状况。他抽几口烟，看着郭成志两眼盯着他，就又问："我让人给你捎的口信传到了吧？怎么样，尝到风不平、浪不静的滋味了吗？"

郭成志深有所感地回答："尝到了，庄稼人好不容易找到了自己的道路，坡坎很多，往前走一步都得花心血。可是，我总想，再苦再难，也比你们这些领导同志拿枪杆子夺政权的时候差得远。你们那时候随时都有牺牲的危险呀！"

王永淮信任地看了郭成志一眼，说："告诉你吧，花心血的日子刚刚开始，大风大浪还在后边。我常想毛主席这段话：'你们青年人朝气蓬勃，正在兴旺时期，好像早晨八九点钟的太阳，希望寄托在你们身上。'是啊，革命的道路长得很，将来你们肩上的担子也不会轻。成志同志，千万记住，一切工作，都要围绕着发展农业集体这个中心。发展中必然会有矛盾；矛盾不断出现，不断解决，是事物发展的规律。有矛盾斗争，就得有牺牲的精神准备，就要迎着阶级斗争的风口浪尖上啊，那才真能锻炼人呢！当然，我们老一辈的也不能松肩，眼前的生产任务还是十分艰巨的，还得拉好革命上坡车！"

郭成志年轻的脸，顿时严肃起来。党组织对自己的安排，县长的这番谈话，代表了革命前辈对年轻一代的信任、希望和鼓励。老一辈的艰苦奋斗了几十年，还要继续拉革命上坡车，披荆斩棘；自己这样的年轻人不更应该迎着风浪上吗？县长的话，他将永远铭记在心里，当革命遇到困难挫折的时候，当取得胜利的时候，都该想一想这些话里的意思，掂一掂它的分量啊！想到这里，他激动地说：

"王县长，您放心吧！我准备接受一切考验。"

"那就好！如果你们大队今后农业建设，向生产的深度和广度进军了，你打算怎么办？"

郭成志稍稍停了会儿，斩钉截铁地回答：

"我不光是作为一个回乡知识青年，而是作为一个共产党员回前南峪的！"

王永淮把郭成志的手握得更紧了，不由得细细打量面前这个年轻人一眼，感叹道：

"跟你爸是一个样！"他拍了拍郭成志的肩膀，"成志同志，我等你的好消息！"他说着，站起身，扔掉了烟头，准备动身走。

人们都睁大了眼睛，静静地听着王永淮的讲话。只有寒风还在轻轻地吹着。山坡下，出现了一种庄严的气氛。人们都不约而同地看了看郭成志，又看了看王永淮，是对郭成志的信任呢，还是对王永淮的依恋呢？每个人的心里都有一种说不出来的滋味……

郭成志像理解人们的心情，依依不舍地对王永淮说："我真想多跟您聊一会儿，一夜不合眼也不会困。就是这地方没法留您住。"

王永淮半开玩笑地说："同志，盖天铺地睡觉并不是你的发明。我就不能在这儿停留啦？我要走，因为还有急事儿，再多转转，多看看，今天晚上还得赶回县里开会。你们也得赶快上工啦！"

郭成志跟在县长后边走了好远，连自行车在石子路上颠簸的声音都听不到了，他还站在一块岩石上张望。习习的山风抖动着那件披在他肩上的衣襟。郭成志回味着刚才意外的欢聚和县长对于多方面问题的谈话，心胸里有一股子新的力量像河水涨潮那样鼓动着。

60年代初轰动全国的沙石峪精神——万里千担一亩田。有人计算过前南峪的垫地造田，竟然是一万里两千车一亩田。这还仅仅说了造地的一半工序，那一半埋石头平砂子呢？也要前南峪人使出绝不小于拉小车的力气。

村上年过半百的人回想起当年的情景，总忘不了说两件事：一件是当年前南峪所有的成年妇女脑袋上都有一个特殊标志，犹如"鬼剃头"，个个脑后齐溜溜地少一圈头发——那是长年累月上山修梯田扛石头磨的；另一件是前南峪那辈儿的小孩都没吃过几天母亲的奶。只要孩子满月一过，女人们便上了山。那个年代本来就营养不良奶水不旺，加上劳累过度，很快母亲的奶水就干了。为了照顾小孩方便，村里把托儿所办到了山上。那个年月的孩子是没有"金典""蒙牛"可喂的，只好托关系走后门买一些"代乳粉""糕干粉"之类的东西来喂养前南峪这些过早地随同父辈们参与治理大山的小接班人。

这些事情在今天看来，一些人也许觉得是残酷无情，甚至可以说成是"惨无人道"！但前南峪人也是人，他们中的男人比谁都更懂得护好自己的妻室，女人们更懂得养育好自己的儿女。但他们已被逼无奈——没有拼上几条命、舍出一代人的狠劲，怎敢向大山叫板？！

七

为了一件特大的不幸，郭成志有时甚至还想到"报复"。他毕竟是个青年，他身体里流淌的是一个山村青年滚滚的热血。1967年早春，发生在大川里垫地时的一幕悲剧，几乎使他震惊了。以至于若干年后他想起来都感到深深的悲哀。在他绝望的悲伤的眼睛里，迸发出一种狠狠的坚决的光焰。这个悲哀曾经一次次加强了他为实现那个科学梦想的决心。他一次次地咬牙切齿：山村人的血绝不能白流！

前南峪人至今还清楚地记得：是那场"文化大革命"开始后的第二年的农历二月初二，是"龙抬头"的日子。当城里人还在歇斯底里地批斗"走资派"时，前南峪人没去"抓革命"，而是把队伍拉到了治山的工地上"促生产"去了。

立春已过，但山里早春的寒冷仍然令人战栗，即使没有风，早晨的冷气也像刀子似的，割得人脸疼。为了垫好他们新开的梯田，郭成志带着被省军区命名为善打硬仗的"红旗民兵连"一马当先，开上了大川。"挖山不止"的精神是毛主席的教导。前南峪人早在春节后的第三天，就去实践这个教导了。

依然是小车如飞，依然是锹舞生风。至10点钟，早春的太阳透过薄雾，一种明亮而柔和光芒，冲破云霞，洒满青天，毫不吝啬地投给人们以丝丝暖意。小伙子已经敞开了捂了一冬的棉袄，有的甚至干脆把它摔在地边。

安庄垴的土山包也还是冻得硬邦邦。挖土装车的人必须用当年打日寇挖地道的办法从巷道里掏出已风化得很熟很松的片麻岩土。谁都知道这时下到坑道里作业是件最危险的事情。

力，在这里组合，爆发；肌肉，在这里伸展，膨胀……一切都在这里变形。扭曲的面孔发出的"嗨哟、嗨哟"声，镢头刨土的"咚咚"声，铁锤钢钎的撞击声……交错轰鸣，汇成了一曲力的悲壮交响曲，撼动着每一个人的心灵，撼动着沉睡千年的大山。但愣头小伙子们人人不甘落后，年轻的姑娘们个个不让须眉。民兵连指导员郭海文是一个22岁的姑娘，在前南峪是出格的漂亮，亮晶晶的黑眼睛，像映在溪水里的星星；均匀的身段，使人想起秀美的柳枝。她挥锹铲土，更是干在了前头。

谁也没有想到危险正在潜伏着，一场意想不到的可怕的事故正向前南峪人偷偷地袭来。

突然，轰的一声，一股黄色的扬尘升腾起来，大地在震动着，像滚过一阵沉雷一般，表土层塌下来，伴着人们一声声撕心裂肺的呼喊，几个挖土人不见了踪迹。

坑道里一片惊慌，混乱。

"塌方了！快来救人……"

郭成志的脑子"轰"的一声，像要炸开。他不顾一切地拨开挡路的人，朝坑道口飞跑……

等郭成志赶到，只见坑道口上已拥挤不堪。排长郭金山站在坑道口厉声喊道："离开点！都给我离开点！……郭长同，你来把住坑道口，谁也不许靠前！"

郭成志几乎是从人的肩膀上爬过去的。到坑道口一看，郭明祥被塌下来的土块压住了一条腿，可能被砸得不轻，豆大的汗珠顺着他那黧黑的脸一颗颗地往下掉，但民兵指导员郭海文却被埋在了土底下。

郭成志和其余的同志流着泪，声嘶力竭地喊叫着，拼死力救人。人们没有费太大的力气，把郭明祥的一条腿从土堆的重压下解救出来。其他两个人也很快被救了出来，只受了些皮肉的损伤。当失去理智的人们开始拿锹铲土抢救郭海文时，感觉不行又都跪在地上用双手抠石扒土。郭成志的手指都抠出了血。时间不长，奄奄一息的郭海文被抢救出来。不幸的是，姑娘偏偏被斗大的一块冻土砸伤了脑袋，此时，呼吸微弱，生命垂危。虽然她被大家以最快的速度送到就近的浆水公社卫生院抢救，仍然因颅损伤内出血严重没能挽回她年轻的生命。

古老的太行山披一身素装。

一时间，前南峪陷入了大洪灾后的又一场悲痛之中。

前南峪村哭了，哭声动天感地。他们无论如何也不相信，痛惜地念叨着全村人见人夸的姑娘的好处，一把鼻涕一把泪，说怎么好好的就把那么好妮子的命夺走了呢？那可是咱村里最俊最懂事的妮儿呀，在家里孝顺老人没比，在外头待人处事热心肠也是没个比！该死的老天爷咋就这么不长眼，偏偏剜掉我们的心头肉呢？

几个自小一起长大的女伙伴，边哭边喊，泪水滴满胸襟，个个哭得眼泡红肿，不敢上街，也不敢去郭海文家里安慰她年老的妈妈，那不是给老人家哭碎了的心上再撒把盐？

以敢啃硬骨头著称的民兵连长郭成志哭了，两手狠狠地搓着大腿，哭得肝肠寸断。悲痛像一双无形的大手，挤压着他那颗非常刚强的心。有不少人为开发和建设前南峪伤腿断臂，甚至献出了生命，将身躯埋葬在前南峪土地上的也绝不只郭海文，但郭海文的死，在他心灵中造成的却是一种混合着负罪感的悲痛。他不仅痛惜自己失去了一位并肩战斗的好战友——他心中甚至想：我是一连之长，又是男子汉，这次事故如果真的不可避免，这次该走的应该是我呀！怎么让一个年轻的姑娘……

他不知怎么去向郭海文的父母交代，也不知道应该对正在与姑娘热恋中的那位学校的年轻教师说些什么……

从昨天到现在，顷刻间出现的灾难，使新任支书郭彦勋陷入有生以来最严重的危机之中。他的两眼散光，沉重地跌坐在被窝里。一切烦恼急躁都在这时迸发出来，全身的血液都涌到了头顶，两眼烧得通红。他现在根本不能掌握眼前的事态。完全处于被动的地位。他现在首先考虑的是如何处理郭海文的人命事。

郭彦勋也清楚地知道，这是一种最棘手的工作。郭海文不好往土里埋！郭家兄弟不会轻易地让他郭彦勋下这个台阶。以精明干练著称的郭彦勋，此时伤透了脑筋。哎，鬼知道眼下他们会提出一些什么样的古怪的条件呢。因此，当他派人告诉郭明宪让他和郭成志处理这事后，马上又想到，这两个人恐怕处理不了，事情归根结底还要他郭彦勋出面。可他现在脑子乱糟糟的，身体又有病，也不知该怎么办，所以就让妻子先把郭成志叫来商量一下。

郭成志几乎是小跑着进了支书的家门。郭彦勋的妻子走得慢，还在路上没回来。

郭成志一进门，先关切地问郭彦勋："病得不要紧吧？"郭彦勋欠起身子，咳嗽了一阵，说："大概不要紧。"他爬起来，把衫子穿上，坐在被窝里，给嘴里塞了两片药，喝了一口温开水。

"事情发生了，你也不要着急。毛主席说，要奋斗就会有牺牲，死人的事是经常发生哩……"郭成志安慰他说。

郭彦勋失去光彩的眼睛茫然地望着对面墙，心里想着，如何向死者的家属详尽地介绍村上多年来处理此类事情的习惯做法。他要尽量地把死者亲属有可能提出来的每一个问题，都合理地作一番解释，并适当地留有余地，以便死者亲属一旦提出过高的要求时，再把手松一松，使问题得到圆满解决。

屋子里很静，郭成志在认真地听着郭彦勋讲话："我估计郭海文不好往土里埋……"

"怎？"郭成志瞪大眼睛望着支书，解不开的问题爬上了他的心头。郭彦勋同志为啥要这样讲啦？他眼前仿佛升起团团烟雾，把一切东西都给笼罩了起来，使人感觉得到有许多事物存在，却辨不清它们的面目。他几次在心头问自己，这些事要怎么认识才对啊？现在——是的，直到现在，他才真正意识到今天的村庄，早已不是他所熟悉的那个旧村庄了！现在的这个村庄，对于他来说，却是陌生的。他渴望有谁给他指路。

郭彦勋还在滔滔地说："郭海文是为集体牺牲了的，因此队里不说下个什么，恐怕他们不会轻易了结这件事。"

"棺材、衣服，埋人时吃的喝的，队里都负责上，还要怎样哩？"郭成志说。

"不在这些事上。这些事理所当然要队里管。我说的是其他方面……成志，你再想想，看还有什么可以弥补的？"

"啊！我懂得了你的意思。"郭成志突然省悟过来，他觉得郭彦勋说得有理，事情一说通，好像自己往高里爬了一步，看得更远点。他想了一会儿，说："这样吧，咱们首先要在政治上对待好这件事。郭海文同志为了集体的革命事业，献出了自己的生命，咱们要追认他为革命烈士。叫人打一块墓碑，上面写上'郭海文烈士之墓'。另外，咱们再开个隆重的追悼会。今后村里死了人，就开个追悼会……"

一席话，像把风火扇似的，把郭彦勋的热情大大鼓动了起来。他也想到这码子事哩，不想郭成志倒先提了出来，兴奋得他望着郭成志那张棱角分明的长脸，暗自想："好家伙！真是个宣传家！"同时多少感到有点惊奇："看起来，那么个不多言语的人，为啥一下竟滔滔不绝，而且这么富有逻辑，富有说服力啦？"

这时，郭成志的话已经落脚，问郭彦勋要不要讲点啥，郭彦勋说：

"你说的这些都好。光这些恐怕还不行……"

郭彦勋还没说完，这时门外响起了急促的脚步声。他望了一下门口，他妻子引着郭明宪和郭家兄弟中的郭立杰进了家门——郭彦勋的妻子半路上碰见这两个人，就一起相跟着回来了。

郭彦勋一看这两个人来找他，就明白是什么意思了——他们的到来他早就估计到了。

郭彦勋客气地招呼郭明宪他们到桌边的板凳上坐。这时，水开了。他妻子赶忙把水壶提来，往茶杯里冲着茶。一缕阳光下，只见开水冲得细嫩的、香气四溢的茶叶在杯子里打着圈圈。她把茶一一送到每位同志面前。大家没有欢乐、喧嚷的言语，恭恭敬敬地接过了她的茶。她又取来了特意买来待客的一包"官厅"牌香烟，每人敬上一支。

郭成志接过郭彦勋妻子递上的纸烟，别在自己的耳朵上，说："彦勋气管有病，不能闻烟味。"

郭明宪正准备点烟，听郭成志这么一说，也就不好意思再吸了。

郭彦勋无所谓地说："不怕！你们吸你们的……成志，你干脆把郭明让叫来，咱临时开个支部会，好好商量一下海文的事！"

郭成志马上出门找大队长郭明让去了。

郭成志找来了郭明让。他裤筒卷着，两个腿肚子尽是泥巴。看来是刚从地里回来，没有来得及洗脚就上这里来了。

"抽烟。"

郭彦勋妻子递上去一支香烟。郭明让正在吸着"喇叭筒"，见郭彦勋妻子给他敬烟，忙摆摆手。

大队党支部的四个成员都聚齐了。郭明让无言地对着郭彦勋，大口大口地吸着烟。屋子里的气氛是这样窒息、沉闷、悲切。这时郭彦勋坐在炕上的被窝里，对坐在脚地上的四个人说："海文同志为革命光荣地献出了自己的生命，我们大家都很悲痛。我们开个支部会，研究一下如何为海文同志办丧事，捎带着也考虑一下他的父母待遇问题……立杰，你是海文的亲属，你先提个看法。另外还有什么要求，你也说出来，咱尽量让你们满意。"党支部书记的话，在这样的气氛里讲出来，格外热乎，像一股地下温泉，流入郭立杰冷却了的心胸。

屋里仍旧沉默着。郭明让站起身，在吸燃了一口烟以后来回走着。他举起一只张开的手，搅散那些轻淡的烟雾，然后十分沉着地瞅着郭立杰。郭立杰红肿着眼睛，坐在一条板凳上，垂着头，痴呆呆地看着地下。过了一会他才对身边的郭明宪说："明宪哥你先说吧。"

郭明宪看出郭立杰不好开口，就用他自己的口气，把立杰他哥的那些意思都端了出来——就好像这是他自己的意见。

郭彦勋立刻表态说："这没问题！海文父母今后就按干部家属对待，粮钱由队里给出。另外，我们还要把海文当烈士对待哩！要立个墓碑，让子孙后代知道她的功劳。安葬前，咱们再开个隆重的追悼会！"郭彦勋把刚才郭成志的建议原封不动搬出来，就像这都是他自己考虑过的意见。

郭立杰立刻理智地说："现在这样对待就行了。我倒没什么，可灾难发生了，队里处理好一点，我也好给家里人做工作。"

话，平平淡淡。里面，却跳动着一颗火热的心哪！党支部书记、大队长，屋里的人，一齐激动地望着郭立杰，望着这个平日看着不起眼的、极其普通的年轻人。

郭彦勋说："立杰的话我听了很感动。不愧是共青团员嘛！识大体，顾大局……"由于声音太高，他猛烈地咳嗽起来。

等咳嗽停息下来，他喘着气说："我爬不起来，具体事你们就看着办好了。成志给咱准备追悼会的事；其他事明宪你就给咱领料上……"

支部会散了以后，郭成志就赶忙出去布置开追悼会的事了。郭明宪和郭立杰又返回到郭家，帮助处理葬礼的其他事项。

中午，从西山背后，突然涌上来一疙瘩黑云彩，时间不久，宽敞的天空，竟被侵挤得仅仅剩了一条狭狭的、曲折的蓝色小缝了。乌鸦呱呱叫着掠过村庄，它那乌黑发亮的翅膀，横扫着破棉絮般的云块，一会儿从云里钻出来，一动不动地停在空中，良久地俯视着悲痛的山野，一会儿，吃惊地翅膀一侧，又冲进那黑沉沉的云海里去了。空气中流动着动荡与不安。村民们抬起头惊愕地望着天空，纷纷议论道：这或许是海文的死感动了老天爷？

灵堂，就设在大队部门前的空地上。在郭彦勋的组织下，很快地在空地上搭了个棚子。这一带地方的风俗，凡在外面死去的，尸体都不准抬进屋里。

灵柩从大胶车上卸下来，抬到了灵堂。往日小老虎似的郭立强，身扎白布，安静地守在里头。郭海文妹妹，扒在灵柩上痛心地哭着，头发散开了，披在肩头上。几名青年妇女，拽着她，劝慰着她。

这时候，在大队部门前的空场地上，郭成志正领着村里的一些人忙乱地布置追悼会场。

妇女主任赵书云正和一些妇女挂贴挽幛。已经做好的几个花圈，现在放在灵柩前。她们并且还为参加追悼会的社员一人准备了一朵小白纸花。郭成志衫子胸前的两颗纽扣中间，别着他给郭海文写好的悼词，正忙着在一边给石匠们指点打墓碑的事。村中几个手巧的媳妇，这时已经聚在郭立强家，由宇清他妈领着，在她家的缝纫机上为郭海文缝制入殓的服装。郭立强和十来个打墓人，胸前挂着红布条，在郭家祖坟那里按辈数排好的地方，已经把郭海文的墓坑挖好了。在同一时刻里，郭立杰正领一家人，忙着为外村来参加葬礼的亲戚准备饭食……

下午1点左右，前南峪村的人们都成群结队地来到了大队部门前。追悼会场里顿时挤满了黑压压的人群。赵书云端着个簸箕，把里面的小白纸花给来人一人一朵散发着。庄稼人都新奇而笨拙地把这纸花挽在自己胸前的纽扣上。

在远方和右边山野中间现出一道耀眼的闪电，照亮了无云的天空和黑暗相连的地方。可怕的黑云堆得密密层层，不慌不忙地推过来，遮住了偏西的太阳；又大又黑的破布从那团云的边上挂下来；左右两面的山野上也有这样的碎片互相压挤着，堆得高高的。紧接着，天空传来了一声沉重的、隆隆的雷声。

眼看天色越来越昏暗，追悼会马上在隆隆的雷声中开始了。

哀乐，沉重地在大队部门前缓缓地流动。空气中充溢着悲壮和肃穆。风吹进来，四面的挽联飘摆，香烟缭绕。

追悼会由郭明宪主持。他站在前边一块卧牛石上宣布开始时，神情显得更严肃，两只黑亮的大眼汪着眼泪就要夺眶而出。接着是唱《国际歌》。只见郭素梅从人群中走了出来，她给大家起了个调，两只胳膊在空中有力地挥动着；随着，庄严的歌声就像涨潮的海水，向四野扩散开来：

起来，饥寒交迫的奴隶，
起来，全世界受苦的人！
满腔的热血已经沸腾，
要为真理而斗争！
……

人们，年轻的，年长的，都被这激昂庄严的歌声带到各自不同而又有所相同的境界里。无论是过去的艰苦斗争岁月，眼前的治理荒滩，以及未来的万里征程，都凝聚成一个声音。这声音召唤着人们为崇高的革命理想而顽强战斗、勇敢献身！

庄严的歌声还在山谷缭绕，郭成志已经走到人群前面，然后把胸前别着的那卷纸拿出来展开，用很沉重的声音念道："共产党员郭海文同志为了革命事业，为了人民的利益，于昨天上午与我们永别了，享年22岁……"

郭成志念着按报纸上的格式写成的这篇悼词，大家都静静地听着。每个人都在默默地向我们的烈士倾吐着肺腑之言，他们完全忘记了心里的杂念，第一次明显地体会到什么是革命者崇高、纯洁的思想感情！只有武小九例外。他正在肃穆的人堆里走来走去，把掉在地上的那些纸花纸片捡起来，装进自己衣襟上的那个大口袋里。他一边捡这些东西，一边嘴角挂着神秘的微笑，嘟囔说："世事要变了……"有些人已经被武小九逗得偷着笑了。郭成志不时停下来，气愤地瞅一眼人群中的武小九。郭立杰和郭立强立刻走过来，把这个捣乱分子从人群里拉出来，一直把他扭送过浆水河。武小九一路叫着："世事要变了！世事要变了……"

郭成志的悼词快念完的时候，忽然间，天门开处，黑云的缝中闪出一道金光，隆隆的雷声又从远方传到头顶上，仿佛房屋也给震动得摇摆起来，惊得人群一阵骚乱。

追悼会匆匆地进行完毕，八个强悍的壮年人抬着灵柩走在前面，郭成志和郭明宪分别在两边扶着灵柩，后边是死者的嫡亲和郭家户族的人。大队部门前顿时响彻一片恸哭之声！

浩浩荡荡的送殡队伍刚过了浆水河的小桥，突然，猛听一声长啸，地面为之震动，狂风夹着砂石劈头盖脸地打将下来。霎时，漠漠冥冥，天昏地暗，几尺以外就看不清了。暴风驰，沙砾飞，耳畔只有奔腾呼啸之声，如惊涛骇浪，雷霆骤至。村里的不少外姓旁人都纷纷跑回家了。参加送殡的人一个个头不能抬，目不能睁，呼吸困难，心跳剧烈，完全陷于黑暗狂暴的风沙阵中。加上沉雷像猛烈的山崩似的隆隆滚动，斜着穿过整个天空，给这个葬礼加添了极其浓重的悲痛气氛……

川里的苦战，却是一天也没有停止。在那个年代，民兵们当真是"掩埋好同伴的尸体，揩干身上的血迹"，继续战斗了。不过，地头上"穷则思变，要干要革命"的标语牌旁，又增加了一个更大的标语牌，上面耀眼地书写着："下定决心，不怕牺牲，排除万难，去争取胜利。"

在郭海文牺牲的第二天一早五点，连长郭成志擦干了眼泪，回屋拿起一把铁锹，换上了工作服。媳妇郭玉金一把扯住他：

"你要干什么？"

"上工地。"

"村里有那么多干部……"

"我是民兵连长！"

"……吃了饭去吧，我给你炒菜……"媳妇泪光闪烁的眼睛中，含着担忧，含着不加掩饰的挚爱。

他没吃饭，扛起铁锹向工地走去。民兵们默默地跟了上来，没有留下一个病号，没有一个人掉队，也没有一个人说话。他们走下了安庄堖的土山包，走上了深深坑道里的作业面。郭海文的手套还扔在一边，冻土上凝固着她青春的血迹。郭成志弓下身来，和民兵们一起把那带血的冻土抬到斗车上。接着，他们在作业面上开始一锹一锹掏出片麻岩土。

只听着咚咚的镐声，嚓嚓的锹声，唰唰的拉车的脚步声，工地上笼罩着严肃的气氛。

郭俊刚一边干一边催促着同伴："加油，加劲！"

郭素梅一边干一边用眼睛瞄着别的车，生怕被人家超过去。

民兵们默默拼搏着。当排长郭金山带着第二梯队来接班时，他们已出土四十五车，短短的三个半小时，超出了平时的一个工班。

民兵连打得太苦了！全连百十号人，牺牲一人，负伤住过院的七人，从干部到民兵，每个人身上都有几处伤痕！村支书郭彦勋爱兵，想把民兵连撤下来，休整一下。

郭彦勋来征求意见，他望望那一张张皴裂的脸，看看每个人磨出的满手血泡，又看了郭素梅递过去的"劳动进度统计表"。连长郭成志脖子上青筋鼓胀着："不行！我们没打败仗，不撤！这时候撤兵，我们对不起郭海文啊！"他的眼泪都快掉出来了。

"不能撤！我们不能撤！"

"剩一个人也要干到底！"

民兵们得到消息后，拥到了坑道口。紧接着，当晚二十多名干部民兵交上了入党申请书！全连上下激荡着一种情绪，一个声音："不能撤！干到底！"

……

"五十多年的治山中，我们这个村死掉了四人，伤腿断臂、眼睛失明致残八人……"在采访中，郭成志掰着指头用十分沉重的声音对我说。

从前南峪村创业史的展室资料中，我看到几十年来，全村治山用坏了数以万计的扁担、钢钎、镐头和箩筐，用去了可以用列车拉的炸药；仅包扎伤口和粘贴皲裂的手脚，用去的胶布竟以吨计！

当我伏案撰写这部长篇纪实时，正值全国上下纪念中国工农红军长征胜利活动开展得如火如荼。我自知自己只有接受革命传统教育的份儿，恐怕今天能有资格说出"长征是宣言书""长征是宣传队""长征是播种机"这种话的人也已经不是很多了。在这里，我只想抄录今天仍幸运地健在的一位已是99岁高龄的老红军的话："长征走完雪山草地，我全身的皮已换了一层。头发、眉毛、睫毛都脱光了，两年以后才又重新慢慢地长出来。你要问我长征路上死了多少战友，我无法说清，不过我可以这样说，当我们过雪山草地的时候，行军不用路标，只要顺着战友们倒下的一具具尸体，你就能找到部队……"

长征留给我们中华民族的财富是一种坚定不移的信念和勇往直前的精神。前南峪向我们展示的则是当年抗大留下的实事求是和艰苦奋斗的优良传统。

八

前南峪人春天上山植洋槐，入冬下滩垫地造田打防护坝，规划中的前两项任务交替着进行，整整奋斗了十个年头。在这个十年中，郭成志入了党，被任命为前南峪村党支部副书记兼民兵连长。

干部变动了，前南峪人没变，他们的苦干精神同样一点没有减色。

这中间，刚好是我们国家一浪高过一浪地掀起"农业学大寨"的火红年代。郭成志早已深入群众当中宣传大寨人敢于革命的英雄气概和大寨人自力更生奋发图强的坚强意志，把大多数积极分子发动起来；同时对治山环节抓得很细致。他特别嘱咐积极分子注意社员们的治山准备进度。他和郭明让还参加了几个困难户的家庭会，安排得十分具体。他要争取让所有社员都能上山，夺取治山后的第一个大丰收，秋后第一次向国家交售爱国粮。

群众被发动起来了，很快地掀起了劈山造田的热潮。

1971年深冬，天不亮郭成志就带领社员们冒着严寒，高举着"农业学大寨"的火红战旗，冲上了前南峪的高山峻岭，从山下到山上，到处欢欢乐乐，热热闹闹。

"天刚，真棒，就你一个人刨坡哪？"

"还有连长郭成志，在前边。"

"他比你刨得还快？"

"要不是老有人找他说事儿，我刨一片他得刨两片。"

……

那时上山的是第一生产队。一百多人聚集在荒山上，在光秃秃的乱石中间。几星期没有洗过、渗透尘埃的黑黝黝的脸，形形色色的带补丁的衣衫，补丁落补丁的鞋子——这一切混合成五光十色的忙乱嘈杂的情景。空气中充满着风趣而难听的叫嚷声，交替着嘶哑的笑声和咳嗽声。

洁白洁白的小雪花，悄然无声地来了，飘飘洒洒，纷纷扬扬。那些黑色的山顶，长满枯草的斜坡，落了叶的板栗树……不多一会儿，全被无私的飞雪打扮起来了，荒芜的山岗穿上了洁白的素装，变得格外美丽。

前南峪人披着雪花开始向荒山宣战，劈山造田。他们都是粗壮的汉子，举着笨重的铁锤，敲击着钢钎。五颜六色的石块到处裸露着；谷底最深处也依然那样阴气沉沉，烟雾茫茫。他们都是这样的忙碌，用凿开的山石垒好垛，往石垛里填上碎石渣，再从山下往山上担土垫地，把一面面的山坡变成一层层平整的梯田。

郭成志挥舞着镐头干在前头。汗水从他那刚剃过的头顶流到浓黑的眉毛上，又顺着通红的两腮滴到地上。他上身只穿着一件棉背心，臂膀的肌肉隆起，显得特别健壮。他的脚步有节奏地迈着，又快，又有劲。在山坡上的一棵大板栗树下，他收住步子，朝身旁的郭俊刚说："喂，俊刚，二队在河东垫滩地进度快吗？"

郭俊刚停住手中的镐头，喘着气说："快。"

"啥时候一队就能到河南边垫滩地呢？"

"得一两天吧。"

"好哇，能早点垫出河南边那片滩地，到开春就下种，美啦！"

这工夫，郭双群挥着镐头追上来。他们一前一后。

这面山坡，已经修了两层梯田，他们正在修第三层梯田。这肥厚的梯田是社员们学大寨的胜利成果。等开了春，将已开出的梯田，种上庄稼，一定能长得粗壮。自从劈山造田以后那半个月，郭成志每天上工前都要先到新修的两层梯田上走一趟，看一看，盼着播种，盼着收获。幸福就要扎根在这样宝贵的土地上。

郭成志和郭双群挥镐在第三层梯田上奋力刨坡，铁镐在冰冻的地面上飞落，发出清脆的声响，就像沉重的冰雹猛打着玻璃窗一样。他们踩着翻开的冻土，心里却是美滋滋的。

郭双群咧嘴笑着说："这新开的梯田，真肥沃，要是在春天，软和得跟棉被套一样，真想躺在上边打个滚。"

郭成志见郭双群笑得那么天真可爱，也欢喜地笑了："是呀，前南峪的山坡地肥得出名。"

郭双群使劲儿跺了跺脚，好像试试那地结实不结实似的。他说："有时候我真怕这是梦。过去做梦也没有想到，一伸手，社员们就开出两层梯田啦！"

郭成志趁这机会开导郭双群："你和我过去做梦没有想到，那些老革命前辈可早就想到这一步啦。为了让咱们穷人翻身解放，多少人流血牺牲。你记得我讲过的抗大学员的英雄事迹吧？记着他们，你就会清楚，这土地不是一伸手就得到的，是烈士们用鲜血换来的，是党给咱们的，咱们一定要做脸、争气！"

郭双群点点头："那当然。我要把全身的劲头都掏给它。反正咱们有人力，有工夫，让开出的梯田一亩产量超过公粮计划的一百五十斤。"

郭成志想着前南峪的远景,也兴奋起来,两眼放光地望着远方,说:"三五年之后,咱们可以支援国家更多的粮食。工厂有了粮食,就能造更多的机器,造更多的枪炮。那时候,咱们村一定是社会主义新农村了;种地使机器,拉运有汽车,庄稼人跟工人一样,都是有组织性,有纪律性的,一块儿种,一块儿收,家家户户过上幸福的生活。那时候,嘿,多美呀,双群!"

社员们一刻不停地向前推进。他们围成长长的一圈,垒堐、填渣,形成一道仿佛不可摧毁的墙垣。他们不倦地一路垒过去。铁锤急速敲击钢钎的"当当"声,加上"咚咚"的铁镐刨坡声,在明媚喜人的清晨寂静中,带有一种严峻的、铁面无私的特征。

人们汗湿了脊背,被风吹裂了手掌和脸皮。一冬一春过去了。社员们望着满山新开垦的梯田,憨憨地笑了。可笑了之后,他们又陷入了沉思之中,虽然他们辛辛苦苦干了一冬一春,但是才开了十亩多梯田。精明而又实际的前南峪人一算账,着实不合算,便从山上撤下了队伍,就又转向了河滩。不管哪个上级来训来压,都丝毫不能动摇他们。他们认定了前南峪人的"学大寨"就是在川里垫地。多垫一亩地就多收一亩地的粮食——那滩地可是上好的田!川里有水时还能浇上它几水。那上面垫的厚厚的片麻岩风化土也着实肥着呢!

当然,他们拿出一少半力气上山栽洋槐树,仍然是为了保持水土。在太阳下,那重重叠叠的深秋洋槐林,密密茂茂,连成一片,像是一大团凝聚在山上浓重的绿色云烟,不散不灭。有了树,山水下来就不至于那么凶猛,不至于使他们千辛万苦换来的被护地坝护住的新垫的地,再遭被洪水冲毁的厄运。

到了第十年的1973年,满山洋槐、板栗和知名不知名的杂树,一片接一片,一丛连一丛,葱茏、苍翠,盖地遮天,从山麓一直涌上山顶。站在高处眺望,林海波涛,汹涌起伏,一浪高过一浪,一层叠上一层,那气势壮阔极了。前南峪人在山上共栽下了三千亩洋槐、一万棵小板栗;在川里垫了四百多亩好滩地,居然比特大洪灾前还多一百多亩。他们一共有七百六十多亩赖以生存的庄稼地了。

前南峪人乃至整个太行人的初衷无疑是美好的。在山上种树防水土流失,在川里垫地增加土地和粮食,在当时,也无疑是一条治理山川的正确路子。而在漫长的十多年，单纯的"以粮为纲"，在我国的大地上，已经形成一条任何人不得逾越的"金科玉律"。我们可爱的山乡农民，他们的眼界绝对超不过这个铁打的"禁锢"。

但是，亲爱的读者不妨想一想啊，我们英勇善战而又不惜汗水的前南峪人，虽然他们拼死拼活地开山造田，即使他们山上的三千亩洋槐保住了水土不流失，滩地坡地再丰收，人均六七分地究竟能打多少粮食？洋槐创造的财富是极其有限的。收获的粮食几乎不能果腹。那么，前南峪，你的出路在哪里？

难道前南峪人的命运注定是贫困？难道他们世世代代都要被贫穷压得喘不过气来？

然而，前南峪人还是不甘心，哪怕碰得头破血流，哪怕一无所获。

你前南峪不是有八千三百亩广阔的山场吗？不是有十条七八里长的大沟和四十六条长短不等的支沟吗？能不能在那里开辟出一条新路，让社员们从中获得取之不尽、用之不竭的财富？

或许，当时有许多在山乡里日夜奋斗的基层干部，或是许多半为"结合"半为改造的农业技术人员，探索过、追寻过改变千千万万山区农民贫困命运的新路子，却都因为时代的局限和"势单力薄"，而只能成为尝试或美好的向往了！

当时的浆水公社书记郭成山就是其中一个！

然而，时任前南峪村党支部副书记兼民兵连长的郭成志，却顽强地站起来说"不"！

从此，郭成志苦苦追求。路漫漫其修远兮，吾将上下而求索。他坚信要改变山区人民的命运，不靠神仙皇帝，全靠山区人民自己。他白天带着社员们苦干，晚上在煤油灯下拼命地大量阅读《农业研究》《林业科技》等科学书籍，寻求山区人民科学发展之路。特别是自20世纪70年代初开始，每当"农闲"，他抽出空儿来除去为民兵的事情到武装部，就是为寻找"科学"到地、县科委。

夜深人静，郭成志躺在土炕上辗转反侧，结合党的农村发展政策，结合前南峪村的工作实际，苦思冥想。突然间，他眼前一亮，一道红光直射而来，整个的屋宇完全变成了红色，连院子里的白雪也染上了橙红的颜色。郭成志完全沐浴在彩霞里，他自己变成了红色的彩霞。山区建设的发展思路渐渐清晰起来：第一步，要靠科学种田，靠科学兴修水利，让社员们把肚子吃饱，直至向国家交售余粮；第二步，要把大山全部变绿，那不是洋槐而是干果、水果，最后成为一个大型果品基地。到那时，家乡的山就变成了绿色的金库。

一时间，他激动，他兴奋，仿佛一轮金色的太阳，从遥远的东方，震惊沉睡的山脉，向他滚来。它以难以遮掩的光芒，使生命呼吸，使高树繁枝向它舞蹈。这是解放山区生产力的黄金之路，这是老区人民走向富裕的金光大道。此时此刻，他伸开火热的双臂，热烈拥抱了整个前南峪山区无限丰富的地上宝藏。

年轻的党支部副支书的科学思路，无疑代表了前南峪人乃至太行人改造山川最先进的梦想。重要的是郭成志就在山村中，他的双脚牢牢地站在山石上，他又是诚实的、执拗的，他有足够的威信号令绝大多数对他拥护的社员们，他还是个敢于以带头苦干发表宣言的人，他的意志已经被山里的风霜雨雪磨炼得无比坚强。然而，要实现山区科学发展的新思路，尚且需要时间的等待。

第二章　沉重翅膀

一

1974年1月，正当郭成志要大搞科学种田的时候，一个无比寒冷的严冬来临了。

冷风卷着雪花刮了一夜，到黎明时，才停了下来。披上白衣的柳林，跟东方天边那五彩缤纷的彩霞相映起来，大地变得如同鲜艳而秀美的刺绣一般。浆水河还没有解冻，几只野鸭时而从深草里温暖的巢中走出来，在河岸上徘徊，为这太行特有的漫长的寒冷季节，低声唱着忧伤的怨歌。这时一轮红日从东方冒出头来，向大地撒出土红色的光辉；山野、河流沉浸在静谧之中。

这天，郭成志正领着社员们在川里垫地。刨土的，拉车的，挑筐的，你来我往，你呼我叫，加上呼啦啦飘动的红旗，热闹非凡。

突然，地头那边有人大声喊道：

"小年！支书唤你，说要你急着回，别耽搁。"

郭成志虽然已步入而立之年，但除非正式场所或者事由严肃，全村男女都还仍然直呼他的小名，惯了，那是一种亲切和亲近。

郭成志听到有人喊他，却下意识地皱了皱眉头，焦躁和烦恼，扰乱了他的心。他对大白天谈事耽误劳动有天然的反感，开始没怎么理那个碴，又接着光着肩膀，弯腰哈背、吭哧吭哧拉了一车。可地头那边又喊开了，而且比第一次急迫：

"小年，你耳朵聋了咋啦？没听见是支书唤你！"

他这才不情愿地放下了车,大口喘着气,到地边拍了拍满身的土,抽下腰带上的毛巾,一面擦着满脸的热汗,一面把一个民兵排长叫过来交代两句,然后朝村里走去,一边走还自言自语地骂了一句:

"××啥事呀?不好好参加劳动,闲事邪多!"

当时,支书是郭彦勋。他是副支书兼民兵连长。郭明让任副支书兼大队长。从1967年到眼下的七八年的工夫,还是团结得不赖:山上林子滩里的地,社员们都看在眼里了。特别是郭成志和郭明让,两个人劲头拧得挺紧,配合得没有一点缝儿。也许是两个人性格有相似之处,都敢作敢当、敢干敢主,都有股生龙活虎的麻利劲儿。支书郭彦勋自然也不见外,有一点小磕小碰郭成志没留在心上。

那天,郭彦勋叼着烟袋,打着饱嗝,站在灰蒙蒙的星光里,还没等郭成志开口,就用一种埋怨的声调说:"下午半天,你跑到哪去了,连个影子都不露?"

郭成志听惯了支书的这种领导者的口气,并不十分在意,就回答他:"到浆水公社走了一趟。"

郭彦勋说:"浆水公社哪天去不了,这么重要的会议都不参加?"

郭成志说:"昨晚上我问你,你说这几天忙忙家里的活儿,没啥事情;谁知道你灵机一动,开起会来啦!"

郭彦勋自知从这个方面责备人理由不是十分充足,因为下午那个会,是公社书记李维新一张两寸宽的小条子给逼出来的,于是换了个角度说:"真急坏我了。你要在场,还能帮我维持秩序,压服压服他们。唉,差一点捅个大娄子!"

"捅什么娄子?"

"咱们那位炮筒子俊刚,不知道从哪儿来的气,在会场上跟夏刚青大吵大闹,怎么说也不行……"

"这个呀!唉,幸亏我没在场,要是在场,不光帮不了你的忙,比他吵得还得凶一点儿,你更得叫苦啦!"

本来,郭成志还想说几次夏刚青的情形,郭彦勋都是知道的,但不知怎么,忽然又自个儿把要讲的话咽下去了。随即眉心一皱,大约陡然记起了什么不痛快的事情了吧。

是的,郭成志近月把天来,是常有些不快的感觉的。年轻、厚道的他，原先十分敬重郭彦勋，无论是郭彦勋在村党支部做支委，还是这几年做副支书、支书的漫长的日子里，他一直把能说会道、老练沉着的郭彦勋当成好同志，好领导。虽然他也知道郭彦勋接连犯过一些错误，党内开会，他还曾数次站起来批评郭彦勋，但他总是把郭彦勋的工作成绩、把他办事的积极态度联系起来想，从好的一方面看他，原谅他。特别是每当郭彦勋痛哭流涕检讨，而事后也确能"改悔"的时候。可近来在发展集体经济上，在治理荒滩上，郭成志对郭彦勋却渐渐有点迷惑不解了。这感觉是很难用语言具体说出来的：他郭彦勋也不是反对发展集体经济，也不是硬抗着荒滩不治理，甚至许多时候，还表现得非常积极，但却老不见成效，以致令人觉得没半点热情，那些积极都仿佛是装出来的，是要给旁人看的。作为最有能力领导发展集体经济的郭彦勋，却越来令人识不透他的底子，摸不到他的路数。于是，郭成志由迷惑，由不解，以致深深苦恼了。平素寡言少语的他。越发变得不喜欢说话。他在观察，他在思索，在寻求着答案……

郭成志的突然沉默，郭彦勋一下就看在眼里，并且立时觉察到什么，眉梢微微一跳，说："噢，这么说，你也挺生气？"

"你呢？夏刚青买来一头破骡子大示威，你就看着挺顺眼，挺舒心吗？"

"怎么叫示威呢？大骡子大马又不是一只小猪崽，能用篮子扢到家去？就是小猪崽，带着它一走一颠，还得蹬蹬腿，叫唤几声呢。"

"他不仅在街上抖神气，后来又把示威的阵势摆到会场上去啦！"

"唉，小庄稼主添了大牲口，是一辈子难得的惊天动地的大事儿，谁能不高兴；一高兴，当着别人的面显摆显摆，我看这没啥要紧的。"

"夏刚青是个一般的小庄稼主吗？用你的话说，他那成分是秤杆子耷拉头还是撅起头的不同；把他划成中农，最多是政策上的宽大，并不能把他过去剥削穷人的罪行一笔抹掉。"

"不管怎么说吧，反正是按照上边的政策，把他的成分定了。他买牲口，你也不能不让他买。就算他是富农，我们限制他搞封建剥削，也不能限制人家从自己的兜里掏钱，合理合法地买骡子使呀！"

"问题的根儿不在买骡子，这里边包含着好多重要的事儿，得好好琢磨琢磨。"郭成志顿时震惊了。他不光不相信自己的耳朵，也不相信自己的眼睛，更不相信自己心里在这一震之后，蓦地出现的一个猜想。他清明透彻得像孩子一样的眼睛,深沉地直视着依旧气呼呼的郭彦勋。"哦!你会来这一手哩!"他想,"你把别人都当成木脑壳儿在耍哩!你,你……"他觉得自己长久寻求的答案,现在似乎已经找到。但是,他不敢相信,或者他宁愿事实不是那样。性情温厚的郭成志为自己的发现深深激动了。这激动以致使他感到有些痛苦,他明显地意识到在今后的道路上,他要和曾经使他十分敬重的郭彦勋分手了!这怎么会可能啊?郭成志不觉把头低了下去。他想:再看一看吧?再想一想吧?不,你是一个共产党员哩!共产党员就要无论何时何地,坚持正确的原则,同一切不正确的思想和行为作不疲倦的斗争!郭成志一下抬起头来,周围仍旧一片寂静,只是空气显得更加沉重,"你等一下,我叫俊刚去,咱们找个地方聊聊,沟通沟通思想吧。"

郭彦勋拦住了郭成志,说:"我还得找王松,催他那个队统计表格哪!这种不慌不急的事情,留着消闲的时候再聊吧。"

郭成志固执地说:"不行,这是关系重大的问题,非常急,立刻就得谈清楚……"

郭彦勋听到这里,仿佛觉得是谁在他头顶上使劲捶了一木棍,脑壳里一阵嗡嗡隆隆,郭志成下面还讲些什么,他半点也没听到。待他重新清醒时,村副支书却在叫他的名字了。

"彦勋同志,你还有啥意见?"郭成志问,脸色很平静,声音却有一丝儿颤抖,显然这不是一种普通的征求意见。

郭彦勋有点晕头转向:"我……啥子啊?"

"我说立刻就得谈清楚你还有啥意见?"

"我……"郭彦勋一时找不到词儿,忽然在黑暗中干笑一声:"你呀,对啥事都这么死板!好吧,我听听,就在这儿吧。"他说着,往路边跨了一步,站到高台阶的下边;随即打了个哈欠,伸伸腰,冲着跟过来的郭成志说,"起了半天猪圈,开半天会,真把我累垮了。你可得把话说简单点儿,别净绕那些大理论啦。"

郭成志没吭声,先蹲下,装了一袋烟,又把烟荷包递给了郭彦勋。

夜间很冷,有点小风,正像清冷的微波掠过山野,虽然摇不动树枝子,刮不起尘土,却"嗖嗖"的,挺尖厉。天空上缀满了小星星,像一颗颗宝石,土墙边几块玻璃瓶子的碎片,一闪一现的。

这两个人在此时此地，要交谈那些关于新农村的去向和新形势下农民命运这样严肃、重大的问题，心情应当是热腾腾的；可惜，一个想热，一个不想热，就热不起来；很像这又刮又没刮的小风，在他们之间周旋，又像星光一样闪烁不定。

现在，郭成志抱着这样的希望，把已经退出党支部领导班子的老支书郭明耀和老贫农马四奶奶提醒的话，一字一句地转告给郭彦勋，希望郭彦勋跟他一样，对夏刚青这些人的阴谋诡计立刻警觉起来，一块儿研究对策。

不知怎么，每当郭成志站在面前的时候，郭彦勋心灵深处，总要激起一种他自己也很难具体说出的复杂的感情，有嫉妒，有惶愧，更有担忧和恐惧。现刻，这种各样成分交织成的东西，在他心底比平时更加强烈了。为着掩饰，他听了，却不以为然地摇摇头说："夏刚青这个人手辣心毒，我也知道几分，可是，他这会儿心里想什么，哪能瞎猜呢？"

郭成志望着郭彦勋，心头本来还有许多话要说，要指出郭彦勋是在拿夏刚青问题耍把戏，阻碍发展集体经济。但是，话到嘴边又咽下去了。郭成志是个细心人，凡事都喜欢思前虑后。他在心里问着自己：现在就把他那个西洋镜儿给揭穿，对吗？要是他不认账，横板顺跳呢？你掌握的根据够吗？哦，还是等一等的好。要寻根究底，要顺着这个头弄清他到底是为什么，还是先不要忙……想着，郭成志隐约感到不光是要和郭彦勋分手，日后还可能是一场激烈的战斗。年轻、经事少的他，心里不觉更加激动。

"我跟你讲的是夏刚青这个特别人物，他跟新政府系着愁疙瘩。当初要划他富农那会儿，你不是跟大家的意见一致的吗？刘县长的指示下来，你也不出好气，背后说，口服心不服呀！"郭成志说。

郭彦勋显然被问住了，退了一步说："那会儿口服，是服从组织，你的意思，现在要改变呀？党员能这样当吗？要能，咱们带个头，到他家平分去，把骡子拉过来！行吗？"

郭成志说："我根本不是这个意思，是提醒你一下，大家都有这个警惕性，对他小心一点儿，把问题看得远一点儿。认识到这一步，咱们就得想尽办法，帮着贫下中农都直起腰杆子，都长全羽毛，壮起来，飞起来，不让别人压倒，更不能让别人吃掉。我就是这个意思呀！连这个意思，你也不能接受吗？"

郭彦勋想了想说："你把我绕糊涂了。噢，你是让我在工作上偏一个向一个，扶一拨压一拨，有薄有厚，看人下菜，是不是呀？这可不行。我是支书，是前南峪三百多个门口的支书，我对这三百多个门口，挨着数，只要他不是地主反革命，都得一个样对待……"

郭成志打断了他的话："你完全错了！你是共产党的支书，懂吗？共产党是为穷人求解放的……"

郭彦勋简直像听到了惊天炸雷，震得他通体上下麻木僵硬，好半天才慢慢复苏转来。恢复知觉后的第一个动作，就是下意识地狠狠瞪着郭成志。他忽然觉得面前这个固执的党支部副书记，简直可恨极了！

"你呀，你呀，"隐忍一会儿，郭彦勋枯着眉毛说，"现在不是土改时期了，这一套吃不开了！"

郭成志说："不是土改时期了，好多政策要有个变化，这可能；可是，我们要为人民服务这一条不会扔到一边去吧？"

郭彦勋万万料不到，一着棋竟会走成这个样。本来架起当头炮去轰人家，谁知反倒被人家轰得扑爬跟头。他心头怎么想得过啊！要知道他失掉的绝不只是一个责备人的理由，而是比这贵重得多的东西啊！而且，他怎么也弄不明白，站出来和他对阵，只一个回合就把他打得丢盔弃甲的，竟是郭成志，竟是当年他手下的一名小会计！"这就是郭成志吗？"他愣愣地直视着郭成志那张俊俏的脸，反复问自己，"这就是那个平素不多言多语的人吗？我郭彦勋咋个一早没把你认出来啦？你，你，你好凶呀！"他有点气恼了。他的牙齿咬紧起来了！咬得牙床骨在腮帮上四楞四现："谁说扔到一边去啦？我不是为人民服务，这一天到晚地干什么哪？整半天开会，我为谁？不为人民服务，我拾几筐粪，使到地里好不好？整半夜熬眼，我为谁？不为人民服务，我不会躺在热被窝里养精神，第二天多干点活儿，收拾收拾地不好吗？"

语锋十分尖刻，加上那对圆圆的小眼睛里闪射的寒光，郭成志感到有股森森的冷气迎面扑来。这使他一下记起几次去向郭彦勋汇报工作的情形，以及昨晚上那刺人的眼神……啊！啊！你郭彦勋原来是这样一副样子啊！蓦地，村支书的值得尊敬的偶像，在钢铁一般的硬汉子郭成志心头，突然消逝了！剩下的只是对面前这个瘦筋筋的人的无限痛心。

"哼！"郭彦勋又从牙缝里迸出了话："你还好意思给我讲为人民服务——"

"要我看哪，彦勋！"郭成志劈面截住，两眼紧逼着郭彦勋，像要把什么盯穿似的，"你这大篇的话，一句也讲不出去。为啥呢？你左一个拾几筐粪使到地里，右一个把地收拾得好一点儿，可你没想想，像咱这样的人，如今有了地，是从哪儿来的……"

由于心里的气太厚，郭成志的话又骤又急，简直像夏天太行山上夹着石头奔泻而下的滚滚山洪。在场的郭彦勋，被郭成志的突然暴发震惊住了！要晓得，当初斗争破坏集体的反动分子齐金豪的时候，郭成志的愤怒也只有今天这样大哩！

郭彦勋被轰得晕头转向，神经一时反应不过来，只觉得耳膜一阵嗡嗡乱响。即后听见郭成志喊他是阶级立场问题，才明白眼前处境实在不妙，下意识地朝郭成志那里一看，又见郭成志正严峻地注视着他，心头更加惊惧。不过，没有过多久，甚至只有那么短暂的一瞬间，郭彦勋便找到了权且下台的办法：

"你也太傲得没边儿了！我的水平就这么低吗？"他外强中干地冲着郭成志吼叫。

郭成志没理睬这个刺儿，只默思了一下，说："彦勋同志，我是给你提个醒，不是小瞧你；咱们当干部的，就得多关心贫雇农！"

"我说不偏向，其实是偏向的。今个下午那个会，你没参加，没见到。一伙贫下中农那么对待人家夏刚青，根本不符合政策，简直到了欺负人的地步，气得我浑身发抖，可是我并没有当场批评他们呀！"

"我跟你的看法不一样。"郭成志说，由于激动，嗓子比平时更加响亮，"贫下中农敢跟夏刚青这样的人吵几句，这是由于老百姓有了觉悟，破除了迷信。他们都担心再挨剥削，都怕再受压迫，才有了今天会上的那股劲儿。他们还像过去那样，对有钱的财主们忍气吞声甘当牛马，你才不生气吗？"

"唉，你呀……"

可今天，他还是自言自语地骂了一句。

郭成志朝前走着。他空着两只手，却好像挑着二百斤的担子，步伐显得特别沉重，那双半新的胶鞋，在他的脚掌下发出"吱吱"的响声。

郭俊刚颠颠地小跑，追上了他："哎，哎，成志，你匆匆忙忙地往哪儿去呀？"

郭成志的急剧思索，被喊声打断，回头看郭俊刚一眼，说："到大队部去。"

郭俊刚说："你知道了？我刚听别人说，我正要找你呢。唉，支书这人也是，放着川里垫地他不参加，别人干他还邪事愣多，他这么办不怎么好吧？"

郭成志用很重的语气说："很不好！"

"他原来不是很积极的吗？"郭俊刚抬起头来。

"不错，是很积极的。但现在彻底变了！"

"那就要做通他的思想工作。"郭俊刚殷切地说，"现在村里的事又多，人手又少，能抓得起的人更少。所以，要是你们几个书记还不同心协力，下面就更难办了。"

"我不是没给他做工作，"郭成志说，"我说，我们都是党员，有什么意见是不可以解决的？我批评过他，老实说，我站的是工作立场。态度不好，急躁，这是我的不对，我承认。但我也不过是为了工作。至于他呢，他对我有意见，他站的什么立场，我不知道。他要有意见，尽管说！我错呢，我改；他错呢，他得承认。"

"他怎么说的？"

"他说他全部错在工作上。村里任务一紧，上级一迫，自己就不免对群众粗声大气，群众就有意见。个人夹在当中，两边都不讨好。他悔不该自己当初勤干、苦干，一个人辛辛苦苦，奔奔忙忙，到底干吗呢？"

"支书有这种想法，不大对头啊！"郭俊刚静静听着，一边摇摇头。

"我当时也想，这是个忘了本的人。"郭成志继续说道，"但最后听到什么'夹在当中'啰，就觉着他思想退坡，组织上也应负一份责任。所以我批评他。第一，他说组织上不满。什么组织上？什么不满？党员思想有错误，组织上不该出来批评他帮助他吗？这有什么不得了的？不批评不帮助，其实反而害了他。其次，他说群众有意见。什么群众？什么意见？我们做事，要大多数群众满意，对有些杂七杂八的意见，我们要站稳立场，就是要不怕挨骂！骂得对呢，接受；骂错了呢，我们就当它是耳边风。至于说到个人利益，那就更没有什么可说的！我当时并不放松他，一针见血地提出，个人利益难道能用账来算清吗？这不对啊，彦勋同志！党号召我们搞社会主义新农村，走社会主义的道路，你说哪一点不正确？眼光应该看得远一点。你说收入少了，苦了，老实说吧，请你来看看我家，看看到底谁苦。不过，你郭彦勋难道对搞社会主义新农村也没有信心了吗？"

郭俊刚惋惜地说："他是个明白人，怎么干这号事儿呢？"

郭成志说："不奇怪。他让农民的自私和狭隘意识迷住心，不是明白的人了。"

郭俊刚说："你得再使把劲儿，劝劝他，别让他摔到深沟底下去。"

郭成志摇摇头："我仔细地想过了。事情发展到这一步，不容易拉回来了。"

郭俊刚说："跟他拼命也得拉！"

郭成志沉思地说："乍一开始，我也是这么打算的。左右一琢磨，觉着硬拼不行。对复杂的任务，得用复杂的办法对付，才能办成。要是硬干，干不成还算便宜，捅个大娄子那就麻烦了。"

郭俊刚不解地眨眨眼："有这么复杂吗？"

郭成志压低声音说："你想想如今在前南峪他是一村之主，上级光听他汇报，谁能管了他？他这么干，是顺着风的，咱们不让他干，是顶着风的。咱们要是不管三七二十一，硬干一场，他郭彦勋不能听，有些人不会服，公社也不会支持咱们；结果呢，还得让他们钻了空子……"

郭俊刚听到这儿，这才有些吃惊："哎呀，真这么复杂！"

实事上，郭成志这几天来陷在无名的矛盾中，感到很大的困惑。他的心情仿佛是春夏之交的天气，时而露出阳光，时而乌云满天。他时常从这个极端，走到另一个极端，接着又回头走。他有时觉得，自己的确是错了，要不前南峪村为什么一直没有起色呢？一切关键在于领导，党支部书记当然不能辞其咎，自己作为党支部副书记也有很大的责任啊！但错在哪里？他还没有抓得很准。他原来的确是想全心全意把前南峪村搞好的。假如连这点儿也否认了，他还能算一个革命干部吗？辛辛苦苦地卖了力，流了汗，晒黑了，消瘦了，他都是想为党为人民做点儿事情呀！尽管目前党支部内部还存在着一些复杂的问题，但他相信，经过认真地进行批评和自我批评，一定会发挥好党支部的战斗堡垒作用。想到这里，郭成志充满信心地说："放心吧，绝不会让歪的邪的得逞！"

郭俊刚点点头："那倒是。换成过去，我也不会把它当成大事情。你就按你想的办法干吧，我先在旁边给你助威；用我的时候，你喊一声就行。"

他们往前走，谁也没再说什么；沉重急速的脚步声，惊跑了几只找食吃的母鸡。

到了大队部，郭彦勋停住手里的铅笔，立刻招呼郭成志：

"公社李书记找你有事，要你立马就去！"

"啥事？李书记唤我啥事？"

郭彦勋本来想说："公社要撤你的职，不让你再进支部了。"声音从他嘴里出来的时候，却变成了这样："不知道。"

郭成志这才打了个愣，心想，平时和公社书记打交道不多啊，若是村里的事，也轮不上和俺这个副支书谈；转而又一想，可能是民兵的事，不对，民兵有武……

就这么猜测之中，他带着一身泥土味，来到了一里半地外的浆水公社。

公社书记李维新穿着深灰色的毛衣，披着蓝制服上衣，伏在桌子上阅读文件。他四十几岁年纪，身材瘦高。头发修理得很整齐，两条眉毛又粗又黑，一双眼睛总带着沉思的神色，刮过连鬓胡子的方下颏微微泛青，给人总的感觉是严肃、老练、精力充沛。他仔细地看看，不断用铅笔在上边画道道，或是加上几句批语。郭成志走进来把他惊动了，抬起头来说："我算计着，你现在该到了。"说着，一边示意郭成志坐在自己办公桌对面的椅子上，一边从抽屉里拿出一包纸烟，抽出一支扔给郭成志。

两个人一边抽纸烟，一边说一些闲话。这是交锋前的准备。

郭成志把李维新的召唤作了估计。他想：你书记有来言，我郭成志有去语；村里工作我样样干在前头，没有功劳还有苦劳；谁要找我的麻烦，只能碰一鼻子灰，闹一肚子气，什么东西也捞不到手里。

李维新见到郭成志对他那种戒备森严的神态，反而使他拿定了主意。

苦辣的烟抽到半截，没有味道的闲话也说尽了。

郭成志着急地催促李维新："李书记，您找我有事？"

办公桌上片刻沉默。就像一切重大的政治冲突前的沉默一样，这个沉默含有着今天谈话的全部深刻内容。

李维新朝郭成志扫了一眼，一反平时在村里见面的亲热，异常严肃且直截了当地向郭成志宣布一个决定：

"公社决定调动你的工作，到村小学校任教师，村里的工作只保留民兵连长，不再任村支部副书记。"

听着李维新的口气像宣读一项不容违逆的命令，郭成志像触了电似的浑身一震，眼睛一立，他想急忙抢着问："书记，您怎么能这样草率决定一个人的命运，您深入前南峪调查了吗？您了解我的真实情况吗？这样决定符合组织程序吗？符合党章规定吗？"可话到嘴边，只回答三个字："我服从！"

"好，回去就交接交接，去学校上班吧！好好干，还是有前途的。"

公社书记话里有话。聪明的郭成志还能听不出来吗？但他从公社出来，一个人低着头慢慢走在回家的路上，把一百个理由都想到了，还是没有能回答出令自己认可的撤销他支部副书记的答案。

这时，天上开始下雪了。这样的雪，常常在没有风的时候看见，疏疏的雪片，好像在沉思——落下去好呢，还是不落下去呢？而且差不多就停在透明的空中，悬在那儿，好像瞬息之间，失掉了重量一般，接着迟迟疑疑落到地上，把自己在空中所占的地方，让给同样苛刻，同样温柔的雪片。

任何事情，任何人都要不断面临选择。目标要选择，方向要选择，道路要选择，战略要选择，策略要选择，一切都在不断地选择中进行着。正确的选择从来是最重要的。他下一步的行动应该做什么样的选择呢？

也许，郭成志觉得委屈，七八年里两三千个日日夜夜带领群众苦干，就落下一个撤职的结果，即使党性再坚强的人，也不会没有怨气。但那个年代是"服从命令听指挥""党指向哪里就打向哪里"的年代，个人的恩怨只能压在肚子里。郭成志又敏锐地感觉到，这里边肯定有什么名堂，自己提出任何反对意见或者表示出某种不满情绪，肯定无助于问题的解决，反而越弄越糟。一想到自己是在困境中开拓道路，他的胸中就涌上来一种有力的冲动。他愿意在复杂的环境中施展和锻炼自己的政治才干。况且，到小学校当教师并非坏事，每月还能拿到固定的十八元工资，这对于补贴一下贫困的家庭生活，确实是雪里送炭啊！

于是，郭成志也给自己下了一道死命令：平时认真当好一个小学教师，一段时间里不到村里任何一家去，不在任何场合提撤职的事。别人问起来只一笑回避。

从此以后，他穿上了蓝布制服，夹着备课本，拿着粉笔走进了教室。

农村的社员都不富裕，孩子们大都穿得破破烂烂，教室里混合着汗味、尘土味和干燥的阳光味。孩子们在简陋的课桌后面瞪大了天真的眼睛惊异地瞧着他，想不到一个村党支部副书记成了他们的老师。可是不久，他就在中心校的评比会上，捧回了一张优秀教师的奖状。他并没有做出什么特殊的贡献；他甚至还没有敢想象他就是在为社会主义服务，他以为那是英雄们的业绩。他只是非常出色地完成了学校分派给他的教学任务。冬天，天气暴冷，一股股寒气砭人肌骨。学生们蜷缩在教室里直打寒战。郭成志马上利用课余时间，从村子里找来排子车拉土运砖，然后撸胳膊挽袖子和泥搬砖，把学生教室和教师宿舍都盘上了火力极旺的土炉子。烧炉子的时候，哪个教室里点不着火，他又赶忙跑去用嘴吹，教室里灌满了灰黄辛辣的烟，呛得他两眼淌泪什么也看不见。忽地火苗蹿上来，越蹿越旺，呈现出一种蓝光，蓝光的边沿又镶上了红道，使被寒冷笼罩的学校一下子温暖了起来。校领导和师生们都庆幸学校来了一位好"教师"。

只是，他绝不在村里走动。大队部、民兵连少了个"小年"，好多人总觉得像缺了点什么，心上寡得很。

社员们、民兵们不干了！凭什么把这么好的人撤职？你们公社眼里还有没有我们贫下中农？还有没有我们广大的民兵战士？

二

一个多月时间，公社接到了"申诉"信、反映信一大堆。同样的信件也分别寄到了县里。

公社领导坐不住了。李维新原来没想到撤销一个村副支书会出现这么复杂的局面，看来必须对这个问题加以重视了。有丰富经验的公社书记坐下来稍微地一想：没错，一准是这个下台的副支书在背后煽动群众。嗬哟，这个郭成志的能量还不小呢！

李维新面有怒色地朝前倾着上身，倒背着双手，在浆水公社办公室里，来回踱着步子；考虑着处置信件的方式方法。同时，他忍不住地批评副书记杨立冰："我们做领导工作的，很重要的一条，就是不可一味地袒护下层干部。可是你在这个问题上，却缺乏起码的自觉性！"

坐在窗前椅子上的杨立冰，以一种格外平静的神态听取着指责，偶尔地用平和而又有力的语气，回答一句。他说："袒护干部这种毛病，我也许是有的；但是，在郭成志同志身上，我认为不存在这个问题呢！"

李维新收住步，扭过脸，拉着长声反问："怎么见得你对他就不存在这个问题呢？"

喜欢沉思默想的杨立冰，又在沉思默想。

李维新方才这个问题，太使杨立冰吃惊了！

倘如说旁的什么人，一时性急，加上气恼，想出指责别人袒护下层干部的点子，那还可以理解。但是，您李维新不是个毛糙人嘛！您当了多年公社领导干部，平常又显得很有头脑！您才说要慢慢来，怎么一个跟斗又翻到另外一头去啦？到底是啥心思？到底是啥用意？哦……猛然间，李维新种种令人生疑的行动，又统统浮上了杨立冰的脑海：公社书记李维新听信前南峪村党支部书记郭彦勋反映郭成志的错误情况；公社党委决定撤销郭成志党支部副书记的职务……凡此一切，像电影似的，全都清晰在目，并且不再是单幅的画面，而是前后紧扣，首尾连贯，稍一追寻，就使人强烈地感到它已经表明了一个东西。于是，那个曾在杨立冰心头几次回旋的想法，又一闪跑了出来：这真是一个错误的决定么？刹那间，杨立冰甚至怀疑采用眼前这种办法谈思想，是不是有点太脱离实际？……继而又想，也没什么，如果真是彻头彻尾的错误决定，他是跑不掉的。在调查、结论以前，现在还是应该按党内生活的原则，采取同志式的态度。

想到这儿，杨立冰便针对李维新方才提出的问题，说："您指责我袒护郭成志，那是不对的。因为截至目前，我们还没发现郭成志同志在思想和作风上，有不符合党的原则的地方，所以对他的行动，我只能支持。我认为支持一个村干部的正确行动，不能看成袒护。"

李维新皱了皱眉头说："他没有不符合党的原则的地方？那么，我要请教请教，什么是检验我们共产党人坚持原则的标准呢？是人民群众的利益吧？他郭成志时常在工作中跟支书郭彦勋磕磕碰碰，这样耍权术，设圈套，难道不是赤裸裸地损害群众的利益吗？"

杨立冰轻轻地摇了摇头："我相信郭成志同志，他不会像您估计的那个样子……"

李维新板起面孔："看看，你这种态度本身就是赤裸裸地袒护！同志，一个马克思主义者,首先要承认物质是第一性的,要尊重事实,不能搞形而上学和唯心论。今天这个事实,不是已经无情地摆在了我们的面前吗?"

"李书记,事物是复杂的,什么是实,什么是虚,摸准了才能定调子……"

李维新一直很注意杨立冰的反应。李维新自我感觉自己提的问题是很有分量的,他扫了杨立冰一眼,见他坐在窗前椅子上,脸上没有任何表情。李维新倒有些动气了。他打断了杨立冰的话道:"杨立冰同志,我希望你严肃对待这个问题。你这么坚持自己的观点,不仅会直接影响到前南峪村的党支部领导班子建设,而且会直接跟公社党委的精神唱反调嘛!我不是一再向你解释,在如何对待撤销郭成志副支书的处理问题上,是个大事情!老实说,郭成志在支部班子中一直跟郭彦勋顶着干,前南峪领导班子能正常开展工作吗?社员群众的生活水平能提高吗?村里的生产建设能发展吗?鉴于这种不正常的情况,公社党委支持村'一把手'的工作,及时撤销郭成志副支书的职务是非常正常的嘛!杨立冰同志,这些道理我都跟你说过吧,为什么硬是听不进去?这不是哪个人的问题,我们要对前南峪负责,还要对公社负责,一句话,要对革命负责!"

杨立冰说:"您这些话,确实和我谈过,我事后也把您的意思反复考虑过。我觉得,在对待处理郭成志的问题上,应该全面了解情况,不能单方面只听郭彦勋怎么讲,同时要听听郭成志本人的意见,听听前南峪广大党员群众的意见。兼听则明,偏听则暗嘛。可我们公社党委,只听郭彦勋的反映,就决定撤销郭成志副支书的职务,这符合上级党委的组织原则吗?"

李维新一步跨到杨立冰面前,扳着一根手指头质问:"郭成志在工作中经常跟郭彦勋磕磕碰碰,有此事吧?"

杨立冰说:"这是因为郭彦勋经常不参加集体劳动,脱离群众,想问题、出点子都与实际情况不符造成的。"

李维新又扳着第二根手指头:"公社撤了他副支书的职,才一个多月,就接到'申诉'信、反映信一大堆,有此事吧?"

杨立冰说:"对。"

李维新接着扳起第三根手指头:"事情这样地发展,你动脑筋想想,要是没有郭成志在背后煽动群众,能成现在这个样子吗?"

杨立冰故意打个沉,开始委婉地反驳:"据我平时了解的情况判断,郭成志绝不会这样做，他可是个党性很强的同志……"

李维新微微一笑，打断杨立冰的话："我看一切都很清楚了，关键在于你有没有勇气正视它！"

杨立冰诚恳地说："作为一个共产党员，我不隐藏我脑壳里的东西。说实在话，李书记，我很不赞成咱们就为这样一件事情，兴师动众。当然，我并不反对搞调查，对解决问题有利的调查，我们不但应该搞，而且应该认真搞。关键是，我们既然要搞清楚，就得郑重其事。我建议，咱们先从各方面调查情况，分析研究，别先有个框框，再拿框框套出个结论，这绝不是一个活茬儿安排问题，而是一个坚持什么原则的问题……"

李维新不以为然地摇摇头。他又来回地踱了几步，把语气变得温和一些说："杨立冰同志呀，我们是领导，不是一个居民小组的领导，而是一个好几万口人的公社领导。领导干部，是党和国家各种政策的执行者、捍卫者。如果他不能起执行和捍卫的作用，就是不称职的领导者。多少惨痛的教训告诉我们，从政策提出到见成效，有一个相当艰巨的过程；严守它，有时候是得忍受点痛苦的。杨立冰同志，我们可不能感情用事呀！"

杨立冰听惯了李维新这种似是而非的哲学讲演，不想辩论。但是听到最后那句话，他认为是书记通篇话的中心，不能含糊过去。杨立冰更加觉得有许多事情必须正面讲清楚。可是，讲出来，李维新肯定要大大光火。人家是公社党委书记，你是下级，是不是讲的时候委婉一点呢？只要达到顶住他那错误的一套就行了。不，事实已经证明委婉了不行，即使他再冒多大的火，也要讲。杨立冰呀！眼前是一场严重的思想斗争，这关系到前南峪村里的问题能否顺利解决，关系到郭成志今后能否直起腰杆。你要明白！

想着，杨立冰心里浮满了激动，热情地说道："李书记！那是您立场不对，观点不对，您的眼睛，老看不惯郭成志，老看不惯我们。好像眼前的事件，是我们造成的。不，您完全搞颠倒了！正因为搞颠倒了，您当然就看不到问题的实质，更看不到反映错误情况人的狭隘的农民意识。党常常教育我们，对任何问题都要透过现象看本质。李书记，我们千万不能糊涂！"

李维新瞪起两眼，看着杨立冰，想："哼！你倒教训起我来了！"心头不痛快极啦！待要说话，却又插不下嘴，只听杨立冰继续说道："李书记，我们都是共产党员，许多意见，不管您能接受也好，不能接受也好，我要直截了当地讲。前南峪发生的事情，造成目前的局面，除刚才说的来自反映错误情况的人那方面的原因外,还有另外一条根子——"

"还有另外的根子?"

"是,还有另外一条根子,这根子,就在您李书记的身上!"

李维新忽地神色严峻:"什么,什么,你讲清楚,我……"

"是您,李书记!是您,至少在客观上帮助了反映错误情况的人。您想,您在公社党委会上,宣布撤销郭成志副支书的决定,还有您今天所讲的那些话,到底支持了谁的错误行为,打击了谁的积极性?"

杨立冰接着说:"李书记,对于您刚才谈到我们的感情用事问题,更得认真分析,要弄清楚是哪一类哪一种的感情;回头再看看是对的,应当有呢,还是不对的,应当挖掉它?就说我吧,我跟成志同志是什么感情呢?"

李维新闪露出一种诡秘的神气说:"我知道底细,过去你们就是老相识。"

杨立冰说:"不错,我们是老相识,我们曾经一块儿受地主阶级的剥削,受侵略者的欺凌;我们是一块儿从火坑里爬出来的,我了解他……"

李维新插了句:"但是,过去的情义,不能也不应当影响你今天执行党和国家的政策。"

杨立冰感到自己的呼吸分外急促,激动地站了起来:"您说错了。依我看,过去的情义不可能不影响今天。我是这样的,您也是这样的,不管自觉不自觉。还说我跟郭成志吧。没有过去的郭成志,就没有今天这个郭成志,今天,是他从过去闯过来、站立起来的今天。他的今天是个什么样的?公正无私地看他,应当认为,他正在一点不含糊地领着前南峪的农民走社会主义道路!记得,去年我就向您介绍过他的根根底底,不知道您忘记没有?郭成志是让半封建半殖民地那个吃人的社会制度逼迫的穷人。他是受了党的教育,从一个普通农民,一步一步变成一个优秀的共产党员的。回过头来看看这几年吧。从抗洪救灾到农业学大寨,在哪一项革命运动中,他不是闯在前边呢?这一点,您是清楚的。我们处在领导岗位的人,对这样根子正、道路对的同志,为什么不能有感情?我们是他的领导,在他往前冲闯的时候,信任他,支持他,爱护他,能认为是感情用事吗?难道说,只有怀疑他,打击他,损害他,弯着腰找岔子,死死地扯他的后腿,才是称职的领导吗?"

李维新完全没有想到,杨立冰竟然是这样个好钻"牛犄角"的人,他脸上立刻一阵发烧,心中就感到很大的不安,但来不及细想。他当时的一股冲动就要出一出气。现在一想,他马上意识到自己的可笑。或者说,简直太庸俗了。如果真发生了那么蠢的举动,简直会把公社书记的形象全砸了。他甚至觉得脸上、脖子上、连脊背上都似乎热烘烘,但他很快控制住了自己。

一个成熟的领导干部,不仅要具备在外界打击下恢复精神的力量,而且要具备从自己过失带来的懊恼中恢复冷静的能力。现在,一切懊恼、自责都没有用,只有靠更出色更得体的行动来弥补。他撒开目光扫视了一下杨立冰,倒忍不住地哈哈大笑起来了,这个笑他自我感觉有点勉强,然后接着说道:"看看,说你感情用事,果然如此。不错,我们的分歧,不是过去,而是今天。你们很欣赏郭成志那股子不顾一切的猛杀猛拼的劲头。他的确是不顾一切地搞生产队,或者说,他在一心走社会主义道路吧。走社会主义道路当然是对的。可是,我们领导者,不能只看收获,不问耕耘。他郭成志是用什么办法,是怎样走社会主义道路的?这既决定他是真走,还是假走,也决定他能不能走下去的本质问题。如果像他那样,把生产队就当成是一切,不择手段,不顾党的政策,不顾群众利益,一味地瞎走、乱来地干下去,我们能信任、能支持、能爱护他吗?哼,杨立冰同志,你用一个共产党员的良心量一量吧,这是干什么呀?"

杨立冰有些烦躁,闷闷地嘘一口气,睁大了眼,悒然看着窗外那一轮刚从浮云中露出脸来的太阳。他觉得跟李维新这样空对空地争论,只能来回转圈圈,不会有什么结果,就说:"按照您的意思,我们还是尊重事实吧。事实会证明谁是谁非。"

"那当然。"

"我去找人,找各方面的人,让大家摆事实,请您来判断判断。"

李维新拦住了他:"不用了。今天,我就亲自主持召开公社党委会,立即安排工作组进驻前南峪,视调查结果对郭成志再做处理!"但是,公社书记的倾向是显而易见的。

几天后,一个肩负着向几万人口宣传、贯彻农业学大寨这样重任的公社书记,亲自赶到最基层的村子里,如此认真地过问为一个下台副支书"申诉"的事件,不要说有风度、有修养的李维新是个例外之举,就是那些害有事务主义毛病的领导,也同样十分罕见。这位公社书记,就像消防队长奔赴正在蔓延的火场、防汛人员投向已经决口的河堤那样,煞有介事地赶到了前南峪。他决心用今天的机会,狠狠地打击郭成志,给郭彦勋有力的扶植,让前南峪正气伸张,歪气下降。同时,让糊涂的杨立冰受到教育。

一个十分严峻的阵势,给郭成志摆好了。不论杨立冰还是哪位领导,都无法袒护他!

工作组进村后,首先召开了三个座谈会。每个座谈会十人参加。分别是群众座谈会、党员座谈会和民兵排长座谈会。那个时代,讲究的是"背对背",提前打招呼,不许串联。三个会开下来,像是一个话筒里说出来的调子:"前南峪大队没有郭成志不沾!"

接着,工作组几乎天天找郭成志谈话。一天到了夜半,月儿偏西,星斗满天,露水浮地,一片凉意。谈话仍在艰难地继续。

李维新气哼哼地说:"请你汇报汇报情况。"

郭成志说:"要汇报情况,就把支委们都找来吧。"

工作组组员田国军接过来说:"现在我们要先听你的,需要开党支部大会,那时候再一块儿谈。"

郭成志回过身,坐在杨立冰的旁边,继续抽几口烟,一面在脑子里回想、捋头绪,一面小心翼翼地作汇报:"我在任副支书期间,天天带领群众治川垫滩苦干,各项工作都走在公社前边……"

李维新看郭成志时的表情是多么难看啊!皱着眉,脸上的肌肉一丝丝都绷紧了。两眼紧张而急速地扫动着。第一遍看完了,又慢慢地,像手持探雷器的工兵一样,一寸一寸搜索着,似乎要从他脸上找出别的什么来,简直就像是民警在搜查犯罪现场。

郭成志心里别扭极了,失望和委屈交织着。他觉得,这一刻的他,就像被带上法庭,站在半圆栏杆后待审的被告。他继续在汇报:"一个多月前,我被公社撤掉了副支书……"

李维新就等着这句话,板着面孔说:"着重谈谈你被撤掉副支书后,你都想了什么办法?为什么村里群众向上级写那么多'申诉'信?赤裸裸地说吧,你都策划了什么手段?"他审视着郭成志,紧抿着嘴唇,显然是在克制自己。

郭成志愣了一下:"策划什么手段?"

"对!"

郭成志皱皱眉头,打了个沉以后才开口:"我想,您说的策划,指的是我们怎么发动群众、怎么商量的;手段,就是大伙儿都想出什么好主意、好措施。是不是这个意思呢?"

"你先不要摸底!坦白地说说你的真实情况吧!"李维新阴沉着脸说。

坦白?这就是审判?郭成志觉得自己的心被狠狠地刺了一下。"我有什么错?落到这种必须彻底坦白才能受宽大处理的位置上来呢?"

郭成志停住口,慌乱而又烦躁地抽着烟,透过烟雾,看了看李维新。只见那两只死死地盯着他、半睁半眯着的眼睛里,充满怒气。他看看田国军,那皱着的眉头,像是一片乌云。他又看看身边的杨立冰,那不动声色的神态,好像有许多话,要等着机会说。他看着看着,终于把李维新突然奔到前南峪来的目的弄明白了:公社书记闻风赶到,是专门要抓住自己被撤职副支书后村里群众写"申诉"信的事儿大做文章。那么,这位领导,能在这上面做出啥文章呢?郭成志弄清了李维新这个目的,心里反倒坦然了,也不再烦躁。他嘱咐自己,不论公社书记的态度多不好,自己是下级,也要尊重上级,要细致地说出自己的安排,好好地讲道理。他想到这儿,终于开口了:"李书记,我只能这样对您说,我们前南峪的党员、干部,到底做没做瞒着上面的事情,这得看是什么事情。这几年,许多邪门歪道的怪现象,一宗接着一宗地往外冒,总没断线。这一点,公社清楚,县委也了解。眼下,我们正为实现农业学大寨铆劲儿,会不会有人又要跳出来捣乱使坏水呢?我们还没有抓住。只要我们发现一点苗头,用不着上级来追查,我们会毫不留情地跟他们斗!"

李维新打断他的话,喊一声:"讲你自己!"

讲你自己?这是找什么"罪证"吗?

天哪!一个清朗朗的世界,霎时间混浊了,颠倒了。郭成志多么愿意这是一场梦,他不敢相信,他用自己的生命、热血和一切,换来的是一场骗局。郭成志又想到,在那场抗击特大洪灾中,在那如火如荼的农业学大寨中,他和民兵们用青春谱写了一曲时代的壮歌,它将屹立在创建社会主义新农村的史册上。那时候,他还没有学会想到自己。今天,公社书记李维新的神情大出他的意料。郭成志费了很大劲才听懂了,或者说是相信了自己的耳朵所听到的话的含义。原来,所谓"我们",不过是"你"个人的委婉用法。郭成志一阵眩晕,差点儿栽倒。

在李维新的眼里,郭成志成了一个"被撤职副书记策划村里群众向上级写申诉信"的罪魁祸首!这时,郭成志第一次想到自己——我成了整个事件的替罪羊。

郭成志沉默地克制着自己,不急不忙地回答:"我自己,嘴上说的是党让我说的话,手上做的是党让我做的事,人前背后全一个样,都在这儿明摆着。您让我再讲出点别的什么来,可没有……"

李维新又拉着长声说:"不见得吧?"

郭成志说:"因为我们干的事情,光明正大,干干净净,用不着瞒着谁;我们干的事情,上有党的领导,下有群众支持,更不需要耍什么手段呀!"

郭成志的斩铁截铁,仿佛一团团平地升起的、看不见的烈火,直燎灼着李维新。他心里不由感到严重的惊恐,在椅子上坐不住了。忽然,他猛地挣起身来,朝郭成志走近一步,暗自镇静好一会儿,方叹出一口气,说:"不要放这些烟雾吧。实话告诉你,你的马脚早已暴露,你的把柄已经抓在我的手里!"

郭成志扔掉手里的烟头,用大脚一踩,语气里有点不满地说:"既然是这个样子,就请领导直出直入地给我指出来吧;哪儿错了,该检讨检讨,该挨处分就挨处分。"

郭成志的话刺恼了李维新,他愠然地沉下脸,用手指头使劲儿敲着桌子:"你以为我在吓唬你吗?"李维新的声音不高,但话却太重了。会议室一下陷入沉默。

过了好一会儿,郭成志慢慢抬起头说:"我想,您不会故意这样做。"

李维新压了压怒气,来回踱了几步,继续说:"告诉你,摆出事实,把你闹个张口结舌,这是轻而易举的。在我看来,你也是明白的吧?"

"您?"郭成志气极了!他简直不相信自己的耳朵。这是一个公社党委书记说的话吗?他摇摇头:"说实在话,我对您说的这些,越听越摸不着头脑了……"

李维新没有觉察郭成志又严峻起来的神色,瞪起眼睛,高声说:"我希望你不要执迷不悟,这是给你个认错回头的机会!我的忍耐是有限度的!"

郭成志的忍耐同样是有限度的。他的自尊心,一个淳朴、上进的农民所具有的强烈自尊心，也不是可以随便伤害的。郭成志再听不下去。霎时，一天来的种种气恼，又在他心头翻滚。一种对于党和人民深厚的阶级感情，使他无法控制住自己。他终于忍不住激动起来，说道："李书记，对您说吧，从打举手宣誓入党那天起，我是一心走社会主义道儿，干社会主义事情，我从来没有往别的路口走；要把这一百多斤交给党，铁了心，永远不回头。我觉着我没有迷，没有错！"

李维新听来有如劈顶炸雷，猛烈一抖，手上那杯滚烫的茶，登时连杯子掉到地上，把他穿着的一双布鞋，也打湿了。他愣了愣，又跳一跳，才"啊哟"叫出声来。

屋里马上又陷入了一场激烈的争吵。

……

之后，工作组又深入到群众中搜集反面意见。大队部的屋子里成了一座烧烟叶的大炉膛，烟雾凝结，遮住了本来就十分微弱的灯光，看不清屋里有多少人。有的盘腿捏脚坐在炕里，有几个坐在炕沿上，有的挤坐在板凳上，还有的站在地上、蹲在墙角。这些人有的是大队干部，有的是小队干部，也有的什么干部都不是，只是关心前南峪命运的普通社员。这一屋子人里，不管谁怀着一种什么样的心思，脑子里都有一个共同的问号：郭成志要是不干了，谁来干？

人们还沉默着。

"明耀，明合，你们的看法呢？"李维新尊重地问道，"你们对郭成志同志担任副支书期间的工作，有些什么意见哪？"

郭明耀垂着眼，慢慢卷着烟。

"我们这些老同志，应该关心年轻同志嘛。"李维新笑了笑。

郭明耀点着了烟，慢慢喷出烟雾来。"你是说，我对郭成志同志的看法吗？李书记，我是个共产党员，共产党员是不隐瞒自己观点的……"

"笑话，一个老党支部书记，不是共产党员，还是什么党员？"

郭明耀尽量控制自己说："李书记，我还要说一句，我们都是共产党员，应该站在无产阶级党性立场说话。我认为郭成志同志是个好同志，他这些年为前南峪大队做出了很大成绩，他不仅不应该受指责，而且应该得到表彰。李书记，你作为上级领导，应该客观全面地看问题。"

郭成志感到心中涌起了潮湿的感动。

"明合，你呢？"李维新又看看郭明合问道。

"我同意明耀的观点，我们应该向成志同志学习。"郭明合抖着黑胡茬的下巴，很干脆地说。

"俊刚，对郭成志同志担任副支书期间的工作，你还谈谈看法吗？"李维新看着民兵副排长郭俊刚说道。

郭俊刚直起腰，言辞铿锵地问："让讲真话还是讲假话？"

李维新和蔼地笑了："当然是讲真话啰。"

"我只一句话。我觉得今天会上，有些地方不正常。"郭俊刚说。

"就这一句？"李维新不满足地问。

"就这一句。"郭俊刚又俯下身子埋下了头。

"讲具体点，哪儿不正常？"李维新循循善诱地引导着。

郭俊刚又坐起了身子："李书记，我问一个问题。"

"可以。"

"支部书记让不让选举产生？"

"怎么？"

"要选举，我就投郭成志一票。"

李维新愣了。田国军也愣了。

是啊，要是连郭成志也玩不转的事，别人上来更不沾。不管你心里服气也好，不服气也好，他还能管得了前南峪，能镇唬住一批人。他当支委，实际上就是支书；他当副支书，实际上还是支书。当年，造反派说他是"狗头军师"，倒也不假，狗头也好，羊头也好，虎头也好，诸葛亮的头也好，反正是军师。他一出娘胎就不是个安分的人，脑子里点子多，肚子里道道多，支委会只要有他参加，就得听他的，最后按他的主意办。没办法，他就是比别人棋高一着，并不是靠耍穷横。矬子里拔将军，谁叫咱前南峪没能人呢。多少年前南峪就是这么过来的，干部们都习惯了他的眼神、语气和手势。不知公社是什么意思，真想拿掉他？看李维新好像有这种打算。那么他下来叫谁上呢？

郭明谦？现在的支委，嗯，这倒是块材料，有文化，也有膀子力气，说话办事就像一挺装上电脑的机关枪。但他这挺机关枪只能叫郭成志使。

郭元坤？伶牙俐齿，能把死人说活。虽然现任支部委员，总有点不大牢靠。

……

每个人都口问心，心问口，翻肠倒肚，在脑子里好一通折腾。把每个干部，也包括自己，都在心里过了遍筛子。但谁也不说话，一人举着一个烟喇叭，狠劲地吸，拼命地吐，一副副不解气的样子。好像借着喷烟，把各自心里的闷气、怨气、忧虑、愤怒也一块吐出来了。

结果，千深万入也难找出一条沾上原来所预料的一点边儿的意见。工作组才得出了一条刚好是和自己的初衷相反的结论：郭成志确实是一个劳动积极、主持公道、能力出众、群众拥护的好干部。

可动用这么大的工作组怎么也得找条理由收场啊！最后的一个夜晚，支部成员开会，邀请郭成志参加。李维新对郭成志说："你也要发表意见呀！"

郭成志一直静听着人们争论，心里如同一锅开水那样激动。经过一个多月的风风雨雨，他早就感到了身单力薄，他多么渴望有一个坚强的党组织，有个出谋划策的司令部；如今，公社领导整顿前南峪的党支部，这是发展、壮大的第一步，这是喜事！他听到李维新询问，就庄严地回答说："党叫我干啥，我就干啥！"

李维新说："好哇。经过这次工作组调查，相信我们的党支部今后在农村工作中，一定会更加坚决地领导全村党员和群众，搞好社会主义革命和建设，而绝不允许任何阶级敌人搞破坏！"接着，他向在座的党员和积极分子讲述党的基本知识，从党的性质、党的纲领，谈到党的当前任务，又谈到党的组织形式——从党的中央谈到党的支部。他说："支部是党的基层组织，也就是基础的意思；党的一切工作方针、政策，都要通过支部直接发动、带领党员和广大群众来实现。什么叫基础呢？比方一座大楼有好多层，最下边那一层墙根，就是这座大楼的基础。所以支部的作用非常重要……"

随着李维新的讲话，会场上的每个人的情绪、表情都渐渐地起了变化；听到最后，会场的气氛越来越热烈，终于开成了一个"新老团结"的会。会后，揪出了村里一个平时爱说怪话的"反革命分子"。说是阶级敌人在村里兴风作浪，才弄得村里出现了阶级阵线不清的复杂状况。必须把斗争的矛头指向凶恶的阶级敌人。还号召全体贫下中农团结起来和万恶的反革命分子进行斗争，保卫我们铁打江山永不变色！

唉！那个令人啼笑皆非的年代啊。

可在此之前，郭成志的心里经历了怎样的痛苦和磨砺啊！

三

1975年3月，尽管山野仍然是一望无际的荒凉，但前南峪却随处可见盎然的春意了。浆水河两岸的柳树，绿色柔嫩的枝条已经在春风中摇曳摆动。无论是麻峪沟，还是大篷峪，一团雪白的杏花或一树火红的桃花，从这家那家的墙头上伸出来，使得这个主要以石屋组成的村庄，平添了许多繁荣景象。

灿烂的阳光一扫冬日的阴霾，天空顿时湛蓝如洗。山川河流早已解冻，泥土中散发出草芽萌发的新鲜气息。太行山上两类主要的候鸟中，燕子已经先一步从南方赶来，正双双对对在老地方构筑新巢；而大雁的队列约莫在十天之后就会掠过太行的上空，向无边的北方草地飞去……

组织上又一次任命郭成志为村党支部副书记兼大队长。大队长的行政职务，使他有可能在实际工作中实现梦寐以求的科学种田。

这天，会议一直开到快半夜，该研究的问题都研究透了。党支部决定，先从农业学大寨，增产粮食，支援工业建设这个大方向入手，随后再落实修防渗渠道的具体措施。他们要用自己大干猛拼的行动，用集体劳动的优越性，把各个生产小队带动起来：带动大家一齐爱国家、多增产，带动大家为实现国家的建设计划出力气。

会议结束前，支书宣布：由郭成志顶替郭明让"代"大队长。此一代便是"弄代成真"，而且使郭成志在此后两年多的大队长的任上，为后来的治山，打下了十分有利的基础。

宣布三次散会，人们才肯站起身，往外走。这会儿散了会，支委郭玉先撒欢地跟新任副支书郭明谦谈起他们热火炭一般的感想，说："今个这个会，真给人鼓劲。明天一早我就召开生产小队会，让队委们把党支部会的精神吃到肚子里去，跟着大队一块儿干！"

郭成志和郭明让留在大队部，新任大队长和原任大队长交接是很自然的事。交接什么呢？整天在地里滚在了一块，谁还不了解地里村里的那点事吗？所以两个人倒是没谈什么工作，只是互相把心窝子的东西掏了掏。

郭成志在这短短的半夜里，思想上翻腾了好几次大浪头。现在，他的情绪仍然在奔流，在飞扬，在往一个新的境界升华。

在这样热烘烘的会场上，他难以让自己静下心来，难以把每一个"浪头"都有条理地加以区别和认识。但是他感觉到，对于农业学大寨所包含的意义，比原来看得深远了；对于完成这个计划会碰到的困难，比原来想得复杂了；对于农民和农民的领导人，为农业学大寨计划的实现做什么、怎么做，比原来更明确了。各行各业群众流露出来的忧虑，还有国家对粮食的迫切需要，等等，一连串的实际事，都像阶梯一样，使郭成志一步步地走到县委书记杨曦彩提出的那个"带领群众克服困难，带领群众创造条件"的思想制高点上。同时，他下了决心，不论遇到什么阻力，都要坚定不移地朝着已经看到的最高处攀登！

最后，郭成志向离任的大队长通报了他酝酿已久的一个想法：

"明让，我跟大伙儿的心气一样，热腾腾。对担负的任务，也看得准了，不像过去，东一个，西一个，乱乱腾腾，好像多的没边没沿。归到一堆，眼前最当紧的，就是一个粮食。这一明确，劲儿也知道往哪儿使，怎么使了；有点困难，也不那么吓人了。按照国家要求、上级指示，修订咱村原来的种植计划，俺想搞科学种田，你看沾不？"

"噢，咋的搞法呢？"

"听说邯郸有的地方搞起了谷子玉米间作，俺也想试试。"郭成志没有把他从农业科学技术书中学到的东西向别人兜出来，即使是和自己很合得来的人。

"那……那试试也沾，千万不敢搞砸了。"郭明让对于郭成志不久前经历的那场风波，犹记在心，他小心谨慎地"警告"着自己的后任。

说来也巧。半月后的一天，大队长郭成志接到公社通知，仔细一看，说是邢台地区科委组织全区十七个县的"百面红旗"大队，去邯郸河北铺学习谷子玉米间作，让前南峪村及早安排好学习人员，接到再次通知后便在邢台市内集合出发。

这天，辽阔的太行山区，在黎明中活跃起来。随着光明加浓，它在伸展着、扩大着。远处的公路，移动着一辆一辆的大车轮廓，响着噼噼啪啪的鞭子声。一群一伙的人群，散布在东西南北。吁吁唔唔的吆喝声，此起彼落。那是春耕的生产队，正犁地。不远的地方，传来年轻人唱的当时最流行的《谁不说俺家乡好》。

　　一座座青山紧相连，
　　一朵朵白云绕山间。
　　一片片梯田一层层绿，
　　一阵阵歌声随风传。
　　哎，谁不说俺家乡好，
　　得儿哟依儿哟，
　　……

　　郭成志今天的心情非常好，他站在由县里派来的敞篷汽车上，在和折户大队的支书姚连勤开着玩笑。姚连勤那人精明得很，是个"不见兔子不撒鹰的"角色，一个劲鼓动郭成志参观回来给全公社带头，大搞多搞。那意思很明显，你郭成志搞成了俺就照你的办；失败了，你就自己交点学费吧。郭成志当面揭发了他的"鬼心眼"。两个人嬉笑地打着嘴架。

　　突然，一只粗大的手掌重重地落在郭成志的肩头上，同时，一声亲热的呼唤："嘿，成志！"

　　郭成志扭头一看，是水门大队的老支书王俊生，一阵惊喜，紧紧地抓住那只大手，摇啊摇的，说："老支书，你也来了！"

　　"比你先到一步。"

　　"实在太好了！太好了！"

　　"我听说参观河北铺的人里边有你，到处找，一直没找见。你又遇上啥事了？"

　　"我到公社籽种站去换了一些棒子种，那种棒子成熟早、不怕旱。"

　　"噢，咱们山区的地势高，爱旱，是得想办法对付它。"

　　水门大队的老支书王俊生，是全省知名的老劳模，平时非常看重郭成志这个有文化又实干的前南峪的年轻大队长。一年前，郭成志被撤职，王俊生作为浆水公社的党委委员曾经表示了自己的不同意见，还特意到县委的有关部门去反映。今天，一切都过去了。站在他对面的这个他喜欢的年轻人，又恢复了往日的活泼和令人羡慕的朝气。

他们在热烈地交谈。在这样的时刻不期相遇，给本来就是喜冲冲的心里增添了兴奋，要问对方的话，要回答对方的话，还有要主动告诉对方的话，全都挤在一块儿，没次序地往外涌。

"老支书，我早就想试试玉米谷子间作，就是吃不准怎么套种？"

"这回机会来了，好好到河北铺学习学习，回村可以大胆干一场，秋天等着你的好消息！"

郭成志充满信心地点点头，说："我们前南峪比起你们水门村，差远啦！这回趁开会咱们又在一块儿，你得多给我介绍介绍经验。"

"经验、教训，一块儿给你抖落。哪对哪错，你自己去挑。"

郭成志感激地说："太好啦！这两年你没到过前南峪，好多人对你都挺熟。你总是惦着我们。"

王俊生豪爽地说："惦着你们，也是惦着我们，大家的事儿嘛！就像我们太行的山山岭岭一样，各种果树，一到春天就百花齐放；要是独开一朵，就成不了春天；光一个村，就算搞得很先进，能把我们的社会主义建成吗？"

郭成志听着，尽管王俊生说的都是一些闲谈式的话，但是句句对他都有启发。他想，过一段时间，应当抽空到水门村串个门儿，或者带上几个积极分子，到那儿参观参观，一定会学到更多的东西。

说话之间，汽车到了野沟门水库，绕了个弯儿，拐到南会大队，又把毛主席表扬过的全国著名劳动模范王志琪拉上，便风驰电掣般地朝邢台地区行署奔去。汽车飞快地驶出那条足有二十公里长的林荫大道，然后加入到市区大街上洪流一般的汽车和行人群之中。

车速慢下来了。透过车窗，都市五光十色的景象在缓缓流动。两边商店的大玻璃橱窗中，假时装模特儿带着永远不变的微笑，在机械地作三百六十度的旋转。大街上行走的人们都已经换上了春装；绿色的中国槐下，姑娘们五彩斑斓的花裙子飘飘曳曳，像孔雀尾巴一般耀眼夺目。四面八方传来录音机播放的流行歌曲和电子音乐。

两个多小时以后，两辆大轿子车，载着邢台地区平原、山区农村百名"精英"们，沿着107国道南下又东进，来到了当时我国北方著名的丰产村——河北邯郸河北铺大队。

多么美的景色呀！正是四月中旬，和煦的春风已经越过黄河，从南国大地向北展开了它和暖的翅膀，远远的地平线上蒸发荡漾着透明的气流，看来白汪汪的像滚滚的大水。白杨树、柳树舒展着嫩绿的枝条。苍郁的翠柏也换上了新装。喜鹊舒畅地叫着飞起来。绿油油的麦苗，宛若一地轻柔的锦缎在春风吹拂之下，涌动着好看的水波浪也似的涟漪。好一派中原大地的锦绣原野！

从邢台山区来的一队参观的庄稼人，应接不暇地观赏着河北铺麦田的风光，用他们过去曾经会过面的那个河北铺作比较，像看一出好戏那么新奇和愉快。

姚连勤笑哈哈地说："变了，变了，河北铺真是大变样了！年轻的时候跟我哥哥来过这里一趟，也是春天，亲眼见过这里的麦地里稀稀拉拉，干干巴巴。"

郭成志说："这是新农村呀！"

王俊生说："对极啦。因为他们上有党的英明领导，下有人民群众的集体力量，同时他们最先推广农业科学技术。"

郭成志接过来说："人家还是咱们北方著名的丰产村哪！"

他们走着看着，兴奋地议论着，感到一切都是新鲜的，一切都是奇妙的。他们仿佛进入了迷人的地方，一个个都变得像贪玩的孩子；就连那个急于找到住处安下身来的王志琪，也不知不觉地观赏起新鲜的麦田，咧着嘴笑。

郭成志虽然经常出席各级民兵组织的先代会，平原也跑过不少地方，但像今天这样沉下心来欣赏平原大地的美好春色，还是第一次。他当真把平原羡慕得不得了，甚至有点怨自己生不逢地，如果生在平原长在平原，或许他也要干出点让人们参观的事呢，转而一想，一比较，他又从"卑薄"的心态中解脱出来。他想到他们的垫地苦战，他想如果把前南峪人的干劲挪到平原上来，说不定比他河北铺干得不赖，成果还要耀眼。想到这里，他又有了作为一个山里人、一个前南峪人的几分骄傲了。

但重要的是把人家的经验学到手，在山地里开花结果，其他，可不敢想入非非。

这天，邢台地委在河北铺村北召开"谷子玉米间作"现场大会。上百名农村干部，早早赶到披红结彩的会场上，一个个舒眉展眼，喜气洋洋，就好像才解放、庆翻身那年头儿一样。他们有的站在路口，观看河北铺的老头们撒欢儿似的敲架鼓；有的聚在大堤上，互相交谈村里的情况；有的挤在花花绿绿的大批判漫画专栏前面，嘻嘻哈哈地指点着嘲笑着那龇牙咧嘴的怪物……

郭成志到底是个有心人，他不光是欢乐，更主要的是把注意力集中在河北铺的玉米谷子间作套种上。他倒剪双手，漫地里兜着圈子，望着那一行行玉米谷子间作的农田，自言自语地说："喝！河北铺真有两下子！喝！河北铺真有两下子！"

大会开始后，主持人宣布："现在，请河北铺大队党支部书记赵秋云同志介绍经验！"

在一片热烈的掌声中，赵秋云站起来了。

郭成志随着王俊生和王志琪往跟前走。他看到一张张红彤彤的脸，每一个人的身边都放着一顶草帽，每个人的后背和两肩都带着汗湿的痕迹。他们的年龄不等，个头不同，却都是态度严肃、精神抖擞地望着站在他们中间那一个人。郭成志被王俊生拉着，机械地坐在草地上，仔细地端详着中间那个人。

那个人四十岁的样子，小矬个，身穿粗布夹袄，头扎一条旧毛巾，一只手拿着一本布皮的小本子，随着他的谈话，在空中有力地挥动着。他那浓黑的眉毛，黑红的脸膛，围着茂密胡子楂的嘴角，给人一种亲切、刚毅，而又深沉难测的印象。

王俊生小声告诉郭成志："讲话的就是赵秋云。"

郭成志点点头，表示他已经猜到了，心想："这位支部书记的身子骨真结实，显着很有劲儿；看到他的举止，听着他的声音，觉着那么可亲可敬。"

赵秋云继续用他那洪亮有力的声音介绍他们两年前就开始间作，如何成效显著，如何前景诱人；他们又是如何抓地头上的阶级斗争，才把"套种"促到今天这个水准。

郭成志一边认真地听着，一边在随身带来的本子上"刷刷"地记着，唯恐漏掉一个字；那动人的"刷刷"声，招来了旁边好几个农村支书羡慕的目光。

七十年代中期，我们国家的农村干部中绝大多数还是刨土疙瘩出身，大多数少有文化，上到初中者已是寥若晨星。虽然六七十年代的上山下乡运动为农村留下了一批有文化的干部,但那毕竟是在接受"再教育中"涌现出来的优秀者,也大多又上了一个台阶,脱离了最基层的农民的土炕。这不能说不是我国农村长期的悲哀!

那么,像郭成志这样具有中专水准的大队长,特别是此时他那流畅的记录,如之神圣般地被人们所羡慕,是很自然的事。

王俊生用胳膊肘碰碰听得入迷的郭成志,小声说:"听明白没有?这就是我在路上告诉你的,毛主席给广大农民指出的科学种田……"

郭成志一边听着,一边品味着,思索着,心里翻江滚浪,仿佛有一只水鸟,展开了翅膀,从水面上飘飘飞起,登临了一个崇高的、崭新的境界。他猛地一拍大腿,说:"明白了!咱农村要真正实现增产增收,就要教育广大农民,相信科学种田,大搞玉米谷子间作套种。对不对呀?"

现场大会结束以后,地委又组织人们在田间实地参观学习,郭成志更是学习最认真的一个。平原地区节气要比山区来得早些,河北铺的麦田里已经开始点玉米套谷子,大地上布满了男女社员们劳碌的身影,到处欢欢乐乐,热热闹闹。

遍地都是他们要学习的内容,郭成志非常兴奋。他东垄跑,西垄问,还不时地抓起一把泥土,查查肥性,攥攥墒情。几密几稀、几垄几行都问得非常仔细,待他觉得自己干有把握了,才从地里抬起了头,一看,人们早到地边集合了,只有他一个人还在地里。

大约这些模范村的支书们都是种庄稼的行家里手,如何套种用眼睛一看便一目了然,所以人们用不着在地里下太多的工夫。不认识的人,觉得郭成志这个人群中最年轻的大队长大概在庄稼行上还欠功夫,多问一问是应当的;是哩,这后生有股子虚心劲儿,多问问少闪失呢,该这样、该这样……

老支书王俊生向他招手了,他热得汗水涔涔,快步地向人群走去。

从河北铺大队参观归来,郭成志一心要大搞科学种田。当时有些社员对"间作谷子,套种玉米"难于接受,他就常常利用晚上走家串户,苦口婆心地做思想工作。

科学种田,这是一个新生命的胚胎,这是一棵闪耀着希望之光的幼芽。然而,尽管连参与这伟大事业的人们自己还没来得及准确、深刻地认识到它的意义，它却是万分珍贵，特别有生命力的。因为它是广大农民增产增收，对美好未来的坚定信心凝结的胚胎，因为它是在一颗颗火热的、旺盛的心田土壤上扎下根的幼芽。人们将用生命培育它，将用心血浇灌它。

在那个时候，已经是深夜，决定"间作谷子，套种玉米"的会议刚刚结束。两个年轻的共产党员，从那充满热腾腾气息的大队部里走出来。他们一个人手里拿着笔和小本子，一个人手里提着一盏老式的小灯笼，在街上行走着、谈论着。轻风吹拂着他们滚热的脸，掀扯着他们的衣襟。沉睡的街道上，他们脚步轻轻，却又十分有力地响着。

圆圆的月亮出来了，白色的光芒，从树干往树梢上升，又筛下花花点点的影子，往街道、土墙上刷抹着。

郭明谦看着郭成志笑着说："原来心里一点影子没有，说干就干起来了。"

郭成志说："这就叫逼上梁山。不这么间作套种不行啦，先干着再说吧。"

半个月之后，小满刚过，前南峪周围的山野上，又渐渐呈现出一派盎然生机，阳光暖洋洋地照耀着大地。所有的乔木、灌木和大部分野草，都有了叶片，就连对春天的爱抚不很敏感的枣树，也开始生出了嫩芽；东沟重新泛起了一片朦胧的绿意。豌豆已经缀满了粉红的小花。小麦在拔节，有些向阳的山沟里，甚至都努出了小小的穗头。

这时候，农事也开始繁忙起来。大部分秋田作物都开始播种了。村周围的山野里，到处都传来庄稼人"噢啊……"的回牛声。前南峪的社员们正在麦田里间作谷子，套种玉米。

上午九点，郭成志走进了大队办公室。

党支部委员郭玉先和民兵副排长郭俊刚正在等他。

"我估计你们还没有解决玉米种子问题吧？"郭成志焦急地问他们。今年各生产小队所用优良玉米种子十分紧缺，到处都在告急，郭成志为此对大队有关负责人发了火，让他们想一切办法解决优良玉米种子问题！

"搞到了……"郭玉先小声说。

郭成志眼一亮，问："多少？"

"八百斤。"郭俊刚说。

"我的天！"郭成志冲动地从办公桌后面转出来，笑呵呵地握住了两位下属的手。

正说着，马少东把一辆装满玉米种子的马车停在院子里。郭成志的心差点儿兴奋得跃出嘴来，连忙出屋，迈步迎去。见马少东满脸风尘，一头大汗，便知道他为拉玉米种子历尽了辛苦，心里又疼又惜，好一阵才说出话来道：

"少东哥！辛苦你啦！"

"成志兄弟，我回来得不迟吧？"马少东也一腔激动，"一路上，我老想……"

"不！你回去的正是时候，感谢你为我们大队立了一大功。"

当社员们来到的时候，马少东一边擦着头上的汗，一边兴奋地回答着人们的问话。

"这是优良玉米种子吗？"

"那还错得了！"

"怎么还不卸车呀？"

"保管员不在，找去了。"

"少东，先搬下一包来，让我们开开眼行不行？"

马少东听到人们对优良品种的议论，又看到人们那种兴奋的心情，更是十二分的高兴。他高声地说："这还不好办，来——"说着，他手扶住车辕子，嗖的一下子跳上车去，一伸手提起一袋鼓囊囊的大麻包，还没容他说话，下面的人早把麻包接下去了。

人们把玉米种子抓到手里，放在手心上，反复地看着，啧啧地称赞着：

"哈哈，这玉米种子确实不错。听说从种到收，九十天就能还家？"

"没错，要不就叫优种了。"

"不知产量怎么样？"

"你没听大队长说，比咱普通的玉米，能增产三成。"

在人们兴奋地欣赏和议论优良品种的时候，郭成志也兴奋地问郭玉先他们：

"怎搞到的？"

两位受宠若惊的下属却支吾着，一个推诿着让另一个给大队长汇报。

最后，郭玉先只好开口说："我们两个亲自跑了一趟邢台。"

"去了邢台？"

"嗯……我们没什么好办法，只好跑到邢台地区农业局去纠缠人家。

那天我们一下长途客车，就直接去了邢台地区农业局，找到了主管科。可人家快下班了，正副科长都不在，只留个女办事员……

"本来，我们是找科长，正副科长都不在，我们心里急得火烧火燎，万一搞不到优良玉米种子，再耽搁几天，不就误农时了吗？当时我们感到问题严重了。忽然，郭俊刚大手一拍，说：'行了，有办法了！'我惊喜地看着郭俊刚。郭俊刚说：'咱们来一个诸葛亮借东风。'我一点儿也没有理解郭俊刚的意思，眨着眼睛问：'这事跟诸葛亮借东风有什么牵扯？'郭俊刚哈哈笑起来，说：'你呀，看起来长得比我机灵，脑瓜还没我灵活呢！'我说：'你先别吹牛，说说到底是怎么回事。你的主意还未必行呢！'郭俊刚说：'保证行。你看，正副科长不是没在单位吗？咱不是怕搞不到优良玉米种子吗？哪咱就得找一个能办事的人……'我们这才想到那位女办事员。并打问了这位女办事员的住处。人家给我们写个了地址。

"我们心想，只要留地址就有门！这样，我和郭俊刚中午就上她家登门拜访了一回。没想到这位女同志就是科里管玉米种子调拨的，马上就从任县给咱们调了八百斤。当然……我们把所有带的土特产都送给了这位女同志……"郭玉先叙述完这个买玉米种子的"故事"后，满脸通红。

郭成志手心上放着玉米种子，半天不知该说什么。

是该表扬他们呢？还是批评他们？

唉，这就是我们面对的现实。就连到地区行署部门办点事，也得来这一套！

但他能说什么呢？不管怎样，他们急需的玉米种子问题已经全部解决了！

这时候，保管员赵新英来了。她打开了库房的大门，人们争着卸车，抢着往里扛玉米种子，不大一会儿工夫，一车玉米种子就全部入了库。人们一边议论着，一边恋恋不舍地离开了库房。马少东在院子里拾掇着马车。郭玉先从库房走过来了，问郭成志："玉米种子什么时候安排下去？"

郭成志只好对两个下属说："还等什么？今天就赶快把玉米种子分到各生产小队……"

党支部委员和民兵副排长走后，郭成志的心情一时仍然难以平静下来。在社会主义建设的新形势下，社会各个环节存在着许多令人忧虑的问题；而这些问题又在直接威胁和瓦解着建设本身。从宏观上来说，一个国家和民族的真正强大，不仅依赖于经济的发展，同时也应该整个地提高公民素质的水准……

郭成志发了一会愣，又叹了一口气，便回到办公桌前坐下来，准备处理一些紧急事务。这时候，却听见有人又在敲门。

他赶快打开门，却见村农业技术员李玉民风风火火从门外走进来了。

郭成志问："玉民，有事啦！"

"支书，快去看看吧，全村五个生产小队都能按大队的统一要求去办，唯有四队没按要求点播玉米，我咋说也不听！"

郭成志立刻放下文件，同李玉民一块儿来到麻峪沟，查看了现场后，立即召集四队干部和社员们临时开会。

在会上，郭成志首先严厉批评了小队长李亚东的错误行为。接着，他又根据山区的实际，挺起胸，昂起头，大声地讲道："社员们，咱们在四垄谷子中套种一垄玉米，其中玉米的株数适当地减稀，株距加宽，由七寸改为八寸，比河北铺稍少一些。这种种法是经过大队周密计算的，平时不套种，每亩玉米的株数为三千二百株，套种后每亩为二千六百四十株，这样株数每亩仅少几百株；套种的谷子比遍种的谷子每四行仅差一行，自然谷穗每亩平均下来也少得不太多。这就是说，如果肥水管理都能及时跟上，玉米因为行距加宽，通风得光，绝不比遍种的收成差。那谷子呢？岂不是等于白来的！原来的麦收、秋收两季，又多出了一季谷子。谷子虽然为低产作物，但白来的低产，再加上并不减少的玉米产量，那收成也要比原来多得多。对不对呀！"

掌声像风一样刮了起来。

四队的干部和社员们激动热烈地议论着。可以看出，每个人都鼓着一身的热劲。很快，郭成志就带领社员们严格按照大队的统一要求，投身到麦田里忙碌起来。

新播种过的土地是松软的，小土块在他脚下酥酥地碎开；用锄板推过的沟痕里，有小虫子在那儿蹦跳，有小鸟在那儿寻找没有被土盖住的种子粒吃。干燥的热风，一股一股地吹过来。头顶上的天空，碧蓝碧蓝的，抹着几片羽毛似的云丝。

郭成志又一次忍不住蹲下身，一手举着烟袋，另一只手扒开垄沟里的土，找出一粒昨天早上播下的种子，捏起来，仔细地看看。他见那种子已经被潮湿的土气泡胖了，包芽的地方，也鼓了起来。他仰脸看看天，心想：要是等它们长出苗来，老天再下场透雨，该有多好啊！

一夏一秋，郭成志几乎把精力都投入到套种田了。白天，他积极组织社员们下地除草，施肥，夜晚带领青年突击队往田间送粪。

媳妇郭玉金也不甘示弱。在这一点上，她的性情跟男人一样。凡是想要做到的事情，她一定要做到。她把儿子放到炕里边横卧着，把几个枕头摆在炕沿上像垒了一道墙，吹熄灯，拿起锹往外走。

夜色漆黑，街上很静，万物仿佛都在夜的甜美的怀抱里安息，忙碌了一天的庄稼人早就睡着，消乏养神，天明好接着忙碌。

郭玉金走到离郭明耀家不远的地方，看不清人，倒听见郭明耀和男人说话。

"成志哪，过半夜了，回去睡一会儿去吧。"

"还有两三车，很快就拉完了。"

郭玉金走到大门口外边，刚摸到那个没有装上粪的小排子车，就见男人的身影子从院子里闪出来。

郭成志问一声："谁？"

郭玉金回答一句："我。"

他们站在排子车的两边，再没说什么，就你一锹我一锹地往车上装粪。在这静夜间，那"嚓嚓"的声音有节奏地响着，很好听，传老远。

云团缓缓地移动着，被吞没了多时的满月一下子跳了出来，像一个刚出炼炉的金盘，辉煌灿烂，金光耀眼，把整个大地都照得亮堂堂的，荷上的青蛙、草丛里的蚂蚱和树枝上的小鸟，都被这突然降临的光明惊醒，欢呼、跳跃，高声地鸣唱起来。

车子装满，郭成志把铁锹插在尖尖的粪土上，抹一把脑门儿上的汗水，跺跺脚上的灰土，到车前边，把襻绳套在肩上。同时两只大手抓住辕木，腰一弯，腿一弓，一用劲，轮子转起来，小车移动了。

出了村口，他们向南拐去，墨黑的水面上，一溜银色明亮的波光，像拉动着的手风琴，忽而押长，忽而缩短。郭成志边走边问："小海还睡着？"

郭玉金在后边帮着推车"嗯"了一声。

"不会掉到地下吧？"

"不会……"

车轮在夏天松软的路上转动前进。月光把车形人影拉得长长的，投射在田埂地边的小草上。路旁的坑子里，菅草钻出来了。一洼一块的清水闪耀着，冒着泡，那是睡着的鱼儿在呼气。远处正在伸展叶子的树丛子里边，大雁叫了几声。

别的村，参观学习回来后都是试种少量几亩，有的甚至还在观望，可我们年轻的大队长，出于"让乡亲们尽快吃饱饭"的急迫和对于科学的信任，一下子把自己的"宝"押在了前南峪的全部土地上。当然，他相信自己的能力和"把握"，但那毕竟是一种新鲜东西，在难于接受新鲜事物的山区他还是要小心谨慎，多加留意为好。

可巧，老天也来帮忙。那一年雨水适中偏多，这对于干旱的山区无异于"糖上加蜜"。郭成志又从浆水供销社用贷款多购了一些磷肥。"足"水加大肥，到了初秋，谷穗齐刷刷黄灿灿的，像是一块黄色的巨大地毯，在微风的吹拂下，起伏动荡着；玉米茎又粗又壮，高过了长条汉子的头顶。秋风吹着它宽大的叶子，发出哗哗的响声。密层层的嫩苞，吐出粉红色、银白色的须，只有少数才开始染上了焦黄的颜色。

金色的秋收把前南峪人的眼睛照亮了。他们在美美地看着打谷场上，到处都堆着像山岗一样高的庄稼秸子和一片金黄的大棒穗子的同时，也看到了一个"本事"比预料的还要大的"小年"。

昨天傍晚，郭成志求郭明谦给他理了发。他换上了媳妇给他新补好的汗衫；洗得白净，补得细密，穿得可体；敞着怀，露出结实的胸膛。他下身穿着青布裤子，系着一条皮带。脚上穿着一双蓝帆布球鞋，还扎着一双袜苦。在这金黄无边的打谷场上，这个年轻的庄稼汉子，显得特别威武，透着一股子蓬蓬勃勃的气势。

周围的人议论着丰收，交流着喜悦，不断地朝郭成志这边投过敬佩、感激的目光。

这个说："今天这日子过得挺痛快，成志自从河北铺参观回来之后，点的第一把火真叫不赖。不光党员干部听了高兴，连全村群众听了，也都说提精神长见识。"

另一个说："他讲的那些科学道理，听到心里，就好像窗户纸一捅就透了。你想呀，过去咱种地是传统做法，费了力，不多打粮食，现在是科学种田，同样的地块，比过去多收获几倍粮食。这些事儿，咱们都得用心想，都得动手干。"

"这个看法，可比咱们老哥几个前些日子想的那个高多了。人家那意思，不光使全村群众多打粮食，还要多缴爱国粮，要忠心报国，有国才能有家。"

"成志比咱们高的地方，就是把国家放在前边了。不论干什么，都得把国家放在前边。"

"是高。这个年轻人，不光是思想高，办法也挺高。人家小年民兵里是模范、大干堆里拔尖，在科学上也属第一。"山里人说着生疏的"科学"二字，总觉得有点不大顺口。

"没想到咱前南峪出息成志这么一个干部。有指望啦。"

郭成志除民兵之外，种粮也在全公社乃至全县都有了名气！

新生的前南峪欢腾起来了，人民公社的社员们，人人都乐得抿不上嘴。家家户户都像办喜事那样，把粮食摊晒，扬簸，一遍又一遍，他们甚至想到要把最好的、最干净的粮食缴给国家。

晨光，像一只蘸着银白颜色的大笔，先画树梢，再画屋脊，接着从每一个人的眼前往远处画，越画越清亮，越画越远大。

前南峪人的日子，多么像就要跳出一轮红日的东方天际呀！他们头一次取得科学种田的大丰收。他们盼着明年能闹个囤里有余粮，兜里有余钱。

郭成志望着晨光，抽着旱烟，想着从20世纪70年代初开始苦苦追求科学种田到眼下第一次实践成功，这整整三年的时间，是怎样如同赶着大车攀登大篷岭一样，一截一截地走过来的。他想起邢台地、县科委的璀璨的灯火，想起1974年公社撤职的政治风波，想起1975年新老大队长交接时的大胆设想……他对这一切印象至深的生活浪花，虽然还不能用十分明晰的思想堤坝把它们汇集成一条大江大河，却能感到咆哮奔腾的力量。他，郭成志，能够真切地感到、看到、认识到这股力量，就有了往前奔的信心。郭成志一旦有了信心，那就是坚固的、热烈的，不论遇到什么样的关口和变化，他都不会动摇和退缩！

郭成志不是那种浅尝辄止的人，何况离他的目标还相差十万八千里！

四

不久，一次串门，又使他的兴奋心情蒙上了一层阴影。串门的人家，还是村里的"上等户"。

那天，郭成志急着找老支书郭明耀商量事情，嘭嘭嘭地敲了好久郭明耀家的大门板没人应声，使劲儿一推，大门吱扭一下开了。他进了门，绕过一座爬满金藤花的影壁，就见北房西屋里点着灯。他冲着窗轻轻地喊了一声："明耀叔，睡下了？"边喊着，边往前走，推开虚掩着的堂屋门，就进来了。

这个屋子很矮小，坯座泥顶。一盏小煤油灯里的油大概是不多了，正烧着灯捻子，昏昏暗暗，还不住地爆动。

郭成志撩开门帘子朝里屋一看，郭明耀夫妻俩都没在家。他又走到屋门口，朝院子里喊了几声，依旧没人应，这两口子到哪去了呢？老支书郭明耀会不会穿着青布羊皮袄又到野外护秋去了呢！虽然今年秋天，农村一片丰收景象。村庄里的场院，被一趟趟山一样的谷垛挤满了，还有临时用麻袋垒起的粮囤，上边用谷草个或秫秸围成伞一样的尖顶。甚至连村庄里的炊烟，也好像在散发着一股股新粮的香味和丰收的气息。但晚收的雪白的棉花，还有根部被饱满的果实顶开裂隙的红薯还在地里，护秋的任务仍然是非常艰巨的！对了，昨天老支书不是还说，建滩沟好像有野猪啃咬红薯的现象吗？那他今晚又去哪条沟了？他是什么时候去的，该回来了吧？再说了，老支书去了，婶婶总该在家吧，她又去了哪里？换句话说，他们都去护秋了，也该锁上门吧？现在院门开着，就说明他们肯定不会走远！郭成志又转回屋子里，想坐在炕上等等，撩门帘子带进风来，小油灯上的火珠儿摇摇晃晃，眼看就要灭了。他用火柴棍拨了拨灯捻子，见里边的油真干了，就又回身从柜上摸了个瓶子，拔开塞子闻闻，是香油；又摸了个闻闻，是豆油，第三个瓶子刚拿到手，门帘子呼啦一下被撩开了，跳进一个四十七八岁的女人，又粗又壮，站在那儿像一根柱子。她的一只脚刚迈到门槛子里边，不管三七二十一，就吼吼地叫开了：

"你个挨刀的货，钻山了，进洞了，上天了，入地了？让我跑折了腿，踩烂了脚，绕世界找不到你！"

这女人喊着，一抬手，把一团又大又软的东西扔过来，扔到郭成志的怀里，差点儿打掉他手里的油瓶子；亏他眼疾手快，一抄手把那团东西接住了，原来是一件老羊皮袄。没容他开口，那边又吵架似的喊起来了：

"又不是三岁两岁的孩子，怎么连个冷热都不知道？半夜里野地外边又是露水又是风，光穿个小单褂子，真行？"

郭成志被她闹得昏头转向，直到听了后边这句话，才听出是发生了误会，不由得暗笑起来。别看婶婶李雪梅泼泼辣辣，敢说敢干，她可是个粗中有细的人。她从十七岁嫁给郭明耀，三十年了。郭明耀从部队复员后，一直在村里当干部，她一直是郭明耀的参谋和助手。郭明耀在工作中有解不开的扣儿，她陪着费心劳神；郭明耀遇到了困难和挫折，她咬紧牙关跟着顶。就是天塌下来，郭明耀扛着这半边，她也挺起肩膀扛着那半边。九年前，正是"文革"最盛行的时期，我国国民经济遭遇暂时的困难，县委宣传部的苏部长带着工作组来到前南峪大队，搞什么揭批"唯生产力论"的试点。郭明耀带领广大贫下中农和工作组进行了针锋相对的斗争，不但没有停止生产，反而在冰天雪地的日子里，闯进河滩垫地造田。他们挥锤打钎，挖土劈山。第三生产小队队长张晓光在工地上组织社员施工，社员宋景伟不幸摔折了一条腿。苏部长这回可抓住了把柄，硬要开除张晓光的党籍。在斗争张晓光的大会上，郭明耀一下子跳上台去，愤怒地说："垫地造田，是我们党支部的决定，我是党支部书记，出了问题我负责。要整，整我；要斗，斗我；要开除党籍，开除我！"那时候，李雪梅正闹胃病，为了怕别人说干部家属特殊，处处带头，硬是每天强忍着刀绞般的剧痛，一扭一扭地到工地上去送水……郭成志回忆着那慷慨悲壮的垫地造田战斗，浑身颤抖了一下。郭家是郭成志的近门叔叔家，这个门他是直出直入，比到自己家里还要随便。平时，这个老小辈断不了闹着玩，于是，就想逗逗这个急性子人，一气不吭，把羊皮袄一团，低下头，一屁股坐在板凳上了。

李雪梅更急眼了："嗨，我说的话你听着没有哇？"说着声音又高了，"还愣着什么，往灯里添点油哇，灯要灭了。油瓶子在柜底下，瞎摸什么呀！我给你做汤了。"说着，一撩门帘子出了屋子。

郭成志本来想跟婶婶开个小玩笑，不料想，听了她这一句话，从心里头发热。他激动地猫下腰，从柜底下摸出油瓶，就往灯里加油。

外间屋里的烟雾，好似云海一般，笼罩着整个屋子，什么也看不见；只有从烟雾中，透出摇曳昏黄的灯光。李雪梅坐在灶门前的烧火板凳上拉着风箱，炉上的火苗一蹿一蹿地跳跃着。她一边梳头，一边做起饭来。只见她锅上一把，锅下一把，手脚麻利轻快，锅勺撞击声响起，一会儿郭成志又听着喊："嗨，别出来，别碰着我呀！"

李雪梅这么喊着，用胳膊肘支开门帘子，端着一碗热气腾腾的汤进来了。朝郭成志递过来说："来，赶热喝了。"

郭成志接着话音说："婶婶，是我！"

李雪梅吓了一跳，情不自禁地打个冷战："啊，是你？"

"对啦。"

"哈，哈，哈……"

李雪梅一边大笑，红着脸，又羞又气，露出一副想上去给郭成志两巴掌的神气，可手上又端着汤碗，只是笑个不停。

郭成志用一张废纸团蹭着手上的油，笑着说："行了，行了，耳闻不如眼见，这回我可知道您的厉害啦！"

李雪梅说："真可恶！你怎么不言语一声呀？"

郭成志说："我怎么言语，进门您就突突突，一阵子机关枪，打得我头也抬不起来了。"

"嘻嘻，我当是你叔叔哪！"

"唉，我叔叔要是让您这一骂，不是早跪地求饶了。"

"挨刀的，总是没大没小。什么时候从地里钻出来的呀？"

"刚到工夫不大，饿极啦。"

郭成志说着，接过李雪梅递过来的汤碗，看了看贴在锅里的饼子，本来应该黄澄澄的颜色，因掺得橡子面多了而变成了灰不溜秋的颜色。郭成志震惊了：刚过了秋，怎么就掺开了橡子面？不用问原因，郭成志也知道因为什么。作为一村之长，他不是算过账吗？即使今年是前南峪有史以来最大的丰收，前南峪人的粮食也不足以果腹，照样要吃返销粮。

他一下子明白了，或者是不再欺骗自己了，自家锅里十几天的纯玉米面饼子，那是慈爱的母亲和亲爱的妻子对自己的"犒劳"。女人们愿意看见自己亲爱人的笑脸，不愿意这个笑脸轻易地从温暖的家里很快地消失掉。

她们知道，"丰收"二字是自己的亲人梦寐以求的东西，她们乐意让这个"丰收"在家里多停留一些时间，让为全村人吃大苦受大累、日夜为全村人谋划的这个人多一些高兴。她们不仅给他带来了从来没有享受过的家庭温暖，并且使他生命的根须更深入地扎进前南峪的土地。

然而她们呢，却在背后瞒着自己，一锅滚水中，倒不得几粒小米，稍后又倒入一筐她们从后山坡采摘来的野菜，用勺搅拌成嫩绿色的稀糊糊。接下来，是她们喜滋滋的"美餐"，直至用舌头舔净碗边儿碗底儿的一丝丝汁水……

唉，那精心制作又廉价的"犒劳"啊！

因此，你郭成志还能像秋收时节那样，在黄澄澄的谷子玉米间作地里，抚摸着那随着微风摇曳的谷子穗，那发自内心的欢乐，就像落在谷子穗上一只扇着翅膀唱着欢歌的金色的小鸟吗？

因此，郭成志的欢乐还来得太早。

李雪梅拿过一双筷子，用手捋捋递给他："人好不如命好，让你赶上了。喝吧，锅里还有哪。"

"真香，放这么多油。"

"还是大前年剩下点芝麻，前年村里不让种芝麻，去年又让雹子给平了，一个粒儿都没见着。"

"婶婶，明耀叔到哪儿去了？"

"我这不是也找他吗！"

郭成志把最后一口汤倒进嘴里，一边用大手抹着嘴角，一边叮嘱婶婶，让明耀叔明天找他有件事情商量，就离开了郭明耀家。

深秋时节的天边上，升起一种浓烈的、带着水分的铅灰的气氛，从披着绵绵垂柳的浆水河那边扑过来；从点缀着各色野花的山坡那边扑过来；从长着青豆，留着谷茬的田野那边扑过来；从弥漫着烟尘谷香的场院那边扑过来；从四面八方的角落里扑过来。它们好像几路挺进的骑兵纵队，挥舞着战刀，策动着骏马，飞奔驰骋，向一起靠拢、汇合，渐渐地缩小着包围圈，而后把前南峪团团围住，又充塞了大街小巷。这样，夜晚就又一次地在这里降临了。

月亮，如同照明弹一般停滞在空中；繁星，就是那不息的胜利礼花。礼花般的繁星，嵌满了巨大无边的天空之上。它们又好似浩瀚的湖水上，跳动着的细小的波浪。

每一个生长在农家的孩子，都有过无数次数点星星的经历吧？

明净的夜晚，他们躺到铺在场院、街头、山坡上的苇席或者青草、麦秸上，仰望着那满天神秘的星斗，有绿星，有红星，有黄星，有蓝星；有大星星，有小星星，眨眼的星和一眼不眨的星。有些星星簇拥在一起，成为密密的一大群，有些星星却是孤零零的……一个一个，一片一片地数点着。那无数的恒星在无边无际的太空里、在它们预定的轨道上继续运行。彗星、行星、卫星、小行星始终绕着那些发光的中心在打转。在宇宙的急剧的动荡中，有些世界诞生了，有些世界消亡了。在那星云的动乱中，原始的物质形成了。不时有一颗星星挣脱出来，横扫过天空，留下火似的一条痕迹……数一遍，又一遍，怎么也数不清。一直到他们数困了，数乏了，渐渐地入了梦境，心里还在数着，嘴里还在说着。

他们依靠着的爸爸妈妈，会用充满感情的声调，很认真地告诉他们许多星斗的名字；但是，更多的星斗，爸爸妈妈也是叫不出名字的。爸爸妈妈，还会讲起许多有关星斗的美妙动听的神话故事；但是，更多的故事，他们也记不齐全了。他们说，恒星，它燃烧自己可以给大地以生命，使大地生机盎然。彗星，它惹人瞩目，给人以无限欢乐。流星，它可以划破夜空，擦亮天穹，有勇气直面未来。遗憾的是，它的生命太短暂了，但它却带来了光明，在深蓝的天穹上用生命谱写出了美妙的乐章。它会永远谱入宇宙的历史。其实无论什么伟力都有消亡的一天，即使是宇宙，它在膨胀，可同时却在衰老。消亡并不可怕，可怕的是无法消亡的内心的自私、贪婪与庸俗。看，黑洞只吸收却不奉献，永远在自私的笼罩下活着，永远这样唯我独尊却又孤独寂寞地活着，全不知恒星奉献的快乐，彗星闪耀的激动，流星燃烧的热情，到头来，只有被人唾弃。他们说，每一颗星星，都是在人世间做了好事的人，而后升华到那里，光垂千古，永不熄灭。他们说，那光芒，是那些杰出人物的明亮的眼睛，火热的心胸，伟大的生命！他们的光，是神仙给的。那神仙，就是太阳。他们说，因为月亮给人类做的好事最多，得到的光芒也就最多。月亮跟星斗们分享着光芒，互相辉映，组成天灯的海洋，继续给人世间那些夜以继日奔波操劳者照亮前进的路途……

这会儿，大队长郭成志在繁星投下来的光辉中走着。他被照亮了，他变成了明亮的人。他是战士,又是获胜者。他的心里也如同千军万马在欢腾。

在这块土地上,他生活了整整三十一年。这里的每条山梁,每道河流,每棵树木,每座房屋,他都熟悉。夜风唤起了他的回忆:六三年,特大山洪暴发后,人们一步一个脚印地拉土垫地。挖冻土时,民兵指导员郭海文牺牲了。全连民兵发疯似的苦战,十二年来他们先后入团、入党。是党,是毛主席的号召,把全村八百个治山造田的社员结成一个整体。他回顾自己这些年走过的道路,这里充满着曲折、颠簸、坎坷不平。作为大队长,他应当是改变农村面貌的尖兵,站在队伍最前列,带领干部群众,披荆斩棘,战胜荒山秃岭,踏出一条社会主义的道路来……

他一边走,一边思索。

他把一天里要想的事情都想过了。他又想到很远很远的战斗和胜利。

他把一天里要做的事情都做过了。他又做了许许多多关系到很远的战斗和胜利的事情。

他很平静地朝前走,继续地考虑着前边的步子。

郭成志知道,他的奋斗比以往将艰苦十倍。他的短暂欢乐,必须用钢牙咬碎,及早地吞掉。

郭成志要从村西那条乱石滚滚的大川里,把深藏在川下二十米深的一条地下潜流"劫持"上来。

郭成志必须完成这个壮举!

之所以称之为"壮举",因为此举在太行八百里山区极少见,上溯几千年太行史难寻觅。

尽管如此,郭成志不完成此举,他的心里将是无止无休的日夜熬煎。

夜晚,本是收工后吃饭和休息的时刻,但前南峪并没有间断白天那种火热的生活气息。

广播喇叭正在报告一天的秋收战果。

场院里正在热闹地扛口袋入仓。

近处传来喊喊喳喳的声音。那是人们正整理绳套,准备明天从地里往场院拉运高粱。

远处闪动着点点灯光。那是人们正修检水车,准备起早提水灌溉收割过的谷茬地。

郭成志回到家里,将虚掩着的门轻轻地推开,他朝炕上看一眼,见媳妇和孩子已经入睡,就心事重重地坐在炕边上,脱下一只鞋子,又呆呆地想起心思。队里社员们在山沟里拣落下的柿盖、橡子充饥的那些事,在他脑袋里翻翻滚滚。每当麦子黄梢,初夏风带着即将成熟的麦香醉了太行人的时候,月残星疏,前南峪村从酣梦中醒了过来,女人带着睡眼蒙眬的孩子,她们的手都像芦苇秆子那般细瘦,她们的腿也像芦苇秆子那般细瘦,连她们的身子也都像芦苇秆子那般细瘦。她们携着细瘦的手,迈着细瘦的腿,晃悠着细瘦的身子,蹒跚地渐次渐远地走出村子,踏上了去山里的路。到处是连绵的山峦,一眼望去,像锯齿牙,又像海洋里起伏不平的波浪。山上长满了各种各样繁茂稠密的草木,人走进去,连影儿也看不见。她们挎着空荡荡的篮子,心里怀着希望,顶着满天的星星走着,顶着凄凉的月光走着。她们去干啥呢?去山沟里拣落下的柿盖,那柿子树结实时落下又涩又苦的蒂。那柿盖有的村是不要的,那里的地多一些,日子宽松一些。哪个人愿意吞咽那本来就不能塞进肚子里的东西?但前南峪人历来把这种东西当作生活中必不可少的食品,他们的辘辘饥肠起码有十分之一要以这种东西作为补充。因此,岁岁年年,每到这个季节,三三两两,零零落落却是不绝如缕的前南峪人,先是在自家的山里,而后是别家的山里,最后到二三十里外的山西远山,拼命地拣呀,拣呀,带着欢乐和幸运,带着辛酸和痛楚。家家户户拣来后,便放到水里泡,尔后再拿到院里、房上晾,干了用石碾碾碎掺在玉茭面里蒸馍,把本来黄朗朗玉茭面染黑弄得让人难以下咽。他们是不得不这样掺呀!以后,到秋天了,几阵凉风,几场大霜,草木枯萎了,和板栗一起成熟的橡子也饱满了,脱落了。男女老幼又匆忙地去山里拾橡子,一口袋一口袋地往家里背。碾碎后的橡子面也是苦得厉害涩得厉害。家家户户就又放在水里泡,再晾干、晒干,再掺在玉茭面里蒸馍。掺了橡子面的玉茭馍没了半点新粮的香味,可能解饱顶饥——多少年了,解饱顶饥就是前南峪人生活全部内容的一半。当然,他们也吃掺板栗面的馍。山里人吃这种馍并不像城里人想象的那样香甜,那样美气。好吃顺口是不假,但解手可要费劲呢!后来交通顺畅些,谁还舍得吃那么金贵的东西?

他转动一下身子,又脱掉另一只鞋。最刺郭成志的眼,也最扎郭成志心的是队里的社员成群结队到山西用新麦子换玉茭的情景。麦收后不久,朝阳土坡子上，星星点点的野花吐着绿叶儿，偶尔能看到一朵两朵蒲公英的小黄花儿。大雁排着队，从雾气腾腾的南边飞来，往灰暗茫茫的北方飞去；它们发出阵阵叫声，不知是疲累的呻吟呢，还是饥饿的呼唤。那弯曲不平的道路正翻浆，不是泥就是水。前南峪的人又出动了，三三两两，日日不断，车推肩挑，在泥泞的路上，向山西那边的山跋涉。一个个面黄肌瘦，破衣拉花。那一张张没有表情的脸，一双双无神的眼，好像有千愁万苦无处诉说，也用不着去诉说，都化成了不息的追求。他们要用自家的新麦子去和不大种麦子的山西人换玉茭。1973年那年，前南峪村里买了台拖拉机，两个年轻的机手最害怕的是往山西那边开。车辙交错的山路坎坷不平，牲口在上面颠踬地踏着碎步。路北边是一片整齐的条田，路南边，在雾霭朦胧的地方，就是前南峪的寨套沟。刚一发动，村里人都知道了，半个村子都拥上来让你拉上他们，到山的那边去。乡里乡亲的，不拉谁行？本来是有任务的，该一天完成两天也完不成，咋？都让换玉茭的把时间给耽误了。后来村里管了，可半路上还是拦车。山坡下忽地站出来个大伯辈上的，你不拉？连你八辈祖宗都给骂出来，再说，谁的心能跟铁疙瘩似的那么冷？乡亲们是自己乐意去换吗？哪个不知道大白馒头比玉茭面饼子顺口得多。不就是为了一斤麦子能换一斤八两玉茭吗？运气好了，兴许二斤二两也说不定能换到。可一斤八两也好，二斤二两也好，不都是为了一个"饿"字吗，为了孩子大人能多吃上一口掺着橡子面的馍吗？

郭成志坐在炕边上，塌着腰，两手托着下巴颏，望着那跳动的灯火，苦苦地思索着。他的胸膛里像一锅开水那么沸腾，心火冲头，太阳窝突突地跳动。在这一眨眼的工夫里，他心里边又产生一股子说不出来的惭愧和内疚。这几乎是前南峪人独有的"两景"，折磨了郭成志多少年了，他也同时下了多少次决心，他非得从前南峪的山路上把它抹去不沾！少年的、青年的、壮年的郭成志不断地立志，不断地鼓动自己，不断地用一种强烈的责任感捶打自己，鞭策自己。这次，郭成志觉得是时候了，不是将来而是现在，不是三年五年，而是一年最多两年，就得抹去那"两景"。这是全体社员的事业，这是党的事业，就是粉身碎骨，也要冲过去！

窗上的月光，越来越显得淡薄了。院子里的杨树，摇着大叶子，哗哗啦啦一阵响。已经是夜里一点了，更深人静。月亮快要下山去了。紫色的深湛的天空上，出现了灿烂的繁星，闪着金光，闪着银光，有的像珍珠，有的似钻石，撒得满天都是，越来越多了，而且越来越像离开了天幕，在空间闪动、跳跃。在广大无边的热闹的天空下，田野在沉睡。星光是这样明亮，照见了村庄周围的一切。街上，好像有人走动。从饲养院里，响起毛驴叫声。接着，在不远的地方，传来一个人的熟悉的声音：

"郭春海，快起来，该你们接班了！"

吱吱扭扭的开门声。

喊声又在另一个地方响起：

"郭金山，还睡哪？快起来接班去呀！"

郭成志听得出来，这是郭双群正在挨门招呼看守秋庄稼的人。庄稼地里那些妇女们，一定都给露水打湿了；现在，另一群青年小伙子又要到地里去了。他们轻轻走着，有时交换一两句简短的谈话，眼睛尖锐地警视四周，仿佛要透过黑暗，发现什么稀奇的事物。他们心里都有一种庄严的战斗的感情，一种保卫生产队、保卫集体而勇往直前的感情。没有谁组织他们，也没用谁强迫他们，他们都是自觉地这样做，这样不辞辛苦地保卫着集体的劳动果实。郭成志从这些年轻人联想到村子里的许多同志；多少人，多少颗火热的心，都在不声不响地为着集体事业操劳，都在为着一个目标咬牙奋斗！想到这里，他的心中猛然掀起一股热浪，一股力量。这滚烫的浪头越掀越猛，像万顷波涛在他那起伏的胸膛里奔腾着，涌动着。一种翻江倒海的感情冲击着他。他跳下床，拖着鞋，拉开房门，冲到门外边。

晴朗的天空，繁密的星斗，皎洁的月亮，挺拔、喧闹的大叶杨，都一齐收在郭成志的眼里，使他的胸怀豁然开朗。他又想起牺牲在太行山上的抗大学员，想起好多八路军、解放军的同志，想起一块儿参军，一块儿练兵，一块儿追击敌人，又在自己身边倒下去的战友。这个江山是千千万万个先烈用心血、用脑袋换来的。自己应该跟大伙儿一起，顶着风浪，不畏艰险，用心血，用生命把这个江山保住，把它建设好。自己要永远做硬骨头！

我们年轻的大队长似乎已经胸有成竹。他试验了谷子玉米间作，取得了令人鼓舞的成功。这样，他还可以试验其他的新技术，他从书里、从专门留意的信息里已经摸到了这些新的东西，人均六七分田他不怕，他要把六七分田伺候得像自家的土炕那样舒展，那样熨帖，那样能够给人们一个一个的美梦。他要带领社员们在人均六七分的土地上，逼出来一个一个的丰产，逼出白花花黄澄澄的粮食，让社员们敞开肚皮，让孩子们撒着欢儿抱着大白馒头香甜甜地啃。

但是必须得有水！干旱的山区水是人们的命根子。"科学种田"没有水的滋润，也会干枯。

五

7月的烈焰里，前南峪村比阳光还要沉默。

牛在山坡的背影里卧着，努力感受肚皮下的一丝阴凉；狗趴在门洞里，舌头伸得半尺长，口里不时发出的抽吸声，像一架繁忙的风箱；日复一日的阳光，把山阳山阴处几乎所有的绿色都舔食了，用不着下地，无须把锄荷镰的人们，全都待在"冬暖夏凉"的石屋里，节省体内的水分。

干渴已极的山乡人，似乎是最无情的。他们为了争可怜的一塘水，伤了多少邻村情、亲家心？后南峪和前南峪曾是一个村，共同称之为南峪村，后来分开了，可分村分地能分开心吗？结亲的、称友的是多年留下的。两个南峪你能耐再大的人哪个能掰得开？可为了麻峪南坡下的一个小小的水塘，两村人眼珠子瞪了，难听的话骂出来了，拳脚也相加过不是一次了。还有和浆水村，就地边靠着地边，村界搭着村界，"打断骨头连着筋"的亲戚也不少，也为了一眼不明归属的大口井，为了那可怜的一眼井水，哪个春上两村人不得吵上几架？再是亲戚，再亲再近也得为水让路。

1976年，严重的旱情使前南峪村再次沉浸在一片悲哀之中。山上的庄稼眼看没什么指靠了。谷叶焦黄了，东风吹来，发出一阵簌簌的声音。它在金色阳光下抖动着，哆嗦着，像一片燃烧着的火焰。新种花生地上，有的已经冒出了青青的芽苗，有的始终没有冒出；有的花生种简直就晒死在坑里了。旱灾又威胁着太行山区，威胁着年轻的前南峪生产大队！

"瞧那老天，好像要把农作物全部晒死了才甘心似的！"人们议论着。

"妈的！它专门和生产队作对！"

全村人现在把唯一的希望，都寄托在川道的那一点水浇地上。

从省上到地区，从地区到县上，从县上到公社，有关抗旱的文件一个接一个地往下发，号召各级领导和广大贫下中农，与天斗，与地斗，与人斗……看来旱灾已成为全省性的现象了。

前南峪村人眼下能做到的，就是在浆水河上坝住一点河水，用桶担着往川道的庄稼地里浇。地畔上的两台抽水机早已经闲躺在一边派不上用场了——这点可怜的河水怎么可能用抽水机抽呢？

全村所有能出动的人，现在都纷纷涌到了这个小水坝前。郭成志挑着两个水桶带领社员们抗旱，直到中午才回来。脸孔晒得又红又黑，浑身冒着太阳的焦灼味，两脚涂满泥污，显得精神奕奕。晚饭后，有些人还在休息聊天，他已经带头出动了。大家见他来了，也挑着水桶，于是兴高采烈地打招呼：

"大队长你吃饭这么快呀！"

"大队长你来参加我们第四队吧！"

"不，要参加我们第五队！"

郭成志的带头，无疑地是一种很大的推动力量。大家精神加倍振奋。不一会儿，人越聚越多了，男女社员一大群，接着就热热闹闹分头干去。郭成志跟着第五队，挑着两个水桶走在大家中间。到得小水坝前，他就呼啦啦干起来。微缺的月亮已经升到半天，田野上的暑热开始退去，正是大干的时刻。月亮这样明亮，人影像穿梭似的来来往往。小水坝里响着水声，川道上传出谈笑声。这边有谁在呼唤，那边有谁在朗笑。妇女们的声音银铃似的在夜空中飘荡，清脆而且欢呼。

在这样的时候，人们劳动的自觉性是空前的，就连一些常不出山的老婆老汉也都来了；他们担不动桶，就用脸盆端，用饭罐提。村里的学校也停了课，娃娃们拿着一切可以盛水的家具，参加到抗旱行列中来——有些娃娃甚至捧着家里的吃饭碗往地里端水。这已经不是在劳动，而是在抢救生命。水啊，现在比什么都要贵重！这就是粮食，是饭，是命……

可是，浆水河坝里的这点水，全村人没用一昼夜的时间就舀干了。除了过村中的几口井，前南峪村再也没一滴水了。浆水河像一条死蛇一般躺在沟道里，河床结满了龟裂的泥痂。

全村人在绝望之后，突然愤懑地骚动起来。所有的人现在都把仇恨集中在上游几个村庄——这些村子依仗地理优势，把浆水河里的水分别拦截了。

"哪里是他们的河？都是公社的！"

"只管他们上游几个村子拦河浇地——独吞了，咱不能让他们！"

"他们不给放水，咱就到公社告状。他们至少也得匀给咱半河水。"

前南峪与上游的田庄，两村过去的积怨，本来是早已消除了的，现在这么一闹，又翻了起来。年轻人也许不会知道，但上了年纪的人对两村的斗争，还保留着阴暗的印象。他们彼此械斗过。他们的仇恨是这样深，一直继续了几十年，父传子，子传孙，互不往来。直到土改后，两村连成一片斗地主，在斗争中才把过去的误解消除了。但这到底是一个历史创伤，没有全部死亡，有谁一挑，它又可以复活。当下前南峪村的人愤怒地咒骂着这些"水霸"——亲爱的浆水河是大家的浆水河，不是这几个村的浆水河，怎么能让他们独霸呢！

人们由于对这几个村霸水的愤怒，立刻又转向了对本村领导人的愤怒：前南峪村的领导人现在干啥去了？

郭成志此刻正在自家屋里的脚地上烦乱地来回走着，像在筹思什么问题。

紧张艰苦的战斗生活，要求旺盛的精力。大队长郭成志在繁忙工作的时候，几天几夜睡不好觉；端上一支蜡烛，站在规划图纸下，从上灯时光站到鸡叫，从鸡叫站到更深人静。现在，他和全村人一样焦急。他知道，今年如果连川道里的这点庄稼也保不住，别说明年春天，恐怕今年冬天村里就有断炊的家户。到时候人们吃不上，嚎哇哭叫，甚至到外村去讨吃要饭，他作为村里的领导人，脸往哪里搁？再说，前南峪村还是全公社的农业学大寨先进大队哩！

他浑身充沛着力量，眼睛光芒四射，胡子半个月没有剃又长得黑茬茬的了。人说胡子是衰老的记号，可是他的胡子更增加了他的英雄气概。

他现在也和大家同样气愤浆水河上游的几个村庄。这些大队欺人太甚了！竟连一滴水也不给下游放，眼看着让前南峪村成为一片焦土！

他同时也对公社领导有意见：为什么不给这几个村的领导人做工作呢？难道你李维新就领导浆水河上游的几个村子吗？前南峪村不是你们管辖的范围？哼，如果我是公社领导，我就会把水给每个村都公平地均开的……

郭成志慢慢地磕着烟灰，想：不过，光焦急和气愤并不能解决前南峪村的现实问题。眼前要保住川道里的庄稼。只要保住这点收成，全村人今冬就能凑合过去。至于明年开春以后，国家就会往下拨救济粮的，到时候就不是光前南峪村吃救济粮，其他村也得吃！要不光彩大家一齐不光彩！

他背靠着墙，眯缝着眼注视手指间夹的烟卷，烟卷冒起一股很细的白烟柱。他像是又陷入沉思中去了。

但是，川道里的这点庄稼怎能保住呢？河道里已经没一点水了；如果河里有水，那他郭成志就是和全村人一块不睡觉，昼夜担水也会浇完这些地的。

可是要得到水，在山乡当真是谈何容易！

郭成志就非要干这个"谈何容易"的事不沾！

这天，郭成志从浆水公社回到村里，就先到大队部。他想立刻召开支委会，可是左等右等不见郭玉先的影子，只好让郭明谦把全体党员、团员和各生产小队长找来，先开个一揽子到底的会议，尽快地把前南峪关于在浆水大川截潜流的设想传达给大家；又让这些人到地里干活的时候，对群众进行一番宣传，这样，为晚上的群众大会做了思想准备。

散会以后，郭成志的心里却滚动着翻江倒海般的思潮。刚才会场那种激昂沸腾的气氛，依然在耳边轰轰地响着：

"咱村庄稼都旱焦了，要截潜流抗旱就立刻干，还等什么群众大会讨论，这截潜流到底还干得成干不成？"这是第五队队长张红岐粗声大嗓的喊叫。

"我看，关键在大队长。大队长却不点头，谁也拉不走人。"赵瑞娟紧接着张红岐的话，满脸通红地说。

在会上，郭成志耐心地说服着青年们，不要急躁，不要灰心，要沉住气。其实郭成志何尝不着急呢！浆水川截潜流的强烈愿望，在他心里折腾了一年半，现在总算有了一个设想。这个设想能不能通过群众大会，能不能变成现实？几天以来，这个问题沉重地压在他心上。不过，他对这个设想的本身从来也没有怀疑过，总是充满信心的。他心里有数：这不是一个幼稚的幻想，而是经过一年多的准备，多方面的调查研究，经过深思熟虑得出来的战斗设想啊！

郭明谦见郭成志仍然坐在凳子上发呆，沉默了一会儿，拧了一锅子烟，又把烟荷包递给郭成志。郭成志从上衣口袋里掏出一张裁好的卷烟纸，伸出又粗又大的手指头，慢慢地卷着烟。

郭明谦把短杆烟锅点着，吸了一口，像品尝滋味似的咂了咂嘴，说："成志，可别上火呀！你刚才在会上讲，我坐在一边听，心里仔细地想过了：这回截潜流抗旱，比起那年搞生产自救，不是啥难办的事儿。那年抗洪救灾，要钱要粮，算是要到咱们短地方了；截潜流只要人力，咱大队人多势众，又都是出苦力气的出身，干这样的事儿，还有什么怕的呢？"

郭明谦这几句话，像一根划着的火柴，把郭成志心中最黑暗的角落照亮了。他抬起头来，睁大了眼睛看着郭明谦，深有感触地点着头，说："你这样比，自然有道理。只是这一回时间短，任务重，稍微一马虎，哪一个环节没顾上，都会让咱们的计划落空。"

郭明谦心里有谱似的说："这也没啥了不起。咱们发扬老传统嘛！打夜班干，把一天当成两天过，就把时间给夺过来了呀！"

郭成志被郭明谦的话提醒，像一股清风吹进他的心里，把他心头的乌云吹散了，使他脸上露出笑容，说："你这个主意真是个好主意。今年人力够用，可以分成几班，轮流干，一天能顶三天——行啊，完成任务又多一半把握啦。"他说着，兴致勃勃地卷起裤脚，抓过草帽子，扯住郭明谦的胳膊："走哇，咱们到水门、浆水川转转去。"

前南峪的年轻人吹响了向古老的浆水川进军的号角。埋在郭成志心头的夙愿将要实现了，这怎能不令他激动呢？一年半前，郭成志上任前南峪村大队长，就决心在浆水川干一番轰轰烈烈的事业。他经常在浆水川里转来转去。也就从那时起，在他的心里点燃了一颗闪闪发光的火种。这颗火种，时时在他心里跳跃着、闪动着，火烧火燎地炙着他的心。进入7月，从省上到地区，有关抗旱的战斗号令一个接一个下发，像春风阵阵，把他心头那颗火种吹起来了，燃起了一股腾腾的火苗。战胜特大旱灾的战斗激励着他，满腔奔腾的热血冲击着他，改变农村落后面貌的宏伟图景召唤着他。他再也不能等待了。他更加清楚地看到：在党支部的坚强领导下，人民群众的社会主义积极性更加高涨，改天换地的革命魄力更是量不尽，估不透啊！这一切，都给他坚定了信心，增添了力量，给心中燃烧的火苗上添了柴，加了油，一团烈火熊熊燃烧起来了……

郭明谦见郭成志高兴了，心里也挺高兴，一边跟着郭成志往外走，一边问："你先告诉我到哪里去，是水门，还是浆水川？"

郭成志说："全去。今晚上开群众会之前，咱俩辛苦辛苦，把水门、浆水川都转转，多找一些人聊聊，心里有个数，会议就能开的有成效。"

郭明谦说："好家伙，那得走十几里路。"

郭成志说:"你的鞋要是不跟脚,就快点回家换上一双新的,免得半路上掉队。"

郭明谦跺跺脚说:"没问题,光着脚丫子也能追上你。咱们先奔水门吧。那是成功的典型。"

郭成志笑了,在郭明谦那宽厚的胸脯上捶了一下,说:"你呀,越干越精了!"

他们下了高台阶,走出村西口。这会儿,下午两三点钟时分,是一天里最难耐的时候,炽烈的太阳在晒焦了的田地里,在久旱的田野里,从早到晚笼罩着抖动的热浪。被烧灼的大自然,看上去多么令人伤心。村庄周围光秃秃的石头山岗和微微发红的松散的沙丘,散发着一种好像从冶金炉里冒出来的、使人窒息的热气。连树林里送来的也不是凉爽的气息,而是一股燥闷。小河和林间的溪流,泉水和井水,水池和泥塘——统统都干涸了。久旱的土地,好像用锅炒过的面粉,坡上的小草稀拉拉,瘦弱的小花朵,在干渴中挣扎。快乐的鸟儿也躲藏起来了,只有成群的贪婪的乌鸦吃力地扇动着变重了的翅膀,张着大嘴盘旋着。它们那种凄惨的哇哇的噪叫声,把农民的心都叫碎了。一股小风吹过来,好像火苗一样地扑脸。

郭成志一边走着,一边讲了他去水门村不是跑过一趟两趟了,从没惊动过和他关系极好的老支书王俊生。

他们这样议论着,不觉中来到小石桥,瞧见马少东和郭天刚两个人站在地头上兴致勃勃地吵吵。

郭成志心里纳闷:今天下午一队的社员都给马四奶奶抹房子,他们两个怎么跑到地里来了?

满身泥点子的马少东,迎过来,眉飞色舞地对他们说:"成志兄弟,眼看着天不下滴雨,节气溜溜过去,真把人急红了眼啦。大伙听说要截潜流,都乐得干不了别的活计了。截潜流这个主意实在好,这一定是高明人出的。地里有了蓄水,啥时旱啥时浇,收成稳打稳拿,让老天爷到一边去吧!"

从他的兴奋愉快的神色和洪亮的声音,可以断定这位农民真是喜在心头,笑在眉梢。前南峪大队的宏伟设想,使他感到了一个农村社员的幸福和快乐;从今天下午听说要截潜流,他一直是快乐的。党支部要改造浆水川,他快乐;他一个农村社员要在截潜流战斗中捋开袖子大干一场,更是异样的快乐。他的内心里激起了更深刻更真切的情感的波涛,因为他听到了前南峪大队向一直困扰全村社员的旱魔即将发起总攻,他看到了前南峪祖祖辈辈的心愿就要实现了。这是党和人民战胜百年旱魔的胜利曙光,也是作为社员的马少东不能不引以为自豪的。

他在郭成志的肩膀上重重地拍了一掌,说:"有了大队截潜流的设想,全村农业大丰收就有了希望!"

郭明谦在一旁逗笑说:"你们瞧瞧这个聋家伙,越来越开通了。"

马少东说:"不光脑子开通了,因为有了人民公社这条道儿,我还越走越活越胆大了。心里有底儿呀!"

众人都被他说话时的那副憨直的神态逗得直乐。

郭天刚说:"散了会,我串了好几个地方。各生产小队的人都想得开,跟他们一提截潜流,没有不赞成的。我到地里看看地面高低,待截潜流成功了,把防渗渠修在哪儿合适。少东哥比我先进,早就到这儿来了。我们两个商量了一阵,觉着一二队的地块都不大,要是两队的地块用一条防渗渠,浇两块地,省工省钱,又快。可惜当中夹着别队的一条地。"

郭明谦晃着拳头说:"成志总说让我们克服阻力。我看这就是阻力,这就是绊脚石,咱得让它挪挪窝儿。"

郭成志一直站在旁边细心静听,见他们说着说着变得有些扫兴,就有意地把话题引过来说:"看样子,截潜流一动工,这类事情少不了;让各生产小队好好协商一下,总能解决。再说,我们截潜流的决心已经下了,阻力越大,困难越多,对我们越是个锻炼。有党支部指路,有广大社员的支持,就没有过不去的火焰山!"

郭成志的话咚咚咚地敲打着社员们的心,暂时的不愉快的气氛又被欢乐与激情淹没了。

马少东高声说:"截潜流可是一场硬仗。到时候,谁也不能装稀泥软蛋。"

郭天刚瞪大眼睛,把胳膊举到马少东面前,说:"你捏捏,咱这骨头是硬的还是软的?是英雄是好汉,咱们战场上见!"

马少东捶了一下郭天刚的肩膀,说:"好!小伙子,有志气。咱前南峪的青年就应该这样!"接着,他又转过脸来对郭成志说,"成志,你这个大队长还不早下命令,快点干起来吧!"

郭成志把马少东他们看了一眼,说:"你们都去干活吧,晚上开群众会的时候,天刚把这件事提出来,让大伙讨论讨论,制定出一套具体的方案。正像马少东所说的，这是一场硬仗，要准备迎接各种各样的困难和挫折，做到胸中有数，才能应付各种可能发生的情况，夺取胜利。"

马少东和郭天刚两个人回村之后，郭成志和郭明谦又接着往前走。

赤裸裸的大地展现在他们面前。那些耕熟了的土垄，横的竖的参差不齐，高低不平；大块小块的边沿上都埋着界石，远看像一只又一只的野兔子卧在那儿。

郭成志看着这些，回味着刚才马少东、郭天刚跟郭明谦的谈话，又使他感觉到，这次截潜流的困难，倒不仅仅是时间紧、任务重，还有比这些更不容易克服的问题。

正在挑粪的老支书郭明耀满头大汗地从地中间返回地头上。他一直腰，瞧见了郭成志他们，兴奋得眼里放光，脸上带笑，就放下扁担筐子，迎了几步，擦着脸上的汗水说："我估计你们要到地里来，就一边干活，一边望着。"

郭明谦说："您别捡芝麻丢西瓜，光顾卖力气领头干活不行，得抓咱们的主要任务！"

郭明耀说："这个你放心。我一来到地头上，没等开口，大伙儿就问开了。他们都知道大队长刚开会，都急着听听会议精神，我跟他们一宣传截潜流，大伙都挺高兴。"

郭明谦搓着两只大手，兴奋地对郭明耀说："今天，你们表现得真不错呀！"

郭明耀也兴奋地说："敢情！大伙儿都铆足劲了。可是，你猜怎么着……"

郭明谦打断了郭明耀的话，急切地问："你们生产小队准备怎样截潜流呢？"

郭明耀说："一议论怎么截法，好几个人又担心远水解不了近渴，信心还不是那么足。"

郭明谦又问："有插花地不好修防渗渠，是不是？"

郭明耀说："这个问题有人提了。我没有引着他们多讨论它。"

郭成志刚要说话，郭明谦却憋不住，抢先说了："我真想不通，有人脑袋瓜为啥跟石头一样，就是不扦缝！大队长也真有耐性，左一个商量，右一个讨论！依我说，该截的截，喊哩咔嚓决定就行了，用得着这么来回折腾！"郭明谦话匣子一打开就没完，他自顾自地说了下去，"从打头年到现在，大队长给咱开了多少会！又是干部会，又是党员会，又是群众会，谈发展社会主义新农村的道理，讲水利化的深远意义，就是榆木疙瘩也该裂纹了。老支书，您在大队二十多年，走南闯北的眼界也宽了，您说，咱们大队干到这一步，该不该截潜流抗旱？还要不要往前迈步？"

经过长期农村生活锻炼的郭成志，变得更加成熟了，对周围事物反应很敏锐，而且养成了思索问题的习惯，凡事都有自己的独特见解。现在他见郭明耀对这个问题似有轻视之意，就把他路上想的心事，简单地讲了一遍。

郭明谦扯着郭明耀说："老支书，走，咱们一块儿领头吧。您跟我们到水门、浆水川转转，大队长好拿到会上，用这个当材料动员群众。"

郭明耀放下粪箕子，乐呵呵地加在两个年轻的领头人的中间，走在辽阔的田野上。

他们知道周围三十里以内，只有水门一条成功的截潜流，把一座山都凿通了，从大山的胸膛里引过来一条水渠。水门人为了那一条截潜流，几乎把命都拼到了里边。他们来到水门村反复查看地形、水势，反复思索，接着又查看了浆水村那条不成功的截潜流，看的工夫不大，他们便摇了摇头返了回来。

郭成志终于自信地对着脚下的大川狠劲地跺上了几脚："俺们要干出比哪个都强的截潜流，而且不是一条，要的是三条甚至五条！"

六

1976年10月2日，天还没亮，高台阶前边的大槐树上，响起了广播喇叭。

"前南峪的社员们请注意，马上起炕、做饭，听见钟声就带上铁镐、铁锹、土筐，到浆水大川截潜流去！"

这是大队长郭成志那洪亮的宽嗓门。他的声音里充满了喜悦的自信。

这声音，把社员们从熟睡之中叫醒了，一个个急急忙忙地穿衣服、下炕、开屋门，挑水和抱柴火……

这声音，把睡在屋檐下的麻雀、睡在笼子里的鸡群也惊动了，这儿那儿，响起一片叽叽喳喳和喔喔的啼叫。

太阳刚刚升起的时候，红霞碎开，金光一道道射出。绿的山、树、野草,都由暗绿变为发光的翡翠。老松的干上染上了金红,飞鸟的翅儿闪着金光。郭成志带领着全村的精兵强将,开上了浆水的大川,打响了前南峪村第一个截潜流的战斗。

从街上到山川,到处是红旗招展,到处是黄尘飞扬,到处是镐飞锨舞,好一派热气腾腾的景象。

在此之前,一天下午,浆水公社书记李维新把郭成志找到公社的压板厂,要传达重要决定。

郭成志一听就很高兴。他想:肯定是抗旱保粮的会议,上级党委跟我们真是心连心哪!

在会议上,李维新站在会议室的中间,一手托着本子,一手按着桌子边,眯着眼,望着郭成志坐的地方,用一种得意、炫耀的口气说:"你们前南峪那儿,从打我蹲点以后,玉米谷子间作搞得最好,农民的思想觉悟都大大提高,集体全都壮大起了。这很好嘛!要再接再厉,争取更大光荣啊!"说到这里,公社书记怀着欲将大任交于斯人的庄严和按捺不住的喜悦,对郭成志说,"这回玉米谷子间作,你带了头,给全公社当了样子,给全县树了典型,这才不辜负公社党委领导对你的关怀和期望。现在公社党委决定,前南峪大队原支书调公社主抓工业兼压板厂厂长。自正式文件下达之日起,由你任大队支书。你当着大伙表个态吧!"

满满一会议室的人,都把目光转移到郭成志身上。郭成志顿时涨红了脸,竟不知道该怎么答对。

接着,公社主管组织的副书记张建伟朝他大声说:

"别谦虚啦,快说说,这是党委对你的信任呀!"

"就是呀,你们前南峪各项工作都走在全公社的前头哪!"有人附和道。

郭成志对此并不感到突然,也许他早就知道了支书张彦勋不愿意在村里干的某种表示,他还曾当面劝过张彦勋,希望他能跟党支部一班人携起手来继续在村里大干一场。一段时间里,几乎是由郭成志主了村里的事,他对此也发过牢骚,但为老百姓办事"乐此不疲"是他的性格使然,几个月过去了,也就把情绪磨掉了。

今天,公社书记对他宣布的一调一升的决定,使他已经沉寂的情绪又陡然上升。对于党委的决定,他当然要服从。但是仅仅不过两年的时间,在同一个人身上发生的两个截然不同的"决定",使他感到有种被抛来抛去的感觉：不让干是你们，让干还是你们！郭成志觉得，上级党委对自己任命的事儿，虽然"草率"，可是他不愿在这样一个严肃的场面随便乱说。

李维新笑眯眯地望着郭成志，说："你就讲讲嘛，都是自己的同志，还谦虚什么嘛。"

公社书记两只炯炯的眼睛赏识地盯着这个包头巾的年轻庄稼人，直盯着郭成志怪不好意思起来了。党是不是把自己看得太高了呢？自己是不是真的对党改变农村落后面貌有很大的用处呢？自己当然希望能实现理想。但愿自己能兢兢业业，不要让党失望吧！郭成志的心情有点儿紧张，他感到担子的重量。

在大家的热切期望里，郭成志又想，表表态，也是应当的。所以他站起来环视着大家，把目光收到自己手里捧着的那个小本子上，语调平静地说："刚才李书记宣布公社党委的决定，是可着我们心意来的。开完会回去，我们一定要认真贯彻，把上级的精神变成群众的行动，拼死拼活今年、最迟明年开春一定拿下浆水川的截潜流，明年一定得再夺个丰收年。就这些吧。"

郭成志在大家的一片鼓掌声中，坐在板凳上。他现在平静了。他严肃的脸上带着做完一件事的愉快的笑容。

但他那诚恳的态度和真挚的言辞，感动得整个党委扩大会不平静了。郭成志看见前边两排板凳上，有同志连连地点头，在内心中敬佩他。郭成志的邻座，有同志互相交换赞许的眼光。郭成志还听见后头两排长板凳上，有低低议论的细小声音："前两年真没看出郭成志是个人物……"郭成志听了，惭愧极了。

这时候，李维新一摆手，制止了响起来的掌声，板着脸，对坐下来的郭成志说："你再说的具体点嘛！"

郭成志想了想，又一次站起身，用同样平静的语调说："我回去以后，先开支部会，把公社党委的指示吃在心里，这样使党内的同志先想到一块，干到一块；抓党组织，起先锋作用，这一条很重要。随后，我们细细致致地发动群众，得一个生产小队一个生产小队发动，毛糙了不行。这一条也很重要……"

今天一直是兴奋的李维新，原来是红光满面的脸上，现在失掉了光彩，出现了沉思的灰暗。他是使着很大的气力，听郭成志同志讲话的。他不是听言辞，他是听言辞里头的味道。他听出了一股浓烈的刺鼻的火药味。他多么痛心啊！

李维新不耐烦地打断郭成志的话："别说这些空洞的了，快说说你对公社党委的决定有没有意见，没有意见准备上任。"

这个会议本来是很活跃的。可是让李维新这么一说，会场上的气氛渐渐地紧张起来，没人说，没人动，都瞪着眼睛等着"下回分解"。人们一想到沉重的打击将要落到郭成志头上，违抗公社党委的决定将要载入他清白的履历，都替他捏了一把汗。当然郭成志对这样的决定没有丝毫不满。像他这样一个共产党员，当时怎么敢这样呢，他连这样的一闪念都不敢有啊！

郭成志听到李维新那句训斥的话，看看会场上的气氛和有些人对他的表情，恍然明白了公社书记的用意和要求。他朝这位领导看一眼，又把大家环视一遍。他立刻体会到他们的不同的心情：如果不当场说出干与不干，领导一定对他不满，一些年轻的干部一定耻笑他无能，在座的同志们都得跟着不愉快。郭成志问自己：随机应变地敷衍一下吗？郭成志办私人的事情都没有撒过谎，干这种关系着前南峪几百口人奔社会主义的大事，更不能说假话。他想，共产党员干的是最体面的事情，品格应当像水晶石一样透明；不论在什么情况下，对党都不应当说半句嘴和心不一致的话……想到这里，他的心里踏实了。

为了表示对这种"草率"的意见，他还是想对此时已对自己爱护倍加的领导，顶上一顶。他第三次站起来，说："李书记，我感谢领导对我的关怀和提拔，由于我能力有限，村支书我不能胜任！"

会场的气氛立刻又变了，好多干部打起精神，朝郭成志投去难以理解的目光。

李维新气得脸色苍白，他万万没有想到这个平时实实在在的年轻干部也甩开了官腔，一时里倒是难以找出词来答对。又一想，人家是有情绪，搁在谁的头上心里也不会很痛快答应，这也许是正常的事，先放一放吧，就冲郭成志这个人，他一旦点头，会干得很出色的。

郭成志有自己的想法，与其说有情绪在里边包含，倒不如说他想得机智和深远。他想：反正我暂不任支书，也不会影响大队的工作，倒是拖一拖会使领导清醒。我今后还想在前南峪干几件大事，也许是震惊太行的大事，最终我要在大山上动干戈，把它全然变个模样。这里边困难会有，挫折也不可避免，错误更难以一点不出现。往后假如一有个风吹草动，领导那里先毛了，再来个决定什么的，那可就糟了。不如现在拖上一拖，弄出点曲折，将来或许比一说就答应主动。

究竟怎么个主动法，他也说不出个所以然。倒是郭成志此时的一切行动都在为他今后的干大事做准备。

这不，成志还没有任支书，倒先干开了"截潜流"这件山区了不起的大事！

前南峪的第一条截潜流，至现在也没有正式命名，因为它坐落于安庄垴以南和浆水以西的一片开阔的滩地上，我们可以称之为安庄南截潜流。

这谷地真是个可爱的地方！谷中的那片开阔的滩地虽然看上去完全是天然情趣，不落一点人工的痕迹，周围大约有半里多长，围着两座不十分高的小山。山坡逐渐向滩地倾斜，好像露天戏院里一排高出一排的座位，从山顶望下来，一圈圈的石级依次缩小。朝南的斜坡上长满了板栗和水果树，找不出寸尺的荒地，朝北的斜坡上长满了笔挺的、绿油油的洋槐树和橡树等等。山脚下那片开阔的滩地上，长满了核桃和板栗树，整整齐齐，仿佛是哪一个园艺家在这里精心栽种的。烈日当空的时候，树叶丛中不会透进阳光，下面地上则是绿草如茵，繁华如锦。此滩地正是当年令人怀念的前南峪民兵指导员郭海文牺牲的地方。所以它的建成，对于牺牲者的英灵，将是最大的告慰。

此片滩地的浇灌，也刚好是前南峪人和浆水人每年争水的焦点。因此，此条截潜流的建成，也将使这种世代的争夺，永远地从这块土地上消失。

长期以来，在乱石滚滚的浆水川底下二十至三十米深处，在一层青黑色的坚硬的岩石上面，默默地流荡着一条潜在的水流，它无比纯净，它来自山水的蓄积和渗透，或是一眼无名地下泉水的喷溅，它历经了山石、砂粒一滴一滴的过滤，它流荡着，思想着，似乎在期待和希望着什么？

然而千百年来，它却蒙受了不白之冤，被压在阴森森、黑黝黝的峡谷之下，没有了阳光，没有了自由，没有了歌唱。大自然对它是多么不公平啊，它究竟遭遇了什么不幸，以致使它沉入这黑暗的深渊，熬过了那么漫长的岁月？

如今，它终于流到了社会主义时代，流到了气吞山河的前南峪人的脚下。他们要劈开千层岩石，打开它身上的枷锁，重新给它青春，给它生命，给它活力，使它彻底翻一个身；要让它和地面上的河流一样，闪着碧盈盈、蓝幽幽的色彩，潺潺地流向苍翠的山野，流向翠绿的农田和郁郁葱葱的果园，服服帖帖地为山区人民的建设服务。

我们的大队长目睹着这条潜流，他的思想不停地飘动着，仿佛看到了它的美丽动人的远景。不要忘记，郭成志的中专学历，使他绝对不会像山石一样粗糙和原始。

但是眼下，他注定要像一个地道的老农一样茹苦，又要像一个奔赴疆场的战士那样勇猛。

你看，截潜流的战场摆开了。太行山上的深秋之夜，顿时热闹起来。一阵阵喊声，一点点灯火，还有人叫号子和唱小调，惊醒了栖在丛林的小鸟，吓哑了藏在草丛的虫子。

郭成志脱下小褂子，朝地坡上一扔，往手掌上唾一口，拿过短把镐头，弯下腰就刨。

郭天刚说："你公社、村里跑腾了一天一晚上，够累的了；先躺在那边地坡上歇着，等我和剑峰两个谁干累了，再叫你替换。"

郭成志说："随时都会有人来找我谈工作，不先动手抢时间多干点，能做多少活计？"

他们争了一会儿，最后还是让郭天刚先歇着。

截潜流，首先要清除地面的乱石，往下挖仍然是不绝的大小石头。如果是在平原，一条十米宽、二十多米深、一百多米长的渠道，也许在吃苦耐劳的中国农民面前，以手掌上的老茧，以臂膀的血肉筋骨，咬咬牙就能把豁然的成果摆在自己的脚下。可是在山里，那石头的顽固和坚硬超过血肉的百倍，只有超过石头的坚硬才能把它制服。

前南峪人还是把它挖开了。郭成志他们刨掉地面的乱石，刚开始，运石简便省事，进度快，不大工夫，一条渠道的雏形就出现在山地上了。

郭天刚这一阵子总为种庄稼干旱忧愁。他家人口多，担子在他这个老大肩上挑着，地里收不来，那可就作难了。如今党支部组织截潜流，这使得郭天刚又高兴，又激动，他哪能躺得住，睡得着呢？他硬忍了一阵子，便跑过来看渠道挖了多深，对郭成志说："该我替你了。"

郭成志不肯让给他，紧攥镐把，举镐过顶，使上全身的劲儿，越发猛劲地刨起来："别急，我还没有过瘾哪，你先换换剑峰。"说罢"嗨！嗨！"地又使着猛劲儿，镐尖叩得渠底"咚！咚！"直响。一下，一下，又一下！镐尖都叩在一个点儿上，碎石土屑四下飞溅，越刨越深。又一下！镐尖猛插下去，石头泥土层忽地裂开一道缝。郭成志猫下腰，用肩顶着镐把，使劲一撬，偌大的石头泥土层崩裂开来。

过了一阵子，渠道挖下半人深。运石头的郭天刚不探下身去，都够不着下边递上来装石头的筐子。

齐剑峰跑过来拉扯郭成志："行了，该替换替换你啦，快把镐给我。"

郭成志没有立即回答，推开他的手，镐头又插进石头泥土层，肩顶镐把，使着韧劲，嘴里直喷热气，半晌说道："你换换天刚吧，我一点也不累，再干一盘，等着天刚替我。"

"啥？再干一盘？"齐剑峰瞅着大队长。

郭成志紧锁双眉，继续使着劲儿撬石。那裂缝的石头泥土块像生了根，怎么也撬不下来。他直起身，端详了一阵，细心地取出夹在缝隙里的镐，又举镐过顶，朝着石头泥土块的另一处刨去。只听得"咚！咚！咚！"声响。镐尖叩得大地发颤，震得他虎口发麻。他一个劲儿地刨着，不偏不倚，镐尖猛叩一个点儿。偌大的石头泥土块渐渐松动，终于"哗啦"一声崩裂开来。

渠道一截一截往下深入，渐渐地没了腰，又没了头顶；看样子，天亮的时候，就得使用木架、滑车往上送石头，那时候还要增加一个人才能拉得动。

郭成志一边往筐子里装石头，一边问齐剑峰："你来的时候，少东他们操持牛车了吗？"

齐剑峰回答已经把收割谷子用的家具都准备停当，起五更就要下地收庄稼。

郭成志又问："明天起早先割哪块谷子地呢？"

齐剑峰回答他，先割大篷峪的，然后干牛道的。

郭成志想，全村六个大队支委，一个支委包一个生产小队，自己所包的第一生产队，全队有一半谷子熟了，估计三天能够收割完毕；那时候，如果挑几个身体壮的妇女加上，还可以搭配两个截潜班；全队三个截潜班一齐干，那就快当了。他又想，因为是收割谷子，得把谷茬留低，不掉谷

郭成志和群众共同劳动

穗，保证颗粒归仓。

　　郭成志直觉着心里头沉甸甸的。为什么？是不是夏刚青等人嚷叫着浆水川截不成潜流吓的？不是！一百个不是！他们心眼不正，明白人都能看出来哩。他觉着心里沉甸甸的，是经过农村社会主义教育，他越来越明白：啊呀！搞好社会主义新农村建设可不简单呀！上有毛主席的指示：只能办好，不许办坏。下有社员们的思想问题，生活问题。当初，他刚回村担任大队会计兼文书，他看得没这么清楚。他光看见农村社会主义革命和建设，没看见复杂，更不觉得肩上的担子沉重啊！如今，他担任大队长，有时候思量："我能行吗？公社党委和县委对我这么信任，我可是在工作中不敢有一丝一毫的粗心大意啊！"

　　截潜流，表层主要是妇女干，往下更多的是男劳力干，由妇女把滑车送上来的大小石头搬开，垛好，以备砌渠帮用。越往下挖越费力，到了十米以下，提上来的往往是连砂带泥加水，石头也越来越多。渠帮还伴有塌方。一天下来，人从渠道里上来都变成了头脸模糊的泥人。人在深渠里不觉得怎么冷，一上来，个个上牙敲下牙；到了十冬腊月，身上立刻变成了硬邦邦的盔甲，一跺脚哗啦哗啦直响——那是一身湿衣裤冻结而成的冰凌！

　　干在沟底的，非郭成志莫属！还有六队的老队长王景林和副支书郭明谦，稍年轻一点的有郭俊刚、王云；二十出头的后生娃不多，只有郭双群等几个人。

　　一天傍晚，已是处处黑沉沉的时刻，浆水川截潜流工地周围却还有灯火闪跳，更有好几盏汽灯在往四处射出晃眼的亮光。工地上整日里急干猛追。社员们挖到十五米多深，因为地下水上来了，有一截成了泥塘。顿时工地上沸腾起来，在堕指裂肤的寒气下，在烟尘汗雨中，几十人脊背起伏着，几十双臂膀挥动着，几十双健足在飞奔……斗子、铁桶摆好了，用排子车拉来的一堆堆沙土上，插好铁锨，工地上坑坑洼洼的地方都被填平了。一个战士、一支队伍的真正价值，常常是在最险恶的一刹那决定的。他们像是海燕，在迎接突然来临的暴风骤雨。他们像战士，听到冲锋号一响，奋不顾身冲上去，与敌人决一死战。在深渠开挖的社员，一个个跳下水，紧张地用斗子、铁桶往外淘水。人们的眼毛、胡须、帽衫，都挂着冰霜，然而人们的心是热气腾腾的。泥塘里，社员们淘的淘，提的提，欢笑声连成一片。那水淘出来就结成冰，白花花的一大片。这工夫，所有使用各种工具的人都停住手，一伙浑身冰水泥浆的社员围在渠道的上面，还有两个年轻的人把半个身子探进深渠里，要往上拉一个人，可是那个人像犟驴一样倔，说死说活就是不肯上来。这样，他们就吵嚷开了。

带领社员们进工地的郭成志一出现，就有一个社员对他大声喊："大队长，快来解决这个问题吧。"

郭成志一边朝渠道走，一边急着问："出什么事了？"

社员张晓奎说："咱们施工队又出了个不顾命的。"

郭成志略停一下，又问："谁呀，怎么回事儿？"

张晓奎说："第二组的王云。他一连气两天两夜没有好好休息。今个早上他发高烧，还瞒着社员们，喝点稀粥全都吐了。你看，他又跳进冰水里干上啦。这是闹着玩的？！"

郭成志没等听完，已经挤进人群里，弯下身子朝渠底里的王云连声喊："王云，王云，这可不行，你赶快上来吧。"

王云是个二十七八岁的人，清瘦的脸庞，头发长长的，眼睛红红的，那面色不知是冻的，还是发烧，一块红，一块白。他上半个身子都是泥，下半个身子泡在冰水里，冻得衣服硬邦邦的，好像穿上了铠甲。一种尖锐的寒气削着面部，逼得眼泪浸出来。冻透了的空气紧束着王云的肺部，教他的喉管发干。王云提着水桶一步步朝泥塘边上迈去，每迈出一步都要使出全身的力气。他脸上淌着虚汗，"坚持啊，坚持！"他咬着牙关，用无声的自语激励自己向前。被几个人扯住不放的那两只手，裂着许多小口子，往外边渗着血珠子。他不看大伙儿，也没看郭成志，只是摇着头说："眼下截潜流正处在关键时刻，这是大事呀！不把这里边的水淘出去，我不能休息……"

"这活儿太累，你不行。"

"为什么？"王云不服气地说，"那天党支部号召党团员主动找重活儿干。现在党组织正是考验我们的时候，为什么不让我响应号召？"

"怎么是不让你响应号召呢？"郭成志耐心地说，"你想想看，你正发着高烧，连稀粥都不能喝了，你受不了嘛！"

王云说："只要工作需要，干不了我也要干。"

郭成志说："你上来，大伙儿把它淘干还不行吗？"

王云说："多一个人干，就能早一会儿淘完。要不然，等它再冻上，用镐也刨不出来，那得窝多少工，误多少时间？"

郭成志说:"我亲自带着干,保证夜里十点前把它淘干。你就快点上来,到帐篷里休息。"

王云说:"我休息不了哇……"

"休息不了也得休息!"郭成志从来不生气,这回真的有点火了,"你的底子我知道。劈山造田时,你那腰落下毛病,一泡一冻,非出问题不可;再说,你又病着。你再不上来,我可要下命令啦!"

王云这才抬起眼睛看看郭成志,恳求着说:"让我再干一会儿吧。咱们苦一点,累一点,比起人家解放军同志在战场爬冰卧雪,那不差远啦。搞革命就得拼命呀!"

郭成志有点为难,不知说什么好了。

王云反过来劝他说:"大队长,我坚持得了。心里装着集体,身上就有使不完的劲儿。"

英雄的行为,鼓舞着更多的人冲上来。"紧急动员起来,战胜可能再次发生的地下水上来!"党支部的声音,响在全村每一个社员的心中。前南峪大队的社员是怎样的社员啊,他们该怎样响应党的号召,又以怎样的姿态接受这次意料之外的考验?共青团员郭双群没有忘记自己作为一个人民公社社员的责任:坚守岗位,保证截潜流施工正常运转。他站在人群里,两只眼睛睁得大大的,两只手攥得紧紧的,全神贯注地看着这幅动人的情景,听着王云发自肺腑的声音。郭成志和王云两位共产党员刚毅的呼喊和英雄行为,在共青团员郭双群的心里留下了深刻的印象。

快活的郭长同也在人群里发出感叹:"王云真是好样的!"

郭双群为了争取时间,加快截潜流施工的进度,他凑到郭长同跟前,小声说:"咱们干吧,把王云同志替换上来。"

郭长同说:"行,来了就是为了干的。"

郭天刚听见他们说话,也说:"算我一份。"

郭双群高兴地说声"好",就不顾一切地挤进人群里,冲着深渠里的王云喊:"王云,你上来休息吧,我们几个人替你干。你放心,我们一定保证把里边的水淘得干干净净。"他说着,立刻甩棉鞋,脱棉袄,迎着凛冽的寒风,带头下到深渠,扑通一声,跳进冰水里投入战斗。身上隆起的一疙瘩一块的腱子肉,挂着汗珠儿,闪着亮光。宽阔的胸膛,腾腾地冒着热气。

郭长同和郭天刚两个人也跟着下到深渠，跳下去。许金泉几个人也要照样干，却被周围的社员给抱住，说什么也不放他们。

"哗哗"的淘水声，在深渠里，非常有力地响了起来。

多少年后，王景林老人回忆说，当年他四十多岁，正是壮年，截潜流当然少不了他。白天黑夜滚在工地，就离村一里地远，干部吃在工地上，睡在帐篷里，除妇女外，管点事的谁也不能回家。你想，数九寒天，帐篷里的觉能睡得好？俺和郭成志、郭明谦三个人，倒替着值班，越是下雨、下雪天，越得坚守岗位，寸步不能离开。

在那个初冬的夜晚，月光穿过帐篷的一角，洒在一群像一堆堆破布的人们身上。十几个人睡在一间低矮的帐篷里。郭成志紧贴着帐篷根部，带着土碱味的潮气浸透了他的衣服。他冷得直打寒战，干脆从湿漉漉的谷草上爬起来。外面，泥泞在月光下像碎玻璃一样闪光。空气里弥漫着腐败的水腥气。他找到了牛圈。那里还比较干燥，牛粪尿蒸发出一股熏人的暖气。牛、骡子、毛驴都在各自的槽头上吭哧吭哧地嚼着干草。他看到有一段牛槽前没有拴牲口，就爬了进去，睡在木头牛槽里。

月光斜射进来，在牛棚的山墙上划出一条分开光与影的对角线。一头头牲口的头垂在牛槽边，像对着月亮朝拜似的。这时，他陡然感到非常凄怆……

十米宽二十多米深的大渠道挖成了一段，边挖边砌石头。挖出来的石头又重新回到原来那个地方。那可不是简单的复原，而是用水泥砌到两边的渠帮上。渠底也用石头铺上厚厚的一层，然后发碹封顶。这不是蛮漂亮的一条"战备防空洞"？当年山里修战备工事那是由国家投资，精兵强将又配以机械化装备。可前南峪人硬是用自己的双手把它摆在了山地上！

截潜流封顶了，上边要垫两米厚的一层石渣，夯实砸硬，石渣上再垫起码八十厘米厚的片麻岩风化土，土上得让庄稼扎根，任绿叶在山风的吹拂下自由地摇摆。

截潜流尾部修成蓄水柜，配以扬程不同的水泵，再砌成四五条放射状的防渗渠，通到每块庄稼地，像彩带似的，把无边无际的田野，划成棋盘似的整齐方块。

这样，干旱的庄稼，就不愁没有乳汁般的山水的滋润了。那么，丰收的日子还能不紧紧地追随着前南峪人吗？

安庄南截潜流的第一次成功，更加激发了前南峪人的创业激情。接着，他们又转战到麻峪沟实地勘察、设计。

这天中午，郭成志放下饭碗，就来到郭明耀家，打算先找老支书商量一下截潜流的工作安排。可是没容他坐稳，庄稼人就一个接一个地到郭家来找他。屋子里坐得满满当当，堂屋、窗外都挤着人。

人们听郭成志总结安庄南截潜流的实践经验，他越说越激动。说着说着，他不觉地抬高了声音，挥动着手势，真像当初与党员们上党课的时候，站在讲台上进行演讲一样。

听了郭成志的话，社员们感到自己像被带进了一个新的境界：站得高了，看得远了，又明白了一层深刻的道理。他们一会儿庄严地议论，一会儿又纵情地大笑。庄稼人哪，什么时候遇到这样大的喜事儿，又这样高兴过呢？

他们在这社会主义革命和建设巨大变革来临时，没有那么多的牵挂，没有那么多的忧虑，有的只是欢欣。无论白天、晚上，会前或者会后，都爱三三五五聚在一起，猜度着、探究着，并且按照自己的愿望去解释着截潜流抗旱。因为，这都是关乎每家利益的实际问题。

不过，庄稼人的每副头脑，都是有个共同特点的，既爱讲究实际，但也非常喜欢幻想。特别是每当历史迈着大步前进的时候，兴奋中的他们，往往会从对具体事物的议论，产生联想、揣测，进而研究起未来的甚至遥远的发展。现在的情形正是这样。除有关截潜流抗旱的现实问题外，人们还热烈地谈论截潜流抗旱后，如何夺取秋天丰收，如何改造一大批低产田。年轻人想得更远，甚至谈起了在电影里见过的发电站、联合收割机。

郭明耀听了郭成志讲解之后，立刻领会。他是用大半生丰富的经历领会的；他是以一颗对党的耿耿忠心领会的。他那满是皱纹的脸上放起了红光，两只深沉的眼睛里闪动着炽热的光芒。兴奋啊！庄稼人实在兴奋啊！不管谈眼前也罢，谈将来也罢，总之都是从庄稼人心坎上吹出来的热风。

他精神抖擞地站在屋地上，看看这个，又瞧瞧那个，随后，扯扯郭成志的袖口说："这屋子里太热，走，跟我到外边凉快一会儿去吧。"

郭成志笑笑，就跟着往外走。

跨在炕沿上的素平妈对老头子说："一屋人都没有听够，你把他拉走干什么？这不是让人扫兴吗？"

坐在炕里的李大婶说："他准是有话要单独跟成志说，让他们走吧。咱们先说着，等着。"

郭明耀走到二门外那棵大柳树下边停住，为了先让自己冷静冷静，就慢慢地装了一袋烟，点着，抽起来。

郭成志猜到郭明耀有重要的话要谈，就不急着问，也陪着抽起烟来。

他们头顶上那棵大柳树，冠盖如云，密匝匝，阴森森，像撑着一把绿色的大伞，遮挡住金亮耀眼的阳光。在枝叶间，有三五成群的彩色蝴蝶在迎风飞舞。他们听到远处的广播还在响，街上有人说话。

郭明耀终于开口了："说实话，我这会儿心里边很热。估计你比我还得多热上几分。是呀，做梦也没有想到，安庄南的潜流，一下子就截住了！"他把话停了一下，朝郭成志的脸上看一眼，"可是，不能光这么热呀！你刚才不是说了嘛，要趁热打铁，已经热到火候，得打铁啦！这铁到底怎么打，你有谱了吗？"

郭明耀最近三四天来脑子里时刻都在转动着一连串的数字：多少户数，多少亩地，多少防渗渠。转去转来，总是想到截潜流。是的，他那副细密的脑筋，把什么都考虑过了！自从全村出动大批人上浆水川截潜流成功后，他啥也不再担心，就担心日后麻峪沟和南山缺截潜流。问题是这样严重，解决不好，生产队在抗旱的时候，会有许多困难。

老共产党员的心上，时刻想到的是截潜流，端碗吃饭时想到的是截潜流，开会讲话时想到的也是截潜流，梦里看见的同样是截潜流。不过，现在给予他的，不再是忧虑和苦恼，而是高兴和欢乐。

郭成志用拳头比画着说："得一锤一锤地打！"

郭明耀立刻赞成："对，一锤是一锤，一步一个脚印。"

郭成志说："我打算，在麻峪沟和南山截潜流，一边抓宣传教育，一边具体组织施工……"

朦胧中，郭明耀忽然看见郭明谦来到了面前，不，不光是郭明谦，还有他的媳妇，以及好些社员，而他们也仿佛正置身在麻峪沟和南山截潜流行动中。是的，是在麻峪沟和南山。生产队已经截了一年，获得了空前的丰收，正在开庆祝大会：看！自己亲手绣的那面旗帜，上面排列着几个碗口大的、整齐的白字：前南峪村生产大队。好红好大，正在大队部门外迎着风，呼啦啦地飘扬。听！郭俊刚率领的乐队在打锣鼓了！郭成志在对着传话筒，宣布一年丰收的成绩……

作为一个共产党员，他郭明耀这时候有多么高兴啊！多少个日夜来，他就切望着在社会主义的道路上，跨出第一步就取得巨大的胜利啊！

他兴奋，他激动，他想高呼，但是，他又回到现实中来了！

哦！不是梦，是真的，是真的！听！郭成志同志不是在继续讲话吗？

郭明耀越听越对心思，就问："你打算成立几个施工组呢？"

郭成志说："得搞三个。我和郭明谦每人抓一个，您再抓一个。"

"什么？谁再抓一个？"郭明耀好像打个愣，他根本不相信自己的耳朵，以为依旧在梦境里。睁大眼睛四下一看，头顶阳光正亮，身边大柳树下的彩色蝴蝶仍在飞上飞下，午饭的炊烟，正在檐前浮游，一切景物都证明并非在做梦。骤然间，他像受到了一记沉重的打击，猛地盯着郭成志的脸；明明听清了，还忍不住地问一句："你说我再抓一个？"

郭成志肯定地点点头："您眼下虽然已经不是党支部领导班子成员，但您还是党员，我们要把您当成一个党员领导干部起作用，您也应当把自己当成一个党员领导干部要求。您完全能够做到一个党员领导干部必须做到的事情，说实话，我和郭明谦两个人，在好些地方不如您。"郭明耀那多皱的脸上忽然又泛起红云。他没有摇头，也没有摆手，更没有说一个"不"字，只是使劲儿抽着烟。烟杆被他嘬得"嗞嗞"响。烟锅里的灰鼓起来，当他用手摁的时候，那只带着裂口的粗大手指头有点颤抖。

蝴蝶在翩翩飞，柳条在悠悠摆；广播喇叭和人们的谈话，一会儿声高，一会儿声低；金色阳光普照下的一切事物都在活跃着，欢腾着。

郭明耀终于用很重的语气说："讲实心话，开头听到你讲这些，我思想很有些不通，就是方才心里还有点……可是成志同志，你这个心意，这一番话，不是抬举我，也不是单单地给我鼓劲儿，你这是给我的肩上加了载呀！请你相信吧，我接受组织的安排。保证一定愉快地去完成党交给的任务！"

郭成志心头有说不出的激动，他伸出双手和郭明耀使劲握着："党组织相信您！前南峪的群众相信您！"

郭明耀立即感到有股暖暖的热流，从郭成志手上溢出来，传进他的手臂，回荡在他的心窝。刹那间，几天以来曾有过的苦恼，从老共产党员的心里彻底消失了。

郭成志说:"搞社会主义,壮大集体经济,我们都得经受像锤打火烧一样实实在在的考验!"

郭明耀用力地磕打了烟袋灰,说:"好吧,那就让我们共同担当起革命的千斤重担,咱们一块挑着跑吧!"

郭成志赞许地点点头。可是,这个年轻的共产党员,没有完全意识到他刚才的一席话,竟然在面前这位老支书的心田里,播撒下一颗多么蓬勃、顽强而又有生命力的种子。

这当儿,公社农业助理李海群兴高采烈地迎面走来,兴奋异常地喊:"成志,你们登报了,知道了吗?"

郭明耀连忙问:"登什么报了?"

"安庄南截潜流的事儿!"

"县里的工作简报?"

"嗨,可比这名大多啦,是省报!"

省报?这不是一般的消息。三年前,郭成志刚刚上任前南峪村大队长的时候,就带领着社员们,大搞玉米谷子套种;接着又在浆水川开挖截潜流。从那时起,他们就在前南峪埋下了希望的树种子。多少个日日夜夜啊!希望的树种子终于破土而出了。他们又给小树苗追肥、浇水、锄草、灭虫,洒下了多少汗水,花费了多少心血!而今,小树苗长成了,长得那么茁壮,那么可爱:一片一片,一行一行,像一队队准备应征入伍的小战士,怀着自豪和激动的心情,列着整齐的队伍,等待着祖国的检验和挑选。

前南峪成功了。郭成志的事迹被刊登在省报上。现在回想起来,去年冬天,是郭成志带领着前南峪的社员们,去开挖浆水川截潜流。郭明耀耳边仍然响着那轰鸣的战鼓,眼前仍然闪着那火红的旗帜。

郭明耀激动地问李海群:

"真的吗?"

"白纸黑字,还假得了。大伙正在那看哪!"

"是表扬吗?"

"这话说的,党对这样的好事不表扬,还能批评?大字标题,叫《爱国家,保增产,前南峪生产大队修成截潜流》。"

"里边都说了啥事儿?"

李海群笑着说:"是说前南峪生产大队坚定地执行党的农村政策,千方百计地把潜流截住了。那里边,专门把成志同志描写了一遍……"

郭明耀越听越激动,高兴得直拍巴掌,他知道省报是省委的机关报。连那么高的一级党委都表扬了截潜流的做法,是对前南峪走的路、郭成志带的路,一个明明确确的肯定、鼓励。

郭成志抑制着心里的惊喜,他深深地感觉到,在农村这个广阔的天地里,我们只是干了一两件应该做的事情。可是,在上面,各级党组织都在关心我们,为我们指路,给我们鼓劲;在下面,又有多少基本群众支持我们,给我们壮胆,给我们智慧。这样,风风雨雨又算得了什么?坡坡坎坎又挡得住谁?我们还有什么困难不能克服呢?想到这里,郭成志对李海群说:"那是鼓励我们呢!其实,我们做的那点事算啥,比我们要做的不是差远了吗?"

这之后,他们很快又修成了麻峪截潜流和南山截潜流。这两条截潜流的尾部都建在山根下。这就是说,欲使水上山,只要提高水泵的扬程,再辅一条铁的或是硬塑料的导管即可实现。事实上,现今前南峪山上的水果树,都通着长长短短的防渗渠。渠水全部为截流上导之水。

当年,你可以想见郭成志志在大山的用心和远见了!

前南峪人不是规划里有三年兴修水利吗?前前后后几年修水利占的工夫加起来,也不过就是三年的时间。前南峪人用血用汗当然也用智慧拼出了五条截潜流、三处扬水站、十八里护地坝、八千四百米长的防渗渠、十六座塘坝和一座小水库,使百分之九十的耕地实现了旱涝保收。

在前南峪,山上、地面、处处闪耀着珍珠的异彩。那真是一个精妙绝伦的山地水利网络。我相信,即使今天无论何等高明的水利专家都会为之拍案叫绝!

七

前南峪人连续干成了两件大事:一个玉米谷子套种,一个截潜流的成功和高标准。这轰动了十里山乡,使人人对郭成志这年轻的大队长刮目相看了,也更加深了公社书记李维新对郭成志的器重。

此时的李维新对于郭成志的认识已经到了这样的程度,前南峪只有郭成志当"一把手",才能改变面貌。公社书记还时而默默地思量着一个不能说出的想法,说不定哪一天郭成志这家伙干成一件让千八百里吃惊的大事,那可是个干大事的人。

时隔不久,李维新再次"逼"着郭成志就任。

郭成志觉着火候到了,再"拖"下去有点太为难领导了。

1977年3月7日,工作组宣布任命郭成志为前南峪村党支部书记。

这天,天刚放亮,郭成志就从浆水公社赶回前南峪。

春天的清风,飘过太行山上,飘过返了青的麦苗地,飘过开了花的桃杏枝头,而后扑进村庄的街道,扑进每一座小院落,轻轻地叩打着经过了严冬冰雪折磨过的窗纸。那黄色的窗纸,一涨一缩,像敲起小皮鼓。舒舒服服睡了一夜的庄稼人,被唤醒了。屋檐下麻雀在吵,树枝上小鸟在唱。家家户户吱吱扭扭的开门声,叮叮当当的扁担钩声,咔咔嚓嚓的铲锅声,嘞嘞嘞嘞的轰猪声,还有孩子们咿咿呀呀的学语声和生产队饲养院里各种牲畜的嘶鸣、打响鼻的响声,跟从四面八方传来的,时起时落的雄鸡啼叫,汇合在一块儿,组成了一支旋律别致、优美动听的农村晨曲。

这是一天的序曲,也是战斗的呼唤。

郭成志迈着轻松有力的脚步,从村外野地,走进村口,深深地感到春天的蓬勃的气氛,心情是那样的振奋。这些天,他实在太忙了。上任之后,首先向公社借了三十一万斤玉米。郭成志有把握在两三年之内还上。但是现在他必须让社员们吃饱,不吃饱肚子,如何能让社员们大干?然后,他把原来"文化大革命"时全村阶级成分都升了一格的——有的贫农升了下中农,有的中农升了上中农,有的上中农升了富农——又重新退回到"文化大革命"前的成分,下降了一格。郭成志说:"不降回去不沾,该用的人不敢用。"昨晚公社小组讨论后的总结会,开过了半夜才散。他找李维新谈了自己回村贯彻会议精神的初步想法。等他回到住处,鸡就开始叫了头遍。他躺下身,左思右想睡不着,索性爬起来,动身回村。

他走在街道上,跟遇着的人打着招呼,步子没停,一直拐进朝南的小胡同,急忙来到一个小门前。他伸手掏开栅栏门的铁锦;穿过院子,轻轻地推开厢屋的小门;抬腿跨进屋,两只手一齐用力,把个正熟睡的郭明谦从被窝里给掀了起来。

这突如其来的袭击,把郭明谦吓了一跳。郭明谦迷迷糊糊地推着他的手,一边想要躺下,一边急着说:"别闹,别闹!"

郭成志又把郭明谦的脑袋摇晃了两下,意思是让他猜猜是谁。

郭明谦说:"不用猜,谁还不知道你是郭长同!除了你,没人给我使这坏。"

郭成志松开手,哈哈笑起来,说:"郭长同真倒霉,怎么什么坏事都是他干的。"

郭明谦听出声音既不是郭长同,也不是郭天刚,就坐起来,揉揉眼睛,睁开一看,挺好笑地说:"你多会儿回来的?"

郭成志逗他说:"昨天晚上。"

"胡扯!我和齐剑峰在你家待到半夜才回来,怎么没有见着你?"

"我不在家监视着你,又跑到那儿打扑克,对不对?我忙了一夜没睡,你闲得难受,带着干这事?"

"你才胡扯。我们在那儿研究科学种植的问题……"

郭成志心里一喜:"啊,你们都研究开科学种植的问题了?你怎么知道的消息?"郭成志的脸上突然焕发出光辉来,那种快慰的神情,使躺在被窝里的郭明谦感到极大的惊讶,如果郭明谦不是躺在被窝里而是站在他的面前,他定会和郭明谦紧紧地拥抱起来。

郭明谦一边穿着对襟的汗背心,一边说:"我能掐会算。躺在被窝里那么一算计,就知道了。噢,县委书记杨曦彩来到浆水公社,开支书和公社驻村干部联席会,号召农民种植高产小麦。我掐算完了,又仔细想一想,农民种植高产小麦,生产大队长当然得带头。就这样找人商量起来,先做个行动准备……"

郭成志打断他编造的瞎话,说:"正经的,你们到底是怎么知道的?"

"你猜吧。"

"我猜不着。"

"你想不到吧,县里给我打来电话……"

郭成志的脸色立刻变了,非常生气地把盖在郭明谦腿上的被子一揭,朝郭明谦那壮实的后胯上就是一巴掌。

这一巴掌,显然挺有力量,不仅响得很脆,而且疼得郭明谦随着声音,"噌"地一下跳了起来,还一个劲儿地用手揉那个巴掌印儿。他真没料到郭成志生气的时候有那么可怕!

郭成志见他这愣样子很好笑，喊道："这下子清醒点没有？你到底咋知道的信儿？"

郭明谦笑了一阵，这才告诉郭成志。原来他昨天下午，跟几个社员从建滩沟那边往村里运土坯，正巧碰见杨曦彩和警卫员小华，像往常一样，杨曦彩又骑上他那辆钢圈都撸黑的加重"红旗"自行车，在乡间公路上飞跑着。他一向认为自行车比小汽车方便，可以随自己的意，想去哪就去哪，连最偏僻的田间小道也可以通过。有这么辆自行车，简直跟长了翅膀一样啊！

郭明谦本来想，领导挺忙的，打个招呼就过去了。没料到，杨曦彩自动地停住自行车，卷起裤角，快步向大伙奔过来。跟县领导坐在一块儿聊聊，听听指示，开开脑筋也好嘛！郭明谦把自己的衣服拿过来，铺在地埂上，让杨曦彩坐。可是，杨曦彩没坐，叫上小华，跟社员们一块儿搬坯装车。这下可把郭明谦急坏了，怎么拦也拦不下。

头顶的太阳很大，照得耀人眼睛，田野一片暖和，简直像个暮春天气。成群的蜜蜂，不知从什么墙洞里钻出来，在初开的早油菜花上飞来飞去，大概蛰伏得太久了，骤然出来，有点新鲜，飞得特别起劲，仔细一听，到处都有细微的嗡嗡声。

郭明谦他们拉坯拉得热了，都脱下外衣，只穿一件贴身的单衫，额上冒着大颗大颗的汗珠。忽然近旁路上响起一片喊声：

"加油呀！郭明谦加油呀！"

"把十分劲儿全使出来呀！"

"哈哈哈！"

原来赵志全、李雪梅一大帮人赶到了。他们心头非常兴奋，老远就开起了玩笑。

尽管是玩笑，郭明谦他们听来仍觉得是真诚的鼓励。劲头更足，排子车拉得更快了。杨曦彩一边跟社员们干活，一边聊起工作。杨曦彩先问郭明谦全村的春播种植计划。郭明谦已经是个心里装事的人了，他回答得很清楚。杨曦彩听了，直夸郭明谦工作细心。最后，杨曦彩又问赶车的马少东，种过高产小麦没有，愿意不愿意种一些，并且讲了高产小麦的主要特点是生长期短，产量高，面粉质量好。马少东本来就不爱说话，对领导说话更发怵，问一句，答一句，旁边好几个人都直帮他说话。杨曦彩听了，称赞他是个实在人。装了两车坯，聊了好多事儿，小华催促头上已经冒出汗珠的杨曦彩应该赶路。杨曦彩这才亲切地拉着郭明谦来到停放自行车的地方，两人在地头上坐了下来。杨曦彩把县委发动群众按着国家计划经济的需要，大量种植高产小麦的问题告诉了他，让他先跟社员酝酿一下，大胆地闯一闯，鼓励前南峪起个好带头。

杨曦彩说："高产小麦，你们自己虽然没有种过，可是别人已经为你们闯出了路子，找出了经验。农业局的老郑说，去年他们在县良种场，就搞过几十亩的试验，效果非常好。比普通小麦增产百分之二十，所以咱这个设想，并不是蛮干，是有科学根据的。"

郭明谦聚精会神地听着杨曦彩的每一句话，掂量着那话里的意思，半响才说："杨书记，您这些话正说到我心里去了。说实在的，我一听您讲县里发动群众种植高产小麦，心里直乐，好像小麦高产有了保证。只是这么干，恐怕风险太大了。"

"是啊！风险是有一点。"杨曦彩看了看郭明谦，很有感触地说，"可是你想一下：我们所干的每一件事情，不都是遇到过风险吗？没有风险，没有困难，稳稳当当，舒舒服服，那还叫什么干革命！"随即杨曦彩站起身来，郭明谦也跟着站起来。杨曦彩一手紧握郭明谦结了硬茧的大手，一手搭在他的肩膀上说，"大寨人搞科学种田，年年都有新套套，年年都要闯新路，不断地夺高产。他们不就是顶着风险朝前走吗？一句话，要前进，就得担风险！"

郭明谦送走了杨曦彩，挟上衣服，就往村里奔，找到新任党支部副书记郭明耀、郭玉先，一传达，一商量，马上动手，操持起种植高产小麦的事儿。

郭成志听了，既佩服县委书记杨曦彩的工作深入细致，又佩服大队长郭明谦对上级指示执行的主动积极。

郭明谦咧开嘴笑着说："杨书记临动身又对我们说，省报登了表扬咱们的稿子，工作一定要再接再厉！你没见社员们听了那高兴劲儿哪！"

郭成志笑了。他能想象到社员们要是高兴起来，会是一种什么样子。

郭明谦说："咱们前南峪一定要夺个粮食大丰收。就等着你回来商量了。"

郭成志说："我们的困难还会不少……"

郭明谦大手一摆："唉，要找没困难的事儿，除了躺在炕上睡大觉。干革命，就是跟困难拼。这一点，我算是明白了。"

他们在一起不断地讨论着，心里却感到十分的轻松、愉快。这两个前南峪的带头人，经过几个月的战斗生活，都共同感觉到，两个人之间的感情越来越深，心越贴越紧了。

郭成志从墙壁衣钩上把衣服摘下来，提着领子边，给郭明谦披在肩上说："在总结会上，杨书记又反复嘱咐咱们两件事，一个是，要认真发动群众，从思想上发动；一个是要把革命闯劲，跟科学精神结合起来。比如说，优种小麦一定要按照国家需要多种，还得种好，那就得用心研究科学技术。"

很快，郭成志就带领村干部和社员骨干到河北省著名的小麦玉米产区石家庄的正定县和保定地区的定州县（今定州市）学习科学种植；还跑到县、地科委，了解到冀麦三号、冀麦六号是当时的高产品种，便和本村在邢台种子公司工作的郭俊君联系，千方百计把高产麦种弄到手。

1977年白露一过，前南峪人严格地按照几稀几密的科学方法，在精耕细作的土地上播下了优良小麦种子。郭成志亲自掌耧，东察西看，使社员们开始了一个按照科学种植的冬小麦播种季节。

第二年5月小满一到，麦田里套种玉米开始了。晚春和暖的风已经使山地里的麦田萌出了一片绿色。时而有山雀叽叽喳喳地叫着，扑棱着翅膀惊起，又争先恐后地落下。这一年，郭成志改变了玉米谷子间作套种，那种方法已经过时，且产量不如以新方法遍种玉米高。

此时，火红火红的太阳升起来了。用它那暖暖的光辉，照耀着一伙播种的人们。七八张犁头，整整齐齐地并排在两块田里，被牵引得飞快前进，大片大片褐色的泥块翻转来摆在田面上，像南河里夏天涨水时的波浪，潮湿的空气里，弥漫着一股浓浓的泥土香味。

李雪梅扶着犁杖，扬着鞭子，嘚嘚咧咧，声音振奋人心。她时不时远远地望着杨红玉。这两个人，虽是在两块地里，行动的脚步，一个跟着一个，谁也不愿落在谁的后面。

歌声，笑声，话声，吆喝牲口声交织成一片，组成一支高昂欢乐的进行曲。干着，干着，不少年轻力壮的小伙子脱掉了衣服，赤裸着肩膀，脸上的汗水流成了道道。一队队长郭更仁，只穿着一件发黑的白背心，挥舞着鞭子，走在最前面，连连回过头来，呼喊：

"社员们！加油呀！"

冷不防一股风灌进他嘴里，呛得他噎住了，惹得大家哈哈地笑了起来。

郭成志边走边看地说："一队，这回在紧要关头，又打了先锋。社员们的劲头儿真不小哇！"

郭明谦说："不是给你吹大话，一队，多会儿也得名列第一。四队李亚东那个生产队，也干得挺欢实。这家伙，一听说要出民工，怕扔了地，眼睛都急红了。他跟我说，他们的人手不够用，要打夜班种地哪！"

郭成志听着郭明谦夸夸其谈，想起自己劳累过度的情景，就说："从打截潜流，每个生产队都日夜地连轴转，弦子绷得够紧的了。总这么下去，恐怕不行呀！"

郭明谦刚要说什么，只见一伙子人像秧歌队一样热闹地朝他们走来，就没有开口。

这一伙是五队的人，本来还在说说笑笑。最前边的是队长张红岐扛着犁杖，上身穿着一件半新的白布外衫，敞开衣襟，露着胸脯。下面穿着一条半旧的深蓝裤子。这是个二十六七岁的年轻人，中等个子，样子稍嫌瘦削了些，却匀称结实，两眼黑而有神，嘴角微微向上翘，显得坚毅、有主张。紧跟在他后边的，是个长得很俊气的小伙子，背着种子口袋。他是五队民兵副排长马洪哲。他笑微微的，一声不吱，从那善于观察事物的眼神里，透出年轻人柔中带刚的气性。马洪哲后边还有几个青年，有拉着吱吱怪叫的石砘子的，还有提着麻绳或空着手的。

他们发现了郭成志，就都围上来打招呼。

郭成志瞧着这伙人的架势也是种地的，就问："你们这是几犋呀？"

众人被这一问，有的有声，有的没声地笑了。

张红岐先收住笑说："我们这个不叫犋，论拨儿。除了跟两辆车搞副业拉沙子去的人，大大小小，能活动的，全都划拉到一块儿，分成两拨子：我带一拨儿到这边，袁明雪带一拨子到那边。"

郭成志立刻听明白了，就问："你们完全靠人种地？"

张红岐说："我们队那几头牲口，都拴在车上了。有一头使碾子的母驴，偏巧前天下了驹……"

"不要把问题看得太简单！"郭成志轻轻一摆手，"你们怎么知道不用牲口能保证播种玉米不出问题？这不仅是个工作方法的问题，也是个认识问题。这个问题，关系到全体社员的根本利益，可不能掉以轻心啊！"

这一番话，把大家说得哑口无言。郭成志的意见一向是十分正确的。大家互相看了看，想开口又不开口，终于都不作声了。田野上顿时沉寂下来。郭成志忽然觉得有点不安了：怎么大家都不讲话了呢？作为一个领导干部，不能诱发大家热烈发言，那是失败的。他知道这很不好，但弄不清到底是什么原因。他一时很苦恼。可是又有什么办法呢？现在不是让大家讲话吗？但大家都不讲。当面什么都同意了，事后却不是那么一回事，有些决定往往贯彻不下去，或者贯彻了也不彻底，或者竟然走了样。真是叫人头痛！

郭明谦对张红岐也十分着急，说："我不是对你交代过，卸一辆车，搭上锞嘛！"

张红岐说："拉沙子这营生，大伙干着挺上瘾。本来我们队的畜力不行，让人家一队丢下一大截儿；要是再拆一辆车，更落后了。大伙儿都舍不得松手。我正发愁，瞧见张利群他们用人力干起来了，可给我们提了醒。我们队牲口不行，劳动力可不少，费点力气，把地种上就行啦。"

郭成志说："你们队要是不配备个牲口，光靠人拉犁，不光费力气，也耕不深，这不行呀！"

张红岐说："我们多加上几个棒小伙子，设法儿犁深一点儿。这是没办法的事儿，对付着干呗！"

郭明谦说："夺取今年增产，春耕这一招儿可顶要紧。你们要是马马虎虎地汤泡饭，我检查出来，可不能答应！"

民兵副排长马洪哲和几个年轻的社员说：

"大队长放心吧，保证错不了！"

"完工你检查，准比用牲口耕的不差！"

太阳像火球一样浮在万里无云的碧空中，辐射着灿烂的金光。众人吵吵嚷嚷地走过去之后，郭成志和郭明谦坐在矮冈顶上歇息。放眼一望，只见板栗树林一片接连着一片，在阳光中显出像翡翠一样的深绿，逐渐伸延、扩展，一直达到远处的太行山上，满眼是油一样浓绿。从斜坡下面，不时传来吆喝牲口声和欢快的谈笑声。冈顶树丛里，飘出快活的鸟语。潮湿的泥土在太阳的照射下，静静地冒着强烈的令人陶醉的香味。

他们默然地欣赏了一会儿景色，郭明谦终于开口对郭成志说："你看看群众这份儿精神，多让人高兴！"他见郭成志皱着眉头，出着神，没搭腔，就对郭成志说："咱们走吧！"

郭成志随着郭明谦往前走着，脑袋里转悠着这一清早见到的情景。总的说来，这情景能让他高兴。因为他从这里看到，干部和社员们的心气，比春节前已经有了很大的变化，搞集体、搞生产的积极性，普遍提高了。这是带领他们向前走的重要保证。

郭成志走进田间，检查人们挖坑点种玉米——大队在头天晚上就开了社员会，行距株距全部交代得一清二楚，还专门规定了每亩多少垄多少棵，少种一棵罚粮四两，多种一棵罚粮二两。每棵施多少磷肥、多少钾肥也都规定了统一的数字。

开始人们局局促促，感到挺不习惯，慢慢地就放开了手脚，完成质量也离规定相差不多。

可郭成志绝对不允许相差不多，他要的是严格按照规定办事，哪个也不允许出现半点差池。

人们不久便看到了这样的一个现实：1978年前南峪麦田平均亩产780斤以上，比1977年增产200斤。

浆水镇的集日过后的一个傍晌午，天气格外的晴朗。

把小麦打轧完毕，把粮食入库的前南峪的农民们，腾出手来伺候大田庄稼了。一队的人干得更红火。男社员抢着大锄板耪二遍地，女社员端着簸箕，给棉花施化肥。

这会儿，郭俊刚爬上村口大槐树上新搭起来的广播台上，把广播筒往嘴上一套，就用最大的劲儿喊起来了：

"喂！喂！一队社员同志们，请注意啦，今儿晌午，提前收工，到保管室预分小麦呀！"

这声音非常高亢、洪亮地在前南峪上空滚动、扩散，传到每一块农田里，传到每一个社员的心坎上。

社员们高兴地互相呼喊着，急忙奔回家里拿口袋。这种分配劳动果实的方式，在庄稼人来说，是祖祖辈辈没有经历过的。这件轰动全村的大事，给生产队里的家家户户都带来了喜悦：集体的优越看得见了，摸得着了，实实在在地摆在了他们的面前。

不久，郭成志便又看到了往年的情景：
依然是山路上不绝的前南峪人……
依然是车推担挑的窘状……
依然是汗流浃背的奔波，依然是含辛茹苦的渴望……
山村，你不是丰收了吗？你的秋庄稼以苗壮的长势不是正向人们昭示着一个金黄色的前景吗？你何以还要这样自作自贱，哀求着把好吃的白面拱手推给人家，而把掺着橡子面的粗糙玉米面留给自己？
大车咕隆隆地滚过石桥，忽然北坡树丛那边传过一声怒吼，如炮弹出膛，如春雷呼啸，震荡在大地上：
"站住，站住！"
外出的人朝那边望去，只见树丛一摇一扑，蹿出个壮壮实实的年轻人。他被社员们的行为激怒了，大步流星地朝这边奔来。
人们看准了是支书郭成志，就停住了。
郭成志来到人群前面，一面喘着粗气，看看这个，又瞧瞧那个，很奇怪地问郭海亮："喂，你们要干什么去？别忘了，你是三队队长，在当前这种局势下，组织社员们艰苦奋斗，发展集体经济，是我们义不容辞的责任！"
三队队长郭海亮被激怒了！说什么为组织社员们艰苦奋斗，发展集体经济，说什么义不容辞的责任，真是好听的话都叫你郭成志挑着说了！难道你心里就一点都不感觉对不起这些连玉米面都填不饱肚子的社员们吗？
郭海亮心里的火一下子蹿到脸上，满脸通红地说："你还不知道哪？恐怕粮食吃不到年底，到山西用麦子换玉茭去呗！"
郭成志又气又急。他向社员们大声地说："今年就在今年，我们前南峪人就要自给自足，不再吃国家的返销粮，请社员们回去，不要再换掉麦子，快放心大胆地往锅里蒸馒头。"
这当儿，村里的民兵们也赶来了。"嗖！"郭双群一个箭步跳到车前边，扯住了辕马的缰绳，又一伸手，夺过郭海亮手里的鞭子，噼啪一甩，大车一下子转回来了。
谁也没有想到郭双群还有这一手，冷不防地来这么一下子，不要说郭海亮，旁边好多人都给他闹蒙了。等到人们醒悟过来，追上去，大车已经跑到了村口。

郭海亮急了眼，好像是死对头见面，仇恨刻骨，上去一把揪住郭双群的衣裳襟，可是还没容他抓牢，后边扑过来一个人，又把他的领子揪住了——用的劲是那样狠，以致郭海亮的喉头都感到发紧。回头一看，是他爸爸郭大昌，顿时脸色发白。

郭大昌一用劲，就把儿子甩了个趔趄，接着就破口大骂，大伙又拉开架啦！

这时候，郭明耀也拄着棍子赶来，后边还跟着一群积极分子。大家全异口同声说郭海亮这一群人的不是，怪他们不该不顾集体生产，盲目外出。

但郭成志的劝说毫无效果。民兵们的阻拦也只起一时的作用。历史的惯性是如此强大，贫困的积习又是如此顽固。郭成志终于明白了一个道理：只有用连续的更大的丰收才能教育瞻前顾后的社员了。

……

在欢乐的、胜利的、战斗的笑声里，太行山上迅速地变幻着颜色。

砍高粱了！

割谷子了！

掰棒子了！

摘棉花了！

拉运庄稼的路上，响着笑声！

打轧粮食的场里，响着笑声！

送公粮的大车，装满笑声，从前南峪出发，跟四面八方涌过来的车辆和笑声汇合在一起，"呼隆、呼隆"地开过浆水河，一直响到浆水公社。

终于，前南峪的庄稼地推出了历史上第一次最大的丰收！1979年小麦平均亩产841斤，玉米平均亩产竟高达1021斤。

在秋天打谷场上，一片马嘶人叫，社员们正赶着打场呢！这座金黄的小山，是谷子；那堆火红的丘陵，是高粱。白马牙玉茭，扬着风。一阵阵烟雾腾腾，马蹄嗒嗒响，石碾子咕噜噜转着跑。人脸晒红了，汗珠在眉峰上闪光，灰尘披满衣衫，声音却分外欢畅、洪亮。

郭成志被金黄色的无边的玉米的波涛簇拥着，站在一个令社员们瞩目的高处，向翘首的人们大声宣布："1979年，前南峪做到了'面板不下炕'！"（意即白面一年四季常吃不断）当然，社员们再也不用怀疑这近乎神话般的"宣言"了。

这年10月，邢台县委、县政府在将军墓工委召开农村三级干部会议。会场上人山人海，彩旗飘扬，锣鼓喧天，到处充满了欢快的气氛。前南峪人在1979年秋后，因为粮食大丰收而被县委书记披红戴花。会上郭成志代表前南峪村介绍经验。前南峪人第一次被全县四十多万人民簇拥到历史的主席台上。

天空的电波，地面的电线，讲台上，人丛里，回响着前南峪村党支部书记郭成志的名字。

郭成志在乐曲声和掌声中迈步走向主席台。他一面向人们鼓掌，一面激动万分地说：

"……胜利，是前南峪大队坚持党的十一届三中全会路线所取得的，这与县委一直对我们的关怀和支持是分不开的。但这仅仅是胜利的开始，我们决心在县委的领导下，继续发扬抗大的革命精神，永远不骄傲，不自满，再接再厉，做山区建设的旗手，把这面红旗不歇气，不换肩，一直扛到山区新农村建设全面胜利！"

会场上爆发出雷鸣般的掌声和欢呼。

这正是郭成志谋略的机智和实用之所在！令人敬佩的是，这个山村支书上任仅仅两年多的时间，就把千百年来前南峪的祖祖辈辈梦寐以求没有解决的难题，似乎是轻而易举地从前南峪的山川上抹去，这不能不称之为科学在一个山村的胜利。

这是多么重要的收获呀！只有他，农村的党支部书记，这一巨大变革的倡导人、设计者、带头冲杀的开拓者，才能从心里懂得这一个收获来之多么不容易，取得它以后，对今天的重要性是什么，对农村未来的明天的进一步变化，将会起到什么作用！

第三章 绿色革命

一

1963年洪灾后的三年艰苦奋斗，前南峪山前被冲毁的农田已全部恢复，并将全村所有的农田都建成了旱涝保收的稳产高产田。

十四年的治山植树不止，前南峪的山已是岭岭披绿，沟沟流翠，彻底消除了夏日山洪冲地毁屋的世代心头之患。

然而，前南峪人的钱包却仍是瘪瘪的。

大山飘浮着一层水雾，村庄被烟雾弥蒙着，好像浸沉在水里。郭成志头上箍着块白毛巾，脸上满露出非常忧郁的面色！他手扶着一株白杨树，只觉得周围的雾啦、水啦、风吹柳叶声啦，以及晚上归飞的乌鸦乱啼的声音，都似向他尽力地逼来！使他的心弦，越发沉郁不扬！他在白雾的村头，看看蒙蒙不清的大山，他想，前南峪的山绿了，但这些松、槐、杨、橡等杂树不仅真正成材尚需时日，而且这些生态林是不能随意砍伐的，我们要的是世代长期生态效益；靠河滩那仅有的640亩耕地和零零星星挂在山上的几片薄田，即使年年夏秋两季合计亩产吨粮，充其量能解决全村1300口人的吃饭问题。若算经济账，除去劳动力不计成本，其余的种子、化肥、农药、浇水、机耕机收，处处都要花钱。一亩地能赚几个钱？一年下来，最多每户也就是赚上个油盐酱醋钱。

可是，尽管这样，一些村干部还是要在春节摆阔气、图享受，对搞社会主义新农村松了劲……

这当儿，郭成志又想起他和郭明谦坐在土炕沿上的争论：

"三百六十多户人家，吃得了那么多的肉吗？"

"大春节，一口人分个二斤三斤的，还算多？"

"你算算账看。加上刘改棉新生的那个丫头，咱村总共一千三百口人。你要杀二十多头猪，平均一头出一百八十斤肉的话，就是三千多斤。"郭成志说，"这么多的肉，我说同志，你从哪儿来那么多生猪？"

"杀少了，猪头下水更不够啦。"

"啥叫够，啥叫不够，这得看怎么一个算法……"

"这还不好算。这两天光找到我门上订猪头下水的，就有二十户。"

"你给我举个例子，哪一户，要是没有猪头吃的话，这个春节就过不去呢？"

"咱们不是要显示优越性儿嘛！"说着，郭明谦兴奋起来。

郭成志没有笑。他侧身靠在窗台上，一只手摸着脖梗子，抬头看了一眼窗外，又低下头去。刚才郭明谦这一番话，使他感到奇怪的是，郭明谦的观点明显地存在着很大问题，他自己却丝毫没有察觉，还那么自信，怎这么糊涂呢？郭成志想到这里，不由自主地看了一眼副大队长郭明谦，说："噢，集体化的优越性就表现在吃猪头上边？外边的人来参观学习，不看我们改天换地的精神，专门跑这儿来看看先进村的社员是怎么吃猪头的？"

现在，虽然他们之间还存在着分歧，可是那两个宽阔的胸膛，却像蓝天明月一样的透彻、明净。他们掏着心窝子的话，极力想说服对方。他们多么需要紧挽着手臂，带领着前南峪的群众，直通通地朝前闯啊！

可是，严峻的生活好像故意给他们找麻烦，不断地在他们面前出现岔路口，他们必须进行认真的选择，而在这种选择的过程中，在他们之间，总不可避免地要出现矛盾和思想斗争。

"我是想给大伙儿鼓鼓劲儿，明年好好干哪！"

"照你这说法，吃猪头就有劲儿，就好好干；不吃猪头就没劲儿，就不好好干？对不对呀？"郭成志说，"要是真的这样，我看咱们村的问题大了，任意下去，非垮台不可！"

郭明谦听了，好像当头炸了个闷雷。他用劲压着从心口窝向上拱着的火，声音颤抖地对郭成志说："芝麻粒大的小事儿，你值得这么大惊小怪吗？"

"针鼻大的窟窿斗大的风，日久天长就要变，屋子里的热气就要变成冷冰冰的气；何况像你如今这样，不是扎一个针鼻大的窟窿，而是支窗户摘门地大开放呀！这种风气发展下去，还能搞社会主义新农村吗？"

"我看没有这么严重。"

"不，很严重。这几年，我们连续打胜仗，有的人让胜利冲昏了头脑，乱了是非，脑瓜里不长青苗长了草。你是领导，对这些歪的邪的不制止，还摇旗呐喊带着干。不严重？"

郭明谦跳起来了。他敞着怀，掐着腰，直挺挺地站着，宽阔的胸脯子剧烈地起伏着，一张大嘴和两个鼻孔呼哧呼哧地冒着三股气，两只眼睛闪着愤怒的光："我的大队长，你可真行！你大撒巴掌跑出去半个多月，知道我的日子是咋过的？我像走钢丝绳一样干工作。一夜只睡三四个钟头，做梦都喊小心，别出漏子……我还冲昏了头脑？我还乱了是非、长了草？你在培训班上的暖屋子里休息好了，有精神气了，进门就打我闷棍子来了？你随便地乱扣帽子，有调查研究吗？"

郭成志平静地说："你不用急，我现在就跟你调查调查——咱们的粪送出多少去了？"

郭明谦当是郭成志被他一吵吵，要转题目，就抓住不放地说："你得先把我是不是昏了头脑，是不是乱了是非，全都讲清楚，咱们再说别的。"

"我就是要跟你讲清楚这个，你报个数，到底送出多少粪？"

"没开春，送什么粪呀！"

"为什么不在腊月里，把粪送出去呢？"

"早送晚送，误不了播种就行了。"

"我给你写信，说得明明白白，争取春播前改造一些土壤。要是腊月里把粪送完，我们就可以抽人抽牲口集中力量干那件大事情。可是你一点没干。这是不是昏了头脑？你说呀！"

郭成志说到这里，郭明谦被问得眨巴眨巴眼睛，不言语了。他长长地叹了一口气，从腰里掏出烟荷包来，用粗大的指头灵活地卷着烟。

郭成志看着郭明谦的神态，诚恳地说："明谦，我总觉得，你有些话还没有讲出来，你是不是还有别的顾虑和想法呢？"

郭明谦点了点头，吸了一口烟，说："是这样，有些东西我还没有想好，可是想起来，也实在让人感到可怕。我说你这样做风险太大，担心你在这个问题上群众不理解。我跟你说心里话，你当大队长这几年，大伙儿都信服你，我也服你。现在县、公社都表扬了咱大队，表扬了你。我听着，心里真为你高兴。可是有的人，专门等着拣你的拐子，看你的热闹的。你要是哗啦一下子趴了架，荣誉也丢了，他们就会称心如意，到那时候，你的日子不好过，我们也不好交代呀！"接着，他又使劲儿摇摇头，"冰天雪地的往地里送冻粪，可不是个容易事儿……"

郭明谦的这些话，说得很动感情。郭成志听了，心里热乎乎的。他感到，郭明谦身上有一股热气，腾腾地蒸烤着自己。这时候，郭成志更加强烈地感觉到，在这条新的道路上，他是多么需要这位真诚爱护自己的副大队长给他有力的支持和热情的帮助。同时，一股强烈的责任感在他心里涌动着，他决心努力说服郭明谦，帮助他走出小圈子，奔向新天地，在农业学大寨的道路上，迈出新的步伐。想到这里，郭成志深情地看了郭明谦一眼，声音低沉而有力地说："明谦，我相信，你这番话是从心窝子里掏出来的。你关心我，爱护我，也替我担心，这种心情我完全理解。不过，你替我个人考虑得太多了。你应该从整个农村社会主义革命和建设出发，为我们前南峪发展集体经济着想。你说，我当了干部，你就怕我担风险了；我做了一点工作，你就不让我向前闯了，生怕我把这一点点成绩丢掉。这样下去，我还有什么用处呢？那不是只挂了一个空招牌，顶一个空名字吗？你说，为工作闯一点个人的风险不是应该的吗？"说到这里，郭成志不放松地叮问他，"你摆摆困难，咋个不容易法？没有人力，还是没有车力、畜力？你让劳力坐着大车逛浆水镇，叼着烟袋挤到饲养场等着猪头下水……"

郭明谦看着眼前这个年轻的大队长，听着郭成志这些发自肺腑的话，心里产生了一种奇特的感觉。他似乎从郭成志的身上，看到了一种非常宝贵的东西。这种东西究竟是什么，他还一时闹不清楚。他只是隐隐约约地感到，郭成志那宽阔的胸膛里，装着一个非常广大的世界；郭成志那深邃的目光，认准了一个非常远大的目标。现在，他正迈开大步，向着这个目标无所畏惧地前进，无论什么样的难关都不能把他拦住。郭明谦到这个时候，已经失去了说服郭成志的信心，说："不是放假了嘛！"

"谁规定的这么早放假，又放这么长的假？"

"唉，说你不了解情况，你偏不服气！一进冬天，出工的人少了，过了腊八，根本没有几个了，我们一商量，还不如来个名正言顺地放假哪！"

郭成志听到这句话，不由得在心里打个沉，赶紧叮问："这么严重？

人们为啥不出工了？"

"过冬闲，坐热炕头，老习惯呗！"

"不对吧？1975年冬天最冷，咋没有这个老习惯？修整泄水渠，人们搞得多冲。大篷峪的谷坊坝，不是还没开春就动手干的？怎么偏偏临到1976年，就怕冷了？就恢复老习惯了？就没有几个人出工干活了？明谦，咱们得坐下来，好好分析分析这个新动向啦！"

郭明谦抬头看了看窗外明亮的月光，轻轻地叹了一口气，不假思索地说："成志，说实在的，你提的那个新问题，我琢磨一天了，总认为没有把握，我才下决心说服你。可是，听了你刚才说的那些话，我心里又没底了。我前前后后盘思了一下，不能这么比。如今的社员，不是不愁吃穿了嘛。"

郭成志听了郭明谦的话，虽然他感到并不满足，但是看到郭明谦的态度这么诚恳、心地这么坦率，他还是很高兴。他深深地感觉到，一个人的思想问题，并不是一朝一夕就能解决的，还需要花工夫，费力气，做深入细致的工作。想到这里，郭成志拍一下手说："对。你这个看法有点道理，对我有启发。生产发展了，生活水平提高了，过舒服日子的心抬头了，干社会主义新农村的劲头松下来了。你说严重不严重？"

郭成志的话说得这样坦率和尖锐，一句句打中了郭明谦的要害。他怎么也没有想到，由于自己主观、粗率、急躁，竟产生这样不良的后果。问题的严重性，已经远远超过了原来的估计。郭明谦说："这个你不用愁。到了农忙的时候，我一吆喝，都得下地干活计。"

郭成志摇一下头："不。你越这样说，我越发愁了。眼下还得靠种庄稼分粮、分钱，他们当然得干活计。我们当领导的，得琢磨琢磨，社员们是自觉地干，还是被迫地干？是全心全意地干，还是半心半意地干？这里边的分别可是带着点儿根本性的大问题呀！明谦，你要知道，咱们大队，要是照着眼前这个样子滑溜下去，前南峪可咋前进？我这回学习了社会发展史，懂得一点儿发展生产力和完善所有制改造的规律和关系，心膛里亮了好多。头一条，社会主义新农村一定能成功。这个咱们谁也不用犯嘀咕。还有个第二条，就是这个成功不是等着信马由缰、自自然然地到门口。得按着规律，主动进攻。大寨人靠自力更生，艰苦奋斗，用革命加拼命的精神，把一个七沟八梁一面坡的穷山沟，变成了社会主义新农村。咱们也狠下一条心，不但要把产量搞上去，把前南峪的山河再安排，更重要的是通过这场改造山河，锻炼出一代社会主义的新型农民。咱们都知道水门大队。头两年，他们根治了一片沙岗地，亩产过了八百斤。咱们从那儿过，都能见到那金灿灿的麦海。他们在学大寨的道路上，已经走到了前面。咱们都说要学大寨，要重新安排前南峪的山河，可现在咱前南峪发生的情况，更实实在在地告诉咱们，光等着，不进攻，不光不能前进，还得倒退。拿干集体事的劲头来说，比乍动手那两年，是迈步了，还是收腿了？肯定是收腿了。依着我看，出了这种弯曲，不能怨社员群众，得从咱们领导班子里边找原因。根子全在领导身上……"

郭成志看看四周的雾气，越发重了，却是毫无声息，他不觉又继续想道："前南峪致富的突破口在哪里？"

他把目光再次转向了大山。他在苦苦思索着生态效益和经济效益兼顾的治山之路。

这时，四周寂静，白雾也渐渐消失了，从朦胧的云影里，稍稍露出一丝的月光，射在裹着雾的大山上。这阴黑的黄昏，却和他心中的沉思一样，但是在云雾中射出的这一丝光明，在他心头上，却渐渐亮起来了。

在十几年的治山过程中，郭成志和一班人经过周密科学地考察论证，及时地对山腰上的树种进行更新改造：凡是适宜栽植干果树的，他们都重新栽上了板栗树苗。仅山坡上的板栗树就达到了八万余株，而且长势喜人。树是有了，使他大为不解的是，这些树年复一年地只长枝叶而不开花结果。干果树生长周期长，小树不结果似在情理之中。但那13303棵成年树，还有其中那2317棵1963年洪灾后侥幸存活下来的百年老树也是花疏果稀，一年每棵产果不足10斤。而那已是叶茂枝繁的10986株已有14年树龄的"青年"板栗树，除终年为大山罩上一片片绿荫外，每年贡献给人们的果实，树均尚不足一斤！

郭成志的眼睛焦灼痛苦地望着满坡绿波滚浪的板栗树……那苦恼是广大的，无边无际。这些苦恼，使他心焦如焚，刺痛了他的头脑，像燃烧的鞭子抽打着他的心。这些苦恼使他感到痛苦，逼迫他改变现状，寻求新的科技之路。

这时，他的心里产生了一股大得仿佛使全身都受到震撼的力量：

"难道前南峪的山上只能生长'公'（雄）树？难道我们十几年披星戴月流血流汗，伺候出来的是一群不会下驹的'骡子'？"

前南峪人不信这个邪！他们把目光盯在了大山外，他们把出路押在了科技上。

1977年是郭成志正式接任村党支部书记的第一年。这个曾在省城一所省属中专喝过一年墨水的人身上，承载着大山的浑厚与坚韧，他的眼神里又多了几丝父辈们少有的智慧与聪颖。他下决心出山去寻科技，请"财神"进山。

他瞄准了远近闻名的全国著名板栗专家、昌黎果树研究所干果室主任王福堂。

那是在"文化大革命"的一个炎热的傍晚，全国都在发烧。昌黎果树研究所组织科室人员到小礼堂看大字报。一进门，几个醒目的大字宛如伸进胸膛的魔爪，一下把王福堂的心揪得紧紧的。

"王福堂是剥削阶级的孝子贤孙！"

"王福堂是修正主义的黑标兵！"

"剥掉王福堂假先进的画皮！"

扑面而来的大字报几乎一多半是对准他的，而落款又都是他熟悉的朋友、同事。

这究竟是怎么回事？！

王福堂沉重地移动着脚步。他困惑，脑子里像钻进了一窝黄蜂，搅得乱哄哄一团；他迷惘，仿佛六月天下了一场暴风雪；他委屈，止不住的泪水模糊了视线，大字报上的墨迹渐渐变成了一片蠕动的黑虫子。他不知道是怎么走出礼堂的，心似乎被掏走了，只剩下一个空空的躯壳……

一连几天，王福堂失眠了，两眼痴痴地瞪着天花板出神。妻子不在身边，昔日的伙伴们一个个像怕患传染病一样，退避三舍，噤若寒蝉。在他最需要温暖和慰藉的时候，没有一个微笑，没有一声问候，甚至连一瞥同情的目光都没有。大雪压青松，青松挺且直。然而面对重重压力，王福堂却依然自强不息，犹如石缝里生长的一株幼小的松树，抵抗着不期而至的狂风的撕扯与摧折。他二十年如一日地一头扎在燕山的杨峪沟，为铸造"燕山明栗"的辉煌做出了不可磨灭的特殊贡献。打倒"四人帮"不久，他便被委以兼职的唐山地区昌黎县的林业局副局长。可他的岗位，却不在干果室和林业局的办公桌前，而恰好在杨峪沟那树枝参差的大板栗树下。

这一点，足以让郭成志敬佩不已了。

一个无风的中午，太阳把树叶都晒得卷缩起来，知了扯着长声聒吵不停，给闷热的天气更添了一些烦躁。

郭成志的背后，突然响起"嘻嘻"的笑声。他扭转头一看，有一个人站在不远的小路上。这是一个非常地道的山区农民，憨厚勤劳而耿直，从他脸上纵横的皱纹和善良的眼睛看来，旧日的贫穷痛苦曾经压弯他的腰；而从他的高卷着裤筒的泥腿泥脚和剃光晒黑的头看来，今天他在与大自然的斗争中，显得像个钢铁一样的硬汉子。当他认出这个人是社员张利群的时候，就站起身，一边迎着走，一边挺有兴致地盯着那熟悉的面孔。

经过一场社会风霜无情袭击的张利群，回复他如今这个样子，可真不容易呀！张利群先头那个妻子，产后才四天，就在三伏天拖着病身躯下地挖小苗子，被突然而至的狂风暴雨浇坏了，失去了生命。在他心灵上砍剁下的伤痕，恐怕一辈子也难以平复。正是面前这个郭成志，通过苦心操办起来的农业生产集体，给可怜的张利群带来了继续生存的信心、力量和欢乐。

这当儿，套着牛的排子车，停在路边上。那头大花牛，曾经像一根绳子，拴着张利群的心，绊着张利群的脚，让他留恋过单干的日子。绕了一个大圈子，他才下决心解开缰绳，拉着大花牛入了集体。大花牛，也变得很强壮，很神气；高有五尺，长有一丈；四腿粗得像柱子；两条板角大得骇人，简直有大门那么宽。昂着粗脖子，冲着它原来老主人的后背，"哞哞"地叫了两声。随着叫声，从它的鼻孔里吹着浓烟一样的热气儿。

张利群仍然带着笑容，冲着走过来的郭成志开口问："支书，你啥时候回来的呀？"他听到郭成志的回答以后，又说："我老远就瞧见像你，你赶快回家歇歇腿，别在这儿转悠啦……"

郭成志依然按照自己想的心思说："利群大叔，您看看，咱们这山场，有数百年种板栗的历史。为啥每年的产量，总赶不上胡家楼寺沟那坡坡岗岗的地呢？"

两人都停下了步子，眺望着远处的东山和西山，十四年的治山植树，已是碧波滚滚，无边无际，这是前南峪人艰苦奋斗的成果……但当他们的目光扫过东沟和建滩沟的沟沟坡坡的板栗树时，眉头便结起了大疙瘩。

说起来，前南峪的自然条件，跟寺沟相比，不知好上多少倍。可是多少年来板栗树却是缺少管理，只长枝权不结果。这是一个严重的教训！它暴露出了前南峪的一个致命弱点：板栗树管理还远远没有抓好！

张利群说："这是秃子脑袋上的虱子，明摆着嘛！咱村没人会管板栗，哪能跟人家寺沟比！"

"您看得很准。人家村有人会管板栗，咱村人不会那就糟糕。这样下去，哪像搞社会主义新农村的人管的板栗呢？"说到这里，郭成志眼里闪着光，脸上洋溢着喜气，沉着而充满激情地说，"这次，在县里培训班学习了一段时间，体会很深。县委书记杨曦彩讲了要改变太行山区贫穷落后的面貌，还介绍了寺沟人管理板栗树的先进事迹，许多代表都兴奋得晚上睡不着觉！"

张利群望着郭成志喜气洋溢的脸膛，听着他的热情叙说，也受到几分感染，边听边点头。但当郭成志提出"利群大叔，您看咱们前南峪怎么办"的时候，张利群却陷入了沉思。他没有去想这个问题，他只是赞赏寺沟大队，而不准备照寺沟大队那样去做，那该冒多大风险啊！

半晌，张利群冒出一句话："人是各生一方，各占一方，各方水土养各方的人。咱们村的人，一见寺沟那边的人一布袋一布袋朝外卖板栗、嚼脆枣儿挺眼热。翻过头来看呢，他们那边的人，一见咱们割麦子、咬大烙饼，也是挺馋人的。"

郭成志说："您这套，都是老皇历了。人家寺沟的人，办起集体以后，净创奇迹。他们又到外地取经，又试着修剪，把不少不结果的树变成了结果的树。他们的产量，肯定还得往高升。"

张利群笑笑说："反正咱们的家搬不走，地也挪不动，就对付着管呗。集体人手多，多花些力气，哪一年的产量也能提高一点儿。"

对张利群的话，郭成志一字一句都听在耳里，边听边思索。这些天来，他一直在琢磨：在眼前这场科技进山的战斗中，工作是多么复杂啊！学习科学技术，还只是个开头，要一步一步实现前南峪板栗树管理的计划，路还长得很，无论是思想上，还是行动上，困难肯定还多着哩！他有着充分的思想准备，他牢牢记住这么一条真理：任何新生事物的成长，都不会是一帆风顺的。此刻，他一摆手，很严肃地提高声音说："不行！让产量一年只提高那么一点儿，多少辈子丢掉的东西，怎么找回来？怎么带领群众富裕起来？农业是国民经济的基础，要是跟不上去，咱们的国家建设，就会变得头重脚轻，站不稳当，还能前进吗？事情都是人干出来的。

学先进，没有干劲不行。舒舒服服改变不了旧面貌，轻轻松松干不了社会主义！就拿修剪果树来说，困难确实很多。我想，问题不在有没有困难，重要的是看咱们采取什么态度。寺沟人在板栗树修剪中，碰到的困难够多够大的啦，可是他们啥都不怕，鼓足勇气向各色各样的困难作斗争，还不是一个一个地战胜了？！咱们学习先进，就要学这种天不怕地不怕的志气。可比咱们挑着重担翻太行山，你怕吃苦，舍不得流大汗，半山上松松劲，就翻不过去。你不松劲，一步一步扎扎实实往上跨，再高的山也能翻过去。"他说着，移动了两步，用力地踩了踩脚下边的泥土，"我觉着，咱们得想办法科技进山！"

张利群几乎吃了一惊："什么？科技进山？"

郭成志点点头："能。这回我们在培训班上学了理论，脑筋更清楚了；咱们搞社会主义新农村，就是要解放生产力，科技进山，让农民过幸福日子。只要咱们掌握住生产规律，充分发挥社会主义制度的优越性，要做的事情，就一定能够做到。"

张利群没有学过这样的理论；就是学习，也没有支书的脑子好使。所以他一时间根本听不懂支书这番话的意思，对"科技进山"这样的新题目，自然不能从心眼里相信。可是，出于特殊的尊敬，他不愿跟支部书记抬杠；他那淳朴的性情，又不肯假装明白，而来个随声附和。所以他憨笑一下，便就事论事地说："你这个科技进山的想头，我可是头一遭听说的新鲜事儿，不太容易吧？"

当一件新生事物刚产生的时候，有些人不理解，不认识，这是可以理解的。我们要把道理向群众讲清。光让群众知道我们怎样做还不行，还得让他们知道为什么这样做，发动群众一起做。我们应该相信，群众对新生事物是能够接受的，是热情欢迎的。关键在于我们领导如何去做群众的工作。向群众宣传新事物的进步，批判旧事物的落后，是我们干部的责任。想到这里，郭成志说："科技进山，在咱们前南峪来说，是件新鲜事儿。其实，有的地方早动手了。人家能干成功，咱们为啥不能干？要是不相信科学，不发展生产力，不调动能够调动的力量推动生产建设，群众的生活咋提高？社会主义新农村的大目标咋实现？"他这样说着，从背着的帆布兜里掏出一包廉价的纸烟，撕开封口，抽出一支递给张利群。

张利群接过烟，摆弄着，看看牌子，见郭成志装起纸烟，掏出小烟袋，就说："你快留着自己抽吧。"

郭成志笑笑说："这是水门大队支书王俊生送给我的，您尝尝吧。我抽烟不多，还习惯抽自产的大烟叶儿。"他把装了烟末的烟锅点着，接着刚才的话茬儿说，"科技进山的事儿，是我学习的时候，跟王俊生到废城墙上遛弯儿，听他说起请专家修剪果树，我才冒出来的念头。那天，正巧报纸上有一篇表扬河北省昌黎县山区的文章。那文章写得挺简单。我估计，那地方的果树，跟咱们这边差不离儿，我就大着胆子想试一试。我跟王俊生说了说。他比我还热，说一定能成功。他还对县委书记杨曦彩讲了这件事儿。杨书记专门找了我一趟。我对杨书记说：'河北昌黎的经验对我的启发确实是深刻。跟昌黎山区比，我们前南峪差得实在太远啦，可比一个在天上，一个在地下。杨书记，这几天，我越想越睡不安稳。'这时，杨书记深有同感地接口说：'确实，多想想，对我们帮助越大，心胸也越亮堂。成志，你刚才谈的初步打算，我看蛮好。学昌黎，就是要树立这种山山水水重安排的雄心壮志。'我说：'昌黎人已经做出了样子，我们前南峪也一定要迎头赶上去。我也想过，真正动手干起来，困难肯定不会少，总有几场戏好唱！'杨书记笑着点点头：'嗯，是要想得深一点。有困难，就要敢于闯，你们前南峪不就是闯过来的嘛。'我激动地说：'但是，我们闯得还不够有力。这次，我们一定要学习昌黎人的样子，干部带头学习果树修剪技术，进一步发动群众学习果树修剪技术，让科技进山使前南峪真正富裕起来！'杨书记说：'对，成志，在山区农村这块土地上，一定要放开手脚，大胆地发挥好科学技术的优势，真正带领群众改变传统管理板栗树的方式，这样，科技进山就牢靠！'说到这里，杨书记深情地望望我，用力挥动着握得铁紧的拳头，'成志，咱县七分山区，三分平原，要是能在前南峪把科技进山的事情搞成功，就在全县推广！'这担子可就重了。为此，我专门给明谦写了一封信，让他先想想，等我回来再商量。他没有对你们讲？"

张利群说："大队长那嘴，如今可变得严实多了；办啥事儿，也比先前谨慎多了。你没让他往外透露，又不一定有把握，他哪会跟我们一般社员乱放炮呢？"

郭成志说："我临回来之前，又找县科委的技术员请教过。他说他也没有亲自搞过这种事，可是在书本上看到过。他认为行。"

· 182 ·

张利群不由自主地抬起头,望了望山上的板栗树。他有点紧张,为了不使支部书记失望,故作轻松地说:"你呀,真是胆子大,敢想大事儿的人,我这小心膛,就是使劲儿撒丫子追,也追不上你。"

郭成志不慌不忙地说:"我们这里是山区,吃亏在一个'科学技术'上,这恰巧是我们的致命弱点。"

"这么说,第一步,你想科技进山?"

"对!要不,落后面貌怎么也扭不过来,板栗树全面丰收,也是一句空话。"

张利群低头不语。

郭成志继续往下说:"以前,我准备用传统的方式管理全村的板栗树,救救急。现在想想,那样头痛医头、脚痛医脚的小修小剪,还是不能彻底解决问题,应该学习昌黎人,来个大干大变,产量翻几番……"

张利群没有听完,就吃惊地说:"好大的胃口!一口吃不成胖子,还是实事求是一点好。你还想狮子大开口?"

"条件不够,可以创造嘛。山是死的,树是死的,人是活的,事在人为,大不了贴上几个劳动力,吃点苦,受点累;要干就要干到底!"郭成志诚恳地说:"利群大叔哪,咱们得敢想敢做,一块儿跳出小农经济的思想圈子,一块儿朝新目标撒丫子追。您不用犯怵,这绝不是搬梯子上天的事儿。您仔细地想想,请板栗专家到山里,帮咱们修剪果树,这种办法,您相信吧?"

张利群点点头:"相信了。"

"我们是心里有目标地科技进山,又有奔社会主义新农村的积极性,得干得欢吧?"

"不错。"

"有了这些条件。我们再有领导有计划地干,每年抓冬春这个大忙季节的空当,猛着劲地突击一下子;一年修剪一些,坚持那么几年,不就把全村的板栗树修剪好了吗?"

从内心说,张利群是不乐意兴师动众大搞科技进山的。但现在,既然科技进山已有了安排。张利群又听了这一串实实着着的话,那种疑惑而又有点儿紧张情绪渐渐消失:"噢,一年修剪一点儿,当然能办到啦。我当是一下子就来个大翻个儿哪!"

郭成志说:"我们要想得远些,但不等于想到的东西现在都能办到。我们是要讲实际,把计划订得扎扎实实的,不过讲实际有个辩证的观点,要看到党中央建设山区新农村伟大号召的无比威力,看到广大人民群众的积极性,许多东西靠我们去创造。利群大叔,靠科学技术修剪板栗树,像吃烙饼那样,一口一口地咬,不是一口整个吞下去,再大的烙饼,也能够吃掉,再多的板栗树,我们也能修剪好。"

张利群的心,像被支书给点着了,竖起大拇指说:"太棒啦!我打保票,这个新目标,咱们算登到顶尖了。你想出来的事儿,上下左右都敲打得那么实着,绝不会落空。我举双手赞成!"

决心把前南峪山山水水重安排的郭成志,对张利群热情接受新生事物的态度感到非常满意,也高兴起来:"好哇。您赞成修剪咱的板栗树,不光要积极地参加,跟着使劲儿干;眼下,也得帮着我们党支部搞宣传,开社员会讨论的时候,多发言。"

"我哪说得好哇?"

"就把您听了我这个新想法,怎么吓一跳,等到细细一琢磨,您又变成举双手赞成,从头到尾地和旁人一说,就是一个挺有劲儿的宣传。"

"这样行。"

二

于是,郭成志要把专家请到太行山的前南峪来。

表面上看似慢性子的郭成志干起事来却风风火火。

那一天,他凌晨三点就醒了。激动,紧张,幸福。他叮咛自己:别慌,别慌,可汗却一股脑儿往外冒。他整整被头,拉拉被角;一会儿,又整整被头,拉拉被角。他不知道他该做些什么呀!便谋算起他的行程,该走的路该说的话每个细节都在心里滤过了一遍,觉得一切都周全了,想闭上眼睛再睡上一小觉,忽又心跳……无奈怎么努力也还是睡不着,索性就悄悄地穿衣下炕走出了屋门,想不惊醒身边的媳妇。在他的身后还是响起了郭玉金的疑问:

"咋?这么早就要走?"边说着边穿衣服,想给出远门的丈夫做饭。

"不!天还早,你甭起,俺一觉醒了睡不着了,想出去走走。"郭成志看着郭玉金要下炕,赶忙从屋门口返回身,用手把她摁在炕上,意思让自己的媳妇重新返回热乎乎的被窝里。

晚秋山里的凌晨,已显现出了刺人的寒意。山风变得刚硬和峭利。山村那暖人心腑的袅袅炊烟还没有从初见轮廓的石头房上升起。两只萤火虫在眼前飞着,在淡淡的夜色中划出了几道闪亮的线圈儿。五颜六色的山鸟儿大约正躲在岩巢里,也没有用好听的歌吵醒山村人的酣梦。一阵清凉、潮湿的空气飘过来,饱和着庄稼穗那诱人的馨香;小板栗树叶上的露珠儿滚落下来,滴在他的发梢上。

郭成志三步两下地迈出了院门,下意识朝黑乎乎的大山走去。他要干什么?也许他自己也不大清楚,就这么着不明白中来到了麻峪沟的深处,在一处有二十多棵板栗树的坪上停止了脚步。板栗树长着圆形的枝盖,挂满了黑绿色的叶子,像妩媚而又高傲的北国少女,那轻盈婆娑的嫩叶,在微风里喃喃细语。当山风吹动枝叶的时候,常常是一会儿发出可怜的呻吟,一会儿发出怒吼,那吼声就像瀑布狂泻或是巨浪冲激礁石一般。在这些板栗树下面,只有一些常绿的低矮的小核桃树和稀稀落落的没有汁水的野草。此时天光熹微,英雄般结集在一处的大板栗树清晰可辨。郭成志这才明白过来自己此行的目的——他要再仔细地察看一下这片多年不结果的板栗树:他在用步丈量着一排排板栗树的行距株距;用双手测量着树干的胸径;用眼目测量着树冠的大小高低及枝杈的层次分布;最后用一块方布包起了一捧树下的土……

他知道这次是出山"投医"的。再高明的医生诊断下药前,总得对病人有一个"望、闻、问、切"或"听、叩、问、查"。郭成志唯恐说不清"病"情让医生出方为难,他要带附体的"病魂"一道下山。

他在长满板栗树的山坪上,上上下下左左右右地观察了约莫有半个时辰,把树的长势记在心里,自己确认绝对有把握描述出来之后,才转过身来,朝自己的山村走去。

这时,天变得更黑了。他知道,这是黎明之前的那种暗色。果然,还没等到家,东方的天色已渐渐发白。村庄东头的一只公鸡叫了;村庄西头的公鸡随声附和。它们嘶哑的啼声穿过鸡舍的板壁,像是从很遥远的地方传来;无边无际的苍穹在不知不觉中发白了,群星一一消失。

鸟儿唧唧地叫了。起初是怯怯地从树叶丛中传来;逐渐胆大起来,叽叽喳喳闹成一片，枝枝叶叶间都响彻颤动的、喜悦的欢唱。

郭成志顿时觉得天已大亮了。他没有直接返回家里，而是穿过胡同，拐到前街，到了大队长郭明谦家里，在昨晚上打过的招呼上又补充了两句工作上的话，才放心地朝自家的小院走去。窗内窗外已饱浸着晴天爽朗的清晨光线，窗子上面的一角，却有一缕朝阳的红箭。郭玉金已经把香喷喷的玉米粥熬好，还烙了厚厚的一沓香味扑鼻的白面油饼，大约留出了郭成志上路的干粮。而她自己吃的，是清一色的橡子面掺玉米面蒸馍。婆婆不让她这样做，可她执拗得很，说："你年纪大，身体又不好，就得吃好一点；小年外出，路上怕吃不好，也要吃好点；我年轻力壮的，吃孬些应该。"

郭成志进屋朝锅台上扫了一眼，一股热流升上了嗓子眼，朝郭玉金小声说：

"等会儿把娘叫过来一起吃。路上俺有两张足够了。带多了也麻烦，碍手碍脚的。"转而又怕媳妇非让多带，赶忙解释，"车上俺不会买，还能饿着大活人？"

"好了。你吃好就行了，家里你就甭操心了。"郭玉金虽然很劳累，神情却是很快乐。她一边给婆婆盛玉米粥，一边劝丈夫。

惯了，郭成志每次出门总会有这样的场面，使他感到这个小家的贴心温暖，充满着幸福。可他无暇享受这些，便赶忙一如既往狼吞虎咽地喝了几大碗玉米粥，揣上媳妇一大早烙好的当时在山里还算得上"奢侈"的几张白面油饼，换上了媳妇找出的光鲜些的衣服，便匆匆地走出家门上了路。

天阴了，浓云像是从平地上冒出来似的，霎时把天空遮得严严的。接着，秋雨不分点地"唰唰"下起来。透过外面淌着雨水的玻璃车窗，可以看到太行北部燕山的远峰，华北平原的乡村和城镇，百里烟波，都笼罩在白茫茫的秋雨中。

当邢台到昌黎的列车进站的时候，已是夜里十一点多，昌黎车站和车站旁边同铁路垂直相对的小街黑沉沉的，夜幕遮天盖地地落下来。一列客货混装的列车，暗绿色的客车厢里没有一盏灯，黑黝黝的，平板货车上不知装的什么，巨大的篷布上覆盖着污秽的积水。老式的机车头好像害了哮喘病，很沉重地吼叫着，喘着气，吭哧吭哧地停下来。在两分钟里头，列车把一些下车的旅客，倒在被雨淋着的小站上，就只管自己顶着雨毫不迟疑地向北冲去了。

这时间，车站小街两边的店铺，已经亮起了灯火，挂在门口的电灯照到泥泞的土街上来了。

"还有床位吗？"一位旅客背着沉甸甸的行囊问。

"有啊！"女服务员满脸开花，"要通铺大炕？还是单间？兄弟倒是该住单间舒服。"

"好啊！我住单间。"背行囊的旅客满口大话，支使女服务员，"给我开门去！"

"这位兄弟，床铺好了——"另一个女服务员在很深的旅馆里头喊。

"来了——"背行囊的旅客朝旅馆大院深处走去，脚下有些飘，好像喝醉酒似的，总是踩踏不稳，又撞到什么挡路的东西上头，胳膊也不觉得疼。那些坐着或在通铺大炕上的山里脚客，在嫉妒地说什么，背行囊的旅客不屑一顾。这些山地客，可怜巴巴地肩挑山货到山外来卖钱，只舍得花几块钱躺大炕，节省下来钱交给山里的媳妇。

旅客们听了招徕客人的旅馆服务员的介绍，都陆陆续续进了这个旅馆或那个旅馆了。小街上，霎时间，空寂无人。只有他——一个年轻庄稼人，头上顶着一个黑提包，黑幢幢地站在街边靠墙搭的一个破席棚底下。

你为什么不进旅馆去呢？难道所有的旅馆都客满了吗？

不！从邢台坐了一千多里火车，来到这里请板栗专家的郭成志，现在碰到一个小小的难题。前南峪的年轻人打听到了昌黎果树研究所的方位，谢绝了几个用自行车载客者的热情招呼，直奔果树研究所的方向而来。他知道夜间所里不会有人，即使有人值班也不接待他这个山乡来客，但还是找到了地点，从围墙外朝里边望了几眼，便返回头去找旅店。郭成志问过几家旅馆，住一宿都要几块钱——有的要五块，有的要六块，睡大炕也要四块。他舍不得花这四块钱！他从家乡起身的时候，根本没预备住客店的钱。他想：走到哪里黑了，随便什么地方不能滚一夜呢？没想到天时地势，就把他搁在这个车站上了。他站在破席棚底下，并不十分着急地思量着：

"这到哪里过一夜呢？"

人需要别人的信任。被别人尤其是被众多的一群人所信任，所拥戴，会产生一股强大的心理力量，催发人为了公众的某种要求、某种愿望、某种利益、某种事业而不辞艰辛地奋斗，忍受许多难以忍受的苦难，甚至做出以生命为代价的牺牲，也在所不惜，心甘情愿。他们这种英雄行为，往往使那些极端利己的人迷惑莫解。

年轻的郭成志，此刻就被这种强大的心理力量所支配。他那强壮的身体，站在这异乡的陌生车站小街上，他的心这时却回到前南峪的麻峪沟里去了。钱对于那里的社员们，该是多么困难啊！庄稼人们恨不得把一分钱，掰成两半使唤。他起身时大队商量治山，钢钎、炸药样样要用钱，可不容易呀！

现在离家一千多里的郭成志，心里明白：他带了多少钱，要用在他自己来回的车票。他怎能贪图睡得舒服，多花四块钱呢？

"成志！"郭山海曾经弯着水蛇腰，嘴里溅着唾沫星子，感激地对他说，"你这回领着大伙靠科学管理板栗成功了，可就把咱村板栗树由株产一斤增到十斤啰！说句心里话，我和乡亲们念你一辈子好！"

"就说板栗由一株增收十斤吧！全前南峪一万三千多株，要增产十三万斤板栗哩！成志同志！"这是公社书记李维新用铅笔敲着桌子说的话。这位公社书记敲着桌子，是吸引人们注意他的话，他的眼睛却深情地盯住郭成志。郭成志明白：那是希望和信赖的眼光……

为了科学管理全村的板栗树，使集体经济快速增长，郭成志要扛一整夜时光了，一整夜时间里，他可以为集体节省四块钱。他心里明白这笔账，毅然做出牺牲了。他第一次受到全村群众和公社书记的委托和信赖，心里简直承受不住了；那些比他高过一辈两辈的叔叔和爷爷，那些和他平辈的老哥和兄弟，尤其是上级党委，竟然对他——一个新任前南峪村党支部书记，寄予厚望和重托，他感到充实，感到有力，感到自己骤然间成为一个众所瞩目的人了。

想到这里，郭成志暗暗下定决心："不！我哪怕就在房檐底下蹲一夜哩，也要节省下几块钱！"郭成志站在破席棚底下对自己说，嗅惯了前南峪河上亲切的烧秫秸根的炊烟，很不习惯这车站小街上呛人的煤气味。

做出这个决定，郭成志心里一高兴，连煤气味也不那么使他发呕了。度过了讨饭的童年生活，在财东马房里睡觉的少年，他不知道世界上有什么可以叫作"困难"！他觉得：照党的指示给群众办事，"受苦"就是享乐。只有那些时刻盼望领赏的人，才念念不忘自己为群众吃过苦。而当他几乎费了九牛二虎的力气，才在离果树研究所几里之外的一条小胡同里找到了一家大门没有完全关死的小旅店。一块五角一宿的房钱使他更高兴了——他这一夜要享福了,不需要在房檐底下蹲下。嘻嘻……

他头上顶着一个黑提包,高兴得满脸笑容,走进一家小饭铺。屋里的大梁上吊着一盏电灯。

"啊呀!这位稀客呀?"饭铺主任睁大着灵活的小眼睛,"来一碗牛肉泡馍,还是荤油臊子面?"

"不要,不要。"郭成志连忙摆手说。

"那来二两酒,再来一碟花生豆儿?"

"一碗汤面。"

说话之间,走进一个做木工活儿的农民,好像故意跟郭成志作对似的,冲着饭铺主任大喊:"他不要,我要!"

"啊呀,这位贵客!"饭铺主任吃惊了,"好啊!我知道,这两年庄稼人翻身了,村村盖房的人多了,你做木工活儿的路数宽了!好啊!"说着,盯一眼郭成志,故意提高嗓音,"庄稼人不该老没出息,攒钱呀,聚宝呀!临死时一个麻钱,一页瓦片也带不到阴间!吃到肚里,香在嘴里,实实在在……群果,给这位客人看酒……"

饭铺主任长得矮小、精瘦,声音却干脆响亮,说话像爆豆儿,没得旁人插言的缝隙。他唤出来的,是他媳妇,一个胖墩墩的中年妇女,同样笑容满面地把酒壶和花生摆到木工的面前了:"还要啥?兄弟。"

"吃罢再说。"木工在郭成志对面坐下来。郭成志要了五角钱的一碗汤面,就着他媳妇给他烙的两张发硬的凉大饼咕咚咚喝下,便觉得肚饱体暖。他打着饱嗝,取开上衣口袋上的锁针用嘴唇夹住,掏出一个红布小包来。他在饭桌上很仔细地打开红布小包,又打开他妹子江芬写过大字的一层纸,才取出那些七凑八凑起来的人民币,拣出最破的一张五角钱,付了汤面钱。这五角钱再装下去,就要烂在他手里了……

花生米是油炸的,金红,酥脆,吃到嘴里,比自家屋里的粗粮淡饭味儿好多了。酒也真是好东西,喝到口里,辣刺刺的,进入肚里以后,热乎乎的。接连灌了三大盅,木工觉得心里轻松多了。怪道有钱人喜时喝酒,闷时也喝酒!他觉得那股热劲从心里蹿起,进入脑袋了。

尽管饭铺的服务员和管账会计一直嘲笑地盯着郭成志,他毫不局促地用不花钱的面汤,把风干的大饼送进肚里去了。他更不因为人家笑他庄稼人带钱的方式，显得匆忙。相反，他在脑子里时刻警惕自己：出了门要拿稳，甭慌，免得差错和丢失东西。办不好事情，会失党的威信哩。

郭成志是个朴实的庄稼人。即使在担任民兵连长的那些年里头，他也不是那号伸胳膊踢腿、锋芒毕露、咄咄逼人的角色。在1964年，全国开展向铁人王进喜同志学习的热潮中，他被接收入党。雄心勃勃地肩负起改造世界的重任以后，这个朴实的庄稼人变得更兢兢业业了，举止言谈，看上去比他虚岁二十一的年龄更老成持重。

"再来二两！"木工的声音高扬起来，呼唤女服务员，"服务员，买酒！"

女服务员扭动着肥大的臀部，送上酒来，紧绷绷的胖脸上总是笑着。木工从腰里掏出一卷票子，抽出两张来，摔到桌上。好大的气派！女服务员伸手接住钱，眼睛却直勾勾地盯着他把那一卷票子塞到腰里去。

踏着土街上的泥泞，郭成志从饭铺跑到了小旅店。夜间，火车一过，车站和旁的地方一样，陷落在黑暗中去了。没有火车的时候，小旅店反而是个寂寞僻陋的去处。郭成志嚓的一声划着一根火柴，在昏黄的火光下，观察到，小旅店里摆着脚客们的货包，大炕上，坐着或躺着一堆操着山里口音的肩挑脚客。他划第二根火柴，选定他睡大通铺的地方。划了第三根火柴，他才把被子铺开来了。

他和衣睡下了。土房里温馨的宁静，脚客沉睡的小鼾，饭饱后的舒适，使他像进入梦中那样，有种酩酊的感觉。现实世界在他眼前都恍惚了，模糊了，幻化成七彩的彩虹。心仿佛一团被松开的海绵，一下子又恢复了原样，并贪婪地吮吸着清新的夜露。他掏出一撮烟叶，用废纸卷了一支烟点着，香喷喷地吸着，独自一个人笑眯眯地说：

"这好地方嘛！又雅静，又宽敞……"

他想：在这里美美睡上一夜，明日一早到果树研究所呀！

……

早晨天一亮，一个包毛巾的年轻庄稼人，出现在小旅店门口了。

秋雨在夜间什么时候停了，郭成志不知道；但当下，天还阴着，浓厚的乌云还在八百里太行上空翻腾哩。可能还有雨哩。昨天在火车上看见的燕山，现在躲在云彩里头去了。

当他吃毕早饭的时候，秋雨又下起来了，淅淅沥沥地落着。

一堆堆深灰色的雨云，在低空缓缓移动。秋深了，山林里一望无际的林木已经光秃秃的，老槐树阴郁地站着，让褐色的苔掩住树皮上的皱纹。无情的秋天剥下了它们美丽的服装，它们只好光着枯瘦的身躯站在那里。

从昌黎河边吹过来的风，一路呼啸着，电线发出呼呼的金属声，风助长了雨势。雨像一个顽皮的孩子，直向郭成志身上扑来。

郭成志从饭铺出来，仰头东看西看，雨并不甚大，可是很细，很密。他又往头上顶着一个黑提包，向白茫茫的果树研究所走去。

郭成志溜溜滑滑走在雨雾中，像一个幽灵似的在风中飘忽。他走得很快，时不时被滑得踉跄几步。但他终究没有摔倒。

"嘿！年轻人真争！啥事这么急？"他听见饭铺的人在背后说他。

一会儿，郭成志走出小胡同，就毫不畏难地投身在秋雨茫茫的大平原上了。广阔无边的平原上，只有这一个黑点在道路上挪动。

此刻，郭成志急匆匆地走在去果树研究所的路上。扑面的雨水，未使他皱一下眉头，阵阵的东南风，也未能减慢他的速度。他双手顶着黑提包，不停地走着，就像一只迎风斗雨的雄鹰，展翅在茫茫烟雨之中。

郭成志！你急什么？难道不可以等雨停了再走吗？秋雨能下好久呢？你嫌住旅店花钱，可以在路边的什么村里随便哪个庄稼院避一避雨嘛！何必故意逞能呢？

不！郭成志不是那号逞能的愣年轻人。他知道他媳妇给他带的大饼有限，要是延误了时光，吃不回家怎么办？而且，他还急着回村治理麻峪沟。既然他走在路上了，他就连一刻也闲待不住。他就是这样性子的人。

秋雨的旷野里，天气是凉的，但郭成志心中是热的。

他心中燃烧着熊熊的理想的热火。年轻的庄稼人啊，一旦燃起了这种内心的热火，他们就会不顾一切。除了他们的理想，他们觉得人类其他的生活简直没有趣味。为了理想，他们忘记吃饭，没有瞌睡，失掉吃苦的感觉，甚至生命本身，也不是那么值得吝惜的了。

在秋雨中，他走得满身汗。人家八点上班，他六点半就又赶到了果树研究所。郭成志心里畅快得很哪！这个身强力壮的年轻人！

门房师傅问他："哪个县的呀？"

郭成志顺口回答："邢台县的。"

门房师傅重新把他看一眼："邢台县的？哪个村呀？"

郭成志说："前南峪的……"

门房师傅对他盘问了一番，便告诉他："王福堂不在家，那人太难找，仨月两月所里也难露面。找他的人，不少，就是难得碰上他的面。回吧，甭找啦，就是对巧碰上了他，照我看你的事也不一定中。老王听说在一个叫什么杨峪地方一蹲就是二十多年，谁也拉不走他，就凭你，会有那么大的面子能把他拉走？"

"啊！这么难见？"郭成志不由得大吃一惊，好像有谁在他脑门儿上打了一闷棍，顿时觉得天旋地转，眼冒金星。

郭成志呆了，痴了，木桩般地钉在那里，半晌才慢慢回过神来。是啊，人家王福堂是全国著名板栗专家，你来一次就能见到？可是，一想到前南峪板栗树亟待治理，一刻也不能耽误。一种强烈的使命感在激励着他，驱使他又一次振作起来，浑身上下每一个毛细血管都充满了必胜的信心。

"不对呀！人没在，俺也得问个清楚，不能一千多里来了听老师傅几句话就走。"

这么想着，他又折身重新走进了果树研究所的大门口，趁着门房师傅在屋里干别的事没留意的工夫就进了果树研究所里唯一的一幢二层小楼，敲了敲一间屋门进去。人家告诉他王福堂没在，那人确实不好找。看到了人家不冷不热的面孔，才感到自己来得匆忙，准备得不周，还真像门房师傅说的那样，你这样愣楚楚地来了，即使碰上了王福堂，人家准能跟你走？

这下，郭成志真苦恼起来：这来一次可不容易，又是工夫又是路费的，连个人影都见不到！他的心变成了一片薄膜，即使最轻微的刺激都能使他发抖。他感到冰窖似的悲凉。他渴望有一个亲人让他抱住了痛哭，让他诉说个畅快；来昌黎后这十几个小时就像三四年，他满心积了无数的话，无数的泪！

郭成志熟练地卷起一根纸烟，靠着自己的黑提包抽起来。此时已经是下午，昌黎河被西斜的太阳照耀得一片金光灿烂。河西大片的楼房已经沉浸在白鸟山的阴影中。刚从寂静的山村来到这里，城市千奇百怪的噪音听起来像洪水一般喧嚣。尽管满眼都是人群，但他感觉自己像置身于一片荒无人烟的旷野里。一种孤单和恐慌使他忍不住把眼睛闭起来。现实的景象消失了。他通过心灵的视觉，却看见了炊烟袅袅的前南峪；看见夕阳染红的浆水河边，饮饱水的黑牛抬起头来，静静地凝视着远方的山峦……

"唔……"他像呻吟般地发出一声叹息。

严酷的现实立刻便横在这个远在他乡的年轻庄稼人的面前。在这科技进山的日子里，郭成志过了多少沟，翻了多少坎，又有来自各个角落的风雪朝他扑来，然而他都顶过去了。现在科学管理板栗的工作正在紧张地进行。这是最艰苦、最困难，决定着全村板栗树管理能否成功的关键阶段……

他靠在砖墙边自己的黑提包上，久久地闭着眼睛。他内心痛苦而烦乱，感觉自己在这里无法掌握自己的命运。

那么，再返回前南峪吗？这很容易，今天晚上买一张火车票，大半夜就回去了——回到他那另一种苦恼之中……可是，他怎么能回去呢？

在这整个工作的关键时刻是决不能含糊的，只能冲上去夺取胜利。因为这不是一场简单的板栗树管理，这是前南峪村在科学进山的道路上，能不能前进一步的大变革。要变革就会有困难。各种各样的矛盾都在这板栗树科学管理的工作中集中起来，尖锐起来。难道在这场巨大的变革面前，还能退缩吗？

"不！"他喊叫说，并且睁开了眼睛。他看见周围有几个人在看他，脸上都显出诧异的神色——大概以为他精神不正常吧！

郭成志尽量使自己的精神振作起来。他想，他本来就不是准备到这里享福的。他必须在这个城市里完成自己的使命，否则全村干部群众的积极性就会受到挫折，气可鼓而不可泄啊！一切过去的生活都已经成为历史，而新的生活现在就从这大桥头开始了。他思量，过去战争年代，像他这样的年轻人，多少人每天都面临着死亡呢！而现在是和平年月，他充其量吃些苦罢了，总不会有死的威胁。想想看，比起死亡来说，此刻你安然立在这桥头，并且还准备履行自己的使命，难道这不是一种幸福吗？你知道，幸福不仅仅是吃饱穿暖，而是勇敢地去战胜困难……是的，他现在只能和一种更艰难的生活比较，而把眼前大街上幸福和幸运的人们忘掉。忘掉！忘掉温暖，忘掉温柔，忘掉一切享乐，而把饥饿、寒冷、受辱、受苦当作自己的正常生活……

这种自我安慰的想法，使郭成志的心平静了一些。慢慢地，他感到自己的心胸变得宽阔了，像大海一样宽阔，包容着冰雪不化的高山、四季常青的松柏，包容着辽阔无垠的平川、日夜奔流的江河。他感到自己仿佛就是一名纤夫，肩上勒着绳索，正在拉动着搁浅的船。他开始谋算自己眼下该怎么办。

郭成志知道杨峪那个地方不但路途远，而且山区交通不便。他下意识地摸了一下自己已是瘪瘪的衣兜——盘缠已十分有限，既去不成，又等不起，倒不如下次准备充分了再来，反正这件事一定要办成！想到这里，原来准备和办公室的人打听王福堂什么时候回所的话也没有说出来，就又急匆匆地赶到火车站。还算巧，返程的火车差一刻钟开车。就这样，风驰电掣般地又赶回了千里之外的家乡。

郭成志自然不甘心就这样无果而归，他早在赶回火车站的路上就想好了第二次到昌黎果树研究所的若干步骤。回来后，和村领导班子里的人说一声人没在，就又忙起了一项更为重要的大举动：组织治山大军开上麻峪沟，打响前南峪人开山的第一炮！

一时间，郭成志带领全村干部群众，好像发疯一样地冲进了麻峪沟。人们崩坑，清渣，垫河滩。虽然寒风扑面，但社员们的身上和头上都冒着热气。坎坎坷坷地干了半个多月，待看到治山战斗顺利了，副支书郭明耀和大队长郭明谦的指挥也顺当了，郭成志这才重新萌生第二次到昌黎果树研究所的念头。

按照郭成志的想法，此次先从最难治的麻峪沟开始治山，仅仅是个尝试，取得经验后再全面推开。但是目前主要是治树，把那些不大结果的板栗树治过来，已经到了刻不容缓的地步。他郭成志必须至迟在果树返青时把人请来，把科技请进山。

这天，郭成志把张贵云、郭春海打发走了，又通知大队长郭明谦和团支书郭素平两个人来到大队办公室里，商量着眼前大队的事情应当怎么处理才妥当。

他琢磨着李维新在电话里的那几点指示，便深深地感到，对村里的一些急需做的事情，不能不当机立断了。

头一件是安排干部。郭成志的意思是让张贵云代理一队的队长，郭春海接管会计工作；同时，每一个生产小队也要增加一个政治上比较强的人做领导。第二件是开一个贫下中农代表会，把这一程子的工作总结一下，让大家伙儿帮着党支部找找经验，再找找教训；统一了看法，再提高了认识，好投入治山治树大忙时期的紧张活动。

大家听党支部书记讲话从来也没有这般上心过。郭成志的每一句话都像磁石，对庄稼人有着巨大的吸引力。人们屏住呼吸，生怕漏掉一句话，嗓子眼儿发痒都不敢咳嗽。

郭素平对郭成志提到的这两件事情都赞成；郭明谦对后一条跟郭成志的意见一样，对前一条就有一点儿不相同了。

郭成志耐心地说服他："我们得往长处着想，往远处打算。春种秋收，庄稼一茬接一茬地长；抽枝吐芽，小树新叶换旧叶。我们的革命事业，也得一代接一代地干下去，得后继有人才行啊，你可不能把这伙子年轻的新手估计得太低了呀！"

郭明谦站在办公桌边，一只脚蹬在凳子上，挥动着大手越讲越起劲："不管低还是高，我怎么想，贵云这小伙子也有点嫩！到那一队当队长，不光要庄稼活儿过得去，人也得压得住阵脚；别看贵云是个娶媳妇大汉子了，处处还像个孩子。会计这一摊子比当队长好办，春海这孩子倒是合适，就是文化太低呀！让他搞，能行吗？"

郭明谦神气活现地讲着，越讲越带劲儿。郭成志坐在郭明谦的旁边，正在一个白皮笔记本上写着什么。这时，停下笔，轻轻地笑了笑，说："眼下当然是嫩一点儿，咱得花心血、费精力，细心栽培，应当让他们在工作里边闯闯。让他们赶快长成材，好给咱革命事业当梁做柱啊！"

"眼下是什么时候，让他们闯出点乱子来，那不就麻烦了嘛！"

郭成志摇了摇头，笑着说："明谦呀，你这话可就不对了。得让他们经经风，见见雨，把根子扎得又深又牢，把枝条挺得结结实实，把筋骨练得硬硬邦邦。这样才能站得稳，顶着住，靠得准。总怕他们闯乱子，总不敢使用他们，总也长不了本领呀！我有个想法，你可以先考虑一下。这次科技进山，咱们把他们推到第一线去，让他们很好地锻炼锻炼。通过这场变革把张贵云、郭春海他们淘炼出来，把全村的青年们带动起来。咱们在这科技进山上，不仅要改造出一万三千多棵板栗树，还要锻炼出一代新人！"

"你想的是不赖呀，"郭明谦把蹬在凳子上的那只脚放下来，身子一转，又把另一只脚放在凳子上，看了一下身旁的郭成志，继续说，"只是让他们搞这两摊子工作，实在有点儿悬！"

郭成志看这情形，郭明谦的脑袋里还拧着劲儿，一时片刻不能跟自己的意见一致起来，就不急于争论下去了。他一边摆弄着桌子上的一支蘸水钢笔，一边像是自言自语地说："咱们干的事情，就像是党让我们在一张白纸上写出字儿、画出图来！我们白天黑夜地忙啊，忙啊，为什么呢？为把前南峪建设成社会主义铁打江山，让这儿的人，世世代代再也受不着咱们过去受的那份苦，让这儿的人，享受到过去世世代代的人都没有享受过的福。这个任务太神圣了！"

郭明谦看了他一眼，说："就是因为它神圣，我们才拼了命干呀！"

郭成志说："我们拼了命干，不是哪一个人硬让我们这样，是党、是革命给的，也是我们心甘情愿这样拼命；所以我就想，安排新干部，也得找那些心甘情愿去拼命的人呀！"

郭明谦说："我向来主张从实际出发。从我自己的经验看，光是豁出命去还是干不好工作，得有本领。就目前的实际情况来说，他们还没有这个本领，要是我们硬让他们走上重要的工作岗位，只能把工作搞糟，这都是实实在在的东西。唔，据我的理解，提拔重用干部，目的也是把社员的生活水平不断往上提高，对不对，至于在条件还不太成熟的情况下，干一时办不到的事情，动机倒是好的，可是，要防止出相反的效果啊！"

郭成志说："本领得在工作里边学呀！"

郭明谦说："眼下可是个火烧眉毛的时刻！"

转来转去，又转到题上，又争论起来了。

郭素平站在一边听着，越听越觉得不是味道，她觉得郭明谦这番话是来泼冷水的！她联想到郭成志的态度，不禁陷入深思，两位党支部领导人为什么两种态度呢？大队长郭明谦太瞧不起年轻人了！而且张贵云这个年轻人是他们团支部的支委，郭春海是团员里的骨干，当着团支部书记的面贬低他们，实在有点儿难堪，就忍不住地插了一杠子："我说两句：我反对明谦大叔的看法！"

郭明谦想不到这个团支部书记火气那么大，竟敢当面顶撞自己，这是不及防备的。但他究竟是多年的大队干部了，场面经得多，便笑笑说："提拔干部嘛，是党的重要工作，当然要提拔啰。唔，我也没说不提拔吧？我只是提醒一下，应该考虑得成熟点，干起来就更好些。再说，群众眼前的切身利益，我们各级领导也应该时刻关心嘛。现在你说说你反对的理由我听听！"

郭素平说："当然有理由。"

身先士卒、甘于奉献、团结奋进的前南峪村领导集体

郭成志捅了她一下:"小声一点,跟喊得一样。"

郭素平压低嗓门儿说:"张贵云、郭春海再弱,也是咱们自己人!"

郭明谦说:"得从自己人里边挑肩头硬的!"

郭素平说:"我肯定张贵云和郭春海能担起来!"

郭明谦说:"他们没经验!"

郭成志又捅了郭明谦一下:"你也得压着点嗓门儿!"

郭素平说:"经验又不是天生来的,郭支书刚接手那会儿,就什么都行吗?"

郭明谦两手放在桌子上,没有说话。这次会议形势的发展和变化,是他完全没有料到的。他那个经验主义被一场风雨吹得七零八碎。他一动也没有动。他看着郭素平,郭素平穿着一件浅绿色的衣衫,露出一件朱红色的内衣。微圆的脸蛋上,透出一股青春的朝气。两只玻璃球似的大眼睛里,闪耀着热情的光芒。就连那一头浓黑的齐颈的短发,也显示着年轻姑娘特有的气势。郭明谦脑子里一闪:郭素平正是青春时期,敢作敢为。自己不也是从这个时候经过的吗?就在七年前,我郭明谦不也仍然有这个气魄吗?那时候农业学大寨,我也曾跟着党支部副书记郭成志开进了西山。可是,西山的梯田是那么好修的吗?没拉过口子不知道伤痛。就算西山的梯田能修好,出那么多人,费那么多工,合算吗?那时,为什么走弯路,还不是因为年轻,没有经验,只凭满腔热情硬往前闯呀?后来前南峪人为什么能走出困境?还不是因为郭成志顶着上级的压力,认定了前南峪人的"学大寨"就在川里垫地,才及时从山上撤下了队伍,就又转向河滩垫地。

郭明谦想到这里,用手支着桌子噌地站起来,使劲摇了摇头,果断地说:"不同意,我坚决不同意!再说,人跟人也不一样。"

郭素平说:"我看他们差不离儿!"

郭明谦说:"差远啦!"

会场上沉默下来,墙上的挂钟嘀嗒嘀嗒地响着。夕阳已经落下山头,村里的大喇叭响起了广播站的开始曲,屋子里暗下来了。

郭成志站起身来,顺手拉开了日光灯,灯管里闪动了两下,唰一下子,屋子里变得雪亮亮的。

郭成志合上笔记本,说:"你们爷俩别争执了。今天的会,问题提出来了,有分歧,有矛盾,没关系,这是正常现象嘛!有矛盾才有争论,有争论才能把道理辩明白。可以肯定地说,我们经过这一场争论,前南峪一定能向前跨一大步。认识不统一怎么办?咱们先到群众里走一走,看一看,摸一摸群众的心气儿,看一看群众的劲头,让大伙儿讨论决定好不好呢?"

两个人同时说:"好嘛!"

走出屋,郭素平回手锁门的时候,问郭成志:"支书,你断断,明谦大叔我们两个谁能赢?"

郭成志抬头看着满天的星斗,随口说:"你们两个都能赢。"

"哟,怎么都能赢呢?"

"到不了开会的时候,明谦就想通了……"

走到大门外边的郭明谦暗暗一笑,心里想:"他倒有个老八板儿!"

晚上的月亮非常好,她挂在中天,虽说还只有半边,离团圆还远,但她一样地把柔和清澈的光辉,像轻纱一样披覆下来,给宁静的山村、熟睡的田野遮上了一层缥缈、神秘而绮丽的色彩。一层淡淡的雾气笼罩在河面上。浆水河水哗哗地流着,掀起一层一层的浪花,把洒在水面上的月光抖动起来,像颠簸着满河的水银。从远处或近处,偶尔传过来一些人语,几声狗吠,于是,又是山村惯有的除了风声以外的无边的寂静。

郭成志和郭素平两个人出了大院,一块儿奔南岗子上边的家里走。

郭成志迈着沉重的脚步走着。从大队部带出来的那种激动心情,还没有平静下来。这几天,他好像感觉到村子里的整个气氛都在急剧地变化着,好像谣言都朝他头上扣来,好像风雨都朝他身上抽打上来,好像矛盾都集中在他的身上。科技进山还没有开始,就遇到这么大的阻力。他深深地感到肩上担子的沉重。几天以来,他拿着科技进山的规划,一家一家地宣传,一个人一个人地动员。刚才,他和郭明谦说了那么多的心窝子话,郭明谦对安排年轻干部还是信心不足,真不容易啊!

他抬头看了看皎洁的夜空,几颗灿亮的星星从云团的缝隙中透出来,神秘地眨着眼睛。一股小风从墙根底下吹过来,卷着草屑和落叶,在他脚下打着旋儿。

郭成志并没有把郭明谦跟自己的意见不能完全一致放在心上;在这个问题上,他想得最多的,还是自己的看法正确不正确,就是说,安排张贵云当队长合适还是不合适,有没有比张贵云更合适的人;处理这样重要的问题，不能不多找些群众和积极分子们商量，大家的意见能一致，郭明谦跟自己的分歧也就马上统一起来了。眼下，摆在这位年轻支书面前的最重要任务，是怎么提高前南峪组织的战斗力。这是今天李维新的许多指示里的根本一条；从过去的事情看，也只有做到了这一条，无论遇到什么困难，什么风波，都能取得胜利。经过这半年多的复杂、细致的工作，队伍是形成了，积极分子人数扩大了，可是，又怎么在这个基础上提高大家的思想水平，对一切问题都能够看得准，看得深，又能够自觉起来跟党支部一块儿迎接新的任务呢？"提高战斗力"，除了纯洁组织以外，当紧的是思想上的提高呀！农村青年土生土长，根子能否从小就扎在农村呢？我看不见得。有的人，他们生在农村，长在农村，却对农村没有感情。他们不热爱农村，甚至讨厌农村，一心想离开农村，认为农村没有前途。这能叫根扎在农村了吗？他们是吸着农民的乳汁，吃着农民种的五谷杂粮长大的。可是他们却轻视农民，看不起农民，认为当农民屈才，没有出息。到底在农村有没有前途，当农民屈不屈才，有没有出息？这个问题我们已经用实践回答了。我们每个有志在农村的青年都有深刻的体会。我们相信，那些现在还看不到农村是个大有作为的广阔天地的同志，在今后长期的工作实践中，他们也会得到正确的答案的。但是就这种现象来说，我们可以得出这样一个结论：土生土长的青年，同样存在着一个在农村扎根的问题。这不是一个简单的问题，这是一个思想认识的过程，需要经过长期的甚至是痛苦的磨炼，经过几番风雨，几番反复，不断前进，才能得到解决。拿张贵云、郭春海这几个年轻人说吧，如果不帮助他们进一步提高思想水平，光摆到领导的岗位上去，又能够顶什么用呢？

郭素平心里是高兴的。郭成志一提让张贵云当队长，郭春海当会计，她就想拍手鼓掌；从这件事情上，她更看出郭成志有眼光，有远见，又胸襟宽阔。她为团支部高兴，也为两个伙伴高兴。她记得，那一年冬天，她到县里参加团代会的时候，在大会的总结报告里有几句话："青年团是党的助手""青年团要向党输送新的血液"……从打今年初治山到现在，前南峪的团支部跟着党支部做了许多事情，所有的团员都站在了第一线，他们挥着手里的武器，向傲然挺立、不可一世的荒山野岭发起了总攻。开冻土的团员握着钎、抡着锤，大块大块的冻土裂开了缝。推车的小伙子展开了竞赛，你追我赶；挑担的姑娘像飞燕一样，来往穿梭。工地上，铁锤砸钢钎，叮叮叮，当当当，震撼着大地，鼓舞着人心；车轮飞转，人欢马叫，催动了人们的脚步，赶走了寒气冷风。如今，又有两个团员要担任村里的重要职务，团支部书记怎么会不高兴呢！

她跟在郭成志的身后，在道沟里走着。夜色变得越发幽暗了，月光从稠密的树叶间漏下，落在小路上，以及路边的野草上，斑斑点点，随着小风，还轻轻地晃动。郭素平生长在山村，这条道沟她是多么熟悉呀！从打一学会迈步就在这儿走，走来走去，自己长大了，伙伴们也长大了；如今，他们不是小孩子了，也不是普通的团员了，而是带领前南峪走社会主义大道的骨干。她想到那个直爽热情的张贵云。从打刚懂事儿，他就自称是"干部"。那会儿他爸爸在村里当支部委员，每逢开会，他就自动地挨门找人。"开会去吧，光等你啦！"人家逗他："小家伙，怎么让你通知开会呀？"他把胸脯子一挺："我是干部吗！"有一回，郭素平正在河边上帮助妈妈洗衣裳，张贵云跑过来，要帮助洗衣服，郭素平怎么也不肯。"冷得很呢！贵云，不用。""你不用怕嘛！"张贵云说，朝她亲切一笑，又故意加添一句："你看不起人！"郭素平真心笑了，笑得很不好意思。不知怎么，她忽然觉得面前的张贵云，神气很像大队的干部。随后，两个年纪相差不过一个月的伙伴们，就肩并肩，身靠身地蹲在一块沾着干枯苔藓的大麻石上，洗起衣服来。比起霜凌下的气温，沟里的水其实不算冷，手浸在里面，甚至有点儿温暖的感觉。水是从上边不远处西山脚下一排泉眼里流过来的，非常清亮，亮得几尺深的水下，可以看见小小的白石头和偶尔爬出来的一两只螃蟹。沟底下仿佛有谁架了柴火，水面上不断散发出团团蒸气，在沟岸上边积成薄薄的轻雾，缥缥缈缈，把沟两岸密密丛生的刺梨子一类的灌木，全都笼罩了起来。从岸上往下看，水边两个洗衣服的孩子，也隐隐约约，仿佛隔着几重轻纱，只依稀现出两个黑影儿。没过多久，他们黑黑的头发上，就积满了细蒙蒙的小水珠，被晨霜侵蚀得红红的脸，也同他们的衣服一样，渐次潮湿了。堆在麻石旁边的衣服很多。张贵云两只袖子卷得高高的，边洗边挺神秘地说："我有个好事儿，不告诉你们！"郭素平问："什么好事儿，快告诉我吧！"张贵云故意摇头晃脑地说："我当共产党了！""骗人，人家共产党都是大人，不要小孩子！""谁说的，不要小孩子，我怎么是了！"郭素平没有回答，转身抱衣服去了。忽然，她失声叫起来："啊哟！这鬼东西！"张贵云吃了一惊，赶忙回过身去："啥呀？""一个大盘夹子，差点夹我一爪。"张贵云一看，有个老得发黑的大螃蟹，正在郭素平抱过衣服的堆子边，蠢蠢爬动，过去一脚便踏得稀烂："这东西很坏，爬进谷田里去，光爱在田坎上打洞。"随后，两人又重新蹲在石头上洗衣服，四只手都被泉水浸泡得像红萝卜，麻木中有股辣烧辣烧的感觉。郭素平又捡起刚才的话头："要女的吗？""好样儿的，不分男女。""我入行不行呀？""你吗，等研究、研究！喂，你可别到处乱说，这是秘密，听见了吗！"郭素平多羡慕张贵云呀！她总觉着张贵云说话、迈步都有一股子特殊劲儿。有一天，她在村大队部门口拦住了张贵云的爸爸张慧说："大叔，我要当共产党！"张慧摸着她的细细的两条直撅撅的小辫子，笑着说："好哇，等长大了，争取参加党。"郭素平说："贵云跟我一般大，我还比他大一个月哪，他怎么当共产党啦？"张慧大笑起来了："你听他的，那是个小牛皮大王！"……往时的一切，回想起来还是那么清清楚楚。

　　郭素平又想起那个安稳、有心计的郭春海。因为他家穷，弟兄又多，都十二岁了，还不能上学。他可眼馋那些背书包的小学生啦！有一回，郭素平下学回来，下着小雨，忽见小学校门口站着一个小孩子，让雨水浇得湿淋淋的，浑身都冻得发青了。原来是郭春海。郭素平问他："你怎么在这儿站着？"郭春海说："我要找老师上学，不敢进去。"郭素平说："你自己说不行，得让你妈领你来报名。""我妈不让我上学。我偏要上，我不当睁眼瞎子，长大了，我还要为人民服务哪！"郭素平被这个好学的小弟弟感动了，就拉着他的手说："走，我跟你妈说去。"

　　南岗子上有一种非常艳丽的花开了，开得甚至有些喧闹。这花叫猫爪花。每朵花是由五朵小花攒在一起，每朵花有一根尖刺，藏在茸茸的花朵中，很像猫爪。花瓣是紫色的。衬托着这一朵朵紫色的花的是淡青色的叶片，香气逼人。猫爪花就像母猪刺一样，根系发达，十分耐旱，天气再旱，也会开出艳丽的花朵。其实，还有一种小黄花也开得很盛，只是被猫爪花压住了气势。郭春海的家在南岗子西头，树枝柴蒿扎起的院墙，向日葵编织的大门。他们一块推开柴门，进了院子，一位大娘正坐在院子里补一条孩子的裤子，她花白的头发上落着草屑，衫子和裤子上补着几块补丁，布料颜色很不相配，深一坨浅一坨，黄一块红一块的。她眯缝着眼睛看着自己的儿子领着郭素平，停下手中的针线活，站起来，说："是素平，快进屋坐。"郭素平说："肖大娘，就在院子里坐坐吧。"肖大娘说："进屋去，我给你烧水喝。"郭素平说："您忙您的肖大娘，我来是为让小海上学。"说着，郭素平帮她拣去了头上的草屑。肖大娘说："我们家比不了你们家，我们家底儿薄，吃饭还顾不上哪！"郭春海说："我挨饿也要上学去。"肖大娘说："你饿着，毛驴也饿着，你上学去，谁给它打草呀？"郭春海说："我早起打，中午打，晚上打，反正我上学去一天也是三筐草。"妈妈被儿子的话感动了，她拉起衣襟揎揎眼睛。郭素平不知道肖大娘眼角的泪水是因风溢出来的还是悲伤溢出来的。郭春海上了学。从那以后，郭素平每早起挎上书包上学去的时候，就见郭春海背一筐子草，从小石桥子那边走过来；晚上，当郭素平帮妈妈收拾了家具走出来找伙伴们玩，又见他背着筐子，朝小河边走去了……往时的一切，回想起来是多么有意思呀！

　　多快呀，一转眼似的，都成了大人，而且，伙伴们都要跟党支部一起，撑起前南峪的天下。

　　他们两个朝前走着，谁也没有说话儿，脚步也是轻轻的；迈着轻轻的脚步，走上了南岗。

　　一阵微风把山坡上的庄稼吹得窸窸窣窣，躲在窗下什么地方的一只蟋蟀"瞿儿瞿儿"地叫起来，惊动了周围的伙伴儿，伙伴儿们一条声地应和起来。突然，它们好像受到了惊吓，戛然而止。一只大蛤蟆，仿佛一个土坷垃似的，在无边的静谧中，一挪一擦地躲到墙角上去了；墙角那边，有几点玻璃的碎片片，在星光下闪耀着……

　　他们从两棵枝丫结连在一块儿的大枣树下边钻过去。一枝弯下来的桠儿上长满了刺儿，挂住了郭成志的褂子肩头；那儿本来就有个小口子，白天挑泥又扯大了一点儿。

　　郭素平跟上说："慢着点儿，再扯一下子就不成个儿了。"

　　郭成志一边撕扯着一边说："不要紧，扯掉了就当坎肩穿。"

　　郭素平替他摘开了带刺儿的树枝子，问："挂着肉没有哇？"

　　郭成志一边摸着被挂破的衣裳，一边笑着说："没有。唉，真是走一步都得小心，知道在哪儿挂住呀！"

　　郭素平听了这话，叹了一口气，关心地说："支书呀，你可是咱前南峪的带头人。你要是挂坏了身子，咱前南峪可就要趴架了！"

郭成志摇了摇头，笑着说："素平呀，你这话可就不对了。没有毛主席，没有共产党，我郭成志不就是一个讨饭的穷孩子吗？"

走出胡同的时候，郭素平说："快把褂子脱下来我看看，扯多大个口子？"

郭成志说："不太大。"

郭素平说："脱下来吧，让我给你缝缝。"

郭成志说："对付几天算啦。"

"也该洗洗了，一股子汗味儿；湿漉漉的，穿在身上多不舒服呀！"

"别让它占你的时间了，你也够忙的。"

"快点吧，哪这么多用不着的话呀！"

他没有再言语。在这样的时候，言语成了极无光彩，最少生趣，没有力量的多余之物。

多好啊，四周是无边的寂静，丹桂花香，混合着野草的青气和落叶的沤味，随着小风，从四面八方，阵阵扑来。他们的观众唯有天边的斜月。风吹得她额上的散发轻微地飘动，月映得她脸颊分外洁白。

说话间，他们已经来到了南岗郭成志家的前门口，郭素平家的后门口。

郭成志一边解着衣服的纽扣，一边看了郭素平一眼，见郭素平两只大眼睛也正看着自己，猛然想在这回要"提高战斗力"的工作里边，怎么帮助这个同志提高，是前南峪的事业需要。青年人在建设社会主义新农村的大路上，每过一个坡，每闯一个坎，每前进一步，自己作为农村党支部书记都承担着重大的责任。在革命战争时期，老一辈革命家冒着生命危险护送了一批又一批年轻人奔赴延安，到毛主席身边学习革命理论，为的是让他们成为推翻旧世界、开辟新天地的勇敢战士；现在，需要我们花费心血培养这批年轻人，为的是让他们成为建设社会主义新农村的顶梁柱！更何况，这个同志是团支部书记，身后边还有一大群人哪！他想到这儿，就停住手说："素平，我还有一句话，要跟你说。"

郭素平这会儿除了高兴，还是高兴，不会想到郭成志突然间说起她没有想到的问题，就把那飘在额前的乌黑的短发甩到脑后，"嗯"了一声。

"我得对你提点高要求了。"

"越高越好。"

"这第一呢，在加强青年团员的思想政治工作上，你对落后的青年，往往容易出现简单生硬。"

郭素平坦白地说:"道理我懂,可是一遇到具体问题,就容易动感情。"

郭成志说:"过去我也有这个毛病。老支书郭明耀跟我谈了以后,我才琢磨出点道理来。咱们为什么沉不住气呢?主要是没有革命者的那种伟大的胸怀,不能自觉地克制自己的感情冲动。遇到这类事情,咱们要站得高一点,看得远一点。要像老支书那样,心里装着社会主义大目标,想着建设新农村的百年大计,把思想教育看作是一项复杂而艰苦的工作。这么一来,就不容易感情用事了,就会满腔热情地对待落后的同志。"

郭素平听着郭成志的话,心里受到很大触动。郭成志没有过多地讲这件事情,就把话题转到一个月前迫切需要解决的问题上。

"这第二呢,你脑袋里装的事儿好像是少了一点儿。"

"怎么少啦?"

郭成志朝郭素平的跟前凑了凑,用非常低的声音说:"你是团支部书记,是领导干部,不是一般青年,不论遇到什么事儿,都得用发展的眼光看问题;不光是你自己这样,还得帮助、领着别的团员和青年都这样!"

听了郭成志的话,郭素平的心胸豁然开朗了,突然感到自己头上的天空是那样的蓝,那样的高。她抬起头来,看了郭成志一眼,小声又有力地说:"你这句话把我提醒了,真的,过去我在这点上做得太不够了。总觉着上边有你和明谦大叔,下边有张贵云、赵瑞娟他们一伙子,给工作就干,干个痛快,脑袋里没有主动地装点事儿,没有当好党支部的助手……"

郭成志说:"你们也干了好多工作,这会儿咱们是专找缺欠说的。"他笑了笑,"我不会打击你的积极性吧?"

"嗨,我是那么软弱吗?别隔着门缝看人了!"

"我的用意是给你鼓劲儿的。咱们得互相鼓劲儿,好把农村建设搞得棒棒的。你先把我这些话想想,等得空咱们再谈!"

郭素平激动起来了。她挥动一下手臂,干干脆脆地说:"好!我同意。就这么干!"

在这月色银白的山岗上,在这寂静的深秋之夜,前南峪村党、团支部的两位书记,正在脸对脸,心碰心地交谈着。他们正为前南峪村的前途和希望深谋远虑,正在为社会主义新农村的百年大计呕心沥血。

三

12月中旬的一天，远山、近树都蒙上了一层浓浓的烟雾。经太阳一晒，地面冻结了一夜的冰霜，开始融化了，冒着热气。郭成志又踏上了奔向昌黎的路程。这次，他学得更聪明了些，没有直接去，而是在石家庄下了火车，到河北省科委找到了在去定州学习小麦和玉米科学种田时认识的科委常务副主任董桂海。

董桂海满脸笑容，紧紧握住了他的手。一股暖流遍布他的全身，他还不相信这是真的。但是董桂海抓住他的手不放。董桂海又环顾室内，谈笑风生："你到底来了，这里竟还有人说你不会来了。我说你是一定会来的。你一定是遇到了什么困难？"

说到这里，他才放开了紧握不放的郭成志的手掌。在座的一些同志便一个个告辞，退出了房间，知道他们要倾心交谈了。

董桂海问寒问暖，悉心关怀。他们谈话中不时爆发出大声的笑，使邻室的人听了也受感染。郭成志一生中还从来没有过一次这样舒畅和快乐的谈话。他们谈到去定州学习小麦和玉米科学种田，他是最佩服郭成志的。

董桂海注意地听着郭成志从容不迫的述说，两眼一直盯着郭成志那张闪动着灯光的脸孔。他们在定州初次相会的时候，这个年轻人留给省科委常务副主任的印象是"热情"；二次相见在河北铺参观，他看到这个普通党员的"深沉"；迎着瑞雪春风召开的省科委大会上，他进一步认识到这个基层干部不仅"热情"和"沉深"，而且有一股子刚毅、坚定的气质和善于思考、不断追求的革命精神。如今，所有这些看法，越来越明朗、具体，脑子里忽然闪过一个念头：这个人具有领导者的才干，今后的斗争实践中还会不断地增长，这是很值得注意的；今后，当社会主义建设在农村更加蓬勃地展开的时候，非常需要有更多这样的干部领兵挂帅；革命斗争的烈火，一定会造就出千千万万个这样合格的、党和人民所需要的新干部！他想到这里，心胸产生一种兴奋、满足和信心。

他点上一支烟抽着，让自己的激动心情平复了一下，并且压住他的念头不谈，只是兴致勃勃地说："最近全省刚刚召开科学技术座谈会，在这次座谈会上，特别指出，要改变太行山区的贫穷落后面貌，首当其冲的就是要开发研究太行山。"

"太好了！"郭成志听后十分振奋地说，"我们前南峪每人七分耕地，八亩荒山，栽种板栗也有几百年的历史了，据说从明朝万历年间村里就有板栗。可是多少年来板栗树却是靠天长，望天收，哑树渣树，光长枝杈不结果实。我今天就是代表全村干部群众，要到昌黎聘请专家，帮助前南峪科学管理板栗。"

"好！有远见，有气魄。"董桂海当即对这个山区支书的做法表示了热情的赞誉，"搞山区建设，一靠政策，二靠科技，三靠像你这样的有志于山区改造的好支书。"

接着，董桂海亲自写信并恳请常务副省长兼科委主任李锋在介绍信上作出批示，又让省农科院给昌黎果树研究所通电话，让他们热情接待郭成志这个酷爱科技的太行支书。

董桂海何以为一个山区支书这样亲自奔忙呢？一方面，他对于郭成志其人早有耳闻，对于他科学种田取得的成果也表示过钦佩和赞赏；另一方面，老主任一生致力于山区建设，特别是对于贫穷落后太行山区的改造更是情有独钟。他渴望把自己所学的科技知识全部报效给祖国，报效给山区人民。他一直在寻找一个突破，或者是在寻找一个太行人，把他一生的理想通过这个人的手在大山上得以实现，从而使贫穷落后的太行山区，变得更加欣欣向荣，变得更加富有灿烂绚丽的色彩。当然，他也曾在河北省的几个农口科研院所和农业大专院校，寻找过有志于太行山改造的科技人员。后来，河北农业大学师生的"太行山道路"走出了一派辉煌的成果，也渗透着老主任的沥沥心血。但，那毕竟是科技人员而不是太行的农民和基层干部。况且，科技人员的知识和智慧也只有通过和太行人的结合，才能闪烁出耀眼的光彩，结出丰硕的成果。

此次，老主任毕生的寻找终于有了一个可以信赖的目标——太行山区的郭成志，你看，他多像一株木棉树，树姿巍峨，枝干挺拔，遒劲有力地矗立在高高的蓝空，一看就给人以苍劲无畏的感觉；而且，每根细长的枝条上都缀满瑰丽的花朵，花红如火，蕊黄如焰，英姿勃发。董桂海甚至想到，像郭成志这个踏实肯干、性格倔强、酷爱科技，又有中专学历的山村支书，当真是"踏破铁鞋无觅处"。今天，是天意把他送到自己的面前，而且此人极需他人相助方能事业有成。我不帮助谁帮助！

临分别的时候，董桂海握住郭成志的手，嘱咐他说："成志同志，越往前走，困难会越多。要教育党员和积极分子高举科学治山的大旗，拼杀下去！"

郭成志挺着胸膛说："您放心，我们都认定把浑身这一百多斤交给党了，就算有千难万难，我们也要闯下去，决不会停步！"

郭成志带着老主任的盛意和介绍信，满怀信心地赶到了昌黎果树研究所。他没有等到门房师傅的询问便主动掏出了介绍信，让略识几个汉字的门房师傅看了看闪着耀眼光辉的"河北省科学技术委员会"的红色印章。在门房师傅的引领和尊崇之中，他登上二层小楼，直接来到了所长办公室。

门房师傅轻轻敲了一下办公室门："张所长，你在办公吗？"

"谁呀？请进！"房主任回话了。

郭成志随后跟着门房师傅走进了办公室。

这是一间宽敞明亮的办公室。屋子的南边苹果绿的窗帘半开半闭，透过那一块块方格状的玻璃，可以清晰地看到院中的一部分景物。临窗放着一张红木办公桌，桌上摆着一台"熊猫牌"收音机，正播送着"科普知识"。办公室的一侧墙角陈设着个两三尺高的角橱，下方是几盆盛开的鲜花；另一侧墙角，摆着一张蒙着白沙发巾的双人沙发。贴着办公室的另外两堵墙壁，陈列着两个大书橱，透过玻璃可以看到里面一排排书籍、资料、手稿和文献。

所长张国文这时从办公桌后抬了一下眼睛，从白光眼镜的边缘看了门房师傅和郭成志一眼，脸上连一缕笑纹都没有。他是个严肃的人，今生似乎与幽默绝缘，粗黑的长寿眉下那双眼睛不时地闪烁着威严的光芒。

门房师傅拿着介绍信走到办公桌前，一边隔着办公桌将手中的介绍信递给了张国文，一边简要介绍了郭成志的来意，然后知趣地退出了办公室。

张国文把接过来的介绍信郑重地捧在手上，白光眼镜的后面即刻闪出了一丝疑惑。在此之前，他曾经接到了省农科院院长的电话。对方千叮咛万嘱咐无论如何要接待好省长李锋的客人，尽可能地满足来人的要求。而这个省里高层领导推荐的客人竟然是个太行山里的村支书，来人的要求也竟是所里几乎每星期都能碰到的司空见惯的问题。

尽管张国文对于一个山村支书的到来，竟惊动那么高层领导有一百个不解，他还是非常热情地接待了郭成志。他打开玻璃窗，外面是晴朗的天气。燕山山脉的崇山峻岭间，碧绿的枫叶渐渐变成暗紫色，又由暗紫色变成了一片深红了。红枫恰似一把炽烈的火炬，在青山绿水间举了起来。它给冀北的初冬原野缀上一片盎然生机。

张国文真诚地告诉郭成志："所里正式做过决定，各种课题研究只在燕山山脉进行，至于太行因为地理位置较远，所以鞭长莫及。你可以到石家庄果树研究所看看，和他们联系联系。当然，也并不是我们所就绝对不去太行，你的要求我们也可以考虑，再正式研究一下，然后给你答复。如果你愿意，还可以和干果室的技术人员接触一下，听一下他们的意见。你要找的王福堂主任，他很少在家，今天也不在。怎么样，到干果室看看吧？"

张国文隐去了昌黎果树研究所不去太行搞试点的真正原因。其实郭成志心里也清楚，前南峪的山里早年也去过昌黎果树研究所的技术人员。只是因为太行人实在保守，对新技术大都采取了排斥的态度。那些光明、美丽的希望似乎都跟他们断绝了关系。太行人的冷落和燕山人的热情相待形成了强烈反差，才使昌黎果树研究所做出了不去太行的决定。

郭成志去过石家庄果树研究所，那里根本就没有干果这个课题。所以，张国文刚刚把话讲完，他就顺着张国文的话提出要到干果室看看，顺便问清楚王福堂主任什么时候能够返所。

干果室的技术员赵峰是一位年轻人，那副长期在野外工作晒成古铜色的圆脸幸福地微笑着，细长的眉毛底下，一双明亮的眼睛是那么坦然，给人一种异常俊美、憨厚的感觉。

赵峰第一次见到郭成志，就喜欢上他了，并被他那热爱山区，寻求科学技术的强烈事业心所感动。

赵峰紧紧握着郭成志的手，他觉得，那长满老茧的粗糙的大手，是那样有力，那样炽热。他非常直率地对郭成志说："就是因为你们太行人保守，根本不配合所里技术人员的工作，我们才拒绝去太行搞课题研究。不过你倒是个例外，听说你一个月前已经来过一次了。太行人这么积极寻求科学技术，你还是第一个，冲你这么迫切劲儿，我第一个建议要重新考虑原来那个不去太行的决定。"

年轻的技术员还告诉郭成志："福堂主任半月后的阳历年一准返回。新年元旦的第二天，郭支书你还来这里找我，我领着你去找王主任，准能找到。说不定去太行搞课题研究的事能成。当然王主任不一定去，其他人去也一样，都是所里的课题，谁去都一样受到重视。"

事情虽然仍没有办成，但毕竟开始看到了一线希望。郭成志全身心都让"高兴"二字占领了，他一路孩子般地哼着歌。他几乎是小跑着去赶火车……

到家后，大冬天的他一瓢冷水下肚，急忙在饭筐里抓了一个玉米窝头，狠狠咬了一口，几乎没嚼就往下吞咽，噎得他脖子一展，随后他就上了山，在麻峪沟和社员们滚到了阳历三十日。郭成志和班子成员商量一下，在半山腰里宣布元旦放假三天，弄得山上的男女老小个个大眼瞪小眼："咋啦？太阳莫不是从西边出来啦？"

前南峪人哪有阳历年放假的习惯？即使是大年春节，也就是从年三十歇到正月初五。

人们不知道郭成志在阳历年这几天里另有"大任"。郭成志觉着村里人都干在山上，自己跑来跑去的心里总有点不踏实，才想起了放假这个招儿。

四

元旦这一天，郭成志三下昌黎。在辽阔的天空中，鲜红的太阳从东边的小山头上慢慢地露出来一个弧形边儿。五彩缤纷的田野现在只剩下一个颜色；收割后的庄稼地、大路、天，都是一片铅灰色。一排排篱笆和树根很难同光秃秃的地区分开来。地已经冻得硬邦邦，走在路上把人的脚都要硌疼。

他又是早早地就起了身，喝了几碗媳妇熬得香喷喷的玉米粥，披了件军大衣，提起了昨天晚上准备好的十几斤自家自留树上产的大板栗，大步匆匆地奔上了征程。

到石家庄下了火车，直奔省科委常务副主任董桂海家里。虽然有了上次去昌黎果树研究所的经历，但他还是想让老主任开个便函给所领导，以示省里重视。

他把半小面袋板栗交给老主任媳妇郑淑青手里，郑淑青看起来比董桂海年龄还大一些，一副瓜子脸被生活的浪花冲出许多皱纹，两片略厚的嘴唇显得那么憨直，那一汪清亮亮的眼睛却透出了内在的机敏和倔强。她一个劲儿推让。还是董桂海发了话：

"收下！收下！成志的栗子。又不是外人，就当是自家的孩子送来的。"

郑淑青听了，眼睛闪亮着，一种热热乎乎的感觉涌上她的心。猛然间，郑淑青想起一件事。

那是上次郭成志为去昌黎果树研究所找董桂海开过介绍信之后的一个深夜，董桂海回到家里，瞧见窗户亮着，推开屋门，像往常一样，感到扑面的温暖和明亮。

这屋里没有什么特别的摆设，像这家人的衣着一样简朴。墙上有两张图惹人注目，一张是河北省科技进山的设计图，图当中央画着一颗红星，围着红星是大小不等、形状不同的方块。另一张就是世界地图了，五洲四海的当中央有一块红色，这就是伟大的中华人民共和国。两张图当央悬挂着毛主席像。床上的被褥叠得整齐，归在一边；另一边是几只箱子。床上铺着一张宽大的净黄发亮的床席。当央围着一张小炕桌。媳妇郑淑青正在台灯下埋头缝补着袜子，针钝了，她就放到头上去磨磨。

董桂海进屋一看，就说："你为什么还不睡觉呢？"

郑淑青停住针线，说："你还没有吃晚饭，我睡了，你又该吃凉的了。"

董桂海一边脱外衣，一边想了想："呃，我今个又没吃晚饭吗？不会吧？"

郑淑青说："你自己的肚子空着，还问谁呢？"

说着，郑淑青从床上溜下来，要给董桂海热饭热菜。她拉亮电灯，从董桂海身边经过的时候，不由得停下来，望着董桂海的脸颊和耳朵都通红了，挺关切地问："你的身子不舒服吗？"

董桂海说："没有，很好的。"

郑淑青说："脸色为啥这么红呀？"

董桂海用手摸摸布满黑森森胡子楂的腮边和下巴，笑着说："这是因为太兴奋了。听一个村干部讲科学种田，十分精彩，比看一出好戏还要动人。"

那是那天上午，在一间宽敞明亮的礼堂，来自全省各地的六名科学种田先进典型人物以自己不同凡响的创造性劳动，赢得了人们的赞颂。那火爆的掌声就是献给他们的。此刻，邢台县前南峪村党支部书记郭成志正同其他交流者一样站在主席台上，站在众人目光的焦点上，犹如站在冬野的晨曦中，他一只手撑着讲桌，一只手挥动着。他那双深沉的眼睛里充满了坚强、自信：

"党给我们的荣誉，是党交给我们的任务，现在我们肩上科学种田的担子更重了。我们前南峪人一定会团结得像一个人一样，每时每刻听党的话……"

这声音，如此诚挚深情，如此热烈铿锵！

礼堂里又一次响起了雷鸣般的掌声。董桂海很久没有听到如此热烈的掌声了，他觉得这掌声并不是为郭成志一个人鼓的，而是为了这个科学的春天，为了这个刚刚到来的崭新的时代。他觉得自己像是要被那汹涌的海潮淹没了，他的心在那浪涛的冲击下，好像要喷涌出热泪来……

郑淑青立即被董桂海的喜悦感染，好奇地问："哪儿的村干部，这么能讲呀？"

董桂海说："不是他能讲，是他能干，事实本身就包含着发人深思、动人心弦的力量。这个干部是太行山区前南峪的郭成志。"

郑淑青对这个名字生疏，就问："郭成志？到咱家来过吗？"

董桂海想起那年在定州约请郭成志来家做客，摇了摇头，感叹地说："没有必要的事情他不会来。那是个很深沉的人哪。"

郑淑青又看男人一眼。她很熟悉董桂海的习惯，这种习惯是多年来做领导工作形成的，那就是从不由着个人的一时一地的印象，随随便便地贬低一个干部，也不轻易地夸奖一个干部；董桂海对下属干部虽然鼓励多于批评，但是极有分寸，如果不超出一般，绝不会像今天这样激动地说出这样肯定的评价。因为这个关系，就引起郑淑青的好奇心。她一边捅炉火，一边跟董桂海打听起那个郭成志。

他们说话之间，董桂海已经洗了脸，郑淑青也把新鲜可口的饭菜摆在桌子上：熬得又黏又稠的小米饭，烙得又焦又黄的家常饼，还有一盘用鸡蛋炒的蘑菇丝。他们一个香甜地吃饭，一个熟练地穿针引线，继续他们的谈话。董桂海很细致地描述着前南峪的农民生活的故事。他告诉媳妇，粉碎"四人帮"前，前南峪农民缺吃少穿，是郭成志学习小麦和玉米科学种田后，在邢台县山区农村克服重重困难，带头大搞科学种田。粉碎"四人帮"之后的第二年夺到了第一个丰收年，使贫困农民"长全了羽毛"，扎下了根子，科学种田像一面鲜艳夺目的红旗，高高地飘扬在广阔的太行山上。

郑淑青从小生长在农村，不仅能够理解男人讲述的事情，而且被紧紧地吸引住。她在不知不觉中已经停住针，放下线，两眼直愣愣地盯着男人的脸，唯恐放过一个字；听到郭成志克服重重困难，大搞科学种田，终于使前南峪的农民解决了温饱问题。她深深体会到：干这么大的事业，遇到了这么复杂的斗争，担着这么大的风险，需要多么大的魄力啊！需要花费多少心血和汗水啊！于是她忍不住地拍手叫好："哎呀，真是个英雄！"

董桂海连连点头，激动地从桌边站起身，在屋里来回踱着步。最后，他停下来，掀开窗帘，凝望着窗外闪着满天星光的夜空，无限深情地说："这个干部很有前途。等山区新农村建设在全省日益深化之后，还会涌现出成批这样的好干部；没有这样一大批好干部，山区新农村建设也不可能健康地发展下去。他们是党和人民的宝贝呀！"

想到这里，郑淑青这才明白了眼前的爷儿俩不同于一般的亲密关系，赶忙操持着沏水倒茶，又自作主张地提着篮子到街上买菜。看来郭成志的午饭必须在科委主任家里吃了。

看着老夫老妻两个忙活开了，郭成志赶忙说自己马上要赶到火车站，无论如何今天要赶到昌黎。慷慨豪放的董桂海大手一摆，说："你到了我家，就得听我的指挥，别夺我的令箭。你不用赶得太紧，反正中午吃完饭再走也耽误不了你的火车。至于车票我给车站的熟人打个电话，让人家留着就是了。"他反过身来又对挎着篮子的媳妇嘀咕了几句。

吃午饭时，董桂海一家人和郭成志坐得满满腾腾的。

屋里早摆好了一桌丰盛的酒菜。郭成志一边嚼咽着饭菜，一边暗地想着心事。他两次找到董桂海这样一位老领导，感到十分幸运，悬着的心立刻放平稳了。

董桂海夫妇恐怕郭成志吃不好，热情地让酒让菜，好像郭成志不是遭了难才被逼到这儿来的，而是闲暇无事，来串亲戚，看朋友。满屋香味飘飘，充满着幸福家庭暖融融的氛围。

吃完午饭，郭成志丝毫没有推让的表示，提着郑淑青买来的香肠火腿烧饼一大包，下了省科委的家属楼。出楼门后，又掏了掏装在内衣里董主任开的便函，就两腿生风地赶到火车站。

在我们这个星球上，每天都要发生许多变化。有人倒霉了；有人走运了；有人在创造历史，历史也在成全或抛弃某些人。每一分钟都有新的生命欣喜地降生到这个世界，同时也把另一些人送进坟墓。这边万里无云，阳光灿烂；那边就可能风云骤起，地裂山崩。世界没有一天是平静的。

可是对大多数人来说，生活的变化是缓慢的。今天和昨天似乎没有什么不同；明天也可能和今天一样。也许人一生仅仅有那么一两个辉煌的瞬间——甚至一生都可能在平淡无奇中度过……

不过，细想过来，每个人的生活同样也是一个世界。即使最平凡的人，也得要为他那个世界的存在而战斗。在新的革命历程开始前，往往有一阵急风暴雨。在这种时候，就看你的态度如何了。你如果被这些暂时的现象所吓倒，你的颈项便酥软了，就抬不起头来。市侩主义者总想回避困难，在困难时牢骚满腹，怨天尤人，从妥协走向屈服。在顺境中他们曾经像个勇士，但只要天边有一点点乌云，他们便诅咒起革命来了。但真正的战士，总是在这种时候带领着人们前进。为了人民的利益，他尽量设法减少困难，但当困难真的来临时，就像有什么呼唤起他心中沸腾的血液，它变成一种光、一种火，他精神抖擞，向困难宣战，一直到彻底地克服它、战胜它为止。从这个意义上说，在这些平凡的世界里，也没有一天是平静的。

当天夜里，郭成志在昌黎住在一元五角一宿的"大通铺"。借着昏暗的灯光，他从大提包里掏出一大堆香肠，抓了一根最大的，手撕口咬，大吃起来。他甚至连嚼也不嚼，往下吞咽，一阵手嘴忙乱，吃得他满头冒汗。尽管他住得极其普通，甚至寒酸，但他吃的香肠在当时可算得上高级食品，弄得一屋子旅客猜测这个人可能是个"土财主"！

第二天早晨8点，郭成志准时到达昌黎果树研究所。朝阳下，院子里显得明亮、整洁。恬静的二层小楼被笼罩在一片柔和而又显得幽暗的红光里。郭成志走进干果室一看，大约是那位年轻的技术员赵峰将干果室主任王福堂早早地拉到了果树研究所里，一老一小正争论得激烈。

……

赵峰开口了："王主任哪，这一程子，你不知道，人家郭成志忙得要命啊！你没见，他那脑袋瓜子两个来月都没顾上理理，差不多可以梳成小辫子了。这个样子上县、上省见领导多难看。哎呀呀，你说，有这么忙的没有呢？"

昌黎果树研究所的人，谁听到过赵峰像今天这样慢条斯理、和蔼可亲地谈过话呢？没有，就是他亲娘也没有听到过。今儿个，他对着王主任却做出了这番"奇迹"。

赵峰继续用那种神态、语气说："怎么能不忙啊？你想想，这个前南峪，大多数庄稼人都是让穷神富鬼给赶到山上的，几辈子都是光有力气没有科学；虽然粉碎了'四人帮'，也是心劲大，底子薄，心有余，力不足。社会主义再好，政府再关心，也不能一口气就把他们都吹成个大胖子。再加上，他们村这些年板栗管理不十分对头，这就难上加上了一层难。头三脚难踢，不会老这样。郭成志说，我们的情况，上级领导知道了，一定能给我们指出个好办法，所以有奔头，忙得痛快，忙得有意义。所以我说，他有啥困难，咱得多帮着点儿……"

一向办事有主见、干脆利索、敢作敢为的王福堂，现在却变得这么糊涂了。他脑子里像装着一箱子蜜蜂，嗡嗡地叫着；心里头像揣着二十只小兔，百爪挠心。他坐在赵峰对面，一扭脖子："过去我们不是没有到太行搞过板栗课题研究，工作难以开展。"

赵峰到干果室来工作以后，感觉到他所接触的大部分干部和技术人员，对任何困难表现出不低头不屈服的英雄气概，一心一意地追求着全所的成绩和荣誉，是一种良好的现象。但是，他同时感觉到他们急躁、不冷静，求战心切，求功的心更切，有些干部像王福堂就有这种心理情绪，把在太行山战役中受到的挫折，当是一种羞辱，背上了沉重的包袱。别人一提到太行山搞板栗课题研究，就神经过敏地以为是别人有意揭他们的疮疤。王福堂刚才反映出来这种情绪，正是他们思想情绪里消极因素的暴露。对这些内部细节，赵峰比当事人王福堂看得似乎更清楚。作为昌黎果树研究所党支部委员，作为王福堂的战友，赵峰确定自己担负为王福堂所没有的这份责任，帮助王福堂消除干部和技术人员的那种不健康、不正常的心理情绪，尽他的最大努力，使干果室在科技进山中建立业绩，得到荣誉。

赵峰焦虑的，是怎样尽快调动全体干部和技术人员的积极性，帮助前南峪村实现科学管理板栗。他认为干果室的战斗力是强的，到太行山搞板栗课题研究，可以拍胸口一手包干；但还得使干果室的干部和技术人员转变观念，才能够进行更有效的板栗课题研究。

赵峰说："打开天窗说亮话，我看哪，你这回说成啥，也得派人到他们那儿去。"

"你不用瞎扯这个。"

"拉倒吧！不说这个，又说哪个？你心眼里那些东西，全都在我兜里揣着哪。依我看，在这件事情上，咱得支持人家郭成志的工作。咱不能因为太行人过去保守，就戴着有色眼镜看人家。一个人要是不把头抬高点儿，不把眼睛睁大点儿，总盯着他自己那点事儿，算盘珠怎么拨拉也觉着吃亏，总也不会舒心，哪咱怎样改变太行山区的贫穷落后面貌？怎样开发研究太行山的板栗？"

王福堂摇摇头说："你也不用费这个心了。这太行人太保守，肯定不行。"

赵峰说："直截了当地掏心窝子话，你这样办不好，也不应当。我敢说，昌黎果树研究所的人，都不会赞成你这样干。顺气一小会儿，过时你就后悔。你仔细想想吧，准是这么一回事儿！"

"我顾不上这么多……"

可是错了还不知道，还总是有理，是什么迷住了他的眼睛，使他是非不分呢？这个问题，王福堂现在还没有想通，还没有认识到，还没有找出它的症结所在。不过，赵峰一番掏心窝的话，像一股清风吹进他的心里，把他心头的乌云吹裂了缝，使他见到一线光亮。

"说心里话，我跟郭成志不沾亲不带故，可我亲他，敬他。为啥呢？一句话，他好。他对前南峪群众好。他心里只有别人，没有他自己。你打着灯笼跑破了鞋，上哪儿找这样的上进心极强的人去呀！"

"他好，我不好，不当人家累赘了。"

"你也好，就是最近你变了。你真变了。不要说别人，连我这个粗人都有觉察。你看看你，变没变，还没了解真实情况，就凭主观想象，用老眼光看人家太行人……"

怒火万丈的王福堂，对赵峰这些尖锐、深刻的话，一点也没有听进去。相反地，他看到赵峰这种态度，他把满腔的怒火，都朝赵峰发泄出来："嘀，我前些年到太行搞板栗课题研究，那不是事实呀？这几年，又能变个啥样？就是他郭成志热心也不等于太行人不保守，是这样的吗？"

赵峰听着王福堂的话，心里的火气腾腾地往上撞。说实在话，王福堂怎么说他，怎么骂他，怎么跟他拍桌子瞪眼，他都可以原谅。可是，现在王福堂竟然这么不顾事实地认定太行人，这是他决不能容忍的。他拳头捏得嘎嘎响，一下子站起来，急步走到王福堂的面前。他恨不得一把揪住王福堂的脖领子，让他说出个青红皂白，让他低头认错。

王福堂看到朝他步步逼近的赵峰，正气凛然，满脸通红，两只深邃的、布满血丝的眼睛，放射着像利剑一样的光芒。真想不到，平时这个沉静、寡言的小伙子，现在竟这样威武不可侵犯，气势压倒一切。王福堂不由自主地向后退了一步。

就在这一霎间,赵峰看到,王福堂那充满怒气的脸上,透露出一种知识分子的诚实和坦率。他那满脸怒火一下子压了下去,用一种真挚而又尖锐的话对王福堂说:"王主任哪,我可不是为太行人保守作袒护;说真的,我不稀罕这些个。我心里边各种事情装个满满的,没有放它的地方。我也不是来挖苦你。要这样,我直截了当地跟你骂大街,不比转弯子挖苦人来得更痛快、更开心吗?不是。我跟你掏心窝子里的东西哪。我想提醒你!"

王福堂脸上一红:"你不要胡说八道!"

赵峰从椅子上"噌"地一下站起来,带点火气地说:"我认为没有冤枉你。你不调查,就下结论。太行人保守,那是过去!你就敢说现在人家没变化?回答呀!"

王福堂变羞为怒,也站起来了:"我怎么安排工作,你也有权力管吗?"

赵峰并不把自己的火气往高提,也不让自己暴跳,却用一把无形的刀子,在王福堂的心坎上越戳越深。他说:"我没权管,有权评评理儿!"

王福堂把脸扭到一边。

赵峰大喊大叫了:"王主任,告诉你,我赵峰在这块蓝天黄土上活了二十三年,我没有嬉皮笑脸地哄过谁,我没有低三下四地求过谁;这一回为了郭成志同志,为了让他不丢失脸面,不在心里结疙瘩,一心一意地给群众办点好事儿,我才开天辟地头一遭儿求你。再说,你看人家郭成志为请板栗技术员,求贤若渴,都三下昌黎了,这样的人真是太难找了。如果咱再不派人进太行,就太难为人家一片苦心了。"

说到这里,王福堂不再犹豫了,说:"对,这次我们一定派人去!"

郭成志无意中听了两人的争论,顿时喜上心头,但又不敢表现得太露骨,赶忙向王福堂和赵峰问好。

这时,王福堂猜测着找来的可能就是那位参观杨峪时的太行支书。一看,果然没错。随后向赵峰使了个眼神,意思说:"怎么样?你们的主任料事还有点准吧。"

然后,王福堂以十分肯定的口吻告诉郭成志:"所里已经研究过了,就凭前南峪人这种寻求科技治树的渴望与执着,所里破例批准到太行搞板栗课题研究,但我去不了,所里决定让我们这里的一个外聘农民技师王金章去。他人没在所里,还在遵化的家里。小郭你可别小看王金章那人,有真才实学,又能吃苦,是个人才呢!配合好了,你们的板栗可大有发展前途。怎么样,乐意先和王金章认识认识吗?"

郭成志当然是巴不得一下子就见到王金章,没过十分钟,他拿着干果室主任的便函,千感万谢了眼前的一老一小技术人员后,便像小跑一样赶到了昌黎县城的长途汽车站,乘车直奔遵化农村王金章的家去。

五

蜿蜒起伏的燕山,纵横二百多公里。远眺群山,那突出的山峰,似丰满的乳房。村庄在山涧里参差错落,一间间低矮的茅屋,像一株株生长在粗大树根上的蘑菇。

王金章确确实实是个农民,不过,他不是个传统意义上的中国农民。

此时,他三十出头的年纪,精精瘦瘦,长瓜脸膛,由于长年累月地在田间劳作,面孔黑红且粗糙,眉毛浓黑而整齐,一双细长眼睛闪闪有光,看人时,十分注意,微笑时,露出一口整齐微白的牙齿,手指灵巧,指甲缝里夹着黑泥巴。跟遵化县的一般农民一样,他穿一件肩上有补丁的蓝布上衣。但你稍加深入观察,便能发现他身上的某些知识分子的特质,学识相当扎实,工作认真肯干,研究上经常出成果。五十年代末,他初中毕业后,考上了家乡的一所林校,学林果专业,即将毕业时因学校下马,才回村当了农民。在塔寺村最原始、最古老的石灰窑里"平窑"。这种原始的石灰窑形状如同日本鬼子的炮楼,上面填石灰石和煤,下面出烧透的石灰。几米直径的上口既是进料口,又是烟囱。所谓"平窑",就是蹦到冒着火苗和浓烟的窑里,徒手把堆得小山似的石灰石码平。外面零下二十度,窑里零上八十多度,一冷一热,温差一百多度。王金章忍受着炼狱般的痛苦,拼力码着石头。别人换班上去休息了,他却仍然继续干下去,直到把整个窑平完了,他才筋疲力尽地爬上窑顶。他的黑棉袄肩头蒙上一层厚厚的、汗水浸透的白花花的盐卤,刚发下来的皮手套磨出了窟窿,露出冒着血丝儿的十个指尖儿,一碰就钻心地疼痛。

苦难犹如手中的铁锤,而他的身躯却像脚下的石头,在无数次的锤打中变得无比坚强。

平时,他踽踽独行,无人为伴,找不到解脱,更找不到欢乐。一天劳动结束了，月亮升起来了，他拿着自己心爱的口琴来到野外，尽情地吹起来。一群青年闻声而来，眼含热泪唱起了毛主席语录："下定决心，不怕牺牲，排除万难，去争取胜利……"歌声充满了悲壮与感伤。只有在这时，他心中的孤独与郁闷才会随着琴声发泄出来，才能感受到人与人之间那份应有的平等与和谐。

逆境能使人叛逆、颓废，也能使人迸发出无坚不摧的毅力。像后来许多有成就的知青一样，无论怎样艰难困苦，他从没有气馁过。他心灵深处一直蕴藏着一股岩浆般的激情。它渴望着喷发，渴望着人生的转机，只是苦苦地等待着机会。他抓到一切能抓到的书来读，《毛泽东选集》《马克思的青年时代》《果树修剪与管理》……读得最多的是那本影响了几代人的《钢铁是怎样炼成的》。奥斯特洛夫斯基的那段名言影响了他一生——"人的一生应该这样度过，当他回首往事时，不因虚度年华而悔恨，也不因碌碌无为而羞愧……"

蹉跎的岁月，没有尊严的生活，超出承受力的体能透支，把他抛到了人生的最底层，使他成为一个逆境中的弱者，饱尝了底层人的艰辛与困苦，也饱尝了一个弱者的渺小与渴望，从而使他与底层百姓结下一种深厚的、永远不可割舍的情感。

这段生活影响了他一生，也决定了他一生。

不久，他就被大队选为林果技术员。

他家乡的小村位于河北省遵化县，离著名的清东陵不足五里远。当时全国闻名的西铺大队和沙石峪大队同属于遵化县辖内。王金章生长的那个名为塔寺的山村，虽然傍于风水宝地，又有闻名全国的先进典型可以学习和借鉴，仍然以贫穷著称。这小村庄叫太阳照得发光，秃秃的没有一棵树，村里都是疏疏落落的草顶泥墙小房，家家都没有篱笆。村里村外，只有些小小的麦秸垛，盖着厚雪。街道上，担水滴落，结了一层冰。全村只有一棵歪把的老树，但遍山坡长着那么一丛丛带刺的小树，在冰天雪地，满挂着累累的、鲜艳欲滴的红色颗粒。靠村东边的山沟里却有一大片郁郁葱葱的老板栗林。

一种使板栗致命的害虫——板栗透翅蛾的危害，使板栗树躯干臃肿粗大，呈几近绝产的状态。昌黎果树研究所受命研究此害虫的防治方法，以著名的果树病虫害防治专家刘化伦为首的课题组长期蹲点在塔寺村。刘化伦看准了林果技术员王金章的诚实和勤劳，又加上他确实有一定的理论水平，对于本村的板栗树且有外来人无法比拟的了解和熟悉，完全可以担当课题助手之重任。王金章自从担任课题助手，更加细心观察板栗透翅蛾的危害：哪天芝麻大小的蛾卵渐渐苏醒了，哪天淡绿色的幼蛾顶破了薄薄的卵壳。这些板栗透翅蛾的变化，他都做了翔实的记录。

王金章的心就像喷薄欲出的朝霞，充满了激情与渴望。每天从早到晚，他除了观察、记录板栗透翅蛾的变化，就是看书，作笔记，全身心沉浸在科学防治的海洋里面。在他八九平方米的陋室里，桌上、床上、柜橱里放的全是有关科学防治的书籍，《昆虫学》《板栗害虫防治》……这些都是他重点钻研的科目。他是多么饥渴而贪馋地吸饮于百花丛中，以酿制芬芳馥郁的科学防治蜜糖啊！在刘化伦教授手把手的指导下，王金章不但从板栗、防治专家的论文中摘抄适用的资料，而且从全国历届板栗、防治会议的文稿中汲取营养。他还带着一些疑难问题，风尘仆仆地前去县科委，走访知名的板栗专家，开阔了视野，增长了才干，加深了对科学防治知识的理解。

尤为可喜的是，王金章还从河北省林业学校，带回累累的硕果，丰富到科学防治的宝库中去。

科学家李四光曾说："科学是老老实实的东西，它是靠许许多多的劳动和智慧积累起来的。"王金章正是遵循科学家的教诲，孜孜不倦地探索着。

王金章工作室，每到闷热的夏天，蚊子像一团团漆黑的云雾嗡嗡地卷进来，叮咬得他确实没有办法时，他便钻进蚊帐里，在里面放上凳子，边看边写，勾勾画画，如痴如醉。

一次从地里观察回来实在太累，王金章琢磨着板栗透翅蛾的防治就睡着了。半夜梦里，他灵光乍现，大喊着"有了，别跑"从床上弹坐起来。

王金章把全部心智统统奉献给破解科学防治的难题上，他为此而付出了很高的代价。

家里的母亲年老多病需要钱，妻子儿女生活需要钱，可是为了学得扎实，王金章愣是从牙缝里抠出钱。一个月三十八元的工资，他除了家中急需的钱，剩余的部分全部买成使他着迷的书籍……

几个月下来，专家们发现，王金章的观察和记录准确而周密，还省去了课题组人员的许多精力。于是，报送所领导批准，吸收王金章为课题组的正式成员。

两年后，板栗透翅蛾防治成功，研究成果亦达到一定的学术水平，报送国家科委批准，评价此项成果填补了一项国内空白。课题的主研人员除刘化伦外，还赫然写上了一个农民技术员的大名——王金章。

1978年3月18日，全国科学大会在北京隆重开幕。这是新中国成立以来的第一次。人民大会堂里响起了一阵经久不息的掌声，这是全国5586名科技工作者为迎接科学春天的到来，发自心底的欢呼。会上，邓小平洪亮深沉的声音深深拨动着每位与会者的心弦。这天，王金章以大会特邀代表的名义在人民大会堂光荣地参加了盛大的全国科学大会，受到党和国家领导人邓小平的亲切接见。

鉴于王金章的技术水平和在此次课题研究中的突出表现，昌黎果树研究所正式聘用王金章为所外农技师，享受所里适当的津贴补助，有权参与所里的有关课题研究。

这才促使昌黎果树研究所干果室主任王福堂，将具有真才实学又有丰富实践经验的所外农技师王金章推荐给了急切寻求科技的郭成志。

郭成志坐在沿东燕山山麓盘旋而行的汽车上，沿途只见冬雾散开之后，那青松的针叶上，凝着厚厚的白霜，像一树树洁白的秋菊；那落叶乔木的枝条上裹着白霜，宛如一株株白玉雕琢的树；垂柳银丝飘洒，灌木丛都变成了洁白的珊瑚丛，千姿百态，令人恍惚置身于童话的世界中。一路上，郭成志没有心思浏览迷人的自然风光，只是心里边暗暗地思索着见到王金章如何说，如果王金章不愿意来又将如何应对以及如何盛情邀请，如何以山里人的热情感动他，翻来覆去把要说的话颠倒个烂熟，一问售票员清东陵站马上就到，才把纷乱的思绪收回准备下车。

这是一个多雪的季节。下了车，郭成志冒着细小的雪粒子，踏着坚硬的小路，走进了塔寺村里。

刚下车那会儿，清新的空气，使他心旷神怡。但，随着他一分一寸与村民距离的缩短，脚步渐渐变得异常沉重起来。

人们住的房子都是就地取材用石板垒起来的，一户户零乱地散落在山坡上，像老天信手投下了一把把烂泥。在一面山墙上，残缺不全的"农业学大寨"几个大字依稀可辨。在这块剥落的墙皮上，叠映着几个不同历史时期的政治性文字。

再往前走，仿佛又进入了遥远的中世纪。大概是这儿缺水的缘故，下雪的时候，人反倒喜爱在外面溜达。上了年纪的坐在门槛上，神情冷漠，倦怠。村头，一个光秃的磨盘斜躺着，好似炫耀着自己的古老。有几只皮包骨的瘦猪哼哼唧唧，却贼得像狗一样在坡里奔跑觅食。孩子们你推我搡，跟在郭成志的后面。一个刚有桌面高的小女孩，一马当先走在伙伴的最前面，她蓬乱、干燥的头发由一根红布条紧紧地扎着，衣服有好几处露着肉。她背后还驮着一个睡熟的孩子，干裂的小嘴含着自己的手指头。一位老农民，个子矮小，瘦弱，背稍有一点驼曲，站在村头。

郭成志赶忙上前问："老大爷，王金章住在哪儿？"

"在那儿。"矮个老人用手一指说，"你看哪家房子破你就进哪家吧。"

郭成志先把悬着的心放下了一半，他琢磨着家里越穷的人越好请，咱厚待他就是了。等进了王金章破败的院子和黑咕隆咚的屋里。他惊呆了，满屋拉满蛛网的房梁，打满了锔子的水瓮，一领破席的土炕，鱼鳞状的被子，苦涩的糊糊……

燕山啊，燕山，你就是当年那个被称之为后方大粮仓的老革命根据地吗？人们都记得，在抗日战争和解放战争时期，你不仅以博大坦荡的胸怀哺乳了燕山儿女，而且还养育了上百万人民子弟兵。那些打着燕山山区印记的布鞋、小米、衣服、担架……源源不竭地送到了前线。现在。你成了一个胸前挂满勋章的乞丐。

缺粮，人们的脸色苍白了……

缺水，人们的嘴唇干裂着……

缺电，人们在黑暗中挨日子……

燕山山区的群众啊，有人说你是不知流泪的民众。多少年了，你把血和泪抛向燕山！血，贫缺了！泪，干涸了！……

这时，一位头发花白的老人，站在郭成志面前，默默地望着他，老泪不知不觉地顺着满脸皱纹淌了下来……

这位老人就是王金章母亲。郭成志赶忙上前搀扶着老人坐在椅子上，自我介绍说："大娘，我叫郭成志，是邢台县前南峪村支书。今天，我来您家，是代表前南峪全村干部群众，请王技师帮助俺村通过科学技术管理板栗树。"

正巧，王金章在家，听了郭成志一番肺腑之言，他先是神情上有点激动。接着，他从衣兜里掏出两支烟卷，一支递给郭成志燃着，一支插进他嘴里，闷闷不乐地抽起来。

很快浓重的烟雾之流，从他嘴角喷出。烟雾固执地翻腾着，飘在他脑额四周，但立刻又消淡飞逝了，他接续地又喷吐出了一口。

焦躁和烦恼，扰乱了他整个的心。他不宁地在屋地走来走去。残烟尾夹在指间，闪着红星。他凝视着。像是在这火星里，他能看到沉重的家务负担。火红的烟尾，一层层增加着细密的烟灰。

这时，聪明的郭成志早看在眼里，没等王金章说话，就主动地问：

"金章，你家里是不是有困难？有什么困难你就提，俺们村给你解决。"

王金章说："啥问题也没有……"

郭成志说："有的话你就提出来。解决家里的事难儿，俺们村替你办就完啦。这些你都不用愁。出来进去的不要在脸上挂出这种丧气的牌子给外人看。我们没有什么丧气的事儿。就是遇上了，我们也应当冷了迎风站，饿了挺肚行。不让别人看笑话！"

王金章说："这话正合我的心意。老郭你放心，我王金章决不会丢人现眼。"

郭成志说："有这样的精神是对的。可是实在的困难，还得提出来，俺们村帮着解决。咱们自己对自己可不能讲一点客气。你说吧，到底为什么这样打不起精神？"

"……"王金章狠狠地抽了一口烟，"吭哧"了半天也没把要说的困难从嘴里挤出来，倒憋了个好不得劲。郭成志看出了王金章是个老实汉子，就一个劲儿劝王金章快说。王金章从郭成志的神情里也读到了这个太行来客的诚恳，摁掉烟头，才把家里的困难减了一半地说出来。

其实，王金章不说郭成志也看出了八九成。

王金章上有七十岁的老母需要赡养，四个女儿最大的刚上初中一年级，最要命的是妻子，患着严重的疾病，早就丧失了劳动能力，只能做些简单的家务活。这样的家庭，如何能够离开一个男人的支撑？而支撑这样家庭的男人，又如何能离开它而远行他乡？

郭成志有点发愁了。他在屋地踌躇难决，把撒在地上的干豆角皮踩得沙沙响。在焦灼中，他透过门窗，仰望蓝天，唯见一只云雀高叫着飞向高空。他转而一想："不就是一个家吗？实在不行把他全家都搬到前南峪，我就不信几百户还养不了一户！"

想是这样想，但他话讲出口还是留有分寸：

"金章，你不用发愁，到俺们那里你一不用带行李，二不用带粮食，一切俺们全包。至于家里的困难，我们也想法子解决。你就放心大胆地到俺们那儿搞你的板栗课题研究。一切俺们全给你担了。"

王金章思谋了一会儿，觉得还是应该去，好不容易得到了去他乡山里搞研究的机会，真要是放弃了，再想得到，可实在不容易了。况且自己的事业刚刚初有所成，窝在自家村子里想再往前发展更是难上加难。这可能成为自己的生命之水。他现在正在口渴，他想一下子喝光这生命之水。

至于家里，先对付一阵子，看看不行再说，没准人家太行的支书果真像说的那样，一并都管了起来，岂不是福上加福？王金章心里想。他望着郭成志，两眼充满了渴望，热切地盼望着，恨不能立刻长个翅膀飞到前南峪。

这时，王金章听到郭成志提出现在就要跟他去一趟昌黎果树研究所，把事情定下来，自然满口答应了。

郭成志此次抱定了必须把事情办成的决心，不定下个八九成他是绝对不会善罢甘休。一听王金章答应和自己一道去昌黎果树研究所，没等他换件干净衣服，就催他快去赶汽车。

下午临下班，两个人一头汗一头水地喘着粗气坐到了昌黎果树研究所的干果室。渴，渴，渴，渴得要命。

王福堂满脸喜色地赶快给他们倒了两杯茶水，说："看把你们渴的，快坐下喝杯水。"

俩人连忙端起茶杯，仰起脖子猛喝，喉咙里发出咕咚咕咚的连续响声，茶水从两边嘴角流出，扑嗒扑嗒地滴落地上。郭成志把茶水喝干了才痛快地嘘口长气，放下茶杯，用手背擦了擦嘴角上的水珠，笑着说："有王主任这么一杯茶水，可真顶上金水银水甘露水！"

等他们喝完了茶水，王福堂便立即坐下来跟他们一起商量如何去前南峪搞板栗课题研究。

王福堂是被郭成志的诚恳和不达目的不罢休的精神感动了。他的眼睛湿润了，一种深深的疚痛与理解，紧紧地攥住了他那颗火热的心。也许他平生第一次碰到了这样一个拼命追寻科学的太行支书。一个科技工作者，遇到了这样一个对自己所从事的工作那么重视的普通农村干部，其激动之情不亚于遇到了一个知音。所以，他也是雷厉风行，当即拍板当即达成"协议"。王福堂甚至想："如果把这件事拖到明天再办，那就对不起人家一整天左奔右波的农村支书。难道我们的觉悟还不如一个山里人？"

"不枉千里频三顾，隆中一对定三分。"事情顺利得出乎郭成志意料，他兴奋得忘掉了昼夜兼程的一身疲惫，好像全身的血液这时候突然流畅起来了。他心灵中间所有干枯了的沼泽地带，马上灌满了生命与欢乐的无限充沛的力量。

他把王福堂说的明年一开春就携同王金章一同去前南峪的话收进了耳朵里，便说了句不麻烦王主任了，拉上王金章就进了街上的小饭馆。县城里的小饭馆，永远是兴旺的。那酒气肉香、烟味、人味，混合成一种特殊的温暖气息，洋溢在店堂里。为数不多的几张桌子，往往叫成心喝酒的人给占领了，摆上几盘猪头肉和炸丸子，他们便可以五呀、六呀地划上几个钟头；或者瞪着眼睛，敲着桌子，"老虎、杠子"地干上半天。郭成志领着王金章走进了县城这家小饭馆，随便找了个角落，要了两盘菜，外搭买的一包花生米，两个人喝得耳热面赤后，一人一大海碗热腾腾的肉汤烩饼，称一斤大馍，吃进肚里从脚跟舒服到了脑瓜顶。两个刚刚认识不到一天的"好朋友"，便尽情地畅谈起他们对前南峪未来的希望和信心……

郭成志返回前南峪，一回到大伙儿中间，这个极受群众爱戴的带头人，立刻给热闹的场所增加了喜悦的气氛。这些肚子吃得饱、身上穿得暖的人们，把他围住，亲切地问这问那。有的人，高兴得不知道跟他说点什么才好了：

"支书，在昌黎净吃好的了吧？你可胖啦！"

"瞎扯，我看他比走的时候瘦了。一天到晚跑跑请'财神'，比干活可累人。"

"人家爱动脑筋的人，跟咱们可不一样。"

"都拉倒吧，见了面，不问支书带来啥任务，光论吃喝，你们是馋的呀？"

"哈哈哈……"

郭成志含笑地望着这一张张亲切的脸孔，用简短的话回答他们的问候。不大一会儿的时间里，他心里边又把那件要紧的事翻腾了几个来回。在昌黎的后半天，他怀着科技进山的理想，总盼快一点返程，赶回前南峪;和王金章一分手,他恨不能一步迈到前南峪。为啥呢?为了早点儿把自己的理想告诉如今围着他的这些人,把自己的理想,变成社员的理想,把自己的计划变成社员的计划,再变成社员的实际行动。他以往的几次出门,都是带着一种追求离开前南峪,又怀着新的理想返回前南峪,都是跟大伙儿一见面就谈心事、论打算;谈论完了,大伙儿就都像他一样,怀上了新的理想,立刻就成计划,就轰轰烈烈地干起来。而这一次,他的归来,所怀上的新理想,比任何一次都强有力地燃烧着他的心,都使他忍不住地要向社员诉说、宣传,只等王金章一到,便马上行动起来,大干一场。因为科技进山,比挖一条截潜流,比修一道引水闸门,那意义可重大得多。如果这一次的举动搞成功,不仅会给全村,也会给整个太行山,给半个县带来根本性的大变化。而且,这项科技进山的工程也是艰巨的,需要投放最大的智力和人力。因此,需要有更多的人具有最大的勇气和热情。这就越发使他急不可待地要把自己的心事和打算,告诉社员们。可是,他得慎重一些,有计划、有步骤地宣传他的理想,组织群众力量。

六

春节过后的二月中旬,郭成志饭也吃不下,觉也睡不着;脸儿板板的,眼儿红红的,老是一言不发;一有空,就到县、地科委打听有没有昌黎果树研究所的消息。有时,他站在村口后面的小山上,从那里可以望见遥远的盘山公路,在山天相接的地方有那么微微的一点东西,爬上那始终平坦宽阔的公路,向南驶来,于是他便觉得这的确是王福堂和王金章乘坐着的黑色轿车来了。或者他待在家里的时候,只要从村口那边、大街口上,传来任何一种喊叫或吵闹的声音,他就连忙跳起,嚷道:"这定是他们了!"

然而依旧不是。

日子再往下拖,直至三月的一天,地科委的人才告诉他,省农科院已经来了电话,说昌黎果树研究所的人不日就到,但不是直接去前南峪,而是先到邢台的太行山考察,然后再订究竟在哪里搞板栗课题研究。

郭成志已经踏实了两个多月的心里又敲开了小鼓。他坐不稳,立不安,不知道应该怎么办好。院子外边的吵嚷声和奔跑的脚步声,像是有一根线似的牵扯着他：不愿听，也得听；不敢看，又想看。可他转而一想："昌黎果树研究所他们不能说话不算数吧。要是真不算数，我还得找他们，反正他们得给前南峪派人。不叫课题研究也沾，不算正式的课题项目更没问题，只要带来技术把俺们板栗管好结出果子来就沾。"

傍响午，郭成志走进家里，见郭玉金正烧火，就蹲下身说："我替你烧，你先叫一声素平，再到马四奶奶家，把徐秀萍找到咱这儿来。我跟她们谈个问题。"

郭玉金朝男人那通红的脸上看了一眼，说："张家闹的那事儿，我和海平他婶子都告诉她了。"

"她怎么说的呢？"

"人家一点也没往心里去，说活该。"

"光得到这么一个结果，你们告诉她顶啥用呢？你们心里想的，也是个'活该'吧？"

郭玉金开始没有听明白这句话的意思，紧接着，她不好意思地笑了。她把火棍子递给郭成志，站起身，就往外走。

郭成志往灶膛里添着柴草，将灶火拨得又红又旺。他深长地叹了口气，双手捧着腮，郁郁的目光凝视着炉膛内闪烁的火光，脸上呈现出淡淡的忧情苦绪。他又思考起发展新党员的问题。他想，前南峪的党组织人数还少，工作任务越来越多，分配不过来；应当在一场治山完毕后，发展几个优秀分子，这样才能使领导力量不断地扩大。他想，郭双群、张贵云、郭素平这些年轻人，实在不简单，他们看得远，想得高，做得细呀！那年我们治山的时候，吃了不少亏，也得了不少教训。过去我对他们这些年轻人估计得不够，多少总有一点儿担心。这几年，党支部抓了基本路线教育，领着社员大力发展集体经济，大搞治山植树，科学种田，粮食产量大幅度增长，这是学大寨的巨大成就。但是，对今后的步子怎么迈？不但社员，就是干部的看法也是多种多样，党支部书记在支委会提出科技进山，是关系到前南峪今后发展方向的问题。想到这里，郭成志深有感触地自言自语："是啊，郭素平他们这帮青年接上茬了。这些青年根子正，是在农业学大寨运动中成长的，他们思想觉悟高，干劲足，又都有文化，发展他们党员的条件都基本具备了。只是张庆天还需要谈一次话，看看他最近的思想有没有进步。"

院子里响起一阵说笑声。郭素平和孙云芳她们,拥着徐秀萍从外边走进来。

郭玉金跟在他们后边,停在院子里,跟那个刚从小麦地里回来的张玉珍说起话儿。

张玉珍眨眨那俏皮的大眼睛,笑着说:"大嫂呀,你家的饭做好了吗?"

"没有哩。还在锅里待着呢。"女人们知道郭玉金在说笑,就假认真地嚷嚷着:"好吧,让咱们来安排安排吧……"

郭玉金笑着把她们挡住,说:"去你们的吧!等你们来,俺们一家早饿坏啦!"

其中一个身材苗条、有一双活泼烂漫的黑眼睛姑娘,认真地说:"大嫂呀,俺们要给你帮忙……"她还没说完,就受到同伴的你推她拉的责备,脊背上还挨了一个姑娘的一拳。黑眼睛姑娘"哎哟"叫了一声。

郭玉金被她们逗得笑得合不拢嘴了。

孙云芳一到屋门口,就大惊小怪地喊道:"哟,真不简单,你们家有这么一个高级的厨师呀!"

郭成志站起身,冲着她说:"你比我高级,你来吧。"他把火棍子往孙云芳手里一塞,就朝屋里让徐秀萍,"进里屋,抓个空儿,我们谈谈心。"

孙云芳一边往灶里添柴火,一边冲着走进来的郭玉金说:"你看你们家的人多会抓官差!"

张玉珍搭腔说:"活该,谁让你多嘴呀!"

郭玉金听见"活该"这个词儿,觉着挺好笑。因为刚才,为了说张家的事儿,男人正是用这个词儿,把她问得很不好意思。

郭成志进了屋,就对徐秀萍说:"庆波没受什么伤。当然,这一惊吓,再加上心疼东西,要伤点元气。"

徐秀萍听郭玉金说郭成志找她,就猜到谈什么:热情而又细心的党支部书记,会估计到她为这件事情担心,要宽慰她。张家突然遭受灾祸,张庆波连人带车跌进浆水河的洪水里,是郭成志纵身跳进狂涛巨浪中,不知费了多长时间,也不知被激流冲卷了多远,终于划到断桥下的张庆波跟前。当他把张庆波的头托出水面时,张庆波已经奄奄一息,失去了最后一丝挣扎的力量。郭成志一只手臂拖着受难的张庆波,另一只手臂划动着,他一面辨认着水流的方向,一面艰难地朝河岸靠拢。这是一场严酷的战斗,是生命与死亡的奋战,是意志、体力与残酷无情的大自然的抗争。郭成志凭着顽强的毅力、坚强的意志，竭尽一切力量把张庆波的头部托出水面，避开压顶的巨浪，终于推开了死神的魔掌。这件事，完全出乎徐秀萍的意料。不管怎么说，他们是夫妻，他们曾经好过，起码在徐秀萍这边说，那时候的"好"，是诚心实意的。只因为他们想要走的人生道路不同，首先从理智上，尔后又到感情上渐渐地分裂了。藕断丝连哪！何况，这个跟徐秀萍仍有一丝一缕关联的人，又身遭不幸呢？正是面前这位支部书记，不惜拼舍自己的性命，搭救了那个不成器的人。徐秀萍只在心里深深地感谢，而不能说出口。这会儿，支书倒反过来安慰徐秀萍，这可让她说什么好呢？她沉默了一下，才开口说："你不该为他冒那么大的危险……不值得。反正，都过去了，你的工作那么多，别为这样的小事儿操心了。他是自作自受。你和咱们集体，完全对得起他。他们张家人再有一点良心，也能够认出个好歹来啦。"

郭成志能摸透徐秀萍的心思。他为这件事情想了好多。他觉得必须由他亲自出面解决这个问题，才能显出严肃认真，又能做得合情合理。所以他才忙中抽闲，要了却这件搁了好久的心事。他说："秀萍呀，你看庆波多要强，从打遭受灾祸以后，家里外头紧忙活，和先前大不一样了。你也太心硬了，怎么一点儿也不可怜人？"

徐秀萍委屈地说："是我心硬，还是他心硬？你们不知道，他，他没长人心肝……"

郭成志严肃起来，说："秀萍，无论什么事不能总搁在心里憋着，憋到哪天是头？不就是为了那个失去理智的行为吗？"

徐秀萍惊讶地扭过头，瞅着郭成志。

郭成志轻松随便，像在唠什么家长里短，说："那行为果然是错误的。那我问你：当时的具体情况你了解不了解？他现在的心情你了解不了解？他现在脑袋里都想些什么你知道不知道？"

徐秀萍默不作声。

郭成志继续说："这些事，你不知道，我也不知道。最可怕，最叫人伤心和痛苦的就是这种互相'不知道'啊！一失足成千古恨，那是过去的法则，今天不适用了。我们每个人都有责任，使失足者振奋起来。何况，人家已经自己爬了起来，难道连个谅解也不该得到吗？得了一场结核病，医治好了以后，要比种卡介苗更有免疫力啊！"

徐秀萍失神地茫然地望着眼前的屋地，喃喃自语着："怎么可以原谅，怎么可以……"

"可以，为什么不可以？"郭成志说。"改变一个人的脑筋，可真不是一件容易的事，不能急，又不能不急，更不能睁着眼睛光等着他们讲良心。咱们得是个先进式的，得抓住机会工作，烧把火，催他们觉悟。你现在是共青团的团员，要求的尺子得高点儿。不论干啥事情，都得跟一般青年人不一样才行。是吧？"

徐秀萍不好意思地笑了笑。

郭成志说："团员嘛！你看，王松在这一点上进步就挺快。在公社，我专挑他回来到张家送信儿。开头他说什么也不干。我一讲道理，他就干干脆脆地答应了。这几天他做得满像那么一回事儿。他跟张云海的疙瘩结了多少年，不比你们深？那是私有观念造成的罪恶嘛。如今，我们懂得了这个理，找到了这个病根儿，还不一起动手改掉它的话，这种事儿能自个儿乖乖地绝灭吗？秀萍，你说对不对？"

徐秀萍沉思地说："这一程子我和大伙一起学习，道理是懂得了……"

郭成志说："懂得道理了好哇。懂道理，咱们为了照着干，不能光挂在嘴巴上说。咱们团员，谁也不能当光耍嘴皮子的人。我现在就交给你一个改造农民私有观念的任务吧。"

徐秀萍见郭成志把话停顿下来，就看他一眼，猜不到要接受一个什么样的任务。

郭成志很严肃地告诉她："你马上搬回家里去，马上就行动！"

徐秀萍一愣："搬回家里去？不，我早就发誓了，集体就是我的家。"

郭成志说："上次为张家的事我就跟你谈过，让你遇事都好好想想，应该考虑得更全面一些。把共青团里的工作做好，固然能起到带动全团的工作，热心帮助那些比自己差一点的同志，不更能起到推动工作的作用吗？一个团员，既然决心为共产主义事业奋斗到底，那他的一言一行，一举一动，都应该是在这个崇高的理想指导下进行的，都应该无愧于自己向团表示的决心。你再好好想想：今天，你知道张庆波的不足，不给他具体指出来，帮助他走上社会主义道路，这究竟对不对？这里边究竟反映了个什么问题？怎样做才会对工作更加有利？"

在张家的问题上，是因为张庆波一心走资本主义道路，最后失去理智造成的。徐秀萍当时的感觉并不很具体；而现在党支部书记对她说的每一句话、每一个字，都像一支支的枪刺，直奔她的心窝而来。这是一支支无法抵挡的枪，她也心甘情愿地被它所刺中，被它刺倒："我是有缺点的，出了问题了！支书说得清清楚楚，让我搬回家，让我干什么都想一想。为什么我坚持不接受，为什么我没有想一想这样做是个什么态度？……"

郭成志见徐秀萍紧咬着嘴唇，表露出深深的悔恨，便继续提高声音说："你看的地方太小了。整个中国都是我们的家！一块土坷垃，一根小草，也是我们的！我们要把它染红，让它变成社会主义的；不能让它黑着、黄着，老在小农观念的水坑里泡着！"

支部书记的这番话，还有刚才那一席话，都不只是说给徐秀萍一个人听的，是说给在这里的每一个人听的。他觉得，作为团支部书记的郭素平，应当很快想到利用时机，来解决张家这个悬而未决的问题。郭素平却没想到。作为跟徐秀萍要好的孙云芳，应当替徐秀萍想一想，帮助徐秀萍能在思想感情上，对这个问题有个新的认识。可是孙云芳却用自己的想法想徐秀萍，起阻碍作用。这样一来，即使徐秀萍的思想打通了，也会顾虑伙伴们笑话她软弱，而觉得面子上不好看，影响向前迈步子呀！

支书的话，在郭素平和孙云芳身上立刻起了作用。她们都意识到以前的看法和做法显得狭隘了。

郭素平在问自己：我究竟做了些什么了不起的工作，值得党把一个共青团支部书记的职务给我呢？和党支部书记、大队长及其他干部当然不能比，就拿周围的同志来说，为了建设社会主义新农村，谁都尽到了自己最大的努力。何况青年队伍里还存在问题，对张庆波同志的帮助也不够。用一个团支部书记的标准来要求，哪一条都还需要自己继续努力。她深刻地认识到：团支部书记的分量真不轻啊！它是信任、是鞭策，也是党组织的委托和期望。今天，我应该怎样回答党的信任，接受同志们的鞭策，不辜负组织上的委托和期望呢？郭素平深深感到肩上的担子更重了。

郭素平对徐秀萍说："支书说的对，你应当到那儿去帮助张家人改造思想，推着他们进步。这样，对前南峪的全盘工作都会大有好处。"

孙云芳也说："我也同意这个意见。支书让你搬回去，你就痛痛快快地搬回去吧。"

徐秀萍果然提出了郭成志估计到的问题。她说："我是跟他们一家人吵翻了出来的，这样回去，不就等于向他们服软投降了吗？"

郭成志说："不能服软，更不能投降，一分一毫也不能。让你搬回去，是为了派你占领那块地盘！"

徐秀萍有些犹豫了。她旁边的人也发生了分歧。

郭素平说："我们多去几个人，陪着你回去，当场跟他们讲清道理，亮明条件，这哪算服软投降呢？"

孙云芳说："这样做我赞成。就是不能让秀萍这样不声不响地自己回去！他们动手打了人，至今还没有听到一句认错的话哪！"

郭玉金也在一旁插嘴了："对，不能叫秀萍自己去，得让他们家的人来请！"

张玉珍帮着说："就点名叫张庆波来。让秀萍打他几下，解解气。"

众人全都笑了。

张玉珍说："笑什么？他打人白打呀？"

"就你能瞎说！"郭玉金冲口就嚷。

张玉珍说："你们愿不愿干，愿干我们就马上去叫张庆波，当面教训他！"

女人们高兴了，一张张脸上放出光来。

"愿意！"

"天啦，看他服不服输！"

"咱们也出口恶气！"

又是你一拳，我一拳，嘻嘻哈哈。

张玉珍一拍大腿，下了决心："好，就这样定了！不过我得这样办：愿干的报名。报了名的就得听我的。还有一条，我们不能打伤人家，因为我们是为教育他的吗。同不同意？"

"同意！"

"行！"

前南峪的女人们兴头上瞎喊一气。

"这就好！"张玉珍到了这时候，脸上现出干事业的人才有的刚毅。她不会轻信这些女人们的随声附和。她有她的一套办法，会让这些人鼓足劲头。她不想在这时候跟女人们多说，回头对孙云芳说，"我们就马上行动吧，保准能旗开得胜，马到成功！"

孙云芳说："你快算了吧。张庆波打人那会儿，秀萍还是一般青年，那时候你要出这个主意，真应当打他一顿；这会儿秀萍是团员了，咱们还能让团员打一般青年呀！"

郭素平说："我看不管是一般青年还是团员，都不能动手侵犯人权。"

张玉珍说："动手打人不行，等张庆波来了，咱们几个掐着他，让秀萍用嘴咬他几口。"

众人笑得前仰后翻。

孙云芳在张玉珍的背上打了一巴掌："我们在这儿说正事儿，你总是胡扯！"

张玉珍一把抓住孙云芳胳膊腕子："嗨，说不许打人，你这团员怎么动手？"

"谁让你胡说八道！"

嘻嘻哈哈的笑声中，女人们又跟张玉珍干开了，她们开起玩笑来不留情面，你想发火都不知怎么发。好在张玉珍性情豁达，也跟她们笑笑。这边没说完，矛头马上又要指向另一个女人。

郭成志制止大家嬉闹，郑重地说："好吧，好吧，既然你们妇女群众都有这个要求，那就这么办。让张庆波来请，让他当面认错，把话说清。秀萍，你说呢？"

徐秀萍低头想了想，按原先从家里出发时的意思，是要来告发那无故凌辱人的骂街泼妇。但是，神经敏感，特别惧怕流言蜚语的徐秀萍，一路上经过内心痛苦的折磨后，想法倒了弯，决定不进张家门了！她宁愿把自己关在生产大队临时腾出的房屋里一辈子，宁愿继续过着艰难困苦的生活，宁愿将自己心头被家庭激起的许多美好的向往抛开。总之，不愿留下任何空空，让那些人乱嚼舌头。因为，那样会给党支部书记，说不定还会给生产队造成困难。

现刻面对着郭成志了，徐秀萍又说不出来。她知道郭成志不会同意她永远搬出张家院，更知道郭成志是怎么希望她直起腰来，勇敢地走在新生活的大道上。一时，她不知道该向郭成志说什么了……

郭成志不清楚徐秀萍此刻心里究竟在想些什么，见她不作声，又问道："秀萍，心里有啥事，说吧！"

说，说啥呢？经这一催促，徐秀萍心头越发没个路数了。不搬家的话是讲不得的，讲了郭成志会不高兴，也不会答应；告路燕珍吧，那些龌

· 233 ·

醯蛆怎么提得上口呢？再说，郭成志听了不生大气吗？倘如去找路燕珍质问，那会闹成啥样子呢？唉！不能讲，万万不能讲！算了，这口苦水，这口恶气就让自己一个人吞了吧！徐秀萍一辈子受的冤枉气才只这一口吗？可党支部书记在问，格外还有啥事呢？又拿啥话来搪塞呢？越想越理不着个门。于是就对郭成志说："从我心里说，我至死不再进他们张家院；跟他和好，还是不和好，过几年再说。支书说应该这么办，这么办对搞社会主义新农村又有利，我听你的。"

郭成志高兴地说："好！就应当这么干干脆脆地处理事情。素平，你去叫庆波。"

孙云芳一把扯住郭素平说："干吗去个干部给他抬高身价呀？让我去！"

女人们听说党支部书记要派人去叫张庆波，都兴冲冲地想往外跑。她们在一块很好玩，可以漫无边际地瞎讲，可以肆无忌惮地嬉闹。至于其他事情，她们从不动那份心思。什么切身利益，根本利益，她们才懒得考虑哩！只有郭玉金、郭素平她们知道其中的意义。

她们走到哪里，哪里便充满了清脆的笑声，哈哈连天，叽叽喳喳不时还夹着尖叫。

张玉珍拍着手说："对，云芳这话有理。我陪着你去，给你保镖。"

郭素平停下，看着孙云芳和张玉珍往外走，又说："你们到那儿可得注意态度，好言好语的……"

孙云芳一边走，一边回头来说："废话！我到那儿，一进门就给他磕个头！"

郭玉金说："我看这倒用不着。你们到那儿一喊，他准得乐颠颠地跑来。"

过了一会儿，郭成志估计被找的人快到了，就对郭素平说："你跟秀萍在这儿等等。我到东边那屋先跟庆波谈，看看他的态度怎么样，再让他们见面。"

郭素平说："这样有个回身的地方好。一丁一点也不能窝囊！"

郭成志一面出屋一面说："要是窝囊了，我还不干哪！秀萍是团员，是积极分子，是去团结他们的。"

徐秀萍看着郭成志走出去的背影，听着这样动心的话，她的眼睛模糊了，浑身蒸腾起热力来，眼前现出一片彩虹，她感动得差点掉下泪来。

不一会儿，孙云芳和张玉珍就把张庆波叫来了。她俩故意挺着胸，绷着脸,让张庆波在前边走,好像押来一个俘虏兵。

张庆波经过一场生死的风险,变化很不小。从表面上看他尽管有些瘦弱了,却显得比过去精神了一些,也爽快了一些,进了郭家的门,就大哥、大嫂地满口叫。

这个张家院的忠实后代,死里逃生之后,暗自下了决心,想要老老实实地重新安排今后的人生道路,决心要向郭成志这边的人靠拢,要咬着牙舍弃一些他所迷恋的东西。但是,新的开端,对于这样一个出生在小生产土壤里,又从各种渠道深受小资产阶级思想毒害的青年来说,并不是容易做到的事。他跟李宇清不一样,跟张龙也有所不同。他绝不会因为一次翻车,就能做到脱胎换骨地彻底转变。这正如在大海中行舟,当你风平浪静,慢慢地从平静的海面驶行过来之时,倒也不感觉什么特殊,什么平安,什么庆幸;但你仍得提防随时可能袭来的飓风。如果忽然之间,漫天幔起了黑云,立刻就袭来了令人不可测摸、不可躲避的黑风黑雨,迎头卷来了扑面高涌的浪花,你的生命立刻就陷入不可知的恐怖之中,你得用你整个生命的力量,来和这不可逆料的运命搏击。你不敢确定,你没有把握,你不晓得你的小船,你和你同船的伙伴的生命,能够保持到什么时候。等到你拼出了整个生命的力量,一时把自己的生命,你的小船,你的小船中许多和你的生命联结在一起的同伴,都置之于生死度外,而与这巨大的而不可抗拒、不可测知的运命斗争过来,感到你自己的生命,已经把握在你自己手中,眼前的一切,重现出波平浪静、海天无际时,你将感到怎样的欣慰!因此,在今后不可能停息的风雨波涛的日月里,他还要冒几次危险、闯几次断桥吧?这是合乎规律的。然而,不管他在人生的征途上拐多少弯子,终归会被引上社会主义新农村这条必由之路。这既是郭成志的决心与信心,也是社会主义力量的一种表现。

党支部书记郭成志把张庆波带到东屋里,从一般的家常话,开始了一次十分庄严的交谈:"从公社回来这两天,我有点事情,还没来得及看看你和大伯。"

张庆波连忙说:"你忙,别多费心啦。"

郭成志说:"忙是另一回事。说实话,我是故意放到一边的,不想这么早去。得给你们留下一个回回味道的时间嘛。提到费心,算不上,这就是我的工作。现在我跟你商量一个具体的事儿,你好好思谋思谋。"

"有啥话，支书你就说吧。这条命是你给我的，你叫我干啥，我就干啥，没二话。"

"庆波，你别老把我看成是一个什么恩人。我是照党指的道儿做事情的。你还年轻，往后应当好好学习毛主席著作。一个青年，光有为建设社会主义新农村奋斗到底的决心是不够的，还必须懂得如何去奋斗。毛主席在书里边把如何革命、怎样工作，如何认识世界、改造世界的这些道理都讲得很清楚，很具体。学好了，前进路上就会少碰到一些坎坷；学不好，就会分不清真假好坏，谁让你干什么，只能糊里糊涂地答应，这怎能不走歪干偏哪？！特别是当你走错了路，往回走总是要付出代价的，有时候这种代价甚至很大。是不是经受得了这种考验，这是能不能改造自己的关键。"

"我回去，就动员我爸爸参加集体生产……"

"我们今天不是趁机会跟你谈这个事。我跟你商量的，是你跟秀萍的事。我们希望你俩和好。"

张庆波好像吓了一跳："啊，啊……"

郭成志瞅着他，猜不透他心里在怎样想，也不知道怎么办才能撬开这咬得紧紧的牙关。望着窗外被树枝搅动割裂的天空，郭成志不由得烦躁起来。

"难道，磨盘一直背着，背到死吗？"过了好一会儿，张庆波说，"一个人跌倒了，还是叫他自己慢慢往起爬吧。"

郭成志凝视着他，诚恳地说："庆波，你这种要强的心理，我早就看出来了。说实在话，我开始听到你和秀萍感情破裂，你甚至出手打了你的媳妇，我非常气愤。由于这件事，你给你全家带来了不幸，我完全理解秀萍对你的痛恨。"

他停了停，望着泪汪汪的张庆波。

"可是，我终于冷静下来了。那天，你突然遭受灾祸，险些从断桥上翻车丧命。当我把你从洪水中搭救出来以后，你要重新做人，在生产队里那么卖力气地干，又为了什么？你没有一点儿图名图利的意思，没有一点儿讨得别人欢心的心理，你只是想这么干，好像只有这样，你心里才能安静些。"

张庆波一把抓住郭成志的手，眼泪止不住地流了下来，说："我一想到你在洪水中不惜生命地搭救我，一想到秀萍那痛不欲生的样子……我，我这心就揪揪着，恨不得把头往墙上、树上撞几下才好受。这一切要是能挽回来，我甘愿历尽人间的苦难……"

郭成志看到张庆波哭得那么伤心，心里也很酸楚。他对张庆波说："今儿个可以告诉你底儿了，自从你们分开那天起，我们就等机会，眼下可能最合适。"

张庆波无力地坐在炕沿上，垂下头，喃喃地说："唉，如今回想起来，我的所作所为，真对不起她。她不会跟我好了。"

郭成志爽朗地笑起来，然后说："你这个想法，有啥依据呢？秀萍是个有觉悟的人。她懂得什么好，为什么好，怎样才算好。像你妈跟你爸爸那样混一辈子，能算得上真好吗？"

窗外听声的妇女都捂着嘴笑起来。

郭成志继续说："时代不同了。你像过去那样一心走老路，还要拉上她，这样的两口子能好吗？"

张庆波连连点头说："是呀，是呀！"

"所以我说，好，就是两条心变成一条心：要想得一样儿，做得一样儿，走得是一条道儿。这才是真好，才能真好。对吗？"

张庆波说："我这会儿算是明白了。"

"你只明白了一点儿，并不是全明白。你有一点进步，我们也看得到，欢迎你这一点。秀萍会用好心对待你。可有一件，你今天得真心实意地跟她认错，要下保证，以后一定要痛改前非！"

"支书，往后你就看着我吧。我一定改，彻底改。再不改，我还叫什么人哪！"

郭成志见张庆波说得很诚恳，就说："那好，我相信你的话。"他又冲着窗外喊，"叫秀萍进来吧！"

徐秀萍早已站在窗外边，屋里的话都听得真真切切。她听见支书叫，一挑门帘就进来了。

张庆波一见媳妇的面，真是百感交集，悔恨羞愧一齐来。他赶忙站起身想主动赔礼，刚张嘴，眼泪刷一下流了下来，声音发颤地对媳妇说："我错了，对不起你。跟我回家吧……"

站在徐秀萍身后的孙云芳绷着脸，冲着张庆波说："什么叫'跟'你回家？请！"

张庆波吓了一跳，连忙改口："好，好。我请你回家，我请你回家！"

徐秀萍同样是异常激动的。许许多多辛酸和怨恨，掺和着使她一时说不清理由的怜悯情绪，一起涌上她的心头。面前这个人，是曾经跟她同床共枕、相亲相爱的丈夫；是曾经隔了心、打骂过她的丈夫；是一个受了精神折磨，而又差一点葬身洪涛的丈夫；如今是这样一副悔过、认罪样子的丈夫……她回答一句什么话呢？她的喉咙哽住了。她极力地使自己镇静，嘱咐自己，要像个共青团员那样，不能让一滴泪水流出来。她终于开口对张庆波说："我相信你，上次，是我不好……"

张庆波注视着她，说："你没有错，一点儿也没有错，这是我的心里话。如果说需要原谅，那是我，而不是你。不，其实，谁也不需要原谅，生活安排了每一个人的道路，那就叫他走下去好了！"

"这是什么意思？"

张庆波无可奈何地一笑，说："很简单。你所熟悉的那个张庆波，他已经不在人世了，懂吗？我给你造成的痛苦是巨大的，我实在想不出一点儿办法来弥补它，只好当作一个永远无法偿还的重负，背进棺材里去。"

"不，你可以把它放下。"

张庆波摇摇头，说："不可能，这不可能。"

这时候，太阳照射到的地方暖洋洋，背阴处却藏匿着残冬的微寒，虽然某些角落还有已被阳光吸吮过的，没有融化净的残雪，但蓝湛湛的天空却显得更加深邃。

张庆波注视着伫立不动的徐秀萍，从头顶到脚尖仔细看了一遍，仿佛要把这形象摄在大脑的底片上，永不抹掉。他看到了，不，准确地说，他感觉到了媳妇咬住了嘴唇儿，眼里闪动着泪花。

"不要这样，不必要。生活就是这样捉弄了我们大家。感谢你给了我一次表达心迹的机会。既是这样，我不该和你怄气，应该说几句心里话。刚才我那不是气话。从前的事情，我一辈子也不能忘！是啊，也仅仅是不能忘而已，再也不可能是别的了。秀萍，你是一个好媳妇，温柔多情的好媳妇。如果你肯给我一点儿同情和谅解，这就是我求之不得的。"

徐秀萍说："本着我的心意，要跟你彻底地一刀两断。眼下我是走社会主义正道儿的人，我得团结你、改造你！"

张庆波连忙点头："我一定改造，彻底改造。"

"你还得帮你那个爸爸改造！"

张庆波听到这儿,更加羞愧和感动。他说:"成志哥呀,你们党员,你们这片好心,我一生一世也不能忘啊!"

在跟前的多数人,都相信张庆波这句话是真的。

没过几天,火红的太阳从东方群峰中徐徐升起,随后露出半圆,照得前南峪村边的河水闪着亮光。王福堂、王金章一行人,踩着又红又亮的霞光走来了。地县两级科委人员陪同。郭成志自然又是一番热情。他的担心似乎是多余的。王福堂和王金章一行人,在前南峪一条条山沟里边走边看,山上山下,全是高大的板栗树。从板栗树稀疏的地方望去,近处的山,布满了板栗树。远处的山也布满了板栗树,现出一片苍黑,天上一点云也没有,阳光明亮亮地射了下来。泉水在石上流着,潺潺作响。他们步行在山沟里转了一上午,很快便正式落实就在前南峪搞板栗课题研究。课题负责人为王金章。自四月初,昌黎果树研究所在前南峪的板栗课题研究算是正式开始。

倒是王金章私下把郭成志拉到了一边,热乎乎地说:"老郭,好悬呀!差点没把课题研究定在了大峪。人家那里板栗树成片集中,工作起来是方便。老郭你就占了个积极热情的便宜。大家考虑来考虑去,还是说条件好不如人好,光研究起来方便,人家不让你好好研究也是白搭。我插话说还是到前南峪吧。人家支书跑了三四趟,也点头了也拍板了,自己说出的话再收回来咽进肚子里去,那还算个研究所吗?况且前南峪的郭支书那人上哪儿去找?反正让我去搞,我说还是前南峪好。"

看来王金章这个老实人也聪明。他把这些话透给郭成志的意思,郭成志一听就明白个透彻,但他还是挺感谢眼前这个王技师,并且在心里说了:"放心吧,老王,看我郭成志怎样待你。"

转眼之间,到了四月,前南峪的大地欢笑了。麦苗生机勃勃,遍地是绿油油的一片。田野里劳动的人,在明媚的阳光下,鞭声、笑声,连成一片。

这一天,王金章被迎进了前南峪——这可是郭成志"三顾茅庐"从昌黎请来的操练板栗树大军的"军师"。一下子,轰动了全村。大队部院子里拥挤得水泄不通,房顶上和围墙上都七高八低地排满了人。有些年轻人甚至攀登在大门外边一株大板栗树的枝丫上。因为他们的重压和摇撼,一个喜鹊窠被拆散了,零乱地撒落在地上。

人们争着看这个给前南峪人带来"科学"的冀东汉子,中等个头,略显消瘦的脸庞被岁月刻下刚硬的棱角,一双眼睛不大,却在深陷的眼窝里放着温和的光。鼻峰自然是高了一些,才使他那一张没有特色的脸显得有几分生动。

七

深山沟来了省里的技术员,可是件大事情。满街遍巷吵吵嚷嚷的。那高兴得咧开大嘴的男女欢笑声,震撼山村的尖脆鞭炮声,伴奏着歌声,成为一支高旋律的交响曲,像是整个山村都在抖动,都激荡在喜庆的漩涡中。

郭成志兴冲冲地张罗着盖新房,建立实验室,做标本橱,打写字台……要给王金章创造一个舒适的工作和生活环境。还没有安顿,王金章就笑眯眯地抓住郭成志的衣袖,说:"老兄,你别忙活了。我来这里驻点,是要通过科学手段,解决板栗生长中的问题,让太行板栗丰产,而不是来深山沟讲排场,摆阔气的。"

说罢,他拉着郭成志钻进建滩沟。从板栗树的空隙间望出去,可以看到山沟中各处的景色。对面一座座的小山,有些小山上都长满了整片板栗树,蜿蜒曲折的溪流又不时映入眼帘。当他们走到建滩沟的半山腰上,王金章看上了70年代初盖在半山腰的一间石头房。虽然是石头房,因为墙壁粉刷得雪白,窗子上又安着两块玻璃,倒觉得光线充足,整齐清洁。他觉着住在这里可以免去每天十几里路上下山的奔波,守着板栗树近,又便于观察。

王金章试着问郭成志:"这间小屋就归我吧,守着果园工作起来方便。"

"这……这怎么行?这是果树队护林的小屋。"郭成志一时没敢答应。他平静的心被搅乱了,全部"防线"都崩溃了。就这么个离村七八里的半山腰上的石头屋,让咱千方百计请来的农技师独自住在这里,不是有点太简陋了?即使他自己乐意,咱也不能让他住。真要是半夜跑来只狼和其他野兽什么的,吓着了人,研究工作再产生点动摇,岂不是得不偿失?他收不住奔驰而来的思想,一会儿充满了自责,一会儿充满了恐惧。

"果树技术员住在果树队的护林屋里,不是更能接近群众吗?"王金章望着郭成志,两眼充满了渴望说,"我是来开发太行山的,希望党支部大力支持我的工作。生活嘛,有个住处能存身就行。"

郭成志长吁一口气,仿佛把涌到喉咙眼儿的一颗心又放回胸膛里去了，觉得头顶上的阳光又照亮了他的前程，连那板栗树的喧响也变成了他的千军万马的进军之声。郭成志这才安排陪着来的人下山喊人收拾房子，又派人到浆水供销社买来一套厚厚的新被褥。这件事对郭成志来说，比家里过喜事还要忙。他忙着叫大家支床铺，盘锅灶，从大队抬一张三屉桌。起五更，摸黄昏，他一双大眼睛都熬红了。一天之后，床铺支好了，被褥铺展了，从大队抬来的三屉桌，也擦得见了新碴，屋里屋外收拾一新。小伙子们欢蹦乱跳地在门口燃放一挂爆竹，到处呼叭地响着。人们都欢天喜地庆祝王技师搬迁了新居。

郭玉虎老人六十多岁，高身量，长方脸，眼角腮旁全皱出永远含笑的纹溜。小眼深深地藏在笑纹与白眉中，看去总是笑眯眯的。他是专门派来给王金章做饭的。盘好了锅灶，拿水桶在坡下的小河里提来了水。郭玉虎就准备在这里做饭了。问题是还没有柴火。下了几天连阴雨，到哪儿去捡点干柴呢？

他想到河沿下说不定有去年夏季发洪水时落下的干柴。于是又跑出去了一趟，果真搂揽回来一口袋。

一切都"齐备"了。他在锅里下了些萝卜条和蔓菁疙瘩，便点燃了灶火。

袅袅的炊烟从这个荒芜的山野里升起来，飘散在蒙蒙的山谷中。灶膛里，干柴烧得噼啪响。小铁锅的水像蚊子似的开始吟唱。……这倒真像个"家"了！

过了一会儿，饭好了，王金章在铁锅里盛了一碗热腾腾的饭，开始用餐。当时吃的是山里人家常饭——棒子面饼子，萝卜条、蔓菁疙瘩糊面子饭菜汤。

郭玉虎用纸条卷了一支旱烟棒叼在嘴上，一边吸，一边满意地问王金章："吃得惯吗？"

"吃得惯。"他的两眼笑成月牙儿说，"吃啥都一样，是饭就充饥。"

王金章称小屋为"高山别墅"。他在这里以山为邻，与鸟兽为伴。白天，他在山里考察，夜晚趴在油灯前开始科技田野的耕耘。月明星稀之夜，他凭窗远眺，远山近树，层层叠叠，影影绰绰，雾霭轻盈柔和，露珠儿闪闪烁烁……他深深地呼吸一口清冽的空气，顿时，起步的艰难，跋涉的疲惫，拼搏的辛苦，一股脑儿地消散了。"啊，唯有奋斗才有欢乐。"

小屋的灯光亮闪闪。深山沟里的每一个残夜和晨曦在这里交接。小屋的主人,每天总是第一个拥抱朝阳的人。那朝阳,先呈现出一团柔和的紫红,开始并不耀眼,后来在几朵云彩的衬掩下,才渐渐发出一片浓紫和橙黄交映的光芒。一刹那间,这光芒又把整个太行山照上一层光怪陆离的颜色。在这片神奇而又奥秘的色彩笼罩下,不由使人感到,此时此刻,好像置身在闪耀着各种光泽的珠宝库中一样。

初升的朝阳,一旦离开远方的地平线,便很快地腾跃而起。这时,绚丽的朝霞,一时之间,都变得金光灼灼。而那些起起伏伏好像无数金字塔排列起来的大山,也很快地发生变化:向阳的一面,立刻闪出一片耀眼的金黄;背阴那面,从一抹苍灰的暗影中渐渐浮出一层奇异的金绿色。

这朝阳带来的美丽色彩,很快便染遍了整个太行山,也染遍了太行山上成片成片的板栗树林……

可是,在这"高山别墅"里,王金章也曾害怕过。那天半夜时分,突然,他被一种奇怪的声音惊醒。他坐起来,周围深沉的寂静使他能够辨别出一个重一个轻的呼吸声,这呼吸声饱含凶猛的精力,绝非人类所有。无限的恐惧,加上黑暗、寂静和乍醒过来的幻觉,使他的心冰凉了。他睁大着眼珠,在黑暗中看见两道微弱的绿色光线,他几乎连毛发直竖的痛苦也感觉不到了。起初,他以为这些光线是他自己瞳孔的反光;可是过了不久,黑夜的亮光帮助他逐步看清了山坡上的动物,他看见一只巨大的野兽爬在离他两步远的地方。这是一只野狼,还是一只狐狸?他慌忙找来一根大木棒,死死地顶在门上。然后,手持一根木棒,躲在屋门的一旁,随时准备与野狼搏斗……

一天,王金章从县科委匆匆归来。前面是绿色的建滩沟,远处有一带青山。斗大的太阳向山边慢慢地落下去,平时射得人睁不开眼睛的金色光芒已经渐渐失去了,变成了一面红得像丹一样的大圆镜,愈走下去愈红,而它所放出的红光更扩大起来。霎时间,万道金色霞光浸染了半天,山、树、云,都打成了金色一片。

这时,他突然惊奇地发现,在宋家峪与建滩沟之间,耸立起一排水泥电线杆。那高压线,像前南峪人手臂挽着手臂,把温暖、光亮送到自己的"高山别墅"。

一时间,他心里边像有一对翅膀那样忽扇忽扇的。他几乎是小跑着跨进了"高山别墅",轻轻一拉闸盒,"砰",电灯亮了。顿时,他简直不敢相信自己的眼睛。此时此刻,在王金章的眼里,这电灯不亚于一轮炽热的太阳。他眯着双眼笑啊笑……一转身,他看见了一脚门里一脚门外的郭成志,扑上前说:

"老兄,有了这电灯,我这别墅可就更阔气喽!我过的是神仙的生活啊!"

郭成志笑了。那笑波里漾着苦涩:"兄弟,你可真是个乐天派。你在这里当野人,哥哥我心里着实难受哩!从宋家峪给你拉过一条照明线,夜里工作方便些。"

"这,这得花多少钱?"王金章有些心疼。

"三千元。值得。"郭成志说。

不久,郭成志又给王金章搬来了电视机、收音机和录音机。

"这……"王金章有些过意不去。

"不是给你消遣用的,是为你的学习、研究提供些方便。"郭成志说,"你不是学日语吗,这些机用得上。兄弟,今后工作上缺什么只管说,我尽力而为。"

"啊,天时、地利、人和,我都占全了。"王金章两眼又笑成了"月牙"。

王金章来到前南峪,浑身充满了旺盛的精力,好像憋足劲儿的火车头,非要第二天就上板栗树剪枝。郭成志本来想让远道而来的农技师先休息几天,熟悉熟悉环境,附带卸下旅途之劳。反倒让王金章把自己的急脾气给勾起来,于是连夜灯光辉煌,召集有关人员开会,成立了一个以王金章为组长的果树技术小组。小组由五人组成,年龄上是老中青三结合,以原林业组的骨干为主。郭双群、郭刚奎、郭保强是70年代的高中毕业生;郭俊刚是六十年代老林业组技术骨干;郭明宪是六七十年代的副支书后来的林业队长。郭成志参加领导任名誉组长。同时成立一个以心灵手巧的男女青年为主的二十四人组成的剪枝队,队长仍由王金章兼任,技术小组人员全部参加。

一时间,宣传科学修剪的广播声,在村东村西响起来了。

宣传科技增产的黑板报,在前街后街出现了。

前南峪的庄稼人,平生第一次听到"科技进山"这样的词句,很难一下子弄懂它的深刻含义。但是,他们从村子里突然出现的异常声势里,从前南峪果树剪枝队员们的喜眉笑眼和准备普查板栗树的行动上,真切地感到，又一个不平常的春天，在太行山上开始了。

听广播和看黑板报的人们，十分新奇地议论着：

"国家还有个科技进山发展计划，真有意思。"

"没有个计划，咋建成山区社会主义新农村呢？"

"这么大个国家，能喊一二一口令，就一块抬腿迈步子？"

"要不就提倡科学管理果树来了。"

"这倒是。看人家果树修剪队，一声令下就齐步走。"

前南峪果树剪枝队的人，的确是心齐、手齐、行动齐。看他们一个个都多高兴啊！他们生在这个太行山上，长在这个太行山上；他们在这个太行山上撸锄杠、摔汗珠，谁没有吃过哑树渣树光长枝杈不结板栗的苦头？过去那年月，刨土坷垃的庄稼人，只能等大自然给，靠老天爷赏；如今，他们抱成了一个团，有力量跟大自然碰一碰，跟老天爷争一争了。他们都知道，科技进了山，板栗保了险，丰产就有了指望。而且，只有组织起来的庄稼人，把板栗收到自己的手里，才能扬眉吐气地生活，才能随心所愿地过日月。这样的好事儿，连小孩子也能看得清清楚楚。

很快，由支书郭成志带领全部拉到了山上。第一件事就是普查板栗树。知己知彼才能百战百胜。要搞太行板栗丰产研究，不首先弄清楚板栗树的生长情况怎么对症下药？板栗普查小组由郭成志率领，每天天刚蒙蒙亮，他们就带着干粮上了山。不管风吹雨打，不管泥泞路滑，翻沟越涧，对逐棵板栗树普查标号，大小、强弱、优劣，都一一登记上册。渴了，喝口山泉水。饿了，啃块干粮。高中毕业的郭双群白天记录，晚上整理，有支书在场小伙子一点也不敢马虎。再说他1972年高中毕业后一直在村里林业组干，芍药、牡丹、杜仲、二黄等药材都种过，在良种场也培育过良种，什么京华113号、丹玉6号、京早7号都不陌生，可就是林业技术不大在行，名义上是林业组，实际上是杂七杂八，哪儿需要哪儿去，倒是干得大多是技术活，在山沟里也见缝插针种高粱和豆子，那是额外的工作。所以小伙子这次下决心成个林果通。不用别人说，他跑坡上山上树下树猴子一样机灵。

这天，王金章和郭双群来到南山上。忽然，狂风大作，山上，沟里，川里，冒起一股一股的烟柱，就像什么地方着了火。这些烟柱又立刻你卷着我、我卷着你地变成黄色的尘土，像海似的，像雾似的，弥漫了山谷，弥漫了天空。这样的风一阵又一阵地吹过。黄色的尘土包围了一座接着一座，一座高过一座的山，包围了疏疏落落的位置在半山腰上或者沟汊上的村庄，最后还包围了天空中那光辉灿烂的太阳。天地都变成黄的了，更别说人了。王金章和郭双群的脸上、脖子上和身上都被黄土裹了又裹。别说上树，就是在树下，人都站不稳。但他们却越战越勇。郭双群攀住树身"噌"就蹿上一株饱经沧桑的大板栗树。他的衣服被树枝挂破了，手上划出血口。但他全然不顾。一边用手遮住眼，一边查看板栗树的强弱、优劣。一棵树查完又查另一棵，一条沟查完又查另一沟，一座山查完又查另一座。

狂风飞尘刚刚过去，又赶上了淅淅沥沥的细雨落下来。山坡上的电线挂着一连串的圆圆的透明的水珠，不时有声地落在岩石上。大山两旁生长的碧绿的板栗树，树叶上好像刚刚撒了油一样，闪闪发光；有的树坑汪着一摊摊的水，反射出亮光，远远望去，山上如同铺了一块一块不规则的各种形状的玻璃。从山沟吹过来的风一路呼啸着，电线发出呼呼的金属声。风助长了雨势，雨像一个顽皮的孩子，直向普查队员的身上扑来。郭成志他们来到东山。山陡路滑。郭成志不知摔了几脚，鼻青脸肿，好像被人打伤了一般，但他毅然和普查队员顶着风雨勘查，仿佛跟老天摽上劲了。上树难。树身滑得要命，仿佛裹着冰，打着蜡一样，郭刚奎几上几下都落了空，但他毫不气馁，下定决心，费了九牛二虎之力才攀上去。一上去，他连气也顾不上喘，马上又细心查看起板栗树的大小、强弱……

一个多月的普查，刮风下雨都挡不住他们往山沟沟里钻。普查队员们踏遍了前南峪的十条大沟、四十六条支沟、七十二个山头。人们筋疲力尽了。脸上全是又脏又长的胡子，身上全是破烂不堪的衣服。黄昏笼罩下来，他们全都带着疲惫的姿态往回走。

被派到普查队干杂活的张利群跟在郭成志后边，身上虽然疲惫，心里却是美滋滋的。他对这个支部书记，跟许多人一样，越来越喜爱，越来越佩服。郭成志在向更高的山峰攀登。他顶着风浪，不畏艰险，用自己坚韧不拔的毅力、果断勇敢的行动，影响着同志，带领着战友。现在，张利群和郭成志走在一起，在紧张战斗的时刻，这是多么难得的机会啊！他想，支书一天比一天增才干，一天比一天更精明；想事情多周密，办事情多稳妥。有这样一个带头人，过日子多踏实、多乐和！他见郭成志那赤着的肩膀被晒得通红，就说："你披上褂子走吧。"

郭成志把肩上的扁担移动一下，放平衡，回过头来笑着说："这膀子捂了一冬一春，肉皮子嫩了，得练练，不能惯着它。说话就要薅苗、耪地，光膀子的日子到了，庄稼人怕晒，怎么能行呢？"

张利群也赔着笑，说："这个我倒放心。你是练出来的，嫩不了。"

郭成志说："人是会变的。爱劳动的人，会变成不爱劳动；不爱劳动的人，会变成爱劳动。心里不总想着这个变不行啊！我们在农村干一辈子，这本身就不是一件容易的事情。这是建设社会主义的伟大实践。是要经过一次、两次以致许多次的考验。我们就是要在风雨中扎根，在艰苦里成长，不能图样子，也不能长得娇娇嫩嫩。总之，变好变坏，自己心里都得有个数。"

张利群点点头。他心里想：这话对，我自己不也是变了吗？

他们沿着小路绕过苇坑走。

长满密密绿叶的柳丛，一团团影子投进水面，平静得一动都不动。刚刚蹿出乌黑泥土的苇子，箭羽一般，排排簇簇地竖立着，水灵灵地充满生气。一群小伙子，偷偷地躲到杜梨树的那一边，脱得赤光光的在水里洗汗冲凉，有几个冲着苇坑上的一个黑娃子直喊："黑娃子是兔子胆呀！"还有的喊："黑娃子不敢下水！"那个叫黑娃子的，听他们一喊，果然受不了啦，便四下看看，脱光衣服，"扑通"，一个猛子扎进水里，好大一会儿才露出头，已经到了深水的地方了，那地方连小伙子们中最会游泳的也不敢凫过去，大家便拍手叫好。拐过苇坑，是一片棉田，茂盛的棉秧，大部分都放出了小杈子，举着桃子形的小叶儿。

郭成志跟张利群并排走着，触景生情，不由自主地朝他看一眼。

张利群的脸色仍然是乐呵呵的。集体生产和生活的喜悦，已经冲淡了他那悲伤的情绪；幸福的向往和追求，已经代替了痛苦的回忆。但是，他不会忘记教训。教训，将使他坚定不移地跟着支部书记走下去。

郭成志不忍心再触动张利群的痛处，却想起一件使他常常挂念的事情。他放慢步子，用随便的口气问："利群大叔，许金泉在桃树坪给您找下的那个对象，搞到了啥程度哇？"

张利群没想到支书会突然问这个，那白净的面孔，忽一下子红了，一直红到那连腮的胡楂里。

那天张利群像平日一样，隔着矮桌，在一只小凳上坐下，他抬起眼睛平静地看着新找的对象赵秀芹。她呢，不敢看他，只管看着自己的手。她两手互握着放在衣襟前，脸色庄严，浮出淡淡的红晕。

"我们的事，……你到底怎么样？"张利群问。

赵秀芹不作声。

"这有什么好顾虑呢？"张利群振奋起来，企图说服她，"这些事情到处都有，公社以后不稀奇了。眼看路罗公社的其他几个村，大戈寥、吕家沟，都已经有了好几起。你也不是不知道！这是光明正大的，谁能说他们不对？"

赵秀芹还是不作声。好一会儿，她才低下头，断断续续地说：

"我男人刚没了，就跟你结婚。……太快了，不大好。……人家会说闲话的。"

张利群忽然站起来，走过来抓住她的手臂，压着嗓子说："你……你！……"

"我，……我心里也难受！"赵秀芹痛苦地说。她忽然浑身发抖，低着头，无声地哭了起来。

张利群的心，这时已经被爱情的烈火融化成水了。他浑身上下热烘烘的，好像赵秀芹身体里有一种什么东西，通过她的真诚的言辞，朴实的表情和那只灵巧的手，传到了张利群身体里去了。他感觉到陶醉、浑身舒坦和有生气。忽然他伸开强有力的臂膀，把这个对自己倾心相爱的女人一抱，把她抱在怀里。她像雏鸡似的躲在张利群的腋下，哆嗦着。她隐隐地感觉到，对方鼻孔里喷出来一股热气，灌进了她的胸窝里。她仰起自己满是泪痕的、小小的、布着一些皱纹，然而显得稚气的、带着红晕的脸孔，好像一个孩子似的看着他，语声含混地说道：

"你……你不恼我吧？……"

张利群紧紧一抱，好像要把她挤碎似的，把她压在自己宽大的胸膛上。他用脸擦着赵秀芹的脸，擦着赵秀芹的颈脖。赵秀芹被他的短胡楂扎得又痛又痒，忍不住吃吃地笑起来。张利群再一次紧抱她。赵秀芹顿时浑身热血沸腾，从头到脚像有点发抖，她闻到一股强烈的男子体臭，忽然一惊，把他推开了。她两眼闪着光，脸孔像火一样红。

……

郭成志为了使他轻松地回答这个容易使人情绪复杂起来的问题，故意逗他说："嗬，脸皮还这么薄吗？听明谦说，您是很勇敢的，闯到人家家里去了？"

张利群赶紧分辩："你咋听他胡扯？他忙成那样，还忘不了拿我开心！"

郭成志同样用半开玩笑的口吻反问他："他是拿您开心，还是对您关心？又掂不出分量来啦？"

张利群郑重起来："这一点，我还能没个数儿？像我这个岁数的人，跟小青年可不一样了。对这种事儿，想大方点儿，也大方不起来呢！"

"那么到底怎么样？"郭成志看着他。

"好像怪不好意思似的，……"张利群口里这样说，心里却不是这样想。可是在支书郭成志的面前，他能说什么呢？

"嘿，这有什么不好意思的！"郭成志一拍衣襟说，"现在是新社会了，大家的思想不同了。大家并不是那样看您，只有您自己那样看自己罢啦。封建思想过去害了多少人啊！利群大叔，这个您要把它丢开，踏踏实实地想一想今后的日子。您的孩子们该有个妈妈照顾，家里也最好有个女人当家，大家亲亲热热地过活，一心一意发展生产，搞好集体化，可不是好吗？"

张利群没有说话，只是微微一点头。

郭成志出于促进这件好事成功，追问一句："您到底到人家的家里去过没呢？"

张利群只好实话实说，可是带上一点理由："去是去过一趟。那是金泉嫂子陪着我去的。"

郭成志又追问一句："看中了吗？"

张利群说："人倒是不错。跟我遭的是一个样的事。她先头那个男人，都到八九了，还在冰上推小车，掉进去了。浆水河多深呀！……"

郭成志要拉着张利群往前看，而不是朝后瞧，就打断他的话："这么说，是相中了？"

张利群靠近支书走，左右看看，小声说："给她说媒的不少。有人嫌她不生养。这倒正可我的心意。我的儿子闺女都不缺，多凑巧！"

郭成志看他那满意的样子，也挺满意，说："要那样，过了麦收，咱们就办喜事儿。这回大队替您办，搞红火点儿。我赶大车去迎亲，让剧团演演节目。买点瓜子、糖块就行了，一定不要摆酒席。这样既省钱，又体面，像个社员办喜事的样子。您说呢？"

张利群被支部书记说得咧嘴乐了。忽然，他又皱起那浓黑的眉毛，想起了上星期许金泉告诉他的一个坏消息。说那天，赵秀芹跟着母亲锄地，锄到地中间，听见了两个女社员的谈话。她们相离不远，只隔开一层生产队的庄稼。那庄稼稠得不露缝，看不见人。谈话的声音传过来，倒听得清清楚楚。赵秀芹望了望那边，耳朵支棱起来，想听听。她母亲瞪了她一眼，她就又使劲锄着地。其实她母亲也在听那边说话，听得一句不漏。拿小锄锄地的手，动作也慢了许多。"芝妮，你听说了吗？"一个高嗓音的女社员说，"秀芹在前南峪相的那个对象，在队里不安心干活。"那个叫芝妮的女社员答话："我还是头一次听说。要是像你说的那样，秀芹可享不了福。"那边的谈话，并没什么了不起的事由，但赵秀芹听了却很不舒服，心里那股火直往上升……

郭成志立刻觉察到张利群的情绪变化，关切地问："有什么难处，你只管跟我说。还不好意思跟我开口吗？"

张利群走了几步，才说："我本来想找明谦说说，又怕他跟我闹着玩儿。我几次要找你，见你忙成那个样子，话到嘴边，又吞回去了。"

郭成志用严肃的口气说："您这就多余了。安排社员生活，就是我该忙的工作，为啥不早对我说。现在您说吧。"

张利群打个沉，才开口："说实话，我们两头都愿意了。不知道谁多嘴多舌，说我在队里干活不安心。你听听，成志你是知道我根底的。"

"她就为这个不愿意了吗？"

"是为这个。她怕刚从火坑爬出来，再掉进水坑，怕跟上我受罪……"

"再没别的原因？"

张利群想了想，忽然又想到，就在许金泉告诉他坏消息后，又说，在赵秀芹说不愿意了那天晚上，金泉媳妇去了赵秀芹的家里。见赵秀芹埋头在给张利群的两个孩子纳着小鞋。她母亲顺着针，看到女儿的头发里有发灰的成分了，说："整天忙得没仔细看你一眼。什么事都落在你一人身上。你没过一天好一点的日子啊！……"赵秀芹很幸福地看着安静地躺在她身边的母亲，用针把灯花拨掉，将灯芯挑了挑，灯立时明亮。她擦擦眼睛，一针一线地纳，调过来覆过去。……想到这里，张利群果断地说：

"肯定没有。"

郭成志爽朗地说："不用皱眉头，这件事儿包到我身上了。听您这一说，她就够个社员的条件，错不了。您就抽空收拾收拾屋子，准备迎亲办喜事吧！"

张利群感激地说："你要是一出面，她当然信得住。就是，你可得搞严密点儿，别传出去。"

"怕啥呢？"

"一来，免得又有人使坏……"

"这种人是有的。他们暗地里使黑心，总怕别人的日子过得欢乐，因为别人一欢乐，准是他们咬到苦瓜尾巴的时候。利群大叔哪，如果我们用一成不变的眼光去看待千变万化的现象，怎么能认识这种现象？可是当我们发现这种现象，就要去抵制这种事情的发生。因此说，您有这个警惕是对的。您还怕啥？"

"不光怕。……还是不声张出去好。免得让别人说我光想这种事儿，不惦着集体……"

"这两样事儿并不是顶着牛的。生活安排好了，才能掏出全部的劲头，交给集体，干好集体的事情。"

"那倒是。"

走了几步，郭成志又问张利群："小涛还在他姑姑家吗？"

张利群说："在那儿。明谦催我几回，让我接回来。可是，要把孩子放到金泉大哥家，金泉嫂子身子不太结实，怕她闹不过来。我自己带着，咋一心在队里干活呢？"

郭成志说："您就把孩子接回来吧，放到我家。过一年，也送他进小学校的幼儿班。"

张利群心满意足地点点头："我就不说别的了。照你们的主意办吧。"

这时候，他们已经来到大路上，道路两旁那高高的白杨，一株接一株。第五生产小队的一辆拉麦子大车从右边驶过来。

郭成志一面往路边上靠，一面招呼："袁明雪，你们队的麦子收割啥样子了？"

赶车的袁明雪气嚷嚷地回答说："今个才动手。"

郭成志细问一遍之后说:"五队的生产进度,看来比较好。但在小麦收割上有问题。"

袁明雪看着郭成志,不知道自己该说些什么,才能使这位党支部书记安下心来。他对这位党支部书记一向是十分尊敬的。过去尊敬,现在也尊敬。

"支书,我们并不是不着急啊!"他叹了一口气说,"但有些事情是急不来的,也只好暂由它。所以我老是想:出现目前的情况,到底是个什么原因呢?"

"你认为是什么原因呢?"郭成志问。

"什么原因,还想得不大清楚。"袁明雪锁起眉头。

郭成志终于说:"我看主要的一面,就是要从领导干部思想上检查。这样吧,你跟张红岐带领社员好好干。等晚上咱们再碰碰头。"

走到村口场边的时候,张利群忽然说:"成志,我给你提个建议。"

郭成志望着张利群,等他说下去。

张利群说:"我如今是生产队社员,有人管我,有人疼我,我过得挺欢乐,挺满足,很有奔头……"

郭成志止住他的话叮问:"您不是给我提建议吗?"

张利群说:"建议你别为我的私事多操心了。你多抓大事情吧……"

话虽不多,也很平常,却使得支部书记感到非常有分量。他盯着那张可亲的、挂着黑森森胡子楂的白净的脸,激动得久久地说不出话来。是的,是的,在我们太行山区里,特别是在建设社会主义新农村里,用满腔热情支持集体经济发展的事迹还少吗?老支书郭明耀在特大山洪暴发时,不顾个人的生命安危,一心保护广大社员群众的利益和集体的粮食不受损失;民兵指导员郭海文高扬大寨人艰苦奋斗的精神,为集体垫地造田,无私地奉献出自己的火红青春;生产队长王景林为拿下浆水川的截潜流,头顶白发苍苍,脚踩风雪雨霜,硬是在工地上苦战了一百八十个日日夜夜;饲养员郭大昌甘愿做革命的硬骨头,在前南峪集体经济最困难的时期,宁可自己吃野菜充饥,也不向国家伸手要救济粮……

郭成志掉泪了,背过身去。

这是个多么好的社员!张利群爱他,理解他,体贴他,维护他。是的,主要是维护他!有这样一个人在他身边多么好啊!

郭庆福从麦场里迎过来,大声喊:"支书,支书,场房屋有你的信。"

郭成志没有听到。

张利群从他肩头接过扁担:"我来挑,你忙工作吧,可能有急事儿。"

郭成志却顺势拉住张利群那只粗壮的胳膊腕子,紧紧地攥了很久。

普查队员们经受了足足三十二天的风吹雨打。五个人穿坏了十双"老山杠"布鞋。郭双群穿坏了三双,其他人有的一双,有的两双。你想一个多月在山沟里的大小石头上"飞",那铁硬的石头能不咬他们的脚?

普查的结果那一万多棵板栗树是五多:不剪枝的多,实生繁殖的多,劣种的树多,树下水土流失严重得多,树下缺肥少水树上叶黄枝弱的树多。更细的数字是在13303棵板栗树中,老树为2317棵,其余株产10斤以下的劣种树579棵,占老树的25%,优种树仅有66棵,其余基本属于不优不劣但结果不多的次劣种。六七十年代栽种的小树共10986棵,嫁接过的寥寥无几,即使嫁接过的也不全面,全部为实生繁殖树,而实生繁殖树需要十五至二十年的漫长时间才能结果。所以那10986棵结的板栗每年每株平均不超过一斤。

调查的结果一公布,全体专业人员都心绪沸腾了,怀抱着一种巨大的希望,觉着自己的肩头上义不容辞地落下了一副重担:必须把板栗的落后状况通过我们这一代人的手改变过来!

那天傍晚,郭成志一只手叉着腰,一只手扶着铁锨把,朝着热气腾腾的山野瞭望。一种胜利者的喜悦神情,无法掩饰地闪现在他那挂着汗水的脸上。他看着一株株被普查的板栗树,经过千辛万苦的奋争,实实在在地摆在眼前了,他的喜悦心情,是难以用语言表达的。他像自言自语地说:"万事开头难,总算迈出一步了。"

郭双群从地头上拾起褂子穿上,一边系纽扣,一边像看一个生人那样,观察着郭成志的脸色。

郭成志接着说:"我们要通过对这一万多棵板栗树的改造,给将来8300亩山场做出样板。总有一天前南峪的大山,一定是一座优质高产的果品基地。到那时,前南峪一定会富有、文明。我一定要带领全村干部群众,依靠科学技术,来实现这个宏大的理想!"

板栗树低产的症结找到了。于是,一个大胆的、雄心勃勃的变低产为高产的方案在王金章的脑海里也酝酿成熟了。很快,他在详尽普查的基础上,制订出了"五改一加强"的科学管理措施:(一)改粗放管理为肥水管理。对薄土树盘采取增土措施，以"借"土养根。所有树盘全部用石头筑边，形成外高里低倾斜状果树坪，以保持水土。对于片麻岩风化土不成熟的果树盘，适当补以炮崩，以松软土层增强蓄水能力和土层肥力。（二）改不修剪为实膛修剪。剪枝时根据树龄和树势因树下剪，最后做到枝条疏密得当，层次分清，立体生长，通风透光。（三）改实生繁殖为嫁接繁殖。对所有板栗树都要采优种树码，进行遍枝嫁接。村里选肥沃的地块，建立一百亩优种选育圃和决选圃，以保证嫁接枝条的优种化，根绝板栗优种退化和异化。（四）改劣种树为优种树。除嫁接外，对"不可救药"的树株进行更新，绝不"留情面"。（五）改青打堆贮为适时采收与沙藏栗实。同时，全面加强对果树的质量管理。

这"五改一加强"的试验大纲一拿出来，郭成志就心花怒放，好像刹那之间，就要成功了。他想不到的板栗树就要返老还童了。他走进一个硕果累累的神奇世界，执着的极峰在心头明光闪闪。他高兴得一拍大腿，说：

"干吧！金章。你出技术，我给你组织劳力。"

王金章说："我打算利用三年的冬春两季，对现有的成龄树全部实行实膛修剪；对所有劣种树一律实行多头高接，嫁接优穗。今冬就动手干。"

"就按你的主意办！"郭成志兴奋得站起身来，"今冬，咱先从板栗树集中的东沟、建滩沟开始，拿这两条沟做示范沟。"

于是，技术夜校办起来了。王金章每晚讲两个小时的板栗树修剪、嫁接课。

八

立冬之后，对面屋脊上一层雪白，像下了一场小雪似的，院子里也白皑皑地铺上了一层寒霜。那棵枝叶婆婆的爬满了大半个院子的葡萄，肥大的叶子上，也布上了一层毛茸茸亮晶晶的霜花儿，使得那叶子骤然厚了许多。但是，风一吹，这顶着霜花的叶子，可就唰唰啦啦地飘落下来了。还有院角里的那棵梧桐，从昨天夜里起，叶子就在唰唰啦啦地向下落，今天早晨落得更多了，院子里遍地都是带霜的黄叶。

郭成志带着二十多人的青年剪枝队，扛着高腿木凳，走出村庄，朝东沟奔去。这是一个两山对峙的大沟，中间一条清水石涧，天气暖和的时候，流泉碰在石头上，淙淙作响，点滴都留在地上，并不曾流出去。涧两岸高大的板栗树，挡住了当顶的阳光。郭成志和剪枝队员来到一株树干粗大的板栗树下，王金章攀上高腿木凳，手持银光闪闪的剪刀，给剪枝队员们传授剪枝技术。他时而在树上做示范，时而在树下讲道理，手把手地教，不厌其烦地讲……

王金章剪枝有自己的独特风格，在遵化时就以"狠"著称，下起手来"毫不留情"。对于前南峪老祖宗留下来的超百龄老树，更是大刀阔斧，一棵树"剪"下来的干枝竟有几百斤之多，碗口大的树枝照样齐根而下。剪枝队员在旁边向上看，天呀！光秃秃的胳膊粗、碗口粗的板栗树枝，一枝接一枝地向他们面前打来。剪枝队员们闭着眼睛，全身都发抖了。待到他们下手时总是犹豫不决，躲躲闪闪。无奈郭成志在一旁"督阵"，说必须按王技师的样子干，不能有一丝一毫的走样，可一天下来，看到板栗树底下大堆小堆的干枝也有些心虚。他的衣服都叫冷汗湿透了。但心虚也得给自己打气：你郭成志要的不就是科技进山吗？

两天后，全体剪枝队员人人抄起剪刀斧头上树，边干边实践边熟练。冬天的山野，显得特别空旷、辽阔。东北风在山野里一无阻挡地呼啸着。山上的枯草堆被吹得翻飞起来，大树像强打精神一样，竭力站稳着身子，枝条摇晃着，叶子也像怕冷一样，一片跟着一片被吹落，向山沟里滚着。剪枝队里的小伙子们，却在严寒的天气里，挥动着雪亮的斧头，年轻的姑娘们飞舞着银闪闪的剪刀，卸老枝，疏弱枝。一会儿，遍山响起了"当——当——"的砍树声，紧接着就是"咔嚓、咔嚓"的剪枝声；还有歌声、笑声，漫天飞扬。使人觉得，这儿的每一个迎风摇曳的树枝，都在喜悦地颤动着哩！整个东沟、建滩沟在寒冷的冬天里热气腾腾，火火爆爆。

世界上最美的情景，并不是在舞台上、绘画内，也不在文章描写的字里行间，而在劳动里。劳动是美的，百花齐放、丰富多彩，同时又变幻无穷。只有在劳动里，才能显示出人的美和我们今天国家的美。这是因为劳动不仅直接创造物质财富，也直接创造精神财富。劳动是一切美和艺术的源泉，劳动者是艺术家。我们八亿农民都投身在驱赶灾难、争夺社会主义新农村胜利的集体劳动，这不是世界上最美妙、最伟大的情景和形象吗？

几十年、上百年放任生长的板栗树，要砍下多少枝枝丫丫啊！大枝子直往下卸。尤其是那些只吃养分不结果的劣种树，要实行多头高接，就必须把原有的枝杈统统截掉。一车车板栗树枝杈从早到晚往村里拉，分给各户当烧柴。

欢乐的说笑声，一直没有停止过。

团支部书记郭素平心里特别高兴。这个上过高中的庄稼地的姑娘，在团支部会议上，她觉着自己思想境界又提高了一步。胜利鼓动着她，生活召唤着她，热烈而又欢乐的劳动场景，忽然激起她要写一首诗的冲动。一边干着活儿，句子就一个一个地从心里朝外蹦；不一会儿的工夫，一首诗酝酿个差不离了。休息的时候，她把孙云芳拉到一棵大板栗树下，两个人就地一坐，就一边叨念着，一边修改起来了。

郭素平穿着一件厚厚的棉衣，聚精会神地看着笔记本上新创作的诗句，灿烂的阳光洒在她的身上。她那长长的睫毛里边，闪着两只黑黑的大眼睛。端庄秀气的鼻梁上渗出了密密的汗珠儿，薄薄的嘴唇紧闭着。一阵料峭的西北风迎面吹来。她身子稍微动了一下，向前倾去。左肘支在膝盖上，左手摸着自己的后脑勺；右手握着一支铅笔，在纸上修改着。笔记本的右上角，不时地被风掀起来。坐在她身旁的孙云芳赶快上前用手指把被风掀起的纸角按平。她们是那样全神贯注，以致党支部书记的到来，都一点也没有发现。

郭成志带着一脸汗痕，披着一身黄尘土，转到大板栗树下来找她们："嗨，跑到这儿躲清静来了？"

孙云芳骨朵着嘴说："谁躲清静？我们作诗哪！"

郭成志笑着逗她说："什么，作诗？太湿了，板栗树怎么修剪呀！你可别在这里呼风唤雨啦，板栗树要是淋了雨，影响干活，你可得负责任呀！"

站在一边的孙云芳，过来推了郭成志一把，说："你呀，纯粹是不相信群众，跑到这儿来制造矛盾。"说着就咯咯咯地笑起来。

郭成志说："别那么有心有肠地作诗了，还得给你们布置一项任务。昨天妇女会开得不错，要建立一个临时托儿组，好动员百分之九十的妇女参加治山。你们知道了吧？这件事儿都推给更仁大婶一个人不行，团支部也得协助。除了这件事，还得帮助妇联动员妇女。得抢难的事儿干，谁难动员，你们就包谁！"

孙云芳故意说："哟，你这支书，真会见缝插针，一个喘气的空儿也不给人家呀？"

郭成志听了这话，心里一乐说："我们活一辈子，就得忙一辈子，生活就是创造嘛！别等着喘气的时候。"

郭素平笑笑说："行啦，这件事儿包给我们得了，下午我们找小队长们问问，都有哪些人没出来干活儿，再跟更仁大婶商量商量，分头包人动员，行吧？"

郭成志点点头，又朝孙云芳耸了耸鼻子，赶快忙别的事情去了。

两个姑娘又争论一阵儿，打闹一阵儿，一首诗就写成了。

郭素平往起一站，眼睛里放出了火一样的光芒。接着，她大声地朗诵起来。起初朗诵的时候，她还有胆怯，声音还不能够完全听她指挥。但是朗诵了一节，她似乎受到了鼓舞，好像进到了梦里一样，完全忘掉了自己尽情地朗诵着：

当——当——
山顶的斧头响，
砍树的小伙子，
扬眉吐气挺胸膛。

咔嚓——咔嚓——
山腰的剪刀响，
姑娘们是剪枝的快手，
汗水却湿透了衣裳。

歌声起落，
笑声飞扬。
剪下一堆又一堆，
拉了一趟又一趟。

歌声笑声舞北风，
男男女女修剪忙，
斧头飞舞，
银剪闪亮，

修剪的把式,
要数技师王金章。
他弓腿挺胸,
一剪一个金波浪;
剪到天上一条线,
落到地下弓一张;
左剪一个银燕单展翅,
右剪一个蛟龙出海闹长江。
卸老枝,
疏弱枝,
实膛修剪,
多头高接。
剪出的栗树,
涌着蜜浆;
剪出的山岗,
流着甜香。
山风里飘着醉人的芬芳,
美丽的家乡甜得像蜜一样。

树枝儿堆成了大堆,
一转眼,
山坡立起两座山冈:
这边超过了参天的青松,
那边遮住了千年的白杨。
支书站在垛顶上,
笑对大伙讲:
一片栗树浴朝霞,
满树板栗大又香。
科技进山的光芒啊,
闪耀在这能摸太阳的垛顶上。

郭素平朗诵完毕，激动得好久都没有动一下。

孙云芳听完朗诵，也激动不已。她怎么能够忘记，在科技进山的日子里，她和战友们遇到的复杂的斗争和花费的巨大的心血和汗水啊！这首诗，充分展示了他们顶着风浪，不畏艰险，坚定地推进了科技进山的伟大事业。现在，郭素平把它朗诵出来，立刻引起了孙云芳强烈的共鸣。那铿锵激越的旋律，在她耳边响起来；那豪迈迸发的感情，在她胸中鼓动起来。一幕一幕的往事，像一簇一簇的火花，在她眼前闪烁着……

这时，孙云芳拉住郭素平的手说："素平姐，你朗诵得太感人了，只是后边还得加一句。"

郭素平问："加句什么，你说吧。"

孙云芳拉开一个演员式的架子，仰着脸说："加一句：科技进山的光芒，闪耀在每个社员的心口窝……"

郭素平说："这个窝字不押韵了。"

孙云芳说："管它韵不韵的，实情理是这样嘛。不信你摸摸！"说着，一把拉过郭素平长满老茧的粗糙大手，按在自己微微地突出来的少女那充实的胸口上。

郭素平立刻就觉到了——孙云芳那年轻而富有弹性的高耸的胸膛热乎乎地跳动着……

黄昏，用着它轻捷的步子，悄悄地，从山的那边，从村头，从院子里走进了社员们的屋子，屋子里的光线更见黯淡了。村边的上空飞来阵阵乌鸦，哇哇地钻进树林，又哇哇地在树的上空飞着。

郭成志万万没想到，就是这些树枝子，在村里掀起一场风波。

干活收工的人，家没有回，就跟在屋里待够了、出来散散心的人凑到一块儿，这些爱树爱苗的庄稼人，何时见过这样的阵势？他们木头一般站在那里不动，愣着两只眼睛发痴地看着拉树枝的拖拉机。眼见偌大的树枝子一个个被截下来，真比截断他们的胳膊腿还心疼啊！

他们就怀着不同的心情，各自奔到各自的生产小队办公室，或是小队干部家里，便放肆地吵吵起来了：

"我问你，这板栗树是枝结果还是根结果？剪枝队把树枝都砍掉，成心糟蹋树哩！"老汉气得浑身哆嗦，声音颤抖。

"他们这是搞科学实验,至于是不是该截那么多大树枝子我也不清楚。"

"科学?甚科学!非把板栗树都'科'死不可!"

"败家子!败家子!胡折腾!比那阵'割尾巴'还狠哩!"

"……"

被质问的小队干部们,让这突如其来的题目给追问得张口结舌、无言答对。他们只好半信半疑地跟着吵吵嚷嚷的人来到街上,一块儿看卸在村口的大树枝子,一块儿茫然地议论起来。

小队干部们没一个从外地派来的,都是土生土长的坐地户;没有一个是拿薪金的干部,都是撸锄把、敲土坷垃的庄稼人。他们都有老婆孩子,都有几间屋,几布袋粮食,几张锁在柜子里的人民币。他们跟围着他们的农民所不同的,就是走社会主义道儿的积极性高一些;就算高好多吧,刚刚放下倒粪的那把老祖宗传下来的铁锨,捧着盛棒子粥的饭碗,就能忽一下子进了"科学管理"呀?不相信吧,实腔修剪,砍下多少大树枝子呀,明明白白地就在那泥土墙边堆着。这可真让人摸不着头脑!

第五生产小队的队长张红岐,干一下午活儿,回家来的第一个感觉——也是唯一的感觉,就是肚内特别空虚,仿佛肠肝肺都叫人揪去了似的。中午吃进的两碗菜汤早消费完了,他两眼不禁有些发花,腿杆软得支持不住身体。但他还是强打精神,拉着排子车,一步一步地朝村里走去。这时间,他脑里只有一个简单的愿望:尽快回到屋里去,把空洞难受的肚子填实起来,哪怕仍是一碗黑乎乎的菜汤也好。

但是,他奔回家里时,冷冷清清一片,嗅不到半点烟火气味。

他把车放在门外槐树下,快步跨入屋里,走进灶房。灶膛没有生火,锅里掺着几瓢冷水,媳妇刘素珍坐在灶门前的烧火板凳上,一手拿着个挖米的碗,一手托着腮帮,低头发呆;儿子环绕在她身边,悄悄哭泣。看见这景象,张红岐心里一阵疼痛,不由自主地蹲在灶锅下,帮着媳妇点燃了柴草,做起饭来。

热腾腾的粥很快就煮熟了。张红岐手脸没洗,就端碗盛粥。

粥是挺稀的,那米粒儿一个追着一个跑;饭勺子变成了渔网,他兜底儿捞了好几圈,才捞上半勺稠的。

媳妇拿过勺子说:"真笨,我给你盛!"张红岐伸着碗,看着媳妇"捞鱼";看着看着,忍不住地笑了:"你不笨吧?不怪你少下了米。"

媳妇也陪着抿嘴一笑，举起好不容易捞上来的米粒儿，要往男人的碗里倒。

他们的儿子，这会儿从爸爸的胳膊底下钻出脑袋，把空了的小碗伸过来："妈妈，给我盛。"

刘素珍说："你没干活，一会儿就睡觉了，喝点稀的还不行？"

张红岐不忍心，收回碗来，说："你给他吧……"

"你看你！"不料，媳妇没等他把话说完，勃然嗔怒了，"扶不起个捣不起！那你别吃了！"她嘴里虽是这样说着，手里却把那半小勺稠一点粥，已经扣到他的碗里。

小儿子这回翻了，把小碗往桌子上一扔，屁股往地上扑通一坐，搓着脚，咧着嘴，"哇哇"地哭起来。

儿子的哭声，几乎撕裂了刘素珍的心。是的，孩子有什么过错呢！怪只怪做爸做妈的太无能为力了，给他可吃的东西太少了！想着，心头顿时有股深深的歉疚，蹲下身去，一抱把孩子紧紧搂在胸前："林林！妈妈错怪了你！"

张红岐赶紧端着自己的碗，往儿子碗里一边倒粥，一边哄他说："别哭，别哭，我全倒给你。快吃呀！"

手拿着空碗的媳妇，瞪儿子一眼，对张红岐说："你呀，总惯着他。等他长大了，能心疼你才怪哪。"

张红岐看媳妇一眼，说："你别发愁，只要明年再遇着一个好麦收，咱队有了底儿，到了那会儿，保管让你过上吃不愁、穿不愁的舒心日子。"

就在这工夫，外边一阵闹闹嚷嚷的声音传进来，袁明雪带着金卓和几个社员，怒气冲冲地闯进院子里。走在前边的是袁明雪，像喝足了烧酒，又像得了喜事儿，脸色通红，眼睛发光。他乐颠颠地蹿进院子就喊："这么大的事儿到门了，你还在炕上坐得住呀？"

刘素珍站起来，把他们挡在门口外边："你们有什么事？"

袁明雪理直气壮地说："我找队长汇报！"

刘素珍指了指后边的社员："你们要干什么？"

金卓怒气冲冲地嚷："我们反映群众意见！"

刘素珍说："有什么情况，有什么意见，跟我说吧，一会儿我转告。现在他正吃饭。"

"不行，我要找张红岐！"

"把他叫出来，干吗不敢见群众呀！"

门开了，张红岐站在门口。袁明雪吃了一惊，金卓愣了神，来"反映群众意见"的社员们你看看我，我看看你，大眼瞪小眼。

张红岐见袁明雪这副样子，又见后边呼呼啦啦地跟进一群，不摸头脑地问："什么事儿，把你们都给惊动来了？"

袁明雪说："剪枝队把板栗树大枝子都砍掉啦！"

张红岐镇唬他说："你别胡说八道，这可不是闹着玩的话。"

袁明雪一听，不禁打了个冷战。张红岐啊，你可真厉害。他跳着脚嚷道："什么？我为大伙儿谋利益，我这是为人民服务，倒成了胡说八道！有这么不讲理的事吗？"

金卓也跟着嚷起来："你胳膊肘往外拐，还摊别人的不是！"

后边的社员们也乱哄哄地嚷起来：

"真事儿。人家把一车车板栗树枝子正往村里拉。"

"成堆板栗树枝子垛得比房子还高哪！"

张红岐说："我不信。修剪板栗树能去砍大树枝子。准是又有人起哄。"

袁明雪急赤白脸地说："你要不相信，快快起动你的大驾，到街上看看去呀！"

张红岐说："要是没有这回事儿，转来我要整你胡造谣言罪。到时候，你可不许抵赖不认账。"

这伙子人，又闹闹嚷嚷跟着张红岐往外卷。

天色渐暗的街上，已经不像刚才那么人多和热闹，除了一些玩耍的孩子，只有几个天一冷便不常出屋的老人，三三两两地凑在一块儿。

张红岐老远就瞧见了墙边堆着像小山一样的大板栗树枝子，顿时脑子里轰地响了一声，两眼一时发黑，身子像根钉子钉在那里一样，动不得了。

他耳朵里只觉得嗡嗡的，也听不清人们那些不入耳的话了。只是咬着牙，费力地抬起两条腿来，一步一晃地走到跟前，扫了一眼，又一枝一枝地仔细看了一遍。是真的，真的科学管理就要砍掉大板栗树枝子？再不能采取其他措施管理大板栗树吗？作为一队之长，他希望，为前南峪村保留下全部完好的板栗树而不受丝毫损失，并能够被党支部和全村干部群众理解和支持。而这关系到，党和政府推出的科技进山重大决策的成功实施；

关系到，前南峪村靠科学技术，实现共同富裕。如果现在实行的科学管理就是砍掉大板栗树枝子。要是那样，甭说板栗大丰收了，连板栗树都难保住呀！这无疑更加可悲。面对全村所有的板栗树就要砍光大树枝子，而他作为一个村干部，尽管职务只是一队之长，却不加阻止，那岂不等于是命运对他的一种恶意捉弄和冷酷惩罚吗？

他现在的内心活动，可以用八个字概括——瞻念前程，意冷心灰。不过这种内心活动并没从他脸上暴露丝毫。

他此时恍然醒悟，周围的社员都在看着他——在这么严峻这么重大的问题上，他们要首先知道队长是什么态度。

他意识到，自己十年来那种在任何事情上都能左右局面、举足轻重的威信，今天面临了公开的挑战！甚至怀疑他自以为曾有的威信，根本就没存在过！

他背后的社员们，又指手画脚地吵吵起来了：

"你看不假吧？得拿主意啦！"

"再不赶快阻止他们，全村板栗树就全砍光了！"

张红岐用耳朵听着，脑瓜里急速地转着弯儿。他想，要是剪枝队一下子砍这么多板栗树枝子，起码得先在大小队干部会上布置一下，支书他们怎么会这么冷不防地就干起来了呢？他想：是不是今个儿下午开的会，自己去下地干活儿，没有接到通知呢？

人们越吵越声高了：

"快找支书去，得让他赶快阻止剪枝队！"

"就是呀，把咱们全村板栗树都毁了，算个啥事呢？"

张红岐想，这样冒冒失失地找支书去不太好。他对大伙儿一摆手说："你们都先回家吃饭去吧。"

袁明雪说："这样的大事儿拿不准了，我们肚子里哪有地方盛饭呀？"

张红岐说："我先去打听打听消息，究竟是为什么要这样修剪的。同时，大家完全可以相信咱们村党支部推进科技进山，就是为了全村板栗树大丰收。所以我们还要调查一下。大家发现了这事，为了保护集体利益，出发点是好的。要是调查出来，确是在修剪板栗树上有问题，大家放心，我们一定会赶快阻止。要是有旁的缘故呢，咱们村党支部也会正确处理。总归一会儿你们等我的回话再传达。"

袁明雪又代表大伙儿说："行。你可得快点儿呀！"

张红岐没有等他把话说完，已经蹿出去好几步。

他的胸膛里，不知是慌乱，还是兴奋，忍不住地突突跳。说实话，他有点怀疑，科学修剪怎么能把大树枝子都截下来了？可是，那被砍掉的大树枝子又是真真切切的。要是真的这么修剪就能实现板栗大丰产，可就太好了。去年，郭成志领着几个生产小队长到迁西县，参观板栗树科学管理，张红岐也跟着去了。一进迁西南沟口，迎面就是一行行五六年生的小板栗树，像一群天真烂漫的儿童，精神抖擞地立在山间。一嘟噜一嘟噜的绿色栗蓬挂在稚嫩的枝丫之间。张红岐沿着小道往沟里走……哦，路旁那棵返老还童的老板栗树仿佛在向他招手。张红岐收住脚步了，伫立老树面前，望着它那弯曲的树干，空了的树心，那形状恰似老态龙钟的老人；然而它的树冠却是绿油油、嫩生生，葱葱茏茏结满栗蓬。那位迁西技术员说：等到太行山区科技进山成功了，山村人就会富裕起来。

张红岐得马上找支书去，汇报汇报听到、见到的事儿，也说说自己的心里话。

九

社员们闹成一锅粥。有人甚至给郭成志写小字报，说王金章比他亲爹还亲，说甚他听甚，非把前南峪搞糟了不可。人们还发现开始好不容易从十几里外的一座山扛下来的三块磨刀石，竟好端端的不翼而飞了。当然，家长们阻止晚辈上山的威胁，正在与日俱增地发生。更有甚者，威胁村干部的大小字报临街而出。

郭成志从浆水公社开会回到家，没滋没味地啃着棒子面饼子的时候，看看围着桌子猛吞猛吃的孩子，看看那个仍然显得十分勤劳俭朴的女人，又看看空空荡荡的小屋子，心里的痛苦和忧烦，比两年前全村干旱那会儿要严重百倍。那时候，他肩上的担子轻，这会儿担子重。那时候，他只有求生的愿望和与天奋斗的志气，如今，他要追奔科技进山的目标，又要显示显示走社会主义道路人的气魄。怎么办呢？从省里请来的技术员带领剪枝队刚刚从东沟开剪，难道就因为村里群众的愚昧落后、不懂科学技术被迫停止修剪？要那样，前南峪八千三百亩山场的板栗树还怎么进行科学管理？还怎么实现板栗大丰产？还有，太行山区的贫穷落后面貌还怎么依靠科学技术进行改造？人家省里来的技术员还怎么帮助前南峪进行科学修剪？如果这件事情也说了空话，那就太丢人了！……

郭玉金知道男人心里的疙瘩，没有办法帮着男人解开，只能悄悄地陪着皱眉和叹息。她怕孩子们的嬉闹给男人添烦，不住地用眼色制止他们。

孩子们也感到今天家里的空气跟往日不一样，就闷头吃饭，再不吭声了。

浑身急得冒火的郭成志脸色都白了。双眼已含满泪水，以致瑟瑟抖动的黑睫毛像在水里浸泡着一样。紧紧咬着的下唇渗出一缕血痕。可他不能跟社员们耍脾气，老实巴交的山里人，最讲务实，不能怪他们。他也不敢跟王金章说，他怕王金章思想上有压力，影响新技术推广。可是，他没料到，社员们的不满情绪，怀疑态度，犹如恶性传染病，也传到了剪枝队员身上。在家长们的压力下，竟有十名队员纷纷要求退队。郭成志听说了这件事，立刻放下碗筷，心急火燎地奔向板栗剪枝队。

"你们哪，亏你们还都是初中毕业生！优胜劣汰，靠竞争才能进化，这些道理都不懂？！"郭成志有些着急了，脸色由白转青，太阳穴上青筋暴起，满腔怒火无处喷射，鼓得那双颊微微地颤抖。

这时，二十四五岁壮实的郭双群，一边用袖子抹脸上的汗珠子，一边跑来向郭成志急切地报告"军情"。

"支书可坏了事啦！王技师把床铺卷起来了，自己的书和零用东西都装进了挎包里，这就要开步回遵化。人家说不能在前南峪干了，再干非得出人命不可。"他的心急剧地怦怦跳着，上气不接下气，两腿发软，手冷冰冰的了，"支书你还不知道吧，王技师今天早晨一起床，一个纸条卷在树棍上从窗户缝插进他的屋里。王技师打开一看脸色马上变得煞白。俺问了半天纸条上的内容，才知道是'王金章再不滚蛋小心脑袋'。支书你瞧悬乎不？我劝了半天王技师也不管用，看来人是非走不可了。"

郭成志听完了郭双群连呼哧带喘的一席话，他的面色，一刹那变得煞白，他的眼睛同火也似的红了起来，他的上颚骨同下颚骨嘎嘎地发起颤来，急忙说："双群，你现在就小跑着返回山上，替我把王技师拦住，一定要拦住他听见没有？拦不住他回头我拿你是问。我得马上回村想办法！"

郭成志还没等郭双群反过身去，自己先三步并作两步地朝家里疾行，仿佛有人挥着鞭子在后面赶他那样。空荡荡的河道,寒冷的河流,核桃树叶子密层层铺在地上。他心绪非常之乱,又是慌又是气,隐隐有点着急,就像自己造成什么大错,而这些错误的后果他一时还看不到似的。他跑到了家里,一看郭玉金没在,他打开屋门就卷行李,抱着行李刚迈出门口,又一打愣返回到他妈屋的窗口,听见屋里有动静,才大声对着窗户说:

"娘,我拿着行李上山啦,和王技师去做伴。玉金回来您和她说一声。午饭也在山上吃啦。"说完,扛着行李拔腿就朝建滩沟的山上奔去。

天空更加阴沉。铁块般的乌云,同山尖连在一起。一缕缕灰白色的轻雾,缓缓地从山坡上浮过。一阵阴冷的寒风,把已枯萎的板栗树叶吹下来。残叶不高兴地跟着风走。于是,风就旋转起来,从山上冲进山沟。树叶发出萧萧飒飒的响声,像是在呜呜地哭泣。

郭成志上了山,朝王金章住的石头屋一看,郭双群正耷拉着脑袋坐在屋外边的一截木头上,一种无边的忧愁淹没了他。疲惫的脑筋开始有点麻痹,他觉得一切力量都从身上失去。眼前只是一片荒凉,没有希望,没有拯救,从胀痛的呜呜的耳朵里,只传出一声缠绵不断的失望的鸣叫。其他的剪枝队员也都散兵游勇似的蹲着的站着的都有,个个霜打了似的蔫头耷脑,谁跟谁都没有话。郭成志一看这个阵势就全明白了:一定是把王金章放走了,不然咋个个都是一派挨剋的架势。

郭双群看支书到了。顿时,冷汗从他额头上透出来,刚要解释我还没返回来,人倒先给走了。郭成志先瞪了他一眼,吓得他把刚要说出来的话又咽进了肚里。

郭成志推开了小石屋的门,顺手抓起了王金章留给他的纸条,只见上面潦潦草草写着一行字:

  郭支书,我走了,请原谅我的不辞而别吧。

王金章
×月×日

看到这里,郭成志心里巨澜翻卷,好像有一块沉重的磐石向他压来。难道自己三下昌黎,请来的王技师就这样一走了之?难道前南峪的板栗树就永远不能返老还童?难道太行山区就不能尽快实现科技进山?难道……

想到这里，仿佛有一种神圣的使命在强烈地驱使着他，立刻把那张纸条装进裤子口袋里，撂下行李就冲出屋门，顺着另一条下山的路，像战马一样抖鬃扬蹄，直追了过去。一个半小时后，和王金章相跟着回到了石头屋。

看着支书把王技师截回来了，整个山坡好像沸腾起了。刚才还泥塑般的剪枝队员们立刻喜不自禁地叫着，跳着……省里来的王技师，出走又给截回来了，人们怎能不狂喜呢？待大家高兴过后，郭成志宣布说："你们都回家吃午饭吧，下午甭上山了，等着在大队部开会。"

接着，他又把郭双群拉到一边，小声地嘱咐说：

"双群，你快回供销社给我打一瓶酒送上山来，要高粱的不要薯干的。把你家里的花生给我装点来，记住，多抓两把，别小气。紧急着送上山来啊！回头你再返回去吃午饭。"

这才迈进石屋里，一看郭玉虎老人刚刚点着火，正准备给王金章做午饭。火苗蹿上来，越蹿越旺，松树枝滋滋往外冒松油，火苗高高地离开了柴堆，木柴哔哔剥剥响。郭成志赶忙上前说："您老能不能给我们烙几张饼，把那点白面吃了吧，回头我再想办法送点上来。"

午饭时，郭成志和王金章又像在昌黎的小饭馆里，两人一桌地聚在一起，一杯一杯地喝着酒，同时还大声地谈论着，不过吵架倒没有。两人已经喝得面红耳热。王金章争先恐后地向对方发泄自己长久憋在肚子里的委屈和痛苦。一个人没讲完，另一个人又抢着说下去，把个小石屋吵得像早晨的集市一样，离开小石屋很远的地方都可以听到他们嘈杂的叫嚷声。

郭成志说："你跟我们村干部都是连心、过心的人，啥话都能说，啥话都能听，不用犯难。多先进的人，对啥事情也得一步一步认识；不会没遇见就知道，一挨着就明白。我替你捅透了吧，你可能对村里群众的不满情绪系了点小疙瘩。"

王金章叹一声，一拍大腿："支书，旁边没有外人，我告诉你吧：你算看到我心里去了。在东沟修剪板栗树比截老百姓的胳膊还疼，这果树修剪肯定干不成了！"

郭成志微笑着说："你不要觉着对这个新问题想不通就干不成了。跟你说吧，有一阵子我也没有想通。"

王金章几乎吃了一惊："什么？你也没有想通？不会吧？别逗我啦！"

郭成志诚恳地说："我讲的是真话。去年冬天到省科委，董主任指点过我；今年开春到县委参加扩大会，在招待所里碰上水门村的王俊生，他更明明白白地提醒过我；中央文件上，字字句句讲得清楚，太行山区的改造必须靠科学技术；接着又有好多实际问题碰到我头上，我还是没有觉悟……"

王金章听到这儿，更敢于放开说了："是呀，是呀，对于山区建设，特别是对于落后贫穷的太行山区的改造，太需要科学技术了！"

郭成志接着说："金章，后来经过事实的教育，我才想通了。你想啊，咱们要建设社会主义新农村，不是过上吃不愁穿不愁的日子就停止。我们给国家多生产工业原料，为国家多生产板栗，要巩固国防，要把我们的幸福根子深深地扎下去。板栗的传统管理不转为科学管理，前南峪的板栗就不可能大丰产，不光是社会主义新农村搞不成，就是吃不愁穿不愁的小日子也没保证。我刚才说，我当时也没有想通，就是没有想到这一步，没有看到新的形势、新的矛盾。经过这次板栗树修剪，我看到了，下决心带领全村群众一块儿朝前迈一步！"

王金章觉着郭成志的话是有道理的，也应当相信他的话，可是他心里的疙瘩并没有解开。

郭成志又耐心地给他讲起教育农民改变愚昧落后的传统观念的必要性、艰巨性和复杂性，见王金章的眉头仍然不展，就说："许多道理，光说不行，你再看看吧。事实会让你自己把疙瘩解开。"

王金章叹口气："不容易呀！"

郭成志说："想不通也不要紧。我们都理解你，相信你，希望你快一点想通，我们一块儿干。好不好呢？"

王金章使劲儿抽着烟，沉闷了片刻，痛苦地说："支书你这样知我心，这样对待我，真让我感激不尽哪。可是……"

王金章才稍稍稳住了一点心，可一想那纸条上的内容，还是有点从心眼里往外发怵。他直僵僵地坐在那里，好像看见了什么恐怖的形象，给怔住了。他脸上的皮肤都收缩了，他的嘴唇闭得紧紧的，抑制住了正要发出来的叫唤。他接着就倒在椅子里，好像他用劲扎紧的肌肉，突然间完全松散开来了。可是他一句话也没有说。也难怪人家王金章胆小怕事，你想一个外乡人，千里之外来到个陌生的地方，风土人情都摸不准，真要是摊上纸条写得那种祸事，那家里的老小可咋办？

所以王金章还是想走。小石屋四周一股热气，兼有浓郁的酒香和花生米的甘香味道。郭成志左劝右劝也不顶用,什么样的保证都立过了全无效果。闹得平时极有主见的郭成志全无了主张,一着急也搭着借点酒劲,他一直在忍着不让眼泪流出来,到此刻再也忍耐不住了。他赶快将脸孔背向阳光,装作困乏的样子打一个轻微的哈欠,用手掌在脸上搓了一把,顺势将滚出眼角的泪珠揩去。然后,他重又扭转脸来。就在这刹那间,他想起来三下昌黎也想到了未来,心口的深处汹涌起更大的酸痛波涛,几乎忍不住要放声痛哭,眼泪哗哗地下来了。

王金章一看人家支书的眼泪,这才知道老郭可真动了心啦,也同时明白了自己在人家支书心里的重要性。心想有人家这样的支书在,你怕的是什么?莫非你的胆儿还没有人家的泪珠子大?

王金章的勇气重新回到自己的身上,一种难以压抑的激情便在胸中燃烧,他的眼睛亮了。勇士般地猛劲儿喝了口酒,从椅子上立起身子使劲儿跺了一下脚,声音提高了有八度:

"得,支书,我老王不走了中不中?不但今个儿不走啦,今后永远也不提那走字了,在前南峪扎下根了,我就是一个前南峪的人。可有一样,你不兴再流眼泪,我这个人最见不得眼泪,你一流,我也想哭!"说着,又亲切地拍了一下郭成志的肩膀,"咋样?中不中?"

郭成志双手捧着脸,痛哭起来,肩头激烈地耸动,眼泪把手绢浸透了。许是泪泉一旦打开,当真难以止住。这就是人们常说的"无情未必真豪杰,多情如何不丈夫"吧?郭成志把一展大业的豪情,先押给了王金章。王金章这么"一走人一扎根"的,怎能不闹得郭成志从心窝里往外流热泪?

群众风波越闹越大,因此给人的压力就更大。而精神压力最大的莫过于从建滩沟走出来的郭成志。他穿着棉鞋,虽然脚步不重,每迈一步,都如同发怒的人,一鼓一鼓地从鞋口地方往外边吐着气。

郭成志边走边沉思道,今天,村里的紧张气氛增加了,得马上采取措施。他觉得,这场风波来势不妙,很可能有个更加出人意料的发展。怎么办呢?用什么方式方法来解决,才能达到既能平息群众的风波,又不影响建滩沟的新技术推广呢?他在苦思苦想,寻求答案。

郭成志怀着痛苦的心情朝村大队部走来。

村大队部里乱了阵脚。村干部们里外奔跑。大队长郭明谦正在会议室里，像暴怒的凶神一样，嘴里喷着吐沫，脸上红通通的，和平常不大相同的，是他那铜钟般的嗓子现在像打雷一样，而且有点沙哑，两手紧抓着电话筒，一只脚踏地，一只脚蹬在椅子上，塌着腰，怒气难捺地跟公社主管林业的同志通着话。

郭成志不声不响地走进来。摘下头上的帽子，敞开胸怀，扇着风。

郭明谦继续地吵着："啊、啊，你们是干什么吃的？为什么不赶紧想办法帮助我们平息这场风波？这不是一件小事，这也不光是前南峪大队的事，而是关系到革命事业，关系到推进科技进山的大问题，你们把一切困难全都推到村里，我们怎么解决？什么什么？自我解决？请你们到这儿来，试一试呀！"

郭成志一面擦着脸上的汗水，一面思索着说："他们提出自我解决是对的……"

郭明谦还在那儿粗脖子红脸叫喊："我告诉你，你们再不解决问题，我要带上全村的老百姓进公社找你！"他说罢，使劲儿把电话放下了。

现在，郭成志的思路，比原先在建滩沟上，大有开拓。他深切觉得，要解决现在碰到的问题，必须先解决郭明谦那些急躁的做法，改正郭明谦那些不负责任人的论调；不解决，不改正，他就要继续发火，造成更大的危害。

像不会烧火的人那样，被自己弄起来的烟雾搞得惊慌失措的郭明谦，却认为郭成志只凭一腔热情蛮干，才造成了眼前的局面。唉，一个大包袱，给他这个当大队长的背上了！想起来就满肚皮的气。他思忖：不行！一定要纠正郭成志。

两人各怀想法，观点完全相反，话当然讲不到一堆。没说上几句，双方就气冲冲地激烈争辩起来了。

郭成志很不满意地对郭明谦说："明谦，你怎么能在这个时候，这样地给公社里同志施加压力呢？"

郭明谦火冲冲地说："不给他们加，我给谁加？"

郭成志说："我们应当从自我解决这个立脚点出发，自己想办法。"

郭明谦正有满肚子怒气没处消，听到这句使他最难受的话，脸一绷，把两只手朝郭成志一伸："有办法你快拿出来呀！"

郭成志能理解他的心情，但是不同意他的做法，所以并不急躁地说："我觉得，只要咱们冷静下来，一块儿动脑筋来研究，是能够找到路子的。"

郭明谦听见郭成志一再讲冷静，强调动脑筋研究，话语里，明显地透露着对他——一个大队长的批评意味。所以他炸了，使劲儿把手一摆："算了吧。满村子的风波，能一下子平息了吗？"

郭明谦心焦气躁；郭成志沉默了一阵才说："不错，平息风波是重要的。所以，我们时时刻刻，从始至终，都十分注意事态的发展。"

郭明谦截住道："可是，你们是怎么注意的呢？你们在建滩沟砍掉板栗树大枝子的做法，明明是忘了群众。你们，你们，硬要那样整。"

郭成志尽量忍住说："是不是硬整，可以讨论。明谦，你让我把话说完，好吗？"

郭明谦收敛了一下，两眼仍不满地望着郭成志。郭成志平静平静自己，略微整理一下思绪，继续说："我觉得看问题，不能笼统，应该分析研究。社员群众，明摆着有好几种人：有支持的，有不支持的，还有反对的。对于咱村今天的风波，大多数社员自不必说了，你是亲眼看到了的，都非常拥护。另一部分社员当中，有不支持的。真正不满的只是极少数几个人，乱吵乱闹。这怎么能怪我们呢？明谦，这怎么能说是硬整呢？"

"不，不！"郭明谦又对自己收不住缰了，"你们得罪了的，绝不是几个人！支书同志！你没有到下面去听听，我的耳朵里可是满得再装不下啦！"

想起那些诬蔑科学管理的种种谣言，郭成志的感情也大大激动起来，提高嗓子说："我知道！我全听到了！"

"那才几个人吗？"郭明谦叫道，"那是整整一群社员！"

"如果说是一群社员的话，那也只是愚昧落后的社员。"郭成志抑制着心头的气恼，"造成眼前这种情况，绝不是因为我们得罪了他们，而是有人利用了他们自私自利的心理，把他们煽动起来的！"

郭明谦的脸上，浮现出一个否定的表情，大声说："可是，同志，不能啥事情都往极少数人身上联系，要做具体分析，要找根子，否则，一辈子也解决不了问题。"

郭成志也大声说："根子，根子就在我们是搞科技进山的，群众一时不理解，造成如今这样的局面，应当说，我们是有责任的，没有理由埋怨别人。"

郭明谦无可奈何地一转身子,冲着郭成志叫苦说:"你看看,都到了火燎眉毛的时候,你还在这儿唱高调!"

郭成志说:"我不是唱高调,是在检讨自己。我们没有在新形势下对平息群众风波采取有效办法,缺乏搞科技进山的成功经验。如今碰上了困难,冲我们一下子,撞我们一下子,只要我们采取积极的态度对待,会使我们聪明起来……"

郭明谦为难地摊开两只手:"你没到这之前,我就急得满屋子转,挖空了心思,把所有能想的办法都想遍了。可以说是上天无路,入地无门哪!"

郭成志笑笑说:"你先沉住气。我看,公社李书记让我们把情况摸上来之后,给他汇报,就先给李书记打个电话吧。"

郭明谦不吭声。

郭成志没说什么,就去摇电话。这是一间二十平方米的小屋。屋里摆设简单,两张土制的办公桌一并,上面放着一台带摇把的电话机。电话线从墙上张挂的各种图表上沿,通向屋外。屋里有几条长凳和大队部唯一的一把椅子,靠火墙有一铺炕——开会时成了临时的座位。很快郭成志就把电话挂通了,向李维新简要地汇报了前南峪群众闹风波的情况,把他对形势,以及恶化发展的估计也都说了。

电话里,传来了李维新哈哈地大笑,接着是他那爽朗有力的声音:

"你汇报的情况,我有一点估计。目前,摆在我们面前的问题的确是很严重的。能严重到什么程度呢?这个分量估计的准不准,可关系着打胜仗,还是吃败仗的结果哟!话说回来,冲到眼前的困难,严重是严重,那么,解决眼下这么一点具体的、暂时的困难,我们共产党就没有办法吗?同志,有,多得很哪!公社正在想办法……"

郭成志一开始就静心地听着,认真地记着。这是他的习惯,无论是会议精神、上级的指示、群众的建议和批评,他都一丝不苟地记下来,从中吸取营养。渐渐地,他那只拿笔的手有些激动了,他的脸在燃烧,心里像沸水般剧烈地翻滚着。李维新的话,就像海浪一样,一个浪头接着一个浪头地冲击着他的心,给他以鼓励和力量:

"这一回,你们也要望下瞧,找群众,找群众中我们的积极分子、党员、干部,发动他们,打人民战争!他们是最有力量的呀!这些年,我们拼命地搞农业集体干什么?归根到底,是为了把农村改变成真正的社会主义的国民经济基础!"

郭成志听到这儿,心里豁然开朗。那张被汗水冲过的脸红起来了,而且使劲儿抓着话筒的手,在微微颤抖:"对,对,李书记,我明白了。我们的眼睛一定往下看,马上就找群众,找党员干部,一块儿闯难关!"

电话筒里又传来了李维新的声音:"记住,要向群众宣传,出安民告示,亮我们的底儿。要告诉他们办法,要告诉他们希望!"

郭成志连声答应着,又请示几件具体的事情,便放下电话,立刻让郭明谦通知全村党支部委员开会。

这天夜晚,月亮升上来,慢慢地从一块块的乌云里爬出来,它越往上升,云彩也越像躲着它跑似的。高山下面展开一条山谷,风呜呜地吹动着一丛丛树木。忽然间,月亮从天边上露出来;一片宽阔明朗的光亮照在树林的顶上,一转眼的工夫就把整个太行山区都照亮了;高大的树林,整整齐齐的板栗树,树林里的山丘、小路,都好像使了魔法似的远远地显露出来。

郭成志在大队会议室紧急召开了领导班子会。八名党支部委员围坐在一张罩着白布的长条桌子四周,大家群情激昂,气氛异常热烈。每个村干部都认识到眼前这项任务的重要性,都像他们的支部书记一样感奋起来,决心把工作完成得出色。郭成志没有想到,领导班子里的人一致支持王金章剪枝。

第一个发言的是上了年纪的副支书郭明耀,大声说:"成志三下昌黎,聘请来了王技师,带领全村剪枝队员大刀阔斧地修剪板栗,这是一场绿色革命!有些群众一时想不通,这也是正常事,没有什么值得大惊小怪的。现在咱村搞得轰轰烈烈,这很好!我们要坚决支持!"

郭明耀刚讲完,大队长郭明谦抢着说:"开弓没有回头箭。要干,就要一干到底!不仅在东沟、建滩沟修剪,还要在全村八千三百亩山场都搞科学修剪。"

会场上响起了一片热烈的掌声。

郭明耀他们是在支持自己的晚辈郭成志——那可是亲眼看着长大,一手扶起来的后生。他在村里干了哪些事,在大山里留下的脚步,你当干部的在任何时候都应该第一个清楚。所以,领导班子没怎么经过讨论,便做出了为防止发生意外,在剪枝期间暂时封山的决定。

多么可贵的支持科学的精神!它不仅是一个基层党支部保护一位普通

知识分子的举措，也是党和知识分子肝胆相照的见证。

　　夜阑人静，郭成志辗转反侧，群众的反对情绪搅得他心神不宁。再过一个钟头鸡就叫了，天色发白了。他睁着眼睛在床上躺着。全家人都睡得非常甜蜜。全村所有的人，也都一点声音也没有。只有他一个人陷入这苦闷之中。

　　第二天，还不到日出的时候，天刚有点蒙蒙亮。在深邃微白的天空，还散布着几颗星星，地上漆黑，天上全白，枯草在微微颤动，四处都笼罩在神秘的薄明中，一只云雀，仿佛和星星会合在一起，在绝高的天际唱歌，寥廓的苍穹好像也在屏息静听这小生命为无边宇宙唱出的颂歌。他立刻浑身充满激情，披上衣服，迈出院门，走上街头。他那两只大脚板子，忽闪忽闪，很快来到大队广播室，打开扩音器，用最大的力气，对着喇叭高声喊道：

　　"全体基干民兵请注意，听到广播，马上到大队集合，执行重要任务！"

　　前南峪的基干民兵训练有素，召之即来。几分钟后，全村基干民兵好像滚滚潮水一样，从四面八方涌进大队部，齐刷刷站在院里。郭成志下命令："因东沟、建滩沟进行重要的科学试验，为防止坏人破坏，决定暂时封禁这两条沟。现在大家立即赶到这两条沟口，在沟口垒起一座塔式高台，刷上白灰。从今天起，基干民兵轮流在沟口值勤站岗，除专业队员外，任何人不准进东沟、建滩沟！"

　　安排走了民兵，郭成志又用高音喇叭把上述决定向全村社员宣布了一遍。他那洪亮的声音，他发出的信号，在晴朗的、没有一丝云彩的天空中震荡、回旋，尔后响满全村，传到了辽阔的、五颜六色的太行山上。

　　这一招果然灵验。隔断了东沟、建滩沟与村里的来往，人们看不见斧砍、锯截把一个个偌大的树枝被截下来，慢慢地这场风波也就平息了。

第四章 科技兴山

一

夜阑更深的时候，墨蓝的天空没有月亮，也没有游云，只有闪闪烁烁的星星，郭成志总算结束了这一天的繁忙的工作。他回到家，躺在被窝里好一会儿了，虽然浑身乏困，手脚沉重得像铅块，眼睛也熬红了，可是一想到眼下生产大队的情况，却老是心跳得睡不着；刚迷糊一下，又被小儿子的伤心的哭声惊醒。他睁眼一看窗户纸，已经发白，就急忙坐起身来穿衣裳。

郭玉金也被他惊动，就扯住他的胳膊问："这么早，你起来干什么去呀？"

郭成志冲着窗户说："天都亮了。"

郭玉金说："那是让地下的雪照的，离着天亮还有一阵儿哪。你就再睡一会儿吧。"

郭成志只好又躺下，可是无论如何也不能再入睡。

多么重的担子压在这个党支部书记的肩上呀！科技进山刚刚实行不多日子，不要说周围的群众，就是邻村的人们，都眼睁睁地盯着这个新事物，看着它怎么生、怎么长、怎么样显示出这条道路走得正确、走得通畅。在这第一年里边，科技进山要是不能比传统的管理模式显示出更大的优越性，要是不能使所有社员们都增加收入，谁能再支持你科技进山呢？要是那样，对于科技进山在群众中的影响，就会遭到损失。怎么办呢？加强科学管理板栗树，自然有很多困难。但是从困难中长大的郭成志，他就不相信克服不了这些困难。只要路子走得对，只要按党的指引，只要依靠群众，哪怕前面有千山万水，也能走过去的。在1963年，他参加抗洪救灾时，后来参加农业学大寨治山植树时，在党的培养下，在担任民兵连长、党支部副书记、大队长时，不是也遇到过很多困难吗？后来又总是把那些困难克服了。正是因为有困难，才要人想办法克服困难呀！好办法多是在克服困难时逼出来的。这时，他又想起县委书记杨曦彩常说的话："共产党员就不怕困难。要前进，就会遇到困难；克服一次困难，就前进一步。"对呀，要前进，就要想办法克服困难。于是，他暗暗地嘱咐自己：不论工作有多压头，也别再发愁，别再发烦，这回一定要沉住气。

郭成志翻个身，枕着胳膊，趴在炕上，继续琢磨：一年之计在于春，春天并不是漫长的，节气一个接一个，稍一放松，就滑溜过去了。要修渠，要整地，要修理工具，还要捣粪、送粪。……他想到这里，又有一个问题冒上心头：要想让庄稼长得好，就要让小苗坐好胚子，这要靠多施底肥。眼下猪少、大牲口少，粗肥也就不多。况且，生产队正处在创业的阶段，家底薄，开销大，如果化肥用得多，秋后就会影响社员们的分红。那么肥料从哪儿来呢？针对当前的情况，大队党支部和队委会在一起开了一夜会。大家对于郭明谦的挖坑泥和郭明耀到公社机关和企业"厕所淘粪"的办法，争吵了好一会儿。后来，都认为压绿肥不是季节，挖坑泥要用很多人力。虽说郭明耀到浆水镇联系了几个机关和工厂的厕所，人家答应让前南峪村去淘粪。那是远水，解不得近渴。但又一时想不出解决肥料的好办法，因此就只好散会。

郭成志想到这些情况，想到缺肥料的困难，想到春肥短缺对生产队增产的威胁，特别是想到有些社员因为春肥短缺对发展集体生产信心不足，心里真是着急。

窗外窝里的公鸡喔喔地打起鸣来，村外西山道上，传来大车轮子哐哐的响声。

郭玉金拉了拉男人说："看你，都滚到褥子下边去了，炕板多凉呀！"

郭成志朝媳妇跟前挪动一下，伸出大手，摸了摸炕席，忽然想："能不能拆了炕，把炕土换下来当底肥？这东西肥劲大，弄到手来也容易；全村几百户人家，一家拆一个炕，那可就堆成小山了。"一想到这个积肥的好办法，立时就觉得心里一亮，又好像看见炕土施到地里一样。他想到这儿，又一翻身，脸冲着媳妇，小声问："你没有睡着？"

郭玉金回答说:"你在旁边翻来倒去地总不消停,谁还能睡着呀?"

郭成志没有再说什么。在方田、南台等地上用多少炕土呢?他想起在画报上看过的梯田或河滩地上用炕土生长的茂盛庄稼。如果在前南峪河滩地上施过炕土,一亩地最少吧也得长一千多斤玉米!想到这里,就呼地坐起来,穿上衣服,拉着电灯,他想赶紧画一个图样,标明各个地块需要施多少炕土,明天一早好和大家商量。

郭玉金看他一眼,说:"这么早起来干什么呀?再睡一会儿吧?"

"我想画一个草图。"郭成志没头没脑地边说,边趴在炕桌上画草图。

郭玉金还想往下说什么,忽然听到婆婆在院里叫了一声:"半夜三更的着灯干啥?"

郭成志说:"妈,我有一件要紧事,害怕明天忘了。"

母亲生气了。她半夜起来给牲口添草料都舍不得拉电灯,儿子办公事倒要耗费家里的电!

"有公事不会到大队里办去!"

母亲这么一喊叫,把媳妇惊动了。郭玉金听见婆婆嫌儿子半夜里着灯耗电,便穿上衣服起来,笑着对婆婆说:"您老知道省电,可不知道您儿子办的那些事比您那着灯值钱。"

郭成志见媳妇下了炕,便把他母亲也请进屋来。他想给老人和媳妇说说自己刚才想到的积肥办法,听听她们的意见。

媳妇一听这办法,就高兴地说:"这可是个好办法,多拆上些旧土炕,就不愁地里施不上肥料了。"

母亲却说儿子:"你想得倒挺美,把咱屋里这炕拆掉,你们家人去哪儿睡?"

郭成志说:"我还没顾上跟玉金商量,我想明天让她带上孩子,到咱成仙那屋去睡,我搬到大队办公室去睡。"

郭玉金说:"这还商量什么。就是这个季节拆炕太早了。动泥动水,到处冰凉的,能脱坯吗?"

郭成志说:"别忘了咱们是生产队呀!生产队就得敢打破常规,创建新章程。我盘算,有两个炕的社员家,动员他们并炕住,倒着拆,搭上一个新的,再拆一个旧的,不会太困难。"

"就怕有的人家不习惯这个时候动泥水活。"

"县委杨书记提醒我，搞农业集体，不光要把人组织起来，也得帮他们生长集体思想、生长先进思想。从今以后，我打算不论在大事小事上，都要领头破旧习惯、兴新做法。拆炕的事儿，有咱们党员和干部家带头干，群众就会跟上来。你说呢？"

"好吧，反正我由着你。"

"光是由着我不成，你还得帮助我发动妇女。拆旧炕搭新炕，只要妇女一通，就算成了大半。"

"我找素平一块儿去发动吧。"

"再请上马四奶奶帮助你们一把。"

母亲在一旁听着小两口津津有味的谈话，都快要入迷了。忽然，黄牛"哞——"地叫了一声，好像从睡梦中吵醒了她，母亲便慌忙走出屋去。

郭成志知道他妈是惦记着喂牲口，便跳下炕来说："妈回屋里睡吧，让我去喂牲口。"

母亲只说了声："你忙你的吧！"便一直走进牛圈里。

郭成志就回到他的炕桌旁边，画起草图来。媳妇呢？看着男人那份高兴劲儿，也不想再睡了，就给男人烧了一壶开水。

郭玉金忽然嘻嘻地笑了起来。

郭成志被笑得挺奇怪："你怎么啦？"

郭玉金停住笑说："你呀，真成了'小算盘'了，就这么一丁点儿小事，也至于折腾得一夜睡不安生？"

郭成志半开玩笑地说："我是'大算盘'，跟你那个'小算盘'完全是两样的。你可别把生产队种地的事儿小看，有一点地方计算不到，出了闪失，就会把咱们堵在半途路上。不用说别的，等庄稼一上场，比单干的人就是减产半升，村里的人往前走还有劲吗？还肯奔你这儿来，跟你走一条道儿吗？"

郭玉金觉得男人这话很对。但是她蛮有把握地认为：生产队一定能增产，一定能不断地向前迈步，不会停留，更不会退回去。对于这样的信心，她还没有能力清楚地、条理地列举出根据，但是，多年来亲身经历，使她对集体的力量，有了许许多多最实际的体会。她每天跟社员们一块儿干活儿，一块儿上夜校，她最了解社员们往前奔、夺丰收的心气。她本人就是个例子。她盼望生产队搞得棒棒的，步步登高，让社员有吃的，让工人老大哥有用的！每当她瞧见男人为工作发愁叹气、睡觉不踏实，她就想：1963年山洪暴发后最困苦的一段日子都闯过来了，还有什么难处能够挡住人民公社社员呢？从1963年那么一个穷得叮当响的生产队，变化成一个有车有马、人多势众的农业集体，谁还割舍得退回去呢？一扑心地干吧，越往前走，会越美满。因此，郭成志带领社员创办生产大队，媳妇的一颗心就挂在男人身上了。她一心一意盼望着把生产大队办好，只怕男人出上一丝一毫差错，或是有什么不到的地方。当她知道了男人想出办法来积肥时，为生产队春耕缺肥愁闷了好几天的媳妇，也和男人一样地高兴起来。她给男人滚了两碗开水，又给男人拿了两个干饼。

郭成志喝了一碗开水，吃了一个干饼，劲头更大了。他就用铅笔在他的笔记本上画起草图来。

这时，忽听得村里有一只早醒的公鸡叫了一声，郭玉金见窗户纸真的亮了，就轻轻地劝男人说："别想了，快睡一会儿吧，看累坏了身子！我去做饭，等烧着火你再起来。"

郭成志因为对于积肥的事已想出了眉目，心里有了着落，就依了媳妇的话，他想赶紧睡上一会儿，好早些起来和干部们商议。

他刚刚迷糊了一会儿，村外西山道上，车轮滚动的声音，又惊醒了他。他听见媳妇开门出了屋。他听见媳妇在屋外边抱柴火。他听见媳妇抱柴火奔向西院的脚步声，他又睁开眼睛装上一袋烟。

他的思绪是反复不断的。肥料的问题刚有点模样，他又开始想到排水防涝的事情。每当麦收季节，大雨就没头没脑地下，天像捅漏了一般，到处是水、水、水！浆水河也泛滥起来。全村几百亩的庄稼裹在泥里，泡在水里。就是长在高冈地的，也被大水围得个密不透风。镰刀割麦，会把麦子连根带起。拖拉机一下地就陷车。当时有个顺口溜："抬头见天漏，河水哗哗流，麦子只露穗，收割皱眉头。"为了战胜这涝灾，全村社员和干部不知想了多少办法，出了多大劲儿，人割肩扛，龙口夺粮，总算站住了脚跟。因此，干部群众下了决心，要治水。他想，郭明耀对整治山地有经验，平时喜欢看书读报，思路也开阔；琢磨出这个先修泄水渠防备涝害的办法，益处是很多的。他想：春天没播种的时候就开挖，能够闲治忙用，那一片低洼地，水涝的危害就解除了；同时，可以在渠的两坡上种些豆子一类的庄稼，这样，渠道占用土地的面积实际上减少了。他想：这件事情一宣传，社员们肯定拥护，对生产队的农民肯定有好的影响；夏天雨季到来的时候，水渠生了效，对人们的思想影响一定会更大。他想：渠道要通过三户人家的自留地，张清虽然家庭并不富裕，但他工作一向认真积极，一说就通；胡元发被大道理管着，公事公办，通更好，不通就拿到支部会上解决，一定得通；比较难办的，就是张云海，一定得集中力量，重点解决这个人的问题。他想：张云海这个人，在如今的农村里，可真够典型了；生产队要是把这样一个人教育过来，实在不容易，但是应当有这份信心。郭成志做事，一向勇往直前，不怕困难，不悲观失望。在工作中他从来没有动摇过，而表现出异常的英勇、坚决、尖锐和果断。工作使他热血沸腾，使他心灵不能平静。他把党的事业看得比生命还重，他希望能把农村在一天里改造好和建设好，希望能把一些农民的落后思想、自发势力、本位主义和个人主义立刻全部消灭干净。他想，曾经硬抗着组织起来的张利群能转变，跟亲哥哥搞分裂的李宇清能回头，证明啥样的人都可以变。只要照着党的政策办事情，耐心地多做工作，张云海这个人再顽固，脑瓜子也得开缝儿；也甭发怵，甭发急，他终究会看清他应当走的道路。

西院里传过来谈话的声音。

张玉珍说："我已经烧着火了。你弄着孩子，这么早起来干什么？"

郭玉金说："看看都到啥时候了，还早哇！怎么你挑水去啦？"

"成仙爬起来，就到饲养院帮着修车。"

"吃过饭，咱们动手拆炕吧。"

"哟，嫂子，拆炕干什么呀？"

"这回闹增产，队里缺肥料，你哥夜里睡不着，就想到了拆掉旧炕，去当肥料。"

张玉珍认真地听着，眨巴着眼睛说："他为什么不主张队里去买些化肥呢？"

郭玉金说："买化肥倒是方便，施到地里肥劲也大，好处千千万万，就是一样不好，花钱太多，怕影响社员们秋后分红。"

"那咱们不会去挖坑泥，一分钱不用花，无非多出点力气。"

"你知道，自从科技进山，咱们大队靠科学技术管理板栗树发展很快，到处都在热火朝天地搞修剪。要是社员们都去挖坑泥，谁还去修剪大队的板栗树？再说了，看到咱们大队闹增产遇到困难，能甩手不管吗？难道……"

张玉珍没等郭玉金说完，就把袖子一捋说："嫂子，拆炕造肥，一百个对，现在你说怎么干吧？"

郭玉金说："咱们干部家得带个头。今个晚上，我们娘仨可要到你这屋炕上挤着睡啦。"

郭成志听到这儿，赶忙爬起，穿衣服下炕，抓过帽子往头上一戴，就走出屋。

张玉珍把水倒进缸里，从衣兜里掏出她的那块蓝布手帕子，揩了一揩额上和脸上的细小的汗珠，正转身往外走，见郭成志要接扁担，就说："我去吧，再有一挑，那缸就满啦。"

郭成志说："你嫂子做饭，你过去收拾收拾屋子，等我们回来，好一齐动手拆炕。"

张玉珍把扁担递过去，说："你忙村里的事去吧，家里这点活计，用不着这么多的人。"

郭成志轻巧地挑上水桶，想到井台上等等张庆天，问一问他跟张云海谈过挖渠的事情没有，结果怎么样，以便安排下一步的工作。他刚到街上走几步，正好碰上张云海背着粪箕子从村外走回来。郭成志明白这既富裕又顶顽固的老汉，心头正吊着个秤砣，一时都不知道怎么跟他说话，只像对待什么稀奇事物似的，拿眼默默地打量着他，似乎已预感到令人尴尬的场面很快就要来临。

这个勤俭的庄稼人，身材高大，论年岁，已经五十挂零了，仍健壮得像一头黄牛，这么冷的天，只穿了件打齐膝头的薄旧袄，腰上束着根发黑的白布带子。他有个习惯，一年三百多天，天天都起大早拾粪。他那破帽子的边沿，他那花白的眉毛和胡须上，都挂着霜花；两只大棉鞋踩得地上的积雪"嘎吱""嘎吱"乱响。

郭成志停下来等他，离着老远就打招呼："大叔，又这么早？"

张云海边走边回答："这么早，还走到你们后边。看看，害得我白挨冻，白跑路，空着手回来啦！"

郭成志笑笑，朝跟前迎了两步，又问："庆天跟您商量那件事情了吗？"

张云海立刻警惕地看看郭成志，回答说："你们总是着灯费电地开夜会，他回来那会儿我都睡了两觉；我起来那工夫，他还在梦里哪，谈个啥呀！"

郭成志一听，心里边转个弯子：是直接跟他谈呢，还是等张庆天给他透个信，摸摸他的心思再谈呢？他想，得抓住跟张云海偶然碰上面的机会，先给他透透气，也许能够起一点防护的作用。郭成志想到这儿，就朝张云海跟前移动了一步，说："我们支部准备召开个群众大会，给大家讲讲粉碎'四人帮'后，国家建设新形势。您从近处也能看到，光是浆水公社，这一年的光景，就添了多少工厂，增了多少机关、学校！那一座座大楼设计新颖，显得生气勃勃。东大街是最热闹的街道，两旁开满了各色各样的店铺，就连店铺外面的人行道上也摆满了摊子，各种货物，都在那里叫卖。这是咱们国家发达起来的好事情。城市的人口多了，用原料，用粮食的地方多了，咱们农民就应当积极增产，支援城市；城市有了原料和粮食，会更多地制造咱们农村需要的拖拉机啦，布匹啦，自行车、胶皮轱辘啦，帮咱们搞好生产，过好生活。这就是工农联盟，齐心建设新中国嘛！"

张云海听着，想起他在集市上亲眼见到的情景，就插言说："是呀，是呀，粮食是个宝，谁也离不了。不多增产还行！"

郭成志说："增产粮食，靠走老路是不行的……"

张云海连忙说："对，对，我们就是照你说的办呀！能够增加粮食产量对我们社员来说，是一个难得的好机会。因为，我们每个社员都有自己的理想，都想在农村里干一番事业，这样才不白来一世。没有理想的人，就是碌碌无为的庸人，就是……"

郭成志打断了张云海的话，问道："那么，您的理想是什么呢？"

张云海故作愁苦地摇了摇头："我嘛，是朽木不可雕了，不能跟你们比，我现在已经没有理想了。"

郭成志说："咦？您怎么没有理想？您不是要发展自留地吗？"

张云海红着脸说："这不算什么理想，这只是……"

郭成志紧接着说："这只是实现您理想的一种手段。您所想的，要比这些更远大，更美妙。不过您可要明白这个道理，我们搞的是社会主义新农村，任何违背社会主义新农村建设的东西都是不可能实现的。不可能实现的，不能叫理想，只能叫幻想。"

郭成志这几句话，像一把钢针刺在张云海的心尖儿上，把张云海刺得发火了。他以攻为守，对郭成志说："那么，你说说，你的理想是什么？"

郭成志听张云海一问，一股强烈的感情涌上来。他说："我承认我有理想。我的理想也可以明确地说出来，就是建设社会主义新农村！这也是广大社员的共同理想。每一个社员，都要为建设社会主义新农村忘我地工作，扎扎实实地干好每一件事情！"说到这里，郭成志含笑地说，"大叔哇，您可不能总把集体当个牌子挂着，得把心扑到上边才能见成效。"

张云海嘟嘟囔囔地说："这集体到底啥样儿，得让我比一比，看一看。它要真是一条发家过好日子的路，还用得着你们这样费心费力地拉呀赶的，谁不拼命地往里挤呀！"

郭成志说："您可以比，也可以看，心里头得总装着这件事儿。可别先打定了千斧子也不让劈开的主意，一条道跑到黑，闪着光亮的地方就在眼前摆着，也不去瞧瞧呀！"

顽强的张云海，一辈子是不屑听人相劝的，非常腻烦村里的党、团员和积极分子们，总是抓住各种机会，给庄稼人宣传什么"揭批'四人帮'""走社会主义"。这会儿，他见郭成志清早拦住他，又是这一套，心内大觉不快，就要告辞回家去吃饭，好早一点打发大儿子出车上路。

郭成志见他要走，就说："大叔，别忙，我还要跟您商量一件具体的事情。"

"啥事，你就说吧。"

"我们村打算修一条泄水渠……"

"还没等下雨就干这个？"

"下雨再干，那就抓瞎了。修上一条永久性的渠道，在前边等着，临到夏天，连阴雨一多，就让它随着下，随时流走。您看这有多保险！"

"那倒是。"

"我们那条渠要经过您村南那块自留地……"

"啊？经过我村南那块自留地。"张云海立刻紧张起来，脸色也变了，这一惊非同小可。那可是他的一块心头肉般的"宝地"。

这块自留地，刚分配给他的时候，只有三间房基地那么大。这块地靠下侧，是一条杂草丛生的野猫路，路对面，是生产队的地；左右两边，与张清和胡元发两家的自留地想毗邻。张云海向来精打细算，他起早落晚，深耕细作，把这块自留地当花一样地养，一年比一年像样了。他把自留地靠侧的那条野猫路，也精心作了番"改造"。先是说，这条路太狭小，走上走下不方便，就主动去修宽，不过，只是往另一边加宽，靠他自留地这一面，却一点一点地挖下去。路又变小了，他就再加宽些，像蚕吃桑叶似的，使原来的直路，变成了弯路，而他的自留地也就渐渐地扩大起来。

有一次，刚下过雨，张云海正在"修路"，不巧碰上了上地里来察看墒情的郭明谦。

"云海大叔，支书也不知跟您讲过多少次了，这样做是不对的！您为啥还要犯老毛病？"

"噢，明谦，你大叔是为了大家方便呀。"张云海摆出一副委屈的样子，又指指脚下那条正在流着山水的小沟，说："我是怕溪水冲坏了山路，才冒雨来填补填补的。好，下次我就不再管这种闲账了。"

郭明谦诚恳地对他说："心思要用到集体上去，路要走得正，不可只顾自己。"

郭明谦走后，张云海自言自语地说："让你们说几句算了，反正不痛不痒。你总不能拿我吞下去！"

眼下，这块自留地，经过张云海苦心经营，面积比原来扩大了，由于经常施肥加土，增强了地力，每年小麦、玉米长得又壮实又茂密。如今大队水渠修起来，岂不要把那多年心血全丢光了吗？这比剜他心头肉还痛苦万分。可他又转念一想，郭成志说修水渠要经过自己那块自留地，并没说占用那块自留地，无非是水渠动工时，让他家多出劳力罢了。想到这里，张云海暗暗松了一口气，说："我们家可抽不出人手干那个去呀！"

"不用您出力，就是要占用您一点儿地皮……"

"挖多宽哪？"

"总得三尺吧？"

"沟子就三尺宽，两边还得堆土埂哪！起码得六七尺！好家伙，我那地是横宽的……"

郭成志看透了他内心的秘密：他是舍不得那块自留地，就说："云海大叔，支部里已决定了，群众也都迫切要求，这个水渠不但要修，还要修得大些，多蓄些水，就能多受益啊！"

"唉，成志，你看看，我这块自留地，能忍心让修掉吗？"张云海见郭成志热情跟自己攀谈，就想趁机打动对方，"我看修水渠时闪过我那块自留地，也不会影响工程吧，这样我家的自留地不就保住了，为啥一定要占用我那点儿地皮？"

"云海大叔，您总是舍不得您那块自留地，您的自留地整得再好，一年能出产多少东西？您再想想，水渠修好了，全大队的低洼地都能受益。比较起来，到底哪一个重要？哪一个好处多？"

"话是不错。不过，大家都有好处，就是我独吃亏，唉！"张云海没精打采地摇摇头，叹着气。

"不修泄水渠，低洼地的庄稼都要受到水涝的危害。集体不搞好，您拼死拼活弄自留地，生活也过不好。云海大叔，账要往大处算，不可只想自己呀！再说了，占您多少地，我们再从别处拨给您多少，您看行不行？"

"拨给我哪儿的？"

"把我家自留地拨给您。"

张云海听到这句话，打个愣，眯着眼，把郭成志的脸色仔细地审查一遍，说："这合适吗？"

郭成志故意问："您说谁不合适呢？"

张云海说："你家的地，就在离村近的地方留下那么一丁点，再割给我一条子，这可让你吃了大亏呀！"

郭成志不以为然地摇摇头说："您别替我算计，有了集体地里增产，就有了我家的好日子过。自留地不算啥，只要您支持我们集体搞好这项工程，就算两相情愿，全都合适。"

张云海想了想，又问："是照现在的实有面积调换吧？"

郭成志回答他："以前分多少，就拨多少，合情合理。"

"啊，那我不是又吃亏啦？"张云海眼看大局已定，又说不出多少反驳的理由，只好眨了眨眼，说，"这个事，我得琢磨琢磨。"

郭成志爽朗地说："可以。您琢磨好了，早点给我们一个回话。大叔哇，我希望您琢磨这个事情的时候，把路子想得宽点儿。这次大队修渠，要通过你们三户人家的自留地。在这件事上，也许在您看来，您很富裕，要数张清最穷，好像您比张清高贵。其实不然。依我看，您比张清，差得很远很远。您平时脑壳里想的是啥，爱的是啥呢？爱的是您那个小家务，想的是个人发财，动不动打小算盘，转去转来，尽为的是自己，自私自利，这有哪点儿高贵呢？哪点儿值得翘尾巴呢？照我说，应该害羞！再看张清他们，人家想的是社会主义，爱的是生产大队，一心一意走集体富裕的道路，这就是说，为的是集体，为的是大家。你对比着自己想一想，究竟谁个高尚呢？如今时代变了，水流千遭要归大海。您终归得成为走上社会主义道的人。从这点上说，您成全生产队修渠，也是成全您自己。还有重要的一点，如今咱们当家做主了，国家是我们自己的。跟工人齐心合力地把工业建设好，咱们国家才能富强，咱们这主人才能当牢靠。从这点上说，您成全生产队，也是对国家出了力……"

郭成志缓缓地说着，听起来一点也不像在说重话的样子，倒有点像在跟一个老庄稼人拉家常。顽强自负的张云海，老脸上火烧火辣，虽然他对郭成志后边说的这篇大道理，几乎没有用心听，两只耳朵捉住不放的，是郭成志前边提的那件实实在在的事儿，但心里却又不得不承认郭成志说的是道理。事实上，郭成志一边说着修渠的问题，他就一边偷偷地在心里把小算盘拨拉好了：自己并不吃亏，郭成志这个人办事情周到细密，不找便宜，让别人过得去。本来，他可以马上答应下来。他那个多年养成的习惯，使他缺乏这种果断的劲儿。他还得仔细琢磨，绝不能在任何事情上使自己失算。于是，他敷衍地点着头，赶紧告辞，转身往回走。

郭成志从张云海的语气和表情上看出来，修渠占地的交涉，已经事成八九。尽管张云海这种性气跟他很不投合，为了设法团结，他能容忍。同时，他也准备着另一手：张云海很可能提出过高的要求，钻生产队的空子，多捞一点油水。他想：在这方面的让步一定做到合乎分寸，不能破了格。

井台上，好多从热被窝爬出来的人，脸没洗，饭没吃，就在那儿等着打水，热烈地聊着天。崔大嫂隔着几副水桶，飞星火溅地警告她大娃满仓，不准把弟弟带着跟来，若不听话，她将扭掉他的脑壳，打断他的细腿。郭长同却偏偏要那娃儿只管过来，说是前面有人娶媳妇，好看得很，还可捡几个放得嚓叭响的爆竹，错过机会太划不着，惹得大家都笑了起来。

郭成志来到他们中间，找个机会插几句话；都是用闲谈的方式，向他们宣传实现农业现代化，关键是科学技术要上去；述说增加生产、支援国家建设的道理。因为起早挑水的，大多数是年轻人，不论他们的家长拖着他们走着什么样的道路，他们对面前这个支部书记都是佩服的。支部书记的话，立刻就把他们那些好强好胜的心气，给激发起来，一个个都怀着兴奋和热情回到家里去了。

郭成志见张庆天没有来，又见时间已经不早了，就打满两桶水，轻巧地挑起来往回走。竹扁担在他那浑圆结实的肩膀上一闪一闪的，两只荡着清水冒着热气的桶，在他身前身后颤颤悠悠地摆动，一点也不洒出来。路面上已经变化成冰碴的雪，在他的脚下欢乐地粉碎着。

新垒抹的院墙，呈现着一种沉稳的黄色，石头院门上春节张贴的红色春联，在微风中飘动。墙根下边，白皑皑的积雪上，堆了一片乌黑的炕坯，散发着一股子烟熏的味道和火烧过的热气。

郭成志一见这炕坯，不由得乐了。

郭玉金披着垫肩，扎着裤腿，和郭成仙伙抬着一筐炕坯，一溜小跑地从里边冲了出来。

郭成志一边让路，一边笑着说："我看了半天，以为从院里出来的是一员虎将呢，闹了半天是你玉金呀！你们真是雷厉风行呀，说拆就拆起来了！"

郭玉金撩了一下油黑的短发，说："你看，我这身子骨还能折腾折腾吧！"

"嘿，你可得注意！去年冬天治山，你那身子骨累坏了，现在刚有点好转，千万不能再把身体搞垮。"

"没有那么娇气。再说了，你不是正宣传大干猛拼吗？"

郭成仙说："我嫂子怕一时脱不出那么多的坯，又不能久等；我们仨商量，干脆先拆，等脱了坯，把别人家的炕都搭完了，咱们再搭。"

郭成志静静地听着，轻轻地点着头："嗯，想法不错。土从什么地方取呢？"

郭玉金手往村南指了指："你看，村南有一道土岗，是一色的黑黏土。"

郭成志看了看，说："把那土岗上的土拉进村。好家伙！这条路可不近，有二里多地吧，还隔着一条河……"

郭玉金说："运土的任务不小，现在我们正想办法呢。"

郭成志点点头，挑水往屋走。一场热气腾腾的战斗场面在眼前展现开了：旧炕已经面目皆非了。炕头拆掉了。现在正在集中力量拆旧炕的主体部分。这是第一阶段的关键性的战斗。张玉珍挥着手里的武器，"嗨！嗨！"地使着狠劲儿，一镢头比一镢头猛，刨得旧炕面"嘭嘭"直响，土块飞溅。

郭成志一进门，又听见郭成仙的屋子里"嘭嘭"响，就冲屋里大声问："不是拆我住那屋的吗，怎么又拆这屋的啦？"

张玉珍在屋里回答说:"我们决议啦,两个屋的炕一齐拆,多给集体里弄点肥料。"

"你们到哪去睡觉哇?"

"我跟嫂子到马四奶奶家,成仙找明谦做伴儿,你去看守大队部。"

郭成志听到这儿,又笑了。

这当儿,门口外边围上了好多刚刚搁下饭碗的人。村中又有几批人,老远看见大群社员在党支部书记院门口上指指点点,料想发生了啥事,便从街巷那边跑过来看新鲜。一打听,说要发动全村干部群众,拆掉旧炕积肥,打响春耕第一炮。一时都兴奋起来,不住称赞这个办法高妙。内中有一大帮男女青年,兴头正高,喊道:

"生产队开春就拆炕,真是打破常规啦!"

"支书家给咱们起带头哪!"

"他呀,办啥事情都是先干后说,一步一个脚印儿!"

大个子许金泉牵着牲口从门口经过。他看了一阵子,听明白是怎么回事情以后,就把那个背着书包要上学的振荣叫到跟前,小声说:"你先回趟家,让你妈把屋里的东西收拾收拾,我喂好牲口,回去拆炕。"

好些个准备干别的活的青年,扛铁锹的,挑粪筐的,还有的拉着排子车,三人一群,五人一伙,都充满信心,中途转回家,商量拆炕的事儿去了。

这天,郭成志从浆水公社开会回来,勤快的人们已经起了晌,一伙一伙的男女社员,拉着小车,挑着粪筐,缕缕行行地在往地里送粪了。

午后的太阳,光辉灿烂,照耀着一切:辽阔的太行山上,一片片的林带,一座座的村庄和一条条伸向天边的高压电线,都镶上了金边。那山、那水、那田野,都是多么美呀!

嘹亮的战斗歌声,在田野上呼应着,和工地上那激越的战歌交融在一起,从前边的河湾里飘过来了;那太阳喷出来的金色光线,好像在歌声里颤动着。

　　　我们是年轻的新一代,
　　　在太行山上锻炼成长。
　　　我们有个金色的理想,

在希望的田野上；
银锄是手中的彩笔，
麦海是丰收的景象；
不怕流汗出力，
为大地五谷飘香！
……

紧接着，一片热火朝天的劳动场面，就出现在支部书记的眼前了。

好多的男女社员都聚到小河湾的水坑子旁边，坑上坑下满是人。挖淤泥的，装筐的，用挑子担的，用车子推的，锨飞镐舞，你来我往，非常热闹……

张庆天和胡立刚展开了对手赛。在挖淤泥一开始，张庆天就对胡立刚说过，这些年，在农村虽然参加了不少劳动，有了一些锻炼，可是始终没有机会，炼炼肩膀上的功夫。这次挑淤泥是个难得的机会，一定要炼出个铁肩膀来。买来的扁担，他嫌软，找了一根山榆木，自己削了一根硬邦邦的扁担；队里的土筐，他嫌小，向胡立刚要了些荆条，自己编了一副大筐。半个月以来，扁担一直没有离开过他的肩膀。他不用垫肩。肩膀压肿了，又磨破了，鲜血凝成了痂，又压烂了，那条榆木扁担都染红了。他咬着牙，一声不哼，越挑越多，越干越猛。

这一切，被在旁边的郭立强看得一清二楚。郭立强的肩膀也压肿了，扁担往上一放，针扎一般的疼。他使劲皱着眉头坚持着。给他装淤泥的孙云芳，关心地劝他说："少装一点吧。"郭立强还真想少装一点，让自己的肩膀缓缓劲。

张庆天那血糊糊的肩膀他看在眼里。郭立强挥着手，大声命令着孙云芳："装，装，多多地装！"

孙云芳抬起头来，犹豫了："别装了，你的肩膀……"

郭立强急了，说："我的肩膀算啥，你看看张庆天的肩膀！快，多装，还得多装！"

郭立强挑起尖尖的两筐淤泥，挺胸跑起来。真怪，他的肩膀反而一点也不疼了。

郭成志绕着车子，躲着筐子，在人群里穿行着，寻找着，来到坑边上。

· 288 ·

"郭支书，到我们这儿来吧！"

"咱俩搭伙，你给我装筐！"

郭成志朝他们笑着，拦住了挑着空筐子回来的郭明谦，说："明谦，到那边，我跟你说句话儿。"

郭明谦把两只筐子套在一块儿，用扁担挑着扛在肩上，跟郭成志走到小桥头，问："公社有新安排了？"

"咱们迎接新任务的准备是加强科学技术学习。我琢磨着，咱们应当抓紧这个时机，回过头去总结总结，把科技进山里边的经验、教训找出来；经验咱们再用，教训就记住它，往后不再这么干。"郭成志走得热了，解开了衣襟，抹了一把汗，继续说，"我想，这样咱们的新农村建设的步伐就加快了。再工作起来，火力也足啦。"

郭明谦笑着点点头，说："嗯，是要考虑得深一些。任何时候都要学习科学技术。咱们大队的板栗树，不就是靠科学技术管理的嘛。"

"是的，自从推行科技进山，咱们大队的板栗树管理是在不断加强的。"郭成志回想起走过的那一幕幕坎坷的场景，他激动地接过郭明谦的话头，说："但是，咱们推行科技进山的力度还不够。这次，要干部带头学习科学技术，进一步发动群众学习科学技术，使新农村建设更加兴旺发达！"

"好。咱们每个人都得先总结经验教训，让脑袋瓜子得清清醒醒，好进行科学试验！"郭明谦深情地望望郭成志，用力地挥动着铁紧的拳头说。

郭成志浑身热乎乎的，边走边说："对。再开个会，让大伙帮着咱们总结总结。团支部也得总结，让青年里边的积极分子帮着他们总结。这两股子力量要是都调动起来，咱们的火力可就重了！"

郭明谦说："好。"

两个人立刻又投入到挑淤泥的队伍中，带头把黑浸浸的淤泥一挑一挑运往田里去。

"支书，"挑着一担淤泥的郭俊刚招呼郭成志，"这泥巴比得上大粪，你闻一闻，喷臭的。"

"是呀，这淤泥多年没有挖过了。"郭成志一边点一点头，一边健步如飞地挑着淤泥。

二

时间一天天过去了,然而东沟、建滩沟到底变成什么样了?人们焦急万分,望眼欲穿,恨不得张开粗壮的双臂,去热烈地拥抱她!人类的心理往往就是这样,而且似乎永远是这样,愈是得不到手的东西,就愈是想得到它,而且在实现这一愿望的过程中所遇到的困难愈大,奋斗的意志就愈是坚强。

转眼到了灿烂七月的一天清晨,东方出现了瑰丽的朝霞,村子里的屋顶上飘着缕缕炊烟,空气中弥漫着轻纱似的薄雾。大喇叭里又响起郭成志那高亢、欢快的声音:"社员们,从今天起,东沟、建滩沟开禁了,请大家都到沟里去看看吧!男女老少都到这两条沟里去看看,一定去啊!"

这是望眼欲穿的一天——东沟、建滩沟开禁了!人们都感到支书的声音非同寻常,这个在建设年代像战鼓号角一样向社员们既通报前进中的困难,更传播胜利消息的声音,显得特别振奋人心。

遮掩了半年多的帷幕拉开了。当社员们怀着好奇、担忧复杂的心情踏进东沟、建滩沟之后,他们被眼前的景象惊呆了。啊哟!原来那些枝丫纵横、乱蓬蓬不结果的板栗树,变得秀秀气气,新新鲜鲜,葱茏的枝叶下,掩映着一嘟噜一嘟噜绿绒的栗蓬;原来那老态龙钟、丑老太婆似的百年老树,也返老还童,变成精精壮壮的小伙子,一枝枝新生的枝条下托着串串栗蓬;那些多年不结果的懒汉二流子树,居然也浪子回头,结了许多果实;更令人惊诧的是,那两三年生的小板栗树,居然也零零落落地结出了栗蓬。到处是娇艳的栗蓬,到处是楚楚动人的果实。成群的蜂蝶在栗蓬之间飞舞,百灵鸟在锦簇般的板栗树林上空欢快地歌唱。只有那几棵专业队专门留下的对比树,依旧懒散地站在路旁,旧颜未改。

人们眼花缭乱,瞠目结舌。

"啧啧!这个王金章,真是板栗专家哩!"

"没想到,没想到哇,截下那么多树枝子,挂果反倒多了。"

"科学,科学就是沾哩!"

"……"

人们喜笑颜开地称道着。"科学技术"这四个字第一次装进社员们

技术人员现场指导

的心里。

　　一时间，王金章成了村里炙手可热的人物，好像一颗耀眼的明星，正悬在村庄后边的山岗的顶上，是那么大，那么亮，放射着令人注目的光辉。他走在大街上，尽是朝他举大拇指的人；平时也是东家请西家唤。山里人实际得很，家里的自留树也需要人家王技师帮忙打理呀！

　　把支书郭成志高兴得整个身心都沉浸在欢乐之中，嘴角上露出喜悦的微笑。他弯下腰去，从田野抓起一把有些润湿的泥土，平铺在左手心里，把它捏得细碎，粉末一般，送到鼻子那儿闻闻，又凝神地瞧了瞧泥土，然后才爱惜地撒回田里，自言自语地说："好地！好地！"

　　可是他还有些担心王金章课题研究一旦完成便会离去——他要的是一个前南峪的王金章。再说，他的目标还远得很呢。八千三百亩山场他都得栽上果树，离开王金章这样的人行吗？

　　于是，他总是琢磨着如何想出一个办法，彻底把王金章留住，剪掉他的三牵六挂，让他自动地离不开前南峪。

　　郭成志想说什么，可一句话也说不出来。眼看着王金章的影子消失在黑夜中，他兀自站在冷风里，像木雕泥塑般的一动也不动，仿佛王金章在他的心肠上面系了一条绳索，走一步，一牵引，牵得他心肠阵阵作痛。

　　就这么反复地想着，忽一日心血来潮，想到了浆水中学。这是一座环境十分幽雅的县办中学，坐落在前南峪的北边。一道米黄色的砌花围墙里面，有鲜花盛开的花圃，绿草如茵的足球场，喷珠吐玉般的喷水池，修整得很好看的树木。在这诗一般的环境里，矗立着几幢钢筋水泥建筑的乳白色的教学大楼，书香四溢的校园给人精神的抚慰与鼓舞：这是一个大学才子的摇篮，更是一个孵化未来的希望之所在。

　　他想离村一里多的浆水中学可是个名牌中学，教学成绩好那是远近闻名。你王金章的大女儿王晓娟不是在一所公社中学上初中一年级吗？干脆把女儿转学过来算啦！到浆水中学上学容易。那是郭成志的母校，好多年都为出了郭成志这个扎根山乡的名支书而自豪呢！来这里上学郭成志一说就沾。

　　可郭成志就担心王金章那头，你浆水中学再好，也是山区中学，人家冀东那可是发达地区……

　　他心头那急剧变化、千回百转的滋味真是说也说不出，好像夏天的晴朗的日子里，忽然来了暴风和急雨，把一切都扰乱了。

没想到郭成志和王金章想到一块去了。你甭看王金章自己被迫退学当了农民，家里生活一时也窘迫得很。可是他寄大志于后代，特别是对大女儿王晓娟爱似掌上明珠，发誓让她上大学。甚至憧憬大女儿在未来的大学里学有所成，将来一旦参加工作，或在某个科研所当一个科学家，或在某个名牌大学当一个教授，或在……总之，再也不能让女儿像自己一样，饱尝生活磨难，退学回村当个农业技术员，即使在果树研究所里成绩卓著，到头来连个正式职工都不是。可现在大女儿在一所公社中学凑凑合合混日子已经成了他的一块心病，恨不得早一天转到一所好的学校。前南峪附近的浆水中学他早打听了不是一回，转了也不止一趟，想把大女儿转过来，就是还没得机会和支书郭成志谈。

秋后，稍有点空闲了，就这几天，王金章已经下定决心要和支书开口了。

北方山村的傍晚，当晚霞消退之后，天地间就变成了银灰色。乳白的炊烟和灰色的暮霭交融在一起，像是给墙头、屋脊、树顶和街口都罩了一层薄薄的玻璃纸；使它们变得若隐若现，飘飘荡荡，很有几分奇妙的气氛。小蠓虫开始活跃，成团地嗡嗡飞旋。金莺鸟在河边的树林子里，不知道受了什么惊动，拖着声音，朝远处飞去……

这天吃过晚饭，还没等王金章找上机会，郭成志倒是先找到了他：

"金章，俺想跟你商量点事。俺上次在你家里看到你那大姑娘晓娟，孩子聪明得很，像是挺有主见和志气。干脆别让孩子在社中里凑合了，怕是要毁了孩子的前途呢，转到浆水中学吧。村里给你腾上三间房子。你也从石头屋搬下来，平时早晚连照顾闺女，咋样？"

王金章还能说什么？只有感动和感谢，再有就是扎根前南峪的决心。

他紧紧握住郭成志一双粗壮的手，觉得好像做梦一样，呆呆地站在那里，激动得手都发抖了，心里涌起了千言万语，可是一句话也说不出来。两行热泪扑簌簌地滚到长瓜脸上……

1979年秋收之后，太行山区一派喜人景象。这时节，天特别高，特别蓝，云朵格外白柔娴静，阳光格外明媚和煦，风也格外轻漫清香。前南峪人喜事一桩接着一桩：粮足果丰，治山也在顺利进行，又要来一拨儿日本的客商，专门订购前南峪山里特有的又甜又香的大板栗。

还有一件事，使郭成志更把王金章视为宝贝。9月中旬的一天，省科委常务副主任董桂海派人捎来话，说燕山今年的板栗大面积腐烂；听说前南峪的板栗好得出奇，一大堆里也难挑出一个烂板栗。让郭成志赶快准备材料。省里要开个经验交流会，会场设在遵化县城，还要到现场各点分析研究病因。听了这个喜讯，郭成志觉得前南峪没有烂板栗可能跟气候和环境有关系，但是王金章的技术指导功不可没。一时间，郭成志兴奋得满脸通红，不知怎么才好——最灿烂的一页翻开了，谁能抑制住激动之情呢！

本来，郭成志准备亲自去参加遵化那个板栗现场会，可巧会期和日本客商到来的日子撞了车，只得决定派他手下最得力的技术员郭双群去参加。

开会的日期很快就要到了。这天深夜，群星像雨洗后的果子缀满了柔蓝的天幕，月亮在吐放着光辉，普照着幽静的像海一般的山峦，河水幽静地流着，水波斜闪出迷离的白光。

郭成志又去找王金章。唉，王金章在前南峪多不容易！身边只有一个女儿，其他家室全在千里之外。老母和其余三个女儿需要照管，最要命的是温柔的妻子，早就丧失了劳动能力，还咬牙支撑那个穷困的家庭。这怎能不叫王金章牵肠挂肚？再加上，他日夜为前南峪的板栗管理竭心尽力。他那本来精精瘦瘦的长瓜脸，比过去瘦多了，两块颧骨高高地突出来。今天，郭成志代表党支部去慰问王金章，顺便和他商量一件事。

当他轻轻推开王金章家虚掩着的房门，双方都很吃惊。王金章和大女儿没想到郭成志这么晚来看望他们。郭成志也没想到，王金章正伏在桌子上撰写课题报告。

"支书，快请坐，快请坐！"王金章不知说什么好。

郭成志环视着这间屋子，除了床就是这张桌子，王金章在桌子上撰写文章，大女儿只好伏在床上写作业了……

"金章，俺跟你商量件事。"郭成志说，"村里准备把你爱人和三个闺女接来前南峪落户。"

"啊？！"王金章知道郭成志是从来不开玩笑的。但是，他想，这是不可能的。全家人都搬来前南峪固然好，但那要给前南峪添多大麻烦？！

"不，不！支书，组织上的好意我领了，可千万不能全接来落户，那……那给前南峪增加多少负担！"王金章惶恐不安地说。

"俺们商量过了，你对村子贡献最大，家远，按贡献，按条件都应该这么办！"郭成志诚恳地说。

"不，不！别这么办，你们担的担子太大了。要说贡献，你比我大！"王金章怎么也不肯接受。

是呀，落户难，对于这个山村党支部书记也毫不例外。王金章全家落户前南峪，无疑给村里增加了不少负担。比如他的女儿上学问题啦，全家吃粮问题啦，等等。但从另一个方面想，如果把他全家接来落户，他会更加感到前南峪的温暖，更加坚定扎根前南峪的决心，工作的劲头会更足，前南峪的科技致富会上得更快。他思前想后，关心王金章就是关心全村的板栗树发展。在党支部委员会议上，他第一个提出要把王金章全家接来前南峪落户。

"金章，不要再说了，准备搬家吧！具体事项由双群负责。"

郭成志走了。王金章和大女儿站在寒夜中，目送着他渐渐远去的身影，他们泪眼蒙眬了。这是一个普通的寒夜，又是一个不寻常的寒夜。王金章辗转反侧，难以成眠。

他想什么呢？他想着这一天里发生的事情，想着这一段日子里发生的事情，想着从打他来到前南峪以后，在他身边发生着和变化着的一切事情。别看王金章平时话不多，心里可有一本账，清清楚楚，不会乱，又结结实实永远不会忘记。他想来想去，忽然想起一个非常有趣的夜晚。

那是今年春天的事，他和一伙社员正在迁西一个农场上选优质栗码。那天傍晚的时候，牛毛细雨下起来了。密密地斜织着，屋顶上全笼着一层薄烟。树叶却绿得发亮。郭成志跟农场的老场长去看守疆归来的边防战士。王金章一觉醒来，不见郭成志，又一觉醒来，还是不见他回来。直到大天亮，王金章刚穿上衣服，郭成志进来了。他一夜没合眼，精神却非常好。浑身上下，带着风尘仆仆的样子，充满蓬勃的生气。他的脸是那么红，他的眼睛发亮，急促地喘着气，忽然间，热情在他的心里控制不住，沸腾起来了。他使劲地抓住王金章的手，嘴唇抖动，两只手比画了好大一会儿，也没说出话来。

王金章有点发毛，连忙问："出了什么事？你怎么啦？"

郭成志好半天才从嘴里吐出五个字："金章，我想家。"

王金章放下心，笑了："真没出息，想媳妇啦？"

郭成志摇摇头。

"想儿子了？"

"也不是。"

"那你想什么呢？"

"我想前南峪，想跟咱们一块受过苦、一块建设新农村的人。"

"你到底想哪个亲的近的呢？"

"都想。因为都亲都近。"

"瞎说。你就是想媳妇，想儿子啦，用不着害羞。"

"不，不全是。"

"你想媳妇，想儿子，这很正常。出门在外的，谁能不结记自己的妻子儿女呢？这有什么可躲闪的呢？更何况人家玉金整日整夜地都在帮助你为集体操劳，全村社员谁不是都在人前人后称赞她。"

"噢——"郭成志的意思是郭玉金虽然为群众操了心，但也很平常，不值得人们过分炫耀。

王金章好像猜透了郭成志的心事似的，又向他探问："玉金真的不想了？"

"我也没有说一点不考虑。"

王金章带点责备的口吻问他："那你为什么刚才还给我绕弯子呢？"

"金章，我说这话是真的。你知道吗？我不光是郭玉金的男人，和平和海平的爸爸，主要的，我是党员，我是党的，是前南峪大伙的人！……"

"我不懂你这是啥意思。"

"金章，你应当懂。我想大伙，想把大伙都招呼起来，一块儿为建设新农村出力气，盼望着在社会主义的道路上，取得巨大的胜利。你笑什么，傻瓜。我今个有一肚子话都想跟你说。你应当懂得我的心思，你为什么不懂呢？啊？"

……

直到今天，郭成志激动的神态又一次出现在王金章的眼前。直到这个时候，王金章的心才跟随着郭成志的心一块激动起来。他好像懂得了郭成志的心思。

一股带着花香的小风从窗户上飘进屋，电灯明亮起来。

在那当初贫寒的日子，他觉得自己是被遗弃在荒野的孤儿，寒冷和野兽随时会把自己吞掉。后来，他想，党——母亲还在，总有一天自己会被母亲所召唤。自从认识了这位普通而又那样贴心的党支部书记,他便感到一股暖流缓缓地流入自己的心田,冰冷的心又开始复苏了。火种还在,火是不会熄灭的。党还在,就在我们的身边。

"爸爸,我们的命真好,遇上郭支书这样的好人。"大女儿说。

"是呀,是我们的党好,才有郭支书这样的好干部!"王金章说。

于是,与会者郭双群在会后便有了一项特殊的使命:去王金章家把其爱人和三个女儿接来前南峪落户。

郭双群机灵聪明,粗壮的身体像铁疙瘩一样结实。三天会议一结束,便坐着早打听好了的长途汽车当晚便赶到了王金章的老家塔寺村。

郭双群一进村,便走进一座破败的农家小院,想找个人问一问。院子不算小,半塌的土墙,烟熏的房檐。两边房檐上吊满了铁丝穿的红萝卜干、白萝卜干,一串串向下垂着,密密实实,活像体面人家挂的帘子。院子里没有鸡,没有猪。只有当中几棵树,还有拴在树上的横的、竖的绳子,以及在这上边挂着晾晒的布片、衣服。

郭双群问:"同志,这是王金章的家吗?"

一间挂着布帘的门子打开了,走出一个中年妇女,有点儿惊讶地问:"你是从哪里来的?"

"前南峪。"

这位中年妇女原来就是王金章的媳妇温德珍。她一听郭双群说他是从前南峪来的,真是喜从天降,赶紧将郭双群让进一个热气腾腾的屋里。随后,她便生起一盆炭火。那鲜红的火苗,像小风吹动着绸带子。不多时,温德珍就把饭做熟了。对于菜肴,她却有些踌躇。也许自从王金章离开家后,土房院子的饭桌上,从没增加过另外的人吧,温德珍不知道怎样去招待一个她满心喜欢的客人。她摸不准客人口味咸淡,爱吃辣的还是爱吃酸的;一瓢一勺,都煞费神思。

她做了好几样菜。总之,凡是这土房院能拿得出的东西,温德珍都拿出来了。最后,她又从一个编制得非常精巧的笸箩里,倒出一小把自己树上秋天摘的花椒,放进一个稀奇的小木碓里,擂成粉末,拌了一盘很麻很辣的萝卜干儿。因为,他猜想,客人工作忙,经常熬夜,嘴头上肯定缺少味儿。

饭菜弄停当了，温德珍从柜橱里拿出一个瓶子，摇了摇，对郭双群说："我这儿还有点酒，你喝两盅，暖暖身子。"

外边暮色悄悄地在山中降落，远山近树的轮廓都模糊了。火盆里的炭火不时地爆跳着。煤油灯亮堂堂，小屋子暖洋洋，让人感到格外舒适。

郭双群见温德珍端上饭菜，就一边往饭桌旁边摆凳子，一边扭头对她说："没外人，都来吧。两个闺女呢？"

温德珍说："在后院玩哪，我叫她们去。"温德珍说着，先把四女儿抱在桌子跟前，还拿过毛巾，轻轻地给孩子擦擦嘴，随后掀开门帘子，走往她家后院去。

温德珍刚看到她的二女儿，就高兴地喊了声："快来，看叔叔给你们买回什么好东西来了。"孩子们听说叔叔买回好东西，就哇一声扑过来。四只胖胖的小手扯着母亲的胳膊腿，两张小嘴叫着嚷着，把她拥进了屋里。

回到屋里，还轮不上温德珍和郭双群说话，两个女儿就把家都吵翻了。

温德珍说："等等，看你俩那手，多脏！"

两个女儿故意把手放到背后："不脏，不脏。"

温德珍说："你俩甭调皮。快过来，妈给你俩洗洗。"她说着，扯扯两个女儿的胳膊，蹲在柜子下边的洗脸盆跟前，给两个女儿卷起袖口，先给二闺女洗完了，又捉过三闺女一只手，抹上肥皂，轻轻地搓几下，按在水里涮干净，又捉过一只手，又给抹上肥皂。

两个女儿那黑乎乎的小手，立刻变得红红的，干干净净的了。

然后，温德珍才把郭双群买的东西拿出来，给三个女孩子一人一个蝴蝶头发卡，随后，又给了每人一块糖。最后，又告诉她们："等吃过饭才吃糖。"

看小孩子们那高兴劲吧，都争着把自己的好东西给郭双群看。四女儿年纪最小，早已把糖放进自己嘴里了，年龄较大的两个小女儿还舍不得一口吃完。好不容易见到一块糖啊！小孩子们是多么爱吃糖啊！当她们看见别人家的孩子吃糖时，看见那些孩子们拿着糖在她们面前故意显摆时，她们心里是多么难受，现在她们的叔叔也给她们每人买来一块糖了。她们就先咬了半块糖，又把那半块糖包在原来的那块糖纸里，装到她们那满装着碎石、绳头、破布和线团的小衣袋里。

已经坐在凳子上的郭双群说："二妞和三妞那么大了，你不让她们自己洗。你净惯着她们!"

温德珍笑着说:"这会儿给她们洗,等咱老了不能动了,她们好给咱洗。对不对呀,二妞?"

二女儿伸出小手,放在温德珍那慈祥的脸上抚摸着说:"等我长大了,我给妈买个大花洗脸盆,买一块香胰子,打鼻子香;还给妈一盒扑粉,我给妈擦在脸上……"

不要说郭双群,连温德珍都被孩子那股天真劲儿逗笑了。

这是多么美满的一个家庭呀!

他们开始吃饭了。高粱米豆干饭,另外还有一碗家做的黄酱,外带一盆放了一点葱花、面疙瘩的捞饭剩下的米汤。饭菜并不是丰盛的,却像主人一样实实在在。在一个从饥饿里挣扎过来,如今还时时刻刻受着饥饿威胁的庄稼人来说,每一天能保证有这样两餐饭食,那就够满足的了。

四女儿不肯自己坐着吃,扒着温德珍的手腕子,"妈,妈"地叫。

温德珍赶忙把她抱起来,放到自己的腿上坐着,她自己一边低下头喂四女儿,一边轻声对孩子说:"快吃吧,吃饱好出去跟姐姐玩儿。四妞,你说好吗?"

四女儿像真明白似的,停止吃饭,仰起脸朝着她母亲,小眼珠眨了眨,又咀嚼开食物。

二女儿和三女儿也不肯在桌子那一边吃,端起碗来,挪到温德珍身边。

温德珍不住地给孩子们夹菜,让她们嚼碎了再咽。

郭双群一边嚼咽着饭菜,一边跟温德珍把去前南峪的话一说出口,温德珍便愁上了头:"这么个破破烂烂的穷家乱产咋个搬法?"

郭双群开会出发前就得到了支书的"指示",早就胸有成竹:

"姨,甭上愁,俺们支书说了,啥都不用带,到俺那儿都是现成的,全准备下了,就带人去外加替换的衣服就沾了。其他家产一概封存。"小伙子没有忘和第一次谋面的"姨"辈上的人甩了句文辞,温德珍脸上出现了坦然的笑容。

倒是把王金章的三个小姑娘乐坏了。塔寺村坐落在远离遵化县城一百多里地的东山上。大山隔绝了人类的文明,隔绝了现代化。本来在这个穷家早就待腻了。从没见过高楼大厦,没看过电视,没玩过玩具。不知道山外的世界多幸福。听说要到千里之外的新鲜地方,还能见到好久没见面的爸爸和大姐，更是喜上加喜，乐得抿不上嘴，屋里屋外都不够三个小家伙蹦的。

许是王金章早有安排，其年七十的老母，前几个月就被孩子的姑姑接走。家里任何牵挂全无，只待门子一锁，和街坊邻居交代几句，一身轻装地奔向他乡。

明天就要搬迁了。

对于搬迁的温德珍一家人来说，这是一个非常动感情的日子。

是啊，离开自己住惯了的老地方，心里的确不是个滋味。她们从出生到现在，一直生活在这块风水宝地上，对这个小山村满怀着亲切的感情。这房屋，这院子，每一个角落，每一块石头和土疙瘩，都是他们生活的一个有机部分。失掉这些东西，多少日子她们都会感到心中空落落的。对于一个普通农民来说，家庭院落就是自己一生中最重要的世界。和如此依恋的天地告别，那痛苦是外人所不能全部理解的。

越来越浓的离愁别绪像根无形的鞭子狠狠地抽打折磨着温德珍脆弱的感情。毕竟是相依为命几十年的老家了。王金章的媳妇夜里趁着两个孩子睡熟了，还是从炕上爬起来又里里外外地转了两圈，转完后就抹鼻子揩眼泪地哭了一顿。开初怕惊醒旁边屋里的客人，只是小声地抽泣，实在忍不住了便放开了声，弄得本来也没有睡着的郭双群，心里头一个劲地跟着悚惶。

世界上还有什么地方能比得上她丈夫、公婆留下的这地方值得她留恋？她住在这房屋里，就会温暖地回忆起已故的公公；回忆起当年她和丈夫、公婆在这里度过的那些美妙的时光。如果离开这些回忆，让她怎样再活下去呢？

这时，郭双群走进温德珍屋里，劝她说："姨，是这样。俺村为了响应政府号召，采取科学管理板栗。可俺们从来没有伺候过那玩意儿，就请王技师在村里指导修剪果树。明天，您和孩子将离开村子，到陌生的前南峪去。人说，故土难别，亲人难离。俺知道，您心里难过。"

说这些话时，郭双群面色凝重，语调低沉，说到最后竟停下来，他用火热的目光看一眼温德珍，接着说："自从请进了王技师，俺们才大起胆子来修剪板栗树。王技师技术先进，在村里非常受群众欢迎。现今，你们夫妻两地生活，太不方便了。俺们支书下决心非请您和孩子到前南峪去，不知姨肯不肯帮俺前南峪这个大忙？……"

温德珍听了这番话，终于破涕为笑了，说："大侄子，你快甭说了，我主意一定，明天就带着孩子跟你去，非把前南峪的板栗管好不可！"

蒙蒙细雨中，新的一天来临了。彻夜未眠的温德珍带着三个女儿，被邻居们簇拥着离开了村子。

一路上，精力旺盛又体力强壮的郭双群，前后照应着老小四人。

九月的阳光显得格外温暖。郭双群领着一家老小，西上京城，来到天安门广场。

这儿热闹非常。各式各样的汽车挤得水泄不通。所有的交叉的街道上，还有车辆飞快地朝这个喧嚣的中心赶来。那些大卡车载着钢材、木料，呼呼隆隆地跑过去，震得地颤人抖。电车很得意地跑了过来，那车轮子"咣当，咣当"地响，好像一个人一边跑一边大声地笑。它在竖着一个黄底红字的站牌子前停住，人们有秩序地下来，又有人排着队上去；一个残疾老人拄着双拐，吃力地往上爬，后边挤过一位解放军战士，用力抱住他的身躯，几乎半背半驮地将老人扶上车，并在靠近车门的地方给他找了个座位。一个背着包袱、挎着篮子的老太太在马路中间突然惊惶起来。她左边来了一辆小轿车，右边来了一辆大汽车，不知怎么躲避是好。穿着蓝制服的警察跑了过去，接过老太太的篮子，搀着她过了马路……

街市繁华而富有。找银行，一条街都是银行；找书店，一条街都是书店；找餐厅，一条街都是餐厅。新修起来的百货公司，粉刷一新的铺家门面，更是一个接一个，数不胜数。而书店是各大城市开的，餐厅是各大城市开的，商场也是各大城市开的。许多建筑物上都赫然标明了大城市的名称。你后脚离开北京的商场，前脚就能迈进天津的酒店，而耳畔还回荡着上海或广州营业员招徕顾客的声音。这时候，你不能不强烈地感到，世界，一下子全都浓缩在这里了；大城市和大城市，都是门挨门的近邻。从玻璃门出出进进，都是买东西的人。人群里有男有女，有老有少，有工人打扮，也有农民装束，还掺着一些穿着天蓝色的绸袍、扎着杏黄色腰带的少数民族，以及肤色白的或是黑的外国人。他们随意观看，自由行走，一个个都是从从容容的。买东西的人表现着放心、信任，售货员流露着热情、诚恳……

从燕山上来的一队庄稼人，应接不暇地观赏着自己祖国首都的风光，用他们过去曾经会过面的那个旧北京，还有许多庄稼人对大城市的种种乌七八糟的传闻作比较，像看一出好戏那么新奇和愉快。

他们凝望着金碧辉煌的天安门城楼，觉得自己恍若走进了一幅画里……忽然，她们眼前闪现出一个偏僻的小山村，哦，那不是塔寺村吗？她们的心禁不住一震！强烈的反差，让人心潮难平……什么时候，北京的阳光就会照进大山皱褶里，让塔寺村改变贫穷落后的面貌？！让山里的孩子也和北京城的孩子一样，在安着玻璃门窗的教室里无忧无虑地读书，回到家里也能幸福地打开电视机？！如今好了，郭双群要带领一家人到山明水秀的前南峪去。这对温德珍一家人来说，将是人生道路上的一个新的重要转折点。想到这里，温德珍和孩子们的脸上，便闪耀着快乐的光辉。

接着，他们又离开北京，转车南下，疾速地奔驰在广阔的原野上。到邢台下了火车。郭双群提着鼓囊囊的新提包先一步出了火车站，看到王金章的二女儿和三女儿穿的半截袖汗衫破破烂烂，上面还有好多泥点。小伙子想，我给领来的人，就穿着这个来到前南峪的街上，岂不是太寒酸了？连俺这个接客的人脸上也跟着无光。索性到附近的小商店里买两件衣服，让孩子们换上吧，别人看着也光鲜。

于是小伙子瞧着旁边那个当妈的没留神，一只手牵着一个，把两个小姑娘领进了商店。好家伙！商店刚开门，人们便像开了闸的潮水一样，把商店灌得满满的。顾客们望到了商店的花花绿绿的店面，都站住了，仰起脸，女人唤丈夫，孩子叫爸妈，啧啧地夸羡那些琳琅满目的货物。售货员呢，从货架上拿这又拿那，手脚忙个不迭，脸上沁出汗珠，心窝里笑出声儿。经过他们的手，这些货物将要流向多少个乡村城市，流向多少个家庭，给人们增添多少欢乐啊！郭双群站在柜台前，选来选去，最后给姐妹俩一人买了一件色彩鲜艳、样式好看的短袖衫。两个小姑娘穿在身上，好像两只翩翩起舞的蝴蝶，漂亮极了。

待她们穿着崭新的短袖衫连蹦带跳地到了妈妈的跟前，当妈的才知道两个女儿干什么去了。一时，温德珍又惊喜又着急。惊喜的是，两个孩子自小到大从来没有穿过像样的衣服，更别说这样漂亮的短袖衫了。家里穷啊！着急的是，怎么动不动就让你们这位哥哥乱花钱，这多么没有教养啊！

想到这时，她当着这位"哥哥"的面把两个女儿轻轻地责骂了一句："死妮子，你们咋这么不懂事，见啥买啥，叫你哥哥乱花钱？"

"俺俩不要，双群哥哥非要给俺买，说是这样进村才光鲜。"两个小姑娘争着说。

一件小事，倒使王金章媳妇放下了一半悬着的心："看来，前南峪人的心眼不错。怪不得金章和大妞待得那么舒心。"

很快，他们来到了前南峪，社员们"呼啦"涌上村头，喜迎远方来客。人们抢着从温德珍手里将她随身携带的包袱接去，又说又笑地进了村。当温德珍和孩子们一进丈夫王金章的家门，看到父女俩住的三间宽敞的石头房，不由得惊叫起来："啊！这么漂亮。"进屋细看，锅碗瓢盆一应俱全，吃的也不赖，玉米面、白面由村里供给着，没有就去领。再搭上两个女儿上小学的事村里也安顿好了，心里头更感到欣慰。在"家里"养了几个月，环境和村里的人也都熟悉得差不多了，心里头一痛快病就好了一大半，对孩子大人的照应也比先前周到了许多。一家人和和美美，过上了在异乡的幸福日子。

这全家团圆的融融的幸福，渗到了王金章的心底，就变成他为前南峪的板栗树贡献出全身本领的动力。

三

接着，人们看到了，王金章带领专业队员们，风里来雨里去。时令已是萧瑟的深秋，太行山的劲风，把枯草、落叶卷在空中打旋儿。黄昏的太阳，在河尘的遮蔽下，显得暗淡而悲凉。剪枝队员们扛着高腿木凳，攀上大树，依然按照"五改一加强"的措施，不仅对满山所有的成年板栗树进行了科学修剪，而且对劣种树进行了大面积的优种树码嫁接和高枝换头；对"不可救药"的树下决心淘汰更新；对所有的板栗树进行增土施肥，使一棵棵改造后的百年老树从年株产十斤很快增加到五十多斤，高产树已超百斤，二十年树龄的新树也从年株产一斤增加到二十斤。全村的板栗树一共八万余棵。再过十年、二十年，都将进入盛果期。一棵树将平均年产板栗二十斤，八万棵就是一百六十万斤。每斤按最低价四元计算，一年就是六百四十万元；再加上山下的水果，一年仅干鲜果品的收入不会少于八百万元。

人们又看到了，一处百余亩的板栗优选圃，在大篷峪坡底下一处丰厚的片麻岩风化成熟的土层上建成。优种板栗树种高达七十八个之多。有在自家的山上选的，有引进山东丘陵地带著名的红栗，还有从唐山马兰峪采来的燕山明栗。

人们还看到了，在前南峪人最先开发治理的西沟，技术组已经在那里搞了几项带有缜密科学意味的研究。比如土肥对比研究和剪枝不同量的对比研究。这种种研究，当时就已经预示了前南峪果树的科学管理将迈入一个较高的系列层次。

更为重要的是，一大批技术骨干，在管理果树的具体实践中成长起来，好像一株株茁壮的白杨树，在太阳下闪着夺目的光彩。发展到最后，竟培养出了一大批在树下能说说道道，抄起铁剪银锯，能上树剪枝嫁接的男女技术能手。

看着一项项令人欣喜的科技成果，犹如在那又大又绿的葡萄架上，挂下一嘟噜一嘟噜晶莹透明的葡萄，紫黑、溜圆，放在嘴里一咬，汁水像蜜一样甜，一直甜到心里。郭成志兴奋得热血沸腾。此时对于几乎成了地道的前南峪人的王金章，却又费了郭成志的一番新思索。郭成志想，王金章绝不应当仅仅成为一个普普通通的前南峪农民，凭他的技术和贡献，必须要成为一名堂堂正正的国家技术人员。我郭成志不管他去与留，今后就是要给他正这个名。当然，郭成志知道，前南峪土生土长的农业技术员，已经在王金章的培育下能够独当一面了。而王金章本人，也确实应该得到他应该得到的荣誉和称号了。

因此，为王金章跑"农转非"，又成了郭成志一抽空儿就跑市上省的一项不完成则不罢休的"铁任务"。而郭成志又是一个百事缠身，难得有半点闲空的支书。他的空闲，也只有靠挤了。比如开会中间去"缠"有关领导，节假日名为去家中拜访领导实则去"念有关王金章的经"。

农历正月初三的傍晌午，郭成志坐着客车赶到县城里。他临出门的时候，天气还挺好，走出一截儿，起了风。这风虽不太猛，因为是从东北边刮过来的，正好偏顶着。嗖嗖的小风，吹起路上的尘土，不光落了一身，还沾在他那流了汗的脸上，使得他心里多少有几分别扭。

整个春节期间，他都留在大队部看摊子。今天早上，大队长郭明谦来接替他，他才脱开身到县里去。他特意绕个小弯儿，一则给县里几位领导同志"拜个晚年"，二则，把前南峪党支部写的一份工作汇报，送给县委书记杨曦彩。同时，捎带手把王金章的"农转非"给办了。

自从1978年12月召开具有划时代意义的中国共产党十一届三中全会，农村果断停止使用"以阶级斗争为纲"的口号，党和国家把工作中心转移到经济建设上来、实行改革开放的历史性决策，前南峪起了很大变化。科技进山，为邢台县山区建设树立了样板。郭成志除去工作忙乱，各方面都很随心。郭成志和王金章之间的关系，尤其发生了大变化。他把科学管理板栗看成全村荣誉的象征，把王金章看成自己的得力助手，有时候甚至把王金章当成自己的主心骨。凡是王金章做出来的事情，他都觉得正确；凡是王金章提出的要求，他都尽力满足；凡是王金章开展一件新的工作，他都支持；有时候觉得没有把握，拿不准主意，他也不反对，甚至在多数情况下，他根本不加以怀疑。因为以往几个月的宗宗件件的事情证明，王金章科学管理板栗迈的哪一个步子，都是对的。作为一个党支部书记，对待自己管辖的一个科技人员和果树技术小组，他能不采取这个态度吗？更何况，王金章的每一个创举，都会在前南峪的成绩表上增加一分，这不是他党支部书记的荣誉吗？现在，他要把前南峪的工作汇报送给县委领导，起码会让正过节的县委书记杨曦彩高兴高兴。

没有想到，杨曦彩没有在家。他那个在邢台眼科医院工作的爱人王慧琴，正跟两个上学的孩子，坐在八仙桌旁边包饺子。

郭成志接过王慧琴递给他的水杯问："杨书记到哪儿去了呢？"

王慧琴说："我昨天在医院值班，早起回来，见到写字台上有个条子，说是下乡去了。既没说到哪儿去，也没写个时间。他是昨天走的，还是今天早上走，我都不知道。"

"他不会到我们村去吧？"

"到你们那儿去，他能不先打个电话？"

"那倒是。杨书记的身体还好吧？"

"去年一年都是不错的。一入冬天，常常失眠。"

"那是工作多累的。"

"我看主要是推进科技进山的工作不好处理。这一年多，全县普遍开花，推进起来容易，巩固发展真难哪。有时候，几个领导在这儿研究事儿，我在旁边听着都头疼。"

从农村合作化那时候起，杨曦彩就把自己全部献给了农村。他把党的农村事业看得比生命还重。多年来，他在党的领导下，带领群众过关斩将，到现在终于走进了社会主义新农村。伟大的理想实现了，但他的道路却似乎越走越艰难。他习惯于轰轰烈烈地开展工作，并掌握了某种既定的规律，因为沉溺于这种规律，自己反过来为这种规律所掌握。他于是遇到了一个大危机：主观的认识往往不能跟着客观的发展而发展。他只是感到个人的意图时常难于贯彻下去。他怕乱，怕现有的平衡的破坏，他希望能平平稳稳地渡过一切难关。他有时显得很焦急。但他时常又一下子充满信心地站起来了。为了领导全面，去年他亲自掌握一个点。他准备突破一个点，以便全面开花。但从浆水公社这个点看来，情况似乎并不见得很理想。这，到底是为了什么呢？……"这是一个干部问题！干部问题，是浆水公社工作进度缓慢的主要原因之一。"那天夜晚，杨曦彩肯定地想，踱到院子的左侧门前，点火抽第二支香烟。"'干部决定一切'，是的，干部决定一切！"他开始分析。他感到自己的责任异常重大！

王慧琴讲到这里，轻轻叹了一口气："这样，一个人即使是三头六臂，也非常困难呀！"

"嗯，嗯，嗯……"郭成志很有同感地点点头。

王慧琴一边很灵巧地擀着饺子皮一边说："要是都像你们前南峪那样，平平安安的，就让领导省心多了。"

郭成志说："我们那儿的工作也挺一般。"

王慧琴笑着说："你也学会客气了。听说，今年全省二十个先进村科技进山竞赛挑战，县委会上，左挑右挑，跟水门村比来比去，最后还是决定把你们报上去了……"

郭成志一惊一喜："是吗？我怎么没听说呀？"

王慧琴说："估计上边还没有批下来，……看我又犯了小广播的毛病。你可别再给我广播了。"

郭成志含笑说："放心吧，我能那么不谦虚？"

他们又闲谈几句，郭成志就告辞出来。他没见到县委书记杨曦彩，得去看看县长董梦芝。一方面把前南峪的汇报给县长留下，另一方面可以摸一下情况：问问参加全省挑战竞赛的事儿是虚是实。如果是真的，郭成志就得提前从县里返回村里，早一点做个准备。全省十几万个村，选出二十个尖子，前南峪算一个，真是够光荣的了。想到这里，郭成志感到无比振奋，心中燃着的火更旺了。他觉得，开展这场全省先进村科技进山竞赛挑战，不光是打板栗树增产的翻身仗，更重要的是应该抓住这个"火候"，把全村社员学习科学技术的劲头鼓得更足。

郭成志边走边想，从1977年秋天到1978年，根据广大干部群众的建议，他曾多次提出，要在前南峪全面推广科学技术，解决十条大沟、四十六条支沟的板栗树管理。郭明谦和党支部一班人也是这么一副火热心肠，而一些愚昧、落后的群众却极力反对，甚至闹起了风波。

最终，硬是他带领全村干部群众战胜了一个又一个风波，乘着改革开放的大好时机打响了科技进山的第一仗。眼下，如果前南峪那项"五改一加强"在全县一推广，不光是参加竞赛的时候，能当作独树一帜的内容，也能够成为秋后评比得胜的保证。到了那时候，前南峪的面貌，还有其他方面的情况，又得发生什么样的变化呢？

风还没有停止吹刮，树梢萧萧地响，仿佛落下来的波浪。可是在这三面有高大建筑物和墙壁的县委大院里，风力显得小多了。因为机关干部都放了假，减去了那种人来人往、电话、开会的嘈杂声音，整个院落特别安静。去年冬天召开的村、社、县三级干部会，县长董梦芝对全县山区建设的工作做过一个总结报告，表扬了一批先进单位，办公室的同志特意在县委、县政府院子中央的大影壁上刷写了一个"光荣榜"。那鲜红的纸、金黄的字，仍然很新很醒目。列在顶端的两个模范村子，前南峪是第一，水门村是第二。

郭成志不由自主地在"光荣榜"前边略停片刻，目光像被磁石吸住了一般，把那些不知看了多少遍的名单，又看了几眼。随后，他想从一个小夹道穿过，再奔后院董梦芝的宿舍去。

一盆绣球花，从夹道北边的一面玻璃窗户上透视出来。那火红的花团，碧绿的叶子，在这到处都是一片枯燥的季节，格外诱人。

郭成志停住步，朝窗子里边看一眼，发现一个人，正趴在桌子上，聚精会神地翻看材料。

这个人，正是县长董梦芝。由于过度的劳累，他似乎疲倦了。但因他有极其乐观、坚定的性格，疲倦对他的威胁不大。使他苦恼的倒是严重的支气管发炎，常常咳嗽。本来每到春天，病情便自然减轻，可是近几天主持县长会议，会上有激烈的争论，他夜里睡不着，吸烟太多，咳嗽又加重了。会议的最后一天上午，他让大家都休息，自己关在屋里，赶写会议总结。他一手拿着红铅笔、按着纸页子，一手扶着一只冒着热气的上下一般粗的大茶杯。

一张四个抽屉的长方桌，桌面上堆满了文件和调查报告。他要从这一百余件、数十万言的文字材料里面，找到理论的和实际的根据，阐明全县的局势和党的中心任务，还要批评各种错误思想和错误认识。

总结，只写了个提纲，香烟倒是抽了不知多少。只见桌上烟灰缸里，已堆起尖尖的一大缸烟灰，房间里烟雾腾腾。一阵剧烈的咳嗽，连办公桌都被震得直晃。他左手捂着胸部，右手端起茶杯，喝了几口开水。

于是，郭成志就用手指头使劲地敲打起窗上的玻璃。

董梦芝被惊动。他抬头一看，立刻露出喜悦的笑容；随即抽身站起，顺手推开窗户，招呼郭成志："你怎么跑来了？快进来，快进来！"

郭成志说："您的门怎么没有啦？"

董梦芝说："变了，变到左边去了。往那边，转过来。"

郭成志走进这个生着煤火炉的温暖小屋，四下看一眼，说："我见了这盆花，还当是别人的宿舍呢。您还有闲心养花种草的呀！"

董梦芝带着喜出望外的笑容，提起热水瓶，一边给郭成志倒水，一边说："对花草我还是喜欢的。不过这一盆是秘书尹玲的。她回石家庄过节，怕干死，就搬过来，让我代管几天。"

拜过新年之后，郭成志就向县长董梦芝简要汇报了前南峪的工作。最后，他提出为王金章"农转非"的问题。

当时的县长董梦芝，那可是个出了名的一点私事不办的人。你说他谨小慎微也好，缺乏魄力也好，反正是属于"个人"的事，你别想找他，找他也不给办。

董梦芝在认真听取了郭成志的工作汇报后，紧紧握住他的手，好像永远不会再分开，激动地说："你们村'科技进山'这个头开得好，现在我们搞改革开放，搞经济现代化，就要发展科技，发展生产力。你们给全县山区建设树了榜样。科技工作者王金章搞的'五改一加强'，也为山区建设做出了贡献。按说我从来没在'农转非'上给任何人开过口子，这次在王金章问题上，我要破破例，也算对前南峪党支部工作的一个支持。"

很快，县长董梦芝就批准从全县自然减员的十三个指标中，一下子给王金章一家六口人全部解决了"农转非"。是不是违反政策？谁也说不清，反正人人听到了都说这件事办得好，应该这么办。

"农转非"问题解决了，就剩下正式定职称了。郭成志知道，一旦王金章的国家认可的正式职称定下来，昌黎果树研究所就有可能抹掉王金章头顶上的"临时"二字，使其堂而皇之地成为干果室的正式成员。

他跑到地区科委和地区林业局。这是一所典型的机关大院。在四座相对的灰砖平房中间，是一个灰砖铺就的长方形大院。院当中砌着个花坛，上面陈放着十几盆盛开的鲜花。花坛旁那棵一丈多高的海棠树，枝条被修剪得疏密适度，整个大院更显得古朴、静谧。只有当阵阵清风吹拂，从海棠树上落下的枯叶在地上沙沙作响时，才偶尔划破院中的沉寂。

郭成志走进地区林业局的果桑科，迎接他的是科长邵凯武。这是一个很老练稳重的中年人，或者说多少有点儿斯文。他说话不紧不慢，好像织布梭一样有节奏地把他的思想准确精密地表达出来。他告诉郭成志："这件事棘手得很。邢台地区无权解决，昌黎果树研究所也不太好办，只有通过省科委，还得领导发话。只发话还不行，必须出面协调，才能解决得了。其他的途径你别走了，那是白费劲。地区所要做的就是往上报材料，向上说好话。好话说到什么程度？让人一看这个人确实成果突出，是不可多得的人才，不给人家解决不仅邢台损失不小，还有损整个河北省对待科技人员的形象。"

郭成志听明白之后，心里先是一阵欢喜，感到了成功的预兆。他首先想到了老主任董桂海，随之便在心里开始酝酿一步一步怎么进行。郭成志这种种想象，使他在奔波里得到无限的安慰，也使他在快乐的时候，增加了几倍的快乐。

郭成志急急忙忙地回到了前南峪。这些天，为了解决王金章的中级职称问题，他到处奔跑，实在疲劳得够呛。这会儿，他得喘一口气，忙中偷闲地处理一下办公室。

村干部都上山去了，大队部院子里显得空荡而寂静。窗前那几丛月季花，倒开得挺热闹。

郭成志放下自行车，奔到自己那个单独的办公室里，只见桌椅、窗台上满是尘土，还闻到一股子潮湿的霉气味道。他转着身，找了好久，才从床底下找到那把使秃了的笤帚，东一下西一下地扫了一遍地。随后抓过铁壶，摇了摇，有一点水，倒在盆子里，把抹布涮涮，匆匆地到处擦起来，连床板下的凳子腿儿，也都过了抹布。他把被子又重新叠一叠，把桌子上的笔筒、日记本，又重新摆整齐。他四下看看，屋子变了样儿，满意地舒了口气。他这才迫不及待地找来了郭双群：

"双群，这几天你啥也别干，就专门给王技师总结材料，把他的成绩给我写透，写到俺前南峪要是没有王金章至今那板栗树还是白在山上长着，今天俺们的大好形势实在是离不开王技师。听到没有？把你那高中生水平高的词儿都给我用上，过了点也没关系。三天后给我交卷，写不好看我咋收拾你！"

郭双群那可是王金章的嫡传弟子，对王金章的熟悉可谓达到了无所不知的程度，连师傅的一声咳嗽他都知道是什么原因，焉有写不好一篇"歌功"材料之理？一天之后，他舒眉展眼喜气洋洋，双手捧着材料送到支书那里。郭成志双手接过材料，脸上带着笑，刚想表扬他最得意的技术员两句，又一想，三天的任务一天就给我"糊弄"上来了，这可不行。他竖起了眉毛，快乐的神色一下子从他脸上消失了。他用洁白的牙齿咬住薄薄的嘴唇，过了一会儿，紧绷的面色才缓和下来，嘴唇上印着一排齐崭崭的齿痕。他连扫一眼材料都没有，就训斥开了郭双群：

"去！给我重改，当是随便写的东西吗？这是你师傅的前途！"

弄得郭双群的心像是被黄蜂蜇了似的，一下子紧缩了。支书没头没脑的训斥，使他顿时很生气，浑身的血向头上涌来，鬓角里的筋哏哏跳着。他一边走一边小声嘟囔着，发泄自己的不满情绪。回来后苦思冥想把光亮的脑瓜门都急出了褶子，也想不出该怎么改。掌灯时分，正愁得没办法的时候，支书突然来到了他的身后：

"俺看看，改得咋样？"随后把材料拿到自己的手里，第一眼看到的大题目，就使他嘴角浮现出满意的微笑："我们欢迎这样的技术人员。"接着看内容便不断地点头，还没等看完，便对郭双群说：

"不赖不赖，算你又立了一个大功。我拿走了，明天一早上邢台。"

地区科委协同地区林业局，在前南峪的材料基础上，又补充了若干意见和鉴定，才郑重地交给郭成志，让他送到省科委——你郭成志去送比我们走正式行文手续强百倍。董主任那里谁能比你说话硬？

这天，当郭成志将上报材料亲手交给了省科委常务副主任董桂海，他看完材料后，颇为郭成志厚待科技人员的工作精神所感动。他紧闭双唇来回踱了几步，一下站住了，转过身面对郭成志：

"你为一个研究所的农民临时工跑地上省审报农艺师，太让人感动了。"

郭成志看着对方那已经开始发胖的身体和头上掺杂的绺绺白发，连忙说："董主任，王金章虽说是个农民临时工，可是屈才了。他年轻时，就研究出板栗透翅蛾防治科研成果，填补了一项国内空白，后来又被推荐参加全国科技大会。自从他来到前南峪，创造了板栗管理的'五改一加强'，使前南峪的板栗由每株年产一斤增加到二十斤，这是真才实学，该给人家定中级职称，可不能就因为是农民临时工，就不能定。这太委屈人家了吧！"

董桂海听了郭成志的一番肺腑之言，眼睛有些潮湿了，更加坚定地说："王金章干得不错，但也离不开你的大力支持。这件事就是再难办，我作为省科委常务副主任，一定支持你们的工作，也算是我对山区建设尽了一份心。"他声音不算高，但郭成志却感到他那发自内心的震撼。

是啊，你想一个果树研究所的农民临时工，虽然刚解决了"农转非"，又没有变成国家的正式工作人员，一下子要定个农艺师，在当时那个社会环境里，当真是"难于上青天"。

一时间，"爱才如命"的董桂海费尽了周折，他亲自出面跑省人事厅，跑职称办，又跑省农科院，还给昌黎果树研究所所长打了一次态度极谦恭的电话。

"喂，是昌黎所张所长吗？"

"我就是啊，你是哪一位？"

"我是省科委董桂海，请你们把王金章同志的研究成果，写一份材料，上报省科委好吗？"

"好……好，请董主任……放心，我们……马上办！"

张所长两只手紧紧地抓住那个老式的电话筒，像是抓住了省科委主任的手。那话筒又好比一根通气的管子，暖暖的热流，从耳朵一直流到他的胸膛。他的嘴巴紧挨着发话筒，结结巴巴地大声地喊着，开怀地笑着，他的话音和笑声在墙壁和窗棂上撞着，嗡嗡地回响。真的，一个基层果树研究所的所长，这会儿有幸接到省科委领导的电话，该是多么高兴啊！

王金章的职称问题终于解决了。郭成志心里的一块千斤石头也终于落了地。

如今，王金章全家堂堂正正地落户于幽美的海滨小城昌黎。而昌黎果树研究所的技术人员花名册上也终于有了王金章的一格毫不勉强的位置。

四

郭成志厚待科技人员的消息不翼而飞，传遍了河北大地的农业科学研究所和农业高等院校。一些有志于在太行山区研究的科技人员和大学讲师教授，被这突然来临的事件震动了。在认识上，他们并不能完全理解这次厚待科技人员在国家政治生活中的意义和对他们生活的根本改变；他们过去甚至也没有敢想象有这一天。但是在直觉上，他们的幸福感在不断地增长。这时，才开始对未来有了一个朦胧的希望。继而趋之若鹜。还引发了很多人的阵阵感慨："看来，到底是不一样了。科学的春天眼看就要降临咱们这帮'臭老九'的头上啦！真是千呼万唤始出来呀！"

在王金章来后的第二年，就有好几个省内外的农业科技人员把目光投向善待科技的前南峪村，寻找和打造精英们一试身手的平台。

那是一个初春的清晨，郭成志正在家里吃早饭。忽听喳喳唧唧的几声。他惊奇极了。他还没有听到过这样嘹亮的声音，仿佛是长笛独奏家吹出来的一串串旋律。于是，他看到窗外一棵板栗树上，停着一只漂亮的喜鹊。他精神为之一振。

它是从哪儿来的呢？什么时候来的呢？它停在枝头，在晨风中颤动，拭拂羽毛，掉头向他。郭成志不知道他该怎样来接待它。忽然看到他手上还抓着一个只吃了一口的馒头，就把它放到窗台上。然后退回房中，虚掩着门。他像儿时玩游戏似的倾听着。只听见一声长鸣，喜鹊扑翅飞来。这个在春寒料峭的山坡中找不到食物的喜鹊，毫无顾忌，狼吞虎咽，将馒头吃下。然后，它又飞到板栗树上跳跃几下。从那儿，它展翅飞走了。

这只喜鹊的出现给郭成志满腔的幸福。一整天，他在大队部办公时，都在微笑：

"喜鹊啊喜鹊，你会给我带来什么喜讯，什么喜事？"

说也凑巧，当天下午，他收到了三位河北农业大学教授的来信，送来一个大喜报。河北农业大学的教授要来前南峪搞课题研究。他十分高兴。

郭成志一辈子喜欢的就是这个，岂有不欢迎之理？那两年，每来一拨人，他都高兴得好几天睡不好觉。他的心情，像万里星空里悬着一个圆大的月亮，窥探着世界上的一切，觉得什么都是美好的。晚上，他躺在炕上辗转反侧地去想怎么招待好这些高级技术人员，生怕细节上有什么闪失，人家中途撤兵。咱是山里人呢，不懂外面大世界的规矩，倘若用犟话愣话撞了这些送上门的大技术人员，那可就坏了前南峪发展的大事。

他又想起了那年冬天他到昌黎县山村第一次聘请农技师王金章的艰难。他的眼前，出现了一片寒风凛冽的广阔山野。卷着片片枯叶的狂风，发出冷酷尖细的啸声，来回疾驰，上下飞舞。在山野中，一个中年汉子的黑色身影摇摇晃晃地，孤零零地挪动着。风在他的脚下旋转，吹鼓了他的衣服，冰冷刺人的雪粒子打在他的脸上。他那双大脚陷进枯叶里，前进非常艰难。郭成志的身子微微前倾——好像昏黑的山野里被秋风猛吹着的一棵小草。他的右边，树林像一堵黑墙，矗在山坡上，光秃细长的板栗树在那里凄凉地瑟瑟作响。山村里暗淡的灯火在前面很远的地方闪烁……

前南峪指望着什么发展？就指望着这些人。郭成志在党支部会、党员会和群众会上一次又一次地强调这个道理，几乎到了百说不厌的地步。

终于，有一天，他默默地倚窗站着，望着无边黑暗中闪着小星点的夜空，陡然想出一个办法。为了让这些科技人员安心搞他们的课题研究，光东挪西借在大队部、社员们家里住总不是长远之计，山里的饭也不大合人家城里人的口。干脆队里豁出去拿出点积累，盖几间像模像样的房子；让自家的木匠打些随流的上点档次的床铺，再到供销社置上十套二十套新被褥。给它起个时髦的新鲜名字，就叫它"科技招待所"。还得找上一个好炊事员专门给这些人做饭，讲究的咱们供不起，稀的干的热热乎乎的农家饭想来这些城里人也未必不欢迎。咱有别人比不了的优势：粮新菜鲜自产自做，山里的出产污染轻哩！管吃管喝管住还不用掏钱，不愁表现不出俺们山里人的诚意。技术人都讲信义呢，你待他一成他报你三成。对！就这么办了。

银白月光洒在地上，到处都有蟋蟀明快的叫声。夜的香气弥漫在空中，织成了一个柔软的网，把所有的景物都罩在里面。任是一草一木，都不是像在白天里那样现实了，它们都有着模糊、空幻的色彩，都保守着它的秘密，使人有一种如梦如幻的感觉。

郭成志躺在床上翻来覆去睡不着，想不到这折腾的响声又把睡在身旁的郭玉金吵醒了。

她大概也心情难平静。墙壁的挂钟敲了两下的时候，她转过脸来一看，灰暗中，瞧见男人那两只眼睛睁得大大的，一动不动地盯着窗户。她赶紧欠起身子问："你怎么了？"

郭成志摇了摇头。

郭玉金伸手摸摸男人的脑门，觉得并不太烧，就又问："你喝点水吗？"

郭成志说："我不渴。我想跟你说几句话……"

"接着睡吧。"

"不行。这个事儿挺重要。"

郭玉金不再阻拦，就用手掌托着腮，听男人说下去；心里边同时猜测着，男人从昏睡中醒来，这样迫不及待，会说什么事儿。

郭成志开门见山地说着，把他当天晚上想出来的让媳妇给参谋。郭玉金这几天瞧着丈夫心里头有事，总是神不守舍的样子，今天才明白了他心里琢磨的就是这些，赶忙随声附和地说：

"你想得还真周全。可周全是周全，村子里刚刚过上一两年好一点的光景，头两年不还吃橡子嘛，哪儿来的那么多钱呢？总共二十多万的积累，一百件事都等着用，还能抽出钱来盖房？"

郭成志平心静气地说了自己的想法："钱是少了点，也八八六十四处都等着用，可宁可把旁的都停下，这个科技招待所我也得盖。"

"旁的都停下？治山能停？炸药不买了？从山东烟台订好的苹果苗不拉了？"媳妇沉思了一下就势半坐起身子，提醒似的质问着郭成志。

"事都得办。治山不能停，苹果树也不能少栽一棵，科技招待所也要盖成，这些我都谋算过了。县农行治山的开发贷款快下来了，咱再紧紧手。除必买的炸药、钢钎、铁镐外，能省的就省下，把钱用在刀刃上。先从村里的积累拿出点钱筹办科技招待所。砖钱我跟将军墓的窑上熟人说说，先欠着他们。其他用不了几个钱。盖房的人又都是自己村的石匠、瓦匠，盖房时各吃各，挣高工分。十间二十间好办，眼瞧着就立起来……"

媳妇听着男人井井有条的述说，虽然是多年的夫妻，佩服之情油然而生。但作为和男人相濡以沫的媳妇，还是提醒男人和支委里的人多商量，听听别人的意见，可不敢主观喽。没想到那个"主观"二字把郭成志的拧脾气又给激起来了！

"啥叫主观？这件事我还非得主观不沾！谁反对我也不听，房我是盖定了！"郭成志的声音由低而高，渐渐地吼叫起来，脸色涨红，渐而发青，脖子涨大得像要爆炸的样子，拳头在被子上捶得碰碰响。

"你，你……"媳妇恼了，心里的火一下子蹿到脸上，气得半晌说不出话。她一边穿衣服要离开这个家，一边扑嗒扑嗒掉眼泪。

郭成志慌忙从被窝里爬起身，伸手去拉媳妇。刚才几句动气的话说出口以后，一想自己真是"狗咬吕洞宾，不识好人心"。自己媳妇是心疼你，提醒你注意，你这脾气发的是哪儿跟哪儿呀？才又转过来轻言柔语地换了个口吻：

"玉金，我琢磨着人呀一辈子要想成点事，就得遵守一个原则：该干的事倾家荡产砸锅卖铁也得干，不该干的一个钢镚儿都不能花。光谨小慎微不沾，一味地大手大脚也不行。得看干什么？也许俺是在自吹自擂喽，人没眼光一辈子也成不了大器。我盖这个科技招待所就叫作眼光！"

这是在80年代的第一个年头，一个偏远的深山村落里一个普通的党支部书记和他亲爱的妻子在一个极平常的夜晚土炕上的一席对话。当你今天听到后，你难道不会肃然起敬？对这个党支部书记的博大胸怀、聪慧的眼光投以深深的赞叹！

于是，按照郭成志敏锐的目光指引，前南峪人决定从村里有限的公共积累中拿出十万元，自己的石料石匠，自己的木料木工，很快在山村建起了一座"前南峪科技招待所"。院子并不算小，只因为四周围起新建的房屋，当院栽起两大丛青竹，花台里又长着几棵桂树，显得有些紧严、狭窄了。今年的桂花，开得特别茂盛，淡黄色的小花朵，一簇簇、一层层缀满枝头。一群蜜蜂和一群山蜂，从早到晚在树周围嗡嗡着，忙碌着，随着它们的嗡嗡声，细碎的花朵，小阵雨般洒落到地面上来。

时间刚刚过午。秋天的阳光越暖和，桂子的香气也越浓，蜂子的嗡嗡声越加响亮，显得院子里越发幽静。

在太行山的村庄里是不是第一座我不敢说，但绝对是我所见到的第一座。"新房新床新铺盖，新米新面环保菜"，凡是来前南峪做项目搞科研的人，全部由大队管吃管住管服务。

来前南峪的科技人员被感动了。他们登上"科技招待所"大门口的石阶，就会闻到从院子里飘来的一阵阵桂花的清香，不由自主放慢了脚步。迎面耸立的郁郁苍苍的大山；那用方石砌成的长长的堤岸；那堤上婀娜多姿的垂柳；河谷里，那密密层层的大片新植的板栗树……这里的一切令人心旷神怡。人们又回首瞻仰着抗大纪念碑，它耸立在阳光里，衬着深远的蓝天，显得那样高大、质朴、威严，像一位久经磨炼的革命老兵，风尘仆仆，在漫长的山路上行进。他从遥远的过去走来，要向遥远的未来走去。

这时，远远近近不断传来采摘板栗的姑娘们欢快的歌声。科技人员们心中充满激情。他们万万想不到一个偏僻山村的党支部书记，一群憨厚的山村社员，竟如此痴迷科技，竟如此尊重知识分子。这种尊重，又使他们增强了对前南峪的热爱。他们在前南峪如鱼得水，一大批科研项目进展顺利且有成效。但他们在做好自己科研项目的同时，总又觉得受到社员们如此厚待心中不安。他们在时刻默默地想着对前南峪应再给予怎样的回报。

以"把论文写在太行山上"、闯出闻名全国的"太行山之路"的河北农业大学畜牧系教授姜殿武，从河北易县的阳谷庄将国际市场正火的荷兰兔引进到南太行深山里搞课题试验。前南峪自然条件得天独厚，一到夏天，蒿草长没社员的腰了，夜里一刮起风来，蒿草就唰拉唰拉地响着。在两三年的时间里前南峪几乎家家"业余"时间养兔。一圈圈、一栏栏，养满了荷兰兔。那一只只美丽的荷兰兔，灰色的皮毛在阳光下闪闪发光，一双双尖长的耳朵，倒贴在优雅的头上好像山里姑娘头巾的两角；一双淡灰色的眼睛，像透明的水晶体，没有疑惧和不安，贮满着善良、友爱和一派天真。兔种"火"了半个邢台。那时候谁要是想从前南峪买两对种兔去发展，郭成志都没权批，批准的权限在县委书记。县委书记不在条上签字，你休想来前南峪把兔子拿走。为什么？全是因为"效益"两字。前南峪1982年实现了"电视村"，买电视的钱一半集体出，另一半的钱就是从那兔子身上拿到的。仅1981年，前南峪全村300多户人家，就从兔子身上得到效益12万元。那可是80年代初。那时候，大部分中国农民谁家要趁个千元八百的，人人都得当戏唱。

河北农业大学畜牧系的青山羊课题研究轰动了全村。58岁的王发亮一下子当起了"羊倌"。瞧他多神气，手持长鞭，大步走在羊群前头，活像个领兵的大将军。那二十几只青山羊，摆着尾巴，紧紧跟着他。小菊子摇着爷爷临时给她做的一根小羊鞭，在后面"压队"。三只刚出生五天的黑眼圈小羔，在她身边蹦来跳去，就像三个小毛团儿。虽然后来因为前南峪所有山场遍种了果树，不利于青山羊的饲养，但是这段闪烁着科技光芒的历史，已经镌入前南峪的大山中。

还有，河北药物研究所高级工程师王士贤西洋参山地栽植技术的课题研究，已经使前南峪人认识到这将是一项大有可为的事业。经济价值、营养及药用价值十倍于西洋参，将以诱人的栽植前景，为前南峪和太行山人民提供在各种果树之外的又一种种植业的致富途径。

……

到处是灿烂的科技之花，到处是丰硕的经济之果。

啊！放眼望去，前南峪满山是喷红吐绿的梅林，风摇花枝，四野飘香，宛如片片彩云，铺落在白皑皑的山坡之间。它们又像一群群热情奔放的姑娘，正向着风雪迷蒙的山野和寒波滚滚的河水，向着贪恋梦乡的花卉，大声地呼唤：春天回来了！春天回来了！

在80年代初期至中期的几年里，前南峪专门为外来的科技人员修建的"科技招待所"，好像一株高大而珍奇的梧桐树，招来了一群群翩翩飞舞的金凤凰。那时，长年不断来人，最多时驻进的竟有二十多个各种专业的男女技术人员。

郭成志一提起来总是掩饰不住内心的自豪和喜悦。他兴奋的面颊和耳朵都通红，在他容光焕发的脸上，闪耀出感情的闪电和那样成熟的热情的光芒，仿佛他心里正体验着一种遥远的未来的生活。他说："俺自小爱听老一辈人讲抗大总校驻俺村的故事，一听起那些故事来就对老一辈人羡慕得不行，总抱怨自己晚生了，不然赶上那时候才叫带劲。可俺们那个科技招待所便是新的'抗大'。那外来的技术人员搞的不也是革命？就是变了内容和对象。那种激烈劲儿红火劲儿也不亚于当年的抗大总校在前南峪。"

还真像郭成志讲的一样。二十多个各种专业的技术人员早晨分头"出击"，中午一起聚餐，晚上在灯光下津津有味地聊着各个门类各自领域里的学问，从果树修剪到果品贮藏，从山地规划到水土保持，从肉牛饲养到西洋参山地栽植，等等，是那样深入浅出通俗易懂，是那样广阔而美丽。专门爱往科技人员堆儿扎的郭成志听得认真极了，带着惊讶、欢喜，坦率地看着讲话的科技人员，沉浸在美丽而迷人的画境中。自小迷恋科技的郭成志时而激动时而雄壮时而感叹时而奋发，真想把这些学问都让前南峪瓜分，统统吃掉，变成前南峪人的本领和财富。

后来果真让郭成志想出个聪明的办法，那就是办各种各样的农民夜校。那些专家、教授、讲师、农艺师、技师传授的各种学问一部分也确确实实变成了前南峪人的本领和财富。

山村的社员能在家门口面对面地听到省内大学和科研机构的一流专家讲课，这是过去做梦连想都不敢想的事。

前南峪夜校开始组织"招生"的第一天。

"给我报个名。"

"给我……"

"给我……"

人们纷纷争先恐后，简直好像潮水似的涌来，把个临时"招生"办公桌围得水泄不通。

……

那年月，无论春夏秋冬，前南峪人的学习热情空前高涨，农民夜校从不间断。有时实在忙得不可开交，郭成志还要求科技人员把课讲在田间地头。

那时候，只要吃过晚饭，前南峪的村街上的行人都是来去匆匆。不论是青年、壮年，也不论是男是女，除去老人和孩子外，你不用问他们干啥去，一准是到夜校上课。

有的是初高中毕业生，算是村里文化层次高的，他们接受的知识快也深一点；那些高小毕业乃至小学没毕业的，这些人大都是三十五岁靠上又大多是妇女，照样不甘落后，因为他们学的都是技术，学过了就要去用，跟不上记笔记，就用耳朵使劲地听，用脑子死命地记，过后忘了逮住谁问谁。学技术学知识光荣得很也实用得很，哪个怕知识多了扎手？

五

那天后半晌，郭成志从大篷峪规划完下山，天色已晚。晚上，他又在夜校听完河北林学院（后并入农业大学）讲师李保国讲课，回到家里，却又不见了郭玉金。

郭成志真有点不放心了。

他的媳妇，是个稳重精细的人，遇到什么样的急事，都从来不会慌张，不会丢三忘四的。她怎么把要写的东西没有写完，就扔下走了？她怎么连灯都不熄，就离开家？她怎么会不跟成仙两口子说一声，就这样久地不转回来？忽然，他眼前一亮，想起这几天，媳妇的整个身心都被副业组的事情拴住了。吃饭的时候，他看到媳妇端着碗发愣，心里也火燎一样着急；睡觉的时候，他听到媳妇翻来覆去地折腾，像刀剜一样心疼。此时此刻，郭玉金莫不是去找王松了？

窗纸一阵鼓动，院子里哗哗的几声柴叶儿响。郭成志推开屋门，心情沉重地朝外看着：青灰色的天空上见不到一颗闪亮的星光，地皮儿上一阵冷飕飕的小风急速地刮着。空气是潮湿的、冰凉的。郭成志在门口停了半天，媳妇还没有回来。他实在等不下去了，就转身进了屋，穿好衣服，急奔王松的家。王松是主管副业方面的副队长，郭玉金是副业组的组长，两个人经常在一块商量事情。这会儿，郭玉金十有八九在王松那里。

石门楼的轮廓，出现在郭成志的眼前。他从那整齐的院墙的上端，望见北房露出一截儿窗户，窗户上没有灯光。这说明王松一家人都睡觉了，郭玉金不会在这儿。

他正犹豫不定地转回身，听到背后的门楼的门板"吱"的一声响，在寂静的深夜里，是那样清脆，就又停住了。

门楼里出来一个人，两手搂着肚子，佝偻着身子，小跑地往外走。

郭成志从动作中认出是王松，就迎了两步："您还没睡呀？"

王松一看是郭成志，就说："我都睡了一觉了。解小溲去。这么晚，你还转哪？"

郭成志说："我来找海平妈。她没到您这儿来吗？"

"来过。"

"多会儿？"

"掌灯以后。"

"从您这儿走的时候，她没有说还要到哪儿去吗？"

"她是跟我商量订副业组《勤俭办队公约》的事儿。她说，她按着大伙儿讨论的，归纳出六条了。她想还得再补一条，副业组的干部应当怎么带头做？叫我先拿个主意。"

"这很好呀！"郭成志说，"我也正在考虑，在目前，我们大队急需开展一次社会主义和集体主义教育活动，提高干部和社员的社会主义觉悟。"

王松说:"你的看法完全正确。跟我想得完全一致。改革开放以来,随着党的十一届三中全会路线和农村政策的贯彻,各项工作都有飞跃发展。干部思想,社员觉悟,大大提高,全体党员和广大群众在党的领导下团结一致,克服困难,不断前进,这是我们大队的基本情况,总的是好的,是一天天向上的。但是,在个别干部和落后的社员中,某些坏思想、坏风气还没有彻底改造过来,这值得我们警惕,引起我们重视。"

郭成志说:"根据我们大队的情况,我觉得有这几方面是比较突出的:在少数干部中,发生了贪图享受和铺张浪费的思想,迷失方向,在困难面前发生动摇。"

王松连连点头说:"对!完全对。意志衰退,夸大困难,脱离群众,这一切行为,都是革命意志动摇的表现,对我们建设社会主义新农村危害极大,我们必须对这些人进行严肃的教育。"

郭成志说:"在干部和群众中,往错误方向发展的苗头,在我们大队也时有发生,有各种各样的表现。"

王松说:"这里面的情况很复杂。"

郭成志说:"正因为情况复杂,我们要具体情况具体分析,有针对性地进行多方面的教育。总之一句,在某些干部和群众身上表现的坏思想和坏风气,在我们大队,如果不抓紧进行教育,任其泛滥,势必造成干部和群众思想混乱,影响我们艰苦奋斗继续创业,影响我们建设社会主义新农村。"

"是啊!你分析得很透彻。"王松从郭成志这段话中,受到很大教育。接着,他岔开话头说,"你这个内当家的,真行。跟你学的,差不离一个样了。支委扩大会散了,我跟她一传达,她就召集会;大伙儿这个一言,那个一语地说了一大堆,她回家又给写出个条文。我听她念叨念叨,还挺不赖哪!"

郭成志说:"明天你们再抽个空,从容地讨论讨论吧。"

"我也是这么说的。黑灯瞎火的,再到处找人,找来再说,得啥时候了?明天不是还要开社员会嘛,一块儿就都办了。她看我不愿意马上开,就走了。回去你给她解释解释。我是赞成把干部带头写进去的。"

"她还能计较您这个?您不用多心。我觉得,把勤俭节约办生产队的要求,写成公约,这主意很好。打算拿副业组当典型,推广推广。我再找找她去。明个见吧。"

王松见郭成志匆忙走去，又冲着背后说："我看，她兴许到大队部去了。"

郭成志应了一声，往高台阶的方向走。

他从王松这里，知道了郭玉金离开家的原因和去向，心里边略微地踏实了一点儿。他想，媳妇从家里出来，是为了那个《勤俭办队公约》的事，为的是写进"干部带头"这一条。这个想法很对。因为我们党的一切号召，都是为了人民群众的利益。所以我们党提出的一切号召，土改也好，互相合作也好，人民公社也好，都要在人民群众觉悟的基础上搞。要人民群众觉悟，这当然要做许多教育工作，还要做出榜样来，叫人民群众看一看哩。有一部分先进群众，讲道理，可以接受，可是大部分庄稼人要看事实哩。这个和土改不同，你说得天花乱坠，他要看是不是多打粮食，是不是增加收入。同样，在这件事情上，干部带头也非常重要。只有干部起到好的带头作用，永葆革命精神和革命斗志，艰苦创业，群众就会受到好的影响，就会跟上来，个别社员爱队思想不强，再发生浪费的现象，干部认识提高了，也就有人管了。媳妇对执行党支部决议闻风而动，是应当表扬的。她不是关上门，眼睛看着房顶，凭想象随便写在公约上的，而是不顾夜里天冷，找干部商量。这种认真负责的工作作风，也是应当肯定的。在时代的前进中，有困难，有麻烦，有原来的私心根子冒芽子。但是，在跟困难、麻烦和农民旧思想意识斗争的过程中，更多的新人、新思想、新风尚，会顶风冒芽、放叶拔节、开花结果。这是我们大力宣传党的改革开放政策，贯彻党中央指示的结果；也是他们经历了农村合作化、人民公社这些伟大的变革，经过社会主义社会长期培养教育的结果。年老的老同志，许金泉、王松不是这样变化成长起来的吗？年轻的郭长同、齐剑峰、张庆天，不是这样变化成长起来的吗？年小的振荣也正在变化成长着。前南峪搞社会主义新农村的队伍，正在壮大。目前，摆在我们这些基层干部面前最首要的任务，就是要根据党的改革开放政策，根据社会主义新农村建设的需要把他们带好，把党的关怀体现在我们工作当中。党支部还要再花些苦功夫，把大队里的人力、财力都调动起来，把科技进山的大工程进一步做大，肯定又会成长起来一批新人物。这就是胜利的保证。

从模模糊糊的高台阶那边，先传来了一串脚步声。接着，看到两个紧紧靠在一块儿的身影。他们可能是发现了这边的郭成志，那两个身影没有停止移动，走起路来忽闪忽闪，好像浑身有使不完的劲，却朝两边拉开一点距离。

临近以后,那边来的一个人开口了:"是支书哇?我从老远就瞧见一个人急匆匆地走过来,还当是大队长哪!"

郭成志看出这个人是张庆波。

张庆波怀里抱着用小被子裹得严严的孩子,还用衣襟的外面兜着;走在他身边的人,是徐秀萍。

郭成志当是他们的小孩子闹病,去找医生,就问:"这么晚了,你们抱着孩子干什么去了?"

徐秀萍回答说:"我到大队部待了会儿。孩子在家里闹,他给我抱去了。"

郭成志说:"这么冷,还不满两个月的孩子,哪能乱往外抱?"

徐秀萍说:"要不就说他笨了。这个也不懂。"

张庆波说:"支书你看看。妇女不提高吧,不行。提高了,也不行。我可真受了罪啦。一到晚上,她把饭碗一丢,就往夜校、大队部去,我得在家里给她看孩子。孩子哭着找奶吃。我把准备好的麦乳精喂他。可是他把小舌头一伸,全吐出来,怎么也不吃,大哭乱抓。我给他穿好衣服,把他抱到屋地上,来回走着,一面哄一面逗,指星星望月亮地引他看。孩子却越哭越凶,声都哭哑了。"

徐秀萍说:"小孩子还有不哭的?拍一拍,他就睡了。"

张庆波说:"没有你说的那么容易。我该哄的哄了,该拍的拍了,孩子还是不住声地哭。闹得全家睡不着。大孩子更是嚷嚷不休,埋怨被闹得睡不着。急得我没法子,心想,这怎么行呢?人家都在夜校里听省里大教授上课,可我守在家里转。抱着孩子出去吧?天又这么冷,哪能行呢?唉,千不该万不该,最不该结婚了。一个人单身过,没有孩子累赘,不论生产学习都能和别人一样,那该有多好啊!可是现在,这孩子!唉,都怨这个小东西。我越想越急越气,把一切怨恨都集中在孩子身上,烦恼地将他放到炕上,怄气地说,'抓什么!都是你这小东西,害得人守在家里,你不早死了好!'孩子哇的一声又哭了。我看着也红了眼圈。这么着,我实在没有法子了,才抱着孩子到夜校找秀萍。"

徐秀萍笑了,说:"你不用又告状,支书不会给撑腰的。大孩子是我带大的,你连摸都没摸一下。这回二孩子该轮着你管了。"

郭成志也陪着笑笑："秀萍，可不是我不支持妇女，真的，你这样做也不对。过去庆波把你圈在屋里当家庭妇女，这回，别反过来。你也不能把庆波变成一个家庭'妇男'。不用笑。我说的是真情。庆波得参加集体活动，多学习。他这两年进步不小。进步不能停，一停准退。"

张庆波说："倒也难办。再把她圈在家里，我也不忍心。你今个在会上不是说了，生活里到处都是矛盾嘛。"

郭成志说："认识了矛盾，得想法解决矛盾，不能让它拦住路。"

徐秀萍说："那天在妇女会上，玉金嫂子为这事儿也给我提了意见。"

"光提意见谁不会？她是妇联的委员，你得让她帮你想办法解决。"

"她想亲自出马，去动员孩子奶奶给带一带。"

"她去做了吗？"

"我没让她去。"

"那为什么？"

徐秀萍为难地叹了一口气。接着，她详细讲述了几天前，她有急事要去娘家。带着孩子吧，天冷怕冻着。丢下吧，谁又能照管呢？正在这时，婆婆从外面走进来，抱起孩子说："你走你的，孩子留给我。""这怎么行，他要吃奶啊！"徐秀萍非常惊异。婆婆笑笑，很平静地说："能行，你去吧。"婆媳俩就这样商量好。当天晚上，徐秀萍给孩子吃饱奶，送给婆婆。她向孩子说："好孩子，跟奶奶睡去吧！"很快她就去了娘家。孩子吃饱了，被婆婆搂着睡去。半夜里醒来，他大哭着找奶吃，把全家人都吵翻了。"妈，您快送给嫂子吧！哭得人家整夜睡不好，明天还要下地生产呀！"小姑晶晶叫嚷道。婆婆开口了："呀！可真还是团员哪，到底会说话。你妈是为的什么？说我听听呀！"晶晶被问得红了脸，还不服气地说："俺知道是为自家好。可是办不到的事也不能强作呀！谁听说不满两个月的孩子没奶吃能照管？咱没听说过……""你快睡吧！"婆婆插断小姑的话，"非要前人做出样子的事才能办吗？路是走出来的，辙是轧出来的，谁都不从新的开始，那还跟谁学呢？""那看您的吧。根本不行。"晶晶没敢大声说，悄声地咕噜着，用被子蒙上头……

讲述到这里，徐秀萍说："老太太受了一辈子气。如今她瞧着集体热热闹闹的，也想出工干活儿。她累了一天，夜里再带孩子，我们哪忍心哪。"

郭成志说："你再让她们妇联另想办法。"

"过了几天,玉金嫂子又对我说,她想了个主意,让我们俩轮流,一对一晚上出去活动。"

"这倒也是临时的解决办法。先这么试试看。不行再说。这孩子还结实吧?"

张庆波挺高兴地回答:"这小家伙可比大的鬼。不到一个月,就会冲着我笑。支书,多亏你,没有你哪有这孩子……"

徐秀萍"啪"地打了他一巴掌:"瞧你这连颤子嘴,胡呲的什么话!"

张庆波经这巴掌一拍,也发觉没把话说清楚,就嗨嗨地笑了。

郭成志对这一对夫妇,新建立起来的亲昵的关系,很满意。——是的,一个人没有爱来作为生活指导,正如一只失了群和迷了路的羔羊,在它的面前所摆着的,纵然不必一定就是死亡,然而它缺乏一种力量,一种向生活去挣扎,向上,向前的力量,这确实是可以断言的了。就又问:"海平妈在大队部吗?"

徐秀萍说:"她到那儿找过庆天。"

"什么时候?"

"赵宪文刚把灯拉着那会儿。当时庆天不在。她那样子,好像挺着急。我问她啥事儿。她说正写一个执行党支部决议的公约,但公文格式掌握不准,先问了我,我也不会。她就走了。"

郭成志想,郭玉金到大队部找人问公文格式,一定是在找王松之前;那么以后她到什么地方去了呢?这样又使他焦急起来。他顾不上跟这夫妇俩再说下去,就转身要奔郭明耀家。他走了几步,忽然想起,自从郭素梅调到公社当了妇联干部,郭玉金很少到那儿串门儿。她要是有事儿找郭明耀,准得直接奔村北头。因为郭明耀这一程子住在村北头搞红果试验,郭玉金是知道的。

郭成志想到这些,又往北拐去。

夜深以后,风是紧的,天气增加了冷度。可是,急行快走的郭成志头上却冒了汗。他想,不会出什么意外,先到村北头看看再说。

街道上充满黑暗,静寂无声,只有夜风在悄悄地经过。他掠了一掠鬓发,抬起干燥的眼睛瞧瞧四周,除了个别人家,窗户的光亮都消失了。从一些漆黑的房前屋角房山经过的时候,能听到里边响得很带劲的打呼噜的声音。一个个生产队的饲养院,传出牲口的几声嘶叫。第一生产队新盖起来的饲养院，很突出地展现在眼前。那一溜新房，棚顶上了一遍泥。那一根一根的柱子，是刚放倒的树，剥了皮，还没干，在星光下，闪动着银子一样的色彩。郭成志想起来了。那天各条路上的庄稼人们谈叙着，来到饲养院里。这在前南峪庄稼人的生活里，是这样重大的事件，以至于人们等不得合槽，就来参观空牲口棚。从半上午到半下午的这个时间，全村人川流不息地从牲口进出的前门进了牲口棚，又从起粪和垫土走的后门出去了。人们看看棚顶、看看墙壁、又看看脚地，好像这是什么新奇建筑；而其实木料、石瓦、土坯和泥巴，同前南峪所有的房屋一般无二。人们用手摸摸泥墙，看看干得怎样；用手摇摇槽外头拴牲口的木橛，看结实不结实；伸开胳膊量量每个槽的长短，看统共能站多少牲口。有人还向大队干部们提出这样那样的建议。郭成志、郭明谦、郭明耀，还有第一生产队长和两个饲养员，在牲口棚整整忙乱了一天。世界上一切琐碎事务，不管它有多么伟大的意义，事务本身仍然是很琐碎的。郭成志领导大伙，把犁杖、耙，在牲口棚外檐墙上挂起来了。他们从附近的社员家里收集到谷草，安排劳力在草房外面铡起来。人们带着一种难以用庄稼人日常用语表明的心情，荣幸地做着这些事情。

饲养院隔壁是副业大院。副业大院门外西边的小路，通向北面的苇子坑，有一个小小的斜坡。那斜坡的上边，突然掠过一股微黄的光亮。

郭成志机警地收住了步子。他站下一想，这一定什么人在做事情。

他迎着那朦胧的亮光，走了半截路远，忽然发现那个亮光有些奇怪，一闪不见了。走了两步，它一闪又亮了，亮了一下又熄灭了。这时，他不由想起，莫不是坏人在作案，他脑子里甚至闪出他所想象的坏人的形象。但仔细观察一下，他自语道："管他是好人坏人，我要看个究竟。"

他走着看着，越走离光亮越近。当他走近这光亮的时候，只觉眼前一闪，什么也没有了。

斜坡上边，又传来一种用铁锹铲东西的那种"咔嚓""咔嚓"的响声。

郭成志靠近路边的一行小榆树，用来遮挡住身影，往前移动。走近前，抬头向前仔细看看，只见那里黑漆漆的，有一片黄黄的亮光。他有些感到奇怪，明明看到有亮光，只这么一闪，又变黑暗了。他正在犹豫的时候，斜坡上的手电光又亮了。

郭成志沉着地紧走几步，渐渐临近了发光的地方。

像锅盖那么大的一个圆圆的光圈，夜幕中，显得金黄金黄的。光圈里有一只活动着的手，从地下捡着东西。光亮又照出一个铁丝筛子影。那只手，灵巧地活动着，从地下捡起东西，放到筛子里，再捡一次，再放到筛子里。

郭成志正奇怪，手电光又熄了。

那边站起一个年轻女人的身影，拿着铁锨，铲翻着地面上的土。

郭成志不由得一惊。他从身影认出了那个人，正是他百般寻找的媳妇郭玉金。天这么晚了，媳妇还在地下捡东西，能干这么累的活儿，能这么豁出命来干，在前南峪的年轻妇女中，还真是数得上的。想到这里，郭成志一阵高兴，又一阵心疼。

手电光又亮了。金黄的光圈里，又出现了那只灵巧活动着的手。

郭成志站在斜坡上，轻松地吐出一口气来，为了不使全神贯注干事情的郭玉金受到惊吓，故意放重脚步，发出一点声音，而后走到跟前。

郭玉金听到了脚步响，转过手电照了一下，说："是你呀？你到这儿转什么呀？"

郭成志说："我正要问你哪。"

他说着，蹲下身，这才发现斜坡上有一大堆被倒弃的炉灰。再看看媳妇郭玉金穿着一件蓝秋衣，她的脸上挂着一串串晶莹的汗珠，正从炉灰里扒找没有烧透的煤焦子。身边的筛子里，已经装了多半下。郭成志看到这些，刚才心里隐约出现的那种感情强烈地震动起来。郭成志对媳妇的感情越来越深切了。现在他已经越来越明显地感觉到，前南峪要是没有像郭玉金这样的年轻人，就干不了这么轰轰烈烈，前南峪的前途，都寄托在他们的身上。这种感觉越鲜明，越强烈，他越觉着媳妇确实可爱，他越觉得自己有责任关心她，照顾她。

郭玉金见郭成志伸手要捡，忙说："没有了，你别弄一手灰，挺脏的。"

郭成志停住手，看郭玉金一眼。电筒的余光，只照出那张脸孔的轮廓。那脸孔的表情没有什么特别，像平常的时候，做完了一件活儿那样自自然然的。

宁静的太行山上又飘起一阵轻风，板栗树的叶子因互相挨擦而发出簌簌的响声，浆水河的流水也轻轻唱起歌来。在那黑蓝黑蓝的天空中，不知何时，一弯新月快活地游出云层，把那银色的光亮从飘动的板栗树叶子的缝隙里洒漏下来，就好像树上熟透了的板栗，一颗一颗、花花点点地飘落下来一样。

　　这时，两人的心里是多么轻松，多么舒畅，多么香甜，多么幸福啊！郭成志看着媳妇，好像他第一次看见她的眉毛是这样秀气，眼睛是这样大而明亮。今夜晚，在这银色的月光下，在郭成志的眼睛里，她是多么漂亮，多么动人！郭玉金呢，也好像看到男人的眉毛是那么浓黑，眼睛是那么火热，肩膀又是那么宽厚有力，她怎么也舍不得离开他了，如果离开他，她就会觉得失掉了依靠，没有了力量。

　　他们这样互相看着，好像今晚初次相见，又好像永远看不够一样。好一会儿了，郭玉金拍拍手上的灰，从地下拾起铁锨，说："你帮我把筛子搬到副业组屋里去吧。"

　　郭成志弯腰端起筛子。他觉着这筛子很沉。

　　郭玉金没有打手电筒照路，跟在郭成志身边往大门口那边走，她边走边说："我想把大伙讨论出来的想法，写个公约，贴在墙上。又想起，干部很要紧。我就去找王松二叔，他赞成明天再讨论讨论。我就想到这堆煤灰。本来想先捡一筛子，当个样子，明天开会的时候，给副业组的同志看看，往后好都知道心疼煤。没想到越捡越有劲儿，我就把那一冬天堆的灰土都扒拉了一遍……"她一边说着话一边走进院子，打开了屋门。

　　郭成志跟着她走进屋里。

　　郭玉金把铁锨放到一边，用手电照着说："把煤核倒在墙角上吧。"

　　郭成志朝那边一看，吃了一惊。他有生以来，还没有见过劳动妇女这种热气腾腾的生活。这时他才明白上午媳妇对他说过的话。集体劳动确实为妇女们开创了新的生活道路。

　　墙角上，堆起足有半车煤核。这半车煤核，就是郭玉金深夜，一锨一锨地扒，一块一块地捡起来的呀！

　　他把筛子里的煤核"哗啦"一声倒在大堆上，放下筛子，走到郭玉金跟前，爱惜地说："你应当叫我一声。我跟你一块儿来捡。"

　　郭玉金平静地说："你那么重的担子压在身上，这点小事儿，我能惊动你？"

　　郭成志说："这事可不小。明天上午，我要建议支部推广你们订的公约，同时开个现场会，在你们这儿开。我们得好好地讲讲捡煤核的事儿。

你这个举动不简单，真值得学习。"

　　郭玉金早已高兴得两眼润湿。这是她有生以来，主办的头一件大事。在这两个月中，她花了多少精力，费了多少口舌，忍过多少委屈，经历过多少苦恼与失望啊！她还不能完全理解，在全村第一个推广他们订的公约，有着多深多远的意义；只知道，这是响应党的号召，为集体勤俭办事情，这就够兴奋了。可是她不好意思地笑笑，岔开话头，说："走吧。你回办公室吗？"

　　郭成志说："我本来决定今晚上完夜校，在家里歇一夜。结果在家里等你不回来，又到处找你。可把我急坏了。"

　　郭玉金抬起头，拢了拢头发，她那对明媚的大黑眼睛，在密长的睫毛庇护下，恰似两池碧清的泉水。她很不安地看着男人那消瘦的脸，由于过度劳累，脸上的颜色被月光一映，更显苍白，说："真糟糕，我跟成仙说一声就好了。唉不管大小，只要当个干部，个人的事儿，就什么也顾不上了。我还记得，怀着和平那一年，你拉住我的手，你说，工作实在太忙，顾不上照顾我……还记得吧？这句话，今天该我跟你说了。我也要把这一百多斤交给党，也顾不上照顾你了……"

　　几句话，字字有分量，投进郭成志那本来就像河水翻腾的心坎上，猛地又激起一个热浪头。他一把将郭玉金搂在怀里，又用他那衣襟，把郭玉金裹住。两个人都感到对方的身上炙热得厉害，像是在一个熔铁炉里的铁流一样，完全熔化在一起了。他们久久地站在那儿，谁也不知再说什么话才好，只感到对方的心在突突地跳，两颗火热的心贴在一块儿跳动。

六

　　村里腾出五间大屋子作为教室，安着十几张桌子。一盏电灯吊在大梁上，灯火欢快地跳跃。敞开的两扇窗户，引进了秋夜的飞蛾，它们围着电灯打转，还一个劲儿地往灯泡上撞，发出轻微的扑棱声。年轻人脑袋挨着脑袋，围着看一本新来的《河北林果》。他们的身上散发着汗味和正翻浆的泥土气息。

　　郭成志跟大个子许金泉一块儿奔这里来学习。他边走边把喜讯传给了许金泉，说："王松很痛快，我一提，他就答应了。"

许金泉自然十分高兴，说："听别人讲，他跟一个亲戚搭伙管理苹果树了，可别耽误那一头呀！"

郭成志说："我跟王松提到这个了。他说那个村聘请技术人员多，正好有一位农学院的靳教授。两年以前曾经在浆水公社搞苹果树嫁接试点。现在公社里的试验室，公社西那片苹果树地，各块地里的观测点，还有各种苹果树的生长档案，都还在那里。靳老师这次来，是总结推广苹果树的控冠改型修剪技术。其主要作用是调整苹果树地群体结构和树体结构，调节树体营养状况，改善光照，提高品质，减少病虫害发生。"

许金泉兴奋地说："哎呀，要是能聘请靳老师到我家苹果树地里修剪，那就太好了！"

郭成志说："这个自然，您就不用心里犯嘀咕了，赶快操持管理苹果树吧。"

许金泉受到这样热情的关心，眼睛湿润了。他从电影里、从若干人讲的故事或做的报告中，不止一次地听到或看到，领导干部是怎样热情地关怀人民群众，那时候，他是多么感动呀！现在，自己身临其境，亲身体会到了这种温暖的干群情谊，激动地说："刚才你婶子我们两个还为没聘请技术员管理苹果树发愁，你这一费心，去了我一块心病，成全了我一件大事。"

郭成志说："王松挺追求进步。您跟他搭伙，还能对他有帮助。他聘请技术人员，您人工补不齐的话，婶子可以帮他家做点针线。反正不能让他吃亏。"

许金泉赞成："说得对，你想得真周到。"

郭成志把一件重要事情办完了，忽然想起，许金泉的老丈人家在坡子峪，要是通过这条道，准能了解到剪枝队员徐智宏未婚妻张艳霞的底细。他想着，刚要叫住许金泉，忽听教室的上门槛"砰"的一声响。

教室里的姑娘们"嘻嘻"地笑起来了。

农民夜校教师张庆天赶忙过来问："金泉大叔，碰坏了没有？"

许金泉揉着脑门子，又把手伸到灯光下边照照，说："没流血，撞得可不轻。"

一个姑娘说："谁让您不低着头走。"

郭成志跟进来，接茬说："这可不行。金泉大叔刚刚直几天腰，应当昂着头走路。"

许金泉看郭成志一眼，不由得回想起"文革"期间，在极左路线的干扰下，前南峪粮食减产了，人民群众的生活陷入了极端困境之中，那时许金泉媳妇犯了病，生病就要请医生、吃药花钱，许金泉不但熬干了粮食，还变卖尽了家具。这样夫妻两人就是没明没夜地死干，就是把一身的力气都出尽，就是把他们干死、累死，家里仍然穷得一贫如洗。一盘土炕上只铺了一领破席子，一家人也只有一床烂被子。冬天的夜里，冷风一阵阵从破窗孔里吹进来，两个孩子挤着妈妈，蜷曲成一团。半夜里，许金泉冻醒了，趁着破窗里照进来的淡淡的月光，他看见被子那头，他媳妇也只盖着半边身子，他就把被子往那头拉一下，给他媳妇和孩子们盖好，把破棉袄搭在自己身上，两条腿伸到孩子们空下的那下半截被子窝里。度过了几年生病、饥饿、冷冻的日月，好容易盼到1975年邓小平主持工作，许金泉怎能不高兴呢？这一回，他可真正觉得要斩断穷根了。他只盼望办好生产队，自己也过几天好光景，就是再遇个生灾害病，天灾人祸，也不害怕了；他媳妇也知道这个道理，也听他的话。她虽然有病，还是把全家的活计都包揽起来，她只想让许金泉多到生产队参加生产。家里再穷，人再饿，她也不向生产队借粮，也不到生产队叫喊，他们更不愿乘着生产队里有人闹缺粮再去凑热闹。谁知好景不长，严峻的现实又向他们逼来，"三项指示"遭到批判。因此，他们两口子就是勒紧裤带咬住牙，艰难的生活也无法维持。那年冬天，许金泉万般无奈，还是到生产队去借粮。想到这里，许金泉伤心地说："你说得对，直到农村改革，我才直起腰杆走路，挺起胸脯过日子。'文革'那会儿，好多人吃不饱肚子，我第一次到大队这儿借粮，就是直着腰进来，撞了一下子，又低着头出去的。从打那以后，总是低着头进，低着头出，也就没有觉着这门口矮。"

郭成志走到年轻人中间，很有感触地对许金泉说："您借粮那次，是黑夜，下大雪，我记得很清楚。那时，上边瞎喊，宁长社会主义草，不长资本主义苗。……这件事好像在我心上烙了个印子，一辈子也抹不平。将来，等我抽出空来，咱们一块儿把它编出小戏，经常演演，教育大伙儿。"

年纪轻轻的人，不知道前南峪在"文革"时期的苦辣典故。只有许金泉听到这番话，心口窝还有点隐痛。

张庆天说："等种完地，让木匠把这门修修。"

郭成志说："要想让您金泉大叔永远不再弯腰低头，光修门槛子不行，得听党的话，加油干，实现社会主义新农村这个目标，不让那样的灾祸再回到咱们庄稼人的头上。"

　　这句话里边包含的道理，年轻人都听懂了。人们思想上经受了一次极为深刻的教育。以前，说到壮大集体经济，走社会主义道路，在前南峪的相当一部分年轻人看来，只不过是可以增加收入、改善生活的一件大好事情。现在，他们深切觉得，非走社会主义这条道路不可了！长久固定在一个村庄劳动的年轻人，对那些离他们较远的事物，素来不大关心，也不大相信，但是，对眼前出现的活生生的事例，特别是足以引以为鉴戒的事例，却极其敏感，并喜欢从中吸取经验教训，用来指导自己。现刻的情形正是这样，许金泉的遭遇，给他们心灵留下的印象太深刻啦！对他们的震动太大了！

　　张庆天说："支书你放心吧，不会有那个日子了，春耕大忙一开始，我才进一步认识到农村改革的伟大。土地，给庄稼人添了多少劲头哇。党和政府领导农民搞科技进山，农民把汗水流给土地，土地会把金谷银果捧给农民，农民要用这劳动的胜利果实支援国家建设，啊，多美呀！"

　　站在背后的郭文刚说："庆天真不愧是个知识分子，出口成章，像卖瓦盆，一套一套的。"

　　众人都哈哈地笑了起来。

　　农民夜校上课，一开始主要是林果班，以板栗管理为主，教师就是王金章。有时王金章不在，郭双群就顶上去讲。

　　第一堂课，天啊，郭双群不知道自己是怎样走上讲台的！他打开讲义，眼睛向下一看，呀，满满一教室，是无数的眼睛！那眼睛像山泉里冒出的无数的水泡，像夜空中闪现的无数繁星，全放着光芒，交织起来投向了他……哎呀，他的一举一动全在他们的聚光点上了！一定要自然，大方，不要太激动。但是，心又"扑通""扑通"跳，脸也唰地红了。他心里急叫，冷静，冷静！就咳嗽了一声，再一声咳嗽……郭双群实在慌了！但是，就在他再一次抬起头来时，他一下子呆了，他看见在里边一排里，坐着支书郭成志。支书！郭双群差点没叫出来，郭成志微笑着，给他点头。……他一切都明白了！奇怪，郭双群心里踏实了，也不觉得慌了，打开课本，讲得竟也是头头是道，又是本地口音当地口语，社员们接受得很快。后来郭双群干脆独自开了一门果树课。

相继，河北林学院的讲师李保国、郭素萍夫妇来了。

这天，郭素萍去前南峪村夜校上课，正赶上暴风骤雨。狂风怒吼，像发疯了似的到处乱窜，红褐色的低云在奔腾，好像被撕成了一块块碎片，一切东西都在旋转飞扬，混杂在一起了；倾盆暴雨落下垂直的水柱，犹如千万支银箭纷纷射来；断断续续的巨雷，像大炮似的轰鸣着，空气里弥漫着硫黄的气味……一路上，郭素萍直担心天气不好，来上课的农民可能没有几个。当郭素萍到达上课地点，推开教室门时，发现社员们早都到齐了，正坐在那儿等老师上课呢！看着他们踩的两脚黄泥和凳子下面的一摊积水，郭素萍感动得说不出话来。那一刻，她深切体会到农民对知识的渴望。他们有一次学习的机会是多么来之不易呀！

社员中有一位妇女，每次上课她早早就来了，坐在第一排，上课时一笔一画地记笔记。她的课本已经被翻得很旧了。她对郭素萍说，她最喜欢看夜校发的书了，没事就翻翻。以前家里困难，没怎么上过学，省科研专家圆了她的读书梦。在这里，不但能学到科学技术，有了问题能随时向老师请教，还不耽误农活，真是一举三得。

十多个年头一直在讲台上站着的讲师郭素萍三十多岁了，长年的辛勤教学劳动，给她眼角留下了浅浅的鱼尾印迹；不过，她那丰厚油亮的短发，那双虽是单眼皮然而秀气明亮的眼睛，以及高而长的鼻梁下那张经常有力地抿住的嘴，乃至于微微有点上翘的下巴，都仍然显示着青春的活力与饱满的智慧。

这时，课堂上有的社员提出："郭老师，怎样对放任板栗树进行修剪？"

郭素萍略一思索，便立刻讲道："对于放任树不要求树形，首先是开角程度，用拉枝的方法，打开层次，把多余的枝条逐年回缩，改造或剪除，调整主从关系。其次是对于内膛细花多年生枝，逐年回缩促后，改造成多轴枝组……"

接着，郭素萍又讲山楂讲各种果树管理，把前南峪的青年壮年听得眼都直了，一两个月下来，学问大增，管理果树的技术也见长。回到家和老人们一叨叨，有几个五六十岁的老人一"串联"，也悄悄地踅到了教室的后面，课听得蛮上瘾呢。

山地规划和测量主讲是大名鼎鼎的教授于宗周，他有五十几岁了吧。但，那头浓密的黑发，并没有白去。只是那淳朴双颊上塌陷的深窝，那饱满额头上深深的皱纹,向社员们透露了他年岁的秘密。那双有神的眼睛,炯炯闪亮,满蕴着自信、刚毅和乐观。顷刻之间,社员们竟被于宗周目光里的特殊魅力所吸引。

于宗周上课时气氛特别好,他脸上总挂着真挚的笑意,两只大眼睛那么专注地望着社员们,他总能把课本上的书面知识变成社员的话让他们接受,书本上的长篇大论他三言两语就说明白了。在讲课时他会把自己在长期教学、科研和生产实践中掌握的宝贵经验毫无保留地告诉农民。

他来到前南峪的时候也绝不拿架子,晚上到了夜校就开讲,什么书呀、参考资料呀全不用带,一张嘴人们就感到他那学问够自己听半辈子的。

养兔的时候,几乎全村的男女老少都来听"家兔饲养"课。讲课的是河北农业大学的教授张仁堂。他今年三十六岁,中等身材,稍微有点发胖,他的衣裤都明显地旧了,但非常整洁,每一个纽扣都扣得规规矩矩,连制服外套的风纪扣,也一丝不苟地扣着。他脸庞长圆,额上有三条挺深的抬头纹,眼睛不算大,但能闪闪放光地看人。人们都说薄嘴唇的人能说会道,张仁堂却是一对厚嘴唇,冬春常被风吹得爆出干皮儿。他把外国兔子饲养的方法编成顺口溜:"饲料品种搭配好,只喂一次太单调;勤喂少添要记牢,夜间加料才上膘;……定时定量拌饲料,饮水不如掺吃好;粗精饲料搭配好,冬拌热食能增膘。"

前南峪人学习养兔技术的热情十分高涨。特别是干那个活老人和妇女是主力。那外国兔子祖祖辈辈是第一次见,不听听按科学的方法喂那些蹦蹦跳跳跳的东西,万一出了点毛病,钱拿不到手不说,传了个满村都说谁谁谁把兔子喂病了喂死了,那人可丢不起。

还有牛羊鸡草都有人来讲。后来那些技术人员中有人懂会计,附带又开了会计班。居然为前南峪村农、林、牧、企等专业承包组培养了一批财会人员。

社员郭立光是一个十分健壮的农民,脸孔黧黑,眼睛明亮,笑时露出一口雪白的牙齿。当有人问他:"你为啥每天总是带头上夜校?"郭立光却十分认真地说:"省科研机构的老师告诉我们,发达国家的农民百分之八十都有大中专学历,我们在这方面还有差距。作为一名党员,仔细想想,党性修养和创业能力太重要了。尤其是现在,如果不能成为有知识、懂管理、会经营的行家里手,就会落后时代,落后群众。参加夜校学习,就是想实现素质和能力的全面提升，争做一名优秀共产党员。"

郭立光家有五口人。他和妻子商量好了，一块儿学习。"党员时时刻刻都得想着进步，要不然怎么发挥带头作用？"谈及妻子，郭立光爽朗地笑了，"有时候为了一个问题，争得可激烈了。争归争，咱让老师在果园里评评理，谁对听谁的。"

社员郭俊刚当时年轻，个子很高，很挺拔，浑身都洋溢着青春和力量的美。他60年代初小学毕业，因为家里穷就没有去考浆水中学。连初中课堂的门槛都没有迈过，一直使他感到深深的遗憾。可这个刚强汉子干起活来可是把硬手，对技术的边儿也总是想沾上一沾，沾不上手看着就眼馋。所以从1964年开始就在村里林业组干，那时他也就是随大溜，人家干啥他干啥，人家咋干他咋干。后来林业队、良种场也都干过。1978年当了民兵排长，再后来村里缺车把式，他还自告奋勇赶了几年大车。那几年他在场上苦练抽鞭子技术。六月中旬的天气已经够热了，下午三四点钟，更是一天里最难耐的时候，火热的太阳映在水湾里，好像天上、水中两个太阳炙烤着大地。郭俊刚"叭、叭"练得正欢，浑身大汗淋漓，连呼吸都会感觉到肺烫，肺叶都要烤干了，像一团纸似的唰啦唰啦响出声来。三九寒风在阴冷的街头大发淫威，在房顶上呼啸，鞭打着行人的面庞、脊梁。人们都觉得寒风已经钻进了心房，心脏仿佛立即就要被冻僵。郭俊刚依然精神抖擞地在冰天雪地里抡开鞭子练起来，他大口大口喷着热气，那热气却在胡子、眉毛上结成了冰花。弄得全家老小一天三顿饭都得轮流着跑到场边上去喊他——鞭子练得当真是天昏地暗连肚子都忘记了什么时候该伺候。终于，一手绝鞭子三乡五里叫好。前南峪第一生产队当时有匹出了名的倔马，别人使唤不动，一上车套，它狂奔乱跳，越跳越高，越蹦越有劲。两个后腿一股劲儿往后踢，把地上的黄土踢得老高。只要郭俊刚往旁边一站，那牲口就得乖乖地往山路上死命地蹬蹄子拉套绳。不然，他一扬手一鞭子下去铜钱厚的牲口皮就是一道白印，眨眼工夫便往外冒血迹。他为自己这手苦练得来的绝活"技术"感到自豪，也由此悟出了人生的一条大道理：干什么事都得苦学苦练，这样你才能超人一手。

前南峪人盼来了王金章，郭俊刚头一批就进了果树技术小组，使这个文化不高但一直死命追求技术的年轻人来到了生命的辉煌时期。他学剪树学嫁接学治虫学得极其执着。平时，只要王金章说的是有关板栗树的事，他就牢牢地记住。寒冬腊月，他穿一双胶底棉鞋，戴上两副线手套，站在板栗树上迎风剪枝。风，像撒欢似的，使起野马的性子，挟着黄土和灰尘跳跃，一声呼啸，山野变色了。远远的村庄变成模糊，山间混淆成迷离恍惚的一片。几天下来，手脚冻得流脓淌血。三伏天的板栗林，闷热憋气，这是果树病虫害发生的关键时期。郭俊刚为了掌握病虫害发展的全过程，连中午也不放过。正午的阳光，太强烈了，连庄稼地里的水，都给蒸得暗地发出微小的声音。禾苗叶子晒得起卷子，失掉嫩绿的光泽，又没有一点风，人走在两边都有禾苗的田埂上，简直闷热得浑身流汗，气也不容易透一口。他顶着烈日站在树下，直盯盯地观察。头晕、眼花、嘴干、嗓子冒火，全然不顾。郭俊刚这般痴迷地爱着板栗树，王金章打心眼里喜爱他。如今他既懂理论，又会实践，早已成了一个名副其实的果树技术员。可王金章他们一谈到植物生理啦优选决选啦他听着就有点费劲。人家支书郭成志还有小后生郭双群等人几个月后都能顺畅地对上话，可郭俊刚理解这些深一层的东西就比人家差了一大截。

一下子把郭俊刚激怒了：学！80年代初前南峪夜校的社员里，郭俊刚的岁数不说是最大的也是往上数的，文化不说是最浅的也是往下数的，可他有在场上练鞭不止的经历，突出的前额又给了他多吸纳知识的得天独厚的空间，再加上他一天不落每天第一个到"校"，一分钟的课都舍不得耽误。一边学理论，一边实践，他的"学业"水平与日俱增。

这天，郭俊刚从地里收工回来早，就从屋里把小地桌搬到院子里，找来小板凳，打开一本《板栗管理技术》。他想再学学"整形修剪"这章的内容。在夜校学过好几遍了，仍然有很多问题没有学懂。这章主要讲了板栗树体结构、枝条类型与特性、修剪方法与作用。到底盛果期树是怎样进行整形修剪的呢？

彩霞满天，映得书上一片金黄。郭俊刚捧着《板栗管理技术》重新学起来："……去除树冠多余大枝的原则是去长留短、去大留小、去粗留细、去密留稀，分期、分批疏除。一般去除大枝应从大年开始。大枝少的，可一次性去除；大枝多的，可分三年去除，第一年去除百分之六十，第二年百分之三十，第三年百分之十。

郭俊刚蹙着浓眉沉思着。"整形修剪"第四节，跳入了他的眼帘：

"……在小主枝延伸阶段，将分枝角调整到六十度至七十度。在主枝稳定阶段，将生长中庸的分枝角调整到八十度至九十度，生长旺的分枝角调整到一百度至一百二十度。"

郭俊刚认真地把这章的内容学了两遍，然后合上书本，琢磨整章内容的意思。可是还没有明确的答案。他想再学一遍，以加深对这个问题的理解，可是天已经暗下来，书上的小字也模模糊糊地看不清了。

"唉！"郭俊刚叹了口气发起愁来，"时间一晃就过去了，对这章内容的理解还停留在原来的水平上。我要有郭双群那样的高中文化知识该多好啊，那学习的进度也许就快得多了！"他在想，自己只断断续续地上过小学，真正的学校大门还没有跨进去过。如今，作为一个民兵排长，光是那些打仗、当战斗英雄的事，已经填不满自己的脑子了，应该懂得更多的科学技术。不然怎样才能提高板栗管理水平呢？

暮色逐渐浓重起来，窗外有些不知名的小虫，在草丛里曘曘地叫。暗绿色的柳树梢上，天空中的晚霞变得火红一片。充满生气的、清新的夜，快降临大地了。

"排长，都看不见了，你还在学习呀！小心变成近视眼。"李宇清拿着一本书走过来说。

"只要能真正学好，变成近视眼我也干。问题是就这么学也跟不上队！"郭俊刚指着他手上的书说，"你还不是跟我一样，天天这个时候都坐在小板凳上学！"

"我跟你不同。"李宇清说，"我过去瞎晃荡，一会儿迷在小人书上，一会儿又迷在象棋上，再不就钻那些不着边际的问题。晃来荡去的比同志们落后了半个世纪。好不容易对射击有了点兴趣，自己也以为是找对了主攻方向了，没想到过不好久，对当个特等射手又看得淡薄了。"

"认识问题总得有个过程嘛，这是规律。"

"对。最初我怪自己年纪小点，不懂事。后来又怨自己没毅力，干什么都是热一阵冷一阵的，还说这是天性。为什么不懂事，为什么没毅力？现在我才明白：我这个人最缺乏的不是别的，是这个！"李宇清摇晃着手上的书说，"对科学技术认识不高，工作责任感不强！"

"对呀，宇清！你现在算真正选准了你的'主攻方向'了。"停了一会儿，郭俊刚一字一句地说，"宇清，你想过没有，当年抗大的学员们，在抗日战争最危急的关头来到咱们前南峪，为了建立社会主义新中国，流了多少鲜血，牺牲了多少生命。你说，他们那么豁出命地干，为什么呢？为的是推翻人吃人的剥削制度，使下一代能够过上幸福的生活。现在建设社会主义新农村轮到我们年轻一代接班了，我们应该怎么办呢？我们可不能断送了老一辈用鲜血换来的革命成果。为了建设社会主义，我们就应该发扬抗大艰苦奋斗的精神，彻底改变家乡贫穷落后的面貌。只有我们心里装着社会主义新农村，就能自觉地学好农业科学技术……"

李宇清低下头说："我也想学好农业科学技术，可是一遇到困难，就受不了！"

郭俊刚激动地说："学习农业科学技术也是一项艰苦的工作。对你来说，更是一件不容易的事。因此，我们一定要闯过一道一道难关，坚持下去！"

李宇清没有言语。他被郭俊刚那火焰般炽热的话语感动了。

这时，郭俊刚发现李宇清手上还拿着一本《板栗高效栽培关键技术》，急忙问道：

"板栗高效栽培！你在哪儿买的？"

"我姐姐给我寄来的！"

"你姐姐？"

"是啊，"李宇清认真地说，"我姐姐非常重视农业科学技术，不光给我寄书，还叫我以后写信的时候少说废话，抓紧时间多多学习科学技术哩。"

是啊，透过李宇清以及他们姐弟间的关系，也可以看出来，不仅前南峪在大步前进，整个社会风气都在改变。科学技术进一步深入人心，也更加广泛地为人民群众所掌握。郭俊刚更是想起他第一次捧读《板栗管理技术》，给了他多么大的鼓舞啊！当天夜里，简直像庆祝重大喜事，全家人都喜笑颜开地来到院子里，然后大家围在电灯下，一直学到头遍鸡叫。从那以后，《板栗管理技术》成了他们力量的源泉，每当果树管理上遇到困难的时候，只要把《板栗管理技术》拿出来一学，便感到浑身都是劲。现在李宇清的姐姐从外地给他寄来新出版的《板栗高效栽培关键技术》，该是多么幸福啊！想着这个，郭俊刚问道：

"宇清，我想请你姐姐替我买一本《板栗高效栽培》寄来，不晓得麻烦不麻烦？"

"这有啥麻烦的。"李宇清想了想，问道，"排长，不是说夜校以后要发《板栗高效栽培》吗？"

"是有这个消息。不过人手一册，数量大，要等很长一段时间才能发下来。"

"哦！不是我怕麻烦，你要是想快点得到书，我听连长说，公社新华书店新进了一批科学技术书籍，这比我姐姐寄来快多了！"

"真的吗？"郭俊刚高兴地站了起来。他急急忙忙跑进屋里，把压在枕头底下准备买帽子的那五块钱揣在兜里，转身来到院里。

"好！"郭俊刚冲着李宇清说，"明天我就到公社新华书店去一趟。"

第二天，郭俊刚就骑着自行车，出村去了。过了浆水河，上了大路，郭俊刚猛蹬起来，飞也似的向前冲去。他心急如焚，思潮澎湃，恨不得马上找到浆水公社新华书店，向售货员述说前南峪人热爱科学技术的一片赤诚之心。

宽广的田野在金光灿烂的阳光中向远方伸展，一眼望不到边。这是前南峪的土地，这是浆水公社的土地。啊，土地啊，我们为你流下多少汗，出了多少力，花儿似的待你，让你变得美！要真有一天，我们掌握了农业科学技术，就会越来越显示出农业科学技术的巨大作用。土地啊，到那时，你一定会变得更美，更好！

骑过了前南峪村，上了到公社新华书店去的公路，郭俊刚浑身是汗，他一手轻扶车把，一手把外衣的扣子全解了开来。他骑得好快呀！风把他的衣襟猛往后吹。他好像长了翅膀一样地往前飞。

这是一个新开设的新华书店，只有两间屋子大，一半是书格子，一半是文具柜台。人不多，只有几个青年学生样子的人，在那儿翻杂志。

郭俊刚下了车，进了新华书店，朝四下扫一眼，就向那个正往地上洒水的售货员说："同志，我买书。"

售货员放下喷壶，问他："您要哪本书？"

"《板栗高效栽培关键技术》。"

"没有这本书。"

"你给我找找。"

"我们根本没有进过。"

"政府正号召发展林果业，你们得快进这样的书呀！"

售货员迟疑了一下，郭俊刚就急急忙忙地解释："同志，当我听别人说咱们公社新华书店新进了一批科学技术书籍，我想一定会有《板栗高效栽培关键技术》这本书，为买这本书，我昨天一夜都没有睡好觉，我特地早早地把小闹钟搁在枕边。"

售货员听了很受感动，也很抱歉地说："我跟县店联系一下吧。"

"好。我等一会儿再来。"

售货员笑着说："一会儿还行？就是县店里有您要的书，也得好几天以后才能到。"

郭俊刚挺失望："唉，那不晚八春了！"

一个正翻杂志的学生听着他们的对话，又见郭俊刚挺着急的样子，就说："你不会借一本先看吗？"

郭俊刚赶紧问："到哪儿借去？快告诉我。"

那学生说："我们学校的李老师是林业专科学校毕业的，准有这本书。"

"你是哪个学校的？"

"中学。就在前边商店旁边的胡同里。"

郭俊刚顾不上多问，跨出书店门口，猛蹬几步，又是一阵飞跑。

新建立的中学里，静悄悄的，只有一个女教师单身宿舍的门虚掩着。郭俊刚压住心底的颤动走了过去，敲了敲门。走出一个青年女教师。她穿着很朴素，梳着两根乌黑的辫子；长得挺秀气，眼神中流露着善良和颖悟。她站在门口，疑惑地看着这个不速之客。

郭俊刚不管不顾地问："同志，李老师住在哪屋？"

女同志有点儿惊讶地问："您是从哪来的？"

"前南峪。"

"有事儿吗？"

"找他借一本果树高效栽培的书，不知道有没有。"

"书是有的……"

郭俊刚一听有门儿，赶紧说："我跟他说吧。"

女同志说："我就是。"

郭俊刚像被烧烫了一下子，闹个大红脸，想急忙解释，舌头嘴唇不听他使唤地说："同志，是这样。我们响应政府号召，开展果树栽培，想找一本板栗高效栽培的书学学。"

女教师用抱歉的口气说："我有一本，经常要翻阅。您知道，我们是一个年级两个班都要学习果树栽培，如果借给您，不考虑全年级学生的需要，硬是让您拿去，肯定会影响学生上课。"

这几句话，使郭俊刚激动了，简直急得说不出话来，脸红脖子粗地嚷道："你应该了解我，我为什么跑到你这里借这本书来？"

女教师劝说道："我的同志，您也为我想想，我是负责上果树栽培课的，叫我一个人担那么重的担子，如果没有备课的参考资料，这怎么得了呢？您是亲眼看到了吧！这么一会儿的工夫都闲不着，一时写教案，一时查资料。唉！我坐在办公桌前，整天是作业、备课。好了，今天，咱们不谈工作，看在同志的情分上，您也该理解我了吧！再说了，您有什么问题，我也可以给您查一下。"

郭俊刚听女教师如此一说，不禁对女教师产生一种说不出的同情，甚至对女教师也有了好感，认为女教师做的是对的，如不顾全年级学生上课，随便把书借给任何人，哪能保证教学质量呢？他情不自禁地叹息一声，看着女教师："你的眼睛，怎的这么红呢？是不是害眼睛？"

女教师说："眼睛啥病也没有，就是睡眠不足的毛病。"

郭俊刚说："不是我非要借你这本书，你还是不了解我的心情。借这本书，不是我一个人学，主要是给夜校的社员们学，光给我一个人解答哪行？"

女教师的脸上露出一点并不明显的喜悦神色："啊，您是前南峪农民夜校的？"

"对。"

"就是前天省报介绍的那个夜校？"

"没错。"

女教师又看一眼郭俊刚，误认为他就是前南峪村党支部书记郭成志。这个名字太响亮了。原来在女教师的想象中，这位全县闻名的农业劳动模范，必定是高出自己两个头的巨人。可是站在面前的这位年轻人，看起来却与自己没有什么特别之处。而人家的劳动业绩，却成了全县人民的榜样，便怀着敬爱的心情，问道："你们的农民夜校，真像报纸上介绍的那样，办得红红火火？"

郭俊刚说："是的，我们还要不断提高，力争达到全省一流水平。"

呵呵，好大的口气，俨然是前南峪村的主人，整个生产大队的全权代表哩！女教师爱慕已极，竟不知再说什么是好。她一步迈下台阶，嘴上说着："真没想到是您，太好了！"同时，她还向郭俊刚伸出手来。

这一下郭俊刚可为难了。他从来没有跟女同志握过手，不回个礼又不合适。结果闹得他自己也不知道那只粗大的手是怎么伸出去的，直到被女同志紧紧地握了一下，而且被拉进那充满香皂气味的小屋里，他的脸上还是热辣辣的。

"您快请坐。"

郭俊刚推辞着说："不行，我还有好多急事等着办。"

"您一定得坐一坐。"

郭俊刚只好坐在那把放着花布棉垫子的椅子上。

女教师提过暖水瓶倒了杯水给他，又把屋里零散放着的小东西，归整到一边去，说："我一直想抽空到您那儿参观参观，调查了解一下你们村的农民夜校为什么发展得那么快？农民参加夜校学习的积极性怎么那么高涨，连平时从不下地的老人和妇女，也破天荒地参加了进去？我甚至在想，如果全县山区的农村都能像前南峪那样开办农民夜校，那么在全县推广科技进山的步伐一定能加快，人民群众的生活就会不断得以改善。可是，一个人也不认识，又不大好意思。您是郭成志同志吧？"

"不是，不是。我姓郭……"

女教师又一惊："噢，您是果树技术小组的郭俊刚同志？"

郭俊刚点点头："对啦。"

女教师很大方地端详着郭俊刚。

郭俊刚很害怕那两只黑溜溜的大眼睛似的，赶忙把脸扭向一边，看那满墙上的植物挂图。

女教师亲切地说："我听过一位语文教师，还有前南峪的几个学生，讲过您的故事。特别是您苦练抽鞭子技术的故事，实在动人。"她这样说着，心里想，那会儿，她以为郭俊刚不是这个样子，而是像古典小说里写的那个张飞或是李逵式的粗野的人物；没想到这个农村的勇敢青年，是这样体魄健壮，性情奔放，又带一种聪明的精干气质。

郭俊刚望了她一眼，轻微皱了皱眉毛，诚恳地说："没什么，一切都是党教导和培养的。至于我个人，要不是因为有我们的党，恐怕连我这个人也早就不在人世上了！"说完沉默下来，大概是想起了那已过去了的遥远的岁月。

女教师连连点头："是啊！说的是啊！离开了党，任何三头六臂的英雄，都会一事无成的。不过，话又说回来，您苦练抽鞭子技术，无论怎么讲，也是前南峪人的光荣呀！"说到这里，她又大大方方地自我介绍说："我叫李秀平，我父亲是搞小麦研究的。可是，我却偏爱果树。说来话长，按我当时的高考成绩，完全应该报考中文系，但我却选择了林学院，以致我自告奋勇到山区来教学。后来，许多学生不理解我，以为我们这些人在中学就是劣等生，不得已才进了林学院。他们不能想象，怎么能把学林作为自己的'第一志愿'？对当代青年来说，学林，就意味着下放农村，放弃舒适的城市生活，一辈子和土地、果树打交道。他们没有享受过当年我们阅读达尔文著作时的激情；他们也不了解，我们每一个人都曾自诩为未来中国的米丘林。"

郭俊刚听着李秀平讲述自己的经历，心里被深深地触动了，说："你真了不起！这种扎根山区发展林果的精神，太让人敬佩了。"

李秀平却淡淡地一笑，说："这是因为我太爱太行山了。我觉得，我们北方广大山区，气候、土壤、水利，对这种植物都具有充分的有利条件。而且，果树的生长，对国家来说，具有特殊重要性。"

郭俊刚说："我们村，就是冲着国家发展需要，才大起胆子来种果树的。"

李秀平说："果品不光是广大农民的生活食品，也是工业原料的重要组成部分。"

郭俊刚听了这句话，觉着挺开脑筋："噢，这么重要？这就更得多种、管理好。"他说着，站起身，"你的书，我借去用几天，可以了吧？"

李秀平笑笑："您要急着用，您就先拿去学吧！"她说着，就打开一个很大的盛书的箱子。

"那……那怎么行？"

"拿去学吧！这也算作我为山区人民学习科学技术尽了一点微薄之力。"

郭俊刚心里一阵滚热，真感激李秀平这么真心实意帮助自己，说："这让我说什么好呢！"

"不用说，只盼望您能早日当个学习科学技术的模范标兵。"

"嗯，那是一定的。"郭俊刚掷地有声地说，"只是……那不耽误你学习了？"郭俊刚想要，又不太好意思，伸出两只手刚想接书，又连忙缩了回来。

"不要紧，我回头到县新华书店订购一下，很快又有了新书，等有了我再买。"

"同志，谢谢，谢谢你了！"郭俊刚付完钱，小心地把书卷起来，掖到衣兜里。现在，他得马上去办村里的许多事情。

李秀平一边往外送郭俊刚，一边热诚地说："等到假日，我还可以给夜校的农民同志介绍一点个人的学习体会。"

郭俊刚竟高兴得紧紧地握着李秀平的手，说："哎呀，那太好了！你有时间就去吧。"

有了书，郭俊刚更是废寝忘食地苦学钻研。平时，除了在夜校听课，回到家里，常常深夜一两点了，郭俊刚的屋里还亮着灯。他捧着《板栗高效栽培关键技术》读呀，画呀，记呀！在技术组两年里，他光笔记就写下五本，有四万多字。

河北林学院教授于宗周讲过了山地的规划测量，郭俊刚除了记笔记，便是注重实践。六月的骄阳似火，中午，天空亮得耀眼，好像一张烧烫了的铁板。山坡上板栗树的细枝一动不动，树影缩成了一团，蒙着一层尘土的叶子都蔫蔫地打卷了。郭俊刚艰难地爬坡上山，浑身上下热得像刚从水中捞出来。但他依然坚持山地规划测量。最终他不仅果林技术、病虫害防治，在全村拔尖；即使山地的规划测量，也能指手画脚地说说道道，抄起塔尺和水准仪，就能比画它一番。

后来，郭双群、郭俊利等人都转到企业上另有"大任"。郭成志将前南峪的八千三百亩山场的一万三千多棵果树的专业承包任务都搁在了郭俊刚的肩上，令他一人"独掌帅印"，又兼着村委会副主任的领导职务。

郭俊刚这个"果树司令"的重任，不能说不跟那段农民夜校的刻苦攻读有直接的关系。

七

欢呼吧！欢呼吧！

这是胜利的欢呼！这是战斗的欢呼！

在这样的欢呼声中，1987年春天，热气腾腾地来到前南峪。

县委在这里举行的科技兴山现场参观会上，表彰前南峪科学技术进了山，板栗得发展，科学管理好，产量翻几番。1977年，前南峪板栗总产量是4.2万斤，株产平均8.7斤。实行"五改一加强"以后，板栗产量折着跟头往上翻。1986年总产13.6万斤，是十年前总产的3倍多。仅此一项使全村人均收入提高106元。株产平均38.1斤，这在全国都是最高的产量。同年，前南峪由于科技进山致富成绩突出，得到了上级部门的重视，因而被列为省级科技示范中心区。

青年们又把大鼓从村委会推出来，敲打得震天响。

数千名农村干部，纷纷拥进前南峪的大山，参观前南峪斗志激昂的干部群众在板栗树上多头高接，嫁接优穗。

这是人民的喜庆节日。风和日丽的早上，阳光璀璨。前南峪村披上了节日的盛装，一街两旁的人家，都像过年一样，贴上了红对子，挂上了彩旗。一些墙壁，涂上了石灰粉，写上几条醒目的大标语：

发展科学技术！

大力推进科技进山！

科学技术是第一生产力！

会场上是一片五彩缤纷的海洋，四周插满了红旗。村委会门前，搭了一个简陋的牌楼，缀上绿叶和各色纸花，露出两行鲜红的大字："庆祝科技进山"，"庆祝河北科技示范中心区成立"；牌楼的尖顶上，扎着一个刺眼的红双喜。

前南峪文艺宣传队的小伙子们和姑娘们，身穿彩衣，腰间飘着彩带，脸上涂着油彩，每人手里拿着两朵鲜红的纸花，在郭成志、郭明谦、郭明耀的带领下，随着欢快震耳的锣鼓声，扭着秧歌来到了会场。在敲锣打鼓的乐队里，郭俊刚仰着脸，鼓着腮，晃着脑袋，喜气洋洋地吹着喇叭：嘀嘀嗒，嘀嘀嗒，嗒嗒嘀嘀，嘀嘀嗒……

这热烈喜人的节日气氛，好像住在了前南峪，一直持续下来。

当"河北科技示范中心区"的鲜红奖牌挂在村委会的那天早上，欢笑声又塞满了街头。

青年妇女和小伙子们，拥着穿了新衣服、背着行李的赵瑞娟和郭金山，从村里往村外走。大家又是说，又是笑。

没听到信儿的人挤过来打听消息：

"他俩上哪去呀？"

"浆水镇。"

"参加培训班哪？"

"不是，调到新成立的果林管理站去工作了！"

"哟，把好样的都给调走了！"

"人家党里、团里哪有赖样的呢？"

"哈哈哈！"

赵瑞娟和郭金山在笑声里向前走着，心里充满喜悦。赵瑞娟眼里激动地闪着泪花，对走在身旁的郭金山说："金山呀！前南峪这些年的变化，来得真不容易呀！村民们花费了多少心血，盼望了多少年呀！"

郭金山激动地点着头说："这是村民们听党的话，不怕艰难困苦，坚持科学管理的结果！"

"是呀，"赵瑞娟慨叹着说，"真是农村改革好哇！"

接着赵瑞娟又转向郭金山说："要是郭海文他们能亲眼看见该多好哇！"她想起了为建设社会主义新农村而光荣献身的英雄来。

"是呀！他们未能完成的事业，村民们给他们完成了！"郭金山也满怀激情地说。

"嗯，前人栽树，后人乘凉。这是为子孙后代造福的事哩！"赵瑞娟点着头说。

"也是为社会主义奠基呀！"郭金山接着说。

赵瑞娟和郭金山一边走着，一边谈着。

他们是农民，是祖祖辈辈都在土里刨食而辛苦终生的农民的后代。当社会主义改革在这太行山上初步兴起的历史阶段，他们被调到国家的果林战线，要为人民管理起"宝中之宝"。这是多么光荣的担子！

乡亲们怀着同样喜悦嘱咐着他们：

"你们到那儿一定得好好干。你们知道一颗果实，从栽培到收获是多么不容易！"

"你们要用咱农民生产的果实为建设社会主义效力！"

赵瑞娟和郭金山把这些话，记在心头，带到了浆水镇，带到他们新的工作岗位上去了。

就在这天下午，笑声又洋溢在党支部的办公室里。

来自前南峪六个生产小队的三十几个党员和团员，整整齐齐地坐在会议室前边几排长板凳上。的确良布的蓝褂黑裤，装束着他们庄稼人重劳动过后的健壮体形。在走路的时候看起来，这是一些普普通通的庄稼人；但坐在这里，他们是一些当前最重要的人物。改革开放后，社会主义革命和建设的各项运动，把他们一个一个地从庄稼人里选拔出来。现在，农村改革的伟大实践，集体经济的空前壮大，你看他们眉飞色舞的胜利者的气概吧！

郭玉先包着头巾，坐在第二排长板凳中间。他们用快乐的眼睛，亲热地盯着站在主席台的党支部书记。嘿！郭成志今天穿得这样整齐！连领扣都扣上了！你看他，和蔼可亲的年轻庄稼人的脸盘，容光焕发，洋溢着愉快的情绪。郭玉先看着党支部书记这神情，他真从心里往外舒服。

屋子被重新装饰起来了：正面的墙壁上悬挂着毛主席的巨幅画像，两旁是中国共产党的鲜红的党旗；那一张从小学校抬来的桌子上，还盖了一块洁白的布。那前边的一排凳子上，坐着郭双群、张贵云、郭素平和张庆天这四名在前南峪最活跃的青年。

晚到的人，一边寻找座位，一边打听。

"开什么会呀？"

"入党仪式。"

"镇里多会儿批下来的？"

"昨晚上。"

"都是谁呀？"

"反正没有你。"

"别忙，下次咱俩一块儿。"

"嘻嘻，嘻嘻！"

要被接纳入党的青年们，心情都很激动。前南峪的共产党员和共青团员们都盯着郭素平和张庆天他们。他们的鼻梁上和眉宇间，渗出了米粒大小的汗珠。暖烘烘的太阳从大门大窗进来，照着会议室里缭绕着的吸旱烟的烟缕。但会议室里略显沉闷。

郭素平说："庆天！一会儿，支书让入党申请人讲个人对党的认识，你先讲吧……"

张庆天央求说："你先讲嘛！"

郭明谦笑说："不管你们谁先讲，反正都要讲一讲。"

郭玉先看得出他们内心十分紧张。他同情他们。他理解他们这时的滋味：他们自觉到做一个共产党员的重要性和责任感了。郭玉先坐在他们中间，都能感觉到他感情激动。最为激动的是郭素平和张庆天。从打那年秋天的一个难忘的夜晚，郭素平听到姐姐郭素梅的"誓言"以后，她就下了决心，照她们的样子去做；如今，愿望实现了，自己仍旧要照着那个"誓言"来做，当一个合格的党员。张庆天，这个从那个封建色彩很浓的农家小院走出来的新一代，能够成为一个共产主义战士，这是他经常梦寐以求，又信心不足的事。今天，他终于发誓要攀登这个阶梯，郭成志就是他的最具体的榜样。

郭明谦宣布了大会程序之后，党支部书记郭成志作了简短有力的讲话。接着，介绍人向到会的同志介绍了新党员情况。在自由发言的时候，每个人的情况不同，都有不同的表示。

当郭明谦猛然间叫刚从浆水镇开会回来的郭明耀代表老党员讲话时，郭明耀完全没有精神准备。但他勇敢地站起来，毫不犹豫地向讲桌走去。

所有庄稼人，都推动社会前进。不过当他们仅仅通过田野里诚实的劳动，来尽历史义务的时候，社会前进得太缓慢了！几乎要隔过许多年，你才能感觉到生活似乎发生了一点轻微的变化。只有当他们的子孙和工人阶级有了联系以后，社会生活的变化才进入了历史的暴风雨时代。

郭明耀在党支部大会上代表老党员讲话时，他分明感到上述的意义。他很想讲点四个预备党员在这方面的觉悟。但他思来想去，只能谈谈对他们加入党组织的热切希望。他说："我们的党组织又扩大了，力量又强了，咱们的队伍好兴旺啊！往后希望新同志们一言一行都按党的章程来做！"

新选上的团支部委员孙云芳，代表团员讲话。她说："我们一定向你们学习，你们一定会给我们做出好榜样！"

四个青年把这些话都记在心头。他们在今后征途上的行动，将是他们最切实的回答。

这一天晚上，前南峪又出现一件喜事儿。

喜事儿出现在一个普通的、一个曾经遭受过万分不幸的农家。新刷了白灰的屋子里，挤满了男男女女，欢乐的笑声冲出窗子，跳出门儿。

墙壁上贴着鲜红的对联，写的是："祝贺新婚之喜，建立幸福家庭。"

主婚人马四奶奶，带头开起玩笑，一定要新郎官张利群和刚用生产队的拖拉机从桃树坪接来的新娘子，给众人谈谈他们的"恋爱经过"。

新媳妇赵秀芹由张利群的邻居梅菊婶、李大嫂陪伴，在东间炕上。赵秀芹闺女时代的两根垂到肩上的辫子完成了历史使命，她的漆黑的短短的头发遮着她的脖子，使她本来就丰腴的方圆脸盘，显得更大方，看上去，在清秀中加上几分端庄。她没让人搽粉涂胭脂，脸上的充沛血色，就够鲜润粉嫩了。从早上起，妈妈给她穿戴，梳头，打点携带的物件。不到中午，进了张家院门，拜天拜地，然后就到这铺炕上，一直到现在。

张利群脸红得像一盏灯。红灯把他心里照得亮堂堂。他说："我们可有啥经过呢？我们俩是一块儿从'文革'那个苦海里爬出来的。我们要永远跟党走，走一辈子社会主义的改革大道！"

辽阔的太行山上，坚定不移地走社会主义改革道路的农民，在迅速地发展壮大。他们的带头人郭成志在基层普选的运动中，当选了浆水镇人民政府的副镇长，又当选了县人民代表大会的代表。在柳条吐绿、桃条泛红的阳春三月里，他跟郭素平一样，换上了新衣裳，胸前戴着大红花，坐上插着旗子、贴了标语的火红的拖拉机，要去县城出席县人民代表大会。

在震天的锣鼓声中，郭成志被郭明谦、郭明耀、马四奶奶等等一大帮人，还有他的妻子郭玉金、儿子郭和平、郭海平簇拥着，走在沸腾的欢送的人群里。秧歌队的小青年们扭得更欢，锣鼓敲得更紧，喇叭吹得更响。在这样欢乐的气氛中，人们的手脚动起来，心儿欢跳起来了。不一会儿，人群中的一些小青年和姑娘们，也自动地参加到秧歌队的行列里扭了起来。连孙云芳和省里来的技术员王金章也被人们推进去扭了起来。最后连李雪梅、刘改棉、杨红玉、徐秀萍也卷进了舞蹈的行列。人越跳越多，圈子越跳越大。嘀，六队老队长王景林，竟然也拿着他的旱烟袋扭动老胳膊老腿地参加到秧歌队伍中去了。他一边扭着，一边还向饲养员郭大昌较劲儿："老哥，你也来呀！来！……"惹得大家哈哈大笑，连眼泪都笑了出来。

如今正是漫山遍野的果树成熟的时候，一踏进那绿色海洋般的果树林，就闻到一股浓烈的硕果香气。瞧，那一棵棵枝叶茂盛的板栗树上，一嘟噜一嘟噜板栗把树枝都压弯了，有的树枝竟然被板栗压断了，而大多数树枝不得不用木杆撑住。苹果树像一把撑开的大伞，枝丫披散着，叶子肥厚，已经不是夏季里那种碧绿鲜嫩的样子，金色的风把它们冶炼过，变得老绿而坚实，用手触动，会给人一种玻璃或是铁片的感觉。弯垂的枝条，提着抱着大苹果，压得直喘气似的。有的苹果藏在密密的叶子里，像小姑娘那样，红脸蛋上搽了一层胭脂；有的苹果挂在枝头，很神气地朝着蓝天嬉笑似的；有的苹果被夜露浸过，如同演员的脸上着了一层油彩。葡萄呢，那碧绿的，长圆的，像翡翠球儿；那紫红的，滴溜滚圆，像玛瑙珠儿。颗颗粒粒都沾着白白的粉霜，仿佛碰一下，就要流出蜜汁来似的。别说吃了，看一眼也舒服半天，要是吃它一串，准要甜几天哩！

当太行山的板栗以优质优价漂洋过海远销日本、韩国、加拿大及东欧地区的时候，当每公斤标价上百元的硕大"2001富士""新世纪""黄元帅"苹果走进大都市的超市，摆上首都北京大宾馆的贵宾房间和宴会桌上时，前南峪人不会忘记当年到过大山的那些科技人员。同时我们也不会忘记当年前南峪夜晚"呼兄唤妹上夜校，三百人家尽读书"那道亮丽动人的风景线。

第五章　沧海横流

一

　　曾几十年对大山动心思、打主意的邢台县浆水公社供销社主任翟天河，是一个五十岁左右的男人；这人矮小结实，嗓音特别洪亮，一双粗壮的大手长得像老虎钳子一样有力。他有一副近乎浅黑的，光泽的肤色，一对发亮的黑眼睛，黝黑的浓眉毛和头发。每逢客人谈了什么话，他放声大笑的时候，嘴咧得那么大，在日光灯的光辉下面，把三十二颗白牙齿，整整露出有二十颗或许还更多，这口牙齿是他至今引以为自豪的。他早就想把那"光秃秃"三个字从山上抹去，用果实累累的绿山给社员们换来富裕，用绿色满山果味飘香把山区打扮得漂漂亮亮，可干来干去，越干胆子越小。他的治山希望一个一个地破灭，他的心都快发冷了；即使还有着一个机会，他也不敢再存妄想。他陷入了一种困顿状态。所有外面的事物也正配合着他失望的情绪：上面是昏淡阴郁的天色；下面是重浊乌黑的河水；远处是黝暗无光的山野；还有一阵阵簌簌的冷风。他最大的感叹是：你若没有脱胎换骨、九死一生的勇气，休想动大山半根筋骨！可郭成志却是翟老几十年少见的人，他要治山，还要从前南峪最难治的麻峪沟开始！

　　翟天河不由自主地皱了皱眉头。蓦然间，眼前出现了一片如烟似雾的暮色笼罩着的山野。峰峦起伏、蜿蜒连绵的群山，争雄似的一座比一座高。峻峭的麻峪山，清虚虚地高耸于群山之巅。山上光秃秃的，乱石丛立，峭壁连片，最高峰上有一块褐色大石，远远望去，像是一只蹲着的雄鹰。他知道麻峪沟的山是前南峪最秃的山，山上的片麻岩风化得最不成熟，中间还夹着不少坚硬的大青石，先从它开刀弄不好可能被这个山老虎"咬了手"，于是低下声音来和郭成志商量说：

"成志，沾吗？麻峪沟可不太好惹吧。"

谁知这句话竟然使郭成志坐不安稳。他觉得自己的座位像一个锅炉，烫得他头昏脑涨。浑身的血液像沸腾着的开水，带着一股不能忍受的热气，一直流到手指尖。他立刻把酝酿许久的想法一下子全部端给了这个志同道合的供销社主任：

"翟主任，俺也知道麻峪沟难治。俺前南峪十条大沟条条是难啃的硬铁疙瘩，那麻峪沟就是铁里头又加了钢，硬上面加了个更字。俺思谋着，你不是难啃吗？就偏要先啃你！只要让俺们啃动了，其他九条大沟就全不在话下。当然，可能比先动其他的沟要多个风险，弄不好军心涣散甚至一下子因为吃了败仗全军溃退。主任，俺有这个思想准备，就是俺郭成志丢了命也不能让前南峪人在麻峪沟那里吃了败仗。俺啃不动一整条就先啃半条，一半还不沾就只来它四分之一、五分之一，只要让俺郭成志啃动了麻峪沟两千亩之中的四百亩，俺就敢站在山沟对着石头喊：大山没啥了不起，好收拾！到那时，我们向荒山进军的战斗全面打响了，俺也饶不了那麻峪沟，再来干出一条漂漂亮亮的麻峪沟！"

郭成志火热的大眼睛在翟天河的办公室里闪着熠熠耀人的光芒，多么明亮、多么热烈啊！他不像在谈治山——在谈他生命中最崇高的事业，而仿佛是些令人快乐、令人振奋的事使他异常激动着。

是的，只要是为人民的利益为党的事业，你就立即出发立即行动，你的带头作用、突前行为、牺牲精神就如同战争年代弹痕累累的旗帜冲锋在前飞飘在前火红在前。这在你已经不是一种自律一种选择一种追求，而是一种自觉一种真情一种渴望！

翟天河被眼前这个年轻支书的昂扬和骨气感动了，半晌不能再说一句话。他的眼睛似乎都湿润了，使劲点着头。然后伸出双手紧握住郭成志的手，久久不动地凝视着那个棱角分明的长脸庞。郭成志这个人可不是吹泡泡的人，去年他领着人挖安庄南那条十米宽、二十多米深、一百多米长的截潜流，那可是惊天动地的大事业！你想呀，在大山里，那石头的顽固和坚硬超过血肉的百倍。干在最沟底的，非郭成志莫属！那情景，当时连闻名全省全国改山治水的老模范王俊生心都没底，硬是让他给建成了。不但建成了，建得那个地道劲儿，人人举大拇指。水门人拼了好几年命挖下那条够水平了，可还是让郭成志给比过去了。时间没过一年，这个人又喊出了更亮堂的话说要治山，可这治山不比别的……不！别人不好说，他能成！这个叫郭成志的年轻支书一准能成！……他的血液好像凝滞不流了，这时只有一个朦胧的梦幻似的意象浮现在他脑际："这样的人还有什么困难不可战胜，还有什么人间奇迹不能创造吗？"

翟天河听完郭成志声音不高但重若洪钟的一席话，天色已黑下来。左岸是一带苍茫的山，好像一排高高低低的屏风，挡住后面什么神秘的东西似的。右岸地平线上的天空扩散开紫红色的反照，好像有野火在燃烧，又似乎月亮就要从那儿升起。河道的远处还是看得清楚，只是那片诱人的蓝色不见了；一切都被笼罩在橘黄的光影里，使河流充满了温暖的柔情。翟天河看看天色已晚了，非留下郭成志回家吃饭不可。可郭成志哪有心思吃老主任的饭呀？今天要急着赶回去给去唐山参观的六个小队长和两个大队干部开会，完事还要开群众大会。这次学习可不同往常。往常学习纯粹就是看看别人感动感动自己，回来后依然故我。学了就得干，是这次学习的铁任务！开这样的会怎样讲我还得好好思谋思谋，别软不拉叽的起不到一点鼓动作用，那样就坏了大事。此刻，即使坐上了汽车，他也会觉得汽车跑得太慢太慢了，为什么只有四个轱辘而不多安两个翅膀呢！即令是坐上飞机，那也满足不了郭成志此时此刻的急切心情。

郭成志这样想着对翟天河"扑哧"一笑：

"主任，把您那大块肥肉给俺成志留着，吃的时候多着呢。治山累得爬不起炕的时候还得靠它补充体力，那时怕您管不起我那挂饿肠子。"

翟天河看到郭成志一边说着笑话，一边抬起脚步要走，他突然感到心中腾起一股难以抑制的激情，似乎是奔流不息的河水已经流进他的血管！他连忙将年轻支书摁到凳子上，向他倾泻着自己满腔肺腑之言：

"成志，对于你的话，我是一百个相信，可有一宗，你要明白，在治山上你还有个'老战友'。俺老翟刚兼了公社副书记，又在供销社为一社之主，还有那么一点权力，从今天起，我老翟就是你的后盾，遇到了什么困难你就来找我，咱爷儿俩一块商量着解决。这山，咱是治定了，不干出个样儿来让别人瞧瞧，咱们誓不为人！"

这哪里只是倾心交谈，分明是一把熊熊燃烧的烈火，在郭成志年轻的心里猛烈燃烧；分明是席地而卷的千军万马，在为郭成志拔剑起舞，呐喊助威。

幸运的郭成志，再一次置身于激昂奋发之中。心头的火焰在炽烈燃烧，脸颊上似乎也泛出两片红晕。生活又一次使他沐浴在灿烂阳光之中。

这就是你的命运，郭成志。既然你生来就注定要把自己的一切献给山区建设，你为什么就不能在你最困难的时候得到出现在你面前的光辉呢？

郭成志一下子惊得眼睛都直了，觉得好像做梦一样，他没想到五十岁的翟天河也像年轻人一样地激动开了，把感人肺腑的话在一个晚辈面前说到了家。他呆呆地站在那里，激动得手都发抖了，心里涌起了千言万语，可是一句话也说不出来。等清醒过来之后，他噌地一下子立起身来，紧紧地抓住翟天河的手，说：

"好！翟主任，有您这几句话，我郭成志就什么都有了。治山我是早就定了，今儿个您又在我那十成的劲头上给加到了二十成。等着吧，主任，咱们从唐山回来麻峪沟见！"

他边说边大步走出了门外，迎着漫天寒风，迎着暮色苍茫，好像一株高大的白杨树，不折不挠，对抗着西北风。弄得翟天河想送出门再聊上两句的机会都没得到，只得在郭成志的后影上多看了几眼，突然感到一种异样的感觉，觉得他满身灰尘的后影，霎时高大了，而且越走越大，须仰视才见。

第二天，这是一个明媚清新的早晨。细小的云片在浅蓝明净的天空里泛起了小小的白浪，晶莹的露珠一滴一滴地撒在草茎和树叶上，蜘蛛网上沾了露水，银子似的闪闪发光；润湿的山野仿佛还留着玫瑰色的晨曦的余痕；百灵的歌声骤雨似的漫天落下。由浆水公社供销社主任翟天河带队，开着两台火红的拖拉机，满载着二十二人的参观学习队伍，从浆水出发，在蜿蜒曲折的盘山公路上奔驰。一颠一晃，摇来摆去。发动机的突突声时而低沉，时而高亢，像一阵阵经久不息的、连绵不断的呻吟。直奔千里迢迢的遵化县城。

到了遵化县城刚住进了县招待所，遵化县商业局局长李建平就赶到了。这人大约三十四五模样，身板壮得像钢铸铁浇的一样。他穿着一身白小布衫深蓝裤，隆起的肌肉，从衣服里突出来，他笑眯眯地望着翟天河和参观的队员们，浓密眉毛下的一双大眼睛里，跳跃着兴奋而喜悦的火花。看得出李建平热情、实在。他跟翟天河握过手后，就从文件包里掏出一张当地地形图来，用手在桌子上展开，指指点点，问翟天河："你们准备去哪儿参观好？"

还没等翟天河发话，大伙却不约而同地说："就拣最有名的典型。"

于是，李建平第二天就让县里派车将人拉到西铺和沙石峪，人们一看这两个地方都不大合适：一个是三条驴腿闹革命的穷棒子社；另一个是"万里千担一亩田"青石板上闹革命的典型。

翟天河简直不知道如何是好。他后悔，不该到这两个地方来，因为这么一来，不仅不能激发参观的社员们搞水平沟围山转种植板栗树的积极性，反而使大家心里十分痛苦。可是已经到了这儿，要想脱身也办不到了，只好硬着头皮挺吧！

有个人爱逗，学着滑稽演员的样子，耸着肩膀，紧着肚皮，很响亮地咳了两声，然后鼓着双腮，只转眼珠，不扭脖颈地在沙石峪的纪念碑前看看左右没有外人，憋不住了就从嘴里蹦出了一句："不就是万里千担吗？俺那里还是万里两千车呢，咋也没人给立碑？"可巧让赶上来的翟天河给听见，当时只瞪了他一眼，回去好一顿狠批！

晚上回去和遵化县商业局商量着换个地方参观。李建平才知道这些太行人是学搞水平沟围山转种植板栗树来的，随即哈哈一笑说："你们到迁西吧，杨峪是板栗的老典型，周峪是新典型。你们学搞水平沟围山转可能得到周峪，听说正在崩山，轰动得很呢！"

于是，他们到了迁西，两处都看了，受到很大启发。特别是在周峪，那个是新典型，治山才开始两个冬天，有好几个山头都修成了水平沟围山转。从下往上看，是水平沟围成的山，已经栽了两万多棵小板栗，老树也嫁接了一万多棵。从上往下看，是大山铺开的果树园，板栗树绿一层，翠一圈，描绘出一幅好壮丽的画卷。这会儿，正是漫山遍野的炮声，石头块随着炮声在半天空翻飞。滚滚硝烟越来越浓，越升越高，不一时笼罩了周峪的南半面天空，随着风滚到北半面来了，到处都是刺鼻的火药味。刚才还是清亮亮的河水，也被照得黑乌乌的。

领着去参观的又是李建平亲自安排的一位干部。大约那位干部领过一拨参观的人了，和周峪大队的支书挺熟。让人从半山腰上把周峪大队的支书喊回来不久，炮声便戛然而止。一阵风过，人们这才仔细地看了水平沟围山转。

郭成志看得极认真仔细，他的目光好像被磁石吸住了一般，两颗凝滞的眼珠出神地一会儿瞧瞧这边，一会儿瞧瞧那边，贪婪地欣赏着周峪新修的水平沟围山转。同时，他又紧跟在周峪的支书身后一句一句地问个不停：

"这条围山转有多宽？"

"两米。"

"壕有多深？"

"一米五。"

"炮眼打多深才往里放炮崩岩？"

"一般在一米吧。"

……

郭成志蹲下身，伸出两只大手，捧起一捧肥沃的土。天气本来是冰凉的，他却感到两脚插在浸了油似的黄土地里，即便是大旱时节，湿漉漉的地气也冲得脚心痒酥酥的。他的两足张开十个"根须"吸吮着水汽，他感觉到筋络舒展的咔咔声，他感觉到血管中冲撞着一排又一排黏稠的然而又是流动着的激情的浪头。唯有此时，他可以和刚刚拱出土皮儿的荠荠菜私语，可以得到玉米缨子扬来的花粉，可以闻到家乡的苹果核桃和板栗的香味儿。他忽然想起，在县委培训班学习的社会发展简史第一课："从猿到人"，一股诗意般的联想，如同浆水河的波浪，在胸膛里翻腾起来。

土壤啊，土壤，从打中华民族的先人开始用石器垦种你的时候起，历史悠悠，一代一代的庄稼人，往你身上，滴灌了多少血和汗呢？不夸张地说，浆水、野沟门这两条大河，也难以盛下。可是，你，土地，对庄稼人的报答，却越来越吝啬小气，越来越喜怒无常。你不肯多献出一粒粮食，让人们填满肚皮；你制造灾荒和饥馑，挑动掠夺和厮杀；你一点一点地喂养着人们，同时又一点一点地把人们吞吃、埋葬，这是多么复杂、难解的关系呀！如今，这土地，回到强大而又有志气的前南峪一代新农民手里，要改变你的性情，要更换你的面容，要恢复你的青春——山上山下，一层层水平沟围山转，要把荒山堆砌得像一座座花果山。大片大片的土地上，盛开着黄澄澄的板栗花，结出一嘟噜一嘟噜的绿色栗蓬……看到了吗？看到了吗？前南峪的美丽远景，社会主义新农村的图画！他们有了社会主义制度和集体力量的保证，这个大胆的打算，是完全可以做到的！

郭成志把手里捧着的土放到水平沟上，默默地想：得立刻动员，尽快地把前南峪治山的新战斗打响，让那太行山上变得更加热闹起来。

回到浆水后，翟天河在供销社的院里简单地强调说："眼下节气正是好时候，各大队赶快照着人家迁西的样子干起来，谁也不许耽误喽！"

二

郭成志当然要在山上轰轰烈烈大干一场。然而，要打好这场改天换地之仗，就必须充分做好组织发动，首当其冲的是做好领导班子的思想工作。

在迁西参观回来的路上，郭成志看出仍有不少人缺乏实干兴村的诚意，他们主要是担心自己的财力、人力没人家周峪充足，怕干起来半途而废。与其半途而废，倒不如不干。

但是郭成志第一步要看党支部成员的态度，看党支部主要领导有没有决心和信心，可他没有先召开党支部会。聪明的郭成志没把握在党支部内部通过治山的决议，他得采取迂回的办法，分头去做党支部主要领导干部的工作。

这天清晨，太阳刚刚升起，临河的山村上空笼罩着一层透明的水雾，像是把前南峪罩在玻璃里一样。水雾很快消散了，于是橘皮似的阳光就抹在村庄的屋顶，抹在树梢。远处传来雄鸡的啼叫和牲口的嗥叫，显得村子里一会儿比一会儿活跃。

郭成志一大早就迈着结实有力的步伐，来到副支书郭明耀家里。四面是柳枝篱笆，篱笆上爬满了豆角秧，豆角秧里还夹杂着喇叭花藤萝，像密封的四堵墙。墙里是一棵又一棵的杏树、桃树、山楂树、板栗树，墙外是杨、柳、榆、槐树，就好像给这四堵墙镶上两道铁框，打上两道紧箍。主人连巴掌大的空地也不空着，院子里还搭了几铺黄瓜架；而且不但占地，还要占天，累累连连的南瓜秧爬上了三间石屋的屋顶，石磙子大的南瓜，横七竖八地躺在屋顶上，再长个儿，就该把屋顶压塌了。

这几天，这个幽静的小院里大小队干部人来人往，成了前南峪一个特殊中心。郭明耀从容不迫地观察着前南峪的治山形势。

郭明耀是老资格。郭成志想，他那里要通了，事情就好办得多了。

此时，郭明耀安详地坐在椅子上，和郭成志在进行言谈。一缕阳光透过窗棂照着干净的水泥屋地，照着郭明耀那眯眼含笑的黑脸盘。他的左手慢慢摩挲着白色茶缸，右手很舒服地放在椅子的木扶手上。郭成志连做梦都没想到一贯支持自己的老支书没怎么考虑便摇了摇头：

"成志，你说的那治山好是好，可是这种好事咱前南峪干不了！你想想第一咱没那么大财力，钢钎大镐筐筐篮篮的不说，单就放炮的炸药得要多少钱，你算过吗？第二咱没经验，跟大山斗跟硬石头玩命咱祖祖辈辈没干过那事，在山上有土的地方挖个坑栽棵树咱内行，其他的不沾，果真干半截儿再耷着脑袋下来，损失了好多东西，咱咋向群众交代？第三见效益不如搞其他副业来钱快也容易。开山种果树先把钱扔到山上了，不定猴年马月才能见到回报，中间那几年你让社员们去喝西北风？不沾不沾！成志我早知道你有那个大志，有志是好事，可咱们得讲实际，你想想是不是这个理？"

郭成志没想到这两年上了点岁数的老支书，心数倒越来越清楚，讲起话来一二三四头头是道。不知怎么，他心底忽然涌起一种奇怪的感觉。这感觉是郭明耀给他的，还是社员们给他的？是因为感动，还是因为害怕？连他自己也不知道。不过他刚刚从周峪参观回到前南峪，还没有开始搞水平沟围山转，就想到将来知难而退的时候会是什么样子，却是奇妙而又奇妙。他只感到自己现在好像有些脆弱，而以前他是乐观的、坚强的。可转而又一想，不对，肯定是和人研究了，有了充足的准备，把不干的理由几个人凑足了，才给我来做思想工作。郭志成是何等精明之人，想到这里便没有再多说什么，他知道多说也没用，就简单地支应了一句："老支书，您再考虑考虑，先不忙说到底沾不沾。"

郭成志起身去找大队长郭明谦。他怕这个村里有名的干将把反对治山的意见张扬出去影响群众情绪，没敢在大队部也没敢在家里和他谈，径直地把大队长拉到半山坡的板栗树下，开始了这次谈话。

在十月冷漠的天空下，辽阔的山野寂静无声。深秋已经悄悄地溜走了；农忙后的山野，留下一片凄凉的景象。一眼望去，道路两边全是光秃秃的谷茬地，看不见谷捆和谷垛。收割过后，庄稼地里，牲口垂头丧气地在来回走动。乌鸦在收割过的庄稼地上低飞盘旋。突然，在你头顶的上方，一只乌鸦绝望地叫了一声飞走了。于是，一种惆怅的感觉会向你的心头袭来，勾起你无限的愁绪。

郭成志坐在半山坡的板栗树下，向郭明谦尽可能全面地描绘了前南峪搞水平沟围山转的宏伟远景，他激动地说："我们前南峪就是要像周峪那样，充分发挥我们的综合优势，走出一条既取得经济效益又取得生态效益的正确路子。我们过去几十年里教训是不少的，现在，我们有一个正确的方向，努力干，我们就能进入邢台地区前一百名。如果我们再聪明点，我们还要争取进入前二十名，十名。这就靠我们全村干部群众一起奋斗了。使前南峪尽快富裕起来，你说是吧？"

　　郭明谦静静地听着，这时他弹了弹烟灰，索性把烟头摁灭在石头上，抬起眼说："眼下我们村比不上人家周峪有财力。要是硬上，恐怕多半不行。再说，虽然我们几十年一直在治山，但搞水平沟围山转还真没那经验。"

　　他一摊双手风趣地笑了，又抽出一支烟，划着火柴点着，吐出烟来，抬眼看着郭成志："说来说去啊，是一句老话，咱们干事情，要从实际出发。"

　　其是，郭明谦的态度郭成志早就估摸个差不多，去唐山参观他大队长是主要人物。他那话里话外的意思郭成志还能听不出个所以然？郭成志急着找他，主要是摸摸郭明耀的话是不是出自他那里，从而知道反对的力量究竟有多么大，工作的困难程度到了什么地步。

　　果然，郭明谦的调子和郭明耀的不说一模一样，也是八九不离十。郭成志想这样一来难度就大了，"出师未捷，先折两员大将"，这将如何是好？于是，也照着说给郭明耀的话一个样，扔给了大队长两句同样的不痛不痒的话就往回走去。

　　生产队的妇女们也活动起来了。

　　俊刚妈和郭素平一块儿进了许家院，靠西边院墙处，有一座西厢房，已经破烂了。院子里长着几棵枣树和高大的榆树。整个院子看起来朴素、整洁，使人感到这里的主人，是一个生活简朴、善于持家的人。她们轻轻地推开了虚掩着的堂屋门，走到炕沿前边。

　　俊刚妈最挂心的是病人。自打十四五岁，振荣妈给富农扛长活，天天起早贪黑，风里来雨里去，饱一餐饥一顿，就得下了这个毛病。那时候连吃饭都困难，哪来的钱请医生看病吃药？胃一痛就只好挺着。一直挺到1949年后，才在人民政府的救济下住医院治了三个月，总算治好了。可是，回到家里，干活一累就又犯了。近半个月来，振荣妈没有出屋去干活，严重的胃病折磨着她。俊刚妈看到她比过去瘦弱多了，脸色变得苍白了，两腮瘦削了下去，两条微弯的秀眉蹙在一块，就跨在炕沿上，拍着那只有点发热的手，问着："这两天，你觉着好一点吗？"

振荣妈把枕头往里边拉拉，让俊刚妈坐下，回答说："吃了成志送来的药，比过去好多了。就是还昏昏沉沉的。"

俊刚妈说："那是虚弱，别急，多歇几天吧。"

振荣妈叹息着："心里不干净呢。"

俊刚妈安慰她："这回就好了，咱们是生产队。"

"生产队？"

"是呀，张家，我家，李家，加上你们，咱们在一块儿劳动，有啥难处一块儿解。"

"共产党人民政府出的道，都是为大伙好。"

"头一回办，没经验，是有点困难！不过，咱们还不是一点经验没有，人家好多地方，都给咱们树立了榜样，上面还有领导，党指示咱们：只许办好，不许办坏。只要大伙齐心，一准可以办好。至于说到你们家，依我看也没有什么大不了的事。眼下，虽然有些困难，我们是真心想带上你们一块走。"

振荣妈听俊刚妈这么一说，觉得她的话很实在，句句都在理。当振荣妈听俊刚妈说真心帮助她们家时，她的心简直乐得都要跳出来了。她抑制着内心的兴奋，笑吟吟地望望俊刚妈。她眼前浮现出妇女和男人们一起在田野上干活的场面。她仿佛看到了他们那喜悦的面庞，听到了他们那幸福的歌声，仿佛自己也在他们当中，满心荡漾着欢乐的感情……她完全陷入幻想的境界里去了。等她回复过来的时候，她轻轻地向俊刚妈说：

"唉，啥队也是给你们添麻烦哪。"

"别这么说。阴天晴天难看准，是福是祸猜不着。过庄稼日子，就像咱们手下扶持着的庄稼一样，谁也不敢担保遇不上风雹雨涝虫子咬。遇上了，大伙儿一帮一拉，就过去了。"

"让我们这一家大小咋谢你们这一片好心？"

"又说这个干什么？互相帮助。我有一天遇上什么灾啦难的，你也这样对待我，这就全有了，比平常日子送给我啥好东西都珍贵。"

郭素平留神的是这个让人不忍细看的杂乱不堪的环境，柜上的灰土，炕上的破烂，满地下的脏东西，还有那三个蜷缩在炕上的孩子。在俊刚妈和病人谈心解闷的工夫，手脚麻利的姑娘已经给三个孩子都穿上了衣服，替振荣梳了两根非常别致、透着精神的小辫子。然后她跪上炕叠起了被子，拉过一条裤子，把膝盖上磨烂的地方展在她的大腿上，拿来一小方蓝布和针线，低着头补缀了起来。她的动作有条不紊。她把这间土房略加收拾，一切都马上光鲜起来。她灵巧的手指触摸在被子、褥子、衣服等等上面，就像按在音阶不同的琴键上面一样，土房里立刻响起一连串非常和谐的音符。这会儿她要动手替他们做饭。

"婶，您想吃点啥呢？"

"平啊，你是个忙人，别耽误你的工作。"

"这就是我的工作。"

"振荣会做，让她做吧。"

"她应当上学，功课丢不少了。"

"让她看几天孩子吧。"

"可不能把她拴在家里边。"

"两个小的没人管不行。"

"吃过饭，我把他俩带到我家去。我妈回来了，在家做饭，让他们跟我那小侄子一块儿玩，不费事。"

"你可为俺家想周全了。"

"不，要说周全，还得说咱支书。那天，开村干部会研究解决困难社员家庭问题时，郭成志首先提出要给你们家修房子，说你们家除一间正房外，剩下的两间厢房都很破烂：顶子起码有三四十年没翻盖过，皮面的草已经朽成一包糟，檩条大部分已腐朽了，时不时有虫屎面面往下掉。因为漏雨，猪圈靠外边那堵墙，垮了一个大缺口，使得房顶都倾斜了。"

提到快要垮塌的房子，振荣妈显得很忧郁，诉苦似的说："唉！没丁点儿关拦，贼偷你别说了，连野物也欺人啦！"

"怎么，山上有狐狸来拖鸡吗？"郭素平问。

"不光是狐狸，"振荣妈说，"还有西山下来的野狼。就是从那边垮墙缺口钻进来的。去年冬天，拖去我一头小猪。我气得没法！"

述说到后边的时候，郭素平见她脸色灰白，嘴唇连连发颤，不觉深深起了同情，说："正因为这样，大队干部们最后决定，安排几个社员，给你们家重新筑道土墙。房顶也要换檩条翻盖，不然，一下大雨，会漏得住不下人的。还有，困难户李大婶，也不能住在那又黑又湿的土屋里，应该单另给她寻个好房子。将来，大队有力量的时候，要建一批像样的住房，首先让家庭困难的社员搬进去。——贫困的社员，这是共产党员心上常要记住的人哩！"

"平啊，你叫我说什么呢？"

"什么也不用说。您把病养好，大叔把伤治好了，咱们一块儿治山植树，发展集体经济，支援国家建设，咱们一块儿一心一意地奔社会主义。"

俊刚妈先拍手叫好了："嘿，还是我大侄女，真不愧是青年团员，也不愧是老支书郭明耀的闺女，张开嘴，一言一语都是新鲜的话，进步的词。"

振荣妈说："人家郭家院里，没有一个落后的人。"

俊刚妈说："还得怪老，人不服老不行。早晨起来，我烧着火，俊刚就在一边嘱咐我，让我多给你讲新道理，给你开心。走到半路上，我还琢磨了几句；谁想到一迈门槛子，一张嘴巴，新词儿不知道到哪儿去了，又是一些老掉了牙的话。你说这气人不气人。"

郭素平推了俊刚妈一把说："你这个老太太真叫精。又会奉承别人，又会给自己的落后思想找借口，一箭双雕，别人沾不着便宜，自己也吃不了亏。"

俊刚妈打了郭素平一巴掌："喝，让你把我这么一褒贬，我成了小算盘了是不是？真有你的。平时，你把我儿子欺负够了，今个头一天跟你搭帮干点事儿，你又来欺负我？告诉你，我可不是窝囊的俊刚，由着你圆了扁了地捏；我也不是省油灯，你小心着点儿。"

她们这一打闹，把三个孩子吓哭了。只见那三个孩子，好像一窠肉麻雀似的，大的抱着小的，小的搂着大的，紧紧团在炕上，哭一声爸爸，喊一声妈妈。

郭素平赶快凑到炕前，双手将三个吓哭的孩子一起搂到怀里，又亲又疼，也不知怎么是好，只是哄他们说："别怕，别怕，我们是闹着玩呐。"她又冲俊刚妈喊，"瞧你，瞧你，又龇牙又瞪眼，孩子们当是来了个疯子。"

振荣是个很懂事的孩子，郭素平和她讲讲，就不哭了。小的见大的不哭了，一个个都不哭了。

郭素平帮振荣梳理好额发，回过头来又帮小涛梳头发。她一边帮小涛梳头发，一边说："小涛，胆子要大起来，哭多不好啊！"

小涛满脸挂着泪水，食指咬在嘴里，不吭声，还是振荣回道："俺看小弟弟坐在炕上哭。"

郭素平说："你看小弟弟哭了，你也就哭了，是不是？"

振荣说："不是的，不是的，是小涛先哭的。"

郭素平见振荣答得怪天真的，伸手搂过振荣，在振荣额角上亲了一下，说："往后不要哭了，哭是孬孩子，不好。"

振荣乖乖地伏到郭素平的腿上："素平姐，俺今儿不哭了，明儿也不哭了，后儿……嗯，不哭，不哭，就是不哭了。"

郭素平在振荣头上轻轻拍拍，称赞说："对啊！你大了，小弟弟哭，你就和他讲，叫他不要哭。"

俊刚妈一看孩子，忍不住拍手大笑。

郭素平也笑起来。同时逗笑了三个孩子。

笑容离开振荣妈好久了，这会儿也出现在她的脸上。她的心里一阵痛快，按着炕坐起身。

俊刚妈扶着她说："对，对，你应当像这样打起精神来。常言说，三分吃药七分养，要是休养得不好，就是吃多少灵丹妙药，也是白搭。"

振荣妈说："听你们这么一说，又一见你们这么高高兴兴，心里边豁亮多了，比吃了什么药都管用。"

俊刚妈说："你就放宽心怀养着病吧。看这三个嫩豆芽、小水葱似的孩子，多可爱呀。等把他们栽培大了，你和金泉的美日子就算来了。"

吃过饭，俊刚妈帮着许家洗好碗筷，拆洗几件脏衣服，郭素平又把振荣打扮一番，拉着她的小手走出小栅栏门。

她们过了街，往东走一截儿，进了许金泉家那块空闲着的房基地。从这儿穿过去，比绕到街口、再拐弯奔西街的学校，要近一半路。这样走是振荣的主意。

振荣像一只在笼子里关了几天的小鸟，这会儿被放出来，非常快乐。她又蹦又跳，挣脱了郭素平的手，跑到墙边蹲下身，摇头晃脑地看了一阵子，回过头来喊："素平姐，快来看，快来看。"白圆的脸上，一双清秀的眼睛眨巴眨巴地闪动着，像一潭清澈见底的泉水，微波起伏，平静中略带点惊讶。

郭素平朝她跟前走着问："你让我看什么呀？"

振荣拍着两只小手说:"嘿,小树。"声音清脆得像小鸟在唱歌。很快,她又换了口,"不,那不是树,那是伞。"

郭素平一看,墙下边是一排小杨树。可能是开春插上的条子,经过阳光的照耀、土地的滋润,从那枝节上长出了一片片叶子,山风吹过发出沙沙的脆响,十分可爱,说:

"哪有这样的伞?"

"你看它多直!"振荣分辩着。

郭素平慢慢地抚摸孩子的头:"这不是伞,这是小杨树。"

振荣还不满足:"为什么它这么直?"

郭素平的微笑停止了,换上了严肃的神色。她想了一会儿,就告诉小振荣:"这小杨树从来就是这么直。哪儿需要它,它很快就在那儿生根、发芽,长出壮实的枝干。不管遇到风沙还是雨雪,不管遭到干旱还是洪水,它总是那么直,那么坚强,不软弱,也不动摇。"

郭素平只是在向孩子介绍小杨树么?不是的,她也在表白着自己的心。姐姐的这番心意,孩子现在还不能理解。

振荣说:"我爸爸刨坑,我浇水,我们一块儿栽的。我爸爸说,过几年它们就长成大树,我们就在这院子里盖大瓦房。他还说,那时候出门坐大汽车——哎,素平姐,坐汽车害怕吗?"

郭素平回答说:"不怕。又稳又快。"

振荣抬起头来,颇有些惊奇地看着郭素平,秀美的眼睛睁得滚圆,转而,开心地笑起来,一边笑,一边做了个鬼脸,说:"等汽车开到咱前南峪的时候,你带上我先坐一回,以后我再自己坐,就不怕了。行吗?"说罢,用手做着坐汽车的样子,又格格地笑了。如同平静的池塘里投进一颗石子,笑声,在静静的房基地里荡漾。

郭素平瞧着振荣这副天真活泼的神态,看看那长了叶子的小杨树,她忍不住地弯下腰,在振荣那小脸蛋上亲了一下,小声嘱咐着:"到学校要好好读书。"

上午的第一堂课刚上完,整个校园里充满了欢声笑语,热闹非凡。西面有滑梯和单杠。成群的孩子们在单杠上翻跟头练臂力。他们顺着滑梯往下滑,那欢乐的笑声随着风儿飘得很远很远。也许,连小鸟都听到了吧,要不,它们怎么会飞起又落在树梢上倾听呢?东面放置着天梯和秋千。孩子们摇摇晃晃地攀登着天梯,爬上去的学生会张望下面,自豪地向别人招手。孩子们站在秋千上把它荡悠得飞快,不时发出咯咯的笑声。风儿拂拭着他们的面庞,多开心呀!

小振荣多日不来学校,有点陌生了,一进门就胆怯地紧紧抓住郭素平的手。

郭素平想把她带到教师宿舍,亲自把振荣交给岳老师。刚转过墙角,就瞧见郭成志跟岳老师正在房间门口说话儿。

郭成志说:"……振荣家里非常困难,她母亲病在炕上连屋地都下不了,需要振荣在家里照料家务,这样一来,孩子的学业成绩就糟透了。我觉得,孩子是革命的下一代。老一辈的南征北战,吃苦受累,就是为下一代开辟道路,创造幸福。因此,需要岳老师每天抽点儿时间,到家里给孩子补补课。"

听到这里,郭素平心里立刻明白了:这位细心的支书早她一步来到这儿,正为振荣安排着。

郭成志先朝她惊喜地喊着:"你真先进哪!"

郭素平走过来说:"我怎么先进,还能追上你吗?"

郭成志说:"我的想法跟你一比,显得很不高明了。我只想求岳老师抽空到家里,给振荣补补课,没有你这个办法彻底。"

岳老师,一个从省城里分配下来的青年教师,名叫岳亮。他对工作十分热情,对村子里的工作也很关心,和这两个农民经常打交道。因此,他对村里的情况也略知一二。那天,岳亮到振荣家家访。振荣妈躺在炕上,强忍住感情的激动,一边给他让座一边说:"我不打算让振荣这段时间读书。"岳亮吃了一惊,斜了一眼坐在灯下写字读书的振荣。振荣妈说:"没啥避讳的,我给她也这么说过,她也明白。我们家暂时太困难了,得让孩子帮我照料家务,我没办法。"岳亮说:"以后孩子大了,你会后悔落抱怨的。"振荣妈说:"大了她就该体谅我这个做娘的难处,要是不能体谅我,就等于我白养了她,抱怨有啥意思。"一个母亲做出这样的选择,内心要经受多大的痛苦,可振荣妈显得那么宁静,从容,甚至是冷漠,就像在说别人的事一样,她眼里连一点泪光都看不到。然而,当岳亮出了大门,他听到了振荣妈号啕大哭,声动山野。岳亮感到心里堵得慌,他暗暗决定,要经常利用课余时间去给振荣补课。碰巧跟郭成志想到一块了。

这时，岳亮接着郭成志的话音说："振荣妈妈病着，需要她照顾小弟弟，我就按照成志同志意见，每天抽空到她家去补补课吧。我想抓紧一些，效果不会差。"

郭成志说："素平把振荣一送来，那就是说把家里的事都安排好了，你就不用操心了。"

郭素平很感激地笑了。还有比同志间真挚的信任、透彻的了解更使人心里痛快的事情吗？

操场上，正追抢皮球的小芳，灵巧得像山野里的一只猴，勇猛得似丛林中的一只虎。她见了姑姑，汗水涔涔地跑了过来。

郭素平对她说："你知道这个同学是谁吗？"

"许振荣。"

"你们是好朋友吗？"

"不是。"

"应当是。我们是一个生产队的。往后从家里带来东西，要分给振荣吃；刀子、蜡笔要借她用，用坏了也不许噘嘴，可以吗？"

"嗳。"

"好孩子，过来，拉拉手。"

两个小女孩走到一块，两只小手拉到一起。孩子的心是淳朴的，只消一会儿工夫，振荣就和小芳厮混熟了。小芳兴高采烈地对郭素平说："振荣在学校里唱歌考五分。"

这一句话把郭素平提醒了。她轻轻地用两只手扳着振荣的肩头，笑着要求说：

"振荣，你给姐姐唱一个歌听听吧！"

"唱一个，行。"振荣慨然地答应着。她用她那一对大而灵活的眼睛望着郭素平，然后，像有点难为情似的歪着头问："唱个啥呢？"

"唱啥都好，你想起啥，就唱啥吧。"郭素平微笑着说。

振荣仰起脸来，想了好一阵子，然后笑着用手扯过郭素平的袖子说："这么的吧，姐姐。我唱一个，小芳也得唱一个。"

"好，你们两个都唱。振荣，你唱得好，你应当先唱一个。"郭素平在一旁劝着说。

"也行。"振荣高兴地跳着脚说，"我唱个《北京的金山上》吧。"

她说着,就一边用脚尖打着拍子,一边仰着脖儿唱起来,圆润的嗓子发出来清脆的童音,听着特别悦耳、纯洁、可爱而又甜美。

这样一点小事情,竟使郭成志心头猛然一热,两只眼睛发潮了。

回到家里,郭成志在自家屋地上烦乱地来回走着,他知道,现在是治山的大好时候,如果不能抓住时机,照着迁西的样子大干,待明年春耕一忙,一切规划就全落空了。再说,去参观的马兰、八里丈等四个大队都发动起来,前南峪怎么向关心支持前南峪的供销社主任翟天河交代?怎么向浆水公社交代?

他同时也对郭明耀和郭明谦有意见:为什么作为大队党支部主要负责人,在关键时刻不能挺身而出支持自己的工作呢?难干,不难干要我们支部一班人干什么?难道你们不知道要彻底改变前南峪的贫穷落后面貌在此一举?如果我是党支部副支书,我就会坚决支持一把手的工作……

不过,光焦急并不能解决党支部主要负责人的思想问题。眼前要千方百计做好郭明耀和郭明谦的思想工作。他知道公社主要领导和全村人都等着看他怎么办。他想:不能这样下去了!如果这件事他再不想办法,他这个支部书记就是失职!他无论如何也要琢磨着想个什么好法子,先把这两名主要干部的工作做通。

另一名年纪轻的副支书郭玉先,早在去唐山的时候就是"促进派",他那里根本不用担心什么。

郭成志思量来思量去,愁劲儿倒越来越小了起来,这主要是因为他把前南峪前前后后的历史翻了个儿,摆了摆郭明耀和郭明谦的作为,那可真是半个"不好"你都说不出来。两个人的脾气虽然一个死犟一个火爆不属一个性格,可干起事来却是一个样的畅快。郭成志心里明镜儿似的,这两个人,你只要让他们在某件事上点了头认了可,即使心里头还不大同意,他们就会带头玩命去干,旁的人还不能说三道四地再反对,谁要是背后念山音说五道六,他们那里先不答应。

郭成志有把握把他们两个人的工作做到他们点头的程度。想到这里一下子心里轻松了。他的眉毛愉快地颤动,眼睛里闪着光芒。他觉得自己痛快得很,深深地吸着山野潮润的空气,然后,眉开眼笑地和为他担心的媳妇郭玉金聊起来去唐山学习的事。

郭玉金低着头说:"你总是很积极的。"

郭成志说:"我是村里的支书,自然要站在头里。再说人家周峪搞水平沟围山转,那才叫真治山。"

两口子正聊着,没注意屋里进来个人。郭成志用眼一扫那个长脸就知道是郭俊刚到了,忙打趣着说:

"人还没进屋,脸倒给先进来了。啥事,俊刚?"

郭俊刚完全变了样子。他满脸通红,一直红到发根,鼻翼由于内心激动涨得大大的,额上冒出豆大的汗珠,一条深深的皱纹从紧咬着的嘴唇向气势汹汹地往前突出的下巴伸展过去,眼里闪烁着一股无法遏止的怒火,一进屋就要向支书通报"军情"。大约此时的郭俊刚将要晋升到民兵排长的重要位置,又是面临着"治山"的如此重要时刻。村里据他掌握已经发生了十分严峻的情况,许多人都站在反对"治山"的立场上,说怪话唱反调的绝对不为少数。先是在村巷里交头接耳小声议论,紧接着传遍了全村,就有人大喊大叫;霎时间,前南峪被歪风邪气刮得乌云滚滚了。

有人气愤不平,有人担惊害怕,也有一群人乐坏了——不论是心里边想,还是脸上露出来,反正各种各样的人有各种各样的想法。

"支书领着咱们搞水平沟围山转,脱贫致富,绿化荒山,有奔头了!"

"哼,要'啃'麻峪沟,除非日头从西边出来。光石头能长成树,异想天开。"

更有甚者,持反对意见的人,听说郭成志要治理麻峪沟,直接向上级部门反映问题:"如果向麻峪沟投资,栽不成树,劳民伤财,郭成志应负什么责任?"

郭俊刚觉得不把这些重要情况告诉支书,自己岂不枉为民兵骨干、入党积极分子?

郭成志知道郭俊刚要向他反映什么情况,看着他那一脸的庄重和严肃,又带着些许的义愤,忙用手压下了他要说的话,在墙上挂的河北省地图前站住了。他目光一扫,便在布满江河铁路网络的粉黄灰绿的地图上寻到了前南峪,三个小字,一个针尖大的蓝色圆点。小小的前南峪,自己在大队干了十多年了,现在,自己连这么点地方的工作都做不好?他觉得心情很沉重,似乎有意识考一考郭俊刚处理问题的能力:

"俊刚,你看村里的这事得想个啥法子解决?"

"啥法子？依我看，干脆一不做二不休，就把民兵拉进山里，一色的骨干，旁人想去俺还不要他呢！民兵动摇的开除，是党员的来个严重警告处分。我看他谁敢反对！让我说，就得坚决。清一色的骨干上去，一个顶仨。要全村人干啥？老弱残兵还嫌它碍手碍脚。"

郭俊刚一顿慷慨激昂，把郭成志和媳妇郭玉金逗得一个劲儿想乐，笑得捧着肚子，眼泪几乎流了出来；听着俊刚的嗓子有点哑，赶忙倒了碗水过去。郭俊刚用手一推，到外屋水缸边咕嘟嘟一瓢凉水，边抹着嘴边又进了屋。

郭成志这才笑着对郭俊刚说：

"俊刚，你那纯粹是馊主意，不沾，不沾，绝对不沾！那成了什么？把自己搞成了'孤家寡人'。"

郭俊刚一肚子壮怀激烈，让支书的一席话泼了个冷水浇头，一时里口头语塞没了主张。倒是郭成志提醒他不要慌、不要乱，有上级党委撑腰，有大伙儿的团结一心，还有什么怕呢？把你那劲头儿拿出来，多做些民兵青年的工作，特别是思想不通的，更要多接近他们多讲些"治山"的前景。郭俊刚满心难过，没有吭声，只想到没人的地方放声哭一场。可能思想上还没有转过弯子来，噙着满眶泪，趁着支书没在意，一步跨出了门，骂出了一句：

"我X，就不信治不了它个山！"然后歪着脑袋挺着胸脯三蹿两蹿到了街上。

郭成志猛地想起了供销社主任翟天河，想起了翟天河那天嘱咐他的一席话，他的心就像海浪一样汹涌激荡，他的眼泪夺眶而出。他的激动的脸庞，显出一种热烈、兴奋和奋发向上的劲头来！他觉着这时候该到翟天河那里去一趟。他倒不是十分发愁群众上不了山，更不愁干部的工作，他想得远了一步，那就是发愁群众上了山后可能开始干不好，一干不好，阻力就大了，反对的劲头也就高涨上来了，那才是最难对付的局面。他觉得自己现在要去翟天河那里，主要是解决这个问题。当然，村里目前的情况，也向领导汇报一下，听听领导的想法，也从领导那里吸取些前进的力量。

想到这里，郭成志忙跟媳妇打了声招呼：

"玉金，我到浆水供销社翟主任那里走一趟，晚上饭甭等我，兴许在那里吃啦！"

"这就走？记着早去早归，能不在人家那里吃饭就甭吃，吃饭也别喝酒。酒那东西伤身子，记住没有？"

她一面说，一面热情地笑着。她的头发是黑色的，眼睛是黑色的，衣服是黑色的，全身好像一团黑色的烈火一样。郭成志望着她，好像被她烤熔了似的，答应了一声"嗯"，也没借别人的自行车，一个人一边抽着旱烟卷，一边不慌不忙在公路上步行往浆水供销社走。

这季节，寒冬的山野显得荒凉而又寂寞。山上和沟道，赤裸裸的再没有什么遮掩。黄土地冻得像石板一样坚硬。远处的山坡上，偶尔有一垄玉米秆，被风吹得零零乱乱铺在地上——这大概是那些没有劳力的干部家属的。山野和河边上的树木全部掉光了叶子，在寒风中孤零零地站立着。植物的种子深埋在土地下，做着悠长的冬日的梦。地面上，一群群乌鸦飞来飞去，寻觅遗漏的颗粒，"呱呱"的叫声充满了凄凉……

浆水河已经被坚冰封盖得严严实实，冰面蒙了一层灰蒙蒙的尘土。河两岸的草坡上，到处都留下顽皮孩子们烧荒的痕迹——一片斑黄，一片枯黑。天气虽然晴晴朗朗，但并不暖和。太阳似乎离地球越来越远，再也不能给人间一丝的温暖了。

郭成志揣着双手，在公路上慢慢走着。一会儿，他感到寒冷了。他后悔没穿棉大衣。棉大衣太肥，平时就不爱穿。何况今天他去浆水供销社，臃臃肿肿的，有失一个农村党支部书记的英姿！可是毕竟感到寒冷了。又看一次表，再过一刻多钟，就会见到浆水供销社主任翟天河。坚持得了。他双手放在嘴边哈了一阵，又搓了一阵，解开一个衣扣，交叉地伸进棉衣里，紧紧地夹在腋下取暖。脚也冻得有些疼了。他轻轻跺踏着。为了躲避迎面吹来的寒风，他尽量低倾着头，使得高大的身躯弯得像一张弓。风吹着尖锐的口哨从后沟道里跑出来，不时把路面的尘土扬到他身上和脸上；路边排水沟里枯黄的树叶和庄稼叶子，随风朝浆水公社方向涌涌而去……

三

一刻钟后，当郭成志穿过寂静无人的供销社大院，走进翟天河朴素的办公室时，翟天河正伏在办公桌上往一张信笺上写着什么。门窗敞开着。

阳光照亮的办公桌上，台灯还在不惹人注意地幽幽亮着。看着郭成志进来，他抬起头，黧黑壮实的脸上露出笑容。他拉过椅子，亲热地请郭成志在桌前坐下。

"我想了解一下你们村里目前的情况，知道你是最熟悉情况的，是活档案。"翟天河笑了笑，炯炯有神的眼睛里布着一些血丝。

郭成志略松了口气，笑了一下，心中感到一阵热乎。

"这样讲有困难吗？要不要先想一想？我可以给你一刻钟时间先考虑一下。"翟天河抬腕看了看表，同时从写字台右上角拉过来一摞文件放到面前。

"不用。"

"那好。"翟天河赞赏地点了一下头，推开刚要掀开的文件材料，抽出几张空白活页纸，拿起一支粗铅笔。

郭成志咳嗽了一声，开始了非常有条理的汇报：我们村干部不同意进山，主要有三种顾虑，一是担心没那么大财力……

郭成志正说着有关村干部的"三种顾虑"，被翟天河打断了。他忙说："成志没关系，我到村里走一趟，一准能说服他们。"

郭成志说："别，您去一说以为我在领导面前汇报了人家的短处，其实俺有把握让他们进山，还保证让他们起带头作用。"

翟天河说："那好，群众怎样？反对的不少吧？"

郭成志说："确实不少，但并不可怕。你甭看开始反对得厉害，只要拉进山里，活干顺了手，又见了成效，一准是意见烟飞雾散。前南峪的群众是见了活儿眼头就发黑就玩命，一玩起命来哪儿还有那么多意见？有意见也让大汗给冲没了。可我担心的是上山后的问题，一开始没经验肯定干不好，三天两天啃不动几米远也可能发生，这个时候才是最关键的。群众一看干不好，各种情绪都上来了，反对的意见也会一齐来攻你，一家伙泄了群众的气，那局面可就不好收拾。"

是的，这个问题太重要了！翟天河一下感到问题的分量。

翟天河略皱起眉沉思了一两分钟，放下手中的笔，说："对！一定会遇到这样的问题。"说罢，他又冷静地思索，其他村不敢大干恐怕也是考虑到这一点才有些谨小慎微。可郭成志把这个"隐患"挑明了，人家就是图到我这儿求个解决的办法。该怎么解决呢？我还是真得该仔细想上它一想。

两个人都低着头，沉默了一会儿，像是在那里回味刚才的对话。大约翟天河想出了办法，脸上露出了一丝不易察觉的笑容，就连他那无光彩的头发也似乎在他的激动而兴奋的快乐中飘动起来。待从窗户向外边看了一眼，周围静静的。风平息了，躲了起来；太阳也落到了板栗和柿树的后面；蓝中透红的烟雾徐徐降落到地面上，仿佛是雨天熄灭了的篝火的浓烟。白昼的鸟儿停止了鸣叫，在为夜里的栖息发愁，而且已经能够听到那孤零零的夜鸟的叫声了。他觉得天色已晚，可能已经过了下班时间，于是向郭成志一招手：

"走！成志，到我家吃饭，边吃饭咱爷儿俩边聊。"

郭成志没有推辞，顺从地跟着翟天河来到了供销社的家属院。这个院子的建筑可以说是有些近于"京式"的——一共有北楼两层，南房三间，紧挨近大门。在南房外面还有一口水井，青翠欲滴的竹子就长在水井的旁边。此外，院子里还有一棵梧桐树、两棵苹果树和一棵桃树。到家后翟天河显得很高兴，说说笑笑像个长辈。他挽起袖子围上围裙，用手指试着菜刀的锋刃，准备亲自做菜招待他："成志，我给你露一手，我这手艺起码是三级厨师的水平呢。"翟天河老伴用手背撩了撩头发，又用围裙襟擦了擦洗菜沾湿的手，看着两个人吃吃笑着。郭成志也感到气氛亲切，急忙拦住翟天河，说："俺今天可绝对不喝酒，家里那边情况那么紧急，我倒跑到您这里喝起了舒心酒，可有点不大对路。再说，来的时候家属一再嘱咐……"他刚想说媳妇不让喝酒，一想当着外人自己揭自己挨媳妇管的底，总是有点不大体面，也就煞住了已经说出的话头。

翟天河呵呵一笑，说："成志，你也怕老婆啊，看来英雄也难过美人关哪！"

逗得拿着小盆装花生的翟大妈笑得直打战，差点一溜手把花生全扣在地下，忙佯怒地骂了一句："死老汉，就你会说！"

厨房和小客厅通着，翟天河一边切着菜，一边不时回过头和郭成志说笑着，同时也没忘记和老伴说一两句诙谐的话。他甚至没忘记猫。当他用肉皮招呼花猫，花猫咪咪地走过来时，他看着花猫的目光就像对调皮的小孩子一样慈祥，戏谑地逗笑着。

油锅轻轻地爆着，浮在油面上的泡沫渐渐向锅沿飘去，终于消失了。翟天河把斩好的鸭丁拨下锅，用筷划开，再倒入菱肉。油锅爆得厉害了，锅内的鸭丁、菱肉微微地跳动着，四周卷起细碎的油花，冒出一股股带着浓香的白气。过了两分钟，倒出酥嫩的鸭丁、菱肉，锅内留少量滚油，投入葱段爆一下，再将鸭、菱倒入，调料跟着下锅，汁浓后，起锅撒上几丝青红椒，淋上麻油……整个烹调过程中，翟天河操作得那样熟练，这不仅说明他是一个烹调高手，郭成志还从翟天河的全神贯注中，感觉到他对一个山村支书的感情。这色香味俱全的佳肴，就是胃口不好的人看了，也会不由得舌地生津的。

当锅铲叮当一片响过，他们亲亲热热在摆得满满的桌前吃饭时，气氛更像一家人了。

"成志，你不用担心，果然出现了你说的那个情况，我还是那句话，俺老翟就是你的后盾！到那时，我就组织全供销社的职工和公社社直的干部支援你，能动员多少就动员多少，反正是多多益善。我老翟不是去唐山好多次了吗？这次水平沟我也看仔细了。俺这次要上前南峪的山就当'战地总指挥'，亲自指挥它一次治山战斗。我下了决心了，非干出周峪那样子的山不沾！老百姓看到外来支援的干部都滚在山上，跟大山玩开了命，恐怕是没有理由中途退却了吧？对，成志，就这么办了，到时候一切工具、炸药俺们都自带。你只管领着干部们上山，指指干活的地点就沾了。记住，干部们别跟社员混在一起，也不能离得太远，双方谁都看得见谁，谁都能给谁鼓劲就沾。成志，这你该放心了吧？"

郭成志万万也没有想到翟天河想出这么个法子帮助前南峪，立刻流露出惊讶的神情来。原先他只想求兼着公社副书记的翟天河在公社那边给坐着点劲儿，在关键时刻公社的几个主要领导来村里压压阵脚就足矣了，没想到翟天河的想法比他那个想法又进了一大步。

他想翟天河这个法子好，实际上等于给社员们做个示范和榜样，也还有点将村里人一军的意思。他知道，农村乡镇的干部和职工，特别是山里的乡镇，百分之九十九都是山里出身，家还都在山里，干起活来跟山村人没什么两样。可纪律性要比山村人强。真要拉上山来，指挥得当了，那水平沟的"样板"兴许就能出在他们的手下。一有样板，俺看你村里人还说什么，还反对些个啥？

一边想着一边心里头的热劲就开始上升，那真是难以言表的一股子劲头。郭成志的一双眼睛兴奋到发红，他的粗壮的手指不知不觉时时发抖，他脸上眼睛边那块肉在跳,他说话的声音也比平时短促,老像是顺不过一口气来。如果形容起来可能比感动更为激烈,比感谢更为深重。郭成志只觉得这股热劲到了嗓子眼,反过来又上升到头顶,然后在头顶上可着劲儿缭绕。

翟天河津津有味地大吃起来,可以听得见他那呼啦呼啦地嚼食的响声,看得见他那舔进舔出的舌头和一张一合的嘴唇。郭成志可完全不一样,他一边吃着饭一边在心中想着说给翟天河重重的感谢的话,但他左找右找,找不到那适合分量的词,终于还是没有说出来。

可郭成志不知道,在他饭后回村的时候,翟天河也走出村子,躲开了大道,向着西北方向,顺着人行小道,穿过了板栗树林,来到了公社。正巧公社书记李维新在和副书记李衡章、李德亮商量事情。

翟天河一走进办公室,李维新立刻热情地一把抓住翟天河的手。翟天河也立时握紧他的手,只是一味地摇着。同志们中间,咋一见面,常常是格外亲热,也不用费什么话,彼此的心情就完全结合到一起了。

这时,翟天河趁势便把自己的想法一股脑说了出来。公社书记们此时正把郭成志当成了"宝贝",几件漂亮的事他们都看在了眼里,也给全公社增加了不少光荣,正想给郭成志再鼓把劲。今天,翟天河把那么个想法一说,便都点头同意,说是个好办法,公社坚决支持,到时候翟天河你别忘记告诉我们一声,我们也上山。

李维新还是忍不住补充了几句:"老翟,成志那人你也知道,可是干什么像什么的人。咱们公社治山的前途我看就在他那里。你们供销社可要全力支持他。他那儿财力不大富裕,这我清楚,炸药什么的能不能通过你们供销社系统支援他十吨八吨的,不然就少要点钱,贱点处理给前南峪。我看你们供销社不会白投入,将来必有厚报。"说完朝翟天河的肩头重重地拍了一巴掌,把个翟天河疼得一个劲儿皱眉头。

果然,让郭成志猜中了,前南峪的治山就卡在了开头没经验干不好,一天前进不了几米。

郭成志从翟天河家里吃完饭回来,把治山的劲头鼓上了顶峰,便马不停蹄地几次把副支书郭明耀、大队长郭明谦拉到了半山腰,工作做到了他们两人都点头说:"试试吧!"

紧接着,郭成志率领党支部一班人,好像发疯一样地跑家进户,召开党员会、社员会发动干部群众,到处都是他燃烧的激情,奋争的话语。

他向党员干部讲:"同志们,修水平沟围山转,栽种板栗树,是山区人民治穷致富的根本途径。麻峪沟是'硬骨头',但是,我们要把它看作纸老虎。麻峪沟能征服意志薄弱者,但征服不了咱们共产党人的意志,征服不了共产党人带领群众治山致富的决心。没有千难万险,要共产党人干什么?要党支部干什么?我们当干部的,就是要克己奉公,造福人民!"

"乡亲们!"接着,郭成志又转向全村广大社员,"治理麻峪沟是一场血与火的考验。战争年代,我们抗大老区人民死都不怕。麻峪沟算什么?大自然想把我们逼上绝路,我们就是要把麻峪沟建成水平沟围山转。只要大家齐心合力,就没有过不去的火焰山!"

……

全村广大干部群众发动起来了。郭成志还把村里人分成几拨拉到附近的浆水沟参观,请村里的老人讲当年浆水沟是什么模样,再对比着看现在修整得多么地道,那果树满沟的多让人羡慕,说咱们这次治山是按迁西周峪的样子,比浆水沟可强多了。直到许多人心眼都透了亮儿,反对的人也不那么太激烈了。

这时候,郭成志从郭俊刚家里走出来,夜已经很深了,村子里,很多人家都已熄灯睡下了。只有月亮兀自在冷暗的高空里放光,把街道照得通明。白天融化的泥地,又结冰了。满地霜花,在月光下,闪着一派晶莹耀眼的银光,像撒了一地白盐。郭成志大口大口地呼吸着冷冬之夜的凉寒空气,小心地迈着步子。结冻的泥地上的冰碴儿,在他沉重的脚步下,时不时地发出轻微破裂的响声。

郭成志穿过胡同,拐到前街,脑子里还没有摆脱刚才和郭俊刚的谈话:"这家伙,炮仗性,治山倒有股子梗劲。今儿个除了我这个和他对脾气的人,怕还说不服他咧!……"他边走边想地奔向他走惯了的门口,抬头一看,不由得打个愣。在他的眼前,已经不是过去那两段被雨水冲得半塌的土墙,更不是那一个用秫秸编扎的小排子门,而是一座高高的门楼子。他心里想,挺熟的路,怎么走错了?这不是张云海的家吗?他朝左边看看,那一棵老榆树依然挺立着;朝右边瞧瞧,那一盘石头碾子,也像过去一样卧在那儿。这说明,他并没有走错路。他掏出火柴,划一根,举起来瞧瞧,这才发现,眼前这座门楼子的样式,跟张云海那座门楼一点儿不差。张云海那个是旧的,门楼上的泥土长着草,门板有些松散、糟锈,门环长了黑锈;而这一座门楼的墙壁和顶端都是新泥抹的,门板是新打的,门环是新钉的。这说明,马少东家已经更换了门面。

这时,院子半掩,不时从里面传出来牲口嚼草料声和梆铃的响声。郭成志从门缝里看见正房北屋的窗子还亮着,透出一派暗黄的光线。月光下面,有点模糊,看不太真切。他又把眼睛贴在门缝上,仔细地瞅了瞅,才在心里确定了:"是亮着灯呢,可巧他没睡下。"他带着几分莫名其妙的心情,扔掉火柴棒儿,轻轻地推开了半掩的门扇。一股煮肉的香味冲过来。紧接着,他又看到堂屋地下的那昏黄的灯光中,翻卷升腾的热气。

新的门板"吱扭"一响,就被蹲在灶膛前边烧火的杨红玉听见了。她赶忙对那个正在锅上、用铲子翻猪头的马少东说:"进来人了。"

马少东脑子嗡的一下,猛地停住手,倾着身子朝外看一眼,果然瞧见一个熟悉的人影,在往这里边走。他自己也说不上为什么,心里烦得慌,很不高兴这个客人在这个时候堵到他的家里来。

郭成志一边朝里走,一边招呼:"怎么这样晚做饭呀?"

在夜色和雾气的昏暗中,马少东慌乱地丢下手里的铲子,一步跨到西间那个一冬没有烧过火的冷屋里去了。伸手摸一摸脑门,他好似触到一块冰。他大胆地伸了伸酸疼的两条老腿,赶快又蜷回来。屋中更冷了,清冷,他好像蹲在河边上或沙漠中的一个薄薄的帐篷里,他与冰霜之间只隔了一层布。

杨红玉被男人这个举动闹得一愣,一时不知道怎么办好,只好硬着头皮迎上一步,跟走到门口的郭成志搭腔:"是你呀?屋坐吧。"

郭成志停住脚问:"少东哥在家没有?"

杨红玉慌乱地说:"啊,啊,他去开会了吧?"

郭成志说:"今晚大队里没会。"

"要是不开会,他兴许去串门了。谁知道一唠就小半夜了。他不知道你找他,要知道,他一准早回来啦。这可要请你原谅。不知者,不怪罪。嘻嘻。"杨红玉笑着说:"请屋里坐一会儿吧。"

"他到谁家去了呢?"

"这可说不上。"

郭成志问着话。他转过身,刚要离开,回头一想,突然觉得有些不对劲:"他这时还没回家,应该在街上找找,看他在谁家唠呢?"

郭成志拿定主意,就要顺着街道往前街走。可他来时经过几家院门口,院子里都静悄悄的,没有灯光,也没有动静。他忽然又怀疑起来,心想:"莫非他在家里,不想见我,故意说没回来……"他这样想着,便又折转身,在院子看了看。灯还没有熄,屋子里没有声息,像是在等人的样子。"也兴许没回来,要不,我一走他还不把灯熄了?"郭成志在院子里踌躇着,找不到马少东,他心里实在有些焦灼。他在来马少东家时,走过南街,家家也都黑灯瞎火,院里悄悄的,没一点声息。他一边用脑子在回忆,一边在心里说:"听说这阵子马少东和张云海拉得很紧,也许到他家去啦!"想着,他来时穿过一片菜园子空地,走过张云海院门外边,发现张云海的房子也黑咕隆咚,没有一点亮儿。

"没在那儿。"郭成志摇着头,心里说,"可到底钻到什么地方去了呢?"

郭成志想,既然马少东还没有吃饭,不会在外边待得太久,等他一下,谈一谈,有个结果,心里边也就踏实了。他这样想着,抬脚就迈了门槛儿。

杨红玉见郭成志进来了,只好躲开路,又去拉亮东屋的灯,往屋里让郭成志:"这屋暖和,这屋坐吧。"

郭成志借着灯光看一眼,才发现,锅里煮的不是菜,也不是粥,而是一个圆圆滚滚的猪头;因为还没有刷糖色,白生生的,十分难看。他转过头来问:"你们买猪头了?"

杨红玉故意半开玩笑地说:"孩子们嘴馋,你叫社员都上山修水平沟,一上了山,别说吃猪头肉了,恐怕连口热乎饭也吃不上。得抢着吃呢。"

郭成志往东屋走,也用一种半认真的口气问她:"你是不是也为这件事儿不出好气啦?"

杨红玉跟进屋说:"我倒不至于那么小性子,就是你不该惹他不高兴。"

郭成志诚恳地说:"他不是不高兴,是跟我翻了脸!细检查一下,对这件事情的做法,我也有点儿缺欠的地方。比方说,动员社员上山前,我也许没有先给他讲透,修水平沟围山转,是坚持经济效益、生态效益和社会效益并重,是科学地开发山区资源。"

当郭成志把目光移到杨红玉身上时,她咳了几声,说:"修水平沟围山转是个好事。可少东他喜欢讲究实际。光说上山,啥年月才能啃下麻峪沟?我们大队总共有多少劳力?要把这个家底兜一兜,有多大肚量吃多少饭,不可硬撑!"

郭成志对马少东这样的态度很不满,火辣辣地说:"就算劳力一时派不开,可以分几步走,从近到远,从小到大,大干大变的规划是一步步实现的!"

"这些年,我们前南峪虽说没有先进大队变得快,总也一年一年在变好,成绩虽不算大,但也年年有一点。一步翻不过西山高,要干,也要一点点的来。"杨红玉说。

郭成志忍不住顶了回去:"修水平沟围山转,难道会比登天还难!老愚公能移走两座山,咱也能修好围山转!问题是看我们有没有志气!要是被困难吓倒,坐着不动,那就啥也干不成的!"说到这里,郭成志看了一眼杨红玉,接着说,"总之,我应该让少东哥先明白为啥这么办的理儿。我也没想到,他会这么计较,会这么动心动肝的……"

杨红玉说:"他那脾气,也不是一天两天的了;别人不清楚,你还不知底呀?"

郭成志摇摇头,说:"嫂子,这可不是脾气好坏的事儿。他脑瓜子里有毛病,这一程子又大发了。"

杨红玉也摇摇头:"让你这一说,不愿上山的人,脑袋瓜里都长了疔疮啦?"

"嫂子你这样听我的话,也不合适。你应当知道,咱们是老社员,大小是个干部,啥事也得起带头才对。修水平沟虽说苦点累点,那是全村人致富的根本途径,是党支部决定的。咱当干部的,还能图享受怕吃苦?"

杨红玉听这儿,又一次不高兴地顶撞郭成志说:"闹了半天,你又是为这个找他来了?"

郭成志无可奈何地说:"你们要是这样看事儿、想事儿,咱们怎么也谈不到一块儿了。"

躲藏到西间空屋的马少东,听到郭成志这一番话,都像针刺耳朵一样。本来,这半天因为忙着收拾猪头,那天犯的怒火,被挤到一边去了;郭成志主动来找他,他又身不由己地躲开,还有点过意不去;后来一听是奔这来找他"算账"的,肚子里的怒火不仅又翻上来,而且像添了劈柴、添了油，越发厉害了。是的，他是太激动了。兴许也扯得太远了。他心里要说的话太多，老理不出个头来。好，这些年来在治理河滩，大搞农田水利建设上，他常常是个怎么样的想法，就不说了吧。就单讲寒冬腊月，郭成志发动社员修水平沟围山转工程吧，麻峪沟那地方，乱石矗矗，细石嶙嶙，要修水平沟围山转工程，真是异想天开！他粗粗算了算，没有八千个劳动日，五六吨炸药，就不用想动手。还有一个难题，动工以后，一大半劳力都要开炮打石、砌堰，前南峪大队里除了光明叔，挑不出像样的石工，这许多石工到哪里去找？可支书郭成志硬要在这冷冬寒天，发动社员大搞水平沟围山转工程，为这些事，他常常整夜整夜睡不着觉。心头老问自己：少东啊！你算生产队副队长吗？可你干的什么事啊！难道就听任别人在条件还不太成熟的情况下，盲目干一时办不到的事情吗？可是你支书郭成志，硬是不听劝阻，为这事，那天上午刚和他发了火，现在他又找上门来了。马少东想冲进东屋，再跟郭成志发作一通，手一触门帘儿，又不得不停住。因为他是藏着的人，不能出去，也不能吱声儿。

这当儿，他又听见郭成志的声音传过来：

"嫂子，我跟你说，你别把整个心思全围着那个猪头转。我也不是专为这个事儿来找他的。"

"除了这个，他还犯了啥错误啦？"

"他不上山，还主张社员也不上山，影响很不好……"

"哟，这也不对啦？成志兄弟，你别怪我偏向着他说话，不管那叫不叫为社员着想，他可不是为个人。"

"白面发成馒头，还是白面，不是棒子面，也不是荞麦面。他不是为个人，为集体，对吧？如果社员们都不上山，咱麻峪沟还修不修水平沟，还栽不栽板栗树呢？嫂子呀，你睁开眼睛看看吧！广大社员在修水平沟围山转工程面前，想的是什么？他们一心想的是鼓足更大的干劲，大干苦干，治山植树！想的是科学开发山区资源，建设社会主义新农村！王景林那么大年纪了，还常领社员上麻峪沟修水平沟；更仁叔为了修水平沟，日夜奋战在高山上。全大队，有二百多户全家上阵，十多个社员带病坚持劳动，许多社员提出：不发愁，不计酬，只为早日脱贫致富！这是多么高尚的精神！可是少东哥呢？他也是前南峪人，而且还是生产队副队长，却置党的利益、集体的利益于脑后，要搞副业生产，要做生意！他还没有错误吗？嫂子，你这个想法，这个说法，太错误啦！"

"都是我们的错，还不行吗？"

随着杨红玉这句话，马少东又听到那边屋的门帘子"呼啦"一声响，不知为啥，把他吓了一跳。

那边屋里的人并没有动手打架，只是杨红玉一撩门帘出了屋，用脚往灶膛里蹚进一些柴火，又用铲子，在腾着热气、冒着泡的锅里，把猪头翻动了一下。

郭成志很不满意地从炕沿上抬起身子。他没有料到，杨红玉跟马少东唱的完全是一个调门儿。他们看不到问题的真相，不理解科学地开发山区资源是山区人民致富的根本途径，眼睛老盯着治理麻峪沟的客观条件，被麻峪沟的暂时困难吓倒了。整天陷在治理麻峪沟的具体问题的圈子里，忘记了前南峪人的艰苦奋斗精神和战天斗地的英雄气概，忘记了一个生产队队长的全部责任是积极领导广大社员建设社会主义新农村，没有真正树立起大干大变的思想，对广大社员响应党支部的号召兴修水平沟围山转工程，老是摇摆不定，甚至泼冷水，当了绊脚石。这说明问题更严重，一定得说透亮，把他们这错误的思想给拧过来。他往外走的时候，不由得朝这间小屋子扫了一眼，立刻发现，这小屋子也起了变化。最引人注目的是那个放着被子的红漆柜，光亮得能照进人去。炕梢的粮食囤顶了房顶，炕头上的新被褥垛得有半人高；一件里外三新的大棉袄，放在铺了羊毛毡子的炕上。这一切，给四壁刷得雪白的屋子，增加了富足的色彩。这一切，跟三年前，特别是五年前的马少东家，真是天地之别呀！

这当儿，新门楼的新木板门又"吱扭"一响，紧接着，是一串突突的脚步声。

郭成志想：马少东回家了，得马上拉他走，应该不放弃任何一个机会进行工作，跟他敞开胸怀，谈一晚上，把一切可能动员上山的力量都发动起来；这样，他也许能受点教育，起码能让他转转弯儿，把他跟干部的紧张的关系缓和一下。

进来的人停在屋门口问："少东在家吗？"

杨红玉没有回答，却反问道："云海大叔，您这么晚还没有歇着？"

"夏刚青出车回来。捎来个口信儿。"

"啥事呀？"

"人家李木匠打听打听,是年头过小贴,还是年后,好有个准备。"

对于大儿子马贵牛的婚事,马少东起初还有点不大乐意,他嫌未过门的儿媳妇野性,恐怕到家里来不好管教,又担心她是否手大,会不会过光景。当他听到大儿子给他说了未过门的儿媳妇的许多好处,还给他说了许多新鲜道理后,他的种种顾虑也就慢慢地消解了,也就只好让步了。因为他觉得自从他大儿子当了共青团员,在生产队里,好像他说出来的话处处都有理,办出来的事样样都对似的。而且不知道他从哪里学来了那么多道理和办法,软说硬说,总要使你随了他的主意。因此,不论公事或私事,不论是参加农业生产或是儿女亲事,他觉得自己恐怕是主不了儿子的事了。在无可奈何的情况下,他最后还寻思了一条同意的理由,那就是他认为攀了一门高亲。李木匠确是一户好庄户人家啊!

至于杨红玉呢,她相信她儿子挑中的对象是错不了的。只要是她儿子办的事情,她就没个不同意的。好几年来,她是多么着急地盼望着给儿子娶过媳妇,好抱抱孙孙呢!于是,她竟然找到老邻居张云海,托张云海催他儿子快办喜事。而现在呢?既然李木匠找上门了,哪还再等什么呢?

杨红玉压低声音说:"您看是啥时候合适呢?"

张云海说:"要我看事不宜迟,早办了早省心,免得夜长梦多。"

杨红玉说:"我们这儿还没预备好呀!"

张云海说:"又不是正式成亲。把亲家请来,闹上两盘凉菜,两盘热菜,吃上一顿,得了。"

杨红玉说:"他爸爸怕弄得太寒酸了,让新亲小看。"

张云海说:"唉,老社员、副队长的名目在那儿戳着,又不是千里百里,谁不知道底细。眼下支书正带领社员上山修水平沟,大伙心往一处想,劲往一处使,汗往一处流,向荒山秃岭进军,要是弄大发了,他再插一杠,那可就找大麻烦了。"

杨红玉连忙说:"有道理。那就听您的,年头办。"

张云海说:"好,好,订在后天吧。"

随后,两个人在外边小声地嘁喳几句,又响起脚步声。那是张云海急急忙忙地走了。

郭成志听到的这些话虽然没头没脑,倒也听出个眉目。他那本来就头绪纷乱的心境,这一下,又加了个奇怪的头绪。他想:怪不得马少东煮猪头，原来是准备给大儿子说媳妇；为了办这样的事儿，就不顾伤害集体利益，就带头不上山，煮猪头，暗中搞副业。这种做法，太过分了！我们并不反对搞副业，对山区建设有利的副业，我们不但应该搞，而且应当努力发展。但是那种出临时工搞运输进城，对我们山区建设来说，除了抓钱，对当前党支部带领社员大上水平沟围山转工程有什么好处呢？我们搞社会主义新农村建设，应该坚持太行山区开发的方向。首先要把劲头用在科学地开发山区资源上，不仅可以使山区人民早日脱贫致富，而且可以源源不断地向全省提供工业原材料和人民生活的必需品，保证市场的有效供给，促进我省经济的全面发展。我们山区农民拿不出工业原材料和人民生活的必需品，怎么向国家交代？还叫什么山区建设？劲头往哪里使，劳力往什么地方派，这绝不是一个活茬儿安排问题，而是一个以什么为中心，坚持什么方向的问题。他想：马少东给大儿子说媳妇的事儿，女方家叫"李木匠"，这个"李木匠"是哪个村的呢？从张云海传递口信的口气来看，他是保媒的，为啥这回订日子，是由夏刚青传的口信呢？夏刚青又向马少东伸手了？马少东的变化，跟夏刚青伸手拉他有关系？看来，这里边的情景，还挺复杂哪！

　　杨红玉又转回屋，见郭成志站起来了，就顺势倚靠在门框上，用一种从来没有过的冷淡眼光看着发愣的郭成志。

　　在这一会儿的工夫里，郭成志的心里，已经急速地转了好几个弯子。他不得不把奔这来的主意改变。这个家变了，这两口子的心变了。这么复杂的变化，光靠拉马少东唤醒他的回忆，不会起多大作用。党支部应集中一切力量，把麻峪沟的水平沟围山转工程推上去，使昔日的光山秃岭，满山遍野盛开板栗花，把一个偏僻的麻峪沟照得热气腾腾，更不用说那果实满枝的丰收景象是多么迷人了。让前南峪的天大变，地大变，让马少东这种人，卷到这种大变里去跟着变！

　　杨红玉见郭成志站着不动，故意说："你不再坐会儿啦？"

　　郭成志知道这话不是为了缓和，而是赶他走，就说："我在这儿坐久了，耽误我的事，也耽误你的事。都不方便。"他说着，走到杨红玉跟前，又停住，"你们的日子比过去富足了……"

　　"苦着熬着，还不是为了过好日子吗？"

　　"从根上说是这样，为过好日子，为大伙一起过好日子。可是有两条，你们得经常叨念着——第一，别忘了你们是咋变富足的……"

"这个你放心。我们再窝囊，好坏还分得开；就是啥样，也忘不了大兄弟你过去对我们的好处。"

"嫂子，这一条你就弄错了。你们过上了富足的日子，不是我，或是哪一个人对你们的好处，是社会主义这条道路，带给你们的好处。你们想一想，这些年，如果不是社会主义，广大农民能组织起来，走集体化的道路，走共同富裕的道路吗？能逐步挖掉穷根，永远摆脱穷困，还可以有效地抵制各种牌号的夏青刚吗？我们不去借他们的债，不去替他们干活，不去用高价租他们的牛，再不卖青苗给他们，他们还有不垮台的吗？因此，我们发展集体经济的另一个作用，就是给新老夏青刚，给农村黑暗势力挖坟坑，逐步埋葬它们，消灭它们。总之，我们不论走到哪一步，可千万不能忘了社会主义这条道路！"

"我们哪一步没往这条道上迈脚呢？"

"这个，咱们以后详细讲吧。我再说第二条。要知道，眼下的日子好像富足了，并没有顶了天，比起咱们要奔的那个大目标，还差着十万八千里。要是没走到这一步就打坠儿，停住，那就太危险了。眼下的富足，没有扎下根子，遇上一点风雨，照样还会翻回苦海火坑里去。所以说，你们要经常在心头问问自己：你们算人民公社的好社员吗？你们算生产队的队长和家属吗？可你们做得什么事情啊！难道让农民兄弟永远都过那两间草房、几亩土地的生活，一遇到天灾人祸就只好乖乖地让他们卡住脖子吸脑髓吗？不！不！我们要坚定走集体化道路，要建设社会主义新农村！……现在，好容易突破了重重障碍，我们要大力发展集体经济，大上水平沟围山转工程。可是，你们跟着大伙儿，一个心眼儿往前奔了吗。"

"我们压根儿没有三心二意过！"

"要能这样，就太好了。事实上呢，我看你们已经变了！"

杨红玉已经撩起门帘子，那意思好像说：你要走就快走吧，用不着多啰唆啦！

郭成志临出门口的时候，又用加重的语气，嘱咐杨红玉一句："嫂子，你是个明白人，你对少东哥迈啥步、走啥道儿，可起着挺大作用。我希望你别学落后的社员……"

杨红玉有点火了："我凭啥学他们？"

郭成志说："对，你应当比她们好。我希望你能够像海平妈对待我那样对待少东哥。"

杨红玉明白，郭玉金是村里一位有名的妇女委员，工作一向认真积极。过去无论在向自然灾害斗争中，还是在农业学大寨运动中，她都没有落后过。她在县办中学读书的时候，原来是一个荏弱、优柔寡断的女青年。后来入了团，在火热的农业生产中，她变刚强了，变结实了。无数的会议，热烈的争论，沉重的劳动，艰苦的抗旱，紧张的治山，使她连年累月生活在战斗中，精神饱满，生气勃勃。想到这里，杨红玉冷笑一下："我可没那本事。人家不是大积极分子嘛！"

郭成志说："她的本事倒不大，就是有股子一心向上的精神——因为咱们关系不一般，都知底，我才举她这个例子——我们都应该永远地捏到一块儿，你帮我、我帮你地往前奔，谁也别掉了队，谁也别跌到沟里坑里去。还有，咱们大伙儿谁也别忘记过去的苦，更别忘记过去恨我们、害我们的坏人。他们可没有变成面慈心善的活神仙，得小心呀！这就是我要跟你说的几句心里话。你跟少东哥一块儿，好好地掂掂分量吧！"

郭成志的话音越来越高，像疾风骤雨般倾泻到这儿，血液大量涌到脸上，嘴唇不住颤抖，激动使他再也说不下去了。支部书记把肺腑之言吐出之后，虽然精神方面的痛苦并没有解除，倒也轻松了许多。于是，他告别了这个变了样的人，离开了这个变了样的小屋和门楼。

杨红玉站在堂屋那猪头肉锅的腾腾热气里，两眼盯着郭成志的身影走出大门，既没有想到叫出躲藏在西屋的男人，也忘了看灶里的火和锅里的猪头，竟然站在那儿，发起呆来。

她想把郭成志的来意猜透，可惜又猜不透。她知道，郭成志是个大忙人，这次动员社员上山修水平沟，连饭都顾不上吃。刚才，这么个忙人，带着一脸汗水，专门跑到这儿来找马少东，说了那几句话，怎么又随随便便地走了呢？

这两天，男人总是气火火地跟她叨念那个不愿上山受洋罪的事情，她从随声附和开始，发展到也动了火气，完全出于责怪郭成志给自己找麻烦的一种不满情绪。她不会把郭成志对马家的好处全部扔在脖子后边，更不会对郭成志和前南峪村党支部产生真正的怨恨。几十年的生活已经向她证明，唯一摆脱农村贫困的希望是在农业生产队的集体劳动中，这是她从亲身经历里寻得的一条真理。"我这点家业算得了什么？这都是共产党给的呀！在共产党领导下，农业生产队集体的大家业会把你整个的心都填满的呀！"她早已把自己的一切看清楚了……她，一个几辈子都受穷的农民，能有今天，都是共产党和人民政府的拉帮啊！就是在充满欢乐的日子里，她只要一闭上眼睛，她的过去，便像一只黑影似的追随在她身后，使她无论如何也不能忘记。她越是过得好，越是过得舒服，就越发不能忘记过去的苦难生活。这就像一个人越是站在太阳光强烈的地方，自己的影子越真切一样。同样，她有什么理由怨恨郭成志呢？假如没有郭成志这样一个好心人，1963年山洪暴发以后的那一段，好多人家的艰难日子，咋能度过来？前面峪能有今天吗？马家大小五口人，能有今天吗？为了社员们硬起翅膀，过上好日子，郭成志不要说自己的家，连自己的性命都舍出来了。这是她一辈子都要记下的恩情。她希望郭成志永远跟过去那样，像亲兄弟一般对待男人马少东，担心郭成志对男人马少东的情感发生变化；因此，她对马少东的一举一动也就特别留神、特别敏感。那天，当马少东一再坚持自己的错误观点，又那样横蛮，郭成志忍不住生了气。"县委、县政府号召全县人民大搞水平沟围山转工程，科学地开发山区资源，我们村党支部也一再向全村干部群众贯彻上级搞水平沟围山转的方针，你却两次三番阻拦我们前南峪生产大队上山，少东呀！这难道是一个生产队副队长执行大队决定的责任和表现吗？"郭成志的声音不高，一句紧似一句，只说得振振有词的马少东满脸通红。不等他辣乎乎的脸上的温度降下来，郭成志又针对他的种种错误的看法，诸如麻峪沟难治、干部没经验、山区建设只能慢慢来，等等，逐点逐条，作了好长的批评驳斥。话讲得很坦率，并提到了组织原则的高度，要马少东对照着来检查自己。从不屑于听取村干部任何意见的马少东，瞬息中，眼也圆了，筋也涨了，肚子里只有进去的气，没有出来的气。杨红玉从组织社员上山修水平沟看出她所担心的苗头果然出现的时候，说她生气，不如说她委屈，更不如说她更加担心害怕了。她焦急地等了两天，等待郭成志找到门上来，坐在炕头上，做一番解释，宽宽他们的心。这样，一说一笑，烟消雾散，大家全痛快。可是，她白等了。郭成志一直没有登门，好像没有发生那件事情，好像他没有伤害过马少东；听说，在支委扩大会上，郭成志还指牛说马地敲打马少东，派了马少东一身的不是。这一连串的事情，到底说明谁变心了呢？是郭成志对马家人变心了，还是马家人对郭成志变心了？那么，几天之后，把事情闹开了，也放凉了，郭成志又突然跑来找男人马少东，还说了那一大篇话，到底为啥呢？是想把他们之间已经有了裂缝的交情往一块缝呢，还是要往两下里掰呢？杨红玉有点摸不到头脑了。

在西间冷屋里冻得直打哆嗦的马少东，呆若木鸡地蹲在那里，半天没有换一口气。直到听见郭成志走了，又忍了一会儿，这才走到堂屋。他慢慢转动了一下粗脖子，狠命向地上啐了一口唾沫，低声地骂着说："去你的吧，拉不下屎来怨茅房……人家不想干，你们还能牵牲口似的，把人都牵上山吗？拿大话来吓唬我，我马少东也不是三岁两岁的小孩子，怕你这一套！"

杨红玉转过身，自己也有点拿不定主意地对男人说："你这样躲躲闪闪的不好，快到办公室找他去吧。"

马少东翻白着眼睛说："我干吗找他数叨一顿去？"

"有话当面锣对面鼓地敲打敲打，不比憋着强呀？"

马少东蹲在灶膛前，用火棍子扒出一点火烤着手，说："你别异想天开了。他心里早没我马少东了；我再难受，他也不心疼，还想往我那伤口上撒盐面儿……"

杨红玉沉重地说："这样跟他掰下去，不好吧？"

马少东扬起脸来，看看斜射的月亮光，不知什么时候变成了苍白色，它离地越高，就显得越苍白，而且越来越多地把大量的浅蓝色的暗雾倾注在太行山上。他一边在心里筹划着，一边说："啥叫好，啥叫不好？办了喜事儿，过了年，我赶我的大车，躲开他们。我又不指望他给我戴个党员的红帽子，我巴结他个啥呀！"

四

马上要率领全村干部群众进山了。上山的人中午得在山上吃饭。进山前一天，郭成志带着郭双群、郭俊刚挨家收集玉茭面。村里一共334户人家，倒有210户不缴。主要是上岁数的在那里拦着，灰白胡子一颤一颤地说："俺大人孩子上山就够不赖的啦，还要啥玉茭面？不缴！"

依郭俊刚非把那"死硬户"训一顿后再强迫缴出。郭成志却说："不缴不缴吧，队里拿钱买点先垫上，只要人上山就行。"

1977年的初冬冷得出奇。太行山区的深山腹地麻峪沟地带，属于不爱上冻的松软土质，但在这年初冬，居然上了大冻。

天上灰蒙蒙的云层压得很低，像筛面的铁丝箩一样，旋在大山的头顶上，筛下来零零落落的雪花。郭成志带领社员们走出家门，稀稀疏疏的雪花涂白了路上的枯草和落叶；山上结了冰；屋顶上，草垛上，塘边南瓜棚子上，井上挑水跳板上，一色白蒙蒙。冰冷的雪花飘打在脸上，他们一连打了几个冷战，立刻感到精神了许多。

约莫有二里多地远的麻峪沟山上，巨大的水平沟围山转工程正在进行。穿着五颜六色斑斓多彩服装的男女社员，刨冻土的，开石的，修水平沟的，还有抬石头的，你来我往，你呼我叫，加上呼啦啦飘动的红旗，唱着河北梆子的广播喇叭，热闹非凡，真是一幅动人的图景！

一队社员赵志杰拿起一把丁字镐，准备打冻时，生产队长张贵云攥住他的手腕，对他说："劳动有分工，你的任务不是用镐刨这层冻土。"他把下巴朝山下的山石窝伸了伸。"你的分工是抬石头。"

赵志杰虽然年过四十岁，并不怵脏活累活。他听了张贵云的安排，便扔下手中铁镐，没有弯腰去拾身边扁担，只用那脚尖轻轻一勾，便把扁担拿在手里，喊了声："我和谁抬！"

张贵云向山下吆喝道："明强——"

山石窝旁，社员们的劲头足极了。小伙子们早脱掉了棉衣，甩掉了棉帽，光着汗水腾腾的脑壳，挥舞镐锹，又刨又铲。姑娘们发辫已挂满了白花花的霜，她们抬着石头，一列列一行行，在工地上颠起了小跑，还互相逗笑地问："谁像'白毛女'"？

人群中，一个牛马高大的小伙子，正紧攥镐把，使劲向冻土层刨去！"嗨！嗨！嗨！"他喷着热气，一镐比一镐猛！"咚！咚！咚！"镐尖叩着大地，在寒风中发出阵阵回响！

猛然听到山上有人喊他，立刻放下铁镐，从山下蹿上来。他的嘴边、眉上以及头上戴的那顶皮帽边沿，已挂满了白花花的霜。他向张贵云答了一声："有！"

"你和志杰，往山上抬石头！"张贵云低声地下着命令。

很快，赵志杰和郭明强抬起一块大石头，沿着凹凸不平的六十度斜坡向山上移动。赵志杰艰难地朝斜坡上迈进。抬前杠的郭明强,每往上迈一步,石头绳子便沿着光滑的扁担,往后杠滑一点,因此,还没爬到一半路程,石头的重量几乎都倾斜到赵志杰的肩头上了。赵志杰咬着牙,两腿像是筛糠一样哆嗦,但他依然挺直腰板,不哼一声,硬是把大石头抬到山上。他也不知道帽子是什么时候甩开的,头上滚落着豆粒大的汗珠;汗珠滚进眼角,淌下面颊,他用手掌抹了抹,热汗和脸上的黄尘,拌成了汗泥……

北风吹着小雪花在天空中依然旋转飘落……

人们按照大队长郭明谦和副支书郭玉先拿绳子测量后用白灰撒的线继续朝前开,时不时碰上硬石头,窝工不说进度太慢,一天下来推不进几米,看了看质量还不行。山无法治的舆论又刮了起来,怪话连天,消极怠工,蔫头耷脑,垂头丧气,各种情绪都出现了。

"光想鲜招,修水平沟围山转,那不是吹泡泡糖!"

"干到猴年马月能'啃'下麻峪沟?"

"冰天雪地受这洋罪,还不如趁早下山吧!"

有的人就等着一声令下重新往山下开了;有的人开始琢磨还是按老办法干,见土刨坑筑坪栽树,肯定省工出活又顺手。大队长郭明谦一听这话来了脾气,说:"走老路还用得着费这么大劲,这回就得按新办法干,一天不行我们十天,十天不行我们一个月,非得学会了它练熟了它不行!"

干部们研究了一晚上,郭成志用他那一贯句句如锤的话语开始说道,同时垂下眼在烟灰缸上蹭了蹭烟灰:"同志们,咱治山的关键是遇到硬处得先甩炮崩,再往前修台修水平沟,在沟里打眼再放炮。可炮手就是在修公路时放过炮的张贵礼一个人,在山上崩岩还不对他的路。怎么办?眼看着治山就进行不下去了。大家再想想办法。"

会议桌上片刻沉默。人人都在这片刻沉默中重新思索了形势,最后审定了自己的目标,再一次明确了自己的决心。

两天后的早晨,东方的天空,渐渐地由黑变白,由白变蓝,然后又由蓝变成了绯红。这绯红色在逐渐地扩大着,扩大着。山上的板栗林,也由一片黑森森的颜色,变得霞光灼灼了。

进山的人才走到半山腰,回过头一看,一队人马顶着凛冽的寒风,从后面沟底下开了过来,大约有四五十人,还夹杂着十来个女同志。红旗在前面的人头顶上让山风吹得猎猎招展。

这时候，公社书记李维新走在队伍前头。他穿着一身蓝布棉裤褂，肩扛着一把笨重的大铁镐，挺着厚实的胸脯迎风走上长着板栗树的高山坡。一阵狂风迎头扑来，把他刮得倒退了两步。他倔强地迎着大风走上前去。

跟在他后面扛着一把铁锨走着的是供销社主任翟天河，粗壮的肩膀，披着一件带补丁的蓝布棉袄，土布对襟敞着扣子，露出红铜似的胸膛，饱经风霜的黑瘦圆脸满是青丛丛的胡楂子。他微笑地紧闭着阔嘴巴，用他那忠厚亲热的眼光向山上的水平沟围山转工程望去。

前南峪人登在石头上愣着两只眼睛发痴地看了起来，影影绰绰好像有熟人，待那队人走得近一些，便上气不接下气，指指点点说那是公社李书记、供销社翟主任……这人们才炸了窝似的喊开了："成志支书，快来吧，公社的人进山啦！还抬着筐扛着镐大约那包里还有炸药，可能是和咱村里人比赛来啦！支书你下面迎迎吧，再不下去可就失礼啦！"

郭成志听翟天河捎来话这几天要组织人上山，没料到来得这么快这么及时，也没料到一下子能来四五十人，赶忙把公社的队伍迎到了安排好的地段，从他们手里将抬着的大筐、炸药接过去。一看尽是些熟人，就又握手又点头又开玩笑。这些人中供销社的居多数，其他如公社医院、粮站等等社直部门占了一少半。郭成志想说两句感谢的话，李维新和翟天河摆摆手说："成志免了吧，俺们这就干起来！"

说话间让人们躲在一边，先响了一炮。"轰隆隆"一声惊天动地的巨响，石块和泥土喷向空中，山沟里四处响起回音，好像山崩崖塌一般，火花映红了半个天空。原来翟天河把公路站的炮手给借来了，在山里先试一炮把进山队伍的威风抖出来，然后再测量拉线，按照学来的规矩搞水平沟。

翟天河对郭成志说："成志，你勤过来着点啊，在迁西谁也没你学得认真、水平高，你还得多加指导。我是个二把刀你也知道，你不指导着别把咱们这个'样板田'搞歪啰！"说完后，朝郭成志一挤眼睛，意思是咱们商量着给社员们搞个示范，成不成就在此一举啦。

等郭成志想返回村里工地刚刚迈了没有十几步远，翟天河亮着嗓门，就像天空滚过一阵闷雷一般，又把他喊了回来，言辞铿锵，掷地有声地告诉他："地区供销社支援了二十吨硝氨就放在供销社的仓库里，赶紧派人去取。看来这用炮崩山在修水平沟中是第一当紧。"接着，他又提醒郭成志,"你不是军分区、武装部都熟吗?赶快到邢台驻军爆破连那里请几个师傅,把村里的青年民兵训练出一批好炮手来,还愁治不了山?"

郭成志一拍脑袋:"哎呀!我怎么忘了这个呢!"赶紧小跑着回到村里安排人去拉炸药,又约上炮手张贵礼跟他明早一起去邢台,请驻军爆破连的师傅。

一天后,郭成志他们带着驻军的两个炮手回来了,一看山上的活儿也见了起色。真的,那时工地上除了四面黄秃的山岭,就是一望无际的枯草和沙砾;薄薄的冬阳和凛凛的北风,欢迎这刨冻土、抬石头的人群。公社的干部职工因为住家较近,下工回家,中间在工地上吃一顿干粮。每天来回十几里地,早起迎着严寒的朔风,冰凉的小刀似的,直往领子里袖口里钻。刮起的冰冻的黄沙,打在脸上,又尖又利。带来的捆在腰里的干粮,都冻成了冰疙瘩,必须用铁镐砸开了,才能下咽。傍晚收工,走在路上,干了活出了汗,小棉袄上的雪花就融化了,挨着皮肉冰凉精湿的,好像披着铁甲似的……但是这雪花风沙,都没有困倒修建水平沟的大军。虽然开初也遇到了困难,但还是大伙拧在一起克服了。他们在荒山野坡新开出了一层水平沟围山转梯田。"示范样板"有了雏形。大队长郭明谦他们还没来得及领着社员参观。但不少社员借吃午饭的工夫偷偷地看了。一年三百六十天有一半时间钻在山里的社员们一看就明白了人家那个套路,不就是这么两下子吗?炮手来了俺干不过你们干部们才怪。

本来,山里农民站在那里本身就是"治山"的优势。原先优势没发挥出来,一是"炮"没能及时开路,另一方面还是"情绪"在那里作怪。这回人家公社书记、供销社主任都上山干了起来,你小小老百姓怄得哪家子气?当真要是让人家干部比下去,甭说丢人现眼,连起码的"人"都不够格了。所以,虽然炮手还没来,气势先鼓起来了,人人脑海中响着万丈的热潮,恨不得立刻便在这荒山野岭上面,堆起一道道石堰。支书郭成志不是说了吗?山上一旦修起了水平沟围山转,再栽上板栗树,到处都是花果山。那才叫美呢!

在训练炮手之前,郭成志有意识地在半山腰的坪上来个"民兵小集合"。二十几个硬邦邦的小伙子齐刷刷在郭成志的号令之下站成了两排。郭成志想起了当年他最爱唱的,一唱起来便热血沸腾的"下定决心,不怕牺牲,排除万难,去争取胜利"那首语录歌。其他的语录歌郭成志当年是应付差事，随着大伙一起可着嗓子吼，而唯有这首让他最动心。那时民兵指导员郭海文指挥得那样有气派，姿态优美，大方；动作有节奏，有感情。随着指挥手臂的移动，几十人，不，上百人，还不，仿佛全村到会的，上千人都一齐歌唱。那抑扬顿挫的节奏，那铿锵有力的旋律，那号角般向上的张力，那山风般壮烈的奔突，那一节一节行进的沉实，那逼入结尾处骤然突起的昂扬，那歌词和曲调在力的凝结之下完美的结合，像汹涌的波涛，像飞溅的浪花，一直唱到人们的心里，又从心里唱出来，弥漫整个会场。声浪碰到群山，群山发出回响；声浪越过浆水河，河水演出伴奏；几番回荡往复，一直辐散到遥远的地方。……这些都使郭成志若干年来在心里咀嚼了无数次，每次哼起总是有一种力量的美在他的筋骨里搏动。特别是每一次苦干来临之际，他总会想起这支歌。所以前南峪不管老一代还是新一代的民兵，在他的感染和传授之下，几乎没有人不喜欢，没有人不会唱这首歌！

今天，郭成志又一次在山里指挥唱这首激昂的语录歌。虎气生生的小伙子们在郭成志有力的手臂指挥之下，一遍又一遍不停地在雄壮地唱着，伴着山里的雄风，宛若一遍又一遍诵着山里人钢铁般的宣言：不治好山，死不下山……这样简直把唱歌变成了一种思想，一种语言，甚至一种号令。全体民兵都被歌声团结起来，组织起来，踏着统一的步伐前进，听着统一的号令战斗。

为了鼓舞士气，郭成志还提出了"当十年干部，创百年基业"的响亮口号，并对自身"约法三章"：困难面前不低头，危险关头不退缩，荒山不绿不收兵。从此，他们起早摸黑上山修建水平沟；他们把山石炸开，再一把把掏出碎石，培入新土，育上树苗，重演着新时代的"愚公移山"。

郭明谦是"老少互助组"时代的娃娃头。那时候，爱打闹、爱掏鸟、捉兔儿，爱探听消息，又爱在地里睡觉；如今是条壮实的汉子，粗粗的，黑黑的，像是一块钢锭。几十年来，在社会主义的春天里，党的阳光的照射，群众运动雨露的哺育，使他迅速成长为了一个共产党员，成长为了庄稼人中的一棵栋梁。他是前南峪最能吃苦的人，也是出勤最多的人，不论刮风下雨，不论白天黑夜，有什么重活儿、脏活儿，郭明谦总是抢着干。他担任大队长，工作最忙，下地劳动也最多，连着几年没要过一个补贴工分。每年讨论干部补贴工分的时候，他总是说："我不要补贴，我做下的劳动日足够我用。"在治山中,他和支书郭成志共同指挥,哪里危险在哪里上。红石崖开渠工程进行到最后阶段。郭明谦爬上爬下,检查着工程的质量。当他发现有自然塌方的现象后,立即向施工的社员大声喝道:"撤!这是命令!"当施工的社员问他:"你怎么不下?"他说:"别管我!"郭明谦催促着,看着施工的社员一个接一个顺着已经打好的渠道向崖下走去。这时,红石崖上石块自动滚落下的更多了。郭明谦竭力向四方搜索着,招呼着,让所有的人都脱离这即将发生塌方的危险区域,而他自己却毫无惧色地站在危险的突起的石棱上。他像冲锋陷阵的指挥员一样,屹立在受敌人炮火袭击的阵地上,从容地指挥战士们进行战斗。他不能在大伙儿离开红石崖之前走下险崖。这时,他心里只有大伙儿而忘记了自己。他那红铜似的面孔,宽阔的肩头,一身褪了色的黄军装,远远望去,像是一座黄金的铸像。困难和危险是吓不倒郭明谦这种人的!

王景林五十岁了。他是前南峪党龄最长的党员之一。他生在穷家,因为他吃尽了旧社会的苦,才特别感受到新社会的甜,他把集体事业看作是自己的命根子。他不大爱说话,就爱干活儿,他最拿手的本事是打石头。打石头不是件轻松活儿;打石头的人大都是些粗壮汉子。不,王景林既不粗又不壮,是个瘦麻条条的老汉。表面看来,王景林的身板子和他担负的工作性质实在不相称,可是到取石场一看,立刻就会发现王景林身上蕴藏着使不尽的气力、用不尽的智慧。麻峪沟有个石窝,许多人都看中了,可就是无法下手。1958年县里修水库,派人来开了一阵,又没开开;两年以前,郭成志曾请来石匠师傅看过,石匠师傅说:"要开这石窝顶少也得半年功夫。"今年十月,郭成志对王景林说:"老伙计,还是你来开吧。"王景林带了个助手,在石窝采石工地上,每天锤声叮当。老辈人说,这石窝是东汉末年张角将军磨刀杀敌的地方。现在沉寂了千年的山谷又喧闹起来了,这是在党中央的战斗号令下,科学地开发太行山区的千军万马在胜利进军啊!他们总是顶着星星上山,披着月光回村。为了早日实现前南峪的山区建设规划,在修水平沟围山转这场硬仗中,他们发扬了勇敢战斗、不怕疲劳和连续作战的作风,经得起摔打,生活再重再累,谁也不哼一声。战斗到第七天,石窝口子打开了。王景林有股子恒劲儿,瞅中了要干什么,非干到底不可:修东沟有他,修西沟有他,三战麻峪沟也有他,当第二次失败以后,别人都灰心丧气的时候,第一个跟着郭成志走进麻峪沟的还是他！修地就要垒塄，垒塄就得用石头，用石头就得王景林去打。在每一道塄上，都有王景林打出来的石头；在每一块石头上，都有王景林的指印和汗水点子。

前南峪的英雄闯将数不清，前南峪的英雄闯将写不完！在这些英雄闯将面前，麻峪沟不足畏，劈山造田不足畏！

在治山的青年中，郭宇红年纪最小。高小毕业以后，郭宇红参加了农业生产。平凡又平凡的她，在前南峪生活了十几年，过去谁也没有留心过她，谁也没有看重过她，可是，当社会主义改革的春风吹到这块土地上来的时候，她一下子就屹立在人们的面前了，使人仿佛觉得她是突然从地下冒出来的一般。队里要调两个女青年去放炮，郭宇红第一个报了名，在她的带动下，有五个女青年都争着要放炮。郭宇红她们一批女炮工打炮眼的地方，是悬空搭在悬崖上的一些脚手架，姑娘们管它叫"平台"。和张丽娟搭对打眼的郭宇红，这时正站在那一晃一荡的跳板上，抡着那柄十二磅的大铁锤，一声"嗨唷"就擦过右脚边，顺势甩向背后，举到头顶上面的空中，她那对黑油油的发辫，也"嗖"地一下飞向脑后，脚下的木跳板，就往上弹了起来，整个身子就轻捷地凌空腾起。眼睛一眨，铁锤早已稳而准地砸在张丽娟扶住的钢钎上，山谷里便回荡开了悦耳的叮当声，而她那对辫子，又同时从脑后荡到胸前来，脚下的木跳板呢，由于受力的作用，"唰"地往下一沉，作为支柱的大竹竿，便微微弯一下腰。乍一看，在这样的地点，干这种活儿，确实有些险凛凛的感觉，难怪人们都为她捏一把冷汗！可郭宇红却脸不红，心不跳，娴熟地抡着大铁锤，身子随着铁锤的起落而舞动着，可比是一只凌空展翅的春燕！不久以前，前南峪的女青年还不大愿意放炮，现在的炮工多得要排队呢！

在治山的青年中还有郭俊刚、郭双群、郭素平、张贵云……

郭成志忽然想到：前南峪的力量越来越大了！搞人民公社初期，才有三十来个强壮劳力；组织抗洪救灾的时候，强壮劳力也不过六十来个；现在，单这些强壮小伙子和年轻妇女就有二百多个！这些青年政治觉悟高，听党的话，有力气又有文化，个个都像那闪着亮的黄金，个个都是身强力壮的英雄。有了这群生龙活虎般的新力量，前南峪的麻峪沟能修好，前南峪的十条大沟能造成！有了这群年轻人，前南峪能抗得住一切灾害！有了这群年轻人，前南峪像山上的青松、大河的流水，永不败，永不竭！前南峪的青年是社会主义事业的好接班人！

　　冬天来了。一场小雪带来了过早的严寒，土地冻结了。地冻工不停，麻峪沟新修的水平沟围山转工程在高昂的歌声中进行。男女青年突击队，你追我赶地展开了热气腾腾的劳动竞赛。这边郭素平领头，张丽娟、郭宇红等十来个姑娘紧随身后，由孙云芳压阵，一个个满面春风，笑声朗朗，肩上那一支支月牙形的扁担，也发出了"咯吱咯吱"的声响。一眨眼，姑娘们便冲上了山腰，飞步直奔水平沟。那边，郭双群、张庆波、郭立强等十几个小伙子，在郭俊刚的带领下，龙腾虎跃。尽管麻峪沟山上气温很低，但他们却先后脱去上衣，有的干脆"赤膊上阵"，一蹦一跳便越过一条大山沟，转眼之间，已把一担担冻土倒进水平沟里。抹把汗，挑起空筐，转身又奔向掘土场地。在凛冽的寒风中，年轻姑娘小伙子们一边干活，一边唱着："天冷冷不了热心，地冻冻不了决心，寒风吹不倒信心！"

　　工地上的人们看到这般动人心弦的战斗场面，深受鼓舞，大家都学着突击队员们的样子，个个加足了马力。掘土的生怕供不应求，越掘越猛，用尖镐把冻土凿开，揭起了一大块一大块八寸厚的冻皮。摊土的千方百计不让新土积压下来，越摊越快。干部冲在先，群众干得欢，使得修水平沟围山转工程的进度，像七月里的谷子遇上了猛太阳，一晌一个颜色。风停了，郭明谦说了一声："休息。"人们坐在向阳坡上抽烟、聊天。郭成志笑着说："欢迎青年们唱个歌！"郭成志先拍手，大家跟着他拍巴掌。经过一阵推让和忸怩，郭素平和张丽娟一起唱了《前南峪山上红旗飘》，郭俊刚指挥男女青年齐唱《幸福不会从天降》。大家一直鼓掌，青年们就一股劲地唱，直唱到郭明谦拿起了工具，大家才又去干活。

　　隆隆的开山炮声，震醒了沉睡的太行山。郭成志带领干部群众披星戴月，吃住在山，利用一个冬天的时间，终于在麻峪沟修造了四百亩水平沟。事实证明，麻峪沟确实没什么了不起，郭成志成功地"劈下了开山第一斧"。

五

　　1982年春天，晴空万里，阳光灿烂。整个太行山区满山遍野到处是绿油油的一片。草木吐出了青芽、绿叶，桃花接着杏花，在山谷间、田陌上盛开怒放，喷着沁人扑鼻的香气。清清的溪水，潺潺地流着，像仙女身上美丽的飘带,从高崖上伸展到遥远的地方去。山崖上,半空中,林木间,莺、画眉、百灵、燕子、黄雀等等鸟雀,得意地飞翔着、鸣叫着,鸟鸣和着溪水的流声,在春风里轻轻地回荡。

中共中央总书记胡耀邦迈着矫健的步伐来到太行山上,亲临视察了这里的一草一木,一山一石。他登上拒马河畔太行半山腰,举目远眺,思绪万千,脸上露出欣慰的微笑。这是望到了太行山壮丽的远景,从一个伟大的心胸里流露出来的微笑。这笑里带着完成一个伟大任务必胜的信心。这笑是有力的,动人的,富有强烈的感染力量。

胡耀邦挥动着巨手,向太行山人民发出了伟大号召:河北要想富,我看大概要靠太行!他还为太行山的治理改造制订了一条现在我们看来仍然十分正确的方针:今后,我们的工作要由单纯的抓水利工程,同时注意转变到抓植树造林,改造大地植被;由单纯抓粮食生产,转变到注意抓多种经营上来。

胡耀邦掷地有声的一句话,在河北大地发出了强劲的回响!

而万里、方毅等中央领导同志则承接着胡耀邦同志的话音,做出了一系列有关太行山改造的重要批示。一时间河北大地春潮汹涌,人声鼎沸,将"科技进山""变输血为造血"的太行扶贫工作又向前推进了一步。

位于南太行的邢台地委一马当先,政府全力推进,地级五大班子齐头并进,这就是当年邢台摧枯拉朽、呼啸猛进的态势。地委书记周基更是激情飞扬,设想在当年夏秋之交,召开一次自新中国成立以来邢台地区最大的山区治理改造经验交流会,以总结三十年,部署"九五"的后五年。地委书记一声号令,各方面便开始紧锣密鼓地筹备会议工作。

邢台地区山区建设办公室实际主持工作的是副主任王世平,筹备会议的"重轴戏",自然责无旁贷地落在他和他所领导的"山建"的肩上。

而地委书记周基自身的准备工作,按照"从群众中来"的方法,先自集中下属的意见开始,他首先要听一听有关的职能部门领导和技术人员的意见,以丰富、启发和修正自己。

为地委书记提供材料的"研讨会",在周基的亲自参加之下,两次在常委会议室召开。

这天上午,蓝湛湛的天空像空阔安静的大海一样,没有一丝云彩。空气湿润润的,呼吸起来感到格外清新爽快。在阳光下,周围远山就像洗过一样，历历在目，青翠欲流，它看去好像离眼前挪近了许多，也陡峭了许多。渠岸堤上的杨柳，已经把鹅毛似的飞絮漫天地洒下来。邢台地委常委会议室里，长长的会议桌周围坐满了地委书记和书记的秘书兼会议的记录人、山区建设办公室十名干部；林业局、水利局等均派本局有实力的技术干部作为全权代表参加，他们大都鬓发斑白。这里，看不到哈欠、懒腰、交头接耳，那气氛，好像在开一个重要的军事会议，那是一种整体的、严肃的美。

此"研讨会"貌似一般，会议也不做什么结论，但其目标相当明确。每个参加会议的人心里也非常清楚，就是要为后来那个声势浩大的山区会议定稿子，所以大家都十分认真地发表自己的意见。

在周基听取研讨的时候，我们有足够的时间来端详这位具有传奇色彩的地委书记了。他上身穿着白的确良衬衣，下身着灰色长裤，脚蹬一双松紧口黑布软鞋；他的颧骨隆起，棱角里透着力量和刚毅；他浓浓的黑发向后梳去，杂着几根银丝；他一支接一支地抽着烟，累了，把右腿搭在左腿上，水杯也是平日常见的玻璃罐头瓶，外面套着尼龙丝套；他喜欢戴墨镜，摘下来放在桌上，每当需要到墙根前看《邢台地区山区建设示意图》时，他就戴上另一副镜子；他的动作洒脱利落，一边听取研讨，一边看着一份文件，不时向发言人提出问题，加以褒贬，强调要点；他每每把双臂交叉着，因而就显示出一副宽宽有力的肩膀。

这副肩膀上挑着五百一十八万邢台人民改革的意愿。而五十多岁的他，担任着全省最大的山区城市之一邢台地区的书记本身，也意味着一种改革。而今，在邢台地区山区治理改造工程的组织指挥中，他正探索着一系列新的改革。

会上，意见相左，乃至两种针锋相对的观点各不相让，争论得面红耳赤的现象时有发生。

王世平坐在长长的会议桌上端的一侧，在白发丛中，他是活力之所在，他是希望之所在。

讲话的声音极其洪亮，含着金属的铿锵。那语言的链条，衔接着原则、激情、机警、幽默。既然在大山里滚过了许多时间，他还亲自参与前南峪西沟、东沟、建滩沟改造的设计、规划工作，那么，他注定要将自己在山石上奔波而得来的见解，以丰富翔实的材料为依据，全盘地端出来。

"主任同志！"王世平刚刚讲完，一位中年人就急不可待地站起来发言。大家抬头一看，是邢台地区林业局的张科长，他和前几年的样子有明显的变化。脸颊更瘦，颧骨突出了，下巴尖了，轮廓也就更加清晰。由于长期处于严肃状态中，鼻唇沟过早地加深，和他的年龄，和他年轻的面孔很不协调。但那双距离过窄的大眼睛依然明亮有神，敏锐而犀利，锐气不减当年。他一方面，有种在复杂斗争中养成的成熟、老练的劲儿；一方面，还有种青年人洋洋自得、忘乎所以的傲气。这时张科长的脸色严肃得像一片青石一样，他的眼光平视，语气越发强硬起来："别忘了，你是一位山建副主任，是一位有经验的老领导，在当前筹备山建会议的关键时刻，不要轻易提出爆破整地植树造林，这是极不负责任的！我以为，在邢台太行山上不宜发展干果水果等经济林，树种应以防护林、滋养林、薪炭林为主，主要以发展杨槐为好。爆破整地植树是一种极具破坏性又具有潜在危害的方法：一是破坏植被，二是破坏水土，同时潜在抬高河床、破坏农田的危机！"

王世平被激怒了！主任同志？他被对方当作同志看待了吗？有经验的老领导？多么尊重的称谓！可是在这山建方面，对方认真考虑过自己的主张吗？爆破整地本来是植树造林的好方法，可为什么非要说成是破坏自然生态？真是冠冕堂皇！好听的话都叫你张科长挑着说了，难道你心里就一点都不感觉对山区人民有愧吗？

他压下了怒气，说："科长同志，你不觉得邢台山区的果树是太少而不是太多了。欲完成大山的绿化、增加植被比率必须以大量种植经济林为主。而种植经济林最成功的科学方法，就是采用爆破整地，建成高标准的水平沟围山转为主。爆破整地不仅不会破坏植被，而且能促进树木迅速生长，在较短时间内增加山上植被比例。光秃秃的山上没有植被如何谈得上破坏？没有破坏又如何谈得上抬高河床？难道1963年抬高河床破坏农田的原因我们还不清楚吗？"

"你！……"张科长一时说不出话来。

坐在张科长对面的是林业局孙副科长，她看了张科长一眼说："我发表个意见吧！"

大家的目光都集中在她身上。

张科长轻轻咳嗽了一声。

"我以为……张科长……讲得还是有道理的。他是……从邢台太行山实际出发……"大家都听得出来,这几句话,她说得并不轻松。

张科长嘴角浮现了一丝不易被人察觉的微笑,向她投去极为满意的一瞥。

她刚抬起头,一接触到张科长的目光,立刻又将头低了下去,掏出手绢擦汗。她是出汗了。细密的汗珠沁聚在她那清秀的眉宇间和端正的鼻梁上。

王世平站了起来,用纠正的口气缓慢地说:"不,不是从邢台的实际出发。你应该深入到邢台太行山区实践中去调查,你就会明白爆破整地对植树造林有多么重要!"

显然,双方的观点分歧在造就大山植被的方法上。方法的问题往往是至关重要的,不对头则阻碍方针的实施,对头了则促进方针的顺利贯彻。也许,这里涉及马克思主义"方法论和世界观的一致性"的原则。

问题的争论使我们回到了前南峪的大山,也回到了前南峪人治山的历史。如果种果树的水平沟围山转遭到了否定,前南峪的历史起码得倒退到六十年代末期的在山上植洋槐的初级治山状态,随之而来的则是无止无休的贫穷。而前南峪人正是在郭成志的带领下,经过百折不挠的探索和卓绝的奋斗,才找到了一条既取得经济效益又取得生态效益的正确路子。

……会议,像一个澎湃的海,改革的潮流,大干治山的潮流,贴着你的肌肤,在流动,在起落,在奔腾。

王世平当然会当仁不让。他压抑不住内心的激动。他的脸色是严峻的,眼睛里闪射出电光般的锋芒:"爆破整地不仅不具有破坏性,而且是种植经济林最科学的方法。大量实例说明,爆破整地完全经得起历史的检验!如果我们不能很好地坚持科学发展的观点,一味回归初级治山的状态,山区人民就永远不会走出'贫困'的怪圈!我们就会成为历史的罪人,有愧于党,有愧于人民!"

沉默!沉默!沉默!

这不仅仅是他的性格使然,也许是一种"捍卫"。王世平想捍卫什么呢?自己的心血吗?正确地说,应该是一种前途和前景——是我们的太行母亲含着眼泪对他的儿郎殷切的呼唤!

"当!当!当!"矗立在中兴路的钟楼发出了凝重而悠扬的报时声,

它给人以庄严的历史感！

散会了。王世平仍然心情不能平静，以致受到了周基的一顿小小的批评："你一个主任和一般干部急赤白脸地争个什么？"

然而王世平必须去争。对于他的关于"种果树以及爆炸整地"的发言，只要你深入邢台县前南峪生态经济沟建设，你绝不会怀疑是以严谨的科学和艰苦的实践为依据的。

那是1978年夏天，炎炎的烈日，高悬在中天。红光如火箭般射到地面上，像着了火。在远处，空寂无人的柏油路面上，似乎有一片透明的蒸气在升腾。王世平正在参与中央考察组的工作，为给考察组提供资料他来到了前南峪。

眼睛所能望得到的地方，绵亘着一片绿色的田野，苍苍的板栗树林给它镶上了边儿，宛如一个巨大的盆子；一条河流，像一束丝线似的在阳光下灿然闪烁，在两岸板栗树和苹果树之间，飞星溅沫，逶迤穿过盆地。到了村前，流水潺潺向东流出深山，奔向大川。从村庄起，一直到板栗树林的边缘，绵亘着一长条一长条的耕地，一片又一片的碧绿的农田，农田之间是网丝一样的小径，小径上长着板栗树和柿树。在通体碧绿之中，点缀着变化多端的色彩：一簇簇芬芳馥郁的黄瓜的金黄色，山涧干涸河床的暗银色以及伸展到山岭和板栗树林的、为成行成列的高大白杨所庇荫的幽静道路的沙土色。

吉普车开到前南峪大队部院门前停了下来，郭成志赶忙上前迎接，他握住比他年长的王世平的手，客气地点着头："王局长，你来了？"王世平走下车来，紧紧地握住了郭成志的手，久久地、久久地没有松开，说："成志支书，你干得不错！"

待王世平说明来意之后，郭成志便领着他，沿着一条被绿森森的板栗树遮蔽得不见天日的阴暗的小道，登上了麻峪沟治理不久的四百亩水平沟围山转。此时，因为要"晒土"，还没有栽上果树。但是，阵势已经摆在了那里。因为是太行少有的新鲜做法，王世平感到很新奇。

盛夏，正是干旱的太行多雨的季节。天阴了起来，灰暗的云朵缓缓无力地移动着。王世平随郭成志沿着围山转转来转去，他指着脚下水平沟石堰里的土层，问道：

"成志书记，这土层有多厚？"

"一米五深。"

"修一条一百四十八米长的水平沟需要多少斤炸药爆破？"王世平走上来，他掏出烟递给郭成志一支，郭成志慌不迭地推让着，连连谢着接过来，王世平给他点着了火。

"一百四十八斤。"郭成志喷出烟来笑呵呵说道。

"需要多少成本？"王世平又问。

"六十元"。

"需要投多少工？"

"二十六个"。

接着，王世平又问了未来树苗的间距，后来着重问了将来果树长起来根系能否护住大山。郭成志其他都一一做了回答，最后的问题回答得并不明确。他说："小雨中雨肯定没问题，像1963年那样的大雨就不知道了，可估计要比以前强。"

此时，天阴得更浓了。太阳早已被逐渐堆积起来的灰黑色云片遮住了。光线不停地淡下去。好像谁用墨汁在天幕上涂了一层黑色。不，不仅一层，在这淡淡的黑色上面又抹上了较浓的黑色。墨汁一定抹得太多了，似乎就有一滴一滴的水要从天幕上落下来一样。空气闷热，虽然敞开了衣襟，人们也觉不出一点凉气。王世平还是让同来的村里人去取来水桶，在麻峪沟半山坡离水塘最近的老板栗树底下灌下去了两桶水。虽然是多雨季节，干渴的板栗树下好像张开了一张血盆大口，咕嘟嘟把两桶水全然吞下；而把另两桶水灌入水平沟还没植上树的果树穴里，则看到土壤的干渴程度要小得多。这就说明水平沟的土壤平时蓄水能力要比原来挖大坑栽下的板栗树蓄水能力大得多。

由此，王世平得出了一个初步的结论：水平沟围山转对保护水土流失起码是有益的。

一会儿，雷声隆隆地响着，闪电的白光，时而闪亮，时而熄灭。淅淅沥沥的细雨点打在墙根的空油桶上，打在窗前的美人蕉和向日葵宽大的叶子上，发出热闹的响声。郭成志和王世平来到了大队部。他们掏出手绢擦去满脸的雨水，在台阶上蹭掉脚上的泥泞，俩人就聊起西沟、东沟、建滩沟以至于其他山沟山头的改造。郭成志的眼睛，笑啊，合不拢嘴地笑。郭成志感觉到王世平这个有几分文气的局长，对于大山兴趣颇浓，而且于大山的改造有不少见解和自己的相似。郭成志此时正昼夜思虑着如何从西沟开始，治理一条条比麻峪的"试验田"标准要高的大沟。他不仅需要具有真知灼见的人的协同作战，更需要有较高层次的领导的认同和支持。地区的局长（不久便成为山建副主任）的支持他当然求之不得。如果有这样人再参与设计和规划，那简直是他郭成志的三生有幸了。

于是，郭成志提出了在半月后要王世平来前南峪共同搞西沟治理规划的请求。

一个追求希望的人，尽管感到那希望很渺茫，然而，他心里总洋溢着满有生气的欢喜，虽说成功还在不可知之列，但至少不会有绝望。因此，这山里的峰峦，溪涧，林里漏出的蓝色天光，叶上颤动着的金色朝阳，自然就在王世平的心上组织成怡悦的诗意了。

此时，王世平在大山上正踌躇满志。"干实事"的渴望早就使他忘记了令他昼夜不安的腰疼病，许是人们常说的"神能治病"使然，精神气一足了心里痛快了，啥病也能减七成。王世平问明了规划西沟的大体时间后，觉得到时候仍能借理由来到前南峪，便十分痛快地答应下来，最后又补充了一句：

"到时候我约上县山建的郭成山一起来。可千万通知一声啊，成志支书！"王世平早和郭成山熟悉了，许是因为大山的问题"走到一起的"，他知道对前南峪的山，郭成山比自己熟悉，拿出改造的意见，也许能比自己内行，拉上他，搞起规划来一定顺利得多。

文质彬彬的王世平也是个急性子。虽然外边的雨时停时下，中午他在郭成志家吃了一顿"栗子面"窝头后，吧嗒着香甜之味不绝于口的双唇，头戴郭成志家一顶麦秸编的大宽边草帽，高高地卷着裤腿，光着两只泥脚，就走进了雨中。郭成志连忙打着雨伞追上来。

"啊哈，王局长！"郭成志在雨中大声说，"少见！你太性急了，怎么能选这么个'好'时候上山？"

"治理规划高标准'试验田'需要呀！"

"你，"郭成志在一旁叫道，"再另选一个时间好吗？"

"不能！我想趁今天就上西沟的山先摸摸底。"

俩人一边说着，就一起在淅沥的小雨中，上了西沟的山。王世平在雷声和雨声中，跟郭成志认认真真又比比画画地转了足足有三个钟头。他们全身都被雨浇得湿淋淋的。水还在从王世平的帽檐上往下滴。连眉棱、鼻子尖儿、脸颊，都流着水珠儿。

摸底完了以后，天色已经暗下来，郭成志说："王局长，真的，你看，雨还在下，明天走吧。"

"听你说的，"王世平出声地笑着说，"要是下三天雨，我就在这儿住三天？就是下尖刀子，我也要按中央考察组规定的时间回机关！我就是这种禀性！"他的神情和语气多少有点得意和自豪。

郭成志自然没能够改变他的计划。

雨还在飘飘洒洒地落。雷声隆隆地响着从天边滚来，又隆隆地响着向天边滚去。在闪电的亮光里，看得见斜斜的雨丝和王世平乘坐的吉普车雨中的背影。闪电熄灭时，吉普车便隐入无边的夜色里了……

半个月后，果然是王世平和郭成山一起来的，还让县里的212吉普车借送了一趟。

郭成志正担心王世平没准是随便说说，或者因为什么事给耽误了，如果真是那样，心里总归有点遗憾。但无论如何自己也要先上山，干事不能光东倚西靠的，没有自己，神仙来了也白废。

想是这么想，心里头还是巴望着那两个人能来。他们两个人要是能来，自己心里该能长多大的主心骨！

这一天，快吃午饭了，郭成志刚从地里和一群社员扛着锄回来。一辆漂亮的吉普车嘎的一声停在村头，天上飞来的一般。马车响着鞭子，拖拉机突突着在吉普车旁开过，坐得高高的拖拉机手，懒懒地斜躺在车辕后的车把式，都向这辆吉普车投来好奇的目光，留下一道道甩开的鞭影和一股股呛人的黑烟。还没等郭成志醒过神来，郭成山、王世平一个黑脸一个白脸两个"大将"，走下车来，活脱脱地站在了郭成志的眼前，说是向"首长"来报到，请下指示。

弄得一帮社员半天没明白过劲儿来，等明白过来了，才"呼啦"一下围上来，"郭书记""郭书记"地叫开了。其中有收工的社员，还有村里的孩子们跑来了，爷儿们娘儿们走出来了。人声喧嚷，真是热闹非凡。郭成山当过浆水公社的书记，当年又是前南峪的常客，焉有被社员们疏远之理？对王世平社员们就眼生了，穿戴又讲究些。人们以为是外边来的大干部，就都笑着客气地和他点头。

午饭后，把汽车打发走，他们就迫不及待地上了西沟的山。上山的人，除他们三个人外，多了郭明耀和郭明谦。这两个人，早就成了治山的"促进派"。

西沟的治理规划设计自此而始。他们既要测量沟底，又要规划山坡。正是太行山里夏秋之交的美好日子，庄稼在水土的催促之下夜里嘎巴嘎巴地拔节；山风变得柔和而温润，时时把混合着野果和家果的香味播扬出去，令人有了收获的畅想。

这天，他们集中全力对整条西沟沟底进行了规划。午后的山沟在静寂和酷热中闪耀，这时候天气热得多么难受啊！苍穹里一丝云彩也没有。田野里一点声音也没有。只有在头上，在天际的深处，一只云雀发出颤音，银铃样的歌声穿过云层，飞向深情的大地，偶或还有一两声鹌鹑的嘹亮的啼啭传遍山野。高耸云霄的橡树，像漫无目标的旅人一样，闲散而恬静地挺立着，耀眼的阳光燃着一大撮美丽如画的树叶，投给下面别的叶子昏暗如黑夜的影子，只有在劲风吹动时才闪出金黄色的斑纹来。各式各样的小昆虫，像绿宝石、黄玉、红宝石的闪光一样飞旋在长满秀挺的向日葵的彩色斑斓的果树园里。王世平拄着木棍，郭成志拿着圆尺，郭成山负责绘制规划草图，跟郭明耀和郭明谦一起，穿行在大片大片玉米地里。这条山沟的玉米都长得极其肥壮，秆子高，叶子宽，穗子又粗又大，站在高处望去好像一片海似的。在太阳光下，更其耀眼，那密密挤着的金黄的穗子随风微微颤动，就像波荡的海面。

王世平的脸被晒得通红，汗水从斑白的头发里流出来，跟脸上的汗、脖子上的汗汇在一块儿，顺着胸膛和后脊梁流下来。但他依然跟大家一起察土问石，量壑测壕。

"大队长，"王世平把自己的"前门"烟连盒递到郭明谦手里，从他手里接过烟袋锅，笑着打了个手势，"换着抽抽。"然后一边很熟练地用烟锅在烟荷包里挖着烟，一边指着沟床比较狭窄的地方对郭明谦说："我们在这儿筑塘坝行不行？"

"行是行。"郭明谦脸上堆满皱纹，笑着说，"如果再往前走点，过了前头那块玉米地，沟道更窄，筑塘坝会更好些。"

"那好，就按你说的办！"王世平一边虚心听取别人的意见笑着说，一边划着火柴咝咝地抽着烟袋锅。

　　接着，他们又继续往前测量，直到整条大沟底部初步规划完。

　　第二天，郭成志又组织全体人员集中全力对西沟的大山进行了规划。这是一个美好的早晨，空气清爽；太阳还没有升高，房屋、树木、鸡舍和阳台——一切都拖着一条长长的影子，菜园和院子里有不少发人深思和引人入眠的阴凉的角落。只有远远的谷田火似的燃烧着，小河在太阳光下灿烂辉煌得使人眼睛发痛。他们五个人从沟底到沟上，沿着每一面山坡盘旋而行。山坡越来越险。他们一边顺着山坡慢慢往上爬，爬几步，歇一歇，累得腰酸腿软，浑身冒汗；一边勾坝画台，时而蹲在坡间做片刻的讨论，时而聚在坡下较长时间研究布局……哪儿爆破、哪儿筑谷坊坝、哪儿闸沟垫地、哪儿是盘山路位置，等等，都标个一清二楚。

　　临近中午，气温非常之高，乳白色的轻雾弥漫在空气里，笼罩着远处的树林；从那里，散发着燃烧似的气息。许多灰暗的、轮廓朦胧的云片，悠闲地浮在苍蓝的天上，缓缓地爬了过去；强劲的枯风不断吹拂着，但不能驱走暑热。王世平和大伙儿艰难地在山坡上走着，都觉得自己的两条腿笨多了，两只脚沉甸甸的，简直就抬不动；大汗淋漓像刚从水中捞出来，嘴唇干裂得爆起了层层白皮。郭成山舌头干得不能卷动，活像噙着一块木头，口腔里又苦又腥。他摘下挎在腰际的水壶喝水，壶到口边才知道早喝光了，伸手朝郭成志要水。郭成志摘下水壶晃晃，咧嘴苦笑："也光了，咱再猛干一阵，等中午下山喝吧。"说罢，他们又继续往上攀山。

　　大山并非如人工雕琢出来的那样整齐划一，各自排列也远非均衡有致，由若干山体矗立而形成的大沟和支沟，宽窄凸凹十分复杂。乱石峋嶙自然可以用人排除，而和山体连在一起的突起和凹陷就很难做到规整。这就要求做规划时具体情况具体对待，根据此势此貌以及临界环境决定设计定式，做到既"各自为政"又不违异全局。只有以越沟跨涧地上下奔波，一丝不苟地左右勘测，对全局和局部的严格把握，才能形成总体规划的较高标准。

　　特别是旧有的板栗树数目虽然不多，但它们十几年百十年自由地生长在那里。经过王金章领导的"队伍"刚刚修剪改造过，正以累累的栗蓬向前南峪人展示着丰收和希望。也要求规划的工程措施要适应新制定的管理措施，还要尽可能和整体规划在布局上和谐，这就更增加了规划的难度。

就这样，他们经过一个星期的汗水泡洗和智慧交织，圆满地完成了一千二百亩西沟满沟绿莹莹板栗树的勘测和规划设计，且山水林田路尽在其中。后来被人们称之为前南峪的一号生态经济沟。

接着，前南峪村更是千军万马大上生态经济沟建设，平均每年治理一条沟，每条沟大约近千亩。

六

正当郭成志带领全村群众大干快上之时，中央一号文件伴着解冻的春风拂过一道道高高的山梁，吹进了太行山深处。山绿了，水绿了。布谷声声，柳丝条条，到处都开满了鲜艳的桃花、杏花、梨花、油菜花，放眼望去，一片红，一片白，一片黄，一片紫。山野里劳动的社员，这儿一对，那儿一群，鞭声、歌声，构成了一个喧嚣繁华的世界。

这时，党支部书记的重担已压在当年那个自信的小会计肩上五六个年头了。郭成志手捧中央一号文件，看到文件上说的都是农民想说的话，中央支持的都是老百姓想办的事。他的心霍地一下亮了，宽了！他如饥似渴地一字一句咀嚼它那博大的内容、深邃的含义，不禁激动得心潮澎湃。他在心里说：党啊，你句句都说到我们农民的心坎上去了！二十多年来，我一直盼着这一天，今天终于盼到了！快实行多种责任制吧！要刻不容缓！要只争朝夕！我们的时间再也耽误不起了！我们的农民经不起再折腾了！

在此之前，"要吃米，找万里"之说，使郭成志深深地激动过。他知道，我们国家广大的农村将要抖掉沉重的羁绊，大踏步地迈向辉煌的前景了。

农村改革的春天来了。春光融融，万物勃发。"气候、温度"适合了，正好"播种"……

机不可失，乘势而上。被浓浓春意围裹着的郭成志，此时畅舒胸怀，锐气十足，正仔细地研究中央一号文件里的每一项条款。自然，更为当紧的是他要将自己所领导的前南峪村和文件里的规定相对照，或者找出一条更适合自己的方法，使正在大踏步前进的前南峪再上一层楼。

夜深了，蓝色的雾气笼罩着山林。湿润的空气中，有田垄犁破后发出的泥腥味。一条山泉在月下抖动着碎银似的月影。不知什么时候，初春的第一声蛙鸣响了，叫得那么吃力，那么孤单，然而它终于冲破一切地叫响了，给人一种不可言状、异样而复杂的感觉。在明亮的灯光下，郭成志伏在桌子上认真地分析了几种责任制。不断用红铅笔在上边画道道，觉得最适合自己的还是那种集体专业承包责任制。而前南峪村目前实行的农业、林果、畜牧几个摊摊的集体专业承包刚好和中央的文件相吻合。他觉得中央的政策真是实事求是，规定到老百姓的心坎里去了。

三中全会，果真是把实事求是的旗帜重新高扬起来了。

走自己的路，建设有中国特色的社会主义——这是改革的方向、历史的宣言，也是人民的选择。

郭成志不是一个只窝在山沟沟里的支书。你可以历数一下，他在前南峪的每一个举措，哪一个不是和外面的世界紧密相连？没有外面大气候的促动，郭成志也不会有一连串的作为。但郭成志又不是一个盲从者，他的机智在于"为我所用"——紧紧抓住气候和时机，毫不犹豫地成我之事。

郭成志不仅自己对上了号，还饶有兴趣地对照了其他几项责任制，特别是"家庭联产承包"。他从报上看到，大包干使安徽农村沸腾了！广阔的田野人欢马叫，农民们分组分地昼夜不停。分到地的小组购化肥、买耕牛、置家具、选种子，田间地头到处是忙碌的身影，就连平时从不下地的老人和妇女也破天荒地参加了进去。

来安县前郢生产大队，过去是个穷得"叮当响"的山庄，那时"队长敲大钟，社员装耳聋；队长吹口哨，社员睡大觉；强拉拽着走，闲聊到地头；劳累一整天，赚不了一个蛋"。"包产到户"后，前郢人开始勤劳起来，他们把耕地看作财富，把荒地变成了熟地。往年，女人很少下地，现在，队长的媳妇领着七个孩子栽油菜。女社员徐富勤连"包产田块"的路旁都种上了菜。她高兴地对前来调查的县委书记王业美说："瞧！我的地界'扩大'了。"1979年11月，王业美再次来到女社员徐富勤家，徐富勤正在喜气洋洋地盖新房。她热情地把县委书记等人让进屋里，指着一个个几乎要被撑破的泥囤说："这儿是粮食，那里也是粮食。"

"包产到户"头一年，前郢生产大队便捧回来一个"金娃娃"：20年来，粮食第一次获得大丰收，产量比上年增产高达52.7%，创历史最高纪录；第一次向国家交售商品粮4500多公斤；第一次向国家归还贷款160元……

前南峪村党委第一书记郭成志

"包产到户"打破了旧的生产管理体制，为在贫困边缘苦苦挣扎的农民吹来了一股新鲜的空气。

郭成志觉得，"包产到户"对于贫穷落后、集体经济薄弱的地方，能暂时解决群众的温饱问题；对于领导班子涣散，甚至处于半瘫痪状态，"大锅饭"伤害了农民的感情，极"左"路线压制了生产力的地方，是调动农民积极性的激励机制。

他甚至狠狠地想：只有将土地"分"到户里，把命运交到他们自己的手里，人们才会奋起和"爬坡"。

后来，没几个月，"分"的趋势在农村迅速风起云涌，好像解冻的冰川，郭成志似乎可以听到冰块向前流动的互相撞击声；好像是流淌的岩浆，他可以感受到那炙烤肌肤的热风，它冲决着"一大而公"的人民公社管理体制，一直向前、向前，什么力量也不能把它阻挡！这倒引起了郭成志更进一步的思索。对于"家庭联产承包责任制"，也许他有着天然的兴趣。他还悄悄地想起了那次撤职后，把自家"自留地"种到了人人见人人羡慕的水平，他想真要是让我自己干，不说在村里数一数二，也跑不掉前三名。

但是，他对于那种大手大脚分掉公共积累，如电机、水泵、小拖拉机等的行为又极其看不惯，特别是分完就毁坏，有的还卖了废铁的做法，他震惊了，他仿佛感到巨大的火山爆发了。狂风呼啸，气浪灼人，沙石飞腾，岩浆横溢，到处是喷溅的熔岩，到处是烧焦的石块。这就是千千万万农民用血汗浇铸的人民公社吗？这就是社会主义的红色江山吗？不！不！郭成志心痛至极，气愤至极！他恨不能即刻赴汤蹈火，去阻拦这一切！他甚至想给上级有关部门写一封信，要求来人赶快制止。但因某种原因他终于没有写成。

是的，我们经历了一个大时代。我们穿越过各种历史的暴风骤雨。上至领袖人物，下至普通老百姓，身上和心上都不同程度地留下了伤痕。是深深地扎下了根，而且一辈子脱不出它的影响。——残留在人的血液里，一生中不会消灭，有时隐藏着，有时就以可怕的力量在外表上显露出来，使肉体感到了创痛。甚至在我们生命结束之前，也许还不会看到这个社会的完全成熟，而大概只能看出一个大的趋势来。但我们仍然有理由为自己生活过的土地和岁月而感到自豪！我们这代人所做的可能仅仅是，用我们的经验、教训、泪水、汗水和鲜血掺和的混凝土，为中国光辉的未来打下一个基础。毫无疑问，在这一历史进程中，社会和我们自身的局限以及种种缺陷弊端是不可避免的。但这绝不能成为倒退的口实。应该明白，这些局限和缺陷是社会进步到更高阶段上产生的。

可是，在具体的现实生活中，坚持前行的人们，步履总是十分艰难的。中国式的改革就会遇到中国式的阻力。

这时候，村里也出现了关于"分"的议论，一开始倒是不甚激烈，只是讲，人家都分了，俺们咋不分？

接着，一些人开始在背后做相反工作。这些"职业革命者"，尽管只有几个人，能量却不小。这些人在前南峪历次的大运动面前都曾经指手画脚说三道四，但那时候没有大的形势可以利用。这次他们总算可以利用"家庭联产承包责任制"的一个"分"字来做文章了。但他们根本就不可能理解中央文件的实质，是邓小平同志一贯倡导的实事求是。他们觉得自己腰板硬了，胆子壮了，不自在的日子就要过去了，好日子就要来了。他们认为，中央一号文件叫分，你郭成志为什么拦住不叫分？郭成志错了，郭明谦也就错了，前南峪的好多事儿，也一定是错了；错了还不改，等什么？我们要找乡政府、找县委，先跟上级诉诉苦，再把对郭成志和村党支部的意见全反映上去，看你郭成志还敢不敢阻拦？

那少数几个人鼓动私心严重的人在算一笔账：就眼前治理过的山，也有小四千亩。小板栗、小苹果以及山楂等果树长得都不错，如果分下去一家最少也分十亩出头。等到长大了那是多大的收入？可他们没有算这里边还需要多么大的投入，也从来不管那另一半光秃秃的山将如何治理？

一些私心严重的人的心窝上长了翅膀，又扇又抖。多少年苦心追求的东西，都好像排着大队在什么地方等着他们，只待前南峪村一分，由他们那么一招手，土地呀、小板栗树呀、小苹果树呀、东仓麦子西仓谷呀……这个那个，就会一下子来到他们的眼前。……他们想着想着，迷了，馋了，嘴角上不知不觉地滴了一滴口水。

那些少数人又煽动几个不明事理的头脑简单的青年人，说："办什么事，得看天时、地利、人和，不能光凭三分钟的热度，胡干傻干。那样，只能得个一时痛快，不会有长远的结果。一句话，办事儿得等时机呀！时机成熟了，我们能不干吗？错过此村无好店，离了此庙难烧香。你们，千万要把握住这百世难逢的好时机啊！"

俗话说：不挨大夹棒，难改旧脾性。少数人这一番话，简直把几个青年给吹胀了。听了少数人那一讲，特别想到中央一号文件叫分，他们浑身便更加发热起来。不过，他们明白少数人的用意，无非是要激起他们去当急先锋，打头阵。弄对了，大家都得好处；倒了霉，他们几个青年上刀山。因此，他们尽量装出一副不很热心的模样，盯了少数人一眼说。

"你们少做些天梦哩！"

"怎么是做梦？"

"你们有充分把握？"

"看你们说的！胆大成龙变虎，胆小只好抱母鸡哟！再说，又不是叫你们插旗称王，只不过给他们搞个乱子，有啥没把握？有啥怕的啦？这回你们看到了吧？咱们把话都敞开说吧：我们可是拼着命干了，把我们应当干的事儿，能干到的事儿，全干了！路子，我们给你们冲出来了。门，我们给你们打开了。这会儿，万事俱备，只欠一点儿风！"

两个青年同时问："欠什么风？"

那些少数人一字一板地说："只欠你们走不走，进不进了！"

一个长脸青年说："走！"

一个短脸青年说："进！"

一个白脸青年倒聪明了："我说，我说，这一回可别再像先头一样，打不着狐狸惹一身骚哇！"

那个长脸青年使劲搓一下手。他已经最后下了狠心，即便输个精光，也决不后悔。他坚决又勇敢："前思后想，真是到了走不走、进不进的紧要关口了！不管怎么着，是成还是败，先走上它一趟，干上它一回再说！"

一时间，前南峪被这歪风邪气刮得乌云滚滚了。一张张大字报、小字报贴在大队部门口，一封封告状信一直到乡里、县里，说郭成志和前南峪的干部顶住不分是不愿意放弃他们的"官位"，不愿意到地里参加劳动。当然这种可笑的谣言只能用信封装到别处。在前南峪这块山地上社员们只能嗤之以鼻。

更为恶毒之处，还在于他们知道郭成志是个孝子，在他逝去长辈的墓地上去做见不得人的文章。

1982年清明节，山野上所有的坟堆，都插了白纸钱。有没插结实的，被春风吹起来，在麦田和路上，随意地飘飘落落，渲染着清明节的气氛。像往常一样，郭成志和媳妇郭玉金，也要到英年早逝的父亲的墓地上去烧纸，以表达晚辈深深的哀思。

这天上午，浆水河两岸换上了春天的盛装，正是桃红柳绿、莺飞燕舞的时光。阳光照着已经拔了节的麦苗，发出一种刺鼻的麦青香。路旁渠道的流水，清澈见底，哗哗地赶着灌溉大田里的麦苗。郭成志扛着铁锨，郭玉金手提着竹篮，带着供品、香和纸来到了坐落在山坡根的墓地，将黄钱纸从竹篮拿出来郑重地放到父亲的墓前。然后用火柴点着，郭成志和媳妇就站在父亲的墓前，看着春风掀动父亲坟头的野草，一束束的狗尾巴，一簇簇的野蒿，一丛丛的无名荆棘。春风下，衬着空旷的山野，显出几多的荒凉，几多的辛酸，几多的屈辱，几多的孱弱。啊！爸爸！难道你去后的土地，那人生无可逃避的最后归宿，也因了你坎坷不幸的命运而使自然界的生命也蒙上了一层悲凉的阴影吗？也给它们带来了辛酸吗？

他们正弯腰鞠躬的时候，郭成志眼睛扫到了父亲的墓头上觉得有些异样。待悼念完毕，他急忙到墓头一看，一块土被挖过又掩埋上，新土翻上的迹象依稀可辨。他用手指往下扒拉两下，看到一根桃木直直插向坟墓下方。

贴近中午的太阳，火辣辣地刺着郭成志那满是汗痕的脸；他的太阳窝上的青筋，都一根一根地鼓了起来，一鼓一鼓地跳动着；嘴唇上裂开好几条小口子，朝外边渗着血珠儿；两耳发鸣，两眼冒着金星……

此举意味着什么呢？按照我们的先人古老的传说，桃木最能辟邪。那么，你郭成志家所以出了郭成志这么个"邪人"，分明是上辈的坟地风水不正，今天就是要用辟邪的桃木给你镇压下去。

这种令人愤慨的可谓正宗的"邪恶"之举，固然可悲至极又可笑至极，但又有着超常的刻毒！

他的刻毒之处，在于借污辱人家逝去的前辈，而戳伤后辈的肺腑；还在于以墓头上下插的桃木作剑，刺伤全家人流血的心窝。

果然，郭成志这个村里有名的孝子被深深地刺痛了。

郭成志掏纸卷着烟。他的两只手失去了往日的灵巧，好不容易才把一支烟卷好，一边抽着，一边从墓地朝村子里边走。他望望天空，天空高远，跑着几片花花点点的薄云彩；他望望大地，田里青葱葱的麦苗儿，亭亭而立，纹丝不动；他望望村庄，村庄是一片闷人的沉静；没有了黄色的烟尘，没有了拉化肥的轱辘声，也没有人们的欢笑……

他用手背抹去浓眉上的汗水，痛苦地想："爸爸啊！爸爸，您早在抗日战争之前就是我党的一名地下交通员，可革命胜利了您从无所求，一直在家乡顶门立户地当个受乡亲们拥护的好农民。爸爸啊！爸爸，您的人品，当年在全村男女老少的眼里，可是第一份的好人呀！"

如果说过去因为日夜带领社员们苦干，以改变前南峪人食不果腹的日子，像是无暇更多地思念父亲生前的人品和音容笑貌，随着年龄的增长和光景日益好转，郭成志每每思父之情日渐强烈。可是如今，竟然有人丧心病狂地用揳桃木橛子的邪恶之举，污辱失去的父亲，戳伤后人的肺腑，真是天地不容！

郭成志啊郭成志，自从你被卷进"分山"的旋涡之中，大字报反对，上告信反映，从未见你掉过一滴泪，今天这是怎么了？人们哪里知道，再坚强的男子汉，心里也有流血的时候。

这天回到家里，郭成志哭啊哭，直到哭累了，他才倚在桌边睡着了。

郭成志做了一个梦。天上的星星全都变成了父亲的眼睛，哗啦啦，一阵大雨落下，全是父亲的眼泪……

年近七旬的老母，因此而泪水涟涟……

亲爱的妻子郭玉金因为极度悲伤，而一反以往坚决支持郭成志的态度，试着劝丈夫："你何苦呢？不就是分吗，分下去省心省事还省力，何苦让人家糟践到老人的坟头上……"她抹着眼泪，说不下去了。

是呀，这些年，她吃得苦太多了。1974年郭成志被撤职党支部副书记时，她牵着刚会走的，抱着正吃奶的，泪人似的艰苦度日。1978年郭成志为了科技进山，保护农技师王金章，受到一些愚昧、落后群众的种种非难。眼下，郭成志又为了领导和组织全村群众治山植树，坚持集体专业承包责任制，遭人暗算……

"这样的家庭悲剧不能再重演了！我为什么非要担这么大的风险呢！"郭成志在心里说。可他转念一想："不行！党对我这么信任，我怎么能置全村群众的利益于不顾呢？"干，还是不干，郭成志苦苦地思索，妻子的眼泪和全村干部群众的恳切目光在他的脑子里交替出现。郭成志知道，如果我郭成志居然被一根沾着"毒汁"的桃木棍所吓住，那说明我这个人也不怎么样，起码是意志薄弱者，经不起什么风浪的考验。你不是连这么"下作"的卑劣手段都使出来了吗？刚好说明搞此下作之人的黔驴技穷，那么，我就给你来个"我行我素"，一切照常，全不理你那一套。

想到这里，郭成志提高声音对媳妇说："这会儿有些人逼在我们眼前呀！他们使手腕，就是想让咱们软下来，想让咱们不治山植树！我们不能软，遇到什么样的波折也不能软，我们要把治山植树坚持到底！"他轻轻地摇着媳妇的肩头，声音变得更柔和了，"玉金，我求求你，你帮帮我，帮帮咱前南峪。你要是真痛你的丈夫，你就站起来，把腰板挺起来，跟我去干咱们应当干的事情！我求你跟你丈夫一样，跟前南峪的大多数社员一样坚强起来。金钱买不了，刀枪吓不倒，困难挡不住，刀搁脖子不变颜色，永远当治山的硬骨头，不干到底儿不罢休！"

年轻的支部书记，又在这个农家小院，向他的媳妇，他的同志，他的党——发出了庄严的誓言！

南风被感动，不吹了；树木被感动，不摇了；小鸟被感动，不飞了；浆水河也被感动，闪着金色的波纹，低声地唱着赞美之歌……

郭玉金的眼光，凝聚在一个年轻人的身上。这个普通的共产党员，通身放射着耀眼的光芒。

很快，郭成志反倒换了一个人似的精神焕发，连在大街上走路的脚步都似咚咚有声。

制造"桃木"事件之人反倒神伤且萎缩了一截，新的"阴谋"在酝酿之中。

七

可巧，老天也出来替"为虐"者帮忙。那一年，麦收前的半个月，离中国北方的雨季还差很大的一截距离，却来了南方的"黄梅雨"，天阴得撕下一块云彩就能攥出一把水。雨一来便淅淅沥沥，烦死人地下个不停，说大不大就是没完没了。临麦收前为麦穗灌浆饱满得锄一遍地，就是不让你进地拉锄。

这天，早上下过一阵小雨，上午放晴了，两边地里的麦苗，却给雨水冲洗得青翠水绿，珠烁晶莹。空气里也带有一股清鲜湿润的香味。郭成志见雨停了，立即组织社员们下地锄麦子。他们两条胳膊抡着大锄，弯着腰，麦苗上的露珠沾在裤角上，溅在脚上。可是麦地太湿了，一下锄，湿泥粘在锄板上拉不动。社员们都叫苦连天，急得郭成志额上青筋暴得有小指头那么粗。只好眼看着麦子地里长出不少草，出现了从没有过的"荒麦田"。倒是影响不了多少收成，就是让勤劳惯了的前南峪人看着心眼堵得慌。

眼看到麦收了，天没晴了三五晌，小雨又没完没了地滴答个不停。中间还时不时来一阵大的，弄得麦子黄了又涨根返青。天稍微有一点缝儿，赶忙下地抢收麦子。一条条麦田如同耀眼的黄地毯那样从大道直伸到山顶。山坡上的麦子已经割完，捆成一束束，山麓的麦田却刚在收割。社员们站成一排，挥动镰刀，镰刀明晃晃的发亮，一齐合着拍子发出"咔嚓咔嚓"的声音。从捆麦子的妇女的动作、从割麦人的脸色、从镰刀的光芒可以看出来溽暑在烤他们，使他们透不出气来。

这会儿，有人发现了一个快手，大声喊："嗨，割到前边的那个人是谁呀？"

"哟，他割得可真快呀！"

"那不是咱们支书吗？"

"好家伙，他一个顶俩！"

郭成志没直腰，背上已浸透了汗水，转过头来，朝着喊叫的人笑笑；又拧了拧镰刀把，运了运劲儿，接着割起来。

他那割麦子办法挺特别，从地头上插镰起，割到另一头的最后一镰，一次腰都不直，割的时候不直，捆的时候也不直。别人割够了一把，就直起腰，转回身，放在地下，再割第二把，他是一把一把地揽在胳膊上，好像抱着似的；别人割够了一捆，再割一小把，打个"要子"，再捆上，他是割一把，抓着头一拧、一分，再把胳膊上揽着的麦子往下一溜，拦腰一扭，再一扭，顺着两条腿中间朝后一丢，嘿，就是一个麦捆儿啦！

郭俊刚虽然没有郭成志割得那样快，但他却割得仔细。他那右手握着的镰刀，像飞舞着的银蛇，闪光掠影，看不到准儿。偶尔有根麦穗掉落在地，只要用刀尖一钩，它就像被吸住了似的，一下子飞进了左手把着的麦捆里。当他发现他右手的张云海割得太潦草，丢得太多了。起先，他还顾虑到张云海是老社员，不愿意当着众社员叫喊，便咽了一口唾沫，不言声地把张云海丢遗下的麦子割净，把掉在地上的麦穗捡起来。他像做任何一件工作似的细心，那双眼不住地闪着亮，寻找着一棵棵掉落在地上的麦穗。一旁的社员看呆了。眼前这麦茬地，黄茸茸一片，麦茬有高有低，加上人走脚踩，间或长着杂草，粗心大意的人是发现不了那些掉落在茬间、草缝和土疙瘩后面的麦穗来的。可是，就是这些难以发现的麦穗，竟一棵也逃不脱他的眼睛。后来，他看看张云海越丢越多，而丢一穗麦子，郭俊刚就心疼一下。他想，这掉落的麦穗，包含着很多道理呢。看起来只是一棵麦穗，实际上它反映了一个社员对待集体的态度问题。张云海表现不好，割的质量太差，这跟新来的学生不会割而影响质量是两回事。想到这里，他实在看不下去了，也替他捡不过来了，便叫了一声：

"云海大叔，割净点！"

张云海斜了他一眼：

"你倒管得宽！又不是给你家割麦子！"

郭俊刚一听这话，气得脸红筋暴，对张云海这种损害集体的行为再也忍受不住了，他也管不得他是老社员了，就痛痛地数说他道：

"给我家割麦子当然不能让你这样乱丢，给生产队割麦子更不能让你这样乱丢。不要说比赛割麦，就是平常割麦吧，还能让你这样丢！你倒是割麦子来，还是抢工分来了！"

不一会儿，大车开进了麦地里，跟车的社员们，手里拿着绳子和木杈，一个个从车上跳下来；有一个人跳下来没有站稳，闹了个屁股蹲儿。

刚刚停下镰刀的社员们，都自动地跑过来，帮着搬麦子、归堆和装车。

有的用叉子挑；有的用手抓着，抡起麦个儿往车上扔。不一会儿，每辆车都装得像一座小山，上去几个人在上边摆，下边几个有力气的小伙子，喊着号子摇着"绞杆"，那小胳膊一般粗的绳索，把麦个子紧紧地缆住……

一辆辆大车装完了，装得仰头撅尾，跟车的小伙子先把叉子从车下扔上去，人也爬上去，趴在车顶上，还在上边打了个滚儿。跟割麦子的人嘻嘻哈哈地说着笑话。车把式庄严而又高傲地摇着那拴着红缨穗儿的大鞭杆，顺过长套里的牲口，又靠在车辕子上，"驾"地一吆喝，大车便带着响声，摇摇晃晃，顺着大路往回走，刚运到场上，雨随着风势又追到场里的麦垛上，把前南峪的支书、副支书，六七个大小队长都愁得脸上也和那天一个样，稍微一挤准会掉下雨点。

愁也得想办法把麦子打下来。

郭成志想起了浆水村今年的麦子少，赶忙去借人家的脱粒机，怕去晚了让别的村借走。还真不含糊，人家王支书刚把麦粒脱完，还没来得及再扫一遍茬，说："快让郭成志拉走！二遍不忙，用塑料布先罩上。"

就这么着，把人家浆水的七台脱粒机，连自己家里的五台，十二台脱粒机趁老天好不容易给的两天半晴不阴的天，昼夜连轴转地打开了麦子。社员们有的挑麦秆，有的脱离麦粒，干得十分卖力。遗憾的是，麦场上的麦秆太湿，常常堵塞脱粒机。一堵塞，就得马上停电闸。然后，大家赶紧跑去把堵塞脱粒机的麦秆一把一把地撕下来，直到把堵塞的麦秆撕光了，才能接着脱粒。这样反反复复，接连脱下去。

脱落了昏昏沉沉的太阳，又脱没了眨着半只眼的星星，脱粒机还是没赶过那雨脚来得快。刚刚小了一阵子的雨，又哗啦一下大起来。雨，阴凉阴凉地泼在郭成志那结实的肩上、背上，顺着湿了的裤子，滚进鞋里。社员们来了雨就停，停了雨即干，这样催催赶赶，本来一个利利索索的麦收最多一个星期场光地净新麦进家，1982年这个腻腻歪歪的麦收过了足有二十天。

人和麦子都让雨水给泡了个精湿。

麦子损失了有三分之一。

分进家的麦子面蒸出的馒头一咬都粘牙，也有一股青麦子味儿。

当时，半个北中国的城里乡里都在骂那该死的老天，把好端端的白馒头给弄成了黏了呱叽没了香味的东西！

唯独前南峪，有几处人却在编算着，如何把麦子损失和吃黏麦子的味道这笔账算在郭成志他们的头上。

这天下午，村里的一些人拥到大队部院里吵吵嚷嚷："上级叫分山到户，这是坚决性的，说出大天十九点来，也得这么办！"

"分山到户是群众大伙的要求，郭成志要改它，就是抗拒民主！"

"辛辛苦苦干一年，甭说分不到手里几把麦子，就是分到了，也吃黏麦子，这个生产队还有个屁搞头！"

……

那些人满嘴喷着酒气，高腔大嗓地喊着。

更有甚者，趁人们不注意，便又弄张黄表纸，写上郭成志的生辰八字，并批以"此人不行"的字样，压在要盖房人家暂放在街边的梁下；副支书郭玉先家里的锅，中午好好地蒸馍熬稀饭，到晚上一使，变成了四分八裂的铸铁片……

女社员徐秀萍家就在大队部斜对门，她正在家里蒸馒头，忽然听到大队部院里一片嘈杂的吵闹声。有人狂暴地叫喊："上头叫分……大队为啥拦着不让分山？啊？"

"别这么大吵大嚷的吧！有话慢慢说嘛！"大队会计劝解地说，"一点事就这么大喊大叫影响多不好。"

……

徐秀萍出门一看，立刻发现那伙人闹事，心里非常着急。她想：要是郭成志和大队主要干部知道了这件坏事情，立刻就会吹灯。可是郭成志他们又不会掐算，怎么能知道呢？她这会儿多希望有人去报告支书哇！

她这样想着，就放大了胆子，撒腿就往北街猛跑。

她跑哇，跑哇，没命地向前飞跑，恨不得按上翅膀，一下子飞到郭成志家里去，一边在心里嘀咕：他们正在大队部闹事，要让他们的阴谋得逞可怎么办呢？难道能马上收兵，老老实实让他们在大队干坏事吗？……这回也许他们蓄谋已久！可是，事情既然已经逼到这个地方，她也就非报告不可！

"他们就是不想让咱庄稼人治山植树，成心使坏啊！……"

她眼前闪过那伙闹事中的一个领头的，那张多肉的、带着几颗大麻子、胖头胖脑的圆脸。

她不能停止奔跑，不能任他们这样破坏前南峪的山区新农村建设，阻止社员们发展集体经济，她不能上他们的圈套。想到这时，她似乎感觉到她的责任十分重大！

突然，路旁有棵枣树枝钩住她，刺痛了她的双手，但是她还是继续奔跑着。她冲向北街。这女人来到世界上二十四年，第一次这样迅猛地奔跑！

几只扭动着胖身子的鸭子被她惊得"嘎嘎"乱叫，一群玩得入迷的孩子被她吓得直瞪眼。

她喘着气。胸部和腹部都已扩张到极限，似乎马上就要爆炸了。她的眼睛向外鼓着，像是两只气泡。一切都要爆炸了！她拼命地跑过大街，穿过胡同，一口气跑到郭成志的家。她已经喘息得上气不接下气了，差一点摔倒在那院子门上，一手扶住墙，才算站稳了身子。

院子里非常安静，没个人影，也没有声音。

她缓口气，朝里喊："成志哥，成志哥！"

郭玉金应声走出屋来，到门口一看，几乎被吓了一跳。再看看徐秀萍一身的尘土，满脸的汗珠，似乎刚跟谁打了架，就更惊讶了。于是，她用一种很热情的声调招呼徐秀萍："屋里待待吧。"

徐秀萍急火火地说："不，不。我找成志哥。"

郭玉金问："你有什么事儿吗？"

徐秀萍气喘吁吁地左右看看："有，有。"

"他不在家。"

"哎呀，这可怎么办？"

"要一定得找他，就等一等。"

"我是放下馍头锅跑出来的，得赶紧转回去。"

"要是方便的话，你对我说吧。"

"好，好，我就对你说。你可千万想办法，立刻告诉成志哥，一会儿也别耽误，越快越好！"

"你就说吧。"

徐秀萍看看身边没人，才一边撩起衣襟擦着脸上的汗水，一边挥着手不满地说："村里一些人跑进大队部吵吵要分山……"

"啊？！"郭玉金大吃一惊，两只眼睛睁个溜圆地盯着徐秀萍问："这话是真的吗？你听谁说的呀？"

徐秀萍说："是真的，我亲眼看见的。这会儿正在大队部吵闹。"

果然，郭玉金所担心的乱子捅出来了。如果说，村里一些群众对中央一号文件暂时理解有偏差，是她意料中的事，因为这是需一个过程的。可是他们不顾前南峪村治山植树的实际情况，盲目吵吵分山，这是她意想不到的。忙问："吵吵的人多吗？"

"来了一大群。"徐秀萍答。

"大队会计怎么说的？"郭玉金又问。

"大队会计也没办法……"

"唉！"郭玉金一听这话，就像有人在她心头上扎了一刀似的。她咬着牙，轻轻地叹了一口气，她不愿把自己对大队会计的不满情绪，暴露在

· 417 ·

一个社员群众面前。

郭玉金心里一时就像开了锅的水一样，到处乱冒泡。她想：那伙闹事的人也太成问题了，他们对中央一号文件还没有吃透精神，怎么就胡作非为呢？这样大的事，他们也不好好动脑筋想想，前南峪村的十条大沟，才治理一半，就吵吵分山，要是真分了山，一家一户管理的了吗？再说了，剩下的那一半山还治不治理？他们怎么能这样煽风点火？逞什么能呢？他们这不是存心往党支部脸上抹黑吗？这样搞下去怎么收拾呢？……接着，她的抱怨转移到大队会计的身上了。她想：你大队会计怎么就不拦阻一下呢？维护党支部的声誉，你就没有责任吗？在这关键的时刻，应该顾全大局呀！怎么连一个社员群众都不如呢……

郭玉金想到这儿，忍不住地一把扯住了徐秀萍的手："哎呀，谢谢你了，谢谢你了！"

徐秀萍说："你赶快想办法找到成志哥，千万别耽误！"她这样说着，扭头赶紧往家跑。

郭玉金不由自主地追了几步，见徐秀萍消失在小胡同里，她才转身往郭明谦家跑。徐秀萍那个闪光发亮的身影也好像紧紧地跟着她，在她眼前跳动不息。

郭成志这半天显得特别安然，从打农村改革到如今，谁也不曾瞧见他这么安然过。午前，他跟社员下地间谷苗，间得是那样的精心和细致。中午，他把前天从王斌家借来的一副破鞍子搬到柳荫下边，叮叮当当地凿打一阵，修理好了。过了晌午，他像往日一样，第一个拿着工具走出家门，招呼社员们下地间谷苗。一路走，他又说又笑，还叫小花牛跟他一起唱了一支名叫《我们在太行山上》的歌子。到地头上，他又给社员们念了一遍中央一号文件，还出了几个新题目让大伙讨论：什么是"因地制宜"呀，什么是"实事求是"，点名叫别人发言。一插手干活，他就脱下小褂，卷起裤脚，显着一股精神抖擞的劲儿，扑到地头上，抢间第一把谷苗。这情形很有点像运动员在起跑线上，全神贯注，争取那宝贵的一瞬间一样。为了能够在谷地中间干在全队的前面，他瞪着两只眼，死死地盯着谷苗儿，间了一把又一把。有时候听见身后有唰唰的响动，他知道是社员们快赶上来了，间得越发快了，转眼之间他就抢到别人的前面去了。

跟在人群后边的小花牛一个劲儿喊叫："成志叔真棒！成志叔真棒！"

这时候，有一个急行而来的人，离开了小路，横垄拔斜，蹿沟越壑，通过大片耕地，直打直地朝这边走。他穿着半袖的尖领汗衫，蓝市布裤子，头上的黑发随着脚步颤动。平时这形态显得很文雅，今天却让人感到这是一种十分紧张的样子。

郭成志认出这个人是小学校的青年教师岳亮，立刻猜到是来找他接洽什么事情的，就直起身，迈动两只光着的脚丫子迎了过来。

岳亮停住，一边用手绢擦汗，一边略带气喘地说："成志同志，有个情况，我得向你反映一下。"

郭成志说："走，到那边的树荫说吧。"

他们来到树荫下边，岳亮说："刚起晌，我正洗脸，小书梅跑来告诉我，村里少数闹事的人煽动几个落后青年，他们到大队部叫喊分山。我一听这个情况，倒抽了一口凉气，就紧走几步到地里来向你反映问题。"

郭成志打个沉："分什么山呀？"

岳亮说："当时我没有明白。只听小书梅说，中央一号文件叫分山到户……"

郭成志听着听着，心情像胡琴上的弦子越绷越紧。他脑海里闪现着一连串的问号：村里少数闹事的人，为什么要这样理解中央一号文件的精神？中央一号文件明明白白讲的是实事求是呀，前南峪村因地制宜，坚持集体专业承包责任制不正是积极贯彻落实中央一号文件的精神吗？他们明明知道前南峪十条大沟的治理才完成一半，为什么这时候非要喊叫分山？郭成志呀！这里头有"鬼"啊！蓦地，郭成志心中有一个苍劲有力的嗓子在怒吼："不行！把脑壳扭下也不得分山！"想到这里，郭成志说："我去看一下。没有这事更好，有，那就堵挡住它！"他刚要抬脚，又停住，嘱咐说，"岳老师，我们得吵一架，你在那种地方露面不方便，就不用跟我去了。办的结果啥样，我立刻到学校告诉你一声。"

岳亮觉着郭成志对事情考虑得很周到，就同意地点点头，还表示，回村之后他要继续了解一些事情，或许能摸到一点对郭成志有用的情况。

郭成志没回到地里，朝那边人喊一声"我回村有点事"，就从地边上拾起小褂子，穿上鞋子，急匆匆地往村里走。

午后的骄阳当头照，地里的谷苗有点打蔫，连风都是燥热的。

郭成志一边急忙迈步子，心里一边乱糟糟地思索。他感到自己的肩头上担负着一副沉重的担子。他必须去战胜重重困难。本来，对在前南峪村贯彻落实中央一号文件所遇到的困难，他是有思想准备的，然而，却没有料到如此尖锐复杂，如此障碍重重。他对岳亮报告的情况，基本上相信。因为他了解村里少数几个人根本不可能理解中央一号文件的精神实质。村里少数人闹事端，难道只是他们对中央一号文件理解有偏差吗？难道只是因为他们对中央一号文件不理解，而否定集体治山植树吗？不是！村里少数人闹事端，从来不是他们对中央一号文件理解有偏差，从来不是他们对中央一号文件的精神实质吃透吃不透的问题。他们从来就不去朝着有利于集体经济发展去贯彻落实中央一号文件，如果是那样，他们绝不会去干这种损害集体经济的勾当。村里少数人闹事端，而是在一个"分"字上做文章，想趁机占集体便宜。如果这样的事情真的发生了，会给前南峪的治山植树带来什么影响？会给集体的巩固和发展带来什么影响？关系太重大了。这是对党的事业，对前南峪广大社员负不负责的原则问题。这是一个严重的问题，这是执行不执行党的农村方针政策的问题，是关系着中央一号文件能不能在前南峪村取得胜利的大问题啊！在这个问题上，自己既不能胆怯——要像临危不惧的将士在战场上那样，勇往直前——又不能鲁莽。任何疏忽、简单、任性都会给党的工作带来损失。既要坚定，又不要主观；既要灵活，又不能调和。他暗暗地对自己说："成志呀，成志！现在不是在战场上打仗的时候了，现在转移到另一条战线——政治思想战线上来了。虽然同样是在战斗，但是斗争的方式不同了。要严格区分两类不同性质的矛盾，团结同志。对待那些属于思想认识上的问题，斗争的方式只能是说服，而不能压服。"

  他走着，想着，用手背抹抹头上的汗水，使劲儿咽了一口唾沫，润润干辣的喉咙。从前南峪历次大运动开始，到农村全面进行改革，有关村里少数人的踪影，像看连环画一样，一页一页地展现在他的眼前，如同浆水河的激流一样冲激着他的胸口。这些人在历次大运动面前都指手画脚，只是那时候没有大的形势可以利用。这样回忆的结果，在他的心头增加了对前南峪的热，增添了对前南峪的爱，消了气，减了怒。这使他更急速地迈开了大步，要把问题弄个水落石出。

  在村里的十字路口上，郭明谦和郭玉金紧张万分地从另一条街的东边朝西街走过来。

郭成志从两个人的神色中猜到，他们也听到这个坏消息了，就快走几步迎上，急躁地挥了下手，小声问："村里少数人又使了什么圈套？"

"你都知道啦？"郭明谦奇怪地张着大眼问。等他知道岳亮来反映过情况后，才明白是怎么回事。

"唔，你就说说怎么乱吧！"郭成志压着火气说。

"怎么乱？"郭明谦脸色如铁，脚步不停地回答，"这回村里少数人，真是可恶至极。他们想利用中央一号文件闹分山，破坏治山植树，还污蔑我们实行集体专业承包责任制搞错了。"接着，他把从郭玉金嘴里听到的话对郭成志说了一遍。

"什么？搞错了？"郭成志跟郭明谦并肩急行，感到一股火冲到脑门，他气愤地说，"这事挺玄乎，村里少数人是有目的。"

"对！要我说他们这样闹腾的目的，是想趁机从集体狠狠捞一把。"郭明谦说。

郭玉金追在后边，冲着郭成志说："我想到地里找你去，又怕误了事，正着急。你怎么知道的呀？"

郭成志两只愤怒的眼睛盯着前方，说："因为走歪门邪道的不得人心。"

郭玉金听男人这样说，脑际豁然明亮，犹如从黑暗漫长的隧道里走到出口处一样，会心地微笑着，停住了步，信任地望着男人跟郭明谦走远的身影，一直到看不见了，才转身回家，等候着消息。

当郭成志和郭明谦两个人说话之间来到大队部时，一场双方对骂的冲突，快要发展成动手打架的局面了。郭成志一步跨到院门口，拦住道，两眼像刀子一样直戳在村里少数人那一张张倭瓜一样的、烧纸一般颜色的脸上。

村里那几个人的下作行为惹怒了前南峪三百多户的社员们，他们呼呼啦啦地站了出来，朝那几个人愤怒地喊道：

"你们怎么胡说八道呀？安的什么心？"

"群众大伙啥时同意不坚持集体治山植树，而分山到户啦？"

"你们口口声声为了社员群众，为了治山，你们看看，社员们在干啥？你们这一闹，山上的人就少了，是治山，还是破坏治山？"

"今年是遭年景，要不是郭支书领着群众抢收抢打，就是这粘麦子你们也吃不成！你们拍拍五花良心想想，是不是这样？甭光睁着眼说瞎话！"

"你们有意见可以向大队干部反映，凭什么骂大街？"

"你们几个说点天地良心话，这一程子，你们都干了什么勾当？你们煽动落后群众闹分山，写上告信，你们是不是一个个地道的坏东西，啊？……"

郭俊刚没听完肺都气炸了。这会儿，他"呼"的一声跳起来，朝那几个人抡着大巴掌喊叫："郭支书怎么抗拒民主啦？说清楚点！你们平白无故污辱人不行！"

整个大队部门里门外乱喊成一团，吵成一个蛤蟆坑。

最气愤不过的是郭双群。他又吃惊、又奇怪地看着那几个闹事人，又看着郭成志。这会儿所发生的一切事情全是他想象不到的呀！他爱戴自己的支部书记，他觉得全前南峪的人都爱戴自己的支部书记；支部书记像碧玉无瑕，像真金放光，像钢铁一样放在那儿叮当响。尽管有人自私，有人落后，可是他做梦也不会梦到会有人说支书的坏话，会有人反对坚持集体专业承包责任制……可是现在，明明白白有人在反对支部书记，而且是当着支部书记的面，又是那样振振有词。这是怎么一回事呀？支部书记，你是个光明磊落的人，你是个勇敢的人，用几句严厉的话就可以把他们那几个人顶回去，可是你为什么不开口呀？

蹲在凳子上的郭成志，比任何人更加清楚村里少数人闹分山的严峻性。的确，正如公社新任书记董玉科所说，治山问题上的风波是很复杂的，最容易和其他方面的问题粘连起来，而其他方面的问题，也常常要假借治山问题表现出来。这是那个时候太行山区农村问题中常有的一种现象。前南峪村的干部们，在这方面还缺乏足够的经验，不知道这一切都源自一双黑手，利用了一部分农民的自私心理，在背后兴风作浪。一旦接触到"治山"两个字，都感到有种压力。虽然，他们不相信那些像黄雀儿一样的乱叫唤是实情。眼前，前南峪村不是有少数人在叫嚷分山，要维护社员的利益吗？他们扯起一副"正人君子"的架势，仿佛比谁都更懂得中央一号文件的精神实质。可他们当面是人，背后是鬼，躲在阴暗角落里兴风作浪——难道他们打着中央一号文件的幌子闹分山，真正是在维护农民利益吗？不，绝不是的！他们是要利用广大社员中少数人的小私有心理，在党员干部和社员中间制造纠纷，破坏农民队伍的团结，从而破坏集体治山植树工作，达到他们阻拦广大社员建设社会主义新农村的目的。这就是前南峪党支部当前所遇到的问题的实质。

此时，郭成志自然是被震动了。村里那几个人突然间提这样的根本问题，反对集体专业承包责任制，要分山到户。说生产队搞糟了，麦子减产了，吃了黏麦子，还反对自己，使他又意外，又惊讶又气恼。他的倔强的性格，他的强烈的自尊心，对这种野蛮无理的污蔑是绝对不能容忍的。他胸中的热血在沸腾，怒火在燃烧；脸色从红到白，又从白到红；浓眉在抖，嘴唇在颤；两只铁锤一般的拳头在裤子兜里攥得紧紧的，骨节儿咯吱吱地响。这会儿，他嗖的一声从凳子上跳下来，威风凛凛地朝那几个人跟前跨了一步。

屋子里的人，屋外边听声的人，全都让他这一下子惊呆了。抱小孩的妇女们吓得往后缩，她们唯恐打架的双方失手，打了她们的孩子。郭俊刚、郭双群、张庆天他们被感动了，由感动而敬佩，由敬佩而义愤，由义愤而激发起一种类似"同仇敌忾"的情绪。这种情绪抵消了年轻人的本来就易于丧失的理智。于是，在盲目英雄主义的驱使下，他们全都站了出来，朝那几个人那边挤。女青年团员们也不肯错过这一表现英雄主义的机会，纷纷跟了去。

一边一群人，都是横眉立目，像两军对峙，剑拔弩张。

院子里、屋子里，被一片紧张的气氛笼罩了，连空气都显得沉闷压人。

本来郭成志早就想找个机会，应该好好惩治惩治这几个闹事的人，让社员们出出气，自己也痛快痛快。……可是，当他跨到那几个人跟前的时候，他仿佛突然记起了什么似的，心想："不！不成！这样虽然能把他们治住，可合不合乎政策呢？……"想到这里，他突然冷静下来，慌忙之中，郭成志不能一下子理出头绪，他努力地在镇静自己：自己是党支部书记，不是一个普通的社员，多少人都在看着自己，有一点点想得不周到，有一点点莽撞，都会带来不可收拾的恶劣后果。应当顾全大局，讲究策略，应当忍耐。这种忍耐是痛苦的，痛苦也得忍住！他用一种年轻人少有的抑制力，压住了被冲激起来的火焰，装在裤兜里的拳头慢慢地松开了，咬紧的牙齿松开了；稳了稳心，透了口气，便转过身，把郭俊刚几个人拉开，说："都坐下，让那几个人把所有的话都讲完！"

郭俊刚像不认识郭成志似的盯着他的脸。村里少数人反不反对坚持集体专业承包责任制，郭俊刚并没有过多的担忧。一场伟大的社会主义农村改革，行不行？干不干？怎么会取决于村里少数几个人！笑话，简直是天大的笑话！你不赞成，社委、县委赞成，我们亲爱的党赞成！当然，从全村相当一部分社员群众中，郭俊刚也想过，可能对中央一号文件的精神还没有完全吃深吃透。但经过今天的风波，郭俊刚心里更踏实了，坚信自己和广大干部群众走的道路和方向是正确的，前头没有克服不了的障碍。但支部书记怎么啦，对村里少数几个人闹分山，是默认了，还是忍让了？不能默认，这些肮脏的东西跟你一星一点的关系都没有；不能忍让，这是原则问题，这是关系着你在群众里的威信问题，这不是小事情，让他们骂了，往后你还怎么在人群里说话？你不为这种软弱的行为感到羞耻吗？作为一个年轻的共产党员，他不忍看到党支部书记当众受辱。他觉得那也是对他自己的一种侮辱，对所有前南峪共产党员的一种侮辱。他必须维护全村共产党员的共同人格不受亵渎。他是经常用这把尺子度量自己也度量每一个共产党员的品格高下的。郭俊刚也反过来想，支部书记有自己的难处，他要团结同志，他不好自己开口，那么，作为共产党员的郭俊刚，作为同志的郭俊刚，他要保卫自己的支部书记，要保卫原则！至于能否扭转这种局面，怎样扭转，他并无把握，更缺少自信。不错，在社员群众当中，他深知自己有着牢固的根基。十几年来，他的足迹遍布全村所有生产队。他熟悉他们，爱护他们，关心他们，甚至，还很有些同情他们。他骂过他们，也挨过他们的骂。他的耳膜曾被他们的牢骚怪话几度磨起茧子，他也时时将自己胸中的郁闷烦愁借机朝他们发泄过。这种正常而又畸形的沟通，在他和他们之间架起了理解和谅解的桥梁。可是今天……

郭俊刚想到这儿，就挺身而出，挤到郭成志的前边，站到那几个人的跟前，对郭成志说："郭支书，你没有一点儿错处，坚持集体专业承包责任制是对的，全是那几个人的污蔑，不能让他们满嘴喷粪！"

郭成志平静地说："可以让他们讲！"

郭俊刚涨红着脸，两只冒火的眼睛盯着郭成志："为什么要听他们骂？"

郭成志说："应当听一听。"

郭俊刚说："我就不能听，我听不了！"回头对那几个人，"你们滚出去，这个地方没你们的位子！"

那几个人不屑地瞪了郭俊刚一眼："算了吧，用得着你来帮狗吃食！"

郭俊刚闹了个倒憋气，心里一阵难忍的剧痛。他急眼了，逼过来，盯住那几个人的脸，一字一句地反问："你们说什么？我没听明白。"说着，就要揪扯那几个人。

"别碰着我！"那几个人见郭俊刚凶凶的样子，吓得朝后一退，差点儿撞在一个妇女的怀里。

那个妇女一边护着孩子，一边低声骂道："死东西，你们才是一群疯狗！"

郭明谦经过像郭俊刚类似的痛苦斗争以后，他已经多少明白了郭成志的心意。他忍住怒火，拉住郭俊刚说："俊刚，坐下，成志说得对，应当让他们说，我们应当听听，不在这儿听，你到哪儿能听这样的话呀？"

郭俊刚怒不可遏地挣脱着别人的拉扯，说："不，不，你们谁愿听谁听，我不能听，我就不让他们说！"

郭成志一把将郭俊刚拉过，严厉地喊着："我命令你坐下听！"

郭俊刚一抬头，呆住了。他还是第一次在郭成志的脸上看到这副威风逼人的气势，第一次受到郭成志这样粗鲁的对待。可是，让郭俊刚反过来顶撞自己的支部书记，他的勇气又不足了。他愤怒、痛苦又委屈。一双眼睛，在阳光下闪烁着不驯的，甚至是敌意的目光。这一双咄咄逼人地盯着自己的目光，使郭成志意识到，今天，他和郭俊刚——自己朝夕相处的战友之间的关系，是异乎寻常的。郭俊刚随时都可能将他——自己平时很信任很敬重的支书，视为敌人。正是由于清醒地意识到了这一点，郭成志瞬间觉得，内心产生了一种奇异的自信力。他仿佛觉得，自己的身体倏然高大了许多，高大得完全有足够的力量担负今天可能面临的无论多么严峻的事件。

"这里是前南峪生产大队的队部，我绝不允许任何人做出违犯常规的事情。"这番话他说得很镇定。镇定中显示出凛然的刚勇。语气中暗示出明显的潜台词——今天我是怎样说就要怎样做的！

郭俊刚在犹豫状态下迟缓地坐在凳子上，真想哭。可是他极力地忍住，没让眼泪流下来。

一场要爆发起来的殴斗被压下去之后，郭成志回转身来，心平气和地对那几个人说："你们继续说，把所有的话都说出来！"

那几个人靠在墙壁上，嘟囔着说："说完了，就是分山到户，就是今年吃了黏麦子，就是……"他们翻来覆去这几句话，而且声音一次比一次低。

这会儿的郭成志比任何时候都要平静似的,其实,怒火过后的痛苦,压得他胸口都有些发疼了。他蹲在凳子上,两眼紧紧地盯着那几个人,见那几个人再说不出新样了,就又一次站了起来,朝他们扫了一眼,压抑着满腔的激愤,用冷静的口吻、进攻的内容开口了:"你们把话都讲完了是不是?好。你们骂我的那些话,是对,还是无事生非的谣言,咱们先留着,往后有空再说!咱们前南峪,因为实行集体专业承包责任制,就掀起这么大的风波。当然这场风波还没有完,很可能还要闹一闹。我看闹一闹也好,可以把矛盾闹出来,闹出个青红皂白来。至于说今年小麦歉收,吃黏麦子,这是因为天灾,谁也不用借天灾制造事端!你们说生产队那些话,咱们得马上讲清楚。现在咱们先谈直接关系着生产队的事儿,就谈坚持治山植树吧。这不,社员们也来的不少,你们就冲着大伙讲一讲,有什么理由要违背中央一号文件精神,要分山到户!说吧!"

那几个人找不出新词儿来,还是反复那句:"上边叫分,怎么不该分。"

郭成志要借这个机会教训一下那几个人,心头涌满了气愤,浮满了怒火,话音突然升高起来:"咱们大家谁也别发脾气,别背后编派人,更用不着骂街。有理走遍天下,无理寸步难行,咱们全都心平气和地讲理。我问你们几个,满地庄稼是土地自己长出来的呢,还是社员们坚持专业承包责任制,用血汗干出来的,你们对大伙说说!你们再把前南峪的历史翻翻,过去我们全村每年顶多亩产多少斤粮食?超不过五百斤吧?最近几年大家修水利搞科学种田,粮食年年增产,就说去年吧,绝大多数地块亩产都接近了吨粮。再说,全村十条大沟,刚治了一半,正需要统一管理,要是分山到户,还怎么统一管理?而另一半大沟呢,正在集中治理,要是分山到户,哪家能治好那五条大沟?你们冲着大伙说几句公道点的话,这不是生产队坚持集体专业承包责任制的优越性?这个生产队坚持集体专业承包责任制怎么搞糟了?糟在什么地方?你们应当把这笔账算清楚,应当更爱这个生产队,维护这个生产队。只有这样,我们就可以年年增产,大伙都过好日子呀!当然啦,有些人一时想不通是可以理解的。有的人想借机闹事我们也不怕,愿意闹你就闹吧,有多大本领都施展出来,看前南峪的天塌得了不?"

郭成志讲到这里,向人群里看了看,见人们都在认真地听着他讲话,每个人脸上都显露出一种异乎寻常的表情。大伙儿听着这笔清清楚楚、实实在在的账,都连连点头称是。那几个人都被他镇住了,深深低埋下脑壳,仿佛人都矮了半截。好大工夫他们才慢慢回过神来,待怯怯地翘起眼角看郭成志时,却见郭成志身后立着好些人,其中有手脚粗大的张清、泼辣得像一团火的李雪梅。全都那么鄙弃地、激愤地怒视着他们。尤其是长着连鬓络腮胡的、比谁都高大的张清,两眼射出来的,简直就是两条足以把他们打碎的钢鞭!

蹲在窗户外边的赵志杰和李玉民听了郭成志的话,感到浑身充满了新的力量,一边对火点烟,一边也不住点头。

郭成志又转向社员们说:"乡亲们,不要慌,不要乱,有上级党委撑腰,有大伙的团结一心,还有什么怕的呢?把咱们劲头儿拿出来,该上山上山,该出工出工。咱们山里人要的就是实,不实际,净想自己的歪点子,甭看他凶,成不了事!"

郭成志是沙哑着嗓子,捂着隐隐作痛的肚子说给社员们的,他那严重的咽炎和早就做下的胃病犯了。这两种病是他领着社员们战天斗地引水治山落下的"实惠"。

听到这里,围观的人们就呼呼啦啦往外拥,一群一伙,一路走,还在议论不休。那些闹分山的人见势不妙,也夹在人群中趁机灰溜溜地离开了大队部。

郭成志的这次犯病,不是那几个人"下作"的成果,而是那一场恼人的麦收日夜操劳留下的"痕迹"。

公社书记董玉科听说郭成志病倒在炕上,赶忙来到了前南峪。他迈进里屋门槛子,忍不住一阵揪心的疼痛。他望着郭成志那张亲切、熟悉的脸。在这张棱角分明的脸上,他看到一条条经济沟鲜花盛开;在这张淳朴温和的脸上,他看到成千上万坚持农村改革的人们在拼搏。他听着郭成志那短促的呼吸,在他的感觉中是强有力的,是要求摆脱贫困,争取美好富裕的战斗呐喊!他不能离开这个治山典型,前南峪不能离开这个党支部书记……

董玉科以为委屈加气愤,把郭成志这么一条硬汉子摆倒在炕上。他推心置腹地在郭成志跟前说:"成志,党和人民是了解你的,你大胆地干吧!"

郭成志在病痛中,好像在黑夜里,徒步在茫茫的野外,忽然听到一种声音,看到一片火光,他的心一亮,两只眼睛睁开了,凝在董玉科的脸上。他的一只瘦弱的手,缓缓地抬起来了。

董玉科把郭成志的手,握在自己的两只火热的大手中间,轻轻地抚摸着。

郭成志的嘴唇动了半天,声音微弱地说:"董书记,你理解错了,我根本没怕那个。我怕的是社员们麦收受了损失,怕的是前南峪的孩子们吃那粘牙的麦子面往外吐。"

董玉科这才明白了郭成志的病因,因而也就有一股子感动和豪壮,说:"成志,你要好好养病啊,有什么困难,就给我说!"

八

局势比郭成志预料的要严重。

上面有人传下话来,说是地委开了书记会,要直接下文件撤郭成志村支书的职。

郭成志听了这句话,不由得浑身一震,感到委屈了,他一遍又一遍地问自己:"果真能那样吗?"

郭成志也感到有一股子压力在使劲地压迫着自己。他当了五年支部书记,他领着大伙跟天斗,跟山斗,跟那几个人煽动"分山"的错误思想斗;现在还给他拉开一个新的阵势,如果真像上面有人传下话来那样,还要跟一个有错误的"上级"斗。他对这个"上级"又不是十分了解,但无论如何,也不能没有调查,不相信前南峪三百多户群众,而信听那几个人的错误反映,"莫须有"地撤村支书的职。

他想:"你郭成志真的是怕丢掉那个连芝麻官也够不上的官吗?"

他马上坚定地回答:"不是!"

那么,你郭成志的压迫感来自哪里呢?

他的心在回答:"俺郭成志怕的是丢掉治理大山的权利!"

如果真像上面有人传来话那样,那样的"上级"错误地给"那几个人"加油,给前南峪全村群众泼冷水,这是原则问题,损害了党的利益;在一个党员来说,没有比党的利益更崇高的利益了,应当豁出个人的一切,坚决保卫它;如果在这个问题上对别人让步,那就是最大的罪过!……年轻人想到这里,有了主心骨,也有了力量。

看着郭成志这几天的沉闷心情,郭明耀、郭明谦、郭玉先呼呼啦啦地围上来，仰起惊恐的脸，都来劝郭成志，说："成志放宽点心，共产党哪有那么不讲理的政策？真要是把你撤了，也就没有咱这个班子啦，谁也不干了！"

郭成志这才警觉起来："可不敢那样。要跟同志们说的话，我过去全说了，用不着再多讲。一句话，不管什么风，什么雨，什么云彩，什么火，我们永远要做前南峪的硬骨头！今天话说到这儿了，我成志还得拜托各位。我真要被撤职了，你们一不要闹，二不要告，你们还要变着法组织真想干事的群众治理咱那半截的山，不单治，还要把治好的山保住。千万不能把这两条丢掉！"

支部书记的坚定脸色和这几句有劲儿的话，把惊慌的人给稳住了；他们从支部书记嘴里接受了战斗的任务、战斗的勇气，也接受了胜利的信心。

郭成志最后提高声音说："同志们，考验我们的时候到了！加油吧！这也是对咱们这些人的锻炼哪！什么样儿的斗争都得经受经受，有好处。"

几个人一看支书都到这个份上了，还在想着他那个山，都憋足了劲头，心里说这个人真是铁了心了，咱们平时理解人家支书怎么说还是欠点火候，就从肚子里头冒出来一大堆决心："无论如何咱要维护人家郭成志，他上级官再大就不听基层组织的啦？咱又都不是哑巴，谁鼻子下面没个嘴，就不信正理压不过那歪嘴的东西。"

人们都看到郭成志的脸庞一天天憔悴。他那本来结实的脸庞，变得惊人的瘦了、尖了，颧骨和眉棱骨也特别突出。那套一个月前还穿得合身的衣服，现在显得又宽又松，好像是借别人的。

郭玉金早发觉丈夫情绪不大正常，知道他的心被复杂的感情交织着、缠绕着，昼夜担心的就是比什么都重要的山。她不知道是甜是苦，是酸是辣，反正样样都有，就忙变着法儿拣好听的给丈夫开心。她说："小年，俺倒是想起个法儿，咱不干支书了更好，到时候把山分下去，你我再加上两个儿子，咱成立个家庭治山队。咱把分给咱们的山治得好好的，栗子个大苹果倍儿甜，树又长得比哪家都旺都绿，不愁乡亲们不夸好，兴许十里八里、百八十里要来树咱们这个典型。一树典型人家就要来学，一学人家不也治开了山？这个作用比一村一乡的还大，那不也等于咱带着群众治了山？"

郭成志的额头起了皱纹，当真咧了咧嘴，苦笑了一声，心想郭玉金你真把我当成小孩啦，变着法哄我，就差买了玩具在我眼前摇得哗啦哗啦响逗着我乐啦。可又一想自己眼前的这个亲人也真难为她了，替自己担忧害怕不算，还得想尽法子逗自己开心。这份情，这辈子我郭成志报答不完，下辈子我还得接着报答。

想到这里，郭成志朝郭玉金说："你不要为我担心，我能挺住。比这再大的打击，我也能挺住。我活着，我工作，我苦干，不是为自己，也不是为咱一个家；我为的是大伙，为的是治山植树，为的是共同富裕！只要能够保住咱们前南峪的山不丢，丢了什么，我也不怕！"

媳妇的眼里又闪起火热的光，她说："对，对，小年，你是好样的，这才是真正共产党人的骨头！只要你能挺得住，我也就挺住了，大伙儿也就挺住了。"

年轻的支部书记站在一旁，着迷地看着媳妇。他忽然从媳妇的脸上发现一种异乎寻常的神情——铁块一样的硬，石头一样的冷。这神情绝不是因为对付那几个闹事的人引起的，那里边包含着种种复杂的心思：愤怒、气恼、焦急、担忧；最重要的，还是一种治山的勇气和胜利的信心。支部书记最熟悉自己的媳妇，他们的心思常常是一个样的，所以最能了解她，也最容易从她身上汲取力量……

两人正说着，上高中的儿子郭和平，背着书包放学回来了。十七岁的郭和平长着年轻、俊秀的面孔，和那细长的身段，都散发着青春的活力和生命的喜悦。虽然年轻而臂膀却是宽宽的、相当宽阔的年轻人的骨盆、又细又长的躯干、长而有力的胳膊，每一个动作的力量，柔和、敏捷——这一切都是常常使父亲高兴的，他常常欣赏自己的儿子。每天到家里，郭和平都欢蹦乱跳总是唱着那《外婆的澎湖湾》，歌声甜美极了，犹如夏夜河面上的一阵清风。今儿个放下书包却跑到旁边的屋里没了声息。两口子互相看了一眼，都猜到了儿子在外边可能听到了什么闲话。

郭成志这才向着对面的屋里大喊了一声："和平，你过来！"

郭和平不由得打个寒战，两条腿也在发抖。他瞧见了一副令人畏惧、比青石还要严峻的面孔，那两只眼睛里闪着寒光。他又用胆怯求助的目光左右瞧瞧，只有妈妈在一旁。躲吧，未免有些丢人；等着吧，父亲在叫自己。在他犹豫不决的慌乱中，父亲正在朝对面屋里看。只好硬着头皮顶着，用一双戒备的眼睛盯着父亲。

小院，宁静得连草动的声音也仿佛听得见，树木、屋檐，还有在那儿停下来的小鸟，都在一动不动地观阵，都在紧张地等待着一场批评吧？

四只眼睛对视着，彼此听到心脏跳动的声音。

就在这几秒钟里，郭成志忽然从儿子的脸上，看到一个穿着补丁衣服，背着挎篓，在狂风中砍柴的大娃子。忽地一闪，又看到一个衣着朴素整洁，情趣十分高尚，只知道努力用功，希望将来也像父亲一样做个清正廉洁的好干部。顷刻之间，郭成志的心情渐渐地变得柔和了！他的胸膛里，泛起一种异样的痛苦，嘴唇干动，一时竟说不出话来。

郭和平也敏感地觉察到父亲的骤然变化，把悬着的心放下了。他放开胆子，慢吞吞地走了过来："爹，啥事？"

郭成志朝着院子里放着的一个小板凳指了指，说："你坐那！"

院子里有一棵大板栗树，长着圆形的伞盖，挂满了黑绿色的叶子。像是一个天然的大帐篷，遮住偏西的阳光。从树叶间筛下来的花花搭搭的光点，跳跳跃跃地洒在他们的身上和脸上。这个地方本来十分风凉，这会儿风凉也有一种撩拨人心火的力量。

郭成志从衣袋里掏出烟荷包，又从笔记本上撕下一张小纸条，卷了一支烟点着，白色的烟雾，弯弯曲曲地在他头顶上飘起。等郭和平坐在板凳上，郭成志终于开口了，说："和平，跟爹说，你听到了什么话啦？实打实地照着原话说，瞒爹干啥？爹又不是小孩子，又不是纸人泥人，一捅就破，一摔就碎！"

懂事的儿子这才绕着弯子把话学给了心绪不好的父亲：

"爹，我看您就别再坚持了，把那山分下去吧。"说着，又快步到对面的屋里，从书包里拿出了一张报纸，递在父亲的手里，"您看，报纸上全讲的是'家庭联产承包责任制'，您非坚持您那个集体专业承包干啥？"

年轻的支部书记坐在一旁听着，他的眉毛拧在一起，脸色像黄昏一样阴沉。他抬眼望望天，虽然天空只有淡淡的浮云，但是他觉得似有无边的愁云笼罩前南峪上空，日色也昏昏无光。

郭成志听了自己儿子的一席话，知道儿子一准在外面听了受刺激的话，也就没再追问他。但是，作为父亲，他有责任向自己的晚辈在大是大非面前表明自己的心迹，特别是事情面临着如此严峻的时刻，首先让自己的亲人理解自己，是非常重要和关键的。于是，他严肃地对儿子说：

"和平,你还记得五年前的一件事吗?那时候,你还在村里上小学。爹也才刚刚当上支书。那年春里的一天,天擦黑了,爹从山里回来,看见咱村的一帮孩子在劈花椒树上的树枝。好端端的花椒树给弄得秃了吧唧。当时俺想,乡亲的烧柴太紧手了,连孩子们都为家里到处打柴。可那花椒树可不能劈,你把枝子都给弄下来,它明年还能结花椒吗?所以爹就把他们喝住了,狠狠教训了一顿。想小孩子们不懂事,骂一顿也就算了,没想到一进咱院门,看到搁在当院的筐里也盛着那花椒树枝。爹一看就明白了,一准俺家和平也去劈啦。爹那个火可就大了,一进屋就把你狠骂了一顿。你还记得吧,啊!和平?"

神色严肃的郭和平耷拉着脑袋瓜子,嘴里嘟囔了一句:"记的,爹。"

当妈妈的在旁边听着也把话插了过来:"孩子咋能不记得?当时你那个凶劲儿。"

郭成志着急地朝郭玉金打个手势:"不要讲啦!不要讲啦!你呀,你呀!"

他心里那种难言的痛苦又猛烈地绞了起来,说:"记着就好。爹当时想,既然自家的孩子也掺和进来了,那就得严着点处理,按照大会上讲的,该罚多少钱罚多少钱。记得爹当时就穿鞋下炕,在柜子里拿出了二十块钱,交到你的手里说,和平去,拿着二十块钱找大队会计张良伯伯,交给他,还要把为啥要交钱的理由说给他……"

郭和平还想洗刷,来减轻自己的过错:"真是,我知道错了,你非要我去……"

郭成志又一次止住他的话:"你呀,"他从左腿上放下右腿,交换一个坐的姿势,无可奈何地苦笑一下,"你为什么不敢面对现实?"

郭玉金大约也听得进入了角色,手中的活儿都放下了,又急着插话过来:

"孩子当时不敢接那二十块钱,也不敢去交大队,一个劲儿央求你,爹,你替俺交去吧。可你,一脸的铁青,哪有一点当爹的样子,不沾!这钱就得你去交!最后,孩子被逼得没法子,眼里含着泪,拿着二十块钱走走停停地去了大队部。你说你,当时就没给孩子一句好话,脸绷得像是要审问谁,跟判官似的。"

她的脸红一阵,白一阵,一双有些深陷的眼睛闪着泪光,鼻翼也轻轻地翕动。等郭玉金把话说完,郭成志对着和平的脸咧开厚厚的嘴唇憨憨地笑了笑，像是把五年前欠着儿子的笑脸给补了过来。然后，又继续对和平说：

"你知道当时爹为什么那样处理吗？为什么处理那么严吗？"

郭和平被这一连串的问题塞满了脑袋，瞪着一双大眼睛思考了一会儿，摇了摇头：

"俺没想过那么多，许是干部带头呗。"

"有带头严格要求的意思，可更多的是爹的心思在那山上。你妈也清楚，当时治山还没开始，俺那是多年来憋着的劲儿，终究要去治它。就是当年的冬天，爹就带着人开上了麻峪沟。咬紧牙关狠狠地干一场。以后就一个沟接着一个沟去治开了。你想，现时你也看到了，那山上密密麻麻的一山满坡的果树，都要去毁，家家的孩子去劈枝，那不等于山白治了？所以爹当时的处理就是给以后的治山准备下的。那时我处理你严，你不理解，等你醒过梦来，就知道我那样做是好是坏了。"

郭成志的话，句句都是实实在在，落地有声，像是火种，在郭和平心里点起了热情。

作为一个党支部书记，他想得更远，也更美。他心里有一幅前南峪发展图。他做梦都在叨念它。只要一沟一沟治理了，只要前南峪一巩固，这幅发展蓝图，就可以一步一步地实现，就可以来个突飞猛进。那时候在山坡上一层层修上水平沟围山转，山上山下种植果树；过上几年之后，生态经济沟到处是材树头、干果腰、水果脚……那时候，全县、全邢台地区、全中国都是一个样，都是富强繁荣，都是和美幸福的……那该是多么美的日子呀！为这种日子奋斗，把整个生命交出来也应当呀！

听到郭成志把话又转到了治山上，郭玉金晶莹的泪水又转到了眼圈里，心想这人三句话不离本行，说着说着又动了他那离不开的心思，就赶忙对儿子说：

"听见没有，和平，你爹一辈子想的就是他那治山。明白啦，就去那屋做作业吧。"

没想到儿子像是没听见妈妈说的话，坐在板凳上若有所思地在琢磨着什么，突然抬起头来，对着爹的脸努力地看了一会儿，下决心似的说：

"爹，俺什么都明白了，俺再不劝您了。"说着立起身来，快步走向了自己的屋里。

·433·

郭成志本来最后还想对儿子说些什么，不知道是儿子没容他说出来，还是最后又改变了主意，就这样结束了父子之间的一场对话。

太阳西坠的时候，郭俊刚带着一身泥土气味，走进党支部书记郭成志的院子里。

他走得很急，恨不能立时找到党支部书记，取得办法，解决村子积起来的问题，打开党支书郭成志思想上的愁疙瘩，顺顺利利地开进大篷峪。他绕过大队部的院子，通过南北胡同，一看党支部书记的院子门开着，心里一乐。

党支部书记在家里，还真是意外的喜事。他找到了靠山，找到了主心骨。党支部书记了解前南峪，了解村里的人；同时，他对一切看来很吓人的困难问题，从不焦躁和慌乱，总是从容不迫，总是一眨眼就能指出解决办法。郭俊刚跟他一起在前南峪治山植树，不仅了解，而且知心。郭俊刚把这位支书当作自己学习的榜样，一举一动都在模仿支书，又总觉着自己差得太远……

郭俊刚的紧张心情已经消除了一半儿了，就像没事情串门似的风风火火地闯进党支部书记郭成志的屋子里。

郭成志夫妻俩刚把神情从儿子那里收回来，郭俊刚就进屋没半分钟，立马又返回堂屋的水缸边，双手抱起铜水瓢，探着上身，仰起脖子猛喝，咕噜咕噜灌了一肚子凉水才又进了屋。

"我估摸着，你这会儿该到了。"说着，郭成志从抽屉里拿出一包官厅牌纸烟，扔给郭俊刚。

郭俊刚接过纸烟，摆弄着看看，笑着问："咦，你怎么也抽起烟卷来了？"

郭成志说："这是朋友送的，就等你来打包哪。"

郭俊刚说："我知道了，这是人家专门慰劳你的。"

郭成志说："慰劳谁的也不要紧，咱们是有福同享，有烟共抽。"

两人都笑了。

郭俊刚在郭成志旁边的一条凳子上一蹲，抽出一支纸烟点着说：

"支书，听说这两天就开进大篷峪？死人沟那点活儿可得交给我。我琢磨着得到死人沟上面仔细看看当年张角义军留下的碾盘，想着看出它点故事来。"

郭成志听了郭俊刚的话，抬起头来笑了笑，心想你都三十多岁的人啦，还是孩子脾气，又一想可不是嘛，俊刚这人可是个戏迷，平时村里来个戏班子什么的，都是他去张罗。前几年的样板戏，这两年这个奇那个传，张嘴就能数出一大串的名字，就是嗓子不好，还特别爱来两口，音还没从嘴里吐出来先把那个调给人家跑到外国去了。

这不，急着上大篷峪看那死人沟的碾盘，情有可原。

郭成志没有立刻回答。他撕纸、卷烟，又点着。遇着难办的事儿，他习惯用这个办法来稳定自己。过了会儿，他接上了郭俊刚的话茬：

"俊刚，咋说，社员们的情绪咋样？依你看大篷峪拿下来有困难没有？"

"啥？情绪！谁敢对上大篷峪有意见我敲不惊它？"郭俊刚一来了"激昂"，连当年赶大车的用语都用上了，没等支书接话，就又跟上了满口骂人的"街"，"谁要是阻碍俺前南峪治山，俺郭俊刚卷他八辈祖宗！"

郭成志这才知道郭俊刚今天是为啥来，刚才说要上大篷峪的死人沟看碾盘那是引子，许是想先把支书逗乐：你支书不是这两天情绪苦闷吗？先给你来句乐子解解闷。刚在心里有点感谢郭俊刚煞费的苦心，可又发觉这人的情绪不对，不能让他这样骂骂咧咧下去，那样，只能帮倒忙。想到这里，很多的事情都涌到郭成志的眼前了。首先是在冰天雪地上苦练抽鞭子技术，接着是郭俊刚专业承包全村八千三百亩山场的一万三千多株板栗树……

他心里说：郭俊刚是个很有前途的同志，爱憎分明，敢于坚持真理。只要在实际工作里好好地锻炼，将来一定会成为一个出色的青年干部。前南峪就是缺少青年骨干。现在青年民兵连长，由副支书兼职，实际上忙不过来。真正顶事的，就是郭俊刚了。自己对郭俊刚使用得多，可是具体帮助就太少了。以后应当改进呀！于是就对郭俊刚板起了脸：

"俊刚！你那嘴可得干净点，入了党了，不能混同老百姓。人家谁不让你治山啦？你这不是满嘴胡说八道吗？"

"不让治山？他敢！他们凭啥要撤你的支书？他们要是敢撤你，今晚上撤的，明儿一大早我就上北京！"郭俊刚变得差不多认不出来了，由于愤怒，他已经身不由己了，只不断地喘着气，发着抖，两眼闪出红色的光芒。

郭成志听着郭俊刚的话，感到了他的这种情绪的危险性。他想，必须尽快打消他的这种想法，不然不仅无助于前南峪人的大事业治山，对自己的事也会添乱：

"俊刚，俺告诉你，你可是个党员。当党员的，会不会工作，先看他会不会调动人的劲头，会不会再把这个劲头使用起来。真正的英雄是千百万人民群众。我们今天搞农村改革，更得团结一切可以团结的人，调动一切可以调动的力量，才能干成事。特别是在一定的时候，要懂得顾全大局，不能任着性子，想怎么就怎么，应当有忍耐精神。忍耐本身有时候不是退却，而是进取。就你刚才这样不管不顾地横骂乱卷，我敢肯定，什么事你也干不成。人应该冷静，干大事的人哪个像你那样，火枪筒子一样，一点就着就响！"郭成志知道郭俊刚最怕人家说他干不成什么事，所以这次专揭他的短，好泄他那股子横气，让他冷静下来。

果然，郭俊刚一听支书说自己干不成什么事，他怔了一下，短促而痉挛地呼了一口气，像生根似的蹲在凳子上。他紧皱起眉毛，睁大了眼睛，发呆地盯着郭成志。要是别人说，他起码得跟你抬几句死杠。这可是他最信服的人说的，他想许是真有几分道理，不然俺咋总是控制不住那脾气呢？往后还真得改一改，自己不是总想干成点让全村人都赞成的事吗？不改还是真不沾！便换了个人似的口气软了下来：

"支书，不是俺郭俊刚蛮横，俺是实在气不过，满天下哪有这个道理，为大伙拼死拼活地干，到头来还要撤人家的职？那些专门嚼舌头根子的人倒是有理了。长谁的志气呢？……"

郭俊刚说到这儿，胸膛里那股热流涌到了嗓子眼。

郭成志也静下来了。过了片刻，又仰着脸说："俊刚，这件事，你就不用再提啦。我现在不是好好地还干着支书吗？听我的话，最要紧的是把眼前的工作干好，治山的劲头可千万不能泄！其实，我们一点也不用怕他们。就像那些闹事的人，骂就把我们骂垮了？前南峪人要永远跟着党走，这是根基。谁不信，咱们让他到人民群众里边看看实在的。我们要重视这些问题，可是不用害怕。"

郭俊刚说："你说得对。前南峪挨门数，怀着坏心的人不过几个。"

郭成志本来知道一些旁的地方的具体情况，他不愿意在这个时候都说出来，依旧从原则上点拨郭俊刚："不过，当群众一时被眼前利益蒙蔽，闹不清方向，加上坏人一煽风点火，这样就会闹出一些不好的事来，像前几天那些闹事的人。我们不怕闹事，可是不闹事总比闹事好。所以遇到事儿，千万要冷静，要分清谁是坏人，谁是自己人；还得看准火候，摸清底子再动手解决，不能蛮干。"

郭俊刚说："你具体指示指示，我们应当怎么办？"

郭成志想了想："我有个初步想法。我想，先团结自己的力量，扩大自己的力量，分化落后的力量，把形势稳住，治山工作一刻也不能停。这是眼前我们最重要的任务。"

"是啊，支书，俺记着呢，记着呢……"郭俊刚在这样愉快、紧张的谈话中，他的眼睛明亮了，心中在沸腾，觉得有一种投入工作的火热激情，又是满怀力量和信心的。

郭俊刚不想走了，坐到天亮，谈到天亮才痛快。

郭玉金看看已经黑天了，就催他动身："俊刚，不早了。"

郭俊刚恋恋不舍地站起身。

郭成志知道他要走，就又朝前凑了凑，小声地补充几句：

"俊刚，俺求你个事，真要是有一天撤了俺的支书，你可千万别闹事，把气使在你家分的山上，种好治好你家的山，让全村人看看，你郭俊刚到底是个好样的！"郭成志想，把郭玉金哄他的话说给郭俊刚倒是满适合，无奈媳妇就坐在旁边，那样就显得作践了郭玉金的一片苦心，也就作罢。

郭俊刚听着支书对自己的要求，感到全身的热血又一股一股地往上涌，涌到半截还是给压住了："是哩，支书，放心吧……"边说边起身告辞，一出大门口就管不住自己的嘴了，"我骂他八辈祖宗！……"

九

夜深了，月亮高高地悬挂在深蓝色的夜空上，向大地散射着银色的光华。大街两旁那高大的白杨树，也向农家屋顶上院子里投下了朦胧的阴影。珍珠式的露珠，从白杨树的肥大而嫩绿的叶子上，从爬在老槐树上重重地下垂着的淡紫色的藤萝花穗上，悄悄地降落下来。

郭成志躺在炕上一直眼看着屋顶，久久不能入睡。这个屋子很矮，石座泥顶，看样子盖上总有五六十年了，柁檩椽架全被烟火蒸气熏得油黑油黑的。一盏电灯吊在隔山墙的檩条上，一灯两用，又照里屋，又照外屋。电灯的度数大概是不太大，灯光昏昏暗暗。

他的眼前好像放电影一样闪现出一幕幕农村改革的画卷："要吃米，找万里。"就是万里老前辈主政安徽时，发现安徽的农业问题比较严重，为拯救濒临破产的农村经济，他坚持因地制宜的原则，实事求是，大胆果断地支持了凤阳县小岗村农民的分户联产承包，解决了当地农民吃饭问题。

1980年春节前夕，安徽省委第一书记万里同志驱车来到凤阳县小岗村。充满节日喜庆气氛的小岗沸腾起来了。锣鼓喧天，欢声四起。欢乐啊！欢乐！实行分户联产的人们沉浸在欢乐里。小岗村耕田种地的人，谁不渴望迅速地摆脱贫困呢？他们衷心地为他们的开路人祝愿！他们多么欢喜找到一条通向富裕的金桥啊！

鼓在响，锣在敲，多少颗心在随着锣鼓声跳荡啊！

人们拥出了家门，把身穿棉军大衣的万里及其随行人员团团围住，他们把炒熟的花生大把大把地往万里的衣兜里装，并争先恐后地把万里请到自己家里，指着满满的囤子、鼓鼓的"草包"，自豪地说："看！这里都是粮食，过去队里的仓库也别想有这么多！"望着已经告别了贫困而欢天喜地的农民兄弟，万里，作为一名为中国人民的解放事业奋斗了半个世纪的老共产党员和安徽省的最高决策人，再也抑制不住内心的激动，热泪滴落在憔悴而坚毅的脸颊上。

"万书记，你来得是时候啊！""大包干"的发起者、生产队长严宏昌挤了过来，热情地伸过来手。

"呵，严宏昌！"万里惊喜地立即跨前一步，热烈地攥住了严宏昌的大手："听说你的闯劲很大，和十八户农民签字画押，带头搞起了'大包干'！"

严宏昌呵呵地笑着说："俺干这点事算不得什么，这都是党的十一届三中全会好，有你省委书记的支持、关心啊！"

万里十分兴奋地问："你作为队长，是过去好当，还是现在好当？"

"当然是现在好当。不用吹哨、不用敲钟，再也不会挨门挨户地逼着人们去上工。"严宏昌说。

"'大包干'真那么管用？"

"不管天灾人祸，我心里都有把握。除了能够吃饱饭，兴许给国家还有贡献。"

"行！你们这种办法很好，我很早就想，就是没人敢干。既然能解决农民温饱，可能对国家还有贡献，那你们愿意怎么干就怎么干。谁也不准再念'紧箍咒'！"

万里的小岗之行，对安徽农村的改革起了至关重要的作用。

但郭成志看到，一些村把承包责任制弄得像土改时分地主的财物一样，完全失去了章法。在分土地的时候，尽管是凭运气抓纸蛋，但由于等级分得不细，纸蛋抓完后还没到地里丈量，许多人就吵开了架，其中有几个人竟然大打出手。在饲养院分牲口和生产资料的时候，情况就更混乱了。人们按照抓纸蛋的结果纷纷挤在棚圈里拉牲口。运气好的在笑，运气不好的在叫、在咒骂、有的人甚至蹲在地上不顾体面地放开声嚎了起来。至于另外的公物，都按"土政策"分，分不清楚的就抢、就夺，接着就吵、就骂、就打架，哪怕是一根牛缰绳也要剁成几段麻绳头，一人拿走一段。一旦失去了原则和正确的引导，农民的自私性就强烈地表现出来——人间再没有像自私性这样坏的东西到处泛滥，这东西可以使城邦毁灭，使人们被赶出家乡，把善良的人教坏，使人们走上邪路，做些可耻的事，甚至叫人为非作歹，干出种种罪行。他们不惜将一件完好的东西变成废物，也要砸烂，一人均等地分上那么一块或一片——不能用就不能用！反正我用不成，也不能叫你用得成！连集体的手扶拖拉机都大卸八块，像分猪肉一样，一人一块扛走了——据说拖拉机上的钢好，罢了拿到集市打造成老镢头……他的心中在隐隐作痛。

尽管他在中央一号文件中看到了中央对农村生产队的经济管理模式并没要求"一刀切"，在提到的三种主要形式中明确地表示了"可以""可以""也可以"，但他却仍隐隐地感到，"分户联产承包"已是大势所趋。他想到过顺应这个大潮流，把村里有限的农田和近二十年山上栽下的树一分了之。这样自己不仅省了心，而且凭自己的勤劳、知识和耕种技术，再加上这十几年当村干部跑熟的山里山外和上上下下的关系渠道，仍可以毫不费力地当一个堂堂正正的勤劳致富的带头人。不过他作为一名农村基层党支部书记，更多想到的是前南峪的大山：八千三百亩的山场，七十二个大小山头，绵延上百里的十条大沟四十六条支沟，至今刚刚治理了一半；治理过的山上种的小树苗刚从鱼鳞坑里探出头，需要加强看护和管理；刚刚成活的干鲜果树苗需要施肥、打药除虫；大一点的果树需要及时剪枝定型……

他还想到了当紧需要在山坡上修几十个储蓄雨水的水窖，修引水上山的管道——果树缺了水是不行的；将来还需要修一条能走汽车的盘山路，日后山上的十几万棵干鲜果树都结了果，总不能都靠人背驴驮往外运……

在这静悄悄的夜晚，他的思绪像泛滥的春水一般。过去的、现在的、未来的，无数流逝的经历和漫无边际的想象在脑子里杂乱地搅混在一起。皎洁如雪的月光洒在窗户上，把郭玉金春节时剪的窗花都清晰地映照出来：一只卷尾巴的小狗，两只顶架的山羊，一双踏在梅花枝上的喜鹊……

郭成志躺在炕上翻过来、调过去地想，觉得这些事都必须办，但这些大事又都是仅靠一家一户不可能办成的。于是他又想到了党的十一届三中全会：三中全会让我们干什么？不就是让我们坚持"实事求是"吗？不就是让我们发展生产过上好日子吗？前南峪的实事求是就是要靠集体的力量治山致富，这有什么不对？一号文件上写的，农村生产责任制不是允许因地制宜选择多种形式吗？前南峪不是已经按农业、林果、畜牧、村办企业分成了几个专业队实行了承包责任制而且效果很好吗？这与党的十一届三中全会，与中央的一号文件不是很一致吗？中央精神没有错，怎么执行起来，又成了一刀切了呢？……

至于村中有极个别人说自己是"抓住权力不放"，他只是不做任何辩解地付之一笑。对一些心怀叵测，用最恶毒又是最愚昧的招儿，在郭家祖坟上揳桃木橛子诅咒的人更是置之不理。他扪心自问：要说权，我郭成志只想到了一个权——领导和组织全村人治山植树的权，这个权我坚决不能放！

想到这里，他进而深思到："群众在采取集体专业承包责任制上两眼望着党支部，党支部挺不起腰杆，群众就不能充分发动起来。'干部不先，老牛掉井。'要想彻底改变前南峪的面貌，实事求是地采取集体专业承包责任制，必须首先改变党支部的精神状态。"

夜，已经很深了，村庄静悄悄的。郭成志披上衣服，熄灭灯，找老支书郭明耀谈心去了。

他这个人，心里搁不得事儿，一项工作当天做不完，就连睡觉也睡不安稳。可是他走到街上一看，才知道时间已经很晚了，望一眼偏西的月亮，心里好生后悔自己没有抓紧时间。他估摸：现在郭明耀怕也睡下了，要硬去找他，把他从炕上吆唤起来，影响也不好。反正今儿个时间已经晚了，一晚上还不至于出什么岔子，明天一早就去堵他的被窝，也耽误不了事。他拿定主意，就迈开腿，一直向自己家的方向走去。但，走不几步，他又犹豫起来："还是应该去看看。万一他还没睡下，把事情谈透了也好。"他这样想着，便转身，折进一条幽暗的小胡同，来到郭明耀大门外面。

"砰，砰，砰！"黑油脂板门震响着，惊动了屋子里的人。

"谁呀！"在这么晚的时候，副支书郭明耀听见了叩门声，吃了一惊。

"我，成志。"郭成志大声回答说。

郭明耀赶紧拉开大门迎进郭成志，连声问："成志，出了啥事？"

郭成志说："我想找您谈谈。您在咱村当干部几十年了，情况比我熟，您说，我们在村里实行集体专业承包责任制，为什么会有这样那样的风波，主要问题在哪里？"

郭明耀沉思了一下，回答说："在于人的思想的改变。"

"对。"郭成志说，"但是，应该在思想前面加两个字：领导。眼前关键在于党支部领导核心的思想变化。没有坚持集体专业承包责任制的干部就没有坚持集体专业承包责任制的群众。"

两个人谈得很久，很深，一直说到天快亮了。他们的共同结论是，坚持集体专业承包责任制首先要除思想上的病害，特别是要对党支部的干部进行坚持集体专业承包责任制的教育。不首先从思想上把人们武装起来，要想真正坚持集体专业承包责任制将是不可能的。

第二天大清早，他在屋地上转了一阵以后，红日已经高照了。他破例点着了手中的这支烟，没抽半截，他就猛烈地咳嗽了一老阵。

他把这半截纸烟扔掉，即刻就出了门。

在他出了自己院子的时候，他媳妇撵出来说："你还没吃早饭哩！"

他只顾走，头也不回地说："饭先放着！我开个会，完了回来再吃！"

他先来到郭玉先家，带着满脸微笑说："郭明谦没有外出吧？唔，要都在，我看咱们把党支部全体成员，一吃完早饭都召集到大队部来开个会，我把集体专业承包责任制的问题讲一下，你看需要不需要？"他像征求意见似的朝郭玉先说。

"好，马上开吧！"郭玉先紧接着说，"我立刻去通知。"

郭成志点了点头，目送着郭玉先走出家门，他就一个人先去了大队部。

他走到街上来时,他的心立刻变得敞亮起来。他伸开两只胳膊,踢了踢腿,大步走到小河湾的岸边上,纵目四望,此刻,他又完全以一个庄稼人的胸怀,呼吸和感受着家乡浓烈的大地气息了。土地,无边无沿地从脚下远远伸展开去,像在召唤人们走向它的怀抱。……

大队部在前南峪村中央,前排三间石屋,两边两间堆放公物,中间一间就是办公室,后排五间大屋作为夜校教室。院子里停放着大队的那台带拖斗的大型拖拉机。

郭成志身上带着一把办公室门上的钥匙。他自个儿开了门,一股热气顿时扑面而来。他进了屋,把窗户打开,企图让外面的凉气进来一点——但外面和屋里一样热。他解开小布褂的纽扣,袒胸露怀,端坐办公桌前,从衣兜里掏出笔记本放在桌上,等着党支部成员们的到来。

他静静地坐在这里,脑子里正盘旋着讲话的内容。他想闻一闻烟,但发现他忘了带纸烟,就烦躁地一边想事,一边用手在翻着笔记本。

不多一会儿,郭玉先就陆续地把党支部成员找来了。除了一个支委郭清江出门在外,党支部所有成员都到齐了。大家似乎都意识到这会议的内容是什么——解决集体专业承包责任制的问题。

开会之前实际上已经进入了主题。大家七嘴八舌,说的都是集体专业承包责任制;他们一个个愁眉苦脸,就像山里干旱的庄稼一样没有精神。

这时,郭成志咳嗽了一声,说:"咱把会开简单一点。这些天,我和大家一样焦急。眼看我们采取集体专业承包责任制,对治理经济沟十分关键,但一些人就是不理解,甚至起劲儿地反对。这就需要我们支部一班人进一步统一思想……"

"我们就不能开个群众大会,整治那几个人一下?看他们也是不知天高地厚了!"支委郭明山打断郭成志的话,插嘴说。

有许多人立刻附和郭明山的意见。

郭成志摆摆手。他等众人的声音平息下来,才翻开笔记本,重新对照学习中央一号文件,又仔细地审视了前南峪所以采取"集体专业承包责任制",而不是"家庭联产承包责任制"的缘由,他再一次提出:"第一,"郭成志思索地蹙起眉头,"前南峪的领导班子不是软班子、弱班子,历史上一直是站在改天换地的第一线,粉碎'四人帮'后,更是实行'科技加苦干'的带头人。目前,前南峪所取得的成绩就能说明这一点。

这个班子有能力继续带着社员们取得治山的更大胜利。第二，前南峪的土地，从来没有培育过'大锅饭'精神。这一点，每个社员都能证明，哪一个人在硬活面前偷过懒逃过阵？前南峪哪家的妇女没扛过大石头？没让石头'咬过手'？又哪个退缩过当过'逃兵'？大家想一想，前南峪的粮地仅仅人均六分田，经过了大家玩着命修水利坚持科学种田，绝大多数地块都接近了亩产吨粮。在目前的情况下，已经少有潜力可挖。实行集体专业化承包经营比分户种植对于保持稳产高产要强得多！"

他停顿了一下，看了大家一眼："第三，也是最重要、最关键的一条。社员们都知道，截止到现在，咱们村的十条大沟，才刚刚治理了一半。治理好的那一半栽上的树都没长大，正需要科技投入和肥料等其他投入，也需要懂行的有责任心的人精心管理，管理更需要做到统一一致。假如分到户里，经济实力好一点的人家要在他那几棵苹果树打药，另一处的一家不打，那打药的那家还管用吗？咱们的果树和其他地方又不大一样，人家有的在沟里分散长着，有的分片长着；咱们的围着山一圈一圈地长着，遍山遍坡都是。种的长的就是个集中管理的形式，你硬分下去只有落下减产、毁坏，乃至最后走山又重新变秃的路。再说那一半山还治不治啦？大家想想，一分下去哪家有力量治那千八百亩的大沟？单家独干又谁能有本事把那一沟乱石都扛到半山腰筑成坝？所以说，一分，剩下的那一半的山就不定哪年哪月才能治理啦，也许就治理不成了。大伙都清楚，我们前南峪的希望在于大山，美好的前景就在于大山！就像社员们常说的那样，俺前南峪人的宝押在了大山上啦！"

人们一边记一边很快地和郭成志交换了一下目光。

"第四，是咱前南峪人长期家居深山，和外面的大世界接触的机会少，整年埋头在庄稼地里不懂得啥交流啥经商。按当前时髦的话来说就是商品意识差。当然，真要是自己干了，也可以慢慢学。可是在商海里容不得你慢慢学便给你卷了下去。等你慢慢学会了早就没了你的立足之地。到头来还是靠集体，靠大家的力量走共同富裕之路。俺们前南峪已经看到了这个希望为什么不走下去呢？再说，要论起来外边的关系交往门路，或者说商品意识，前南峪村我郭成志恐怕得朝前数，不说第一也得第二。要是个人分开干说到致富，快了不敢说，两年之后我郭成志肯定会冒尖，可我不能那样干，我不能丢开前南峪的大山，我也丢不开前南峪的大山。"

人们热烈地鼓掌。

郭成志的讲话，鼓舞了人心。人们热烈发言如同决了堤的洪水，浩浩荡荡，哗哗啦啦地倾泻出来。

郭明耀接着说："成志刚才讲得很透彻，前南峪的山绝不能分！谁要闹着分，全村群众也不答应！"

郭玉先说："对，不能分！这不是明摆着的，中央一号文件讲的全是实事求是，咱前南峪因地制宜，实行集体专业承包责任制，是发展集体经济的正确路子，谁也不能动摇！"

郭明谦深深吸了一口旱烟，掷地有声地说："前南峪的山不仅不能分，还要加倍落实集体专业承包责任制，把十条大沟全部治理好，让全村群众的生活将来更加富裕，全面富裕！这也是社会主义的根本目标！"

郭成志细心地听着同志们的发言。挨门挨户地算，一个人一个人地比较，一点一滴地品评。全村男的、女的、老的、少的，一个个从他脑海里跳出来。这些人带着不同的声音笑貌，带着不同的生活风浪给予他们不同的历史烙印，又带着共同的思想光芒，站在他的面前了。他们排成了长长的一队，结成了一道铁打的城墙，什么力量也不能把这道铁墙摧毁；他们排成了长长的一队，结成了一股奔腾的浪潮，什么力量也不能把这股洪流阻挡！

郭成志握笔的手，随着他那沸腾的心颤抖了。

这时候，正是一天最好的时刻，太阳把全部的光辉都献出来了，献给了正在孕育着丰收的大地，献给了正在创造丰收的人们。田野上，男女社员们正在挥汗劳动，拔草的、锄地的，每块地都有人。苗圃里的年轻人正给小树苗施化肥。河边，张利群赶着黄牛、花牛在荒滩上寻找鲜嫩的青草。街道上，不断地有人来往，许金泉赶着大车走来了，树枝上的雀鸟似乎在用喳喳表示欢迎，连街道也仿佛在他的豪迈的步伐下，愉快地微微地颤动哩！啊！啊！你看他满脸堆笑地跟街上的人说了几句什么话。金色的阳光辉映着，他那一脸皱纹都张开了。他笑了，笑得多么天真、开朗，而又多么纯朴、自然哪！人们，生活在这样的日子里，又怎能不意气风发、精神振奋、斗志昂扬呢？……

太阳从支开的窗子很神秘地朝屋子里探视，它哪里会知道，屋里的党支部成员，他们正在大胆地决策前南峪采取的集体专业承包责任制……

郭成志从凳子上站起来，大声地说："同志们，在这几天的风波里面，俺被卷在当中，遇到的事儿不少；回过头去想一想，看一看，经验、教训更不少。咱们怎么参加往后的改革，经过一总结，不是心明多了，眼亮多了吗？我们这些人，应当老老实实地在农村改革的实践里锻炼，可不能满足。过去，我想自己能带头劳动，不怕吃苦，又一心为社会主义，没问题了；遇上风浪，实实在在地一试验，才明白，不行，差远啦！当一个村干部，不光要能劳动、不怕吃苦，也不是只有一个好愿望就行了，有一条非常重要，就是要能禁得住各种各样改革风浪的考验，非得有这些考验，不然，就当不了农民的带头人！"

会议结束时，他凭着山里人的诚实和一位共产党员的良知和执着，斩钉截铁地说："前南峪的山就是不能分！不把前南峪的大山改造成太行山最绿最美的地方，我郭成志死不瞑目！"

这几句话，深切地反映了党支部的决心。直到现在，它仍然深深地刻在党支部所有同志的心上，成为鞭策他们前进的力量。

党支部的意见出奇的统一。接着，郭成志又召开了全体社员大会，进一步分析了前南峪为什么实行集体专业承包责任制，使全村绝大多数社员也举双手拥护，这更加坚定了郭成志大上经济沟建设的决心和信心。